KB116362

루이스 칸

루이스 칸

웬디 레서 지음 김마림 옮김

벽돌에 말을 걸다

사람의집

일러두기
옮긴이의 주는 각주로 표기하였습니다.

이 책은 실로 꿰매어 제본하는 정통적인 사철 방식으로 만들어졌습니다.
사철 방식으로 제본된 책은 오랫동안 보관해도 손상되지 않습니다.

아일린 스미스에게

저는 시작beginnings을 귀하게 여깁니다. 무엇보다 시작을 가장 중요하게 여깁니다. 저는 과거의 것도 항상 존재해 왔고, 지금의 것도 항상 존재해 왔고, 그리고 앞으로의 것도 항상 존재해 온 것들이라고 믿습니다.[1] —루이스 칸

차례

프롤로그   11

마지막   29
현장에서:「소크 생물학 연구소」   65
준비   81
현장에서:「킴벨 미술관」   155
성장   173
현장에서:「필립스 엑서터 도서관」   303
성취   325
현장에서:「방글라데시 국회 의사당」   431
도달   447
현장에서: 아마다바드「인도 경영 연구소」   515
시작   535

에필로그   553
주   603

감사의 말   643

옮긴이의 말   651

프롤로그

칸의 동료들은 그의 작품에 칭송할 부분이 많다고 여겼다. 따라서 칸을 20세기 가장 위대한 건축가 중 한 명이라고 부르는데 전혀 주저하지 않았을 것이다. 다양한 건축 교육 기관과 건축 양식을 불문하고 동종 업계의 거의 모든 사람은 칸의 작품을 찬미했다. 그들은 칸을 건축 분야에서도 남다른 예술가로 생각했다. 그가 평생에 걸쳐 세상에 내놓은 결과물은 많지 않았지만 그가 남긴 최고의 건물들은 그만의 특별함이 있었고, 모두 놀라울 정도로 새로운 아름다움을 지니고 있었다.

남들이 칸에게 부러운 감정을 느끼는 일은 흔한 일이 아니었다. 그런 감정을 느꼈다고 해도 이상하게 완화된 감정이었다. 아마도 칸이 형편없는 사업가여서, 돈에 관해서는 그와 경쟁할 걱정을 하지 않아도 될 만큼 재정적인 면에서 엉망이었기 때문일 것이다. 혹은 상대방의 마음을 누그러뜨리는 그의 부드러운 태도 때문이었을 수도 있다. 가난에 시달리던 어린 시절, 성공적이지 못했던 학창 시절, 그리고 일반적인 기준에서 매력적이지 못한 외모 등으로 점철된 삶을 살면서, 그는 전혀 위협적이지 않은 성격을 갖게 되었다. 심지어 그가 얼마나 대단한 건축가인지를 아는 사람들과 있을 때조차도 상냥하고 겸손했고, 약간 자조적인 성격마저 엿보였다.

루이스 칸은 학생, 동료, 그리고 친구 모두에게 사랑받는 따뜻하고 매혹적인 사람이었고, 낯선 이들은 물론 친한 사람들에게도 변함없이 매력적인 사람이었다. 하지만 그는 여러 개의 가면 뒤에 숨겨진 비밀스러운 인물이기도 했다. 사고로 얻은 심한 흉터는 평생 얼굴에 쓰고 살았던 물리적 가면이었다. 또 사생활에서는, 혼외 자식을 한 명씩 낳은 앤 팅과 해리엇 패티슨이라는 두 여성과의 열정적인 애정 관계를 숨기고 첫째 딸의 생모이자 필라델피아 사교 생활의 파트너였던 에스더 칸과 44년간 결혼 생활을 유지했던 관습이라는 가면이 있었다. 그리고 그의 이름 또한 본명이 아니었고 가족들이 미국으로 이민을 떠나면서 칸의 부친이 편의상 붙여 준 이름이었다. 태어날 때 지어진 레이서-이체 시무일롭스키라는 이름은 그가 미국에 오면서 루이스 이저도어 칸이 되었다. 유대인이란 신원에서 벗어나기 위해서가 아니라, 미천한 동유럽 이민자라는 신분에서 더 존중받고 인정받는 독일계 유대인 계층으로 의도적인 격상을 꾀하기 위함이었다. 심지어 그가 유대인이라는 점도 〈진짜 프로테스탄트〉들의 세계에서는 말할 것도 없고 필라델피아의 앵글로색슨계 백인 신교도들이 그를 정의하는 데 일조한, 또 다른 종류의 가면이었다. 하지만 칸은 유대인이라는 신원을 자신을 완전히

12

정의하는 정체성으로 보지 않았다. 칸은 교회나 모스크보다 유대교 회당을 지어 달라는 의뢰를 더 많이 받았음에도 불구하고, 그의 걸작 중에서는 하나의 모스크(다카의 국회 건물에 있는)와 하나의 교회(로체스터에 있는「퍼스트 유니테리언 교회」)만이 성공작으로 꼽힌다. 유대교 회당은 대부분의 경우, 설계 단계에서부터 문제가 발생했다. 「나는 종교적이 되기에는 너무 종교적이다.」[2] 이 말은 필라델피아의 주요 유대교 회당 건립 의뢰를 받은 후 수년에 걸친 신도들과의 의견 대립, 그리고 신도들 사이의 갈등으로 결국 설계 단계에서 프로젝트가 무산되었을 때 칸이 친구에게 했던 말이다.

아마 이 말은 그에게 건축만이 유일한 종교라는 의미였을지도 모른다. 그를 아는 모든 사람도 그런 느낌을 받았다. 그의 부인과 애인들, 그리고 세 명의 아이 ─ 수 앤, 알렉산드라, 그리고 너새니얼 ─ 는 결국 칸의 인생에서 유일하고 위대한 사랑은 그의 일이었음을 깨닫게 되었다.

동료 건축가들은 칸이 자신의 일에서 사업적인 면보다 예술적인 면을 더 강조하는 것을 반복적으로 느끼면서(어쩌면 일종의 쾌감과 유감이 섞인 상태로) 그의 엄청난 강직함에 존경심을 표했다. 프로젝트의 계획을 끊임없이 수정하고 변경하려는 칸 때문에 머리를 쥐어뜯고 싶은 상황을 겪었던 고객들조차, 그가 그렇게 마음에 들 때까지 여러 번 계획을 수정하는 것은 잘못된 판단이나 고집 때문이 아니라 뿌리 깊은 완벽주의에서 기인한 것임을 잘 알고 있었다.

칸의 아버지는 그가 화가가 되길 원했고 어머니는 음악가가 되기를 바랐다. 부모님은 어릴 때부터 그의 음악적 재능을 알아보았고, 또한 이러한 재능들은 그가 평생에 걸쳐 계속 육성하게 될 중요한 측면이었다. 하지만 부모님도 칸이 일단 건축이라는 분야를 발견한 후에는 다시 되돌릴 수 없다는 점을 깨달았다. 건축은 칸의 인생이 되었다. 건축을 택한 것이 그에게 평생 후회가 없었던 인생이었다고 단언하기에는 — 후회라는 것이 가보지 않은 다른 길에 대한 자각을 의미한다고 할 때 — 사실 루이스 칸에게는 다른 길이란 없었기 때문에 정확하지 않은 표현일 것이다. 그는 처음부터 건축가가 될 사람이었고, 혹은 적어도 그는 그렇게 믿었으며, 그런 확신이 자기 사고방식의 핵심에 자리 잡고 있었다. 「벽돌한테 말을 겁니다. 〈벽돌아, 네가 원하는 게 뭐지?〉」 칸은 언젠가, 금언적이기로 유명한 그의 강연 중에서 이런 이야기를 했다. 「그럼 벽돌이 대답합니다. 〈난 아치가 좋아.〉 그래서 벽돌에게 이렇게 말하죠. 〈아치를 만들려면 돈이 많이 들어. 대신 개구부 위에 콘크리트 상인방*을 사용할까 해. 그건 어떻게 생각해?〉 그럼 벽돌이 또 말하죠. 〈난 아치가 좋아.〉」[3] 칸은 재료가 지닌 본성을 거스르면 안 된다고 믿었고, 그 믿음은 자신에게도 적용되었다.

그렇다고 해서 루이스 칸이 소설이나 드라마에 나오는 입센의 권모술수에 능한 할바르 솔네스**나 에인 랜드의 지독한 하

* 문이나 창의 윗부분에 하중을 받쳐 주기 위해 가로질러 설치하는 보.
** 헨리크 입센의 희곡 『건축가 솔네스』에 나오는 등장인물.

14

워드 로크*와 같은 자기중심적이고 고압적이며 권력을 남용하는 그런 건축가라는 의미는 아니다. 입센처럼 그런 유형의 건축가들을 상상 속에서 만들어 낸 작가들은, 그런 인물과 자신과의 연관성을 부인하거나 랜드처럼 과도한 방식으로 부러워하면서 흠모하지만, 어쨌든 이런 인물은 자신만의 영역에서 엄청난 권력을 행사하는 역동적인 중심 인물이다. 그들은 단지 다른 사람들이 거주하는 물리적인 환경을 통제하는 데 그치지 않고 사람들까지 장악하려는 모습을 보인다. 여자들은 격렬히 그들에게 끌리고, 그들은 그런 점을 최대한도로 이용한다. 그들은 자신과 다른 모든 사람의 운명을 쥐고 흔드는 주인이며, 설령 일이 좋게 혹은 아주 나쁘게 풀리더라도 작가나 주인공 모두 자신의 삶을 주도하는 주역이라고 여긴다.

이런 과장된 인물 묘사로는 결코 루이스 칸을 설명할 수 없다 (아마 오스만 남작**과 알베르트 슈페어***까지 포함해도 이 묘사에 딱 들어맞는 인물은 없을 것이다. 현실에서는 심지어 극단적으로 기괴한 상황에서도, 지나치게 과열된 작가의 상상에 부합하는 경우는 거의 없으니 말이다). 설사 칸이 에고티스트****였다 해도 유형은 매우 달랐다. 그는 다른 사람들도 자신처럼

* 러시아계 미국인 소설가 에인 랜드의 소설 『파운틴헤드』에 나오는 이상적인 건축가.

** 19세기 프랑스의 공무원으로 파리의 재개발 프로그램을 주도한 인물.

*** 나치 독일의 건축가로 나치 정권하에서 국가 및 건설 분야에서 주도적인 역할을 했다.

**** 자아주의자.

그들의 인생과 하는 일에서 충만한 기쁨을 얻기를 바랐던 관대한 에고티스트였다. 그는 공동 작업자들을 아주 많이 신뢰했다. 그들이 프로젝트에 기여한 바가 단지 시각적인 요소 한 가지였든 혹은 특정 건물 재료에 대한 지식이었든 상관없이 그 가치를 느끼도록 만들어 준, 공동체 정신을 가진 에고티스트였다. 또 그는 학생들의 진로를 지지하고 격려해 주었던 에고티스트였으며 모든 다른 생명체, 그리고 심지어 벽돌 같은 무생물에서도 그에 상응하는 자아를 발견하고 이해하는 그런 에고티스트였다. 어린아이들에게서 보이는 천진한 유형의 자아 중심적 측면을 제외하고는, 적어도 그 단어가 가진 일반적인 의미에서만 봤을 때는 에고티스트라고 볼 수 없었다. 하지만 칸은 분명 자신의 가치를 알았고 자신의 본능을 믿었으며, 자신의 신념과 맞지 않을 경우에만 무자비했다. 이러한 특성들이 새로운 아이디어에 대한 세상의 거대한 반대에 직면할 때마다 자신만의 건축적인 경이로움을 창조하도록 만들었다.

건축가는 조금 독특한 유형의 예술가다. 화가나 작가와 비교하여, 건축가는 자신의 완성작과 꽤 동떨어져 분리되는 경향이 있다. 예술적인 프로젝트의 과정, 궁극적인 결과물의 형태, 심지어 궁극적인 결과의 존재 여부까지 모두, 그가 제어할 수 있는 범위 밖에 있는 요소들에 지배를 받는다. 돈은 바로 그런 요소 중 하나다. 고객의 취향 역시 그렇다. 현지의 기후 상태, 건설 규정, 재료의 조달 가능성 또한 그런 요소에 속한다. 심지어 역사—건축가에게는 어떤 결정권도 없는, 아무 배경지식조차 없을 가능성이 큰 정치, 종교, 문화적 발달과 관련된 ─ 도 건축가의 프로젝트에 개입될 수 있으며, 프로젝트의 규모가 크면 클수록 그럴 가능성이 더 높다.

우연성 또한 모든 예술에서 어떤 역할을 하지만, 건축에서는 일반적인 경우보다 훨씬 더 큰 역할을 한다. 영화 제작자나 오페라 감독처럼, 건축가는 그의 작업을 실행에 옮기기 위해 많은 사람에게 의존해야 한다. 건축가의 작업에 참여하게 되는 이런 사람들은 자신들이 현재 어떤 작업을 하는지를 잘 파악해야 하는 것은 물론, 건축가의 개인적인 바람과 목표에 대해 어느 정도 연관성을 갖고 있거나 적어도 이해하고 있어야 한다. 설계자가 상상한 대로 건물을 완성하기 위해 중간에 잘못될 수 있거나 제대로 하지 않으면 안 되는 모든 것을 고려해 보면, 실제로 어떤 건물이라도 완성되는 것 자체가 놀라운 일이 아닐 수 없다.

많은 건축가에게(물론 루이스 칸도 그중 한 명이다), 이렇게 끊임없이 발생하는 문제점과 건축가 자신의 풍부한 상상력 간의 상호 작용은 프로젝트 진행 과정에서 가장 중요한 부분이다. 칸은 완벽한 아이디어를 생각해 낸 다음에 그것들이 정확하게 이루어지도록 감독하는 그런 고립된 천재가 아니었다. 그는 놀라운 능력을 지닌 공동 작업자였다. 그는 사람들이 최선의 능력을 발휘할 수 있도록 영감을 주고, 자신만이 지니고 있는 열정을 동료들에게 전염시킬 수 있는 방법을 알았다. 자신의 아이디어든 다른 사람의 아이디어든 상관없이, 그는 결국 본인이 원하는 것을 얻을 때까지 무자비할 만큼 고르고, 선택하고, 고치고,

퇴짜를 놓았다. 고객들의 요구, 종종 규모를 줄이거나 적어도 비용을 절감해 달라는 경제적인 요구가 있으면, 그는 새로운 접근법을 찾기 위해 처음부터 다시 시작했다. 그는 고고한 주인공이 아니었다. 적어도 이런 면에서 그는 현실적인 건축업자였다. 하지만 동시에 만만한 사람도 아니어서, 특히 실무 경력의 후반부에서는 자신이 만족하지 않는 프로젝트를 절대 승인하는 법이 없었다.

하지만 그렇게 자기 방식대로 밀고 나가려는 욕구, 직접적인 참여의 의지가 확실한 건축 양식과 같이 구체적인 것으로 나타나지는 않았다. 로버트 벤투리*나 프랭크 게리**의 건물을 보면, 비록 한 번도 본 적이 없는 건물이라고 해도 그들만의 양식적 특징(포스트모더니즘의 대칭성과 티타늄으로 된 굽이치는 표면과 같이 상상 속에서나 가능할 듯한 파사드 등) 때문에 쉽게 그들이 설계한 것임을 알아챌 수 있다. 루이스 칸의 훌륭한 건물들은 이와 대조적으로 서로 매우 다르게 생겼고, 밖에서 봤을 때 별 특징이 없어 보이는 건물들도 있다. 루이스 칸의 프로젝트를 외관만으로 정확히 알아보는 것은 쉽지 않다. 우리가 인식할 수 있는 것은 그 건물 안에 있을 때와 그 안을 돌아다닐 때 그 건물이 주는 느낌이다. 흥분과 차분함이 결합된 감정, 그 안에

---

* 1991년 프리츠커상을 수상한 미국의 건축가로 건축계에서 〈위대한 건축 이론가〉로 불린다.

** 1989년 프리츠커상을 수상한 캐나다 출신의 건축가로 월트 디즈니 콘서트 홀, 빌바오 구겐하임 미술관 등을 지었다.

친밀하게 속해 있는 느낌, 그리고 동시에 웅장하고 광범위한 가능성에 대한 접근을 허용받은 느낌이야말로, 우리와 칸 모두에게, 그의 작품을 더 잘 정의하는 점일 것이다. 물론 이런 일이 항상 생기는 것은 아니다. 모든 예술가처럼 그에게도 몇 개의 실패작이 있었기 때문이다. 하지만 분명한 차이를 만들 만큼 확연히 자주 발생한다.

*

건축이 과연 우리의 생활에 어떤 변화를 가져올까? 이것은 수사 의문문도 아니고, 단지 미적인 부분을 말하는 것도 아니다 (물론 미적인 부분은, 아주 광범위한 의미로 따지자면 결국은 한몫을 하게 마련이지만). 로마는 의심의 여지없이 로체스터나 다카보다 아름답지만 사람들 대부분에게 로마는 손쉽게 선택할 수 있는 곳이 아니다. 건축은 우리에게 찾아와야 하는 것이다. 그리고 대부분의 다른 예술과는 달리, 건축은 우리가 원하든 원하지 않든 우리에게 찾아온다. 우리는 그림을 보려면 미술관에 가야 하고 공연을 보기 위해 콘서트에 가야 하며 뭔가를 읽고 싶으면 소설책을 집어 들어야 한다. 이런 예술 작품들은 그런 의미에서 상대적으로 수동적이다. 반면 건축은 매우 적극적이다. 건축은 언제나, 집과 사무실뿐 아니라 공공장소에서도 우리를 둘러싸고 있다. 건축은 항상 존재하기에 종종 잊어버리기 쉽지만, 우리가 그 건축물 자체에 특별한 관심을 보이지 않을 때도 그 건축물이 얼마나 우수한지의 정도에 따라 더 좋거나 나쁜 느낌을 받는다.

이를테면 루이스 칸이 설계하지 않았지만, 그가 자주 이용했던 공공건물 두 곳을 생각해 보자. 두 건물은 모두 기차역으로, 1930년대에 지어진 필라델피아의 30번가 역 건물과 1960년대 후반에 지어진 뉴욕의 펜Penn역 건물이다. 이 두 기차역은 건축의 품질로 봤을 때 최상과 최악의 예를 보여 준다고 할 수 있다.

필라델피아 존 F. 케네디 대로를 따라 동쪽에서 30번가 역으로 향해 운전해서 가다 보면 아주 멀리서부터 30번가 역 건물이 시각적으로 뚜렷하게 그 모습을 드러낸다. 스쿨킬 강둑 옆에 혼자 우뚝 서 있는 이 거대한 대칭적 건축물은 가운데 있는 8층 높이의 건물과 그 양쪽에 있는 낮은 부속 건물들로 이루어져 있다. 자동차나 택시를 타고 그 기차역 앞에 내리면, 가운데 부분의 구조물이 가진 폭과 높이가 모두 반영된, 높은 기둥과 거대한 지붕으로 이루어진 웅장한 포르티코* 아래 서게 됨으로써 분명 어딘가 중요한 목적지에 도착했다는 느낌을 확실하게 받는다.

지하철을 타고 도착했을 때 상대적으로 낮은 양측의 부속 건물을 통해 들어오게 된다고 해도, 건물의 가운데 구조를 차지하고 있는 거대한 중앙 홀에 금세 도착한다. 이 방은(방대한 크기에도 불구하고 하나의 방처럼 인식된다) 길이는 약 90미터, 폭

* 〈주랑 현관〉이라고도 하며, 건물 입구 앞에 지붕과 여러 개의 기둥이 줄지어 있는 형태의 현관.

20

은 그 반 정도이며 머리 위로는 약 27미터 높이의 복잡한 모양의 격자 천장이 있다. 자연광은 사방으로부터 쏟아져 들어온다. 낮에는 중앙 홀을 둘러싸고 있는 32개의 키 높은 창들로부터 너무 많은 빛이 들어와서 얇은 커튼으로 가려 줘야 할 정도다. 기분 좋게 균형 잡힌 비율로 된 이 직사각형의 공간에는 ─ 벽의 중간 아래 부분부터 천장의 가장자리까지 길게 뻗어 있는 ─ 여러 층을 합한 높이의 격자창들이, 좁은 벽에는 5개씩, 넓은 벽에는 11개씩 균등하게 배치되어 있다. 각 벽에 배치된 창문의 수를 의식적으로 세지 않더라도, 홀수로 이뤄진 창들과 그 사이사이의 규칙적이고 일정한 간격들이 조화를 이루어 심리적인 안정감을 느끼게 된다(마치 물리적으로, 시각적으로, 그리고 심리적으로 우리가 설 자리를 허용하는 듯한 느낌을 주는 거대한 균형이다). 이 거대한 공간의 어떤 위치에서도, 우리는 우리가 어디에 있는지 명확하게 지각할 수 있다.

머리 위의 텅 빈 공간은 절대 공간의 낭비가 아니다. 물론 실용적으로 쓰일 수 있는 공간은 아니지만(어쩌면 실용적으로 쓰이지 못하기 〈때문에〉) 7층 높이에 달하는 빈 공간에 채워진 순수한 빛과 공기는 마치 머리 위의 왕관처럼 그곳을 통과하는 여행자인 우리의 소중한 가치를 상징하는 듯하다. 왜소해진 느낌이나 개미처럼 작아진 듯한 느낌을 주기는커녕, 그 웅장함은 우리를 동등한 수준으로 끌어올려 준다(이것은 전혀 다른 배경, 즉 고대의 카라칼라 욕탕*에 대해 얘기할 때 칸이 언급했던 현

* 로마의 카라칼라 황제의 명령으로 지어진 공중목욕탕.

상이기도 하다. 「다들 알다시피 우리는 약 46미터 높이의 천장 아래에서나 약 2.4미터 높이의 천장 아래에서도 똑같이 목욕을 할 수 있습니다. 하지만 약 46미터의 천장 아래에 있으면 뭔가 다른 종류의 사람이 된 느낌을 받게 됩니다」).[4] 비록 그 방대한 빈 공간으로 소리 울림 현상이 약간 있지만 30번가 역의 중앙 홀 가장자리에 간간이 놓여 있는 편안한 나무 벤치에 앉아 조용히 대화를 나누는 데는 전혀 방해가 되지 않는다. 혹시라도 그 벤치에 앉은 승객들이 하는 이야기를 슬쩍 엿듣게 된다면, 의외로 꽤 많은 사람이 이 기차역이 얼마나 좋은지 언급하고 있음을 깨닫게 될 것이다. 그런 좋은 점들은 누구나 쉽게 알아차리기 마련이니까 말이다.

　이 웅장한 공간에 인공조명이 필요한 밤이 되어도 여전히 빛과 따뜻함의 기운이 남아 있다. 격자 천장에 매달린 거대하고 아름다운 디자인의 아르데코식 샹들리에 10개가 직사각형 천장의 기다란 면의 양쪽으로 5개씩, 벽에서부터 안쪽으로 멀리 떨어진 위치에 달려 있다. 샹들리에에는 확실한 조명 효과를 줄 만큼 충분히 낮게 내려와 있지만 샹들리에에 맨 밑의 금속 테두리와 홀의 한가운데를 차지하고 있는 전광판이 있는 소박한 안내 데스크와는 상당한 거리가 있을 만큼 충분히 높다.

　따뜻한 샹들리에의 불빛은 돌벽의 황금색, 붉은 회색의 대리석 바닥, 오래된 나무 벤치의 광택, 좁은 쪽 벽의 창들 사이사이에 배치된 높은 코린트식* 기둥들의 금박 장식을 비춘다. 낮에

---

* 기원전 6세기부터 기원전 5세기경 그리스의 코린트에서 발달한 건축 양식.

자연광이 비출 때의 찬란함에 비할 바는 아니지만, 어두워진 후에도 30번가 역은 앉아서 기다리기에 매우 편안하고 기분 좋은 곳이다. 그래서 기차 시간이 다 되어 기차를 타려면 아래층으로 내려가야 하지만, 이 우아하고 배려 깊은 공간에서 기분 좋은 시간을 보낸 덕에 잠깐 아래로 이동하는 것쯤은 전혀 개의치 않게 된다.

필라델피아에서 뉴욕으로 기차를 타고 간다면, 90분 후 생지옥과 다름없는 경험을 하게 된다. 우선 필라델피아에서 본 것보다 더 깊고, 더 어두운 느낌이 드는 지하 공간에서 벗어나고 싶은 마음에 더러운 기차들 사이의 비좁은 플랫폼을 서둘러 지나야 한다. 하지만 플랫폼에서 혼잡한 계단을 올라가서 펜역의 〈이른바〉 중앙 홀로 가도 여전히 지하를 벗어나지 못한다. 이 무자비할 만큼 답답한 공간에 자연광은 전혀 들어오지 않고, 그 빛이 어디에서 오는지도 불분명한 조명들은 차갑고 거슬리며, 심지어 밝지도 않다.

이 기차역의 중앙 공간은 길고 좁은데, 그 가장자리를 거의 가늠하기 어렵기 때문에 특정한 크기나 형태가 없는 것처럼 보인다. 회색과 베이지색의 커다란 정사각형 패턴으로 된 바닥은, 방대한 통행량을 견디는 것만이 유일한 목적인 것처럼 보인다. 천장은 너무 낮아서 마치 머리를 내리누르는 것만 같다. 무엇보다도 공간을 가장 비좁게 느끼게 하는 것은 중앙 홀 가운데쯤 천장에 매달려 있는 거대한 기차 안내 전광판으로, 그 높이는 바닥부터 천장까지의 반 이상을 차지하고 폭은 홀 전체 폭의

4분의 3을 차지한다. 이 중앙 홀 전체에는 그 어디에도 앉을 좌석이 없어서(좌석 등급별로 나뉘어 있고, 기차표가 있는 사람들을 위해 간소하게 가구가 배치된 대기실 두어 곳이 한쪽에 따로 마련되어 있다), 기차 안내 방송을 기다리는 사람들은 거대한 전광판 앞에 한 무리의 좀비들처럼 서성이고 있을 수밖에 없다. 이런 기분 나쁜 공간을 비집고 나오면 우리는 마침내 여행이 거의 끝났다는 사실에 감사하게 된다. 비록 그것이 우중충한 지하에서 벗어나 정신없이 혼잡한 8번가로 나서게 되는 순간임을 뜻하는 것임에도 말이다.

원래 이 기차역 자리에 한때 아주 경이로운 건물이 있었다는 사실은, 우리가 현재의 펜역에서 겪은 인상을 더욱 악화시킨다. 1963년 이전에 존재했던 웅장하고 근사했던 펜역의 모습을 본 적이 없는 사람들에게도 — 지금 이 기차역을 사용하는 수백만 명의 사람 대부분은 그 사실을 모른다 — 그 추억의 일부는 어른이 되어 힘들게 살아가는 현실의 삶 이면에 깊숙이 자리한, 잊어버린 어린 시절의 꿈처럼 아직도 그곳에 남아 있다. 인터넷에서 옛날 펜역의 모습을 검색해 보면, 의기양양한 아치가 있는 석조물, 유리창, 그리고 강철 등으로 이루어진 실내의 모습들이 거의 반 이상을 차지한다. 그런 사진들을 보다 보면 그렇게 아름다운 건물을 허물고 대신 이 흉물스러운 건물을 짓도록 허용한 사람들이 대체 누구인지 궁금해진다. 또한 건축이 왜 우리에게 중요한지를 뼈저리게 이해하게 된다.

루이스 칸이 깨달은 것, 그리고 설계는 물론 생각이나 글에서 반복적으로 강조한 것은, 건축이란 장소 안에서만 존재하는 것이 아니라 시간 안에서도 존재한다는 점이다. 건축을 〈냉동된 음악〉[5]이라고 표현한 괴테의 말은 이제는 더 이상 별 의미가 없을 만큼 남용되었다. 하지만 칸에게 건축은 〈냉동된 것〉이 아니었기 때문에, 그대로 음악과 다름없는 존재였다. 그는 종종 건축 설계도를 악보에 비유하곤 했다. 설계도 자체만으로는 예술 작품이 될 수 없지만, 일련의 설명서가 수반되면 예측 불가능하고 절대 복제 불가능한 예술 작품으로 탄생될 수 있다는 점에서 말이다. 그리고 이러한 동일한 예측 불가능성, 움직임의 감각, 유연성, 흥미로운 사건의 연속 등이 바로 그의 완성작들의 특징이다. 칸이 설계한 최고의 건물들은 직접 그 공간을 통해 이동해야만 완전히 그 진가를 경험할 수 있는 예술 작품이다. 그 건물의 주변을 돌아다니고 내부를 통과해야만 이 건물이 얼마나 다양한 발견의 통로를 제공하는지, 빛과 그림자, 무게와 초월성에 관해 얼마나 많은 관찰거리를 만들어 내는지 인식할 수 있다.

　　이것이 바로 이 책에서 칸의 인생과 경력에 대한 이야기를 펼쳐 가면서, 중간중간 그가 지은 건축물 안을 이동하는 기분과 감동을 묘사한 일련의 〈현장〉 답사를 삽입한 이유다. 이 책에 선택된 다섯 곳(「소크 생물학 연구소」, 「킴벨 미술관」, 「필립스 엑서터 도서관」, 「방글라데시 국회 의사당」, 그리고 「인도 경영 연구소」)은 칸이 생의 마지막 15년간 창조해 낸 걸작들이다. 이처럼 주목할 만한 업적들이 모두 그의 인생 마지막 시기에 몰려 있게 된 것은 그의 건축 세계가 서서히 발전했기 때문이다. 하지만 건물들 자체는 시간 초월적이면서도 현대적이며, 고유한 시점에서 영원히 존재한다. 이러한 이유로 이 건물들을 시간의 경과에 따라 기술하지 않고, 별도의 극적인 경험으로서 다섯 부분으로 나누어 기술했다.

그의 건물에서 느껴지는, 거의 안무(按舞)에 가까운 감각 — 정적인 건축물에 대한 방문자의 움직임 — 은 건축적인 묘사나 사진과 같은 인쇄된 형태에서는 제대로 전달하기 어려운 것으로 널리 회자된다. 그래도 그런 감각이 어느 정도 전달되는 몇 가지 중 하나가, 영화 제작자인 너새니얼 칸이 아버지에 관해 찍은 훌륭한 다큐멘터리인 「나의 건축가: 아들의 여행 *My Architect: A Son's Journey*」*이다. 그리고 비록 한계가 있더라도, 책을 통해 이러한 역동성을 지속적으로 묘사하려고 시도하는 일은 가치가 있다고 생각한다. 왜냐하면 바로 그러한 느낌이 칸이 남긴 업적의 핵심에 자리하고 있기 때문이다. 루이스 칸의 건축물들은 하늘과 맞닿아 아름다운 스카이라인을 이루는 사진에 그치는 것이 아니라 그 건물과 만난 사람들이 겪게 되는 사건들이며, 이것이 바로 그의 동료 건축가들뿐 아니라 사람들 대부분이 그의 작품을 사랑하고 소중히 여기는 이유 중 하나다.

* 국내에는 「나의 설계자: 아들의 여행」(2003)으로 소개.

건축은, 칸이 알고 있었듯이 또 다른 방식으로 시간 속에 존재한다. 건물들은 파괴될 수 있지만 그중 일부는 집요하게 살아남아서 과거로부터 수백 년, 수천 년을 지나 우리에게 전해진다. 우리가 운이 좋다면, 그런 건물들이 완전한 상태로 우리에게 전해지거나, 적어도 그들이 원래 지녔던 본질이 우리에게 강렬하게 전달될 만큼 온전한 상태로 전해지기도 한다. 칸이 좋아했던 고대의 건축물들, 예를 들면 로마의 판테온이나 파에스툼에 있는 그리스 신전들은 그들의 시대와 우리의 시대 모두에 존재하는 독특한 특징을 갖고 있다. 그것들은 직접적으로 우리가 필멸의 존재임을 느끼게 만드는 동시에, 인간이 만든 것 중 어떤 것들은 ─ 우리 자신보다 크지만 우리 자신의 특징을 갖는 ─ 오래 지속될 수 있다는 신념을 준다. 위대한 건물, 위대한 구조는, 때때로 이미 죽은 것도 다시 살아날 수 있다는 느낌을 전해 준다. 어쩌면 최상의 건축은 시간을 거꾸로 흐르게 만드는 힘을 갖고 있을지도 모른다.

마지막

그는 피곤했지만, 피곤함에 익숙한 사람은 아니었다. 게다가 주변 사람들은 그를 항상 에너지가 많은 사람으로 여겼다. 그는 밤을 새워 일하고 아침에 프레젠테이션을 하고, 오후에 비행기에서 옆자리 승객과 다섯 시간 연속으로 건축에 관한 대화를 나눈 뒤, 쪽잠으로 그 피로를 다 만회할 수 있었다. 전혀 73세처럼 보이지 않았다. 비록 나이가 들면서 몸무게는 조금 늘었지만, 팔과 가슴은 대학 시절 레슬링을 할 때처럼 강인해 보였다. 여전히 사과를 맨손으로 쪼갤 수도 있었고 자신의 필라델피아 사무실로 향하는 4층 계단도 가뿐히 달려 올라갔다. 그리고 그 반짝이는 파란 눈으로 여전히 젊은 여성들을 — 가끔이라고 하더라도 — 매료시킬 수 있었다. 그는 자기 자신의 한계, 모든 능력의 한계치까지 스스로를 몰아붙이곤 했다. 그것이 그가 유일하게 알고 있던 삶의 방식이었다.

삶의 마지막 몇 개월도 당연히 강행군이었다. 1973년 11월 이후 그는 해외에 있는 고객을 방문하기 위해 적어도 여덟 번의 짧은 출장을 갔다. 그 무렵, 집에 있을 때 몸 상태가 확실히 좋지 않았던 때가 여러 번 있었다. 에스더는 그런 증상을 〈소화 불량〉[6] 쯤으로 여겼고 그가 먹는 음식에 대해 걱정했다. 여러 차례 뉴욕에서 필라델피아 집에 왔던 수 앤도 그때마다 아버지의 안색이 좋지 않다는 말을 에스더에게 했다. 한번은 칸이 너새니얼의 바이올린 연주회에 참석하기 위해 해리엇과 너새니얼에게 갔던 날 밤, 그가 갑자기 발작을 일으켜 해리엇이 혼비백산하여 응급실에 데려간 적도 있었다. 하지만 당시 진찰했던 의사는 아무 이상이 없다고, 걱정하지 않아도 된다고 했다. 그래서 칸은 무리한 여행 일정을 계속 이어 나갔다. 1974년 1월, 그는 방글라데시 수도에서 진행하고 있던 프로젝트의 추가 계약서에 사인하기 위해 다카로 날아갔다. 2월에는 테헤란의 심장부에 1469만 평 규모의 뉴타운을 건설하는 프로젝트에서 단게 겐조*와 협업하기 위해 이란으로 갔다. 4월에는 후르바 유대교 회당의 정원 조성에 자문을 해주기 위해 예루살렘 시장 테디 콜렉을 만날 예정이었다. 〈아무래도 예루살렘에 가서 당신과 함께 후르바 유대교 회당 부지와 주변에 있는 모든 것과 더불어 전체적인 분위기를 봐야 할 것 같습니다.〉 그는 그해 초, 콜렉에게 이런 편지를 보냈다. 〈정원은 정말 특별한 부분이니까요……. 그럼 두 달 후쯤 예루살렘에서 뵙도록 하겠습니다.〉[7]

그리고 펜 대학교**에서 강의가 없는 일주일간의 봄 방학 동

---

* 1987년 프리츠커 건축상을 받은 일본의 저명한 건축가.

** 펜실베이니아 대학교.

안, 그는 포드 재단을 위한 강연을 하고 증축 계획과 관련된 연구소 건물들을 돌아본 후, 그의 절친 발크리슈나 비탈다스 도시*를 만나기 위해 아마다바드에 갔다. 칸과 도시는 1958~1959년경에 처음 만났고, 도시의 고향인 아마다바드에 지을 「인도 경영 연구소」를 설계해 달라는 요청을 받았던 1962년부터 같이 일하기 시작했다. 인도인 건축가의 관점에서 이 미국인 동료는 뭔가 독특했다. 도시는 당시를 다음과 같이 회상했다. 「칸이 인도 사람들에 대해 얘기할 때마다, 저는 점점 더 흥미가 생겼습니다. 그는 왠지 모르게 자신과 인도 사람들 사이에 훨씬 더 가까운 연관성이 있다고 생각하는 것 같았어요. 저 또한 칸이 인도 사람들보다 더 동양적이고, 더 인도 사람 같다고 느낄 때가 있었죠……. 기질적으로 그는 현자 같은 분위기가 있었어요. 마치 요기**처럼요. 그는 항상 초월적인 것들, 영적인 것들에 대해 생각하곤 했거든요.」[8]

칸은 이 3월 출장 중에, 이전의 아마다바드 여행에서도 그랬던 것처럼 도시의 가족과 만날 시간을 남겨 두었다. 그는 특히 도시의 막내 딸 마니샤를 예뻐했다. 「칸은 마니샤가 피카소 같은 재능을 갖고 있다고, 정말 대단한 아이라고 생각했던 것 같아요. 그는 그렇게 생각하기를 좋아했어요.」 도시는 그때를 회상했다. 그래서 이 기회를 빌려 도시와 그의 아내는 마니샤의

---

* 2018년 프리츠커상을 받았다. 저소득층을 위한 공공 주택 건설에 각별한 관심을 쏟았다.

** 요가 수행자. 또는 지도자.

그림을 전부 가져와 칸에게 보여 주었다. 「칸은 거의 40~50분 동안 그림을 하나하나 살펴보았어요. 마니샤가 그린 그림의 복잡하고 미묘한 부분들을 음미하면서 주의 깊게 살펴보았죠. 그리고 어떤 것은 왜 좋고, 또 어떤 것은 왜 별로인지를 설명했어요. 사실 그 순간이 저에게는 아주 인상 깊은 순간이었어요. 이 사람이 그림을 그렇게 꼼꼼하고 세세하게 봐줄 거라고는 생각하지 않았거든요.」

그는 15일 금요일에 비행기를 타고 그다음 날 필라델피아에 도착해서 휴식을 취하고 월요일 강의 준비를 할 예정이었지만, 카스트루바이 랄바이*를 만나기 위해 일정을 하루 연기했다. 존경받는 제분 공장의 주인이자 「인도 경영 연구소」의 주요 설립자였던 그는 거의 아흔에 가까운 나이였기 때문에, 그를 방문할 때마다 어쩌면 마지막 방문이 될 수도 있다는 사실을 떠올렸다. 「카스트루바이를 꼭 만나야 돼요.」 칸이 도시에게 말했다. 「나는 토요일에 떠나도 괜찮아요.」 그래서 아마다바드에서의 마지막 날 오후, 두 사람은 카스트루바이의 집으로 차를 마시러 갔다. 세 사람은 칸이 설계하고 있던 「인도 경영 연구소」의 추가 건물 계획에 대한 이야기를 나누었고, 칸은 테헤란에 한 번 더 다녀온 직후 5월이나 6월쯤 설계도를 가지고 다시 방문하기로 약속했다.

「그럼 테헤란에서 캐슈너트도 좀 사다 줄 건가?」 카스트루바이가 말했다.

* 인도의 기업가이자 박애주의자.

「물론이죠.」 도시에 의하면 칸은 다음과 같이 말했다고 한다. 「한 상자가 아니라 두 상자 사다 드릴게요, 카스트루바이 씨. 당신이 원하는 게 있으면 뭐든 당연히 해드려야죠.」

봄베이*행 비행기를 타야 하는 칸이 공항에 도착하기 전까지 두 사람은 예술에 대해 긴 이야기를 나눴다. 도시는 당시에는 아무것도 기록해 놓지 않았지만 나중에 그 대화가 생각났고, 그래서 칸이 했던 말을 떠올려 보려고 노력했다. 하지만 그가 가장 확신 있게 기억해 낼 수 있었던 말은, 〈발견의 과정, 기쁨의 원천과 빛의 정신〉 등과 같은 단어들뿐이었다.

*

아마다바드에서 출발한 비행기가 봄베이 산타크루즈 공항에 도착했을 때, 주로 이용하던 런던행 에어인디아 밤 비행기로 갈아타기 전까지 충분한 시간이 남아 있었다. 탑승 전에 출입국 관리 사무소 직원이 그의 여권에 그 공항 특유의 타원형 스탬프를 찍고 그 안에 1974년 3월 16일이라고 적어 준 여권 심사대를 지났다. 비행기를 탄 후, 쿠웨이트, 로마, 파리 등을 경유하여 마침내 필라델피아 직항 트랜스월드 항공 비행기로 환승할 런던에 도착할 때까지 기나긴 비행을 견뎌 냈다. 하지만 그가 일요일 히스로 공항에 도착했을 때 그는 예정된 비행기를 놓치고 말았고, 때문에 대신 뉴욕으로 가는 에어인디아 비행기를 다시 예

* 인도의 항구 도시 〈뭄바이〉의 전 이름.

약해야 했다.

당시 런던 공항에서 방글라데시로 가던 동료 건축가 스탠리 타이거맨*을 우연히 만나게 되었다. 「그때 공항에서 눈에 초점이 없고 아주 추레하고 꼭 부랑자처럼 보이는 한 노인을 봤어요. 알고 보니 루였습니다.」 타이거맨이 당시를 회상했다. 「그 사람이 루이스 칸이란 걸 몰랐다면, 분명 노숙자라고 생각했을 거예요.」 루이스 칸은 1950년대 예일 대학교에서 타이거맨의 스승이었다. 수년 후 두 사람은 거의 같은 시기에 다카에서 진행된 다른 프로젝트를 맡게 되면서 다시 만나게 되었다. 타이거맨은 동파키스탄이 방글라데시로 바뀐 9개월간의 전쟁 중에 맡고 있던 프로젝트를 그만두었지만, 칸은 다카 행정부와 계속 관계를 유지하며 전쟁 중에도 묵묵히 자신의 계획을 진행해 나갔다. 결국 칸은 방글라데시의 정부 청사 구축 프로젝트의 건축가로 다시 환영받았다. 그 이후 두 사람은 거의 마주친 일이 없었지만, 이날 공항에서 두 사람은 다정하게 인사를 나누고 함께 앉아 한동안 대화를 했다. 물론 대화의 주제는 칸의 영원한 관심사인 건축이었다.

「우리는 옛날 일을 회상하며 아주 즐거운 대화를 나누었어요. 그는 지치고 우울해 보였습니다. 정말 몰골이 말이 아니었어요.」 타이거맨이 말했다.

예일 대학교에 다닐 때 타이거맨이 기억하는 것 중 하나는 마침내 건축대학 학장이 된 폴 루돌프가 칸에게 〈좀 예의 없는 태

* 미국의 건축가. 포스트모던 건축의 선구자로 불렸다.

도를 보였다)는 점이었다(루돌프가 루이스 칸의 첫 주요 프로젝트였던 「예일 대학교 아트 갤러리」의 내부를 칸의 허락이나 조언을 구하지도 않고 리모델링하려고 했기 때문이다). 하지만 그날 일요일, 히스로 공항에서 칸은 자신의 옛 제자에게 작별 인사를 한 뒤 갑자기 돌아서서 이렇게 소리쳤다. 「타이거맨, 이리 와봐. 자네에게 할 말이 있어. 칸은 이렇게 말했어요. 〈난 자네가 폴이랑 친한 거 알아. 그런데 나는 한동안 폴을 보지 못했어. 폴을 만나면 내가 보고 싶어 한다고, 그는 정말 훌륭한 건축가라고 전해 주게.〉 저는 그 말을 듣고 정말 감동했습니다.」[9]

칸은 에어인디아 비행기를 타고 존 F. 케네디 공항에 17일 일요일, 오후 6시경에 도착했다. 필라델피아 공항에 도착하기로 예정되어 있던 시간보다 세 시간 늦은 시각이었다. 경유 비행기로 갈아타는 대신 그는 기차를 타고 30번가 역에 도착하기 위해 — 그가 필라델피아에 도착할 때 가장 선호하는 방법이었다 — 뉴욕 펜역으로 향했다. 그는 7시 30분에 출발하는 메트로라이너* 표를 사지 못해서 8시 30분 표를 샀다. 기차 출발 전까지 한 시간 이상 남아 있었기 때문에 신문을 사고, 코트와 여행 가방을 사물함에 보관했다.

꼬박 일주일간의 여행 일정이었음에도 불구하고 가져간 짐이라고는 여행할 때마다 언제나 즐겨 쓰는, 서류 가방만 한 낡고 오래된 가죽 가방 하나뿐이었다. 낡은 손잡이에는 〈루이스 칸 교수, 클린턴 스트리트 921번지, 필라델피아, 펜실베이니아

---

* 1969년부터 1980년대까지 뉴욕-워싱턴을 주행한 미국 고속 철도.

주, 미국)[10]이라고 적힌 이름표가 달려 있었다.

칸의 얼굴을 아는 필라델피아 출신 예술가인 한 여성이, 칸이 공중전화로 가서 전화를 걸었지만 아무도 받지 않는 듯한 장면을 목격했다. 그리고 그가 아래층에 있는 남자 화장실로 향하는 것을 지켜보았다. 그때가 아마 7시가 지난 시간이었을 것이다.

8시 직전에 루이스 칸을 모르는 한 남성이 — 하지만 나중에 밝혀진 바로는 에스더 칸의 친구와 형제지간이었다고 한다 — 남자 화장실에서 칸과 마주쳤다. 그 남성은, 흰머리에 두꺼운 안경을 쓰고 얼굴에 심한 흉터가 있는 작은 체격의 남성이 재킷을 벗고 셔츠 칼라의 단추를 푼 채로 돌아다니는 것을 보게 되었는데, 그의 얼굴이 아주 창백하다고 느꼈다. 그래서 그는 칸에게 다가가서 물었다.

「혹시 제가 뭐 도와드릴 게 없을까요?」 칸은 그에게 몸이 좋지 않다면서 화장실 관리인을 찾아서 의사를 불러 달라고 부탁했다. 남성은 시키는 대로 했고 관리인은 즉시 의사를 부르러 갔다. 그리고 위층에서 아내를 만나야 했던 그 남성은 노인의 상태가 심각하지 않은 것 같아서 그곳을 바로 떠났다. 나중에 남성은, 노인이 다소 〈창백해〉 보이긴 했지만[11] 혼자서도 충분히 자신을 돌볼 수 있을 것 같아 보였다고 진술했다. 그 남성은 위층 중앙 홀로 올라가 방금 일어난 일에 대해 아내에게 얘기하려던 순간, 관리인이 경찰과 함께 화장실로 들어가는 모습을 목격했다.

*

　일요일 오후 남편이 돌아오지 않았을 때, 에어인디아 항공기가 연착하거나 루가 경유 비행기를 놓치는 일이 잦았기 때문에 에스더는 크게 걱정하지 않았다. 그리고 그날 저녁까지 돌아오지 않았을 때도 그녀는 그가 습관대로 곧장 사무실로 갔을 거라고 생각했다. 혹은 해리엇의 집에 있을지도 모른다고 생각했다. 그래서 칸이 필라델피아에 도착하자마자 자신에게 전화를 걸지 않은 사실 외에는 — 이 점은 이상했다. 왜냐하면 그는 항상, 아주 짧은 여행을 다녀온 후에도 전화를 꼭 했기 때문이다 — 그다지 걱정할 만한 일이 아니라고 생각했다.

　하지만 자정이 되자 점차 걱정이 되기 시작했다. 그리고 월요일 아침까지도 아무 소식이 없자 에스더는 칸의 사무실에 연락해서 인도에 연락해 달라고 했다. 칸의 비서인 캐시 콩데가 도시와 카스트루바이 랄바이 두 사람에게 연락을 취한 뒤 다시 연락이 오기를 기다렸다. 그리고 기다리는 동안 항공사에 전화해서, 런던에서 필라델피아로 오는 모든 비행기의 승객 명단과 다른 가능한 항공편의 명단에도 칸의 이름이 없다는 사실을 알아냈다(그 과정에서 에어인디아에서는 보안상의 이유로 승객 명단을 남기지 않는다는 사실을 알게 되었다). 그리고 그날 늦게 도시로부터 칸이 아마다바드에서 봄베이행 비행기에 시간 맞춰 탑승했다는 이야기를 들었다. 캐시는 계속 칸의 사무실이나 에스더에게 보낸 전보가 있는지를 알아보기 위해 웨스턴 유니언*과 비행기 도착 정보를 알아보기 위해 존 F. 케네디 공항, 팬 아메리카 항공사, 그리고 에어인디아 항공사에 전화를 거는 등 저녁 내내 이곳저곳에 전화를 걸었다. 그날 12시 30분, 그녀가 사무실을 떠났을 때쯤, 이미 그녀는 위급 상황에서 취해야 했던 일들을 단계별로 기록하기 시작했다. 〈칸이 런던에 도착한 후에 그곳에서 무슨 일이 생겼을지도 모른다는 생각이 들기도 한다. 혹은 너무 피곤해서 전화를 못 했을지도 모른다.〉[12] 이것이 그녀가 월요일 밤에 마지막으로 작성한 내용이다.

화요일 아침, 캐시는 7시 30분에 사무실에 출근해서 런던 경찰과 런던 경시청에 전화를 걸었다. 한편, 에스더는 런던에서 일하는 지인을 통해 칸이 히스로 공항으로 가는 에어인디아 비행기를 탔고 트랜스월드 항공 비행기를 놓치고 뉴욕으로 가는 에어인디아 비행기를 다시 예약했다는 사실을 확인할 수 있었다. 에스더는 에어인디아에 전화를 걸어 마지라는 관리자에게 무슨 정보든 알아봐 달라고 부탁을 했다. 그는 다시 에스더에게 전화를 걸어 루이스 칸이 뉴욕 존 F. 케네디 공항의 세관 및 출입국 사무소를 일요일 오후 6시 20분경에 통과했다는 사실을 알려 주었다. 캐시의 조언으로 에스더는 리조 시장의 집무실에 전화를 걸었고, 곧 칸의 사무실에, 다음에는 칸의 집에 두 명의 필라델피아 형사가 파견됐다. 그러던 중 두 형사와 마지, 그리고 캐시 콩데는 칸이 라과디아에서 필라델피아까지 가는 이스턴 에어웨이즈 비행기와 연계를 원한 승객들이 이용할 수 있도

* 전보 회사.

록 (에어인디아에서 제공한) 헬리콥터에 탑승했는지를 알아보았고, 그는 그 헬리콥터에 탑승하지 않은 것으로 밝혀졌다.

그 뒤 캐시는 그레이시 맨션*에 전화하여 뉴욕 시장 집무실에 도움을 요청했다. 30분도 채 지나지 않아서 한 여성이 전화로 현재 뉴욕에 있는 어떤 병원이나 영안실에도 칸이 없다는 얘기를 전했다. 그리고 그 여성은 경찰서에도 계속 알아보고 있으니 뭔가 소식을 듣게 되면 다시 연락해 주겠다는 약속을 하고 전화를 끊었다.

*

일요일 펜 기차역에서 화장실 관리인과 함께 현장으로 갔던 뉴욕시 경찰관은 알렌과 폴머 경찰관이었다. 폴머 경찰관이 나중에 제14관할 구역에 제출한 보고서에 따르면 그들이 현장에 도착했을 때 루이스 칸이 〈남자 화장실 옆에 얼굴을 위로 한 채 드러누워 있었다〉[13]고 되어 있다. 알렌 경찰관이 쓰러진 남성에게 인공호흡을 시도했으나 아무런 효과가 없었다. 간단하고 필수적인 내용만 기록된 보고서에는 당시 칸이 의식이 있었는지에 대한 내용도, 칸에게서 어떤 말을 듣거나 움직임을 발견했다는 언급도 없었다. 그는 어쩌면 이미 사망한 상태였는지도 모른다. 폴머 경찰관이 헬스 키친** 근처의 세인트클레어 병원으로

* 뉴욕 시장의 공식 공관.
** 뉴욕의 레스토랑.

시체를 이송하는 데 동행했고 그곳에서 비달이라는 의사가 〈도착 전 사망〉을 판정했다. 그리고 경찰관은 영안실 관리자의 입회하에 사망자의 주머니를 수색했다. 칸의 가죽 가방, 코트, 여권, 그리고 기차표가 모두 시신과 함께 발견되었기 때문에 경찰관은 이때 분명 주머니에서 그의 보관함 열쇠를 발견했을 것이다. 폴머가 그날 밤 늦게, 칸이 심장 마비로 자연사한 것 같다고 추정한 내용을 보고서에 적은 것은, 다음 날 뉴욕시 차장 검사 검시관인 의사 존 퓨리가 루이스 칸이 관상 동맥 폐색으로 사망했다고 결론을 내림으로써 공식화되었다.

그런데 한편 이상한 일이 벌어졌다. 비록 경찰의 보고서에는 그 시신이 루이스 칸이라고 정확히 신원이 확인된 상태임에도 불구하고 경찰 측에서는 칸의 사무실 주소인 월넛 스트리트 1501번지를 그가 사는 곳으로 알고 있었다. 경찰들은 보고서에 그 주소를 집 주소로 기입했고, 그 주소를 근거로 밤 9시 50분경 필라델피아 경찰에 전보를 보냈다. 〈귀 관할 시의 월넛 스트리트 1501번지에 거주하는 에스더 칸에게 부군이자 동일 주소에 거주하는 루이스 칸으로 잠정 확인된 72세의 백인 남성이 뉴욕시 펜역에서 사망했음을 알리기 바람.〉[14] 이런 내용의 전보가 일요일 밤 필라델피아의 제9관할 구역 본부 상황실에 도착했다. 단지 단순한 계산 착오에 불과했을 수도 있는 나이와 관련한 실수와는 달리(여권에는 루이스 이저도어 칸은 에스토니아에서 1901년 2월 20일에 출생했다고 명시되어 있었다) 이 실수는 쉽게 설명되지 않는다. 여권 자체에는 어떤 주소도 기입되어 있지 않았지만 여권에 단단히 부착되어 있던 예방 접종 확인서에는 집 주소가 클린턴 스트리트 921번지로 적혀 있었기 때문이다. 게다가 그의 가죽 여행 가방 — 뉴욕 경찰이 접수하여 마스킹 테이프를 붙인 다음 그 위에 〈도착 전 사망〉[15]이라고 써놓은 — 에 달린 이름표에도 집 주소가 적혀 있었다. 어쩌면 경찰이 칸의 주머니를 처음 검색했을 때 월넛 스트리트의 사무실 주소가 적힌 명함이나 회사의 편지지 같은 것을 발견했기 때문일 수도 있다. 아니면 집 주소 대신 월넛 스트리트 1501번지가 그의 주소로 등록되어 있는 필라델피아 전화번호부에서 그의 이름을 검색했을 수도 있다. 어떤 상황이든 상관없다. 문제는 이미 발생했고, 잘못된 주소가 적힌 전보가 필라델피아로 보내졌으니 말이다.

전보가 도착했을 때는 이미 일요일 밤 늦은 시간이었다. 게다가 평소의 일요일이 아니라 성 패트릭의 날이었다. 경찰차가 월넛 스트리트로 갔지만 사무실 건물의 정문은 굳게 닫힌 상태였다. 그리고 그들은 경찰서로 돌아와 그 통지에 대한 것을 잊어버리고 말았다. 뉴욕에서 온 전보는 잘못된 박스에 놓인 채 이틀 내내 누구의 관심도 받지 못했다. 잘못 배달된 전보가 마침내 발견되었을 때는 이미 쓸모가 없어진 후였다.

*

뉴욕시의 모든 병원과 영안실에도 칸이 없다는 소식을 들은 뒤 20분 정도 후 캐시 콩데는 뉴욕에서 또 다른 여성으로부터 칸이 사망했음을 알리는 전화를 받았다. 시신은 실종자로 분류되어 퍼스트애비뉴에 있는 파란색 벽돌 건물의 검시관 사무실 옆, 실종자 처리반으로 보내졌다는 소식과 그곳의 전화번호를 전달받았다. 캐시는 그 번호로 전화를 걸었고 전화를 받은 남자에게 칸의 인상착의에 대해 설명했다. 남자는 그런 사람의 시신이 그곳에 있다고 확인해 주었고 〈이미 이러한 사실이 적힌 전보가 칸 부인에게 보내졌을 테지만 그래도 누군가 직접 와서 신원 확인을 해줘야 하며 근무 시간은 5시까지〉라고 말했다.

〈물론 저는 칸을 데리러 뉴욕에 갔지만, 거기에서도 혼란스러운 상황이 한둘이 아니었어요.〉 그로부터 몇 개월 후, 칸의 이탈리아인 친구에게 보낸 편지에 에스더는 다음과 같이 적었다. 〈하지만 그가 죽기 전에 고통을 오래 겪지 않았다는 것을 알 수 있었고 그는 정말 아주 평온해 보였어요. 평온하게 세상을 떠난 듯해 보이는 사람이 있다면 루가 바로 그런 모습이었어요. 루는 구조대원이었던 두 경찰관의 품 안에서 숨졌다고 하더군요.〉[16] 이것은 어쩌면 실종자 처리반에서 경찰 보고서에 적힌 내용을 그대로 전하지 않고, 유가족을 배려하는 의미에서 각색한 것이거나, 에스더가 그의 죽음을 상상하면서 스스로 만들어 낸 것일지도 모른다.

그리고 화요일 밤 에스더는 매주 한 번, 음악 수업을 하기 위해 베닝턴에 있던 딸 수 앤에게 전화했다. 수 앤은 당시 서른네 살이 되기 직전이었다. 플루트 연주자로 결혼해서 뉴욕에서 살던 수 앤은 부모님의 결혼 생활에 적어도 몇 가지의 문제점이 있다는 것을 알고 있었다. 이제는 아버지가 당장 달려와 보살펴 줄 필요가 없는 다 큰 성인이었지만 너무 충격적이고 뜻밖의 소식을 접한 그녀는 당시의 상황을 도저히 제대로 인지하기가 어려울 정도였다. 「너무나 충격적이었어요.」 그녀는 거의 40년이 지난 후에 이렇게 말했다. 「아버지가 정말로 돌아가셨다는 사실을 받아들이는 데까지 정말 오랜 시간이 걸렸어요.」 나중에 수앤은 그때의 기억을 다시 수정해서 말했다. 「사실은 불길한 예감이 들었어요. 크리스마스 때 아버지의 안색이 아주 빨개졌던 기억이 나요.」 그리고 또 갑자기 다음과 같이 덧붙였다. 「다들 아버지가 아주 건강하다고 생각했기 때문에 정말 충격적이었어요.」[17]

수 앤 외에도 소식을 알려야 할 두 명의 자녀가 더 있었지만 에스더는 당연히 자신이 직접 알릴 필요가 없다고 생각했다. 화요일 오후 늦게 캐시 콩데가 해리엇 패티슨의 집에 전화를 걸었다. 월요일 이후 캐시와 해리엇은 여러 차례 전화를 주고받았다. 해리엇 패티슨은 루이스 칸의 회사에서 함께 일하던 조경 건축가였을 뿐 아니라 회사 사람들은 이미 그녀가 칸의 열한 살짜리 아들의 엄마라는 것을 알고 있었기 때문이다. 칸이 거의 매주 체스트넛 힐에 있는 해리엇의 집에서 같이 저녁을 먹고, 때로는 저녁에 함께 시간을 보내는 일은 당연한 일상이었다. 심지어 에스더도 두 사람의 관계를 알고 있었다. 에스더는, 요즘 너새니얼이 바이올린 레슨을 받는다든지, 해리엇이 루를 힘들게 한다든지와 같은 이야기를 수 앤에게 전하기도 했다. 그래서 칸이 월요일 아침 회사에 출근하지 않았을 때 캐시가 제일 먼저 전화를 건 사람 중 한 명은 해리엇이었다. 그리고 이번에는 평소와 전혀 다른, 그리고 훨씬 힘든 소식을 전하기 위해 전화를 걸어야 했다.

해리엇이 전화를 받았을 때 너새니얼은 부엌에서 엄마 곁에서 있었다. 「칸이 죽었다고요?」 해리엇이 물었다. 그리고 수화기를 조용히 내려놓았다. 「어머니가 굳이 그 소식을 전해 줄 필요가 없었어요.」 너새니얼은 당시를 회상했다. 「아버지가 돌아가셨다는 소식이란 걸 알았거든요.」 두 사람은 집 밖으로 나가 이웃집과 가까운 곳의 잔디밭 위에 섰다. 거의 봄이 다 되어 해가 점점 길어지고 있었지만, 언덕 너머로 지는 해를 바라보던 두 사람에게 공기는 여전히 쌀쌀하게 느껴졌다. 「행복한 시간들이 과연 다시 올까요?」[18] 너새니얼은 이렇게 물었다.

반면 회사에서는 그 어느 누구도 앤 팅에게 전화할 생각을 하지 못했다. 그녀는 이미 1960년대 초부터 칸의 회사에서 일하지 않은 상태였기 때문이다. 하지만 앤과 루는 두 사람의 연인 관계가 끝난 후에도 오랫동안 밀접하게 연락을 취해 오고 있었다. 부분적으로는 그들의 딸인 알렉산드라가 두 사람의 관계를 계속 이어 준 것도 있고, 두 사람은 여전히 서로 좋아하고 존경하는 사이 덕분이기도 했다. 알렉스가 대학을 다니기 위해 집을 떠난 다음에도 두 사람은 종종 만났다. 이를테면 가장 최근에는 두 사람 다 건축대학에서 강의를 하는 펜 대학교 캠퍼스에서 함께 뭔가를 보기도 했고, 루가 그녀를 애정 어린 손길로 어루만지며, 〈당신은 누군가를 사랑하는 걸 멈추지 않는군〉[19]이라는 말을 건네기도 했다. 그리고 그런 말을 건넨 것은 처음이 아니었다.

화요일 밤, 앤은 필라델피아 주요 라디오 방송국의 보도국장이자 알렉스의 고등학교 친구 아버지에게서 전화를 받았다. 루이스 칸의 사망 소식은 지인들 간의 전화를 통해 퍼지고 있었고, 두 사람의 관계를 알고 있던 이 보도국장은 앤 팅이 텔레비전 뉴스나 다음 날 아침 신문에서 칸의 소식을 접하기 전에 자신이 미리 알려 주어야겠다고 생각했던 것이다. 앤은 전화를 끊자마자 하버드 대학교 3학년이었던 알렉스에게 전화를 걸었다. 「엄마의 전화를 받고 바로 집으로 갔어요.」 성인이 된 화가 알렉스 팅은 당시 그날을 회상했다. 「제가 침대에 누워 이렇게 생각했던 것만 기억이 나요. 생전 단 하루도 아픈 적이 없던 아버지였는데 이제 세상에 안 계시다니……」[20]

*

3월 20일 자 『뉴욕 타임스*The New York Times*』에는 폴 골드버거*가 쓴 부고 기사와 에이다 루이즈 헉스터블**이 쓴 그의 업

* 미국의 작가, 건축 비평가이자 강연자. 1984년 비평 부문에서 퓰리처상을 비롯하여 많은 상을 수상했다.
** 건축 비평가이자 작가. 1970년 최초로 비평 부문에서 퓰리처상을 수상했다.

적을 기리는 글이 실렸다. 〈논리와 힘, 우아함을 혼합한 건축가 칸〉이라는 제목으로 시작되는 헉스터블의 기사는 「필립스 엑서터 도서관」, 「방글라데시 국회 의사당」, 펜 대학교의 「리처즈 의학 연구소」, 그리고 포트워스에 있는 「킴벨 미술관」 등을 칸의 〈강하면서도 섬세한〉[21] 공간을 보여 주는 건축물로 뽑았다. 같은 수요일에 발행된 『필라델피아 인콰이어러 The Philadelphia Inquirer』*의 부고란에는 칸의 사망과 관련한 이상한 정황들에 좀 더 초점을 두었고, 21일 자 신문에는 〈경찰은 칸의 사망을 부인에게 알리지 못한 실수를 범했다〉[22]는 제목으로 후속 기사를 냈다. 하지만 『필라델피아 인콰이어러』 측은 또 목요일 신문에 〈근본적인 천재 루이스 칸〉[23]이라는 제목으로 추모 사설을 내기도 했다. 『더 타임스 The Times』의 부고란에는 칸의 유족으로 에스더와 수 앤만을 언급했던 반면, 『필라델피아 인콰이어러』에서는 칸의 여동생 세라도 소개했다. 하지만 어느 신문에도 다른 두 자녀에 대한 언급은 없었다.

칸의 회사에는 문의 전화가 쇄도했고 에스더 칸의 이름으로 집과 회사 주소로 전보가 속속 도착했다. 그중에는, 〈귀하의 부군이자 미국의 가장 위대한 건축가 중 한 분인 루이스 이저도어 칸 씨의 부고를 전해 듣고 깊은 애도의 뜻을 전하는 바입니다〉라는 말과 함께 리처드 닉슨의 서명이 날인된 백악관의 전보도 있었다. 테디 콜렉은 이스라엘에서 〈정말 충격이 아닐 수 없습니다. 루이스의 사망은 예루살렘과 온 세상의 크나큰 손실입니

* 필라델피아의 일간지.

다〉, 이사무 노구치*는 일본에서 〈온 세상이 함께 슬퍼하고 있습
니다〉라고 애도의 뜻을 전했다. 그리고 이오 밍 페이, 케빈 로시,
카를로 스카파, 호세 루이 서트, 그리고 로버트와 데니즈 벤투
리와 같은 동료 건축가들은 물론, 예술 국가 기금 대표 낸시 행
크스와 미국 예술문학 아카데미의 대표 애런 코플런드와 총무
존 허시에게서도 전보가 도착했다. 그중에서도 벅민스터 풀러**
에게서 온 전보는 가장 길고 상세했다. 편지의 내용 중에는 다
음과 같은 말이 적혀 있었다. 〈저는 칸이 불황기에 국제 여성복
노동자 조합을 위한 집을 설계하며 악전고투할 때 처음 만났습
니다. 저는 그가 건축가이자 철학자로서 성장하고 또 성장해 나
가는 것을 지켜보았습니다……. 그의 건축물이 이 세상에 굳건
히 서 있는 한, 루는 그가 사랑했고 또 그를 사랑했던, 살아 있는
사람들에게 직접 말을 걸 것입니다. 그리고 그의 건물들은 대부
분 아주 오래, 오래 남을 것입니다.〉[24]

한편, 장례식을 위한 계획이 착수되었고 22일 금요일 오전
10시에 열릴 것으로 알려졌다. 전통적인 유대교법에 의해 시신
은 최대한 빨리, 되도록 사망 후 24시간 안에 묻어야 했지만 현
대 사회에서 그런 신속함을 기대하긴 어려웠다. 유대교에서도
신자들에게 특수한 경우에는 상황에 맞춰 나가도 좋다고 허용
하고 있었다. 루이스 칸은 사망 5일 후, 그리고 신원이 확인된
지 사흘 후에 유대교의 매장 전통을 따르게 되었다. 그는 한 번

* 미국의 조각가이자 조경 건축가. 일본계 미국인이다.
** 미국의 건축가이자 이론가. 발명가.

도 유대교법을 준수하지 않았지만 랍비의 주도하에 결혼했고 그의 양친의 장례식도 랍비가 주도했다. 그래서 칸 역시 같은 방식으로 묻히기를 바랐을 것이라고 사람들은 추측했다. 그래서 칸을 한 번도 만난 적이 없는 소사이어티 힐*의 랍비가 장례 절차를 수행하도록 요청되었다. 소수의 운구자들 외에도 훨씬 많은 명예 운구자들의 명단이 작성되었고, 필라델피아를 비롯한 여러 지역의 영향력 있는 명사들에게 장례식 초대장이 발송되었다.

장례식은 필라델피아 오래된 중심가의 체스트넛 스트리트 1820번지에 있는 신고전주의 양식의 대형 건물인 올리버 베어 장례식장에서 치러졌다. 장례식은 2층의 가장 큰 예배당에서 열렸고 다 수용되지 못한 참석자들을 위해 별도의 예배당이 마련되었다. 1,000명 이상의 사람들이 금요일 아침 베어 장례식장에 도착하여 2층으로 향하는 웅장한 계단을 올라갔다. 사람들 대부분은 랍비 이반 케인이 주도하는 — 실제로 루와 친분이 있던 로마 가톨릭 신부인 몬시뇰 요한 맥패든 신부가 보조를 맡아 주었다 — 주 장례식장에 들어갈 수 있었다. 장례식장의 맨 앞에는 받침대 위에 간결한 오크 관을 올려 놓고 벨벳 천으로 덮어 놓았다. 에스더와 수 앤은 맨 앞줄에 앉았다. 그 바로 주변과 뒷줄에는 친척들과 가까운 친구들, 칸의 회사 직원들과 펜 대학교의 동료들이 앉았다. 전 세계 곳곳에서 참석한 고위 관리들과 건축가들이 조의를 표했다. 하지만 공식적인 지위나 자격

* 필라델피아 중심 도시에 있는 유서 깊은 동네.

50

이 없어도 단순히 루와 그의 건축물에 대한 애정을 가졌던 수많은 사람도 그 자리에 참석했다. 「나이 많은 보수적인 유대교인 그룹도 있었고 히피 같은 분위기를 풍기는 학생들로 이루어진 그룹도 있었어요. 장례식장에 딱 맞는 옷차림이라곤 할 수 없었죠.」 1960년대 초에 몇 년간 칸의 회사에서 일했던 에드 리처즈가 말했다. 「정말 사람들로 꽉 찼어요. 그 많은 학생이 오다니 참 대단하다고 생각했어요.」[25]

칸의 직원이었던 데이비드 슬로빅 역시 그때 얼마나 많은 사람이 왔는지, 그래서 심지어 사람들 사이에 실랑이도 있었다고 전했다. 하지만 그게 누군가를 밖으로 밀어내기 위해서였는지 아니면 얼마 안 되는 빈자리를 서로 차지하려고 그랬는지는 확실하지 않다고 했다. 「저는 더 이상 회사를 다니고 있지 않았기 때문에 상황을 잘 몰랐어요. 그런 갈등이 있다는 것에 대해서 잘 몰랐죠. 에스더가 그들을 오지 못하게 막으려고 했다거나 하는 일들은 나중에야 알게 되었거든요.」[26] 하지만 칸의 회사에서 오래 일했고 소크 프로젝트에도 참여했고 라호이아*에서 자신만의 사무실을 연 후에도 칸과 계속 친한 관계를 유지했던 잭 매칼리스터는 그런 잠재된 문제점들을 잘 알고 있었다. 「저는 장례식에 초대받았지만, 참석하지 않기로 결정했습니다. 저는 그곳에 독수리들이 몰려들 거라고 생각했어요. 말하자면 칸의 일부를, 혹은 그의 사업의 일부를 차지하려고 혈안이 된 사람들 말이에요. 다양한 가족 구성원들이 그의 혼외 가족들이

* 캘리포니아주 샌디에이고 북서쪽의 주택 지역.

그곳에 오기를 원하지 않는다고 들었어요.」[27] 잭 매칼리스터가 말했다.

에스더의 절친인 앤 마이어스 — 칸의 동료인 마셜 마이어스의 부인이자 에스더 칸의 비공식적인 재정 조언자였다 — 는 에스더가 이런 사안에 대해서 아주 노골적인 지침을 정해 주었다고 말했다. 칸의 다른 두 자녀와 그들의 모친들이 장례식에 굳이 오겠다고 한다면 정중히는 대하되, 〈그녀의 눈길이 닿는 자리〉[28]에 앉는 것은 원하지 않는다고 말이다. 그래서 지인들에게 마이어스 천사라고 불리던 이 여성은 이 반갑지 않은 참석자들을 칸의 관이 보이지 않지만 앞에서 말하는 사람의 목소리는 들을 수 있는 별도의 예배당에 앉게 하도록 노력했다.

「많은 사람이 앞쪽에 앉아 있는 것이 보였지만 우리는 그곳에 앉지 못할 것을 짐작하고 있었어요.」 너새니얼 칸은 열한 살 소년으로서 겪었던 당시의 일을 회상하며 말했다. 「이렇게 서로 다른 가족들이 있을 때는, 모든 사람이 각자 자기만의 슬픔 속에 갇혀 있다는 느낌이 듭니다. 그리고 누군가에게 관찰당하는 느낌, 거기에 있어서는 정말 안 되는 존재라는 느낌도요. 잘 기억은 안 나지만 옆방으로 가달라는 소리를 들었던 기억이 있습니다. 아무것도 보이지 않았던 기억도 나요. 아주 커다란, 호두나무 케이스에 천이 덮인 시끄러운 스피커를 통해서 장례식의 진행 과정이 들려왔어요. 그래서 뭔가 아주 단절된 느낌을 받았어요. 그냥 아무 상관없는 랍비가 내가 알던 아버지와는 전혀 무관하게 느껴지는 아주 좋은 말들을 늘어놓았어요.」

어린 너새니얼에게 아버지를 더 잘 표현했다고 느껴졌던 말은 그의 삼촌 윌리를 공항에서 장례식장까지 태워다 준 어떤 택시 기사의 말이었다. 윌리 패티슨(너새니얼에 의하면, 윌리는 〈전혀 루를 좋아하지 않았다〉고 한다)은 올리버 베어 장례식장 안의 계단 끝에서 그의 여동생 해리엇과 조카 너새니얼을 만났고 그가 택시 안에서 나눈 대화에 관해 말해 주었다. 「아, 그 교수님 장례식에 가시는군요.」 기사는 이렇게 말하고는 다음과 같이 덧붙였다. 「우리도 그 교수님 다 알아요. 정말 좋은 분이셨죠.」 너새니얼은 장례식장 밖에 기다리고 있던 많은 택시들을 보고 기사의 말이 진심이라는 느낌을 받았다. 너새니얼은 그 택시 기사들이 모두 〈경의를 표하고〉 있었다고 회상했다. 「마치 모두 장례식에 함께하고 싶어 하는 것 같았어요. 아버지는 운전을 하지 않았고 택시를 자주 탔기 때문에 택시 기사들은 모두 아버지를 잘 알고 있었죠.」 예배당 안에서는, 그와 정반대로, 전혀 만난 적도 없는 남자에 대한 일화를 늘어놓는 랍비 케인의 실체가 보이지 않는 목소리만 울려 퍼지고 있을 뿐이었다. 「마치 스피커에서 신의 목소리가 나오는 것처럼 너무 비현실적으로 들렸어요.」 너새니얼이 그때의 일을 생각하며 말했다. 「아버지를 데려가려는 과정이 시작된 것 같았죠.」[29]

너새니얼보다 아홉 살 많았던 알렉스 팅은 당시의 상황에서 아주 다르게 처신했다. 알렉스는 언제나 강한 성격의 소유자였다. 열여섯의 나이에 서로에게서 고립되어 지내는 가족들을 지속적으로 연결하려고 했고 배다른 남동생과 언니를 찾아낸 것도 알렉스였다. 알렉스는 모든 속임수와 은폐에도 불구하고 자신들도 칸 인생의 일부라는 것을 보여 주기라도 하려는 듯이 언제나 칸과 관련된 여러 공식적인 행사에 남동생과 언니와 함께 참석하기를 고집했다. 그리고 이제 아버지의 장례식에서 그녀는 자신에게 할당된 자리를 그대로 받아들일 생각이 없었다.

「장례식은 사실 제 생일이었습니다. 제 스무 살 생일이었죠.」알렉스가 회상했다. 「우리를 항상 뒤쪽 자리로 안내했던 그 여자가 — 아버지 회사의 직원 부인이었어요 — 우리를 옆방으로 안내하려고 하더군요. 사실은, 좀 더 부연하면 그 여자가 장례식 전에 우리 집에 전화를 걸었어요. 어머니가 그 여자에게 이렇게 말하는 것을 들었어요. 〈어떻게 우리 보고 장례식에 오지 말라고 할 수가 있어요?〉라고 어머니는 몹시 화를 냈어요. 그런 상황이 제 마음을 너무 불안하게 만들었죠. 우리가 앉고 싶어 하는 자리에 앉지 못하게 하려는 그들과 다퉈야 한다는 것을 알고 있었거든요.」마이어스가 알렉스와 앤 팅을 옆방에 앉히려는 시도에 실패하자, 그녀는 두 사람을 주 장례식장의 맨 뒤쪽에 앉혔다. 「우리 어머니가 그 회사에서 그렇게 오랫동안 일했는데도 말이에요.」[30] 알렉스가 지적했다. 앤 팅은 장례식이 진행되는 동안 뒤쪽 자리에 앉아 있었다. 하지만 알렉스는 앞으로 당당히 걸어 나갔고, 두 번째 줄에 앉아 있던 수 앤의 남편 해리 솔츠먼이 알렉스를 불렀다.

「제 여동생이 장례식장에 들어오더니 맨 앞으로 걸어왔어요.」수 앤이 말했다. 「그 애는 그런 말도 안 되는 상황을 그냥 받아들일 애가 아니었어요. 제 남편이 그 애에게 〈이리 와서 내 옆에 앉아. 여기가 좋은 사람들이 앉는 자리야〉라고 말했어요. 그리고 제가 해리엇을 찾으러 갔는데 그녀는 별도로 마련된 예배당에 있었어요.」[31] 동시에 알렉스도 너새니얼을 찾으러 갔다.

「알렉스 누나가 저한테 와서 자기와 함께 앞자리에 앉지 않겠느냐고 물었지만 저는 엄마와 함께 있고 싶었어요.」[32] 너새니얼이 그때를 회상했다. 알렉스도 똑같이 기억하고 있었다. 「너새니얼은 옆에서 엄마를 위로해 주고 싶어 했어요. 정말 착하죠. 그래서 엄마 옆에 앉아서 엄마를 위로해 주지 않은 것에 대해서 약간 양심의 가책을 느꼈지만 그래도 엄마는 혼자서도 괜찮을 거라고 생각했어요. 제가 만일 뒤에 앉게 되면 저는 너무 화가 날 것 같았기 때문에 그러지 않았어요.」[33]

가족 간에 있었던 이런 드라마는 위엄 있는 장례식에 전혀 영향을 미치지 않았다. 〈결혼 전에는 에스더 이스라엘리라는 이름을 가졌던 칸의 부인이 화려하게 장식된 장례식장의 맨 앞줄에 지인들과 친척들 사이에 둘러싸여 앉아 있는 동안, 랍비 케인은 루이스 칸과 예언자 모세와의 유사성을 이끌어 냈다.〉[34] 금요일 자 『이브닝 불레틴*Evening Bulletin*』*에서는 이런 식의 진실성이 별로 느껴지지 않는 거창한 내용의 기사를 냈다(에드 리처즈는, 〈그때 에스더는 마치 아카데미상을 받아야 할 사람처럼 앉아 있었어요〉[35]라고 다소 비꼬듯 말했다). 랍비 케인, 몬시뇰 맥패든, 그리고 칸의 오랜 친구이자 동료 건축가인 노먼 라이스의

* 필라델피아의 신문.

추도 연설이 끝난 후, 관이 공식 운구자들에 의해 엄숙하게 밖으로 운반되었다. 어린 너새니얼은 그 광경에 큰 감명을 받았다. 「아버지 회사의 직원들이 관을 어깨에 메고 운구하던 것이 기억납니다.」[36] 사실 그중 칸의 회사 직원은 데이비드 위즈덤 한 명뿐이었다. 나머지 사람 중에는 에스더의 신경과 전문의인 버나드 알퍼스(에스더는 경력 대부분을 그의 임상 병리사로 일했다), 루의 변호사였던 데이비드 줍, 어릴 적부터 루와 알고 지낸 노먼 라이스, 필라델피아의 예술가 찰스 매든, 그리고 그 지역 고위 공직자들 네 명이 포함되어 있었다. 그들은 함께 소박한 나무 관을 메고 곡선 계단을 내려가 밖에서 대기하고 있던 운구차로 옮겼다.

약 50대의 차들이 운구차를 따라서 필라델피아 북동부에 있는 몬테피오르 묘지로 갔다. 『이브닝 불레틴』에서는 그 행렬에 있던 차들의 숫자와 다양한 차종에 대한 기사를 실었다. 〈반짝이는 검은 메르세데스 바로 뒤로 아주 낡은 폭스바겐 버스가 뒤따랐다.〉[37] 수 앤과 알렉스는 따로 차를 타고 갔고, 묘지에서 합류했다. 「수 언니가 아주 마음 아파하던 것이 기억납니다.」 알렉스가 말했다. 「언니가 제 손을 잡고 있었는데 누가 누구를 위로하고 있었는지도 모르겠어요.」 그들은 무덤에 도착했을 때도 손을 놓지 않았다. 「절차상 관 위에 흙을 뿌려야 했습니다. 유대교 장례식에는 한 번도 가본 적이 없어서 어떻게 해야 할지를 몰랐는데 언니가 어떻게 하는지 방법을 보여 주었어요. 우리는 손을 잡고 같이 흙을 뿌렸어요.」[38]

너새니얼은 아버지의 관이 매장되는 장지까지는 가지 않았다. 관이 운구차에 실리는 것을 보고 바로 해리엇과 그 동네를 떠나 곧바로 보스턴에 있는 친척집으로 갔다. 「어머니는 묘지에 가고 싶지 않다고 했어요. 그리고 몇 년이 지난 후에야 그때 갔을 걸 그랬다고 후회하던 기억이 나요.」[39]

뭔가 찜찜한 기분을 가지고 그곳을 떠났던 것은 너새니얼만이 아니었다. 수 앤은 어머니가 관을 열어 볼 수 있게 해주겠다고 했지만 결국은 아버지가 관 속에 누워 있는 모습을 보지 않았다. 「그때 봤더라면 좋았을 것 같아요. 아버지의 죽음을 깨닫는데 몇 개월이나 걸렸어요. 그때 봤다면 어느 정도 바로 받아들일 수 있었을 거예요. 전 평소에 아버지를 몇 달간이나 보지 않는 경우가 많았기에, 처음에는 그냥 그런 일상과 다르지 않은 기분이었거든요.」[40]

*

루이스 칸이 떠난 사실을 받아들이는 것이 힘들었던 이유는 단지 너무 갑작스러웠기 때문만은 아니었다. 그가 세상으로부터 사라진 방식이, 그를 아는 사람 중 아무도 그를 찾지 못했던 이틀간의 공백까지 포함하여 뭔가 비정상적이고, 석연치 않았기 때문에 사람들로 하여금 그의 죽음을 더욱더 받아들이기 어렵게 만들었던 것이다.

여러 단계를 거친 여러 통의 전화로 루의 죽음에 대해 알게 된 캘리포니아의 친척들에게도, 칸이 어떻게 어디에서 사망했는지에 대해 지속적인 혼란이 있었다. 수십 년 후에도 칸의 조카, 종손자, 종손녀 들은 모두 칸이 방글라데시에서 돌아오는 길에 심장 마비로 사망했다고 알고 있었다. 말하자면 그들의 기억은 별로 언급되지 않는 아마다바드의 〈경영 연구소〉보다 훨씬 유명한 다카의 〈국회 의사당〉을 선택했다고 볼 수 있다. 그들은 칸이 기차역에서 죽었다는 사실은 알고 있지만 적어도 그들 중 두 명은 그 기차역을 그랜드 센트럴 역으로 알고 있다 — 이것 역시, 더 적절하고 좀 더 기념비적인 쪽을 선택한 결과일 것이다. (이러한 잘못된 세부적인 정보들이 심지어 다음과 같이 역사적 기록에까지 포함된 적이 있는 것을 보면 이러한 내용들이 얼마나 설득력이 있었는지를 알 수 있다. 루이스 칸 일생의 중요한 순간을 나열한 『톨레도 블레이드*Toledo Blade*』[*]의 1993년도 기사에는 오하이오주 신문에 났던 〈1974년, 방글라데시에서 필라델피아로 돌아오는 길에 뉴욕시 그랜드 센트럴 역에서 심장 마비로 사망〉[41]이라는 기록이 포함되어 있다.) 게다가 서부 해안의 친척들은 칸의 특징적인 헝클어진 머리와 구겨진 옷 때문에 누군가가 그를 알아보기 전까지 이틀 동안 부랑자로 여겨졌던 것으로 알고 있었다. 칸의 죽음에 대한 상심이 큰 것도 부분적으로, 칸을 제대로 식별하지 못한 점과도 관련이 있다. 그들은 루이스 이저도어 칸처럼 유명한 사람이 이틀 동안 신원이 확인되지 않았다는 것을 믿을 수가 없었던 것이다.

* 오하이오주 톨레도 지역의 신문.

동부 해안의 친척들 중 일부에게는 또 다른 이야기가 퍼져 있었다. 이들은 칸이 알 수 없는 이유로 여권에 있는 주소를 지웠고, 그래서 뉴욕 경찰이 처음에 잘못된 주소로 전보를 보내게 된 것이라고 생각했다. 해리엇 패티슨은 특히 이 견해를 굳게 믿는 사람 중 하나로, 그가 마침내 부인을 떠나 자기와 아들 너새니얼과 함께 살기로 결정했다고 확신하고 있었다. 너새니얼 칸은 그의 아버지에 대한 영상에 이 이야기를 언급하면서 자기 어머니의 해석을 〈근거 없지만 기분 좋은 믿음〉[42]이라고 했지만, 사실 그 또한 주소가 지워졌다는 쪽을 믿는 입장이었다. 앤 팅은 루가 가정 상황을 결코 바꿀 사람이 아니라고 생각했다. 하지만 그녀도 알렉스처럼 여권의 정보가 변경되었을 거라고 여겼다. 「집 주소가 지워졌다는 데는 의심의 여지가 없어요.」 알렉스 팅이 말했다. 「하지만 아버지가 왜, 무슨 의도로 그랬는지는 저도 모르겠어요. 아마 비행기에서 흉통을 느낀 아버지가 집에 도착하기 전에 사망할 경우를 대비해서, 사람들이 발견할 수 있도록 어떤 메시지를 전하려고 의도했던 건 아닐까요. 물론 아무도 모르지만요.」

하지만 미국 여권은 지금과 마찬가지로 당시에도 여권 소지자의 집 주소는 기재하지 않았다. 원한다면 앞부분에 주소를 적을 만한 페이지가 있긴 했지만 루이스 칸이 마지막 여행 때 소지했던 여권의 — 봄베이의 산타크루즈 공항에서 3월 16일 출국 도장이 찍힌 여권이다 — 주소를 적는 페이지에는 아무것도 적혀 있지 않았다. 여권에 있었던 주소라고는 뒤에 부착되어 있던 예방 접종 증명서에 적혀 있는 것이 유일했고 그 주소는 조금도 지워져 있지 않았다. 「그 의문의 여권이 사라졌다고 들었어요.」[43] 알렉스는 이렇게 말했지만 그 여권은 계속 언니인 수 앤이 가지고 있었다. 하지만 수 앤조차도 아버지의 사망 후 수십 년이 지난 다음에, 그럴 이유가 생기기 전까지 여권을 찾아볼 생각조차 하지 않았다. 이런 점을 보면 어떤 의문점들은 단순히 해소되지 않기를 바라는 것 같기도 하다.

칸이 여권의 주소를 지웠다는 근거 없는 믿음은 그의 사망에 대한 이야기가 나올 때마다 매번 새롭게 수면 위로 떠오르며 오랫동안 지속되었다. 이 사실은 외부인들에게는 단지 미해결 사건들이 갖고 있는 호기심을 자아내는 정도였다. 하지만 칸의 부고란이나 사후 기념행사들에서 매번 공식적으로 제외되었던 여자들과 그 자녀들에게는, 그러한 이야기가 루의 인생에서 그들이 차지하는 부분을 사적이고 비밀스럽게 인정하는 듯한, 일종의 위안을 주는 역할을 했다. 그런 입장은 충분히 이해가 간다. 사랑했던 사람을 불의의 사고로 잃게 되면 남겨진 이들은 사망자가 남긴 마지막 메시지를 얻을 수 있기를 간절히 바라기 때문에, 어떤 진실이 확실하게 밝혀지지 않았을 때 마지막 메시지가 애초에 없었다는 사실을 쉽게 받아들이지 못한다. 특히 루이스 칸과 같이 아주 다양한 사람들에게 여러 의미를 주었던 사람이 사망한 경우, 일반적인 상실감과 불확실성이 그의 사망과 관련된 의문스러운 상황에 더해져 더 심화되었을 가능성이 크다. 한 장소에서 다른 장소로 조용히 훌훌 떠나거나 불특정한 기간 동안 연락이 두절되는 일이 일상적이었던 루의 패턴은, 결국 일시적인 것에서 영구적인 것이 되고 말았다. 마치 아무도 눈치채지 못하는 사이, 현실의 구멍을 통해 미끄러져 들어가 버린 것처럼 실재에서 부재의 상태로 바뀐 것만 같았다. 비록 그의 부재를 쉽게 받아들이기는 어려웠지만, 그럼에도 불구하고 그가 부재한다는 사실 자체는 그나마 모두가 동의할 수 있는 유일한 것이었다. 모든 것을 예전처럼 유지해 나갈 그의 온전한 실체는 이제 세상에 없었다. 친구나 사랑하는 사람, 고객이나 직원들에게 자신이 바로 그들이 알아 왔고 또 그들이 바랐던 대로의 그 사람이라고 설득해 줄 칸은 더 이상 물리적으로 존재하지 않았다.

이 일은 그런 감정적인 문제뿐 아니라 현실적인 문제도 야기했다. 장례식이 끝나고 회계사가 마침내 회사의 회계 장부를 검토하게 되었을 때, 루이스 칸 건축 회사가 46만 4423.83달러의 부채를 안고 있다는 사실이 드러났다. 채무의 대상은 대부분 엔지니어나 직원들이었지만 그중에는 외부 공급업체와 기관 들도 있었다. 물론 루를 유능한 사업가라고 생각한 사람은 아무도 없었다. 하지만 회사의 재정 상태가 이렇게까지 심각할 거라는 사실을 아무도 눈치채지 못하고 있었다. 에스더는 혼자서 그 모든 빚을 감당할 능력이 없었지만 데이비드 줍과 몇몇 다른 헌신적인 친구들이 거의 2년간 노력한 끝에, 펜실베이니아주 입법부에서는 루이스 칸이 갚아야 하는 빚과 정확히 동일한 금액으로 루이스 칸의 수집품을 구매하겠다는 결정을 내렸다. 사적이거나 일과 관련된 기록뿐 아니라, 그가 일생 동안 그린 6,363장의 도면과 스케치 등이 포함된 칸의 소장품들은 펜실베이니아 대학교에서 소장하기로 동의했고 칸이 강의했던 건물에 보관하게 되었다.

　그가 완성하지 못한 건물들에 대한 문제도 남아 있었다. 데이비드 위즈덤과 헨리 윌콧, 그리고 루이스 칸이 신뢰하던 동료들은 9년 이상 지속적으로 작업하여 결국 그 방대한 방글라데시 수도 프로젝트를 1983년에 완성시켰다(같은 해, 우연히 다카의 표기가 〈Dacca〉에서 〈Dhaka〉로 변경되었다). 마셜 마이어스와 그의 회사 펠레치아 & 마이어스는 「예일 영국 미술 센터」의 최종 설계와 건설 과정을 감리했고, 결국 1977년에 완성했다. 또한 다른 건축가들은 캘리포니아주 버클리의 연합 신학 대학원, 매사추세츠주 레녹스에 있는 「비숍 필드 이스테이트」, 그리고 아메리칸 윈드 심포니 오케스트라를 위한 선상 무대 등을 칸이 스케치한 계획을 바탕으로 시공 도면을 작성하기도 했다. 그리고 칸의 사망 후 거의 40년 이후에 수많은 논쟁, 협의, 그리고 수정을 거쳐 1973년 루가 공개했던 설계도와 아주 흡사한 모습을 갖춘 「루스벨트 포 프리덤스 공원」이 루스벨트 아일랜드에서 개장되었다. 하지만 그가 착수했던 다른 야심작들은 — 베네치아의 팔라초 데이 콘그레시나 예루살렘의 후르바 유대교 회당을 포함하여 — 모두 급작스레 중단될 수밖에 없었다. 그 프로젝트들을 칸이 완성했을 법한 수준으로 완성할 만한 건축가는 아무도 없었기 때문이다. 또한 대부분의 경우 다른 사람들이 칸의 작업을 대신 수행할 만큼 충분한 설계도 역시 없었다. 그러한 웅장한 건축물들은 단지 그들이 존재한 정도까지만, 즉 루이스 칸의 머릿속에서만 존재했고 결국 그와 함께 사라지고 말았다.

하지만 그의 사망 후에 쏟아진 찬사들이 정당하게 여겨질 만큼 놀라운 작품들이 충분히 남아 있다. 몇 안 되는 걸작들을 창조해 내기 위해 그에게는 각고의 노력과 오랜 시간이 필요했지만 그 건축물들이 세상에 얼마나 중요한 의미를 갖는지에 대해서는 — 건축 분야에서뿐 아니라 건축물을 사용하고 점유하는 모든 일반인에게도 — 의심의 여지가 없다. 함께 「소크 생물학 연구소」를 세우고 또 좋은 결실을 맺었던 덕분에 칸이 언제나 자신이 가장 좋아하는 고객이라고 칭했던 조너스 소크는 칸의 사망 직후 그의 심정을 표현하는 시를 지어서 1974년 4월 2일 추도식에서 낭독했다. 소크의 시는 다음과 같다.

우연히 나타난
자그마하고 기발했던 한 사람의 생각으로부터
기능적이면서도 위대한 형태
위대한 구조, 위대한 공간들이 탄생하였다.

소크는 잃어버린 자신의 친구 칸을 〈예술가의 시각, 철학자의 깊이, 형이상학자의 지식, 논리학자의 이성뿐 아니라 시인의 언어와 음악가의 기교를 지닌 사람〉이었다고 찬양했다. 이 시는 루이스 칸의 타고난 재능을 찬양하면서도 최종적인 성취를 이룰 때까지 얼마나 길고 긴 여정을 걸어야 했는지도 표현했다.

50년간 스스로를 갈고닦은 끝에
20년 만에 이루었다.
다른 이들은 50년 안에라도 이루기를 바랐을 일들을.[44]

현장에서:
「소크 생물학 연구소」

해질 무렵, 「소크 생물학 연구소」의 광장
(사진: 미상 / Wendy Lesser 소장)

샌디에이고에서 북쪽으로 몇 킬로미터를 가면 나무들이 늘어선 구불구불한 노스토리 파인스.도로 옆, 1960년대 초에 루이스 칸이 조너스 소크를 위해 설계한 건물이 있다. 캘리포니아 주 남부에서 그곳을 가려면 보통 차를 타고 가지만, 그 복합 단지는 걸어서 들어가야 하기 때문에 동쪽 주차장에 차를 주차하고 오전 6시부터 오후 6시까지만 개방되는 정문을 통과해서 들어가야 한다. 일반인에게 주요 연구소 건물이 하루 종일 개방된다는 사실은 이 연구소에서 첫 번째로 인식되는 독특한 점이다. 물론 정말 과학과 관련된 이유로 이곳을 찾는 사람도 있지만, 사실 대부분은 매력적인 중앙 광장을 사이에 두고 연구동과 실험동들이 세트로 대칭을 이루어 서로 거울처럼 마주보고 있는 칸의 건물들을 감탄하는 눈으로 바라보며 휴식과 용기를 얻기 위해 이곳을 찾는다.

광장으로 가기 위해서는, 최근 더 많은 실험실과 사무실들을 수용하기 위해 칸의 건축 스타일을 모방해 지은 신축 건물 2개동 사이를 지나가야 한다. 칸이 지었을 당시에는 유칼립투스 나무숲을 지나도록 되어 있었지만, 지금은 그중 일부만이, 사라진 숲을 상징하는 정도로 남아 있다. 이렇게 축소된 접근로에 크게 마음이 쓰이지 않는 것은, 원형 그대로 보존된 연구소 부지가 시작됨을 알리는, 부식되고 산화된 철제 울타리 너머에 뭔가 황홀한 광경이 숨어 있다는 예감이 우리를 앞으로 이끌기 때문이다. 그리고 그 약속은 곧 실현된다.

약 82미터 길이의 옅은 색의 트래버틴*이 깔린 광장 가까이 다가가 직사각형 광장의 탁 트인 반대편 너머를 바라보면 푸르른 띠처럼 보이는 태평양이 우리를 향해 반짝거린다. 그리고 앞으로 나아갈 방향에 수직으로 놓여 있는 돌 벤치가 우리의 걸음을 멈추게 한다. 광장의 폭만큼이나 넓은 이 벤치는 우리에게 바로 그 자리에 서서, 광장 주변의 건물들이 만드는 지그재그 모양의 높은 윤곽선으로 된 액자 속에, 바다와 하늘이 함께 담긴 경관을 바라보도록 요청한다. 트래버틴 운하에 둘러싸인 30센티미터 폭의 얕은 수로는 바로 우리 앞에 놓인 작은 정사각형 분수로부터 직선 방향으로 흐름으로써 우리의 시선을 서쪽으로, 거의 수평선 가까운 곳까지 이끈다. 1년에 두 번, 춘분과 추분에 그 빛나는 수로의 바로 위로 해가 진다. 이것은 스톤헨지나 그와 유사한 다른 고대 건축물과의 유사성을 암시한다기보다는, 이 건물 또한 천문학적 규모의 시간에 맞춰 고유의 역사를 기록하고 있음을 확인하게 한다. 하지만 지금은 한여름이

* 담수 석회암의 일종.

라 광장 전체가 아주 환한 8월의 햇빛에 휩싸여 있어서, 그림자들 — 광장의 북쪽과 남쪽 면을 따라 서 있는 건물 사이의 간격들, 1층의 개방된 입구들, 트래버틴 벤치 아래의 공간들, 한 덩어리의 재료가 다른 덩어리와 만나는 좁은 간격들에 생기는 그림자들 — 은 거의 검은색에 가깝게 보인다. 그래서 우리 자신이 이 3차원 공간 안에 존재한다는 감각이 너무 강렬하게 느껴진다는 점을 제외하면, 마치 건축물을 렌더링한 것이나 흑백 사진 속에 있는 느낌이다.

이제 경치가 이끄는 대로 앞으로 나아가기 위해서는, 먼저 벤치를 돌아가기 위해 옆으로 이동해야 한다. 어느 쪽으로 가기로 결정하든, 북쪽이든 남쪽이든, 오른쪽이든 왼쪽이든, 광장 양쪽의 최전선에 늘어선 톱니처럼 삐죽삐죽한 건물들을 마주하게 된다. 이곳에 도착한 뒤 처음으로 그 건물에 주목해 보면 이 4층짜리 콘크리트 연구동들은 — 그 안에 2층과 4층에는 과학자들을 위한 연구실들이 있고, 그 사이에는 강철 난간이 있는 테라스를 가진 3층이 샌드위치처럼 끼어 있다 — 그 안에 상주하는 연구자들에게 경이로운 경관을 제공하고 있음을 깨닫게 된다. 모든 연구실은 예리한 각도로 돌출된 부분에 태평양을 바라보도록 면한 큰 서쪽 창문이 있고, 반대편의 연구동을 거울처럼 마주보고 있는, 티크 나무로 짜인 틀 안의 또 하나의 좁은 창문이 있다.

그중 태평양 쪽이 아닌 가로 방향을 향한 창의 경치가 바로 지금 우리가 바라보는 것과 같은 풍경이다. 콘크리트, 금속, 유리, 그리고 티크 목재와 같은 모든 재료들이 조합되어 이루어진 이 건물은, 광장이 갖는 철저히 기하학적인 디자인을 뭔가 좀 더 인간적인 요소로 완화시킴으로써 보완하는 느낌이 든다. 그런 완화된 느낌은 시간의 경과를 전혀 느낄 수 없는 이곳에 얼룩덜룩한 회갈색으로 풍화되고 부드러워진, 손으로 가공한 티크목이 세월의 흐름을 느끼게 해준 덕분일까? 아니면 우리가 이전에 본 어떤 콘크리트 건물보다도 더 따뜻하고 부드럽고, 그리고 매력적인 분위기를 가진 — 게다가 크기마저 좀 더 사람에게 어울리는 — 콘크리트 자체가 풍기는 느낌 덕분일까? 구조 전체에 영향을 주는 질량과 무게감에도 불구하고, 커다란 문 정도의 크기와 모양을 가진 콘크리트 패널들로 나뉘어져 있는 이 건축물에는 손으로 만져질 듯한 섬세함이 있다.

이 콘크리트 패널들이 서로 만나는 부분에는 마치 옅은 회색 직사각형들 각각에 개별적인 액자 틀을 할당하듯 줄눈들이 이중으로 그어져 있다. 그리고 동그란 구멍들이 일정한 간격으로, 대칭적으로 배열되어 있다. 구멍들은 짙은 회색의 납으로 메워져 있어서 마치 콘크리트의 배꼽 같다. 원래 합판 거푸집을 고정했던 자국을 그대로 드러냄으로써 콘크리트의 근원이 무엇이었는지를 강조하는 것이다. 그리고 콘크리트 패널에 그렇게 규칙적이고 균형 잡힌 형태로 뚫린 구멍들은 그것을 바라보는 눈에 즐거움을 줌으로써 결과적으로 마음에 안정감을 더한다. 〈이곳에 임의적인 것은 아무것도 없다. 그리고 실용적인 이유 때문에 만들어진 것은 지극히 아름다운 것이 될 수 있다〉라는 말을 떠올리게 한다. 이런 논리는 이 콘크리트 벽 자체는 물론 이 벽 안에서 수행 중인 과학 연구 활동에도 적용될 것이라고 생각된다.

아주 더운 날이나 비가 오는 날에는 연구동의 전체 길이만큼 길게 이어져 있고, 해가 비스듬히 비추어 짙은 그늘이 생기는 1층의 아케이드를 통과함으로써 몸을 피할 수 있다. 하지만 평소의 화창한 날씨에는 바다 쪽으로 이어지는 수로의 물줄기를 따라가면서 중앙의 수로 근처에 머물고 싶어진다. 수로의 서쪽 끝부분으로 다가가면 지금까지는 보이지 않던, 수로의 물이 빠지는 직사각형의 못(농부들이나 조경 건축가들 용어로는 〈하하 ha-ha〉라고 한다)을 발견하게 된다. 이 못 또한 아까 만났던 동쪽 끝의 벤치처럼 우리의 걸음을 잠시 멈추게 하고, 앞으로 나아가려면 북쪽이나 남쪽 방향으로 이동해 돌아서 가야 한다. 여기에서부터 우리는 광장 — 즉 「소크 생물학 연구소」 단지의 1층과 같은 높이에 있는 광장은 정문을 지나 낮은 계단을 올라가게 되어 있다 — 너머에 있는 것을 볼 수 있다. 이제까지는 가는 띠처럼 일부만 보이던 바다가 완전히 드러나면서 진짜 수평선은 아주 멀리에 있다는 사실이 드러난다. 광장에 처음 들어섰을 때 우리 눈에 보였던 광경은 단지 건물들로 이루어진 액자 장치가 만들어 낸 무한함이라는 환영일 뿐이다. 하지만 이제 그 무한하게 이어질 것 같던 지점에 다다르면서 조금 전까지의 환영은 사라지고, 우리에게 남은 것은 비록 여전히 아름답긴 하지만, 기대보다 훨씬 평범한 바다의 풍경이다.

각 연구동의 뒤에는 이에 딸린 실험동인 북쪽 동과 남쪽 동이 있다. 이 건물들은 각각 6층이지만 2개 층이 지하에 있어서 겉에서는 연구동들과 같은 높이처럼 보인다. 2개 층은 지하에 있지만, 채광정light well*으로 기능하는 중정이 있어서 자연광이 그쪽까지 비친다. 6층 높이의 실험동 건물은 사실 그중 3개 층에만 실험실들이 있고 실험실 층들의 〈사이에 있는interstitial〉[45] 층들은 건물의 생존을 위해 필요한 유지 보수, 창고, 전기, 환기, 그리고 구조적 기능을 위한 공간이다. 건물 안내자와 함께라면 이 어둡고, 어수선한 〈사이 층〉들을 들여다볼 수도 있는데, 이곳에서 칸의 엔지니어로 일했던 어거스트 커멘던트가 이 프로젝트에서 가장 힘든 기술적인 문제 중 하나를 해결하기 위해 사용했던 비렌딜 트러스**를 발견할 수 있다. 약 2.7미터 높이, 약 20미터 길이의 이 철근 콘크리트 보들은 실험실이 있는 층들에 공간을 가로막는 내력벽이나 기둥 없이 한쪽 끝에서 다른 쪽 끝까지 완전히 개방된 공간을 제공할 수 있을 만큼 충분히 튼튼하면서도 유연하다.

운이 좋으면 건물 안내자가 실험실 층을 보여 줄 수도 있다.

* 건물 중앙에 채광을 위해 마련한 공터로 빛 우물이라고도 한다.
** 부재들이 삼각형이 아니라 직사각형으로 구성되어 상현재와 하현재 사이의 부재가 수직이며 조인트 부분은 핀 접합이 아니라 힘을 받아도 각도가 변하지 않는 강접합으로 이루어져 넓은 공간을 필요로 하거나 힘을 많이 받을 때 사용하는 구조.

이 개방된 구조의 실험실 층은 약 3.3미터 높이의 천장에 형광 등이 달려 있지만 주로 이곳을 밝게 유지하게 하는 것은 양쪽에 있는 거대한 유리 커튼 월로부터 쏟아져 들어오는 환한 빛이다. 천장을 올려다보면 약 1.5미터마다 직사각형 모양의 절개선이 보인다.

모든 유지 보수에 필요한 작업을 실험실 층들의 사이에 있는 서비스 층에서 수행할 수 있도록 숨겨진 접근 통로들이다. 이렇 게 미리 만들어 놓은 개구부들은 대부분 지하에 위치한 동쪽의 유지 보수용 부속 건물에서 하나의 벽 전체를 형성하는 시멘트 블록들과 동일한 기능을 한다. 천장과 벽들을 패널마다 열 수 있어서 건물 구조상 중요한 부분을 허물어야 하거나 위태롭게 만들 일이 전혀 없다. 광장에서 루이스 칸이 아주 상상력이 풍 부한 선지자라고 생각했던 우리는, 이제 그가 정비공의 실용적 인 정신까지 지녔던 사람이라는 것도 깨닫게 된다.

「이건 시설 관리자에게는 아주 멋진 일이죠.」현재 「소크 생 물학 연구소」의 유지 보수 감독관인 팀 볼 씨가 직접 안내를 하 면서 칸의 기발한 설계에 대해 얘기한다. 「이런 구조는 우리가 건물 사용자들을 방해하지 않으면서 유지, 수리, 청소 등을 할 수 있게 해줍니다. 이렇게 완전한 1개 층 높이의 서비스 층을 가 진 건물을 지으려면 처음엔 돈이 많이 들겠죠. 하지만 아마 이 연구소는 지어진 후에 그 초기 비용의 6배는 돌려받았을 겁니 다.」볼 감독관은 최근에 14개월 동안 이 실험실들을 냉방과 난 방을 하고, 또 청소하며 전력을 공급하던 설비들이 쓸모없어져서 모두 교체했는데, 건물의 구조를 변경하거나 과학자들을 전혀 방해하지 않고 그 모든 작업을 할 수 있었다고 한다. 「이 나라에서 이렇게 할 수 있는 연구소 건물은 또 없을 겁니다.」

볼 감독관에 의하면, 심미적인 이유에서 만들었다고 생각되었던 디자인의 모든 부분들이 알고 보면 다 실용적인 측면을 갖고 있다고 한다. 광장을 정확히 춘분 때의 태양에 맞추어 위치시킨 덕분에 자연광을 최대한으로 받을 수 있는데, 볼 감독관은 이것을 〈일광 수확〉이라고 부른다.[46] 서쪽 창들을 태평양으로 향하도록 각도를 기울이고 그 사이를 후퇴시킴으로써 연구원들이 모두 아름다운 경치를 볼 수 있게 해줄 뿐 아니라 바닷바람으로 연구실이 시원해지는 효과를 갖는다. 트래버틴으로 둘러싸인 중앙의 멋진 수로는 스페인의 알람브라 궁전이나 페르시아 궁전을 떠올리게 하지만 이것 역시 기능이 있다. 그 안의 모든 물이(광장에 모이는 빗물을 포함해서) 직사각형의 못을 통해 지하층에 있는 물탱크로 보내지고 결국 이 물이 다시 분수 쪽으로 올라가는 방식으로 재활용되기 때문이다. 그리고 칸의 디자인 어디에나 있는 〈그림자 이음매〉— 주로 콘크리트와 목재, 혹은 목재와 금속이 분리되는 그 사이의 약 2.5센티미터 간격을 말한다 — 조차도 단지 재료의 변화를 표시해 주는 기분 좋은 눈요기만이 아니다. 볼 감독관에 의하면 이 간격들은 세 가지 다른 재료들 때문에 생기는 가열과 냉각 현상으로 나무가 응결, 팽창, 그리고 수축되지 않게 해줌으로써 나무를 보존하는 데 도움을 준다고 한다.

이 건물의 투어를 마칠 때, 팀 볼 감독관은 기계, 전기, 시스템 감시 설비 들이 수용되어 있는 유지 보수동의 가장 아래층으로 데려간다(놀랍게도, 이 맨 아래층에도 자연광을 끌어들이는 채광정이 있다). 그리고 지하의 콘크리트 벽들 중 하나에 루이스 칸이 직접 연필로 표기한 부분을 보여 준다. 볼 감독관에 의하면 이 부분의 콘크리트를 타설할 때도 여전히 질감, 색상, 접합부, 그리고 거푸집에 따라 콘크리트가 어떻게 보일지를 계속 실험하고 있었는데 바로 이 부분이, 이 건물이 형태를 갖추기 시작할 무렵에 칸이 원했던 방식대로 콘크리트가 나온 부분을 표시했던 곳이라고 한다. 이음매 및 거푸집과 관련한 두 개의 간략한 스케치, 그리고 명확하지만 급히 휘갈겨 쓴 듯한 칸의 필체는 그의 형태 없는 존재감을 보존하고 있다.

*

시설 관리자와 마찬가지로「소크 생물학 연구소」에서 일하는 과학자들과 행정 직원들은 이곳의 아름다움과 실용성에 대해 진심으로 고마운 마음을 갖고 있다. 건물 앞에서 많은 방문객들에게 강의를 하는 젊은 면역학자는, 자신의 의자에 앉아 뒤로 몸을 기울인 채 실험실 반대쪽 끝에 있는 동료에게(실험실 전체의 길이만큼 멀리 있는) 손짓을 할 수 있는 즐거움이 있다고 얘기 한다. 광장을 가로지르던 경험이 많은 행정 직원은 이곳에서 가장 좋은 때는, 비가 오면 콘크리트가 젖어서 좀 더 슬레이트에 가까운 짙은 회색으로 변하고, 흠뻑 젖은 트래버틴이 광택을 발할 때라고 한다. 그녀에게 광장을 볼 때 무엇이 연상되느냐고 물었을 때 그녀는 〈소크, 조너스 소크요〉라고 답한다. 그러고는 자기 옆에 있는 콘크리트 기둥을 두드리며 말한다. 「사람들이 이걸 〈소크리트〉라고 해요.」 그녀의 이 말은 소크와 칸이 건설 초기에 콘크리트를 실험하던 단계에서 거푸집을 떼어 낼 때 함께 서서 지켜봤으며, 최종 색상과 질감을 함께 선택했다는 사실을 암시하고 있다.

물론 이 건물을 고정적으로 사용하는 사람들 중에는 전혀 다른 의견을 가진 사람들도 있다. 잠깐 쉬는 시간에 만난 한 젊은 신경 과학자는 〈싫증 났다〉고 말한다.[47] 그는 더 이상 그 아름다운 경관을 보지 않고, 혼자만의 생각을 하는 데 방해가 되는, 완전히 개방된 실험실에서 일하는 것도 〈싫증 났다〉고 한다. 노벨상 수상자들과 저명한 학자들이 개인 연구실을 갖고 있는 연구동 쪽을 가리키자 그는 그런 종류의 공간이 바로 자기가 만족할 만한 공간이며 부럽다는 사실을 인정하듯 고개를 끄덕인다.

그런 행복한 사용자 중 한 명은 「소크 생물학 연구소」에서 약 15년간 근무해 온 저명한 연구 과학자인 그레그 렘케다. 그는 우리를 북쪽 연구동에서도 가장 동쪽의 2층에 자리한 자신의 연구실 안으로 안내한다. 이곳 연구동에는 좋지 않은 경관을 가진 연구실은 하나도 없다. 하지만 그의 연구실은 전통적인 칸의 방식대로, 서쪽 부분에 있는 건물들의 윤곽선을 액자로 삼은 바다 경관을 볼 수 있기 때문에 특히 더 좋다. 또 그는 북쪽 부속 건물에 빛이 떨어지는 모습이 퍽 좋아서 이제 그의 실험실은 복합 단지의 남쪽 부분에 있는데도 줄곧 이곳 연구실에 머물고 있다고 한다. 그는 〈칸은 안개나 겨울에 대해서는 몰랐던 것 같아요. 그는 열대 기후에 맞춰 설계했거든요〉라고 말하면서도 계절에 따라 빛의 변화가 드라마틱하게 바뀌는 장점이 있다고 말한다. 여름에 그의 연구실은 직사광선으로부터 보호되고 산들바람 덕분에 시원하다. 그는 실제로 이 효과를 보여 주기 위해 유리창을 옆으로 완전히 당겨 연 다음, 티크 나무로 된 블라인드를 조정한다.

그레그 렘케는 논문을 읽거나 연구 지원금의 신청서를 쓸 때 주로 이 밝고 널찍하며 아름다운 방을 사용하지만 (알려진 바로는) 열두어 명의 사람들과 회의할 때도 이 방을 사용한다고 한다. 각 연구실의 주인들은 각자 원하는 대로 방을 꾸밀 수 있는데, 그는 벽 중에서 가장 넓은 콘크리트 벽 쪽에 놓여 있던 〈L〉자 모양의 책상을 태평양이 바라다보이도록 배치했다. 그렇게 함으로써 노트북이 놓인 책상의 확장 부분은 광장을 바라보는 다른 창을 향하게 되어 있다. 벽에는 (피카소의 오랜 연인이었던) 프랑수아즈 질로의 작품인 피카소풍의 여자 얼굴 모양의 석판화가 걸려 있다(질로는 나중에 조너스 소크의 부인이 되었고, 렘케는 현재 분자 신경 생물학 및 면역학 부문의 학자로서 프랑수아즈 질로-소크 의장직을 맡고 있다). 방의 남은 부분은 거의 비어 있다. 혹시 〈콘크리트 벽이 차갑거나 인간미 없게 느껴지지 않느냐〉는 물음에 렘케는 고개를 젓는다. 「콘크리트를 잘 들여다보면, 아주 많은 일들이 일어나고 있답니다. 전 콘크리트가 아주 마음에 들어요.」[48]

*

연구동을 떠나면서 우리는 한낮의 태양 빛이 내리쬐는 광장으로 나간다. 직사각형 광장의 세 면을 따라 놓인 7개의 트래버틴 벤치 중 한 곳에 앉아, 이곳이 가진 엄청난 매력의 근원을 생각해 보려고 한다. 생각에 잠겨 있는 동안, 이 무한한 경치의 테두리를 만들고, 마치 거울처럼 대칭을 이루는 건물들의 톱니 같은 외곽선이 우리에게 원근법(가까이 다가서면 그 톱니의 모양이 느슨해지고, 멀어지면 더 촘촘해지는)에 대해 명쾌한 가르침을 주고 있음을 깨닫는다. 하늘을 천장으로 하는 탁 트인 〈방〉에서, 톱니 모양의 벽들은 사람이 만든 것임이 명백한 무언가로 우리를 에워쌈으로써 이 광대함에 어떤 형태를 제공하는 것이다. 그리고 건물들의 정확성과 대칭성은 이 공간이 뭔가 수학적인 특징, 내재된 질서, 그리고 익숙한 건축물들보다 뭔가 더 거대하고, 더 고대적인 성질을 취하고 있다는 느낌을 준다. 이곳에 있으면 여전히 사람들에게 외경심을 불러일으키는, 칸이 사랑했던 파에스툼의 그 웅장한 그리스 신전들을 떠올리게 된다. 그러한 기념비적인 건축물들은 분명 옛 시대의 죽은 신들을 위한 것들이다. 하지만 이 연구소는 뭔가 현재 살아 있고 행해지는 것들 ─ 과학, 연구에 몰두하는 사람들의 두뇌, 혹은 모든 종류의 힘든 공동 작업 등 — 에 바친 것처럼 여겨진다.

우리는 이 광장에서, 우리 자신이 세상에서 차지하는 크기와 위치에 대해 인식하게 된다. 직사각형의 광장은 텅 비어 있을 때는 너무 거대하게 느껴지지만, 주변을 돌아다니는 사람들이 있을 때는 평범한 크기, 인간의 크기처럼 느껴진다. 즉 이 공간은 인간을 왜소하게 만들지 않는다. 끊임없이 찰랑거리는 물소리가 울려 퍼져서 평온함과 휴식의 기운이 공간 전체에 가득하다. 마치 마음을 진정하게 하는 대칭적인 건물들과 물소리가 하나의 공감각을 이루는 요소로 작용하는 것만 같다. 또한 여기에는 상상 속에서의 촉각(콘크리트의 매끄러움, 작은 구멍들이 나 있는 트래버틴의 흥미로운 질감, 풍화에 의해 부드러워진 티크목의 거친 질감 등)들과 잠재적이고 실제적인 움직임의 감각까지 어우러져 있다. 광장은 우리에게 주변을 거닐도록 초대하며 — 특히, 경치를 향해 이동하도록 — 우리는 그 초대를 받아들이면서 어떤 특별한 여름날, 서반구의 서쪽 끝에서 태평양을 바라다보며 이 특별한 장소에 더욱더 결연히 머물게 된다.

해 질 녘까지 이곳에 머무는 것이 허용된다면 이 따뜻한 아름다움이 기괴한 신비로움으로 변형되는 것을 목격할 수 있다. 8월의 태양이 수로에서 약간 북쪽으로 지면, 초저녁 빛이 남쪽 연구동들을 비추면서 건물의 돌출된 면을 황금빛으로 물들게 하고 후퇴된 면은 그늘 속으로 숨게 만든다. 광장이 어둑어둑해지면서 한가운데 반짝거리는 한줄기의 물결은 마치 트래버틴 평원에 놓인 은빛 길 같다. 그 길은 우리를 일몰 쪽으로, 건물의 서쪽 끝으로 안내한다. 건물의 벽들은 태양 빛을 직접 받지 않는 벽조차 반사광에 의해 반짝이는 것처럼 보인다. 벤치 중 한 곳에 앉아 하늘을 보려고 고개를 들면 구름들이 우리 쪽으로 서서히 움직이면서, 그 아래에서 윤곽을 드러내는 검은 빌딩들의 아득한 고요함이 강조된다. 이때 이러한 모든 변화들을 담기 위해서 카메라를 연신 눌러 대고 싶을 수도 있다. 하지만 그 모든 요소들을(하늘과 바다와 액자를 이루는 톱니 모양의 콘크리트 건물들, 반짝이는 한 줄기의 물결로 더 창백해진 트래버틴) 모두 한 번에 담을 만큼 충분히 민첩하거나 섬세한 카메라는 없다.

이제 태양이 구름과 바다 속으로 급속히 가라앉기 시작하면서, 어마어마하고, 노골적인 장관이 펼쳐진다. 태양은 구름에 잘린 원 모양에서 완벽한 반원으로, 그리고 결국 평평해진 곡선으로 1초가 다르게 모양이 바뀐다. 그리고 파도 속으로 완전히 그 모습을 감추기 직전, 태양은 다 꺼져 가는 불의 마지막 숯덩이처럼 붉은 오렌지색으로 빛나는 가늘고 몽글몽글한 층을 이루며 수평선 주변으로 흩어진다.

준비

〈엄마와 여동생, 남동생과 함께 에스토니아에서 배를 타고 오던 기억이 난다. 나는 그때 다섯 살이었다. 그림을 그릴 줄 알았던 나는 무슨 상황이 생길 때마다 그림을 그렸다……. 어떤 배 한 척에서 연기가 다른 방향으로 향한다는 사실을 알게 되었다. 그 배가 아주 느려서, 연기가 배의 속도보다 빠르거나, 배가 잠시 멈춰 있기 때문일 수도 있다는 선장 아저씨 말 덕분에 그 배에 관심이 생겨 그림을 그렸다. 선장 아저씨가 내 그림을 아주 좋아했기 때문에, 엄마는 선장 아저씨에게 내 그림을 주는 것이 좋겠다고 말했다. 그림을 드렸고, 덕분에 우리는 오렌지를 매일 얻어먹게 되었다. 그건 정말 대단한 일이었다. 당시 오렌지는 아주 귀했다. 나는 너무 뿌듯했다.〉[49]

그것이 바로 어린 소년의 관점에서 겪었던 일이었고, 또 나중에 기억한 내용이다. 하지만 메리언호*가 1906년 6월 13일 필

* 필라델피아의 운송 회사이자 국제 무역 회사인 아메리칸 컴퍼니에서 건조한 증기선.

라델피아로 향하기 위해 리버풀을 떠날 때 선장의 관점에서 본다면 그 상황은 어땠을까? 만일 루의 이야기가 정확하다면, 그 선장은 아일랜드해를 향해서 머시강을 따라 배가 나아갈 때, 아버지가 없는 한 가족이 갑판 위에 있는 것을 발견하고 심지어 이야기까지 나누었다는 얘기가 된다. 어머니는 삼십 대 초반으로 일반적인 기준으로는 예쁘지 않았지만 어려운 상황에서도 그녀의 얼굴과 태도에는 뭔가 위엄, 따뜻함, 그리고 차분함이 느껴졌다. 사람들을 끌리게 만드는, 왠지 의지해도 좋을 것 같은 사람임을 암시하는 얼굴이었다. 셋 중에 어린 두 아이, 여자아이와 특히 남자아이는 전형적인 그 또래처럼 사랑스러운 구석이 있었다. 하지만 그림을 잘 그리는 첫째 아이에겐 뭔가 확실히 잘못된 점이 있었다. 얼굴의 아래쪽 반 전체와 두 손등에는 아직도 다 아물지 않은 듯한 붉은 흉터 — 아주 심한 화상이나 어쩌면 그와 거의 유사한 끔찍한 사고로 얻은 듯한 — 로 뒤덮여 있었기 때문이다. 그 가엾은 아이는 자신의 흉터에 대해 별로 신경 쓰지 않는 것 같았다. 그 아이는 단연코 가족 중 가장 활발했고 텁수룩한 적갈색 머리와 밝은 푸른색 눈은 모든 것을 흡수하는 듯했으며, 손에 연필을 잡고 뭔가를 계속 그려 댔다. 선장은 물론 아이의 재능에 감탄했을지도 모르지만 어쩌면 아이를 가엾게 여겼거나, 혹은 다른 어려운 상황에 더해 그런 아이까지 돌봐야 하는 어머니를 불쌍히 여겼던 것인지도 모른다. 그런 얼굴을 가진 아이에게 어떻게 인생이 힘들지 않을 수 있겠는가?

그 메리언호에 탑승했던 외국인 승객[50] 명단을 보면 그 어머니의 이름은 베르사 칸이었다. 그리고 세 명의 자녀는 이저도어, 제니, 그리고 오스처였다. 네 사람은 러시아 국적이었고, 그들의 뱃삯은 1906년 6월 25일 배가 필라델피아 부두에 도착하면 만나기로 약속한 베르사의 남편이자 아이들의 아버지인 레오폴드가 이미 지불한 것으로 되어 있었다. 적어도 이 정도는 증명되었고 설령 승선자 명단에 기록된 나머지 정보가 대부분 부정확하거나 어느 정도 논란의 여지가 있다 해도 그 당시 수십 년간 미국으로 쏟아져 들어왔던 다른 이민자들의 명단과 특별히 다른 점은 없었다.

베르사의 남편 레오폴드가 같은 경로로 리버풀에서 미국으로 입항한 지 2년 후였다. 베르사와 아이들은 베르사의 결혼 전 가족이 함께 살았던 에스토니아의 아렌스부르크의 섬마을에서 출발했다. 레오폴드도 에스토니아(더 정확히 말하면 당시 라트비아와 남부 에스토니아를 포함하고 있던 러시아의 지방 리보니아였다)에서 출발했지만 그의 여정은 아렌스부르크가 아니라 페르나우라는 본토에 있는 도시에서부터 시작되었다. 승선자 명단에 〈히브리인, 레이프 시무일롭스키〉[51]로 기록된 루의 아버지는 델라웨어주 윌밍턴에서 하선하여 사촌을 만났다. 그곳에서 곧바로 필라델피아로 출발했고, 고향 아렌스부르크에서는 베일라-레베카로 부르던 아내에게 편지를 썼을 때 이제 자신의 이름을 레오폴드 칸으로 바꾸었기 때문에 그녀와 아이들도 미국식으로 이름을 바꿔야 한다고 말했다. 그래서 맏아들인 레이서-이체는 루이스 이저도어가 되었다. 당시 막 네 살이 되었던 쇼레는 세라가 되었고(탑승객 명단에는 제니라고 적혀 있었다) 두 살짜리 아기 오스처는 오스카가 되었다.

가족이 탄 배를 부두에서 보았을 때, 레오폴드는 그가 미국으로 떠날 준비를 할 때 태어난 둘째 아들을 처음으로 제대로 보게 되었다. 첫째 아들은 사고를 당한 후 넉 달 뒤에 본 것이 마지막이었다. 사고 당시에는 많은 사람들이 생존하지 못할 거라고 두려워할 만큼(그리고 심지어 레이프는 그렇게 되기를 거의 바랄 정도로) 심각한 상태였다. 레오폴드는 아직도 흉터가 심한 루의 얼굴을 보고 충격을 받았을지는 모르지만 겉으로 드러내지는 않았다. 그는 필라델피아의 노던 리버티스* 구역에 있는 노스 2번가 50번지의 집으로 가족들을 데리고 갔다. 그들은 그 이후로 그 동네에 25년 이상 거주하면서 열두 번을 이사했고 그 중에는 1년도 채 살지 않은 곳도 있었다.

그들이 자주 이사한 이유는, 대부분 살던 집에서 계속 살 여유가 없었기 때문이었다. 문제는 월세가 비쌌기 때문이 아니라 — 노던 리버티스 구역은 대부분 가난한 이민자들이 살던 지역이었고 많은 경우, 칸 가족은 다른 세입자들과 집을 공유해서 살았다 — 레오폴드에게 수입이 거의 없었기 때문이었다. 비록 그가 이민 신청서에 직업을 〈블라우스 재단사〉라고 기재했고 그의 아이들과 심지어 손자들은 그를 스테인드글라스 장인(대여섯 가지의 언어를 하는 재능 있는 언어학자를 포함하여)이었

---

* 펜실베이니아주 필라델피아의 델라웨어강 주변에 있는 동네.

다고 기억했지만, 사실상 그는 미국에 도착한 후 처음 2년간 가끔씩 단순 노동자로 일했던 것이 전부였다. 그리고 일을 하다 당한 부상으로 정규적인 일자리를 얻지 못했다. 이것이 그가 항상 주장했던 명목상의 이유였다. 따라서 처음에는 옷 공장에서 일하다가 나중에는 가족이 운영하는 사탕 가게에서 일했던 베르사의 적은 수입으로 온 가족의 생계를 꾸려야만 했다.

「우리는 정말 가난하게 살았어요.」루이스 칸은 50여 년 후에 인터뷰에서 이렇게 말했다. 「아주 가난한 사람들이 사는 아파트, 다세대 주택 같은 데서 살았습니다.」하지만 그의 가족은 그런 환경에서도 초연했다. 부분적으로는 그들의 삶에는 〈유머〉가 있었고, 〈아주 심각한 일에도 크게 걱정하지 않았기〉 때문이었다. 루에 의하면, 그의 부모는 〈돈에 욕심이 없었다〉고 한다. 그는 부모님이 똑같이 가난한데도 주변의 이민자들과는 다르다고 느꼈다. 「부모님은 누구보다 더 행복했고, 더 지적인 분들이었어요. 동네 사람들에게 존경받았고 폭넓은 시각을 갖고 있었어요.」

아버지에게는 더 오래전부터 미국에서 살고 있던, 훨씬 잘 사는 친척들이 있었다. 그중 한 명은 부동산, 다른 사람은 식료품 관련 도매업에 종사하고 있었다. 그리고 루는 특히 두 명의 삼촌을 기억했다. 「그중 한 명은 정말 나쁜 놈이었어요. 진취적인 인물이긴 했어요. 종교가 다른 사람과 결혼했고 잘생긴 아이들이 있었죠. 다른 사람은 재단사였어요. 아주 쾌활하고 러시아 춤을 잘 추고 재미있는 사람이었죠.」때로는 안 그래도 좁은 집에 유럽의 친척이 와서 잠깐 같이 살았던 적도 있었다. 루는 언제나 동생 오스카와 방을 같이 써야 했고 자주 다투었고 때로는 몸싸움을 하기도 했다. 「하지만 심각하게 다툰 적은 없었어요. 결국은 아무렇지도 않게 화해하는 그런 싸움이었죠. (어린 시절 내내 그는 부모님과 형제들이) 모두 나를 지지하는 것같이 느꼈어요. 가족은 모두 나를 떠받들었어요. 다들 어느 정도는 나를 위해 희생했죠.」[52]

그에 대한 가족의 특별한 관심이 그가 가진 재능 때문이었는지 혹은 좋지 않은 건강 때문이었는지는 확실하지 않다. 그는 단지 사고 때문이 아니라 확실히 병약한 아이였다. 가족이 필라델피아에 도착한 지 얼마 안 되어 성홍열에 심하게 걸려 병원에 입원해야 했고, 결과적으로 초등학교 입학이 1년 연기되었다. 1907년 마침내 학교에 입학하게 되었을 때 친구들은 그를 〈홍터투성이 얼굴〉[53]이라고 놀려대고 괴롭혔다. 그런 그에게 예술 과목은 유일한 도피처가 되어 주었다. 그의 훌륭한 그림 솜씨를 알게 된 동급생들은 더는 그를 놀리지 않았고 교우 관계를 형성할 수 있게 되었으며, 성적이 좋지 않다는 이유로 그를 꾸짖던 선생님들도 그의 예술적인 재능을 칭찬하기 시작했다.

「저는 예술이 제 인생의 부차적인 의미가 아니라 제 인생의 일부로서 여기면서 자랐다고 생각합니다. 그렇게 된 데는 부모님이 가장 중심적인 역할을 했죠. 어머니는 하프 연주자였고 아버지는 스테인드글라스를 만드는 장인이었기 때문에 우리는 예술이란 모든 사람의 인생에 존재한다고 생각했어요.」[54] 성인이 된 칸이 말했다.

비록 자신이 예술에 몰두하게 된 점을 부모님의 공으로 돌리긴 했지만 부모님이 간섭할 경우에는, 특히 아버지가 가르치려고 들 때는 매우 화를 냈다. 「하루는 나폴레옹의 초상화를 베껴 그리고 있었는데, 나폴레옹의 왼쪽 눈이 잘 그려지지 않았어요. 몇 번이나 다시 지우고 그리던 중이었죠. 그때 아버지가 다정하게 제 그림을 고쳐 주었어요. 저는 연필과 종이를 방 건너편으로 던지고는 이렇게 말했어요. 〈이제 이건 내 그림이 아니라 아버지 그림이에요.〉」[55]

하지만 그렇게 화를 내는 일은 드물었고, 대부분의 경우에는 남에게서 배울 기회가 있으면 어떤 기술이든 배우고 싶어 했다. 조금 더 컸을 때, 아랫집 여자가 피아노를 집에 들였고 레슨당 25센트에 자신의 딸을 가르칠 선생을 고용했다. 베르사 칸은 그 여자에게 레슨 때마다 칸이 옆에 앉게만 해주면 5센트를 주겠다고 제안했다. 하지만 피아노 선생이 한 명의 레슨비로 두 명을 가르치기를 거절했고, 루는 커다란 안락의자 뒤에 숨어 레슨 시간마다 눈이 아니라 귀로 모든 것을 배웠다. 선생님과 여자아이가 레슨이 끝나고 방을 나가면, 그는 의자 뒤에서 나와 방금 귀로 배운 것들을 기억해서 피아노 연습을 했다. 그는 악보 읽는 법을 배운 적이 없지만 어떤 곡이든 한번 들으면 연주할 수 있었고 또한 즐겁게 즉흥 연주도 할 수 있었다.

몇 년 후에는 집 근처에 있는 포플러 시네마란 극장에서 무성 영화의 피아노 반주를 하게 되면서 가족 경제에 도움이 되기 시작했다. 그가 벌어 온 돈은 베르사의 수입에 상당한 보탬이 되었고 곧 필수적인 부분이 되었다. 그런데 한번은 영화관 주인이 악기를 바꾸면서 거의 그 일자리를 잃게 될 위기에 처했다.

「루이스, 미안하지만 우리가 오르간을 설치할 예정이라 네가 더는 연주를 못 하게 될 것 같다.」영화관 주인이 말했다. 「네가 오르간을 연주하진 못할 테니까.」

「아뇨, 할 수 있어요.」오르간을 본 적도 없는 루는 주장했다.

「그거 다행이다. 너무 잘됐다. 사실 오르간 연주자가 없어서 걱정하고 있었거든. 오르간 연주자는 워낙 귀하니까. 저걸 연주할 줄 아는 사람이 아무도 없다니까.」칸의 말을 들은 영화관 주인이 말했다.

오르간은 일요일에 설치되었고(필라델피아의 엄격한 청교도적 법률에 의해 영화관이 유일하게 닫는 날이었다) 루는 오르간을 설치하는 모습과 전문 연주자가 시험 연주를 해보는 과정을 모두 지켜보았다. 설치가 끝난 후, 루는 오르간 연주자에게 다음 날 저녁까지 연주할 수 있도록 가르쳐 달라고 부탁했다. 그 오르간 연주자는 관대하게 그 부탁을 들어주었고 두 사람은 그 이후 대여섯 시간 동안 앉아서 저녁 9~10시까지 오르간 레슨을 했다. 루는 결국 레슨이 끝날 때까지 페달을 능숙하게 사용하지 못했지만 오르간 연주자는 이렇게 말했다. 「발을 사용하지 못해도 괜찮아. 네가 연주하는 두 시간 동안은 무시해도 돼.」하지만 루는 어떻게든 하는 방법을 알아낼 수 있다면 발도 사용하리라고 결심했다.

「월요일이 다가오자 너무 겁이 났어요. 오르간에 앉자, 너무 놀라운 일이 벌어졌어요. 오르간 연주가 아주 잘되는 거예요. 전기로 작동했기 때문에 전혀 힘들지 않았어요.」릴을 바꾸는 동안 영화관 주인이 와서 루에게 말했다. 「루, 네가 이렇게 잘 연주하는지 몰랐다. 그런데 소리가 너무 크더라.」

루는 페달이 문제라는 것을 깨달았다. 그가 페달을 제어하는 방법을 몰랐기 때문이었다.

「발을 페달에서 떼면 될 것 같아요.」루가 제안했다. 「그거 좋은 생각이다.」[56] 주인이 동의했다.

루는 그 이후로도 수년간, 고등학교 내내, 그리고 대학교에 가서도 오르간 연주 일을 계속할 수 있었다. 한동안은 영화관 두 곳에서 일하기도 했는데, 주요 상영 시간에 맞춰 가기 위해 두 영화관 사이의 여덟 블록 정도(약 800미터)의 거리를 전속력으로 달려가야 했다.

학교에서는 수줍은 성격이었지만 학교 외의 장소에서는 자신의 한계에까지 밀어붙이는 행동을 보이기도 했다. 칸의 가족처럼 가난하고 거친 사람들이 살던 노던 리버티스 구역은 그에게는 놀이터나 다름없었다. 그는 항상 밖에서 사람들과 차들, 시장 행상인들의 소리를 듣고 무두질 공장과 양조장의 톡 쏘는 냄새를 맡으며 거리에 온갖 종류의 건물들, 빅토리아 시대의 벽돌 공장에서부터 〈톱니 주택〉[57]이라고 불리던 — 세인트존 노이만 웨이라는 길을 따라 대각선 방향으로 배치된 — 주택들에 이르기까지 모든 건물들을 관찰하며 돌아다니는 것을 좋아했다.

건물들이 그런 각도로 늘어선 독특한 거리 풍경은, 비슷한 각도로 된 「소크 생물학 연구소」의 연구실 건물에 영감을 주었을 가능성이 있다. 칸이 〈하나의 도시는 어린 소년이 자랄 때 골목골목을 돌아다니면서 장차 그가 되고 싶은 모습을 느끼게 만드는 곳이어야 한다〉[58]라고 말한 것처럼 노던 리버티스의 동네는 칸에게 바로 그런 곳이었다.

베르사는 칸을 과보호하긴 했지만(전해지는 바에 의하면, 선생님이 루에게 충분한 관심을 보이지 않는 것 같으면 베르사가 학교에 찾아가서 〈우리 아들은 천재예요!〉[59]라고 말하곤 했다), 동네에서는 필요한 만큼의 자유를 허락했다. 베르사는 몰랐겠지만 사실 칸은 신체적으로 위험할 정도까지 모험적인 행동을 하곤 했다. 「저는 항상 제 신체적인 기량을 시험해 보려고 노력했어요. 심부름을 가다 보면 꼭 건너야 하는 길이 하나 있었는데, 저는 그 길을 꼭 한 번에 점프해서 건너려고 했어요. 그런데 한번은 그렇게 하다가 뒤로 넘어져서 머리를 길바닥에 부딪혔어요. 그때 누군가가 제가 떨어뜨린 장바구니를 줍는 것을 도와줬습니다.」 부딪힌 것 때문에 머리뼈에 금이 갔는지 시력에 문제가 생겼다. 「주변의 물건들이 보이지 않았어요. 다행히 그때 제가 있던 위치가 어딘지 알고 있었기 때문에, 일단 집으로 걸어가면서 〈시력을 잃으면 어떻게 될까〉라는 생각을 했어요. 그리고 그때 그 순간, 모든 것에 적응할 마음의 준비를 했습니다. 집으로 가는 계단을 올라가면서 모든 게 다 괜찮은 척했습니다. 그리고 한쪽 구석에 앉자, 시력이 되돌아왔습니다.」 일시적으로 시력을 잃었던 잠시 동안, 그는 이런 생각을 했다. 「음악가가 되는 게 가장 좋겠다는 생각이 들었어요. 음악가는 꼭 모든 걸 다 보지 않아도 되니까요. 어머니는 제가 음악가가 되기를 바라셨지만, 아버지는 제가 늘 그림을 그렸기 때문에 화가가 되길 바라셨죠. 그림은 제 기쁨이었어요. 학교에 다닐 때도 저는 제대로 공부를 한 적이 없어요. 만날 그림만 그렸거든요.」[60]

루가 열한 살이 되었을 때, 페어마운트 애비뉴에 있는 와이오밍 그래머 스쿨(그는 이 학교에서 지속적으로 좋지 않은 성적을 받았다고 직접 밝혔다)에 다니는 것 외에, 제임스 리버티 타드*의 그림 수업을 듣기 위해 공립 산업 미술 학교에도 다니기 시작했다. 타드는 토머스 에이킨스**와 함께 펜실베이니아 순수 예술 아카데미 출신이었다. 토머스 에이킨스는 자연으로부터의 그림을 강조하고, 예술의 진실성과 활력을 더 많이 발견하기 위해 사진, 해부학, 그리고 새로운 다른 다양한 방법 등을 사용하도록 장려한 사람이었다. 이러한 원칙에 타드는 자신만의 에머슨식 초월주의를 가미하여 자신의 기법이 어린 학생들로 하여금 자연의 경이를 이해하게 할 뿐 아니라 그들 안에 내재된 신성한 빛을 끌어내는 데 도움이 된다고 주장했다. 그는 학생들에게 박제된 새, 물고기, 동물 들, 그리고 이러한 것들의 사진이나 모형을 주고 그리도록 했고 이러한 그만의 방법을 〈자연적 교육〉[61]이라고 불렀다. 교육의 진보적 전통과 밀접하게 연결된

* 펜실베이니아주에서 활동했던 화가이자 교사.
** 미국의 화가이자 사진작가, 미술 교육자.

타드의 교육 방식은 필라델피아에서 높은 평가를 받게 되었고, 20세기 초반에 공립 교육을 받는 아이들 중에 예술에 재능을 보이는 아이가 있으면 누구나 공립 산업 미술 학교에서 매주 반나절 동안 수업을 들을 수 있게 해주었다.

루는 4학년 담임 선생님의 추천으로 제임스 리버티 타드의 학교를 다니게 되었는데 그곳의 교육은 마치 그를 염두에 두고 구성된 것 같았다. 50년 후에도 칸은 여전히 그 학교에서 몇 년 간 배웠던 것들을 실행하려고 노력했다. 예를 들면, 타드는 반복적으로 그의 수업에서 양손 사용 연습을 시켰다. 학생들에게 신체적인 민첩성과 비율 감각을 키울 수 있도록, 아주 큰 장식물들을 특정 비율로 양손을 사용하여 칠판에 그리는 과정을 감독하곤 했다. 칸은 성인이 된 후, 칠판에 그의 양손을 동시에 사용하여 동일한 원을 그림으로써 정확히 이러한 능력을 반복적으로 증명했다(종종 카메라 앞에서도 이런 행동을 보였기 때문에 그런 모습이 영상에 담기기도 했다). 그의 연인이자 동업자였던 앤 팅은 칸의 이러한 재능이 〈창의적인〉 우뇌와 〈합리적인〉 좌뇌가 특별히 연결되어 있음을 보여 준다고 생각했다. 「보통 사람들보다 이 뇌의 두 가지 측면이 더 잘 연결되어 있는 사람들이 있어요. 그리고 그걸 더 많이 이용하면 할수록 더 잘하게 되죠.」[62] 앤 팅이 말했다. 칸이 그 능력을 어떻게 습득했든, 타드의 교육을 받으면서 더욱 강화된 것은 분명했다.

타드는 또한 3차원 조형물과 2차원 그림과의 관계를 강조했다. 그는 자주 학생들에게 특정한 물건을 진흙과 나무 모형으로 만들도록 함으로써 — 먼저 부드러운 재료로, 그리고 나중에는 더 딱딱한 것으로 — 그가 〈손가락 끝으로 말하는 법〉이라고 불렀던 방법을 학생들에게 가르쳤다. 그는 〈뭔가를 3차원적으로 만드는 경험을 한 다음에 종이나 칠판 위에 그것을 그리게 되면 마치 강철 막대로 만들어지는 것처럼 확고한 선을 쉽게 그릴 수 있다〉[63]고 설명했다. 이것 또한 앤 팅이 말한 것처럼 루이스 칸이 성인이 된 후에 그린, 활력만이 아니라 〈확신〉까지 드러난 그림에서 분명히 나타나 있다. 그리고 3차원적으로 생각하는 그의 특별한 능력을 알아챈 칸의 동료는 앤 팅만이 아니었다. 사실, 이 능력은 칸을 건축가로서 정의하는 중요한 특징 중 하나였다. 1940년대에 노트에 적힌 내용을 보면, 칸 자신도 2차원적인 시각에서 탈피해야 하는 것에 대한 중요성을 강조하고 있다. 일반적인 건축 설계는 단지 〈안에 여러 공간들이 나뉘어 있는 상자〉에 지나지 않는다고 여긴 칸은, 제도실에 국한된 관점은 〈종이나 제도판과 같은 축소된 스케일에서, 공간을 위에서 내려다보는 것에서 비롯된다〉라는 결론을 내렸다. 그리고 그 결과, 〈현장 감각이 없는 제도실의 시각이 된다〉[64]라고 노트에 적었다.

젊은 루이스 칸이 타드의 교육을 통해 특수한 실용적 교육 외에 흡수한 것 중 하나는 자연적인 것과 인공적인 것, 인지된 것과 창조된 것, 외부 세계와 내부 세계와의 관계에 대한 다소 신비적이면서도 매우 구체적인 개념이었다. 타드는 그가 1899년에 저술한 『새로운 교육 방법*New Methods of Education*』에서,

〈제대로 가르친다면, 그림과 직접 손으로 만드는 공작 훈련은…… 말과 글이 사고 표현 방식인 것과 마찬가지로 또 다른 사고의 표현 방식이 될 수 있다〉라고 썼다. 그리고 이러한 〈보편적인 언어〉를 배우는 일에는 단순히 따라 그리는 것만이 아니라 사유도 필요했다. 「저는 제 학생들과 선생님들이 그냥 자연을 스케치하는 것과 어떤 디자인을 그리는 것 사이의 뚜렷한 차이를 이해하기를 바랍니다.」 타드는 말했다. 「전자는 사실적인 것을, 후자는 아이디어를 그리는 것이니까요. 학생들은 대부분 단지 자연을 그대로 스케치하는 경향이 있습니다. 우리는 생각을 통해서도 아이디어를 얻습니다. 감정이나 경험에 대해 깊이 사고하는 것에, 그리고 디자인과 창의적인 작업을 통해 이러한 아이디어들을 지속적으로 표현하는 일에 더 많은 시간을 보내야 합니다.」[65] 이러한 원칙과 아주 유사한 것이, 칸이 자연에서 파생된 〈질서〉(혹은 그것에서 비롯된 〈형태〉)와 그에 대해 인간만이 가지는 특정 반응인 〈디자인〉을 구별하는 데 영향을 미치게 되었다. 「형태는 체계의 조화, 질서의 감각을 포괄하는 것입니다……」 칸은 타드의 기념비적인 저서가 나온 후 60년도 더 지난 뒤에 어떤 강연에서 말했다. 「형태는 〈무엇이냐〉 입니다. 디자인은 〈어떻게〉 입니다. 형태는 개인의 것이 아닙니다. 그리고 디자인은 설계자 개인의 것입니다.」[66] 타드와 칸에게서, 주어진 세계와 창조된 세계 간의 연결은 심사숙고된 경우에도, 필수적으로 유기적이고 자발적인 것이었다. 말하자면, 눈, 손, 그리고 마음이 동시에 참여하여 무의식적인 형태의 지식(신체 감각, 몽상, 선조에 대한 인식 등)이 이성적인 뇌와 결합된 결과였다. 〈따라서 새, 골격, 혹은 꽃이나 수학적인 문제를 정확히 그려 내는 사람은, 그 특정 주제에 관해서는 어떤 다른 방법에서 얻을 수 있는 것보다 훨씬 완벽하게 통달할 수 있습니다〉[67]라고 타드는 말했다.

어쨌든 이것은 루에게 아주 적합한 사고방식이었다. 1916년에 그래머 스쿨을 졸업할 때쯤 칸은 글쓰기나 공부보다 그림 실력이 현저히 향상되어 있었다. 그는 제임스 리버티 타드에게서 배운 기술들을 어떻게 사용해야 할지에 대한 확실한 계획 없이, 그리고 다른 학문적인 어려움이 전혀 해결되지 않은 채로 필라델피아에 있는 센트럴 고등학교에서 4년을 지내게 되었다.

그러는 사이, 루는 공식적으로 미국인이, 그리고 공식적인 〈칸〉이 되었다. 1914년 유럽에서 발발한 전쟁은, 위험에 대한 레오폴드 칸의 예민한 직감을 일깨웠다. 그가 1904년에 리보니아를 떠난 것은 러일 전쟁에 징집되는 것을 피하고 싶었던 이유도 있었기 때문에 새로운 전쟁이 시작되려는 상황에서 다시 그런 위험을 감수할 생각이 전혀 없었다. 몇 개월 후 그는 자신의 운명을 새로운 나라와 영원히 함께하기로, 즉 예전 나라와의 관계를 끊기로 결심했다. 1915년 1월 29일, 관련 서류에 레오폴드 시무일롭스키 — 1875년 러시아 볼마르에서 태어났으며 현재 필라델피아 북부 노스마셜 스트리트 820번지에 거주하는 키 크고 마른 체형, 밝은 피부색, 갈색 머리와 회색 눈의 백인 — 라고 기재되어 있는 그는 직계 가족 모두를 대신하여 귀화를 신청했다. 동시에 성을 시무일롭스키에서 칸으로 변경하겠다는 공식 신청서도 냈다. 그 신청서는 1915년 5월 4일 승인되었고 같은 날 레오폴드 칸은 법원의 사무원 앞에서 〈러시아의 황제 니콜라이 2세에 대한 모든 충성과 신의를 포기〉[68]하기로 서약하고, 무정부주의자나 일부다처주의자가 아님을 확언하는 절차를 거쳤다. 이로써 베르사, 루이스, 세라, 그리고 오스카는 모두 미국 시민이 되었다.

루는 학문적으로 매우 엄격한 센트럴 고등학교에서 첫 3년 동안 계속 평범한 학생으로 지냈다. 「공부는 제가 평생 제대로 극복하지 못한 것이었습니다.」[69] 그는 후에 이렇게 언급했다. 그리고 또 어느 인터뷰에서는 고등학교에서 〈학문적으로는 아주 형편없었다〉고 말한 적도 있다. 「왜인지는 잘 모르겠어요. 아주 좋은 학교였거든요. 저는 예술, 그림, 피아노 등에 대해 너무 강렬한 흥미를 갖고 있었어요……. 그런데 화학같이 수식과 관련된 과목은 잘하지 못했어요.」 칸의 말에 의하면, 그는 수업 때 거의 말을 하지 않았고, 백마를 탄 기사 같은 것 등을 몽상하면서 수업 시간을 보냈다고 한다. 「저는 평생 동화 같은 것을 읽었어요.」 그는 이렇게 언급하면서 청소년기에 주로 〈허레이쇼 앨저*나 삼류 소설, 알렉상드르 뒤마**)[70] 등을 읽었다고 덧붙였다. 이런 책들은 학교생활에 전혀 도움이 되지 않았다. 고등학교 때 같은 반이었던 노먼 라이스의 표현에 의하면, 〈언제나 아슬아슬

* 미국의 대표 아동 문학가.
** 19세기 프랑스 작가.

하게 낙제를 면하는 상황〉[71]이었다고 한다.

마지막 학년 때 센트럴 고등학교의 훌륭한 예술 분과 학과장이었던 윌리엄 F. 그레이의 건축 관련 과정을 들으면서 비로소 칸의 눈이 뜨이게 되었다. 「저는 화가가 될 생각이었지만, 그가 제 표현적 욕구의 정곡을 건드리고 말았습니다. 너무나 우연히 그 가능성을 향한 문이 열렸을 때 그 문지방에 쏟아지던 빛은 정말 경이로웠습니다.」[72] 칸이 그때를 회상하며 말했다. 「센트럴 고등학교에 가지 않았다면 저는 건축가가 되지 않았을 겁니다.」[73] 고등학교 시절에 그에게 영향을 준 또 다른 사람이 있었느냐는 질문을 받았을 때 그는 이렇게 대답했다. 「건축가였던 미술 선생님이요. 그 선생님은 제게 앞으로 나아갈 방향을 제시해 주었고 이해심이 아주 많은 분이었어요.」 루는 그레이의 수업을 듣고 거의 즉각적으로 깨달았다. 「건축은 예술적인 창작, 그림, 그리고 표현할 수 있는 능력, 또 남들보다 뛰어나기를 바라는 저의 희망과 그 모든 것들에 대한 사랑을 결합해 주었습니다. (그리고 그 결과) 덕분에 저는 완전히 건축에 몰두하게 되었습니다.」[74]

그레이 역시 타드처럼 펜실베이니아 순수 예술 아카데미에서 공부했고, 에이킨스의 제자 중 한 명이었던 토머스 안슈츠라는 인물을 통해 토머스 에이킨스의 원칙을 따른 교육 과정을 받은 사람이었다. 윌리엄 그레이의 이론은 그가 아카데미에서 습득한 진보주의와 러스킨*을 읽으면서 얻은, 더 현대화된 낭만주

* 영국 빅토리아 시대에 예술 평론가, 작가, 철학자이자 사회 사상가로 활동했다.

의가 결합된 것이었다. 그는 당시 미국 건축에 스며들기 시작한 신바로크 스타일에 저항하고, 대신 필라델피아의 〈시티 뷰티풀 운동〉*과 시카고를 기반으로 한, 그가 〈마천루나 클라우드 스크래처〉라고 일컬은, 새로운 초고층 건물 개발을 옹호했다. 그가 러스킨으로부터 차용한 것은 고딕 양식과 다른 역사적인 형태에 대한 노골적인 애정보다는, 건축은 무엇보다도 정직해야 한다는 더 광범위한 개념이었다. 디자인, 그리고 재료의 간결성과 명확성은 건축의 진실을 추구하는 데 있어서 가장 핵심적인 개념이었다. 「어떤 건축적인 특징도 그 자체로 설명이 안 된다면, 그건 잘못된 것이다.」[75] 그는 단호히 말했다.

후반에 그의 작업에서 이 특징이 반복적으로 나타난 것으로 보아, 칸은 이러한 원칙을 깊이 흡수한 것으로 보인다. 하지만 그가 그레이의 교육에서 기억한 것은 근원적인 이론보다는 교실에서 했던 세부적인 활동들과 특히, 윌리엄 그레이가 그에게 개인적으로 보여 준 상냥함이었다. (루가 당시를 회상하기를) 「강의를 들은 후 르네상스, 로마, 그리스, 이집트, 그리고 고딕의 여러 중요한 양식을 바탕으로 다섯 가지의 삽화를 그려야 했습니다. 저는 그때 동급생의 반 정도에게 그림을 도와주었고, 내가 그렸다는 것을 눈치채지 못하도록 위장하려고 노력했습니다. 하지만 제가 그 그림을 그렸다는 증거들은 항상 있었습니다. 선생님이 그림을 가리키며 나에게, 〈이 그림에 네가 손을 댔니?〉라고 물어보면 저는, 〈네, 그랬어요〉라고 대답했죠. 그러면

---

* 1890~1900년대에 번성했던 도시 미화 운동.

선생님은 이렇게 말했어요. 〈그래, 괜찮다.〉 선생님은 아주 좋은 분이었어요.」[76] 루가 말했다.

칸의 그림 실력은 (그레이의 수업을 통해 그것을 실제로 사용할 방법을 터득하기 이전부터) 고등학교 내내 그의 생명선과 같은 것이었다. 비록 그는 더 이상 타드의 수업에 참여할 만큼 어리지 않았지만 미술 수업은 매주 정기적으로 받았다. 토요일에는 7번가와 포플러 스트리트에 있는 집에서부터 8번가와 캐서린 스트리트에 있는 그래픽 스케치 클럽*까지 약 20블록을 걸어갔다. 「실제 모델을 사용하는 미술 수업에서 이젤과 종이, 목탄을 나눠 줬어요. 수업 시간에 들리는 소리는 종이에 연필로 선을 긋는 소리와 선생님이 개개인에게 조용히 평가를 해주는 목소리뿐이었어요.」 어느 토요일 아침, 칸은 아무도 없을 때 일찍 미술실에 도착했다. 「입구 오른쪽에 있는 교실 문이 열려 있었어요. 나는 벽에 걸린, 학교의 거장들이 그린 작품을 보려고 안으로 들어갔죠. 언젠가, 제 그림도 그렇게 선택되기를 바랐어요.」[77] 이런 그의 바람은 10년 이상이 지난 후에 실제로 이루어졌다.

한편, 루는 필라델피아의 여러 기관에서 주요 미술상을 지속적으로 수상하고 있었다. 예를 들면, 거의 매년 펜실베이니아 순수 예술 아카데미에서 필라델피아의 고등학생들에게 수여하는 수채화 최우수상인 워너메이커상을 받았다. 1919년 5월에 이 아카데미에서는 칸에게 프리핸드 드로잉 최우수상을 수여

---

* 수업료가 면제된 공립 교육 기관 중 하나였다.

했다. 그리고 고등학교를 졸업할 무렵에는 펜실베이니아 아카데미에서 미술을 전공하면 전액 장학금을 수여하겠다는 제의를 받았다(그리고 사실인지 아닌지 모르지만 가족들이 종종 하던 이야기에 의하면, 이와 거의 같은 시기에 그래픽 스케치 클럽의 주요 기부자인 새뮤얼 플라이셔가 칸이 그 클럽에서 하는 일요일 콘서트에서 헝가리언 랩소디 2번을 악보 없이 거의 완벽하게 연주하는 것을 듣고 작곡 장학금을 수여했다고 한다. 루는 집에 있는 낡은 피아노로 계속 연습하면서 연주 실력을 유지했다고 말한 적이 있다. 그런데 다른 가구들을 놓을 자리가 없어서 피아노를 작은 방으로 옮겨야 했기 때문에 루가 그 위에서 자야 했다고 한다).

루가 4년간 미술 장학금을 받았다면, 고등 교육의 전과정을 무료로 받을 수 있게 되고 영화관 수입은 가족의 금고로 들어가는 한편, 자식이 화가가 되길 바라던 아버지의 야망을 만족시켜주었을 것이다. 하지만 루는 건축가가 되기로 결심했다. 그는 당시 미국에서 가장 좋은 건축대학으로 알려진 펜실베이니아 대학교의 건축과에 지원하고 입학했다. 하지만 입학할 당시 장학금을 받지 못했기 때문에 영화관 오르간 연주, 여름에는 건축사 사무소 아르바이트를 해서 번 돈과 학자금 대출 등으로 직접 등록금을 마련해야 했다. 「4년간 매년 같은 양의 돈을 빌렸습니다. 그것을 갚으면 또다시 대출을 받았죠. 제 신용도는 아주 좋았습니다.」[78] 칸은 훗날, 자신의 인생에서 그렇게 경제적인 균형을 이룬 시기가 있었다는 사실이 믿어지지 않는다는 듯 말했다.

칸의 건축대학 입학은 가족이 더는 칸을 가족 생계의 원천으로 의존할 수 없게 되었다는 것을 의미했다. 「그는 가족 중 누구에게도 절대 설득당하지 않았어요. 심지어 매우 엄격했던 그의 아버지한테도요.」 에스더 칸은 자기 남편에게 들은 말을 떠올리며 말했다. 「루는 언제나 아버지의 말을 잘 들었지만 계속 자신은 건축가가 되겠다고 단호히 말했기 때문에 결국 가족들은 그의 뜻을 받아들여야 했습니다. 하지만 그들은 여전히 매우 가난했고, 루가 미친 듯이 열심히 일했음에도 대학 등록금을 마련하면서 가족까지 부양할 수가 없었기 때문에 상황은 아주 좋지 않았습니다. 하나의 해결책은 루의 여동생이 학교를 그만두고(이게 바로 세라가 학교를 끝마치지 못한 이유였다) 모자 제작 견습 직원이 되는 것이었죠.」

루의 여동생인 세라는 루가 어릴 때 가졌던 재능을 똑같이 갖고 있었다. 「세라는 손으로 하는 건 뭐든지 잘했어요.」[79] 에스더 칸이 말했다. 「그림에서부터, 스케치, 조각은 물론 모자 제작자로서 필요한 섬세한 바느질까지 잘했습니다.」 루 또한, 〈내 여동생은 춤과 공예에 재능이 있었고, 어릴 때 음악적 재능도 있었다〉고 말한 적이 있다. 그의 말에 따르면 세라는 피아노 레슨을 딱 한 번 받은 후, 루를 대신해서 하루 동안 영화관 일을 한 적도 있다고 한다. 루와 세라는 항상 친했고 이후로도 계속 가깝게 지냈다. 「세라는 어머니의 모든 특성을 물려받아서 아주 성격이 좋고 이타적이었어요.」[80] 칸은 오십 대 후반에 이렇게 언급했다. 칸은 세라가 열아홉의 나이에 그를 위하여 장래를 포기하는 것은 부당하다고 생각했다. 하지만 그런 불편한 마음을 갖고 있었으면서도 자신이 간절히 원하는 것에 방해가 될까 봐 그런 마음을 무시하려고 노력했다.

*

루는 센트럴 고등학교를 1920년 6월 25일에 졸업했고 그해 9월 펜실베이니아 대학교의 순수예술대학에 입학했다. 동급생 중에는 어릴 적 친구이자 센트럴 고등학교에서 윌리엄 그레이의 수업을 같이 듣고 칸처럼 건축가가 되기로 결심한 노먼 라이스가 있었다. 라이스에 의하면, 그와 루는 〈대학 4년간 밤낮을 가리지 않고 열심히 공부했고, 그래서 지금까지도 밤낮으로 일하는 습관이 남아 있게 된 것 같다〉고 했다. 또한, 〈루는 언제나 하루가 72시간인 것처럼 일했다〉고 덧붙였다. 「4학년 때는 교수들 중에서도 가장 빛나는 스타이자 훌륭한 건축가이며 선생이었던 폴 필리프 크레의 아틀리에에서 공부하게 되면서 우리는 마음속의 소망을 이루게 되었습니다.」[81]

사실 〈건축학 6, 상급 디자인〉이라고 불렸던 크레의 수업은 세 학기 전체에 걸친 과정이었고, 그 후 네 번째 학기는 〈파리상〉* 경연에 전념하도록 할당되어 있었다. 그래서 그들이 실제로 처음 이 영향력 있는 거장을 선생님으로 만나 배우기 시작한

* 1894년 파리 에콜 데 보자르 출신의 동문들이 미국에서 건축 실무를 촉진하고 발전시키기 위한 목적으로 개최한 여러 가지 대회와 상 중 가장 명성이 있었던 상.

것은 3학년 때부터였다.

프랑스에서 나고 자란 크레는 파리의 에콜 데 보자르École des Beaux-Arts 출신이었고 그가 펜에 도입한 것은 그의 스승이었던 합리주의자 줄리앙 구아데*가 제시한 것과 같은 전통적인 보자르적 시각이었다. 크레의 경우에 이 시각은, 신고전주의와 유토피아적 모더니즘 양식이 충돌하는 미국의 전통 양식을 직면하게 되면서, 그리고 꾸준히 진화해 가는 자신의 신념에 의해서도 계속 수정되었다. 허버트 스펜서**와 이폴리트 텐***의 제자였던 크레는 건축은 그 시대와 장소에 반응해야 한다고 믿었다. 그는 20세기 미국 건축가라면 작위적인 원시주의****나 거짓으로 장식된 고전주의로 후퇴해서도 안 되지만, 어떤 종류든 주관적이고 혁명적이며 개인적인 기준에 의해 강요된 이상을 가지고는 앞으로 도약할 수도 없다고 생각했다. 종종 〈현대화된 고전주의〉 혹은 〈해체된 고전주의〉라고 묘사되는 크레의 고전주의는 기술이나 재료, 혹은 사회 자체 등과 같은 주변 여건에 대한 점진적이고 진화적인 대응을 포함하고 있었다. 〈그렇게 되면 현대 건축은 더 이상 고대나 중세의 단순함을 동경할 수 없다.〉 또 그는 다음과 같이 썼다. 〈현대적 설계는 일반적으로 여러 층에 걸쳐 분포된 다양한 용도를 위한 여러 개의 방을 제공

* 프랑스의 건축가이자 이론가. 에콜 데 보자르의 교수였다.

** 영국의 철학자이자 심리학자.

*** 프랑스의 역사학자, 비평가이자 철학자.

**** 원시 시대의 예술 정신과 표현 양식을 이해하고 그것을 현대 예술에 접목하려는 예술 사조.

하며, 건물의 외부 및 내부적인 외관은 창문 수, 층 수, 그리고 각 층에 있는 아파트 수가 반복되면서 어쩔 수 없이 그 복잡성이 여실히 드러난다.〉[82] 이 문장을 보면, 칸이 건축이란 〈공간을 신중하게 만들어 내는 과정〉[83]이라고 정의한 이유의 근원, 그리고 건축은 무엇보다 진실해야 한다는 신념의 원천을 알 수 있다.

칸이 이러한 건축의 진실성 — 주변 환경이 요구하는 바와 고객이 필요로 하는 바를 충실히 반영하는 것은 물론, 과도한 장식이 없는 명확한 표현을 강조하고, 아름다움과 유용성을 융합하는 — 을 옹호하는 입장은, 크레의 스승 구아데가 『건축 이론의 요소*Éléments et théorie de l'architecture*』에서 상세하게 제시한 프로그램의 핵심이었다. 크레에 의해 전해진 바와 같이, 구아데의 기본 이론은 축의 관계, 대칭, 그리고 비례적인 혹은 균형 잡힌 비대칭을 선호한다. 이러한 특징들은 나중에 발전된 칸의 디자인에서 눈에 띄는 특징이었던 것은 물론, 여러 시대에 걸친 고전주의의 표준 요소들이었다. 하지만 칸이 그러한 가르침에 부응했다고 해도, 그것이 그 이론들의 영향을 받았기 때문이라고는 할 수 없다. 언제나 그랬던 것처럼, 칸의 학습에 대한 접근 방식은 손과 눈을 통해서였다. 칸이 가장 많이 기억하는 것은, 펜 대학교의 주요 건축 교과서였던 오귀스트 초이시*의 1899년 『건축사*Histoire de l'architecture*』의 본문 자체 보다는 그 안에 수록된 1,700여 장의 다양한 역사적 건물들의 평면도와 단면도(위쪽과 측면에서 내부가 보이도록 자른)였다. 그리

* 프랑스의 건축 사학자이자 이론가.

고 그가 건축을 배우던 과정에서 기억에 남은 것은 그림 자체에 의존했던 방식이었다.

〈설계 문제를 시작하는 데 있어서 보자르의 훈련 방식은 보통 강사의 설명 없이 글로 적힌 프로그램을 제시합니다〉라고 칸은 수십 년 후에 한 역사가에게 말했다. 그런 다음 학생들은 각자 자기 자리로 가서 혼자 몇 시간 동안을 보내게 된다. 「그 시간 동안 학생은 아무런 조언도 받지 않고 자신이 생각해 낸 해결책을 재빨리 스케치하죠.」 이것은 소묘, 혹은 첫 아이디어로 불리는 것으로 그것이 설계의 전체적인 세부 사항의 기초를 형성한다. 「일단 스케치가 완성되면, 우리는 그 설계와 관련된 프로젝트를 수행할 동안 그 디자인을 고수해야 해요. 그래서 그 스케치는 무조건 우리의 직관력에 달려 있었죠.」 말하자면, 학생은 자기만의 자리에 틀어박힌 채 이미 알려진 건축적인 선례를 다 무시하고 도서관, 혹은 법원 건물, 또 어떤 건물이 과제로 주어졌던 그 건물이 가지는 본질에 대해서 자신만의 아이디어를 생각해 내야 했던 것이다. 「마치 도서관이란 건물이 한 번도 지어진 적이 없는 것처럼 처음부터 시작해야 해요. 저는 아무것도 없는 상태에서 도서관 건물을 한 번도 본 적이 없는 것처럼 설계해야 할 때, 과연 도서관이 어떻게 지어져야 하는지에 대한 감각을 주는 데는 〈소묘〉가 아주 중요한 훈련이었다고 생각해요.」[84] 칸이 말했다.

이러한 교육 방법을 따라가는 데에 칸의 훌륭한 그림 솜씨는 큰 도움이 되었다. 건축대학에서 4학기 동안 필수로 이수해야 하는 자유화 과정을 빨리 마칠 수 있었고, 펜에서 4년 내내 수채화, 라이프 드로잉, 그리고 렌더링에 놀라운 재능을 보였다. 그는 또한 예술사에서도 두각을 나타냈다. 마지막 학기에는 크레의 다른 모든 학생들처럼 파리상 경연에 참가했고, 6등상을 받았다. 1924년 6월 졸업식에서는 건축학 학사 학위와 함께 〈최우수〉 학생에게 주는 아서 스페이드 브룩 메모리얼상 중 동상 Arthur Spayd Brooke Memorial Prize[85]을 받았다. 성적이 안 좋았던 학교생활이 비로소 끝난 셈이었다.

대학 생활 내내 루는 가족과 함께 살면서 펜 대학교로 통학했고 졸업한 뒤에도 집 주소는 바뀌지 않았다. 졸업 1년 전쯤에 한 번 바뀐 때가 있었는데, 1923년 봄, 3학년이 끝나 갈 무렵 칸 가족은 월세 아파트에서 노스 20번가 2318번지의 집을 구매해서 이사했다(이 집은 사실 레오폴드와 베르사가 필라델피아에서 구매할 수 있었던 두 번째 집이었다. 노스프랭클린 2019번지에 있던 이전 집은 1919년 후반에 구매했으나 겨우 9개월 후 시에서 토지 수용권을 행사함에 따라 어쩔 수 없이 팔아야 했다). 노스 20번가 2318번지의 집은 적어도 8년 동안 칸 가족의 소유였으며 칸이 이십 대 후반에 마침내 독립해 나갈 때까지 그의 공식 거주지로 등록되어 있었다.

1925년, 매력적인 인물로 성장한 오스카 칸은 활발하고 아름다운 동네 여성인 로셀라와 결혼했다. 루는 결혼 전부터 오스카와 로셀라와 함께 셋이서 영화를 보러 가기도 했고 장난을 치기도 했다. 그래서 별 생각 없이 결혼식에서도 루는 오스카의 신부에게 장난스러운 행동을 하게 되었다. 하지만 그런 칸 형제의 장난스러운 행동은 아버지의 노여움을 사게 되었고 결국 두 아들의 뺨을 때리는 일이 발생했다. 그런데 가족들이 전하는 바에 의하면 루와 오스카의 잘못된 행동(아마도 성이나 여성에 관한 음란한 내용의 대화였을 거라고 친척들은 추측했다)이 자세히 어떤 것이었는지는 모르지만, 당시 그 장면을 목격한 사람들에게 더 인상적이었던 것은, 스물네 살과 스물한 살의 다 큰 아들들을 때릴 자격이 있다고 여겼던 아버지의 가부장적인 태도였다고 한다.

그때쯤 루는 외적인 측면에서 확실히 다 자란 성인이었다. 그는 펜 대학교를 졸업하자마자 필라델피아 시립 건축가인 존 몰리터의 사무실에 취직하게 되었다. 비록 수입은 많지 않았지만(이것은 엄밀히 말하면 건축과 3학년생이 해야 하는 견습 과정의 일부로 간주되는 일이었다), 그 일을 통해 칸은 엄청난 경험과 궁극적으로는 책임감을 얻게 되었다. 평범한 제도사로서 1년을 보낸 그는 독립 선언문 서명 150주년이 되는 1926년에 필라델피아에서 열리는 150주년 국제 박람회의 설계 책임자로 임명되었다. 루는 이 기회를 이용해 자신의 펜 대학교 동창들을 아주 많이 고용했다. 「그는 신속하게 젊은 건축가 친구들을 채용했고 우리는 그 팀에 합류하게 되었습니다.」 노먼 라이스는 당시를 회상했다. 「최근에 교육을 받은 선생님들로부터 주입된 이상, 그리고 순진해서 가능했던 과감한 용기와 함께 열정에 불타오르던 우리는 박람회와 그에 필요한 여러 건물을 1년 만에 만들어 냈습니다. 그 당시의 관점에서 봤을 때, 건물들 중 일부는 칭찬할 만했습니다. 그 일은 우리에게, 그리고 특히 루에게 아주 신나고 고무적인 경험이었습니다.」[86] 그때 지은 건물들은 사실 특별히 주목할 만하지도 않았고 모두 임시 건물들이었다. 하지만 그 과정에서 칸은 경량 철골 구조와 고형 플라스터 주입 방식을 사용한 산업 건축물에 대해 아주 많이 배우게 되었다. 훗날 그가 건물을 설계할 때 선호했던 것은 사실 이런 방법보다는 재료 자체였지만 그래도 그에게는 아주 유용한 경험이었다.

박람회를 통해 재능이 공개적으로 드러나게 된 결과로, 그는 필라델피아 건축가 윌리엄 H. 리의 사무실에 견습이 아닌 제대로 된 일자리를 얻었고 1927년 4월부터 일을 시작했다. 당시 템플 대학교를 위한 건물들을 설계하고 있던 리는 아르 데코에서 아즈텍 양식에 이르기까지 〈광란의 1920년대〉*의 모든 양식을 아우르는 다소 기이한 분위기의 영화관들을 지은 인물로 잘 알려져 있었다. 가족과 함께 살면서 높은 급여를 받는 프로젝트에 참여하게 된 루는, 수입에서 따로 저축을 할 수 있었고, 계획하고 있던 유럽 그랜드 투어(이 여행은 보자르 건축 교육의 마무리 과정으로 추천되었지만 칸과 같은 사회 계층의 젊은이에게는 쉽게 주어지지 않는 기회였다)의 자금을 마련할 수 있었다.

1927년 6월, 루는 특별한 사람을 만나게 되었다. 어느 날 친구 한 명을 따라 필라델피아의 〈러시아인 지식인〉 회원들이 개

* 대공황이 발생하기 전까지 다양한 사회 문화적 변화와 경제적 번영 등을 누리던 호황기.

최한 졸업 파티에 가게 되었다. 그중 명예 손님 중 한 명이었던 에스더 이스라엘리는 졸업을 앞둔 스물한 살의 펜 대학교 화학과 전공생이었다. 수십 년 후에도 에스더는 여전히 그 파티 때의 일을 상세히 기억하고 있었다. 예를 들면 귀신 이야기를 하기 위해 조명을 약하게 했고, 〈조명을 다시 밝혔을 때 누군가가 피아노를 치고 있었는데 그게 바로 루였습니다〉[87]와 같은 일들을 말이다. 하지만 에스더는 파티가 거의 끝날 때까지 칸과 만날 기회가 없었다. 「저는 성미가 급한 사람이라서요.」 그녀가 말했다. 「엘리베이터를 기다리기 싫어서 제 파트너와 함께 계단으로 내려갔어요. 맨 아래층에서 기다리고 있던 루는 우리가 내려가는 것을 보았고, 훗날 저에게 〈그때 저 여자와 계단을 내려오는 사람이 나였으면 좋겠다는 생각을 했다〉고 말했어요.」 당시 에스더의 파트너로 파티에 참석했던 사람은 알고 보니 루와 아는 사이였고 루의 집 근처에 살았기 때문에 루에게 자기 차로 같이 가자고 제안했다. 루는 뒷자리에 앉았고 에스더와 그 남자는 앞쪽에 앉았는데 아주 더운 여름밤이었기 때문에 세 사람은 바로 집에 가는 대신 잠깐 드라이브를 하기로 했다.

　「드라이브를 하는 동안 루가 자기가 최근에 산 책에 대해서 얘기하기 시작했어요. 로댕에 관한 책이었는데 저는 로댕이 누군지도 전혀 몰랐는데 루는 그에게 완전히 매료되어 있었어요. 루는 말 그대로 아주 매력적인 달변가였어요.」[88] 에스더의 집에 도착했을 때, 에스더가 완전히 루에게 반한 것을 눈치챈 그녀의 파트너 ── 사실 그 남자는 에스더의 남자 친구가 아니라 단순히 그 행사의 봉사자였다 ── 는 루에게 에스더를 문 앞까지 배웅해 주라고 권했다. 에스더의 집 문 앞에서 루는 용기를 내어 그녀에게 데이트 신청을 했지만 에스더는 마지막 학기 시험공부를 하는 중이라서 데이트를 할 수 없다고 말했다. 나중에 루는 에스더에게 졸업 선물로 로댕의 책을 선물로 보냈다.

그리고 루가 다시 그녀에게 데이트 신청을 했을 때 에스더는 승낙을 했지만 예일 대학교 출신의 변호사였던 그녀의 아버지는 자기가 먼저 그 젊은이가 누군지 만나 봐야 한다고 했다. 가족과 만나는 단계를 생략하고, 두 사람은 극장에서 함께 저녁 시간을 보냈다. 집으로 돌아가는 길에 유명한 꽃집을 지나게 되었는데, 그때 에스더는 달리아가 너무 예쁘다고 말했다. 「다음 금요일, 제가 집에 돌아왔을 때 어머니는 루가 미친 것 같다고 했어요. 왜냐하면 어머니는 그렇게 많은 꽃을 생전에 본 적이 없었거든요. 루는 전에 한 번도 여자에게 꽃을 사준 적이 없었기 때문에 제가 〈저 달리아〉가 너무 예쁘다고 말했을 때 무슨 말인지 잘 몰랐고, 그냥 그 꽃집에 가서 그 창에 진열돼 있던 모든 꽃을 다 샀던 거예요.」

「그 이후로 우리는 거의 매일 만났어요.」서로 처음 만나자마자 사랑에 빠진 것 같았다고 느꼈던 에스더가 말했다. 그녀의 부유한 부모는 사랑스럽고, 지적이며, 짙고 아름다운 머리칼과 반짝이는 눈을 가진 딸이 필라델피아의 가난한 동네 출신에 흉터를 가진 독특한 남자와 사랑에 빠진 것을 이상하게 여겼을 것이다. 하지만 그들은 간섭하지 않으려고 노력했고, 약 9개월쯤 뒤에 운명이 그들의 잠재적 우려를 해결해 주는 듯했다. 루가 에스더에게 오래전부터 계획했던 유럽 여행을 가기 위해 표를 샀으며, 〈당신도 나를 막을 수는 없어〉[89]라고 선언했기 때문이다.

그가 탄 일드프랑스 여객선*은 1928년 4월 26일 뉴욕항을 출발하여 영국 플리머스로 향했다. 루는 3주 전 워싱턴 디시에서 발행한 여권을 소지하고 있었다. 루가 처음으로 받은 미국 여권에는, 그가 키 170센티미터에 갈색 머리, 파란 눈을 가지고 있으며 〈얼굴에 흉터가 있음〉[90]이라는 특이 사항이 기재되어 있었다. 그가 여권에 기재한 〈건축가〉라는 직업은, 새로운 세계 질서에 의해 리보니아의 일부가 라트비아(당시 여권에는 이렇게 기재되어 있었다)에서 에스토니아로 할당되면서 바뀐 그의 출생지와는 달리, 평생 변하지 않았다. 여권에 부착된 사진을 보면, 주머니에 장식 손수건을 꽂은 양복을 입고 웃음기 없이 약간 무서운 표정을 짓고 있는데, 마치 해외에서 우아한 젊은 신사로서 지내려는 그를 조금이라도 방해하는 사람이 있으면 가만히 있지 않겠다는 의지가 엿보이는 듯했다.

칸은 5월 3일 영국에 도착하여 대영 박물관, 세인트폴 대성당을 비롯한 다른 런던의 장소들에서 엽서를 모으고, 윈저와 워릭의 성들과 옥스퍼드 대학교의 여러 칼리지들, 그리고 스트래트퍼드 온 에이븐에 있는 영주의 저택들을 스케치했다. 그리고 캔

* 1927~1958년 사이에 유럽과 뉴욕 간을 운행했던 프랑스의 고급 대서양 횡단 여객선.

터베리와 코번트리 대성당을 포함한 기념비적인 건축물들을 찾아다니며 한 달을 보냈다. 그러는 동안 그는 스물일곱에 그가 묵었던 호텔의 주인에게 동정을 잃게 되었다. 「그 여성이 먼저 다가왔습니다.」 그는 30년 후에 정신과 의사에게 털어놓았다. 「제가 무능력하게 느껴졌어요.」[91]

6월 3일, 루는 잉글랜드를 떠나 벨기에를 경유해 네덜란드로 갔다. 그곳에 간 주목적은, 미국에 있을 때부터 이름을 들었던 모더니즘 건축가들을 만나는 것이었다. 그 건축가들 중에는 헨드릭 베를라허,* 피에 크라머르**도 있었다. 그리고 특히 얀 프레데릭 스탈***은, 이 젊은 미국인과 많은 시간을 같이 보낸 후 힐베르쉼****의 시립 건축가인 빌럼 뒤독에게 편지로 소개까지 해주었다. 이때 루는 로즈라는 이름의 필라델피아 친구에게 다음과 같이 엽서를 썼다(하지만 부치지는 않았다). 〈가본 도시 중 암스테르담이 가장 흥미롭고 아마도 가장 유익했던 장소인 것 같아. 그곳에서 내가 찾던 건축물들을 보게 되었고 네덜란드에서 가장 유명한 건축가들을 만나 대화할 기회도 얻었지. 그들은 나를 자신들의 스튜디오에 데려가기도 하고 주변 동네들과 암스테르담을 차로 데리고 다니면서 자신들이 한 작업을 보여 주

* 네덜란드의 건축가. 근대 건축계의 선구자.

** 네덜란드의 건축가. 표현주의 건축을 표방했던 암스테르담 스쿨에서 가장 중요한 건축가 중 한 명이다.

*** 네덜란드의 건축가. 암스테르담 스쿨의 급진주의를 신실용주의로 전환하려고 시도했다.

**** 네덜란드 노르트홀란트주의 도시.

었고 그들이 과거에 가졌던, 그리고 미래에 가지고 있는 목표를 말해 주기도 했어. 그들 중 한 명을 통해 현대 건축에 관한 가장 중요한 책들의 목록도 얻었어. 아주 많은 도움이 되었어〉라고 적었다. 그의 부모를 위해서는 풍차 사진이 있는 엽서를 사서 다음과 같이 적었다. 〈어머니와 아버지께, 보시다시피 네덜란드는 아주 그림 같은 곳이에요. 정말 많은 곳들을 둘러보았고 특히 현대 건물들을 많이 봤어요. 며칠 뒤에 또 쓸게요. 사랑을 담아, 루.〉[92] 이 엽서 역시 그가 여행 중에 작성했던 다른 엽서들처럼 부치지는 않았다.

6월 말 무렵, 칸은 기차로 독일 북부 지역에서 며칠을 보냈다. 6월 29일에 그는 함부르크에서 스칸디나비아반도로 가는 배를 타고 맨 먼저 덴마크로, 다음에는 스웨덴과 핀란드로 갔다. 스톡홀름에서는 새 시청의 설계자인 건축가 랑나르 외스트베리를 만났다. 헬싱키에서는 엘리엘 사리넨*의 기차역과 라르스 송크**의 에이라 병원을 보았다. 거의 여행이 끝나갈 무렵인 7월 17일에는 에스토니아로 가는 비자를 취득한 뒤 18일에 헬싱키에서 탈린으로 가는 배를 탔다.

당시의 환승 기록에 의하면, 칸은 그가 훗날 출생지라고 주장하게 될 나라에서는 단 하루만 머문 것으로 보인다. 탈린에 도착한 후 그는 즉시 리가로 향하는 기차를 타고 7월 19일에 에스토니아와 라트비아 접경을 넘어 같은 날 저녁, 리가 호텔에 투

* 핀란드 출신의 건축가, 가구 디자이너. 에로 사리넨의 아버지.
** 핀란드 출신의 민족 낭만주의 건축의 대표적인 건축가.

숙했다. 그는 8월 17일에 리투아니아를 통과하여 독일로 돌아
갈 때까지 거의 한 달을 라트비아에 머물 예정이었다. 하지만
리가에 간 이유는 건축적인 것이 아니었다. 바로 가족 때문이
었다.

　루의 모친은 1906년, 그녀의 부모와 여섯 명의 동생들(그중
다섯은 그 섬에서 태어났다)을 뒤로 한 채 발트해에 있는 외셀
이라는 섬을 떠났다. 그녀의 가족은 약 1880년부터 외셀의 유
일한 도시인 아렌스부르크에 살았지만 페리를 타고 리가(베르
사가 1900년 결혼한 곳이기도 하다)로 자주 여행을 가곤 했다.
하지만 제1차 세계 대전과 러시아 혁명으로 섬과 본토와의 연
결이 끊어졌고, 그들은 다시 라트비아로 되돌아갔다. 루의 외할
아버지 멘델 멘델로이치는 1916년에 리가에서 사망했다. 외할
머니 로차-레아는 전쟁이 끝난 후 아렌스부르크로 돌아갈 수
있었지만, 섬에 있던 가족의 부동산이 몰수된 상태였고, 성인이
된 일곱 자녀 중 다섯이 리가에 살고 있어서 돌아가지 않았다.
1922년과 1927년에 발행된 그녀의 라트비아 여권은 모두 리가
에서 발행된 것이었고 그녀는 1934년에 리가에서 생을 마감하
게 된다. 아렌스부르크의 어떤 기록에도 전쟁 후 그녀가 그곳에
서 거주했다는 증거는 없다. 하지만 루는, 적어도 그가 나중에
다시 얘기한 바에 의하면, 할머니가 아렌스부르크에서 계속 혼
자 살았던 것으로 기억하고 있었다.

　「저는 1928년에 외할머니를 만나러 갔습니다. 할머니는 물고
기를 저장하는 곳에서 가까운, 방 한 칸짜리 집에 살고 있었어

요. 한쪽에는 스터노* 스토브가 있었고 말린 생선 두 포대, 의자, 테이블, 그리고 침대가 있었죠. 저는 바닥에서 잤고 할머니는 침대에서 주무셨어요. 저는 그곳에서 몇 개월을 살았고 어부들이 잡은 물고기들을 가져오는 것을 봤어요. 아주 소박한 삶이었어요, 할머니가 가진 물건들은 자식들이 준 것 외엔 아무것도 없었어요. 러시아인들이 모든 걸 다 빼앗아 가던 시절이었거든요.」 칠십 대가 된 칸이 한 인터뷰에서 말했다.

그 섬은 어린 시절의 모든 추억이 비롯된 곳이었기 때문에 루에게 매우 중요했다. 그래서 그가 이 이야기를 했을 때 어쩌면 정말 1928년의 여행 중에 외셀을 방문했다고 믿었을지 모른다. 하지만 여러 가지 이유에서 이 사실은 의심스럽다. 외셀은 그때쯤 에스토니아의 일부가 된 후였고 루의 여권 기록으로는 친척들과 함께 시간을 보냈던 기간 내내 라트비아에 있었기 때문이다. 그해 여름 여행자들을 리가에서 외셀로 수송했던 어떤 여객선 승선자 명단에서도 그의 이름은 찾아볼 수 없으며,[93] 그 외에 그가 다른 방법으로 기록에 남지 않게 여행했을 가능성은 거의 없다. 하지만 그가 어떻게든 외셀에 갈 수 있었다고 가정하더라도, 왜 그곳에서 보낸 그 많은 기억 중에 왜 이 단편적인 기억만이 유일하게 남게 된 것일까? 그가 정말 성인이 되어 방문했다면, 훗날 그의 건축물에 강렬한 영향을 준 아렌스부르크성에 대한 언급은 왜 어떤 편지나 노트에도 없는 걸까? 아마도 이것은 어린 시절의 기억이, 마치 어른이 된 후에 여행에서 일어난 일

* 깡통에 든 고체 연료.

처럼 왜곡되었을 가능성이 더 크다.

혹은 외할머니를 방문한 장소가 리가였을 수도 있다. 라트비아의 수도에서 외할머니와 외할아버지가 살았던 유대인 거주지역의 마스카바스 스트리트 108번지의 작은 집은 항구에서 아주 가까운 마을에 있었기 때문에, 루가 〈물고기를 잡던 장소에서 가깝다〉고 묘사한 방 한 칸짜리 가축우리 같은 집은 이곳이었을 가능성이 충분하다. 혹은 이 여행에서 그가 외할머니를 만난 사실은 아예 없고, 그가 생각했던 아렌스부르크의 가난한 생활도 어쩌면 그의 숙모나 삼촌에게서 전해 들은 이야기에서 발현된 것인지도 모른다.

「할머니의 자식들은, 그러니까 우리 어머니의 형제들은 리가로 가서 아주 부유하게 살았고 할머니에게 얼마라도 돈을 보내줄 수 있었어요. 나는 리가 지역에 가서 친척들을 만났어요. 아주 가슴이 뭉클했죠.」칸이 말했다.

친척들이 실제로 〈부유하게 살았다〉는 말은 어쩌면 또 다른 과장된 표현이었을지 모르나, 확실히 멘델로이치의 자식들은 리가에서 꽤 잘 지냈던 것 같다. 1920년대 후반 즈음 그들은 모두 전쟁 전 10년 동안 많은 아파트들이 들어선 아르 누보 스타일의 지역에서 걸어서 서로 왕래할 수 있는 곳에 살았다. 루의 이모 사라(소라-지타라고도 불렸던)와 그녀의 남편 레이프 허슈베르크는 두 아들 레이서, 미샤와 함께 마티사 스트리트에 있는 아주 저렴하게 지어진 6층짜리 복합 건물에 거주했다. 그리고 그곳에서 걸어서 5분도 안 되는 거리에 사라의 오빠인 아브람과 일곱 명의 가족이 약간 더 좋은 건물에 아파트를 갖고 있었다. 마티사 스트리트에서 10분 더 내려가서 오른쪽으로 반 블록 더 가면 벤냐민의 플랫이 있었다. 그곳에서 10분 더 걸어가면 또 다른 이모 하자-미라나 제일 어린 삼촌 이삭이 살았던 아보투 스트리트와 거트루드 스트리트의 모퉁이에 있는 꽤 웅장한 아파트 건물로 갈 수 있었다. 이 다섯 가정에는 루와 열두 살 차이도 안 나는 이모들과 삼촌들은 물론, 사촌들도 살았다. 따라서 리가에 있는 동안 어느 집에서 묵었든, 루는 아주 많은 친척들을 만났을 것이다.

그는 그 도시의 다른 지역들도 모두 돌아다녔다. 「어머니와 아버지가 얘기하시던 장소들을 회상했어요.」[94] 루는 이렇게 말했다. 그는 의심할 여지없이 베르사와 레오폴드의 추억들에 등장했던 구시가지와 그 외의 장소들도 방문했다. 하지만 그는 또한 부모님이 살던 시절 이후에 생겨난 건물들도 보았다. 따라서 시내에서 가장 주목할 만한 건물을 놓치긴 쉽지 않았을 것이다. 1924년부터 공사를 시작해 루가 도착했을 때 거의 완성 중이던 이 건물은 4개의 아치가 있는 센트럴 마켓이었다. 강철 골조의 볼트 지붕으로 된 빅토리아 시대의 기차역과 같은 형태를 가졌지만 조금 더 간결하고 현대적인 이 건물은, 바닥에서부터 약 18미터 높이로 솟아오른 4개의 파빌리온이 서로 연결되어 있는 형태로 각 파빌리온의 양 끝에 있는 거대한 반원형의 창들이 내부를 밝혔다. 파빌리온별로 생선, 유제품, 그리고 다른 종류의 식료품들을 전문으로 취급하던 센트럴 마켓은 리가의 건축이 현대로 진입했음을 선언하는 듯했으며, 완공 후 쇼핑을 하러 온 고객들에게 인상적인 강변의 랜드마크가 되었다.

칸이 라트비아를 떠나 독일, 오스트리아, 체코슬로바키아로 향했을 때 건축은 다시 그의 주요 관심사가 되었다. 9월 말쯤 그는 베를린, 빈, 프라하, 그리고 뮌헨을 방문했다. 또한 티롤의 마을 중 적어도 한 곳을 방문한 그는 엽서에 다음과 같이 적었다(이 엽서의 내용으로는 자신에게 쓴 것으로 보인다). 〈바이에른과 티롤의 전형적인 산악 주거지. 셔터, 창문, 발코니 들은 밝은 초록색, 하얀색, 그리고 시에나*색으로 칠해져 있다. 지붕 위의 돌들은 겨울에 쌓인 눈이 떨어지지 않게 잡아 줌으로써 눈사태를 방지하기 위함이다.〉 뮌헨에서 옥토버페스트**를 즐긴 후 10월 4일에는, 여행 중 가장 긴 시간을 보냈고 아마도 가장 강렬한 감동을 받은 이탈리아로 가기 위해 브렌네르 고개***를 넘었다.

〈다른 나라들과 비교해서, 건축가이자 예술가에게 이탈리아는 확실히 특별한 곳이야.〉 그는 로라와 골디라는 이름의 주소가 적혀 있으나 보내지 않은 또 다른 엽서에 이렇게 적었다. 〈모든 곳을 다 가보지도 않고 성급하게 일반화하는 것인지 모르지만, 나는 첫눈에 나머지를 요약할 수 있을 것 같아. 이제까지는 현대적으로 변모하는 나라들 위주로 여행 일정을 짰지만, 지금

---

* 그림물감 원료로 쓰이는 황갈색에서 적색을 띠는 점토.

** 9월 말에서 10월 초까지 2주간 열리는 맥주 축제.

*** 알프스 동부 오스트리아와 이탈리아의 국경에 있는 고개.

이곳은 바로 ······.)[95]

노트의 이 부분에서 그의 글이 갑자기 멈춘다. 이 갑작스런 멈춤은 그의 건축적 경험들 간의 간극이 생기는 순간과 놀라울 만큼 일치한다. 감정적으로나 예술적인 면에서, 그는 유럽에서 발견한 영국의 성과 성당들, 이탈리아의 궁전, 교회, 그리고 유적지들과 같은 고대와 중세의 건물에 끌림을 느꼈다. 하지만 의식적인 수준에서 그의 관심을 끌었던 것은 스칸디나비아, 독일, 그리고 네덜란드 등에서 본 실험적 모더니즘 건축이었다. 칸은 바로 이러한 것들을 미국으로 돌아갔을 때 사용하고자 했다.

하지만 그는 성 베드로 광장에서 크리스마스이브를 보내기 위해 로마에 도착하기 전, 베네치아에서 시작하여 베로나, 밀라노, 볼로냐, 피렌체, 산지미냐노, 아시시, 그리고 스폴레토를 거치며 이탈리아의 경치를 만끽했다. 그다음에는 계속 나폴리, 카프리섬, 폼페이, 파에스툼, 그리고 아말피 해안을 거치는 동안 내내 스케치를 했다. 마침내, 1929년 3월 초에 그는 이탈리아를 떠나 여행의 마지막 5주를 파리와 그 주변 지역을 탐험하며 지냈는데, 여비가 거의 바닥난 그는 레프트 뱅크의 레스토랑에서 피아노 연주를 해주고 그 위층의 숙소에 무료로 묵기도 했다. 4월 12일, 그가 탄 아메리칸 시퍼 상선이 전날 도버 해협을 건넘으로써 영국을 떠났다. 해상에서 전혀 호화롭지 않은 일주일을 보낸 후, 칸은 비록 조금 더 마르고 훨씬 더 가난해졌지만 그가 얻으려고 목표했던 경험 면에서는 훨씬 풍요로운 상태에서 뉴욕으로 돌아왔다.

*

그가 유럽을 떠나기 전에 루는 필라델피아의 건축계로 다시 발을 들여놓기 위한 계획을 미리 세워 두었는데, 몰리터의 건축 사무소에서 함께 일했던 펜 대학교 동창 시드니 젤리넥과 함께 개인 건축사 사무소를 열 생각이었다. 하지만 칸이 떠나 있는 동안 젤리넥이 동업 결정을 번복하는 바람에 칸에게는 더 이상 동업자도, 사무소를 시작할 자금도 없어지고 말았다. 그러나 미국으로 돌아오자마자 운 좋게 옛 은사인 폴 크레 밑에서 일할 기회를 얻었다. 칸은 1929년 5월 크레의 회사에 출근하기 시작했고, 그 이후 17개월 동안 시카고의 〈백 년간의 진보〉 만국 박람회, 폴거 셰익스피어 도서관, 그리고 펜실베이니아 철도 회사의 교량 건설 등을 포함하여 여러 대규모 프로젝트에 참여해 일했다.

여행에서 그렸던 모든 스케치와 수채화에서 영감을 받은 루는 지난 몇 년간보다 예술에 대해 더 진지하게 생각하게 되었다. 1929년 11월, 그는 유럽에서 그린 네 점의 데생을 펜실베이니아 순수 예술 아카데미에서 매년 개최하는 전시회에 출품했다. 그 이후로도 같은 전시회에서 3년에 걸쳐 「다뉴브 지방」과 「다가오는 폭풍」, 그리고 휘슬러*식으로 간단하게 제목을 붙인 「흑과 백」이라는 아버지의 초상화 등 여러 작품을 계속 발표했

* 제임스 애벗 맥닐 휘슬러. 미국의 화가. 「휘슬러의 어머니」라는 작품은 빅토리아 시대의 모나리자로 알려질 정도로 유명한 작품이다.

다. 1931년에는 티-스퀘어 클럽*이 발행한 저널에 「스케치의 가치와 목적」[96]이라는 논문을 발표하기도 했다. 이 논문은 칸이 생전 처음 출판한 글이었기 때문에 그의 어머니는 매우 자랑스러워했다. 〈그 논문은 정말 흥미롭더구나.〉 베르사가 칸에게 편지를 썼다. 〈스케치의 기법에 대해 잘 알지 못하는 나로서는 아주 잘 쓴 것 같다. 특히 엄마가 가장 자랑스러운 건 그 논문에 실린 그림인데 한눈에 네 작품이라는 걸 알 수 있겠더라.〉[97]

하지만 그때쯤(그가 유럽에서 돌아온 지 겨우 2년이 되었을 때) 루의 인생은 사실상 거의 모든 면에서 변하게 되었다. 미국으로 돌아온 그는 마치 떠난 사이 아무것도 바뀐 일이 없다는 듯이 예전처럼 지낼 생각으로 부모님 집에 들어갔다. 하지만 에스더 이스라엘리는 이미 마음을 바꾼 상태였다. 「편지 한 장을 안 보냈어요.」 그녀는 이렇게 지적했다. 「그래서 그가 돌아왔을 때 나는 이미 다른 사람과 약혼한 상태였어요.」 루는 에스더의 집에 찾아갈 때까지 이 사실을 모르고 있었다. 「그 소식을 들은 루는 아주 분노했어요. 그래서 저는 화가 나서 말했어요. 〈뭐, 내가 당신이 무슨 생각을 하는지 어떻게 알았겠어?〉 그리고 그날 이후로 그를 만나지 않았어요. 왜냐하면 루는 아주 사나운 성격이 있는데, 그동안 그런 내면을 좀처럼 보이지 않다가 그날 너무나 확연히 그런 면을 보게 되었기 때문이에요. 저를 위해 유럽에서 아주 많은 멋진 물건들을 가져왔는데 전부 다른 사람

* 1883년 필라델피아에서 건축 및 디자인 분야의 전문가들이 지식 공유와 협력을 촉진하기 위해 설립한 단체.

에게 줘버리고 저는 아무것도 받지 못했어요.」

하지만 루를 다시 만난 에스더는 약혼자의 단점을 깨닫게 되었다. 「사실, 전 당신이랑 있으면 지루해요.」 하루는 그녀가 약혼자에게 이렇게 말했고, 약혼은 그것으로 깨졌다. 에스더의 어머니는 그 남자가 한 번도 마음에 든 적이 없었기 때문에 파혼을 다행으로 여겼다. 「하지만 어머니는 제가 루와 결혼하는 것도 원하지 않았어요. 부모님 두 분 다 그렇게 생각했어요. 왜냐하면 루는 얼굴에 흉터도 있고 가난했고 또 그의 가족은 우리가족과 너무 달랐으니까요.」[98] 에스더가 말했다.

칸의 가족은 이스라엘리 가족보다 단순히 사회 계층만 낮은 것이 아니었다. 이민 온 지 얼마 안 된 이민자 가족의 특징이 너무 뚜렷이 드러났다. 칸의 가족은 집에서 독일어를 사용했고 때로는 이디시어를 사용하기도 했다. 에스더에 의하면 영어는 거의 사용하지 않았다고 한다(하지만 1931년 스케치에 관한 논문에 대해 베르사가 쓴 편지를 보면 꼭 그렇지만은 않다는 점이 엿보인다). 「우리 집에서는 영어만 사용했어요. 우리 아버지는 변호사였고 어머니는 궁핍하게 산 적이 없는 분이었어요. 루의 가족은 러시아에서 왔고요.」 에스더는 그녀의 부모 역시 러시아에서 태어났다는 사실을 무시한 채 이렇게 말했다.

레오폴드 칸과는 달리 사무엘 이스라엘리는 아주 어릴 때 미국에 온 사람이었다. 러시아에서 곡물 관련 사업을 했던 그의 부친은 코네티컷주 하트퍼드에서도 건물류(乾物類) 사업으로 성공해서 자식들 모두 최상의 교육을 시킬 수 있었다. 사무엘의 형제들 중 한 명은 랍비였고, 다른 한 명은 건축가, 그리고 또 다른 이는 의사였고 여동생 역시 펜실베이니아주의 여성 의과대학에서 의학 박사를 받았다. 사무엘은 마운트 허먼 남학교와 예일 대학교를 졸업한 후에 펜에서 법학 학위를 받고 자신이 설립한 필라델피아의 회사에서 1900년까지 파트너로 재직했다. 1902년에 그는 러시아계 유대인이자 필라델피아 출신인 애니 신버그와 결혼했고 세 명의 딸을 낳았다. 1905년에 태어난 에스더는 장녀였다. 여러 면에서 그녀의 부모를 가장 많이 닮은 딸이었다.

에스더가 느끼기에 그녀의 가정은 전문직 종사자 계층이 누리는 안락함과 문화를 갖춘 최상류 가정의 전형이었다. 「누군가가 우리 집에 저녁 식사를 하러 오면, 저녁 식사는 완전히 준비되어 있어요.」 에스더는 이스라엘리 가족과 칸의 가족 간의 차이점을 강조했다. 「루의 집에 가면, 가족들이 빵 같은 것을 찾으러 이리저리 마구 뛰어다녀요.」 그녀는 시부모의 특별한 점을 칭찬하기도 했다 — 두 분의 〈아름다운 결혼 생활〉이라거나, 베르사가 〈독일어를 아주 아름답게 한다〉든가 하는. 하지만 이러한 에스더의 존경심에는 자신이 우월하다는 감정이 어느 정도 섞여 있었다. 「루의 어머님은 매우 조용한 분이었고, 아버님을 아주 많이 사랑했어요. 그다지 매력적인 여성은 아니었기 때문에 어머님은 아버님이 자신과 결혼했다는 사실만으로도 정말 훌륭한 사람이라고 생각했어요.」 하지만 사실 두 사람의 결혼은 양가 모두에서 반대했다. 혹은 적어도 에스더는 그렇게 생각했다. 「두 분은 절 좋아하지 않았어요.」 에스더는 루의 부모에 대해 말했다. 「아무래도 두 분은 다루기 쉬운 며느릿감과 결혼하길 바라셨던 것 같아요.」[99]

이것이 사실이든 아니든 부모님의 실제 바람이 반영된 것이 아니기 때문에 고려할 가치는 없다. 루가 에스더의 집에서 화를 내고 떠난 지 거의 1년 즈음이 되었을 때, 그리고 에스더가 스스로 약혼을 깬 뒤 한참 후에 에스더는 필라델피아 오케스트라가 베토벤의 「전원 교향곡」을 연주하는 콘서트에 가게 되었다. 「거기에서 루를 봤어요.」 에스더는 그날을 회상했다. 「나중에 제가 루에게 이런 쪽지를 썼어요. 〈콘서트에서 너를 봤어. 나는 아버지와 같이 갔는데, 공연이 정말 환상적이라고 생각했어.〉」 에스더는 일부러 콘서트에 아버지와 갔던 사실을 언급했고, 때문에 루는 그녀가 이제 약혼한 상태가 아니라는 것을 알아차리고 바로 다음 날 그녀에게 전화를 걸었다. 「그리고 우리는 3개월 후에 결혼했어요.」[100] 에스더가 말했다.

하지만 결혼식을 준비하는 과정에서 문제가 생겼다. 에스더는 일반적인 결혼식을 원했지만 루는 부모님을 위해 랍비가 주도하는 결혼식을 바랐다. 그의 어린 시절에 유대교가 크게 중요한 역할을 하지 않았던 점을 고려하면, 사실 조금 이상한 일이었다. 실제로 그는 수십 년 후에 인터뷰에서 그가 종교적인 교육을 전혀 받지 않았으며 평생 주일 학교에 갔던 것은 딱 하루뿐이었고(가족 안에서 전해 내려오는 얘기로는 랍비가 그를 체벌했을 때 어머니가 그를 바로 집으로 데려왔다고 한다) 그의 가족에게 종교란 언제나 〈부차적이며 그저 틀에 박힌 일상〉[101]이었다고 말했다. 하지만 칸 가족은 확실히 자신들을 유대교의 율법을 준수하는 사람들이라고 생각했고, 때문에 아들의 결혼식에서 종교에 대한 충성심을 사람들에게 시사하고 싶었을 것이다. 에스더는 약간 반대하다가 이내 받아들였다. 하지만 훗날 에스더가 이때 강경하게 나가지 않았던 점을 여러 차례 언급한 것으로 판단해 보면, 아마도 이 점이 계속 마음에 불만으로 남아 있었던 것 같다.

결혼식 일주일 전쯤인 1930년 8월 초, 에스더는 일기장에 자신의 마음을 털어놓았다. 〈루와 내가 결혼하기로 결심한 후에 글을 써야 할 필요성을 느낀 것은 처음이다〉라고 그녀는 이야기를 시작했다. 〈오늘 밤, 처음으로 모든 게 전혀 조화롭지 않다는 생각이 든다.〉에스더는 결혼식 아침 만찬에 그녀가 두 명을 더 초대하지 않으면 열세 명만 참석하리라는 것을 뒤늦게 깨달았고 그래서 루에게 자신의 생각을 말하기 위해서 전화를 걸었다. 루는 에스더의 생각을 즉각적으로 수용하지 않았다. 〈그가 배고프거나 피곤하거나 아니면 둘 다일 거라고 생각했고, 게다가 나는 그와 전화로 얘기하고 싶지 않았다. 우리는 전화로 얘기하다 보면 항상 문제가 생기곤 했으니까.〉루는 다른 사람과 상의해 봐야겠으니 나중에 다시 전화를 걸겠다고 했고 그 순간 에스더는 기분이 나빠졌다. 〈루는 항상 내 잘못을 지적한다. 아마 자신에게도 그런 문제가 있음을 깨닫지 못하는 것 같다.〉그녀는 혼자 화를 삭였다. 또한, 〈루는 내가 매번 양보를 해온 점을 ─ 랍비에게 결혼 주례를 맡기는 것, 가구에 관한 문제, 꼭 필요한 《앳홈》* 카드를 만들지 않는다거나 여행용 짐과 옷을 포함한 수 없이 사소한 일들까지 — 깨닫지 못하는 것 같다. 하지만 나는 내 성격을 절대 감추지 않겠어〉라고 단호하게 선언하기도 했다. 〈그리고 내 감정이나 행동을 바꾸지도 않겠어. 결국 그는 애초에 그런 것들 때문에 나를 사랑했는데 이제는 내가 바뀌기를 바라고 있잖아.〉

이러한 반항심은 보아하니 그녀 자신에게만 표현했던 것 같다. 〈나는 왜 이런 것들을 그에게 얘기할 용기가 없을까?〉 그녀는 계속 적어 내려갔다. 〈나는 마치 온순한 작은 양처럼 모든 것에 동의하고 있다. 사랑이란 게 날 그렇게 만들고 있어. 멍청하지 않고 자신만의 생각이 있는 부인이어야 그에게도 행복한 일이라고 생각해.〉 이런 의견을 보면 그녀가 멍청함과는 아주 거리가 멀었고 실제로 전혀 관습적인 사람도 아니었다는 것이 드러난다. 〈다음 목요일이 다가오는데 그는 아주 이상한 기분이 들 거야. 왜냐하면 결혼이란 그가 원하지 않았던 일이니까. 나역시 하나도 기분이 좋아지지 않는다 — 나 역시 사랑은 하고 싶었지만 결코 결혼은 하고 싶지 않았던 독립적인 사람이니까. 그리고 그런 우리의 생각을 바꾸게 만드는 것이 바로 사랑인 것 같다.〉 그리고 그녀는 아쉬운 듯이 덧붙였다. 〈나는 그저 우리 사이에 어떤 차이점도 없기를 바란다. 그런 차이가 모든 것을

* 직업이나 사무실이 아닌 개인적인 연락처를 적은 명함으로 초대나 방문할 때 사용한다.

망가뜨리고 나에게서 아주 적나라한 반응을 불러일으키니까. 즉 나를 존중하지 않는 태도로 대하는 사람에게는 그게 누구든 즉시 내 몸과 마음이 얼어붙으니까 말이야.〉[102]

1930년 8월 14일, 루이스 이저도어 칸과 에스더 버지니아 이스라엘리는 필라델피아에서 기록적으로 더웠던 어느 여름날에 결혼했다. 두 사람은 곧바로 신혼여행을 떠났고 뉴욕주 북부의 애디론댁 산맥, 캐나다의 몬트리올과 퀘벡, 뉴햄프셔주의 화이트산맥, 매사추세츠주의 글로스터와 보스턴을 여행했고, 그리고 마지막으로 뉴저지주 애틀랜틱시티에서 루의 친구인 오서의 가족을 만났다. 여행을 하는 동안 루는 풍경들을 담기 위해 많은 스케치를 했고 나중에 채색을 해서 그림으로 완성했다. 두 사람은 여행 내내 편안한 시간을 보냈고 에스더는 결혼에 대한 신념을 회복했다. 에스더는 〈아주 행복한 신혼여행〉[103]이었다고 일기에 적었다(루 쪽의 감정에 대해서는 알 수 없다. 몇 년 후 칸은 젊은 동료에게, 결혼한 지 일주일 정도 지났을 때 〈어쩌면 첫날밤 이후 자신이 실수했다는 것을 깨달았다〉고 말했다. 하지만 정말 그가 그렇게 깨달았는지, 혹은 대화를 유쾌하고 친밀하게 만들기 위해 그런 말을 지어냈는지 — 심지어 자신조차도 완전히 그렇게 믿었는지는 — 확실하지 않다. 신혼여행 중에 에스더는 루가 자신의 흉터에 대해서 신경을 덜 쓴다는 것을 눈치챘다. 특히, 그는 더 이상 모자로 그 흉터를 감추려고 하지 않았다. 「결혼한 후에 루는 모자를 벗어 던지고 다시는 쓰지 않았어요.」 그녀는 나중에 나이가 들었을 때 당시를 회상했다. 「그가 마지막으로 모자를 썼던 것은 우리가 결혼했을 때였어요. 저는 아주 아름다웠어요 — 사람들은 그렇게 생각하지 않았을지 모르지만, 정말 그랬어요. 그래서 루는 그런 내가 그의 흉터를 신경 쓰지 않는다면 아무도 신경 쓰지 않을 거라고 느꼈던 것 같아요.」[104]

그들이 필라델피아로 돌아왔을 때, 그들은 당분간 웨스트필라델피아의 체스터 애비뉴 5243번지에 있는, 박공지붕에 벽돌과 나무로 된 3층짜리 로우 하우스*였던 에스더의 부모님 집에서 살 계획이었다. 그 집은 루와 에스더가 침실 하나, 욕실 하나, 서재까지 단독으로 쓸 수 있을 정도로 넓었고, 루가 사용할 작은 작업실까지 있었다. 에스더는 가족과 함께 살 수 있어서 아주 기뻤다. 그녀의 신랑 칸은 부모님뿐 아니라 당시 열아홉, 열여섯이던 에스더의 여동생 올리비아와 레지나와도 아주 잘 지냈다. 두 사람은 우선 각자 자신의 일(루는 폴 크레의 회사에서, 에스더는 신경외과 의사인 찰스 프레이저 밑에서 연구 조교 및 행정 일을 했다)을 1년 동안 계속하면서 오스트리아와 독일로 또 여행을 떠나기 위해 돈을 저축할 생각이었다. 심리학에 관심이 많았던 에스더는 안나 프로이트** 밑에서 수학하기를 원했고 루는 발터 그로피우스*** 와 함께 일하고 싶어 했다.

하지만 그 계획은 신혼여행을 다녀온 뒤 한 달도 안 된, 9월

* 영국의 테라스드 하우스와 유사한 주택으로 옆집과 옆면 벽 전체를 공유하며 죽 늘어선 형태의 주택.

** 지그문트 프로이트의 딸이자 심리학자.

*** 모더니즘을 대표하는 독일 건축가.

말의 어느 날 루가 실직하게 되면서 무산되었다. 1929년 주식 시장 붕괴로 인한 경제적 여파는 마침내 건축 관련 분야까지 영향을 미쳤고 심지어 높이 평가를 받던 크레의 회사에도 더는 새로운 의뢰가 들어오지 않는 지경에 이르게 되었다. 「루가 평소처럼 아주 늦게 집에 와서 실직했다고 말했어요. 이제 더는 일이 없어서 크레의 회사에 다닐 수도 돈을 받을 수도 없다고 했죠.」 에스더가 말했다. 「당시의 크레는 훗날의 루랑 똑같았어요. 그는 직원을 절대 해고하지 않았거든요. 그래서 루가 그냥 제 발로 나온 거예요.」[105] 때문에 유럽 여행은 영구히 연기되었고 신혼부부가 신부의 집에서 사는 동안 에스더는 계속 일을 해나갔다. 이제 저축을 하기 위해서가 아니라 그 외의 다른 무엇도 할 형편이 안 되었기 때문이었다.

그렇다고 해서 그들이 체스터 5243번지에 살면서 드는 비용이 전혀 없었던 것은 아니었다. 두 사람은 부모님에게 숙박비로 한 달에 100달러를 지불하기로 약속했고, 심지어 루가 실직한 달까지 포함하여 계속 그 약속을 지켰다. 에스더는 그 외에도 적어도 한 달에 20달러, 혹은 그 이상의 돈을 따로 떼어 루의 부모님에게 드렸다. 그 밖에도 의복(에스더의 유니폼을 포함해서), 콘서트와 극장표, 병원, 가끔 해야 하는 선물, 적지만 자신과 루를 위한 정기적인 〈용돈〉,[106] 그리고 기타 잡비들과 같은 고정적인 지출 내역이 있었다. 에스더가 수입과 지출에 대해 1931년부터 상세하게 기록한 내용을 보면 부모님과 함께 살면서도 그녀가 가계를 얼마나 꼼꼼하게 관리했는지를 알 수 있다.

그래도 부모님과 함께 사는 것은 에스더가 일을 계속하면서 심리학 석사 학위를 딸 수 있도록 해주는 이점이 있었다. 「저는 집안일을 전혀 걱정하지 않고 직장과 대학원을 다닐 수 있었어요. 그 외의 모든 일은 제가 하지 않아도 다 해결되었거든요.」[107] 그녀는 이렇게 말했다. 애니 이스라엘리는 가정부의 도움을 받아 사무엘 이스라엘리가 변호사로서 일하면서 엄청난 수입을 가져오는 동안 모든 집안일을 했다. 그는 사위를 전혀 탓하지 않았으며 — 어차피 불황 초기였던 당시에는 모두가 실직의 위험에 처해 있었기 때문에 — 오히려 루의 재능을 누구보다 확고히 믿고 있었다. 「1927년에 제가 루를 만났을 때부터 그가 어떤 사람이 될지를 알아본 사람은 세상에 딱 두 명 뿐이었어요. 그리고 그건 루를 정말 아끼던 제 아버지와…… 저였어요.」에스더가 말했다.

「아, 루의 어머니도 그가 아주 대단한 인물이라고 생각하셨죠.」[108] 에스더가 덧붙였다. 하지만 베르사는 더 이상 가까운 곳에서 격려해 줄 수 없었다. 왜냐하면 루가 실직한 뒤 얼마 안 되어 그의 부모님은 완전히 필라델피아를 떠났기 때문이었다. 이주의 표면적인 이유는 레오폴드의 건강 때문이었다. 의사들은 로스앤젤레스의 따뜻하고 건조한 기후에서 살면 병세가 호전될 거라고 생각했다. 적어도 가족 중 한 명이 이미 그곳에서 살고 있었기 때문에 원활하게 이주할 수 있도록 도와주었다. 약간의 영어와 독일어로 적힌 일련의 엽서들이 베르사와 레오폴드가 국토를 횡단하여 이주한 여정을 보여 주고 있다(《우리는 이번

목요일에 캘리포니아주에 도착했단다〉라고 영어의 〈횡단하다 cross〉라는 말과 독일어의 완료 시제를 결합한 듯한 〈gekrost〉라는 동사를 사용하여 문장을 썼다). 그리고 1930~1931년에 걸친 겨울, 마침내 로스앤젤레스에서 한 통의 편지가 도착했다. 〈생전 처음 야자수를 보았을 때 너무 흥분이 되더구나.〉 베르사는 루와 에스더에게 여전히 독일어로 이렇게 썼다. 〈있잖니, 사랑하는 아이들아, 자연이 얼마나 좋은지 모르겠다!〉 그리고 레오폴드의 조금 더 작고 우아한 글씨로 다음과 같이 적혀 있었다. 〈미안하다. 그런데 네 엄마가 더는 못 쓰겠단다. 엄마가 눈이 너무 피곤한 것 같구나.〉 (베르사의 시력은 그녀의 표현으로 〈낮에 파란 안경을 쓰고 다닐 정도〉로 심각하게 나빠지고 있었다.) 레오폴드는 밤에 〈멋지게 조명을 밝힌〉 할리우드를 방문한 것에 대해 얘기했고, 〈웅장하고 우아한 상점들〉이 있는 그 도시의 넓은 거리에 대해 언급했으며, 전반적으로 필라델피아보다 로스앤젤레스가 훌륭하다고 칭찬했다. 5월에는, 〈새로 이사한 집의 주인이 나이가 지긋한 기독교 신자인데 우리를 너무 좋아하고, 우리 아파트 앞에 있는 주방용 텃밭에 있는 건 뭐든지 가져가라고 한단다〉라고 쓴 편지를 보내기도 했다. 그 편지의 추신에는, 에스더와 루에게 〈제발 로셀라와 세라에게 전화해서 왜 편지 안 쓰냐고 말 좀 해주렴!〉[109]이라고 부탁하기도 했다.

베르사가 루에게 그의 스케치에 관한 논문에 대해 언급한 1931년 6월 즈음의 편지부터는, 언어가 완전히 영어로 바뀌었다. 하지만 필라델피아의 가족과 단절되는 것에 대한 우려는 여전했다. 〈네가 그 집에 대해 쓴 내용 말인데, 미안하지만 난 그런 얘기는 들은 적이 없다.〉 베르사가 말했다. 〈오스카나 로셀라한테서 한 달 동안 아무 소식도 못 들었단다. 걔네들한테 무슨 일이라도 생겼니? 정말 걱정이 되는구나.〉[110] 사실 그녀의 걱정대로, 그들은 북부 20번가 2318번지에 있던 집의 대출금을 갚지 않아 차압당할 위험에 처해 있었다. 그 집은 9월에 마침내 강제 공매로 팔렸고 그로 인해 오스카, 로셀라, 그리고 세라는 모두 새로 살 집을 구하지 않으면 안 되었다. 결국 세라는 캐나다인 남편 조 프리드먼과 어린 딸 제리와 함께 뉴욕 브루클린으로 이사했다. 그곳에서 그녀는 루와 에스더에게 집이 그리워 향수병에 시달린다는 애처로운 편지들을 보냈다. 오스카와 로셀라 — 당시 아들 앨런과 딸 로다를 키우고 있었다 — 는 오스카가 여러 가지 성공적이지 않은 사업을 시도하면서 계속 필라델피아에 살았다. 하지만 결과적으로 루와 에스더를 제외한 칸의 모든 가족은 레오폴드와 베르사가 있는 캘리포니아주로 이주하게 된다.

루를 필라델피아에 남게 만든 것 중 하나는 그가 에스더의 가족에게 없어서는 안 되는 중요한 사람이 되었기도 했지만, 대부분은 건축 실무 경력과 관련된 이유에서였다. 그는 실직한 동안에도 계속 경력을 쌓고 있었다. 그는 쉽게 실망하거나 좌절하는 유형의 사람이 아니었고 크레의 회사를 떠난 직후 같이 회사를 그만둔 다른 건축가들 중 한 명인 대니얼 코플런과 함께 회사 설립을 계획했다. 칸이 회사의 로고까지 정한 단계까지 갔을 때

— 대칭적이고 정사각형으로 된 노골적인 모더니즘 주택 모양의 로고였다 — 잰징어, 보리 & 메더리 건축 사무소로부터 일자리 제안을 받음으로써 이 위태로운 사업 계획에서 구출되었다. 잰징어, 보리 & 메더리 건축 사무소는 워싱턴 디시의 미국 사법부 건물 설계 계약을 딴 상태였다. 1930년대의 건축가들에게는 정부와 관련된 일만이 유일하게 보증된 수입의 원천이었기 때문에 칸에게는 그 일자리를 수락하는 것이 바람직해 보였다. 따라서 그는 1930년 말, 크레를 떠난 지 3개월 만에 그곳에 입사했다.

하지만 13개월 후, 설계가 완성되고 공사를 입찰할 단계가 되자, 그 사무소에서는 더 이상 루가 필요 없게 되었다. 회사의 공동 설립자인 클래런스 클라크 잰징어는 〈깊은 유감의 뜻과 함께〉[111] 루를 해고했고 그는 다시 실업자 신세가 되었다. 하지만 비록 자기가 원하는 일로 보수를 받지는 못하더라도 그는 뭔가 유용하고 흥미로운 일들을 하기로 결심했다. 1932년 3월 칸은 실직한 여러 명의 건축가들과 함께, 필라델피아 지역의 주택과 빈민가 정리 문제를 알리기 위한 건축 연구 단체ARG를 설립했다. 이 건축 연구 단체에는 총 24명의 회원이 있었고 비록 공식적으로는 모두 동등했지만 대부분의 회원들은 카리스마가 있고 철학적인 사고를 가진 칸을 리더로 여겼다. 칸이 향후 수십 년간 그의 회사의 초석이 될 만큼 충직한 직원인 데이비드 위즈덤을 처음 만나게 된 것도 바로 이 건축 연구 단체를 통해서였다. 이 시기에 칸은 조지 하우와도 친분을 맺게 되었는데, 조지

하우는 이미 동업자인 윌리엄 레스카즈와 함께, 진보적 건축을 선도하며 필라델피아 세이빙스 펀드* 건물(미국에서 첫 번째 국제주의 양식의 마천루라고 종종 불리는 건물이다)을 설계한 사람이었다. 그가 루와 알게 된 것은 사실 건축 연구 단체보다는 (이미 회사를 다니고 있던 하우는 여러 우아한 개인 주택을 설계한 것으로 널리 알려진 인물이었고, 비록 건축 연구 단체의 원칙에 찬성하는 입장이었지만 회원은 아니었다) 칸의 첫 번째 논문을 출간한 티-스퀘어 클럽을 통해서였다. 조지 하우는 클럽의 회장으로서 클럽에서 발행하는 저널의 책임을 맡고 있었고 칸에게 스케치에 관한 논문을 이 저널에 제출하라고 요청한 것도 그였다.

2년이라는 존속 기간 동안 건축 연구 단체(1934년 해체)는 주택 연구를 수행하고, 빈민가 재건을 위한 노력과 지방 정부 기관에 제안서를 내고, 현대 사회에서 건축의 역할에 대한 열띤 그룹 토론에 참여하기도 했다. 또한 다양한 국내 및 설계 경기에(하나도 상을 받지는 못했지만) 출품하기도 했다. 그중에서도 주목할 만한 출품작은 레닌그라드의 레닌 기념관을 위한 칸의 설계였다. 이런 모든 프로젝트들은 실리적인 면에서 보면 아무 의미가 없었지만 자신이 선택한 직업에 대해 루가 가진 열정의 강도를 확인시켜 주었다. 비록 보수를 받지는 않았지만 그 일 자체가 자신의 직업 분야에서 뭔가 새로우면서도 스스로 결정한 일을 하려는 그의 열망을 한동안 충족시켜 주는 역할을 했

* 1816년 미국에서 처음 설립된 저축 은행.

다. 또한 이 일은 수입이 있는 직업으로 이끌어 줄 만한 사람들의 이목을 끄는 데 도움이 되었다. 1934년 7월 일기에 에스더가 이 부분에 대해서 쓴 것을 보면, 〈실직했던 2년간 루는 건축 연구 단체를 설립했고 건축 분야에서 훌륭한 일들을 해냈다 — 그런데 연구를 계속할 만한 수입이 없다는 게 참 안타깝다.《그는》주택에 관해 많이 배웠고 많은 인맥을 만들었다.〉

하지만 그녀 자신에 대해서는, 비록 그녀가 심리학 석사를 따냈음에도 불구하고, 〈나는 여전히 한 달에 125달러를 받으면서 프레이저 박사 밑에서 일하고 있다〉라고 적었다. (이때쯤 제퍼슨 메디컬 칼리지에 젊은 신경학자 베니 알퍼스가 들어오면서 어느 정도 나이 들고 까다로운 성격의 프레이저 박사와 함께 일하게 되었다. 베니 알퍼스와 그의 부인은 에스더가 루와 자신의 새 친구 목록에 포함시킨 부부였다.) 에스더가 1934년에 〈루〉와 〈나〉의 소식과 관련하여 적은 일기는 이 정도가 전부였다. 〈우리〉라는 제목 밑에 그녀는 이렇게 썼다. 〈우리는 둘 다 신경이 곤두서 있기 때문에 많이 다툰다. 경제적으로 생활하기가 매우 힘들어서 상황이 좋지 않고, 신경과민한 상태가 계속되었다. 우리는 둘 다 일이 힘든 데다 또 우리가 하고 싶은 일을 하지 못해서 힘들다.〉

이것은 3년 전 1931년 7월 그녀가 결혼하고 1년 후쯤에 적었던 내용과는 극명한 대조를 이룬다. 〈우리가 함께하는 인생은 정말 아름답다. 운 좋게 우리가 좋아하는 것과 싫어하는 것들, 그리고 무엇보다도 우리의 관심사와 이상은 완벽히 일치한다.

우리는 음악과 연극, 친구 들에서 기쁨을 얻는다. 우리의 나날 들은 우리가 좋아하는 일들로 채워지고 우리의 밤은 우리 두 사람의 일과 집에서의 생활로 채워진다. 우리는 서로 진심으로 사랑하고 각자의 바람과 희망을 존중한다. 루는 정말 완벽한 남편이며 — 배려심이 깊고 다정하고 조용한 — 친절하고 극도로 똑똑하다. 우리 두 사람 모두 이보다 더 나은 삶을 바랄 수 없을 거라고 확신한다.〉[112]

이것이 에스더만이 가지고 있던 장밋빛 시각이 아니었다는 점은 루가 보낸 편지들에서 엿볼 수 있다. 1930년대 여름 휴가 철마다 루가 필라델피아에서 일하는 동안 에스더는 친구 키트 셔먼과 카토나에서 휴가를 보내곤 했는데 그때 루는 에스더에게 다음과 같은 편지를 보냈다. 〈나의 가장 소중한 사람에게〉라고 시작하는 어느 더운 월요일 밤에 쓴 편지에는 제도판 앞에 벌거벗고 앉아 있는 자신의 모습을 그린 그림과 재미있고 만화 같은 스케치들로 가득 차 있다. 〈오늘 오후에 잼징어와 회의를 했어. 모든 게 잘돼 가고 있어……. 나는 유대교 회당과 관련된 작업에 투입될 예정이야(좋은 기회지……) 벌들이 막 웅웅대는 데 아직 꿀은 안 만들어진 상태인 기분이랄까. 하지만 우리는 젊어. 정말 보고 싶다! 나 보고 싶어? 키트에게 안부 전해 줘. 사랑을 담아, 루.〉 또 다른 편지에는 여러 동료들과 함께 보냈던 오후 일정에 대한 얘기를 적었는데(알고 보니 건축 사무소의 진지한 일정이 아니라 맥주 파티였다) 그 모임에서 그는 샐리 몽고메리라는 여성과 심리학에 관한 대화를 하게 되었다. 〈나는 대담하게도 나 스스로를 심리학적인 용어로 표현했어. 머리를 쥐어짜서 당신 덕분에 숙지하게 된 모든 용어를 사용해 가면서 말이야. 그러다가 다른 사람들이 형이상학적《인간의 본성》이라는 시각, 즉 샐리나 나는 정의할 수 없다는 이유로 그 존재 자체를 받아들일 수 없다는 관점을 근절하겠다고 대화에 끼어들었어.〉그리고 심리학에 대한 주제가 나온 것은 〈샐리가 당신과 당신의 일에 대해 매우 관심을 갖고 물어봤기 때문이야〉라고 안심시켜 주기도 했다. 〈그래서 내가 당신이 목표를 달성하는 데 얼마나 많은 시간을 보냈고, 또 내가 벌여 놓은 수없이 많은 일들이 마무리될 때까지 얼마나 잘 기다려 주고 있는지 말해 줬지.〉 주말에 만나면 더 자세히 얘기해 주겠다는 말 뒤에 루는 키스를 표현하는 작은 x 자들로 자신의 이름을 대문자로 그린 다음 〈사랑과 키스를 보내며, 루〉[113]라고 끝맺었다.

이러한 여름휴가보다 더 오래 떨어져 있게 된 것은, 1935년 말 워싱턴 디시에 있는 재정착 관리국의 앨프리드 케스트너 밑에서 정규직으로 일하게 되면서였다. 1935년은 정규직 일자리가 부족했던 해였기 때문에 정규직으로 채용이 된 것만으로도 아주 운이 좋았다고 할 수 있었다. 5월에 건축사 시험에 합격했기 때문에 그는 집에 개인 사무소를 차리고 업무용 편지지의 맨 위에 〈루이스 I. 칸·공인 건축사·체스터 애비뉴 5243번지 필라델피아, 펜실베이니아주〉[114]라고 새길 수 있게 되었다. 그렇게 독립한 후 곧바로, 9월에 필라델피아에 있는 아하바스 이스라엘 유대교 회당과 관련하여 처음으로 단독 프로젝트 의뢰를 받았다. 1938년에 완성된 이 실용적인 벽돌 건물은 건축가의 경험 부족과 신도들의 부족한 기금으로 고통을 겪었고, 결국은 특별히 훌륭한 건물이 되지는 못했다. 하지만 나중에 한 건축 비평가가 언급한 것과 같이 이 건물은 분명, 〈부끄러워할 만한 건물은 아니었으며〉[115] 그 프로젝트를 수주했다는 사실 자체가 칸이 자신의 회사를 차리고 나아가는 데 결정적인 디딤돌이 되어 주었다. 그 후 1935년 말에는 함부르크에서 교육받은 케스트너로부터 완전히 새로운 노동자 주택 프로젝트에 참여해 달라는 거부하기 어려운 제안을 받게 되었다. 그 일을 하게 되면 평일에는 워싱턴 디시에서 살아야 했음에도 불구하고 루에게는 꿈과 같은 일이었기 때문에 그는 1935년 12월 23일 재정착 관리국의 〈부책임 건축가〉[116] 자리를 맡게 되었다.

저지 홈스테즈(나중에 건설 자금을 지원한 뉴딜 정책을 시작한 루스벨트 대통령의 이름을 따라 〈뉴저지 루스벨트〉로 변경되었다)는 가난한 의류업계 노동자들을 비좁은 도심의 공동 주택으로부터, 다소 사회주의 원칙에 따라 운영되는 파릇파릇하고 건강한 공동 주택 단지로 이전하게 하려는 유토피아적 계획이었다. 하이츠타운*에서 몇 킬로미터 남쪽에 위치한 농공 협동조합은 완만한 목초지와 숲으로 뒤덮인 협곡을 포함한 약 120만 평의 땅을 차지하고 있었다. 그 중심에 있는 공장은 160명의 의류업계 노동자들을 고용할 수 있도록 설계되었고 모두 국제 여성복 노동자 조합이나 미국의 도시 의류 노동자 연합

* 뉴저지주의 도시.

회의 회원이었으며 조합에서 정한 기준으로 보수를 받았다. 조합원 마을은(학교, 마을 회관, 그리고 여러 다양한 편의 시설이 포함된) 회원 1인당 1표로 운영되었고, 회원들은 그 시설에 들어가기 위해 초기 비용을 미리 지불한 다음, 30년간 한 달에 18달러에서 24달러만 지불하면 되었다. 초기 계획은 꽤 큰 정원이 딸린 방 세 개, 혹은 네 개짜리 주택들로 이루어진 단지에 약 200가구, 혹은 모두 1,000명의 인구를 수용할 예정이었다. 60만 평 정도의 공동 농장이 주택 단지 주변을 에워쌈으로써 주변 지역의 성장에 대비한 완충 지대를 제공하고 농장 관리를 위해 추가로 6명의 노동자를 고용했다.

이 주택 단지를 위해 르코르뷔지에와 바우하우스의 요소들을 차용한 칸의 설계는 콘크리트 블록 벽, 앞으로 돌출된 평평한 지붕, 그리고 무엇보다 하얀 외관을 가진 간소하면서도 쾌적한 디자인이었다. 주택들은 보도가 없는 구불구불한 도로에서 충분히 안쪽에 있어서 농촌이나 혹은 교외 지역의 느낌을 띠었다. 차 진입로는 집에 딸려 있는 작은 차고로 이어지고 집의 널찍한 창문들은 앞뜰을 바라보고 있었다. 정확한 대칭성보다는 비대칭성이 더 만연했지만, 정문이 가운데 위치하든 옆쪽에 치우쳐 있든, 각 건물은 균형 잡힌 외관이었다. 일부는 복층 건물이고 일부는 단독 주택이었다. 즉 어떤 집들은 2층이고 어떤 집들은 1층이었다. 집들은 모두 열두 가지의 다른 스타일로 지어졌지만 모두 비슷한 분위기였다. 〈공장 마을〉이라는 단어에서 떠오르는 이미지와는 전혀 다른, 미래 지향적이고 평등주의적이며 녹음이 우거진 환경이었다.

　그런데 그런 공장과 관련된 주변 시설은 사실, 노조에서 소중한 노동자들을 이런 시골로 보내기를 원치 않았기 때문에 어차피 의미가 없어졌다. 이 프로젝트에 대한 루의 공헌은 1937년 초, 그의 설계대로 주택들이 완성되면서 끝났다. 2년도 되지 않아서 유토피아적 실험은 실패하게 되었다. 하지만 주택은 계속 저렴한 가격으로 유지되었고, 1939년에 예술가 벤 샨(커뮤니티 센터에 벽화를 그리기 위해 프로젝트에 투입됐던 사람이었다)이 그의 부인과 함께 비좁은 뉴욕 아파트에서 저지 홈스테즈 주택으로 이주했다. 그는 여생을 그곳에서 살았고 그 단지는 결과적으로 일종의 예술가 마을처럼 되었다. 칸이 노동자들을 위해 깔끔한 선을 살려 설계한 주택들은 미적인 부분을 중시하는 고객들에게 어울릴 만큼 충분히 매력적이었다.

　한편 루와 에스더, 그리고 에스더의 부모님과 같이 거주하던 집에서의 삶도 큰 변화를 맞게 되었다. 1936년 2월, 루가 워싱턴의 직장에 취직한 지 두 달도 채 안 되었을 때, 사무엘 이스라엘리가 부정맥으로 사망한 것이다. 가족은 충격에 휩싸였다. 그의 사돈 부부도 매우 슬퍼했다. 〈우린 둘 다 애들처럼 울었단다. 그분을 정말 아꼈는데.〉[117] 레오폴드가 루에게 보낸 위로 편지에는 이렇게 적혀 있었다. 에스더는 너무 충격을 받아서 1년이 지난 후에도 아버지의 죽음에 대해 얘기를 꺼내지 못할 정도였다. 〈지난번에 쓴 일기 이후에 너무 많은 일이 일어나서 글을 쓸 마음이 들지 않았다.〉 에스더는 1937년 1월 28일 일기에 이렇게 털어놓았다. 〈2월 5일 우리는 아버지를 잃었다. 모든 세부적인 감정들은 내 심장과 마음에, 그리고 모든 결과들에 항상 남아 있을 테니 지금 굳이 그것에 대해 쓸 필요는 없을 것 같다. 딱딱하고 무정한 종이에는 도저히 그 고통, 슬픔, 그리고 그로 인한 모든 감정들을 쓸 수가 없다……. 그 이후 나는 그냥 나의 일부일 뿐이다 ─ 나의 일부가 사라져 버렸고 그 결과 나는 항상 아픈 것만 같다.〉[118]

사무엘의 사망이 야기한 결과 중 하나는 가족의 경제가 곧바로 궁핍해졌다는 사실이다. 다행히 루는 1936년 내내 정규직으로 일했고 재정착 관리국의 일로 4,599달러를 받았으며 에스더의 1,500달러를 더하면 그가 워싱턴에 거주하는 데 드는 추가 비용을 감당할 수 있었다. 하지만 애니 이스라엘리는 이제 장녀에게 그 어느 때보다 더 많이 경제적으로나 심적으로 의지했고, 이런 점이 에스더에게는 이미 약해진 자아에 심리적으로 더욱 부담을 주었다. 한편 애니는 어느 정도는 미안함 때문에 모든 집안일을 계속 도맡아 했다. 〈엄마는 거의 육십이 다 됐고 이제 집안일 같은 건 그만둬야 하는데 그러려고 하질 않으셔.〉에스더는 루에게 보낸 편지에 이렇게 적었다. 그리고 애니가 비어 있던 올리비아의 방을 가톨릭 신자이자 그들 가족에게는 〈케이티 이모〉[119]라고 불리는 캐서린 맥마이클에게 하숙을 치기로 결정하면서 가족 구성원에는 더 큰 변화가 생기게 되었다. 이런 모든 일들이 루가 일 때문에 자주 집을 비우게 되는 일과 겹치면서 에스더는 집에서 조금씩 소외감을 느끼기 시작했다. 그녀는 친구 키트와 카토나의 여름 휴양지에 있을 때만 유일하게 편안하다는 느낌을 받을 수 있었다.

이 기간에는 루의 가족에게 보내야 했던 경제적 지원도 줄기는커녕 더 늘어났다. 1936년 한 해에 걸쳐, 루와 에스더는 루의 가족에게 500달러를 보냈고, 그의 남동생에게도 추가적으로 75달러를 주었다(혹은 빌려주었다). 1936년 중반에는 베르사 칸이 필라델피아에 잠깐 방문했다가 로스앤젤레스에 돌아간 후 얼마 지나지 않아서 오스카와 세라도 그곳으로 이주했다. 하지만 골든 스테이트*에서의 삶은 결코 녹록치 않았다. 결국 1938년 레오폴드와 베르사는 노령 연금 제도에 따라 국가 보조금을 신청해야 하는 형편이 되었다. 로스앤젤레스 카운티의 사회 복지부 자선 부서 대리인이 루에게 보낸 편지에는 다음과 같은 내용이 적혀 있었다. 〈캘리포니아 법에 따라 성인이 된 자녀는 자신의 부모를 돌보고 부양해야 할 의무가 있습니다. 그래서 부모님을 부양하는 문제에 대해 신중하고 진지하게 고려를 해 보시기를 요청하는 바입니다. 귀하의 집이나 혹은 다른 곳에서든 부모님을 돌보기 위해 어떤 계획이나 제안 사항이 있으신가요? 현재 어느 정도까지 부모님을 돕고 있으며 또 앞으로는 어느 정도까지 도울 수 있으신가요?〉 이에 대한 응답으로 루와 에스더는 필수로 기입해야 하는 〈책임의 의무가 있는 친척 진술서〉[120]를 작성한 다음 매달 수표를 부치게 되었고, 루의 부모님은 수표를 받을 때마다 감사의 편지를 보냈다.

* 캘리포니아주의 속칭.

저지 홈스테즈 프로젝트가 끝난 후 1937년 2월, 루의 직업에 또 공백기가 생겼다. 〈하지만 루는 좌절하지 않는다.〉 에스더는 일기에 이렇게 적었다. 〈나는 그가 곧 다시 인정받게 될 거라고 느낀다. 그에게는 그런 재능과 능력이 있고, 게다가 자신의 직업에 대한 열정, 그리고 자신이 반드시 성공하리라는 희망이 있다. 하지만 그때가 빨리 왔으면 좋겠다.〉[121]

*

1937년과 1939년에 루는 마침내 에스더, 그리고 키트와 제이 셔먼과 함께 두 번의 뜻깊은 휴가를 갈 시간이 생겼다. 셔먼 부부는 — 제이는 수학자였고 키트는 의학 연구원이었다 — 칸 가족의 가장 친한 친구 중 하나였다. 에스더는 알퍼스 가족, 오서 가족과 함께 셔먼 부부를 아버지의 죽음 후 가장 힘든 시간을 보낼 때 자신에게 가장 친절하게 대했던 사람들이라고 생각했다. 그리고 키트는 루가 실직 중인 기간 동안 경제적으로 에스더를 도와주기도 했다. 두 커플은 종종 함께 휴가를 보냈고 1937년 여름에는 매사추세츠주 글로스터를 방문한 다음, 북쪽으로 운전해서 메인주의 몇몇 지역과 캐나다 해안 지역에 들렀다가 퀘벡주에 있는 가스페 지역으로 갔다. 다음 해에는 다시 캐나다로 가서 노바스코샤주에서 거의 2주를 보냈다. 루에게 북쪽 해안의 풍경은 발트해의 섬에서 생후 첫 5년을 보냈던 어린 시절의 추억들을 다시 일깨웠던 것 같다. 적어도 그가 이 두 번의 휴가에서 새로우면서도 어떤 면에서는 친숙한 풍경들을 여러 인상적인 스케치에 열심히 담으려고 했다는 것은 확실하다.

이러한 여름 여행의 경쾌한 분위기는 루가 필라델피아에서 돌아와서 여행 중에 그렸던 스케치를 바탕으로 완성한 그림 두 점에 담겨 있다. 약간 추상적인 느낌을 주는 인물화 「현관의 누드」는 종이에 그린 템페라화로, 키가 크고 옷을 걸치지 않은 얼굴 없는 여성(적갈색 유두가 가장 뚜렷한 특징이다)이 열린 문을 성큼성큼 지나고 있으며 그 배경에는 더 작고, 더 피부가 어두운 남자가 쭈그리고 앉아 있다. 그녀는 야외나 혹은 햇볕이 드는 밝은 방 같은 곳에 있다. 그녀를 바라보는 〈우리〉는 분명히 초록, 노랑, 그리고 회색으로 장식된 실내 공간에 있고 우리와 그녀 사이에는, 아주 경쾌한 파란색 직사각형 문틀을 가진 시나몬색 문이 살짝 열려 있다. 에스더 칸은 이 그림이 노바스코샤주 핼리팩스로 셔먼 부부와 여행을 갔을 때 함께 묵었던, 실내 위생 설비와 기타 시설들이 매우 열악했던 변변찮고 지저분한 숙소를 기념하는 것이라고 생각했다. 하지만 다소 선정적인 이 그림에 분명히 나타나는 유머는 심지어 그런 결핍조차도 즐거움의 일부였음을 암시한다.

다른 그림 「오두막에서, No. 2」는 캔버스에 유채라는 재료가 암시하듯 다소 진지한 작품이다. 오두막 안에서 우리 쪽으로 비스듬히 향한 채 나무 의자에 다리를 꼬고 앉은 한 남자가 지도나 신문을 읽고 있다. 그와 그가 앉은 의자는 완전히 갈색으로 칠해져 있다. 남자의 눈은 뚜렷하게 그려져 있고 귀의 윤곽선도 희미하게나마 그려져 있지만 그의 얼굴 아랫부분은 흐릿해서 거의 보이지 않는다. 그를 둘러싼 주변의 면, 비스듬한 선, 그리고 때때로 곡선들로 이루어진 방은 책상(녹색), 거울(짙은 파란색), 주전자(흰색), 소파(앞쪽은 올리브그린색, 뒤쪽은 강렬한 파란색으로 된)와 같은 가정용품들, 그리고 베이지색 천장의 모서리, 갈색 바닥, 파란색과 녹색의 벽 등과 함께, 모두 그의 얼굴 윤곽과는 상대적으로 뚜렷하게 구분되는 영역으로 이루어져 있다. 그림의 중앙에 위치한 열린 문 밖으로는 사선에 의해 위아래가 흰색과 노란색으로 나뉜 추상적인 풍경이 보이는데 그 노란색 바탕에는 여성임이 거의 확실한, 빨간색의 실루엣이 보인다. 전체 이미지는 한눈에 정밀하면서도 몽환적인 느낌을 주며 사물의 형태를 잡기 위해 사용된 가느다란 윤곽선이 우아하게 추상적으로 표현된 색면(色面)에 겹쳐져서 거의 만화 같은 분위기를 만든다. 우아한 현대적인 그림일 뿐 아니라 섬세한 균형이 돋보이는 작품이다. 체스터 5243번지의 집에서 루와 에스더가 사용하던 3층 거실 벽면에 이 그림을 걸어 놓은 것을 보면, 루도 아마 충분히 그런 느낌을 받았던 것 같다.

집의 다른 공간에는 몇 년에 걸쳐 그의 다른 작품들을 걸었다. 노바스코샤 마담섬의 집, 소, 그리고 사람들을 묘사한 〈해안 마을의 거리, No. 4〉라는 제목의 수채화는 주방 벽면에 걸었다. 매사추세츠주 록포트의 경치를 다소 구불구불한 선으로 그린 〈하얀 교회〉라는 이름의 유화 — 전체 색상은 밝지만 위협적인 조명 효과 때문에 데 키리코*의 그림 같은 기괴함이 느껴진다 — 도 식당에 걸었다. 또 주방에 건 작품 중에는(그 집의 모든 공간 중에서 주방이 그림을 걸기에 가장 좋은 벽을 가졌던 이유로) 루가 1930년에 펜실베이니아 순수 예술 아카데미에서 전시했던 수채화 〈다뉴브 지방〉도 있었고, 그와 에스더가 쓰던 침실 벽에는 로마의 보르게세 정원을 수채 물감으로 스케치한 그림을 걸었다. 집에 그림을 걸 만한 공간이 마음에 차지 않았던 루는 집 자체에 직접 그림을 그리기 시작했다. 그러다 그는 침실 문에 블레이크** 분위기의 유화들을 그리기도 했다.

이 모든 것들은 1930년대의 실직 상태였던 루의 일상에 즐거운 기분 전환이 되었다. 직업적으로 드문드문 일을 하거나 새로운 일을 시작하기도 했지만 대부분 무보수였다. 1938년에 칸은 오스카 스토노로프와 루돌프 목이라는 두 명의 건축가와 휘턴 칼리지 아트 센터를 위한 설계 경연을 위해 공동 작업을 했다. 그 설계는 건물로 지어지진 않았지만 뉴욕 현대 미술관을 포함한 17곳에서 전시되는 순회 건축 전시회의 한 작품으로 선정되었다. 새로운 필라델피아 주택국이 개최한 설계 대회에 참가하기 위해, 루는 조지 하우, 케네스 데이, 그리고 다른 사람들과 함께 글렌우드 주택 프로젝트를 위한 설계안을 제출했다. 이 설계안 역시 실제 건물로 지어지진 않았지만 그 이후 3년간 몇 가지 추가적인 필라델피아 지역 주택 연구를 맡게 되었다.

* 조르조 데 키리코. 이탈리아의 형이상학파 화가.
** 윌리엄 블레이크. 영국의 시인이자 화가.

1939년 초, 루는 미국 주택국 정보 서비스 부서에 기술 고문으로 잠시 고용되었는데, 그 일을 하면서 「주택 부족 문제」, 「공공 주택과 흑인」, 「주택과 소년 범죄」 같은 책자에 삽화를 그리기도 했다. 그는 또한 5월에 뉴욕 현대 미술관에서 전시된 〈우리 시대의 예술〉이라는 주택국의 합리적 도시 계획안을 위한 전시 패널을 디자인했다. 같은 해 10월 칸은 주택국의 동료로부터 필라델피아 출신의 에드먼드 노우드 베이컨이라는 건축가를 소개받았고 곧 그와 함께 도시의 열악한 상황 개선에 초점을 맞춘, 도시 전역을 대상으로 하는 주택 관련 시위와 여러 다양한 활동들을 조직하기 시작했다. 집에 마련한 사무실에서 일하면서, 루는 또한 배터리 노동자 조합 지부와 필라델피아의 치과 건물 개조 및 증축 등과 같은 소규모 일들을 해나갔다. 그리고 1940년에는 센트럴 고등학교에서부터 알고 지낸, 오랜 친구 제시 오서가 엘킨스 공원 근처에 단독 주택을 설계해 달라고 부탁했다. 칸이 그런 의뢰를 받은 것은 처음이었기 때문에 칸은 그 일을 충실하게, 그리고 매우 독창적으로 2년 안에 완수해 냈다.

하지만 이런 일들은 그가 희망하는 수준의 성공에는 전혀 미치지 못했다. 그가 에스더에게 농담처럼 말하곤 했던 100만 달러짜리 프로젝트 같은 일에는 전혀 가까워지는 것 같지 않았다. 그런데 또 한편으로 그런 일(사실은 어떤 일이라도)에 대한 필요성은 더욱더 커지고 있었다. 1939년 여름, 에스더가 임신을 했기 때문이다. 그 일에 대한 애정과 불안을 강조하기라도 하듯, 루는 임신한 아내의 초상화 「핑크색 옷을 입은 에스더」를 그리기 시작했다. 결과적으로 이 그림은 그의 그림들에서 가장 감동적일 만큼 애정이 담긴 그림 중 하나가 되었다.

그들이 결혼한 후 9년 동안 루는 에스더를 소재로 해서 〈창문을 배경으로 한 에스더〉, 〈마티스 스타일의 비스듬한 모자를 쓴 에스더〉, 〈무릎 위에 고양이를 앉힌 에스더〉, 〈커다랗고 진지하면서도 아주 아름다운 눈으로 우리를 응시하는, 고개를 살짝 숙인 에스더의 상체〉를 그린 그림 등 많은 목탄 스케치를 그렸다. 또한 색깔을 넣어서 아내를 그린 그림도 한 점 있는데, 1935년에 그린 이 수채화는 그랜드 투어 중에 그린 수채화로, 경쾌한 붓 터치가 느껴지는 강렬한 반(半)추상화다. 그리고 그가 〈에스더/올리비아〉라고 불렀던 합성 소묘와 그림들이 있는데 그중 하나인 〈에스더/올리비아, No. 3〉는 체스터 5243번지 거실의 눈에 잘 띄는 곳에 걸려 있었다.

에스더의 자매들 역시 이 예술가를 위해 모두 모델이 되어 주었다. 1932년의 〈에스더/올리비아〉에 반영된 올리비아의 붉은 빛 머리칼과 깨끗하고 지적인 시선은, 1930년에 그린 비교적 사실적인 스케치인 파스텔과 목탄을 동시에 사용한 〈올리비아〉에서도 그 특징이 매우 뚜렷하게 나타나 있다. 이 그림의 모델은 1939년에 완성된 약간 더 추상적인 유화 〈올리비아와 포도〉에도 등장한다. 이 〈올리비아와 포도〉(이 그림은 루가 올리비아에게 주었다)에서는 얼굴의 부분적으로 음영이 진 면들이, 뒤쪽의 배경과 그녀의 실루엣이 만나는 윤곽선과 동질적으로 표현되어 있는 반면, 녹색의 포도를 조심스레 들고 있는 하얀 손은 빨간 드레스와 이상하게 분리된 것처럼 대조되어, 뚜렷하게 상징적인 인상을 준다. 십 대 후반에 루를 위해서 적어도 두 번 이상 누드모델이 되어 준 레지나의 초상화는 완전히 다른 특징을 갖는다. 종이에 목탄으로 그린 이 두 점의 스케치 중에(둘 모두 레지나가 소유하게 되었다) 하나는 더 어둡고, 더 관능적이며 약간은 유치한 느낌마저 든다. 보다 밝은 분위기의 다른 하나는 그녀의 곱슬머리, 눈과 입술의 둥근 선, 살짝 부푼 가슴을 강조한다. 두 그림 모두 큐비즘 전후 시기의 피카소 그림에 등장하는 특정 여성들의 가슴과 적지 않게 닮은 구석이 있다.

이 젊은 화가가 이렇게 습관적으로 스케치를 해나가면서, 그의 아내는 물론 두 처제에게 모델이 되어 달라고 요청하는 점에 대해서는, 가족 중 누구도 특별히 당황하거나 크게 신경 쓰지 않았던 듯하다. 두 사람이 이 초상화들을 평생 간직했다는 사실을 보면, 루가 두 여성의 어떤 특징을 포착하여 그림으로 담아냈고, 그 두 사람도 그런 부분을 공감했음을 분명히 알 수 있다. 그들은 반복적으로 루의 모델이 되어 주는 것에 전혀 개의치 않았고 심지어는 기쁘게 생각했던 것 같다. 그것은 아마도 가족 안에서 자신들의 상대적인 위치를 인지하고, 또 인정하고 있었기 때문인지도 모른다. 두 사람 모두에게 에스더의 여동생으로 산다는 것은 쉬운 일이 아니었다. 말괄량이였던 올리비아는 나중에 공공심이 있는 지식인이 되었고 어머니가 다른 두 딸을 더 사랑했다는 확신을 갖고 있었다. 또한 예쁘고 사랑스러운 막내 레지나는 어머니가 가장 사랑하는 딸은 분명히 에스더라고 생각했다. 그래서 재능 있는 형부와의 협업은 그런 상처받은 마음에 위안이 되었음에 틀림없다. 그들이 성인이 되고 대학을 졸업한 후에도(올리비아는 템플, 레지나는 펜 대학교를 졸업했다) 루는 두 처제와 계속 아주 사이좋게 지냈다. 그는 특히 음악적취미를 공유한 레지나와 더 가까웠고 그녀의 결혼식에 직접 디자인한 아름다운 구리 촛대 한 쌍을 선물하기도 했다.

두 자매는 모두 1930년대 말쯤 결혼했다. 올리비아는 밀턴에이벨슨이라는 경제학자와, 레지나는 해럴드 파인(나중에 그와 이혼하고 필라델피아에서 철물점을 운영하던 두 번째 남편모리스 수퍼와 재혼했다)이라는 치과 의사와 결혼했다. 두 사람이 결혼하여 집에서 나갔을 때 3층에 있던 올리비아의 침실은가톨릭 신자인 하숙인이 머물게 되었지만 항상 〈아기 방〉[122]이라고 불렸던 레지나의 2층 침실은 비워 두었다. 루와 에스더는아기를 위해서 3층에 있는 새 침실을 사용하기로 결정했다. 이렇게 함으로써 아기는 언제나 아기를 걱정하는 부모와 같은 층에, 그리고 유능하고 아는 것이 많은 할머니에게서도 바로 한층 위에 있게 되었다.

아기의 부모는 모든 부모들이 그렇듯이, 고대하는 새로운 방문객을 위한 방을 꾸미고 장식하는 데 기쁨을 느꼈다. 1940년 3월 예정일이 다가오면서, 루는 「핑크색 옷을 입은 에스더」(우연히도 아내를 그린 것으로는 마지막 초상화였다)를 아기 침실벽면에 걸었다. 따뜻하면서도 시원하고 감성적이면서도 차분한 이 그림은, 예술적인 표현임과 동시에 일종의 부적 같은 것이기도 했다. 임신한 티가 나지 않는 에스더는 테이블 위에 팔을 얹은 채 팔짱을 끼고 있는데, 강해 보이는 눈썹, 단호해 보이는 입매, 그리고 이마의 V 자형 머리선 등은 촉촉한 검은 눈의 표정 덕분에 한층 부드러워 보이며, 옅은 색감으로 된 예비 엄마의 모습은 주변의 짙은 파란색의 기하학적 배경과 뚜렷이 대조된다. 온화한 표정으로 지켜보는 그림 속의 존재는, 아마도 곧 태어날 아이에게 항상 안도감을 주기 위해 의도한 듯한 분위기가 전해진다.

현장에서:
「킴벨 미술관」

「킴벨 미술관」의 내부
(사진: Robert LaPrelle / Kimbell Art Museum 소장)

모든 미술관과 마찬가지로, 「킴벨 미술관」은 바라보고 목격하는 장소다. 이곳에서 건축과 예술과의 관계는 강렬하고 상호보완적이며, 두 가지 모두 우리의 눈을 즐겁게 해준다. 훌륭한 그림들은 이런 벽에 걸렸을 때 특히 더 좋아 보인다. 부분적으로는 그림들에 비춰지는 빛, 즉 자연과 인공조명의 완벽한 조화 덕분이기도 하고, 부분적으로는 예술 작품을 둘러싸고 있는 알맞은 질감과 공간 덕분이기도 하다. 칸의 건물은 그림들을 압도하는 느낌이 전혀 없다. 건물은 스스로 그림을 위한 환경, 그 배경으로 여기면서도 그림의 전시에 적극적인 역할을 한다.

「이 건물은 우리가 이곳에 어떤 종류의 예술 작품을 전시할 수 있는지 지시를 내립니다.」현재 「킴벨 미술관」의 관장 에릭 리의 말이다. 「너무 큰 그림들은 전시할 수 없기 때문에 그런 작품은 받지 않습니다. 또한 이 건물에서는 강렬한 그림은 더 빛을 발하고 힘이 없는 그림은 무너져 버립니다. 그래서 전시 작품의 품질을 결정하는 데 도움을 줍니다.」킴벨이 발산하는 매력은 분명히 이곳에 잠시 머무는 그림에도 작용을 하는 듯하다. 리는 시카고 예술 대학교로부터 대여받은 마티스의 대형 작품 ── 중앙의 볼트Vault* 천장 맨 끝의 트래버틴 벽에 홀로 걸려 있는 아름다운 「강가에서 목욕하는 사람들」── 을 가리키며 이 대여 작품을 설치할 때 부관장 조지 섀켈퍼드가 했던 말을 다시 언급한다. 「그는 이 벽이 이 그림을 위해 평생을 기다렸고, 이 그림은 이 벽에 걸리기를 평생 기다렸다고 말했습니다.」[123]

이 모든 것은 사실이다. 미술관은 그 어떤 것보다도 하나의 감각, 즉 시각을 강조하고 중요시한다. 그러면서 흥미롭게도, 이곳에서 보일 수 있는 것의 한계를 강조하기도 한다. 즉 우리의 눈이 우리에게 말해 주는 것은 일종의 진실이지만 그것이 반드시 완전한 진실, 절대적이고 영원한 진실도 아니라는 암시를 준다. 어떤 이야기의 배후에는 다른 이야기가 숨어 있고 하나의 배경 뒤에는 또 다른 배경이 숨어 있다. 보이지 않는 것, 지각되지 않는 것은 이 미술관에서 오직 시간이 지남에 따라 깨닫게 되면서 더욱 그 중요성을 얻게 된다. 외양은 다소 현혹적일 수 있다. 물론 불합리한 방식이 아니라 즐거운 방식에 따른 것이지만 여전히 우리를 현혹시킨다. 그리고 그러한 속임수는 건물이 진실을 추구하는 과정의 일부다. 마치 소설가의 이야기가 소설 속에서만 가능한 진실을 제공하는 것처럼 말이다. 「킴벨 미술관」은 웅장하지만 침착하고, 예술적이면서도 설득력 있는 현실성을 가진, 우리가 아는 물리적인 세계와 상상으로만 이해할 수

* 아치형 지붕 혹은 궁륭 지붕이라고 한다.

있는 것들이 혼합되어 있다. 말하자면 톨스토이 소설의 칸 버전과 같은 것이다.

예를 들어, 내부 장식의 가장 독특한 특징인 아치 모양의 천장을 보면, 개별적인 갤러리를 곡면으로 덮고 있으며 맨 위쪽에서부터 일정량의 자연광을 받아들인다. 이렇게 천장이 높고 긴 방에 있으면 아주 평화로운 느낌을 받는다. 여기에 존 손* 경의 우아한 19세기 재료와 구조가 뭔가 명백하게 현대적인 재료로 대체된 것을 제외하면, 영국의 덜리치 미술관에서 느끼는 기분과 비슷하다.

머리 위쪽의 콘크리트 볼트 천장은 웅장함을 줄 수 있을 만큼 충분히 높지만 마주 보는 벽들을 감싸는 온화하고 특별하지 않은 곡선 덕분에, 그리고 그곳에 걸린 그림들을 부드럽게 아우르고 있어서 전혀 위협적인 느낌이 없다. 각 갤러리의 천장은 하나의 연속된 콘크리트 면으로 구성되어 있는 것처럼 보이고, 매끈한 듯하면서도 희미한 질감이 느껴진다. 진줏빛이 도는 회색 표면은 마치 콘크리트 속에서부터 빛을 발하는 것처럼 보이는데, 특히 천장의 가장 꼭대기 부분에 다다를 때, 즉 천장 바로 밑에 달려 있는 날개 모양의 알루미늄 반사판 — 조명을 지지함과 동시에 태양광을 확산하게 하는 — 과 아치 모양의 천장이 겹치는 부분에서 더욱 그렇다. 외부에 가득한 텍사스의 강렬한 햇빛이 시원한 은빛 광선으로 변환되어 콘크리트와 그림들, 그리고 그 앞에 선 사람들을 휘감으며 마치 모든 것이 완벽히 그 안에

---

* 19세기 영국의 건축가. 덜리치 미술관을 설계했다.

하나 된 것처럼 느끼게 만든다.

「이 건물은 마치 판테온과 같은 아주 특별한 건물들에서 가지는 기분을 느끼게 합니다.」지난 20년 동안 킴벨에서 일한 유럽 예술품 큐레이터인 낸시 에드워즈는 이렇게 말한다. 「공간의 완벽함은 이곳에 영원히 존재합니다. 우리의 몸에 너무나 잘 맞는 완벽한 비율이죠. 그리고 빛은 하루 중 모든 시간에 따라 변화합니다. 이처럼 이 건물은 영원성과 무상함을 동시에 갖고 있습니다.」어떻게 아치의 곡선과 크기에 따라 이러한 감각들이 창조되는지에 대해 자세히 설명하면서 그녀는 빛과 천장에 대해 말한다. 「천장의 높이도 중요하지만, 사이클로이드 볼트가 지닌 마법 때문이죠. 아주 기분 좋은 형태를 가졌거든요. 마치 떠 있는 듯이 얹힌 천장과 그 주위의 고측창*이 우리 위에 있는 초월적인 존재에 대한 생각을 하게 만듭니다. 그 이유 중 하나는 빛이 천장의 은빛 표면에서 산란하게 만든 속임수 때문입니다. 마치 하늘과 같은 역할을 하는 것이죠. 이런 볼트 지붕이나 천국에 대한 아이디어를 칸은 분명 고려했을 겁니다. 너무 고전적인 개념이거든요.」

그렇게 말한 뒤 에드워즈는 마치 그녀의 말, 특히 마법이라든지 속임수와 같은 용어 뒤에 숨겨진 의미를 생각하는 듯 잠시 말을 멈춘다. 「모든 것이 너무 단순해 보여요. 하지만 들여다보면 조금 더 복잡합니다.」그녀는 계속 이어 말한다. 「처음엔 단순해 보였지만 한가운데에 슬릿이 있는 걸 발견했죠.」[124]

* 클리어스토리. 지붕 밑에 창을 내서 채광하도록 된 장치.

그녀는 천장의 아치가 실제로는 연속된 하나의 아치가 아니라, 동일한 모양의 곡선으로 된 두 개의 콘크리트 셀로 구성되어 있으며, 이 두 셀이 서로를 향해 위쪽으로 다가가다가 결국은 완벽히 만나지 않는다는 사실을 언급하고 있다. 그리고 그 만나는 것에 실패한 부분, 말하자면 둘 사이의 틈을 알루미늄 반사판이 덮고 있는 것이다. 이 알루미늄 반사판은 중앙의 틈을 통해 들어오는 태양 빛을 확산시켜 정교한 질감의 콘크리트 가장 꼭대기 부분에서 은빛으로 빛나게 만든다.

그 효과는 눈부시게 아름답지만, 보이지 않는 원천으로부터 쏟아져 내리는 빛이라는 느낌을 주도록 고안된 장치에 따른 결과일 뿐이다. 그러나 그렇게 보이는 것 또한 진실이다. 두 셀 사이의 틈을 발견할 만큼 충분히 천장에 가까운 곳, 건물 안의 몇 안 되는 장소 중의 한 곳에 가보지 않고서는(예를 들면 출입이 금지된 메자닌*에 있는 서고 같은), 그 원천은 보이지 않기 때문이다.

낸시 에드워즈가 천장이 머리 위에 떠 있는 것 같다고 말한 것은 이 공간에 들어선 거의 대부분의 사람이 느끼는 기분이다. 하지만 이것 또한 루이스 칸과 엔지니어 어거스트 커멘던트가 만들어 낸 〈마법적〉인 요소, 즉 일종의 속임수일 뿐이다. 볼트 천장을 가진 갤러리를 길이 방향으로 죽 바라보면, 콘크리트 지붕 구조 전체가 0.6센티미터 두께의 유리창 위에 얹혀 있는 것처럼 보일 것이다. 즉, 홀 끝의 트래버틴 벽의 아치 위에 같은 모

* 중이층.

양의 곡선으로 된 고측창, 그리고 가장 바깥쪽 갤러리 벽의 상단을 따라 이어지는 길고 가느다란 틈새 창 위에 얹혀 있는 것처럼 말이다. 하지만 단지 그렇게 느껴지는 것일 뿐이다. 실제로는, 약 10센티미터 두께의 콘크리트 셸 안에 매복된 금속 포스트텐셔닝 케이블들은 물론, 각 아치의 모서리에 세워져 있는 4개의 거대한 콘크리트 기둥이 지지하고 있다. 기적처럼 보이겠지만 사실 기적이 아니고 단지 정교한 공학의 성과일 뿐이다.

사실 이 건물에서 가장 미묘한 시각적 효과, 맨 끝부분의 창에 우아한 형태를 부여한 것은 순전히 기술 공학적인 요구 사항이었다. 커멘던트는 양쪽 셸을 지탱하는 콘크리트 아치가 상단부로 가까워질수록 더 두꺼워져야 한다고 주장했기 때문에 그 아래에 있는 유리 아치도 그에 상응하게 얇아져야 했다. 그 결과 아마도 칸이 만든 것 중 가장 매혹적인 (그의 표현에 따르면) 〈빛 이음매〉가 된 것이다. 일단 이 부분을 깨달으면 교회 건물이 떠오르지 않을 수 없다.

이것은 분명히 우리가 천국을 떠올리게 하는 볼트 천장 아래에 서 있다는 느낌, 혹은 적어도 대성당의 중랑*에 있는 듯한 느낌을 받는 데 기여한다. 하지만 창문 폭이 아주 서서히, 그리고 아주 자연스럽게 줄어들기 때문에 그것을 보기도 전에 그 조절된 균형감을 먼저 느끼게 될 수도 있다. 이것 또한 눈에 보이면서, 동시에 보이지 않는 요소다.

* 네이브, 혹은 신랑(身廊). 교회 건축에서 가장 규모가 크고 넓은 중앙 부분에 해당하는 부분이며 주로 신도석이 위치해 있다.

밖에서 볼 때 매우 단순해 보이는 「킴벨 미술관」의 외관 또한 다소 현혹적이라고 할 수 있다. 미술관 건물을 정면에서 보면 팔라디오*식 대칭을 가진 형태로, 중앙 부분의 건물은 아치가 4개뿐이고, 그 양옆의 부속 건물들은 길이는 같지만 더 앞으로 돌출되어 있다(이 부속 건물들은 각각 5개의 완전한 볼트로 된 건물과 같은 크기의 볼트를 가진 하나의 포르티코로 구성되어 있다). 중앙 부분의 건물 앞에 있는 여유 공간은 입구를 웅장하게 보이게 할 만큼 충분히 넓다. 만일 이 건물을 정말 팔라디오가 설계했다면 분명 그런 웅장한 입구를 위한 공간으로 남겨 두었을 것이다. 하지만 이 부분은 나무가 가득한 안뜰로 되어 있어 건물의 입구가 가려서 눈에 잘 보이지 않고, 현관이 보일 만큼 가까이 다가가서야 주변의 커튼 월 안에 감추어진 단순한 유리문이 나타난다. 미술관을 정면에서 바라보면 미술관 전체의 볼트 지붕들이 잘 보이지 않으며 그 수를 셀 수도 없다. 옆에서 바라봐야 그 볼트들의 형태와 숫자, 그리고 어떻게 연결되어 있는지를 볼 수 있다(혹시 리가의 센트럴 마켓을 본 적이 있다면 그 여러 개의 연속된 아치로 이루어진 파빌리온을 떠올리게 될 것이다).

「칸의 건물은 이 각도에서 봤을 때 가장 아름답고, 또 이 각도에서 접근하는 것이 가장 좋다고 생각합니다.」 에릭 리는 거칠

---

* 안드레아 팔라디오. 이탈리아의 건축가로 고전적 건축 양식을 확립했다.

고 누렇게 바래 가는 세인트어거스틴 잔디밭*을 대각선으로 가로질러 미술관의 남서쪽 모퉁이를 향하며 말했다. 왜 그렇게 생각하는지 물었을 때 그는 〈모르겠어요〉라고 솔직하게 말한다. 그러나 그는 칸의 다른 작품에서도 분명하게 드러나는 것 — 즉 비스듬한 접근이 가장 진실한 방법이며 건물의 입구는 다소 찾기 어려워야 한다는 생각 — 에 확실히 반응하고 있음을 알 수 있다.

일단 「킴벨 미술관」 내부로 들어가면 대칭적 느낌은 금세 사라진다. 볼트 지붕들은 모두 다른 방식으로 나뉘어져 건물의 모든 면과 모든 층이 완전히 다른 느낌을 주기 때문이다. 아래층은 미술관의 실용적인 공간들 — 북쪽에 하역장, 남쪽에 큐레이터 사무실과 보존 스튜디오, 그리고 중앙의 두 번째 입구 홀 — 이 있다. 이들은 각각 고유한 크기와 모양, 그리고 뜻밖의 측면들을 내재하고 있다. 예를 들어 2개 층의 층고를 가진 보존 연구실은 같은 높이의 층고를 가진 중정 — 갤러리가 있는 층까지 연장되어 있고, 네 면 모두가 벽으로 둘러싸여 있어서 밖에서는 보이지 않는 비밀 중정이다 — 이 바라다보인다. 또한 볼트와 볼트 사이에는 약간의 공간이 있는데 그 공간만큼의 크기와 길이를 가진 별도의 채광정이 큐레이터 사무실들의 뒤쪽에 있으며 그 상단 부분은 포르티코 벽에 의해 감추어져 있다. 두 경우 모두, 칸이 「킴벨 미술관」의 보이지 않는 곳에서 일하는 작업자

* 원산지가 남아메리카로 버펄로 잔디라고도 불린다. 미국 남부 지역에서 많이 사용되는 잔디의 한 종류.

들에게 풍부한 자연광을 제공하려고 특별히 배려한 것이다. 「단지 콘크리트 벽만 바라보일 뿐인데도 저는 항상 텍사스주 북부에서 최고의 경치라고 말합니다. 이곳에서 빛이 변화하는 것을 바라보는 일은 정말 놀랍습니다. 마치 밖에 걸어 놓은 그림 같아요.」[125] 에릭 리는 사무실의 뒤쪽 창을 통해 보이는 경치에 대해 이렇게 표현한다. 보존 관리 책임자인 클레어 배리는 그녀의 보존 스튜디오 옆에 있는 2개 층 높이의 중정이 그 건물의 훌륭한 설계의 단지 한 측면일 뿐이라고 생각한다. 「제가 항상 느끼는 것은, 이 건물은 공적으로 드러나는 공간과 다름없이 보이지 않는 공간의 세부적인 곳까지 똑같이 세심하게 고려했다는 점입니다.」 배리는 덧붙여 말한다. 「다른 미술관에서는 그렇지 않거든요.」

일반 대중을 위한 갤러리가 있는 맨 위층으로 올라가면 이곳에도 전체적인 패턴을 깨는 몇 가지 별난 점들이 있다. 미술관의 양측 부속 건물에는 각각 접근 가능한 중정이 있지만 다 같은 분위기는 아니다. 북쪽 동의 중심에 있고 미술관에서 가장 큰 중정에는 청동과 납으로 된 아리스티드 마욜*의 관능적인 여덟 개의 동상 「레어 L'Air」 중 하나가 전시되어 있는데, 칸은 이 동상 중 하나를 「예일 대학교 아트 갤러리」에 있는 것을 본 이후로 마음에 소중히 담아 두고 있었다(포트워스에 있는 그 동상에 너무 집착한 칸은, 킴벨을 위한 초기 스케치 몇 점에서 이 동상처럼 공중에 떠 있는 듯한 여성의 모양을 그려 놓기도 했다). 남

* 프랑스의 조각가로 풍만한 육체미의 여인상을 주로 만들었다.

쪽 동에 있는 〈페넬로페 중정〉은 그 가운데에 놓인 동상의 이름을 딴 것인데, 두 갤러리 사이에 놓여 있어 양쪽 모두에서 접근 가능하지만 갤러리 안쪽의 얇은 커튼에 의해 살짝 가려져 있다. 이 중정과 미술관 중앙 복도를 사이에 두고 동쪽 반대편에는, 보존 스튜디오와 연결되어 있고 벽으로 둘러싸인 중간 크기의 네모난 공간이 하나 더 있다. 이곳은 공간을 차지하지만 일반 관람객이 볼 수 있는 중정이 아니고, 갤러리들로부터도 보이지도 않는다. 그래서 관람객들은 이것을 놓칠 괜한 걱정은 할 필요가 없다. 이 중정이 이곳에 있는지 조차 모르기 때문이다. 이러한 속임수가 가능한 것은 갤러리들이 모두 다른 형태를 갖고 있기 때문만이 아니라(트래버틴 벽을 빼고는 대부분의 벽을 움직일 수 있다), 대부분의 방문자들이 건물이 아닌 다른 것들에 집중하기 때문이다. 「킴벨 미술관」에 온 방문객들이라면 아마도 예술 작품을 보기 위해서 왔을 테니까 말이다.

그림들은 이 공간에서 살아난다. 전문가들에 따르면, 킴벨의 인공 및 자연광의 정확한 조합으로 만들어지는 색온도는 3,500~3,800켈빈*으로, 색을 보기에 〈최적의 온도〉[126]다. 하지만 우리가 이 미술관에서 뭔가 특별한 일이 일어나고 있음을 지각하는 데에는 사실 특별한 과학적 도구 같은 것은 필요 없다.

이곳 안의 풍경은 실제로 야외에 있는 것 같은 느낌을 준다. 실내 장식과 초상화는 빛을 얻는다. 파스텔 톤의 색들은 더 기운을 얻고 하얀 하이라이트는 한층 돋보인다. 노란 트레이싱 페

---

* 절대 온도의 단위. 0켈빈은 −273.15도.

166

이퍼에 목탄으로 그린 드가의 단색 소묘 「목욕 후, 몸을 말리는 여인」도 다른 곳에서는 볼 수 없는 깊이와 강렬함을 갖는다. 그리고 이곳의 분위기가 그림 속 물감의 채색과 어우러질 때, 색상들이 발하는 구체성은 놀랍다. 예를 들어 카유보트*의 「유럽의 다리」를 보면 어두운 회색의 둥근 금속 못 장식이 박힌 회색빛이 도는 금속 다리가 있다. 그리고 그 다리 위를 파란 회색에서 검은 회색까지 미묘하게 다른 색조의 코트와 모자 차림의 남자들이 지나간다. 이렇게 모두 다른 회색들은 킴벨의 훌륭한 조명 속에서, 마치 처음으로 그렇게 보이는 것처럼 아주 뚜렷하게 구분된다.

그림들은 대부분 작거나, 어떤 경우든 사람 크기이기 때문에 몇 미터 떨어져서 똑바로 보면 충분히 파악할 수 있다. 그림들은 우리에게 일대일의 친밀한 관계를 형성하도록 허용한다. 초상화들 역시 관람객의 얼굴 높이(관람객이 칸의 키와 같은 170센티미터 정도라면)[127]와 초상화 속의 얼굴이 마주할 수 있도록 걸려 있어서 이런 점들이 친밀도를 더 높여 준다. 어쩌면 관람객은 이런 초상화의 얼굴 중 몇몇이 자신을 향해 기울어 있다는 느낌을 받을 수도 있는데 이것은 착시 현상이 아니다. 트래버틴 벽에 걸린 그림들은 액자의 아래쪽 가장자리는 벽에 닿아 있는 반면, 위쪽 모서리는 위에서 내려와 거의 보이지 않은 줄에 매달려 약간 앞으로 나와 있기 때문이다. 이것은 그림의 이미지가 부드럽게 관객을 향해 다가오는 것처럼 보이게 하는

* 귀스타브 카유보트. 프랑스 초기 인상주의 화가.

효과만 갖는 것이 아니다. 그림 전체를 공중에 떠 있는 것처럼 보이게 한다. 그리고 트래버틴 벽 자체 — 위쪽의 콘크리트 천장의 맨 아랫부분보다 살짝 앞에 놓여 있기 때문에 이것 또한 그림이 관람객 쪽으로 더 가까이 다가오는 듯한 느낌을 준다 — 도, 벽에 걸린 그림을 훨씬 풍요롭게 만든다. 따뜻하고 특별한 질감이 느껴지는 돌은 결코 그림과 경쟁하거나 그림에 집중하는 관람객을 산만하게 하지 않는다. 오히려 그림에 추가적인 생명력을 더해 준다.

*

이런 것들은 평상시 화창한 낮의 킴벨의 모습이다. 하지만 한 달에 며칠간은 방문객들이 밤까지 갤러리에 남아 관람할 수 있도록 허용되는데, 그때 그곳에 있다면 놀라운 변화를 목격할 수 있다. 해가 수평선 아래로 가라앉을 때 갤러리들이 고르지 않게 어두워지면서 긴 볼트 천장의 한쪽 면이 아주 잠시, 다른 쪽 면과 약간 다른 색처럼 보인다. 천장의 반사판을 통해 콘크리트 천장으로 들어오는 마지막 빛은, 한낮의 은회색과 달리 거의 푸른색처럼 보이고, 금속 반사판 자체는 — 낮에는 날개 모양으로 현저히 눈에 띄지만 — 어두워지면서 천장에 동화되어 덜 눈에 띈다. 콘크리트의 질감은 여전하지만 훨씬 흐릿하고 더 뒤로 물러선 느낌이다. 그리고 고측창의 둥근 호(弧) 모양, 즉 볼트 천장에 교회 같은 분위기를 부여하는 미묘한 곡선으로 된 창도 이

제 거의 보이지 않을 만큼 어두워진다.

저녁이 다가오면 그림을 비추는 스포트라이트와 액자 뒤의 그림자들은 각각 훨씬 더 강렬해지고 뚜렷해진다. 빛이 전체적으로 균일하게 비춰지는 낮과는 달리 저녁이 되면 훨씬 더 범위가 작고 더욱 집중된 조명들이 주를 이룬다. 벽들은 그림 주변의 어두워진 부분으로 사라지면서 앞으로 두드러지는 느낌이 덜하다. 구조 자체의 모든 색상과 질감의 차이 — 바닥의 나무에서 트래버틴으로 전환되는 부분, 혹은 천장의 콘크리트에서 금속으로 바뀌는 부분 — 는 낮에 아주 뚜렷이 드러나고 해가지면 훨씬 희미해진다. 건물 전체의 색상도 더 균일하게 됨으로써, 예술품을 위한 단순한 배경이 된다. 그러면서 그림 자체는 보통의 미술관에서 보던 것과 비슷해진다. 생동감이 덜하고, 의도적으로 강조하여 전시한 느낌이 강하며 관람객에게 능동적으로 다가서는 느낌이 없다. 자연히 다양한 색채의 효과는 사라지고 단색은 더더욱 퇴색되는 느낌이다. 드가의 누드는 완전히 힘을 잃고 이제는 마치 임상적인 분석을 위한 소묘처럼, 그 자체가 예술 작품이 아니라 단순한 밑그림처럼 보인다.

킴벨의 황혼 무렵은 모든 것이 상실되는 순간이다. 자연광이 사라지고, 한때 명확했던 특징들도 소멸되고, 마법 같은 것들이 평범한 것으로 바뀌는 것이다. 그러나 일단 어둠이 내려앉으면 미술관의 다른 특징들이 그 자리를 대신 차지한다. 우리는 서로 연결된 작은 갤러리들 간의 친밀감, 다른 〈방〉들을 통해 엿보이는 또 다른 방들의 따뜻하고 환영받는 듯한 아늑함을 더 잘 인식하게 된다. 동시에 머리 위에 뭔가 웅장하고 기념비적인 것이 떠 있는 느낌, 조각들이 드리운 그림자들과 조명을 받은 그림들의 아름다움으로 더 강화되는 고요한 외경심을 느끼게 된다. 중정들도 마찬가지로 다른 매력을 얻는다. 페넬로페 중정은 어두워지고 더 큰 북쪽의 중정에 있는 마욜만이 조명을 받는다. 담으로 둘러싸인 중정들보다 미술관 내부가 더 밝아지면서 내부고유의 강한 매력을 발산한다.

밤에 보는 킴벨의 모습은 낮과 다르고 매력이 조금 덜하지만 여전히 아름다운 곳이다. 따라서 낮에 미술관을 본 적이 없는 사람은 저녁 무렵의 미술관에서도 심오한 기쁨을 얻게 될 것이다. 신비한 볼트 천장의 모습을 볼 수 있는 밤 시간에 미술관을 먼저 보고, 천장을 통해 확산되는 태양 빛을 볼 수 있는 낮의 킴벨을 그다음에 와서 보면, 가장 위대한 음악적인 발견을 한 것만큼이나 강렬한 느낌을 받을지도 모른다는 상상마저 든다. 그것은 마치 남성 성인으로만 구성된 킹스 칼리지 합창단의 소리를 먼저 듣고, 이후에 합류한 소년 성가대원들의 소프라노의 소리를 듣는 느낌일지도 모른다. 칸의 손에서 만들어진 빛은 거의 귀에 들릴 것 같은 무언가로, 시각이 아닌 다른 감각들을 통해 전해지는 듯한 어떤 것으로 변한다.

결국 킴벨에서 가장 특별한 것은 빛 자체만이 아니라 우리가 서 있는 곳으로 빛이 들어와 그 빛에 의해 그 방의 윤곽이 드러나는 방식이다. 그것은 단지 건축적인 경험만은 아니다. 그것은 시각적인 것이 촉각적인 것이 되는, 빛 자체를 촉각적인 것으로 변화시키는 예술의 본질에 도달하는 것이다. 미술 평론가 티머시 제임스 클라크는 페르메이르*와 피터르 더 호흐**의 그림을 암시하면서 다음과 같이 말했다. 〈회화에서 방 안에 물건을 두고, 그 방을 《묘사하고》, 그리고 그 방 안에 빛을 들이는 것은 대단한 성과가 아닐 수 없다. 그림 속의 빛을 신비스러운 광채로서가 아니라 사물들 사이에 존재하는 또 하나의 사물로서 스스로를 다른 사물들에 부착시킴으로써 그 사물들과 주도권을 경쟁하도록 그 방 안으로 들이는 것은 더 진귀한 일이다.〉 같은 책, 『피카소와 진실*Picasso and Truth*』에서 그는 다음과 같이 말했다.

회화에 없어서는 안 될 것이 하나 있다. 그것은 공간이다. 상상으로 거주할 수 있는 3차원적 공간을 만드는 것, 우리가 들어갈 수 있는 형태와 범위를 가진 주변 배경으로서 스스로를 제공하는, 구체적인 특성을 가진 공간을 만드는 것이다. 인간이란 존재로서 존재한다는 것—이 계속 반복되는 단어가 자아내는 연민이란 얼마나 심오한지— 은 아마도 〈안〉에 있다는 가장 우선적인 전제 조건을 갖는 듯하다. 즉, 손을 뻗어(실제로나 상상으로나), 어떤 장소의 한계를 느끼는 것이다.[128]

* 요하네스 페르메이르. 바로크 시대의 네덜란드 화가.
** 네덜란드의 화가.

클라크가 여기에서 특히 지칭하는 것은 위대한 모더니스트였던 피카소였지만(그와 동시대를 살았던 루이스 칸은 피카소를 너무나 존경했다), 클라크는 〈존재한다〉와 〈내부에 존재한다〉는 경험이 모두 강렬하게 전해지는, 그림 〈속의〉 빛들이 그림에 비춰지는 빛들과 합류하여 새로운 종류의 사색을 불러일으키게 하는 「킴벨 미술관」에 대해서도 분명 똑같이 말할 수 있었을 것이다.

새롭지만 항상 그곳에 존재해 왔던 것, 창조한 것이지만 되찾은 것이기도 하다. 1972년 「킴벨 미술관」을 완성했을 때, 칸이 기념식에서 이렇게 말했다. 「이 건물은 제게 이런 기분을 줍니다. 이건 좋은 느낌인데요. 마치 내가 이것과 아무런 관련이 없는 것 같은, 뭔가 내가 아닌 다른 사람이 만들었다는 느낌이 듭니다. 왜냐하면 이미 구축되어 있던 전제가 구현된 것이기 때문입니다.」 이 특이한 발언의 의미는 건축 과정에 대해 칸이 했던 또 다른 이야기와 관련되어 있다. 「자꾸 우리를 잡아당기는 뭔가가 있습니다. 마치 우리가 뭔가 태곳적의 것, 뭔가 우리보다 한참 이전에 있었던 것에 가닿으려고 노력하는 것처럼 말입니다. 우리는 건축의 영역에 있을 때 비로소 인간의 가장 기본적인 감정을 건드리고 있음을, 그리고 건축은 아주 처음부터 진실한 것이 아니었다면 결코 인류의 일부가 될 수 없었으리라는 사실을 깨닫게 됩니다.」[129]

성장

집에서 칸은 온통 여성들에게 둘러싸여 지냈다. 에스더의 어머니 애니는 루가 특별히 신경 썼던 셔츠를 다리는 일을 포함해 모든 요리와 청소, 바느질과 세탁까지 도맡아 했다. 아기가 태어난 직후, 에스더는 알퍼스 박사(1936년 프레이저 박사가 사망한 후 단독 대표가 되었다)와 하던 일을 다시 시작했고 정규적인 수입을 가진 단 한 사람으로서 집안의 가장 역할을 꾸준히 해나갔다. 하숙인은 가계의 또 다른 수입원이었다. 가족에게는 〈케이티 이모〉라는 애칭으로 불리던 하숙인 캐서린 맥마이클은 때때로 아이를 봐주면서 가족에게는 또 다른 의미를 갖게 되었다. 태어난 아기 역시 여자아이였다. 1940년 3월 30일에 태어난 수 앤은 모든 집안 어른들의 관심을 한 몸에 받았다. 수 앤 또한 칸이 편안하게 지냈던, 여성으로만 이루어진 집안의 일원이 되었다.

편안했지만 완전한 삶은 아니었다. 집 안의 문에 멋진 디자인의 그림을 그리는 일은 결코 성인 남자에게 적합한 직업이 될 수 없었기 때문이다. 그림을 그리기에 충분한 빛이 들어오는 유일한 방이었던 (그와 에스더가 사용하던) 침실에서 풍경화나 초상화를 그리는 것도 마찬가지였다. 비록 충분하고 진지한 마음으로 임했지만 파트타임 화가로서 일을 한 것은 취미일 뿐, 직업이 아니었다. 그는 자신이 건축가가 될 운명이라고 믿었고, 그래서 그것을 남들에게 증명할 기회가 필요했다. 1930년대를 통틀어 그가 이따금씩 받았던 의뢰들, 시간이 많이 소요되는 여러 가지 다양한 대회에 참가했던 일들, 건축이나 도시 계획 분야에서 했던 모든 컨설팅이나 자원봉사들은 모두 중요한 일들이었지만 제대로 된 직업으로 연결되지는 않았다. 그는 집에서 벗어나 다른 남자들도 함께 일하는 사무실로 가서 일할 필요가 있었다.

그의 희망은 더 넓은 세상의 변화로 결국 이루어지게 되었다. 그가 성인이 된 이후, 인생 대부분에 어두운 그림자를 드리웠던 불황이 이제 그 끝을 맞이하고 있었기 때문이다. 곧 미국이 가담하게 될 유럽에서의 전쟁이 내수 경제를 촉진하기 시작하면서, 대규모의 새로운 건설 계획들이 세워졌다. 이에 발맞추어, 워싱턴에 훌륭한 인맥을 갖고 있던 루의 친구 조지 하우가 정부 지원 주택 건설을 전문으로 하는 건축 회사를 설립하는 데 도와 달라고 요청했다. 그래서 1941년 4월, 연방 공사 관리국으로부터 두 가지의 주요 건설 의뢰를 이미 손에 쥔 상태에서, 하우 & 칸 합자 회사는 필라델피아 시청 바로 건너편에 있던 옛 『이브닝 불레틴』 건물의 9층에 사무실을 열게 되었다. 1941년까지

하우가 처리해야 하는 정부 관련 컨설팅이 많아지면서 회사에서 일을 많이 할 수 없게 되자, 오스카 스토노로프를 영입하고 회사의 이름도 하우, 스토노로프 & 칸으로 변경했다.

칸의 두 동업자는 정말 많이 달랐다. 하우는 유럽 문화를 자랑스럽게 여기는 필라델피아의 귀족 출신이었다. 헨리 제임스의 소설에 나오는 인물처럼, 조지는 할머니와 이모 손에 이끌려 여섯 살 때 처음 파리 오페라에 가기도 했다. 칸은 특히 이 일화를 듣고 흥미를 느꼈고, 하우가 어떤 인물인지를 규정하는 계기가 되었다. 키가 크고 잘생긴 조지 하우에게서는 차분하고 느긋한 자신감이 뿜어져 나왔다. 또한 사려 깊고 지적인 사람이었으며, 비록 그에게는 큰 규모의 고가 주택 설계 의뢰를 평생 제공해 줄 수 있는 대대로 부유한 고객들과의 인맥이 있었음에도 불구하고 그는 건축이 사회를 변화시킬 수 있는 원동력이라고 믿는 사람이었다. 에스더는 하우에 대해 말했다. 「루는 현명함과 지식은 물론, 뛰어난 지적 능력을 갖고 있었던 하우를, 아는 사람들 중에 가장 교양 있는 사람 중 하나라고 생각했어요…….루는 정말 그를 마음에 들어 했습니다.」[130]

오스카 스토노로프 역시 유럽에 인맥이 있었지만 전혀 다른 부류였다. 1905년에 독일 프랑크푸르트에서 태어난 스토노로프는 피렌체와 취리히에서 건축을 공부했으며 그 후 파리로 건너가서 르코르뷔지에의 『전집Œuvre complete』*의 1권 편집을

---

* 르코르뷔지에의 건축물, 프로젝트, 스케치북, 도면 및 텍스트 등을 포괄적으로 기록한 작품집으로 1929년부터 1970년까지 발표되었다.

도왔고, 조각가 아리스티드 마욜의 수습생으로 잠깐 일하기도 했다. 그는 1929년에 미국으로 와서 1930년대에 여러 설계 공모를 위한 설계 작업(결국 모두 건설되지는 않았지만)을 같이 하게 되면서 칸을 만났다. 우아하고 잘생긴 하우와 날씬하고 조용한 성격의 칸과 대조적으로 스토노로프는 대머리에 약간 통통했고 매우 외향적인 성격이었다. 그의 동료 중 몇몇은 그를 〈프린스〉[131]라고 불렀는데 주로 그의 중부 유럽식 발음 때문이기도 했지만, 미국의 부유한 상속녀와 결혼한 이유도 있었다. 어떤 사람들은 그를 매력적인 사람이라고 생각했지만, 반면 공허한 매력이라고 생각하는 사람들도 있었다. 필라델피아의 저명한 건축가이자 이민자였던 피터 아르파는 스토노로프의 회사가 성장할 때 그를 위해 잠시 일하기도 했다. 「오스카는 제가 만난 사람 중에 가장 무례한 사람이었어요. 그는 아첨꾼, 그런 사람을 뭐라고 부르죠? 아부쟁이?」 아르파는 이렇게 덧붙였다. 「하지만 루는 그런 아부쟁이가 아니었어요.」[132]

동업자 세 사람 모두 저소득층 가정을 위한 주택 설계에 관심이 있었고 각각 이미 그런 작업에 참여한 경력이 있었다. 하우와 칸은 1938년에 필라델피아 주택국에 제출했던 재개발 계획을 통해서(비록 그 프로젝트는 결국 무산되었지만), 스토노로프는 앨프리드 케스트너와 함께 1930년대 초, 양말 공장 노동자들을 위한 필라델피아 지역 주택 단지인 칼 맥클리 주택 단지 프로젝트를 통해서, 그리고 칸은 저지 홈스테즈 프로젝트를 통해서였다. 세 사람의 회사가 확보했던 초창기 프로젝트 중에는 펜실베이니아주 코츠빌 바로 외곽에 위치한 철강 노동자, 그중에서도 특별히 흑인 노동자들에게 배정할 목적이었던 (100여 채의 주택으로 계획된) 〈카버 단지〉 설계도 있었다. 이 프로젝트는 특히 1944년 미국에서 〈빌트 인 더 USA〉라고 하는 현대 미술관 전시에 포함된 이후, 많은 건축가들로부터 관심을 받았다. 이 주택의 구조는 1층에 주차 및 창고, 그리고 여타의 기능 공간을 만들기 위해 주택을 2층에 배치한 방식 때문에 더 주목을 받았다. 아마 이것이 나중에 칸에게 아주 유용하게 된, 〈사이 층〉 혹은 〈하인 공간〉*의 초기 형태가 아닐까 생각된다.

하우가 1942년에 공공 건축물 관리국의 건설 감독 건축가로 일하기 위해 워싱턴으로 떠났을 때, 명칭은 스토노로프 & 칸으로 바뀌었지만 회사는 계속 노동자 주택에 전념했다. 6년 동안 함께 회사를 운영하면서 루이스 칸과 오스카 스토노로프는 일곱 건의 노동자 주택 단지를 설계했는데 그중 다섯 건은 실제로 건설되어 2,000채 이상의 새 주택을 건설했다. 또한 비록 지어지진 않았으나,『아키텍추럴 포럼*Architectural Forum*』**의 지원으로 〈194X〉라는 프로젝트를 위해 혁신적인 호텔을 설계하여 우수 회사의 대열에 올랐고 상당한 주목을 받았다. 사람들의 말에 따르면, 대부분 오스카가 홍보와 고객 유치와 관련된 일을 했고 실제 설계는 주로 칸이 맡았다고 한다.

* 서번트 스페이스
** 1892년부터 발행된 건축 잡지.『브릭 빌더*Brick Builder*』로 발행되었다가 1917년에『아키텍추럴 포럼』이라는 이름으로 바뀌었다. 1974년에 폐간되었다.

두 사람의 성격 차이는, 에스더의 말처럼 〈두 사람 다 너무나 주인공 같았다〉[133]는 점에도 불구하고, 두 사람 모두 각자의 할 당된 임무에서는 서로 뛰어났기 때문에 이러한 방식의 동업은 한동안 잘 돌아갔다. 하지만 스토노로프가 성과나 공로에 대한 공동의 기여를 인정하는 방식에서 미심쩍게 행동했고, 루가 불 만을 품기 시작하면서 두 사람의 동업 관계는 마침내 깨지고 말 았다.

설계와 관련해서 스토노로프와 함께한 기간 동안, 칸의 입장에서는 그다지 대단한 성과가 없었다. 비록 건축계에서는 상당한 주목을 받은 몇 가지 프로젝트가 있었지만 그중 완성된 건축물들은 칸이 그의 친구 제시와 루스 오서를 위해 설계한 나무와돌로 지은 주택이나 앨프리드 케스트너 밑에서 일할 때 했던 저지 홈스테즈 주택 단지보다 더 매력적이거나 흥미롭지는 않았다. 하지만 새로운 동업 회사를 설립한 덕분에, 재정착 관리국일이 끝난 후 처음으로 실질적인 수입을 거둘 수 있게 되었다. 1941년, 하우, 스토노로프 & 칸의 총수입은 3만 3449.99달러로, 그중에서 칸의 동업 지분은(2만 6206.23달러의 각종 비용를 제한 후) 2,281.58달러였다. 이전의 하우 & 칸을 통해 번 2,020.84달러를 더하면 그해 건축 회사를 통해 번 수입은 4,302.42달러였다. 따라서 에스더가 제퍼슨 의과대학에서 정기적으로 받던 1,650~1,800달러의 연간 수입에 상당한 금액이 추가된 셈이다. 루와 에스더는 1940년대 전반에 걸쳐 그랬듯 세금을 따로 신고했고 그 과정에서 세금 공제를 더 잘 받기 위해 수 앤을 루의 부양가족으로 등록했다. (1944년에는 이와 반대로, 루가 회사에서 수입이 전혀 없었기 때문에, 에스더의 1,800달러의 연봉을 기준으로 에스더를 주 납세자로 하여 공동으로 세금 신고서를 작성하면서 수 앤과 루를 에스더의 부양가족으로 등록했다. 결국 전쟁이 촉진한 노동자 주택 건설도 정규 수입을 보장할 수 없는, 부침이 큰 사업 중 하나였던 것이다.)[134]

하지만 사무실에서 일하는 것에는 경제적인 것뿐 아니라 다른 이점이 있었는데 그중 하나는 동료애였다. 스토노로프 & 칸의 초창기 직원이었던 피터 블레이크는 1941년 여름에 건설 현장을 조사하기 위해 루, 그리고 회사 직원 두 명과 오픈카를 타고 뉴저지주에 갔던 어느 일요일을 떠올렸다. 오후 6시경 필라델피아의 꽤 후텁지근한 거리를 지나던 그들은 차가운 맥주가 마시고 싶어졌다. 「그런데 당시 필라델피아에서는 일요일에 상점들이 문을 잘 열지 않았어요.」 블레이크가 말했다. 「그래서 신호에 걸려 대기하고 있는 동안 우리 옆 차선에 있는 차에 탄 남자에게, 필라델피아에서 일요일에 술을 마실 곳이 있는지 물었어요. 그 남자는, 〈물론 있죠. 6번가에 있는 워드 공화당 클럽에 가서 제가 보냈다고 말하면 돼요〉라고 말해 주더군요.」

그 남자가 가르쳐 준 주소는 브로드 근처의 로커스트 스트리트에 있는 1층짜리 집이었다. 〈누구세요?〉 그 클럽의 매니저가 물었고 루는 당당하게, 〈우리는 다 하버드 출신이에요〉라고 대답했다. 그들은 그렇게 민주당에 대한 확고한 신의를 잠깐 저버리고, 각각 1달러씩을 내고 공화당에 가입했다. 그런 다음 그들은 기다랗고 우중충한 방으로 들어가 맥주를 주문했다. 방 한쪽 끝의 무대 위에 오래된 피아노가 있었는데, 블레이크는, 〈루가 그 피아노 쪽으로 걸어가더니 의자에 앉아서 어마어마한 에너지와 열의와 열정으로 거슈윈의 「랩소디 인 블루」를 연주하기 시작했어요. 그 클럽 전체가 마구 요동치는 것 같았어요. 루는 아주 크고 튼튼한 손을 갖고 있었거든요. 그는 악수를 하면서 상대의 손가락을 부러뜨릴 수도 있고, 그가 정말 원한다면 피아노를 가루로 만들어 버릴 수도 있었을 거예요. 게다가 그날 밤 루는 아주 컨디션이 좋았어요〉[135]라고 회상했다. 하지만 몇 분 후, 길 건너편의 호텔에서 손님 중에 죽어 가는 사람이 있으니 피아노 연주자에게 소리를 좀 작게 해달라는 전화가 왔다. 루는 그 요청에 즉각 응했지만 연주를 멈추지는 않았다. 마치 자기 자신에게 속삭이듯이 같은 곡을 아주 부드럽고 조용히 연주했다. 구급차가 마침내 도착했을 때 루는 그 호텔에 전화해서 환자가 어떤지 물어보았다. 대답을 들은 루는 피아노로 돌아가 다른 사람들에게 즐거움을 주기 위해 마지막으로 다시 한번 「랩소디 인 블루」를 서까래가 흔들릴 정도로 아주 힘차게 연주했다.

칸에게 그런 유쾌한 순간은 그가 건축 관련 작업을 할 때 전반적으로 얻었던 만족감이었다. 모두 각자의 의견이나 생각을 나누고 기여하는 즐거운 상호 작용이 이루어지는 공동의 노력이라는 의미에서 말이다. 하지만 그의 일에는 또 다른 측면에서 볼 때 보다 독자적인 일도 있었다. 이런 일들은 스토노로프와 칸이 함께 일하던 시절부터 시작되었다. 1940년대 초, 이 시기가 바로 칸이 자신의 생각을 공간적인 건물에 표현하는 것은 물론, 책에 글로 표현하는 출판 작가로서 자신의 입지를 확고히 한 때였다.

오스카 스토노로프와 공동으로 출간하게 된 칸의 첫 두 출판물은 리비어 코퍼 & 브라스 컴퍼니*의 지원으로 제작한 소책자였다. 그중에 첫 번째인 『왜 도시 계획이 우리의 책임인가*Why City Planning Is Your Responsibility*』는 1943년에 나온 14페이지짜리 소책자였다. 전시 중에 리비어의 대표가 쓴 미래 지향적인 서문(〈우리는 현재 모두 미국을 위해 일하고 있습니다. 전쟁 외의 목적으로 쓸 구리는 없지만 리비어의 연구실에서는 수많은 사람들이 전쟁 후 더욱 나은 삶을 살 수 있도록 다각도의 연구에 매진하고 있습니다.〉)이 담긴 이 소책자는 친근하면서도 강한 어조로 되어 있다. 이 책은 〈만일 모든 사람이 말하는 도시 계획이 현실이 되어 결과를 나타낼 수 있으려면, 그것은 반드시 《여러분》이 — 이 소책자의 독자 — 필수적으로 관심을 갖는 대상이 되어야 합니다〉라는 말로 시작한다. 〈도시 계획은 《여러분》과 《여러분의》 동네, 또한 《여러분》의 인근 지역보다 조금 더 떨어진 곳에 사는 사람들과 연관되어 있기 때문에 일반 대중인 《여러분》이 직접 스스로 의견을 내야 합니다.〉

이 소책자는 전반적으로는 일반적이고 온건한 주장(예를 들어 〈어떤 종류의 도시 계획 프로젝트에서든 가장 중요한 인간의 가치〉를 강조하는 등)을 하고 있지만 그 시대에 널리 주장되던

* 1801년에 설립된 미국의 주석 압연 공장.

특정 사안에 대해서는 이견을 피력하기도 했다. 말하자면 이 책에서는 빈민가를 모두 없애자는 의견에 동의하지 않았다. 그 반대로, 비록 눈에 띄게 쇠퇴해 가고 있지만 〈그다지 황폐화되지 않은 특정 동네〉들을 전면적으로 파괴하기보다는 〈보존 지역〉으로 설정해서 보호하고 보완되어야 한다고 제안했다. 저자는, 불필요한 길을 아이들을 위한 놀이터로 바꾸거나 〈구석진 곳들의 열악한 상점들〉 대신 제대로 된 상점 지역을 추가하는 일들을 포함하여, 도시 거주자들의 삶이 향상될 수 있는 구체적인 아이디어들을 갖고 있었다. 그들은 잠재적인 독자들에게 각자 자기 동네를 위한 도시 계획 단체를 형성함으로써 〈행동을 취하라!〉라고 촉구했고, 만일 그러한 방법이 성공하면, 〈가진 모든 것을 다 짊어지고 다른 곳으로 이사할 필요가 없을 것이다〉라고 장담했다.[136]

책자의 맨 끝에 있는 오스카 스토노로프와 루이스 칸의 공동 서명 밑에는 똑같이 하얀 셔츠와 짙은 색 타이 차림의 두 저자의 사진이 있었다. 두 사람이 나란히 서서 옆에 있는 창밖을 내다보고 있는데, 그중 머리 하나만큼 키가 더 큰 대머리의 남자가, 부드러운 미소와 함께 파이프를 물고 있는 작은 남자의 어깨 위에 손을 올리고 있는 사진이었다. 사회적 사실주의 그림의 인물들처럼 — 비록 복장은 현대 자본가 같지만 — 칸과 스토노로프는 개화된 미래를 내다보고 있는 것처럼 보였다.

이 책보다 1년 뒤에 출간된 『여러분과 여러분의 동네*You and Your Neighborhood*』는 훨씬 더 많은 노력이 들어갔지만, 스토노로프와 칸이 간략한 머리말에서 말한 것처럼 〈보통 사람들이 이해할 수 있는 말들로〉 썼다. 〈지역 계획을 위한 입문서〉라는 부제가 붙은 이 책은 이전 책보다 조금 더 두껍고, 80페이지가 넘는데, 다양한 종류의 삽화(사진에서부터 만화, 길 안내도, 그리고 건축 설계도까지) 및 일반적인 문제점들과 가능한 해결책 등의 효과적인 내용들로 가득 차 있다. 〈여러분의 집과 주변 구역〉, 〈지역 계획 위원회 조직하기〉, 그리고 〈혼자서는 아무런 힘이 없다〉와 같은 굵은 글씨의 제목들 밑에는 동네를 정돈하고, 본부를 세우고, 뭔가를 할 수 있는 힘을 가진 사람들과 교류하는 방법에 대해서 매우 구체적인 일련의 조언들을 제공한다. 〈필요한 근린 시설〉의 목록에는 안전한 거리, 놀이터, 현대 학교, 청소년들이 모일 수 있는 장소, 그리고 쇼핑센터 등이 포함되었다. 이 책에 담긴 의도는 여전히 공동체 행동을 장려하기 위함이었지만 리비어 소책자와는 달리 추상적이고 평범한 조언이 아니었다. 대신, 순차적으로 실행 가능한 계획과 활동들을 주로 다루고 있는데 특히 개인과 더 큰 규모의 도시 단위, 가족 및 이웃 지역 간의 핵심적 연결의 중요성을 지속적으로 강조했다. 이 소책자는 아래와 같은 거의 시적으로 표현된 마지막 구절에서 〈한 도시의 계획은 주택의 설계만큼이나 질서 정연해야 한다〉라고 결론을 내렸다.

복도의 수가 너무 적은 도시들.
부엌에 침대가 놓여 있는 도시들.

집의 거의 모든 공간에 부엌이 자리한 도시들.

거실이 너무 비좁거나 아예 없는 도시들.

이런 환경들을 가진 당신의 도시를 변화하게 하는 데 당신이 도울 수 있다.

이웃에서부터 지역 공동체, 도시를 변화하게 하는 일은, 아주 엄청난 일, 오래 걸리는 일이지만 만일 여러분이 그 시작을 돕고 끝마칠 때까지 계속 돕는다면 절대 불가능한 일이 아니다.[137]

이 책의 대상은 분명 스토노로프와 칸이 줄곧 언급한 〈여러분〉과 동일한 대상이었지만 첫 번째 소책자에서 느껴졌던 다소 날카로운 주장은 이제 조금 더 차분한 어조의 표현으로 바뀌었다.

칸이 이 시기에 개인적으로 쓴 독자적인 글은 더 신중하면서도, 더 독특하고 여러 면에서 더 이해하기 어려운 내용이다. 〈기념비성〉이라는 제목의 이 소론은 원래 건축학자 폴 저커가 편집한 『새로운 건축과 도시 계획: 심포지엄*New Architecture and City Planning: A Symposium*』에 실렸던 글이다. 돌이켜 봤을 때 놀라운 점은, 한참 후에 완성된 칸의 건축적 아이디어들의 초기 형태가 이 저작에 아주 많이 나타나 있다는 점이다.

〈건축에서 기념비성은 영원성, 즉 더 추가되거나 변경할 수 없을 것 같은 느낌을 전달하는 건축물의 구조에 내재된 영적 특성으로 규정될 수 있다.〉 그 소론은 이런 문장으로 시작된다. 칸은 여기에서 분명히 파르테논 신전과 과거의 다른 기념비적 건축물을 언급하고 있지만 그러한 개념들은 「소크 생물학 연구소」에서 「킴벨 미술관」, 「방글라데시 국회 의사당」에 이르기까지 궁극적으로 자신이 만들어 낼 기념비적 건축물들을 떠올리게 만든다. 심지어 구조와 재료에 대한 상세한 의견에서조차, 〈구조적 문제의 핵심은 지붕에 있다. 지붕 표면의 영속성과 아름다움은 과학이 직면한 주요 문제다〉라든지, 〈구조의 거대한 주요 골격은 보일 권리를 주장할 수 있다. 이제 더 이상 시각적 매력을 위해 가려질 필요가 없다〉고 언급하거나, 철근 콘크리트를 〈이제 초기에서 벗어나 궁극의 세련미〉로 변해 가는 재료로 꼽은 것을 보면, 마치 그가 아직 상상도 하지 않은 건물들을 언급하는 것 같다. 그리고 콘크리트, 강철, 유리 및 플라스틱과 같은 현대 건축 자재들과 그 재료들을 형태화할 수 있는 새로운 공학 기술들을 옹호하긴 했지만, 고대의 기념비적 건축물들이 여전히 20세기 건축가들에게 가치가 있음을 주장했다. 고딕 양식의 성당이나 그리스 신전과 같은 옛 형태를 단순히 복제해서는 안 된다고, 즉 과거를 그런 식으로 재현하거나 살아나게 만들 수 없다고 주장하면서도 칸은 여전히 〈우리는 감히 이 건물들이 가르쳐 주는 교훈을 버려서는 안 된다. 그 건물들은 어떤 방식으로든 미래의 건물들이 의존해야 하는 위대함이라는 공통적인 특성들을 갖고 있기 때문이다〉라고 말했다.

하지만 그러한 위대함에 도달하는 방법은 결코 명명백백한 길이 아닐 것이다. 그가 오스카 스토노로프와 공저한, 권고 사항이 담긴 책자와 달리, 칸의 이 소론은 어떤 구체적인 권고 사항이 거의 없다. 부분적으로는 그가 리비어 소책자에서 옹호했던 것, 즉, 명시적이고 의도적인 행동이 다른 분야에서도 꼭 성공한다는 보장이 없기 때문이다. 〈기념비성은 불가사의하다.〉 칸은 이렇게 말했다. 〈결코 의도적으로 만들어질 수 없다.〉[138] 그가 제시하고자 했던 것은(그것도 이렇게 이른 시기에) 건축가는 기념비적인 것을 추구하려는 자신의 이기적인 야심을 단순히 재료와 설계에 떠안겨서는 안 된다는 의미로 보인다. 대신, 현대의 설계자나 공학자는 선택한 재료들을 가지고 건물의 특정 기능에 맞게 형태를 만들어 갈 때에만 유기적으로 생성될 수 있는 종류의 힘에 수용적인 태도를 가져야 했다. 그러한 수동적인 수용성은 일반적으로 대중이 상상하는, 예를 들면 그 전년도에 출간된 에인 랜드의 『파운틴헤드』에서 현대 건축가의 특징처럼 여겨지던 남성적인 단호함과 정반대였다. 즉 루가 이 모호한 짧은 소론에서 옹호하는 듯 보였던 점은 분명, 그와 대조적인 여성성이었다.

*

동업을 하는 동안, 매우 바쁜 와중에도 루는 여전히 딸과 시간을 보내려고 노력했다. 1940년대의 가족사진에는 그가 팔에 아기를 안고 현관 혹은 보도에 서 있는 모습, 편한 티셔츠를 입고 현관 입구 계단에 앉아 머리를 땋은 여자아이에게 뭔가 설명하는 모습, 해변에서 수영복 바지를 입고 쭈그리고 앉아서 입을 다문 채 웃고 있는 그의 등 뒤에서, 짙은 머리색에 진지한 표정의 어린아이가 팔을 두르고 있는 모습 등을 볼 수 있다. 마흔 혹은 그 이상의 나이에도 그는 여전히 젊어 보였고 눈에 띄는 흉터가 있지만 사방으로 흐트러진 풍성한 머리와 그때도 변함없이 반짝이는 눈빛 덕분에 거의 야성적으로 잘생겨 보였다.

「아버지가 집에 오실 때마다 저는 정말 행복했어요.」 수 앤이 말했다. 「아버지는 정말 재미있었어요. 저한테 그림을 그려 주시곤 했어요. 피아노에 앉아 같이 〈젓가락 행진곡〉을 연주하면 아버지는 즉흥적으로 연주하고 저는 더 간단한 왼손 연주를 했죠. 우리는 일요일 아침에 같이 만화책도 읽고, 그런 다음 아버지가 그림 그리는 모습을 앉아서 지켜보곤 했어요.」

그들은 오래전에 에스더의 부모님이 구입했던, 어둡고 무거운 가구로 가득 찬 오래된 박공지붕 집과, 그 담장 너머 동네에서도 일상을 공유했다. 「우리는 경사로 맨 위에서 북극광이 보이는지 보려고 53번가를 걸어 올라가곤 했어요. 그리고 아이스크림을 사 먹었어요. 제가 처음 본 영화인 미키 마우스도 아버지가 데려가 주셨어요.」 그리고 겨울에는 43번가와 체스터 스트리트 모퉁이에 있는 클라크 공원에 썰매를 타러 가기도 했다. 루는 수 앤을 썰매에 태워 공원까지 끌고 갔고, 언덕 위까지 올라가서 함께 언덕을 타고 내려갔다. 「내려가는 게 너무 겁이 났어요.」 수 앤이 그때를 떠올렸다.

가족들은 모두 그녀의 이름을 가끔 〈수〉라거나 〈수지〉라고 짧게 부르기도 했는데 아버지는 그녀를 아주 여러 가지 별칭으로 불렀다. 「수젤, 뾰로통이 등 생각나는 대로 불렀어요.」 그리고 그는 수 앤을 아주 튼튼하고 편안하게 팔에 안고 있는 방법을 알고 있었다. 그는 운동이나 신체 활동에 관심이 많았고 몸이 아주 튼튼했으며 그래서 자신의 신체를 아주 편안하게 느꼈다. 「아버지가 저를 안고 있으면 정말 안전하게 느껴졌어요.」 수 앤은 당시를 떠올렸다. 이런 점은 근엄한 얼굴에 백발이었던 — 자신의 손녀에게 따뜻하지도 차갑지도 않게 대했던 그냥 든든하고 믿음직했던 — 할머니뿐 아니라 〈안아 주는 데 훨씬 서툴렀던〉 어머니와 아주 많이 다르다는 느낌을 주었다.[139]

하지만 자신의 가족은 물론 루의 가족과 유대 관계를 유지하려고 지속적으로 노력한 것은 에스더였다. 그녀는 캘리포니아까지 크리스마스 선물을 보내고 그 답례로 하누카* 선물을 보낸 루의 부모님에게 감사의 인사를 전했다. 비록 칸의 부모님들은 아들에게 직접 소식을 전해 달라고 반복해서 간곡히 요청을 했지만 정기적으로 가족의 소식을 보낸 것은 언제나 에스더였다. 루, 에스더, 그리고 수 앤에게 1942년 1월에 보낸 편지를 보면, 레오폴드는 실제로 루에게 직접 편지를 써달라고 적었다. 베르사의 몸이 좋지 않다는 소식과 그녀가 〈손자들을 보고 싶어 하는〉 마음을 자세히 설명하면서 그는 이렇게 부탁했다. 〈아들아, 편지를 조금만 더 자주 써줘도 많은 문제가 해결될 것 같구나.

* 11~12월에 열리는 유대인의 축제.

에스더가 편지를 보내 주고 관심을 가져 주는 것도 정말 고맙지만, 그래도 아들아, 네가 몇 줄만이라도 써주렴. 제발 네 엄마를 위해서라도 그렇게 해다오.〉 레오폴드는 또한 루에게 〈가족들을 데리고 집에 좀 오렴. 네 엄마가 네 걱정을 너무 많이 해서 나는 그런 네 엄마가 또 걱정된단다. 어제 밤에는 이렇게 말하더구나.《있잖아요, 여보, 이제 곧 칠십이 되는데 얼마나 더 오래 살지 모르겠어요. 예전에 동부에 살 때는 애들이 그립지 않았는데 요즘에는 왜 이렇게 그리운지…….》그리고 서부 해안에 사는 가족 전체를 대표하여 안부를 전했다. 〈세라, 조, 제럴딘, 오스카, 로셀라, 앨런, 그리고 로다가 안부 전해 달란다.〉 평소처럼 〈모두 다 잘되길 바라는 마음으로 사랑을 담아, 엄마, 아빠가〉라고 적은 다음에 한마디를 덧붙였다. 〈추신: 제발 편지 좀 빨리 보내다오.〉[140]

2주 후에는 레오폴드 혹은 베르사, 또는 두 사람이 함께 조금 덜 애원하는 어조로 다시 편지를 보냈다. 〈네가 보낸 편지 정말 고맙고 재미있었다.〉 편지는 이렇게 시작했다. 〈정말 한 글자 한 글자 즐겁게 읽었단다. 특히 우리 귀여운 수 앤에 관한 얘기가 너무 즐거웠단다. 얼마나 귀여울까. 크리스마스가 되면 수 앤에게 줄 예쁜 장난감과 선물을 가지고 만날 수 있겠구나. 그곳에 있다면 뭐든지 다 줄 수 있을 텐데. 하지만 우리의 마음은 분명 너희와 함께 있어. 네가 수 앤이 노래를 그렇게 아름답게 잘 부른다고, 앨런도 그 나이에 노래를 불렀었는지 궁금하다고 했지.〉 손자들 중 가장 음악적 재능이 있었던 앨런은 이미 피아노 연주를 훌륭하게 할 수 있었다. 〈글쎄 에스더야, 그렇게 멀리까지 갈 필요도 없어. 노래는 걔 아빠가 잘했지. 지금 수 앤 나이에 루는 완벽하게 독일 노래랑 군인 행진곡을 불렀으니까. 음을 전혀 틀리지 않고 부른 데다가 모든 음표를 기억할 수 있었어. 그러니 우리 사랑스러운 수 앤은 자기 아빠를 닮은 거지.〉

또한 이전 편지에서처럼 전시의 불안감을 언급하고 전쟁이 빨리 끝나기를 희망하는 마음을 표현했다. 전과는 다르게 이 편지에서는 레오폴드와 루 부자 사이의 금전 관계를 암시하기도 했다. 이것은 레오폴드와 베르사가 정기적으로 받는 정부 보조금이 2월부터 감액되었다는 내용, 그리고 루와 에스더가 그 금액 차이를 메우기 위해 추가로 15달러를 더 보내기로 한 것에 대한 고마움을 따뜻하게 표현하고 있다. 전반적인 어조는 이전 편지보다 밝았다. 로스앤젤레스의 날씨는 화창했고 두 사람은 아주 기분이 좋은 듯했다. 두 통의 편지 모두 레오폴드의 우아한 글씨로 작성되었지만 왠지 두 번째 편지에는 베르사의 훨씬 더 차분한 목소리가 더 많이 반영된 듯하다. 그래도 늘 그랬던 것처럼 두 사람 모두 편지에 서명을 했고, 결실 없는 요청도 포함되어 있다. 〈루한테 시간 나면 우리한테 몇 줄 좀 쓰라고 해다오. 그 애한테 소식을 들은 게 정말 오래된 것 같구나.〉[141]

루가 편지를 잘 쓰지 않는 것은 사실 보통의 성인 아들이 갖는 태도 — 혹은 특별히 사랑받은 유대인 성인 아들의 일반적인 행동, 즉 이제 엄마의 치마폭에서 벗어나 보려는 충분히 이해할 만한 소망이 드러난 태도 — 가 부분적인 이유이기도 했지만 루의 성격에 그 원인이 있었다. 그는 예전부터 편지를 잘 쓰는 성격이 아니었고 그 이후로도 계속 그랬다. 수년 후 그의 애인 중 한 명이 편지를 자주 안 써준다고 불평했을 때 그는 이렇게 답했다. 〈나는 평생 당신한테 쓴 것만큼 어느 누구한테도 편지를 쓴 적이 없어. 우리 부모님한테도 1년 넘게 편지를 안 썼어. 그렇지만 그런 내 행동과 당신한테 편지를 더 자주 쓰려고 노력하지 않은 데에도 별로 변명할 말이 없어.〉[142] 그는 그것이 자신의 단점임을 알고 있었지만 어떻게 할 수가 없었던 것일 수도 있고, 어쩌면 아무것도 할 수가 없다고, 적어도 자신은 그렇게 느꼈던 것인지도 모른다. 그에게는 다른 일들이 더 중요했다. 다른 일들이 그의 관심과 시간을 가로챘다. 가까운 곳에 있는 사람들과는 되도록 다정하고 친밀하게 지냈지만 먼 곳에 있는 사람들과의 관계를 유지하는 것은, 특히 많은 노력이 필요한 경우에는 더욱 서툴렀다. 아마도 그는 본가 가족과의 관계를 유지하는 데 특히 소홀히 했을 수도 있다. 정확히 말하면 그에게 무조건적 사랑을 주는 가족의 사랑을 굳이 노력해서 얻으려는 필요성도, 보답을 할 이유도 느끼지 못했던 것일 수도 있다.

그의 동생은 분명히 그렇다고 생각했다. 그래서 루에게 1945년에 쓴 편지에 그런 서운한 마음을 털어놓았다. 오스카의 회사 편지지(〈오스카 칸의 광고 아이디어〉라는 글귀와 캘리포니아주 스톡턴의 뱅크 오브 아메리카 건물로 주소지가 적힌)에 네 페이지에 걸쳐 손으로 휘갈겨 쓴 편지에는, 그의 막힘없고 거침없는, 때로는 문법에 맞지 않는 문체를 드러내는 온갖 줄표와 점들이 거의 모든 문장에 있었다. 루의 성격과 가족과의 관계를 심리학적인 관점에서 예리하게 관찰하기에는 이 편지보다 더 좋은 것은 없다. 여기에 그 편지의 전문이 있다.

친애하는 형에게,

오랫동안 형한테서 소식은 못 들었지만 때로는 형도 내 생각을 할 것이고 ─내가 어떻게 지내는지 ─내가 뭘 하는지, 그리고 아마도 우리의 형제 관계에서 있었던 과거의 일들과 현재를 연결 지을 만한 아주 많고 많은 〈궁금한 질문〉들을 떠올렸을 거야. 나는 정말 그래 ─ 그리고 간접적으로 형의 활동들에 대해서 조금이라도 듣게 되면 나는 아주 지대한 관심을 갖고 들어. 그냥 그런 생각이 들었어. 얼마나 멀게 느껴지는지(형이 내 형이라는 사실이 말이야)가 내 뇌의 기억 세포에 박혀 있다는 것을 말이야. 나는 형의 얼굴이 이제 희미하게만 기억나고 ─그리고 형의 그 으스대는 걸음걸이도 ─ 아주 사소한 부분이지만, 형과 우리가 어릴 때의 사소하고 세세한 부분들이 차라리 더 생생해. 하지만 그런 기억들은 붙잡고 싶어도 너무 빨리 스쳐 지나가 버려. 하지만 그런 것들은, 의심의 여지없는 확실한 우리의 정체성이야. 왜 이제야 형한테 편지를 쓰는 이유를 만일 형이 묻는다면, 솔직히 나도 확실히 대답을 못 하겠어 ─이상한 환경에 처한 뒤에 자연적인 본능으로 회귀하려는 동물과 같은 걸지도 모르지 ─ 그게 뭐든 간에

— 그건 형에게 가까이 다가가 기대고 싶은 설명할 수 없는 내 안의 충동 같은 걸 거야 — 이 짧은 기간 — 내가 이걸 쓰는 시간 + 이것이 형에게 가는 시간 + 그리고 형이 이 편지를 받고, 이것을 읽고 하는 시간 동안 내가 바로 지금 느끼는 것처럼 정확히 20년 전으로 돌아간 느낌을 받게 될 거라는 점을 나는 알아. 20년은 정말 긴 시간이지.

형이 이상주의의 실현을 추구하는 동안 형도 내가 얘기하는 바로 그것들을 배경으로 삼았어 — 형도 역시 — 이렇게 말하면 맞을까 — 다른 사람들에게 더 푸른 목초지를 구해 주는 동안 인간관계나 가족의 일은 다 제쳐 두었다고 말이야. 형이 꾸준히 잘나가는 데 너무 열중한 나머지 그런 변화를 받아들이는 것이 어렵지 않았던 걸 거야 — 그래서 머지않아 형은 마음대로 그 부담을 아예 다 떨쳐 버릴 수 있을 거야. 참 재미있네 — 내가 이렇게 말을 하고 보니 — 이상하게 생각되지 않아? 형이 만일 노력해서 그런 내면을 형이 찾아낼 수 있는 단어들로 표현한다면 어떨까. 참을 수 없을 정도로 사소한 것들을 — 너무 사소해서 누군가 다른 사람에게 말로 간단히 설명하기에 어리석게 느껴질 정도로 사소한 것들을 말이야. 그건 불가능해 — 사랑이 뭔지 말로 하는 것보다 더 — 혹은 미움이나 고통을 설명하는 것도 — 그것을 느낄 때의 감정은 형의 감정이니까 — 그리고 내가 느낄 때는 나의 것이고 — 그것을 품었든 간직하든 — 솔직히 내가 쓰려던 말은 이런 게 아니었는데. 내가 표현하고 싶었던 건 형의 너무 확연한 부재에 대한 궁금증이야. 나는 내가 느끼는 감정을 아주 쉽게 시적인 구절로 표현할 수 있어 — 하지만 형은 내가 다 미리 생각해 놓은 거라고 생각할지도 몰라. 혹은 형을 다시 과거로 끌어당기려는 의도적인 계획이라고 말이야. 나는 어떤 과거를 회상할 때 진정한 기쁨을 느낄 수가 없어. 내가 그렇게 기억할 수 있는 순간을 제외하고는 말이야(아니 어쩌면 기억하는 게 타당할 만큼 충분히 중요한 순간이라고 말해야 할지도 모르겠다).

세월이 해놓은 짓을 좀 봐. 형의 어린 동생인 내가 마흔이고 — 로셀라는 서른아홉, 앨런은 열여덟, 로다는 열두 살이되었다니. 가족이 더 많지 않은 건 행운의 여신 덕분으로 생각하겠어(그리고 행운의 신이 숙녀였다는 점에). 이 가족이 바로 나의 업적이야. 내가 나아가기 위해 해야 했던 일들은 항상 나에겐 두 번째로 중요한 일이었어 — 그건 내가 내 목표를 달성하기 위해 내 자신을 버리지 않아도 된다는 것을 깨달았기 때문이야. 사람은 사랑의 극단적인 기쁨을 누려야 해 — 부모와 가까운 관계에서 오는 측정할 수 없을 정도의 따뜻함을 말이야 — 성공에서 완전한 기쁨을 얻기 위해서는(성공의 정도를 말하는 게 아니야) 그런 특별한 친밀감을 가져야만 해. 형이 우리 가족과 그런 가치 있는 관계를 가지지 않은 상태에서 주는 사랑과 헌신으로부터 형의 가정과 그 훌륭한 가족이 과연 어떤 혜택을 얻을 수 있을까.

수 앤을 봐, 형. 수 앤이 자라고 자라고 자라서 그 어느 때보다 크고 더 아름다워지고 더 여성스러워지는 것을 지켜볼 때의 형의 감정을 생각해 봐. 그러다 갑자기 다 자란 숙녀가 되겠지. 그러면 형은 성취에 대해 내가 한 말이 무슨 의미인지를 알게 될 거야.

분명히 형은 첫 번째 숨 쉬는 벽을 만들게 될 거고, 형의 감독하에 건물들이 세워지는 것들을, 혹은 형의 계획이 실현되는 것을 보게 될 거야 — 하지만 형이 그것들을 완전히 즐길 수 있을 만큼 그것들은 길게 멈춰 있지 않아. 마천루에도 높이 제한이 있어. 우리의 경력이 그런 것처럼 — 하지만 이 모든 것들이 나아가는 동안, 가족들도 나아가고 있다는 것을 발견하게 될 거야. 수 앤이 시기에 맞게 성장하는 과정에 반영된 성취들이 얼마나 더 큰 의미를 가지는지 형도 알게 될 거야 — 훗날 — 물질적인 것들이 비로소 진정한 가치를 나타낼 때 — 형은 갑자기 가족의 뿌리와 조금이라도 가까이 연결해 보려고 노력하게 될 거야. 내 말이 이해가 됐으면 좋겠어.

아주 많은 사랑을 담아
오스카[43]

매우 이례적으로, 신문사 건물에 있는 루의 직장 주소로 보내진 이 편지는 1945년 4월 9일 캘리포니아에서 발송되었고, 아마 프랭클린 델러노 루스벨트가 사망한 4월 12일 직후 필라델피아에 도착했을 것이다. 대통령의 죽음은, 국가적으로, 지역적으로, 그리고 칸의 집안에서 극심한 애도의 심정을 자아냈다. 당시 고작 다섯 살이었던 수 앤조차도 자신의 부모가 얼마나 상심에 빠졌는지를 알아챘을 정도였다. 그래서 루가 오스카의 편지를 받았을 당시에는 그 편지에 관심을 온전히 집중하지 못했을 가능성이 있다. 또한 이미 국가적인 비극으로 마음이 약해져 있을 때 받은 편지는 그렇지 않았을 때보다 감정적으로 훨씬 더 큰 고통을 가져다주었을 수도 있다. 루가 그 편지에 답장을 했다는 기록은 없다. 다른 사람들이 기억하는 바로는, 그는 편지에 답장하지 않았다. 하지만 루가 평생 그 편지를 소중히 간직했던 것으로 미루어 편지의 중요성을 확실히 느끼고 있었던 것은 분명하다.

그가 편지에 답하지 않았던 이유 중 하나는 — 그리고 그 편지가 그에게 특별히 소중했던 이유 역시 — 그 편지를 쓴 뒤 9개월 후에 오스카가 사망했기 때문이다. 루의 막내 동생이 1945년의 마지막 날 심장 마비로 사망했을 때의 나이는 겨우 41세였다. 오스카는 서른여덟 무렵부터 협심증 증상을 보이기 시작했고, 죽기 바로 전날 가족과 함께 기차로 스톡턴에서 로스앤젤레스로 여행하고 있을 때도 가벼운 심장 마비 증상을 보였던 것 같다. 로스앤젤레스에 도착하자 그는 응급실로 갔고 의사가 주사를 투여했다. 그리고 그는 위급 상황은 지났다고 확신하고 부모님 집으로 갔다. 가족들은 아무도 크게 걱정하지 않았다. 왜냐하면 사업의 성공을 눈앞에 둔 젊은 사람이 그렇게 죽을 거라고는 아무도 상상하지 못했기 때문이다. 그는 활기차고 밝은 사람이었으며 가족들의 말로는, 심지어 루조차도, 오스카가 좀 더 집중할 수만 있었다면 본인보다 더 재능이 있는 사람이 되었을지도 모른다고 생각했다.「오스카 할아버지는 많은 멋진 것들에 관심이 많았어요.」[144] 수십 년 후 오스카의 손녀들 중 한 명이 한 번도 만나 보지 않은 할아버지에 대해 말했다. 루처럼 오스카도 그의 아버지로부터 그림에 대한 소질을, 어머니로부터 음악적 재능을 물려받았다.「아버지는 음악성을 타고난 분이었죠.」오스카의 아들인 앨런은 다음과 같이 말했다.「아버지는 작곡가였고 다양한 종류의 악기, 피아노, 색소폰, 실로폰, 클라리넷을 연주할 수 있었어요. 가끔 피아노의 검은 건반으로만 연주하기도 했어요. 그 음색을 좋아했거든요.」앨런과는 다르게 루나 오스카는 둘 다 피아노 레슨을 받은 적이 없었다.「아버지는 손을 다르게 사용했어요. 아버지는 루 삼촌이 그랬던 것처럼 거칠고 강하게 연주하지 않았어요. 루 삼촌은 우리 아버지가 모든 면에서 더 지적이고, 더 기술이 뛰어나고, 더 창의적이었지만 인생에서 모든 것을 너무 다 완벽히 하려는 성격 때문에 그 어떤 것에서도 정점에 이르지 못했다고 생각했어요.」[145]

그의 죽음은 불시에 닥쳤다. 12월 31일 새벽 3시, 로셀라 칸은 남편의 가쁜 숨소리에 잠에서 깼다. 그가 침대에 실수를 한 것을 눈치챘지만 걱정이 되어 그런 것에 신경이 쓰이지도 않았다. 이번에는 정말 심각하다고 느낀 그녀는 그가 숨을 거둘 때까지 팔로 감싸안아 주었다.

루는 즉시 장례식에 참석하기 위해 로스앤젤레스로 날아갔다. 장례식에는 군 복무 중이어서 참석하지 못한 앨런을 제외하고 그 지역에 사는 모든 친척이 참석했다. 당시 열세 살이었던 오스카의 딸, 로다는 삼촌의 참석이 얼마나 중요했었는지를 회상했다. 「아버지가 돌아가셨을 때 — 아버지와 저는 정말 가까웠어요 — 정말 크게 상심했습니다. 삼촌이 장례식에 오셨는데 새삼 아버지와 너무 닮았다고 느꼈어요. 마치 삼촌이 아버지로 변해 버린 것 같은 느낌이 강하게 들었어요.」 두 사람의 외모가 닮은 점을 돌이켜 보면서 로다가 말했다. 「그건 키하고 걷는 모습 때문이었던 것 같아요. 삼촌의 체형은 정말 아버지와 많이 닮았었어요. 넓은 어깨가 허리 쪽으로 날씬하게 좁아지는 체형이요. 키가 작았지만 그렇게 작진 않았죠. 그리고 두 분 다 아주 건장했어요.」

로다는 물론 삼촌 얼굴의 흉터도 보았다. 「하지만 전혀 움츠리지 않았어요. 삼촌과 이야기를 시작하면 그런 흉터 같은 건 완전히 보이지 않거든요.」 하지만 그녀는 그런 흉터를 남긴 사고에 대해, 〈분명 그 사고가 났었던 당시에는 아주 심각했을 거예요. 왜냐하면 그 사고 때문에 얼굴이 완전히 망가졌으니까요〉라고 말했다. 나중에 그녀는 용기를 내서 할머니에게 그 흉터에 대해 물었다. 장례식이 끝난 후 삼촌이 동부 해안으로 돌아가고 그녀의 어머니도 출근을 위해 스톡턴으로 돌아간 다음에도 로다는 베르사와 레오폴드와 함께 로스앤젤레스에 머물렀다. 사실상 로다는 조부모님과 1946년부터 1948년까지 2년 내내 함께 살았고 베르사와 흉터에 대한 대화를 나눈 것도 그 시기의 중간쯤인 1946년 말이나 1947년 초쯤에 있었던 일이다.

「저는 그 일에 대해 꽤 많이 알고 있었지만 이야기를 제대로 나눠 본 적은 없었어요.」로다는 루의 어릴 적 사고에 대해 이렇게 말했다.「저는 그 일이 궁금해서 할머니에게 여쭤봤어요. 우리는 종종 가벼운 대화를 나누곤 했거든요. 그때 거실에는 우리 둘뿐이었어요. 할아버지는 안 계셨어요.」

베르사는 로다에게 그 화상과 관련된 끔찍한 이야기를 자세히 들려주었는데, 감정이 별로 결부되지 않은 이야기를 하듯이 특별한 죄책감이나 불안한 내색 없이 차분한 어조로 말했다. 하지만 그녀는 자신과 레오폴드 모두 그 사고 때문에 엄청난 비탄에 빠졌었다고 말했다.「그리고 할머니의 말에 따르면 특히 할아버지는 차라리 죽는 게 나았을 거라고 생각했대요. 단지 흉터 때문이 아니라 그렇게 얼굴이 망가진 채로 살아가야 하는 정신적인 상처 때문에요. 하지만 할머니는 할아버지에게,〈아니에요. 저 아이는 아주 훌륭한 사람이 될 거예요〉라고 말했다고 했어요.」

루는 인생의 말년에 같은 이야기를, 어떤 인터뷰에서 하기도 했다. 인터뷰를 했던 1973년 무렵은 칸이 적어도 특정 분야에서는 성공한 인물이 된 후였기 때문에, 그 이야기에 그런 성공의 광채가 더해져서 가족들끼리 자주 나누던 이야깃거리가 되었을 때였다. 하지만 베르사가 1940년대 중반에 손녀에게 이 이야기를 처음 꺼냈을 때의 루는 여전히 고군분투하는 건축가였고, 생계도 근근이 유지하고 있던 때였다. 로다의 표현에 의

하면 칸은 그때만 해도 아직 〈그 유명한 루이스 칸이 되기 전〉이었다.[146]

루 자신도 오스카가 사망한 후 거의 동생에 대해 언급하지 않았다. 30년 동안 그와 함께 일했던 많은 사람들은 심지어 그에게 남동생이 있었다는 사실조차 알지 못했다. 「한 번도 자기 형제나 어린 시절 이야기를 한 적이 없었어요.」 수 앤은 이렇게 말했다가 다시 정정해서 말했다. 「아, 세라 이모에 대해서는 말했지만 오스카 삼촌에 대해서는 말한 적이 없었어요.」[147] 하지만 두 사람의 오래된 형제 관계의 무엇인가가 — 가깝지만 멀고, 서로 사랑하지만 형제간의 경쟁 심리가 내재된 — 그가 훗날 쓴 글들에서 이상한 이야기로 변형되어 집요하게 나타난다. 창의성의 기원에 관해, 그는 한 강연에서 다음과 같이 말했다. 「인간은 자연 없이는 아무것도 만들어 낼 수 없습니다. 왜냐하면 자연이 바로 재료이기 때문입니다. 하지만 인간의 욕망은 독특합니다. 저는 그 욕망의 감정을 두 형제의 출현에 비유하고 싶습니다.」 그리고 그는, 〈선명히 빛나는 것이 불꽃으로 변하고 그 불꽃이 가라앉아 물질이 되는 것〉[148]에 관한 토의를 이어 갔다. 또 다른 강연에서는 그가 이런 비유를 들었음을 반복해서 말했다. 「두 형제가 없음을, 심지어 〈한 명〉의 형제도 없는 것을 잘 알면서도, 빛의 출현을 두 형제의 발현에 비유했습니다. 하지만 한 명은 〈존재하고자 하는, 표현하고자 하는〉 욕망이 구현된 것으로 보았습니다. 그리고 한 명은(그는 〈또 다른 한 명〉이라고 표현하지 않았다) 오로지 〈존재하기 위해 존재합니다.〉 후자는 빛을 발하지 않고, 그리고 우세한 〈한 명〉은 빛을 발합니다. 그리고 이 우세한 빛의 원천은 불꽃의 야성적인 춤으로 시각화될 수 있으며, 가라앉고 소모되어 물질이 됩니다. 저는 물질을 소모된 빛이라고 믿습니다.」[149] 이러한 빛과 어둠, 영적인 것과 물질적인 것의 상상된 이중성, 즉 칸이 다른 모든 것은 물론, 건축에 대한 그의 모든 아이디어들의 초점이었던 이중성이 두 형제 간의 차이를 의미한다는 것, 그리고 또한 어떤 의미에서는 하나의 자아와 또 다른 자아의 분리를 의미한다는 것은 이상하면서도 왠지 아주 중요하게 느껴진다. 어쩌면 오스카를 한 번도 언급한 적이 없다는 사실은 오히려 살아 있는 다른 형제에게 죽은 동생이 얼마나 깊숙이 파고들었는지를 나타내는 것이었을지도 모르겠다.

*

유일한 남동생의 갑작스러운 죽음에 대한 루의 슬픔은, 그의 인생에 매혹적인 인물이 새로 등장하면서 부분적으로 경감되었을 수도 있다. 1945년 9월 앤 그리스월드 팅이 스토노로프 & 칸의 회사에 입사한 것이다. 하버드 대학원 디자인과를 졸업한 팅이 그녀의 동문이자 칸의 회사에서 1년간 일하고 퇴사를 앞두고 있던 엘리자베스 웨어 칼리한과 점심을 먹기 위해 사무실에 찾아왔다. 「제가 맨 꼭대기 9층의 내부 준비가 미완성인 상태였던 로프트 공간에 도착했을 때, 우연히 오스카 스토노로프와 루 칸이 사무실에 있었어요.」팅은 당시를 회상했다.「그들이 나에게 친구를 대신해서 일해 주지 않겠느냐고 물어봤을 때, 우리는 서로 소개도 제대로 안 한 상태였어요. 하지만 저비용 주택 건설로 알려진 진보적인 회사라는 말을 들었기 때문에 저는 즉각 수락했죠.」[150]

앤 팅은 범상치 않은 배경을 가진, 스물다섯 살의 매우 아름답고 젊은 여성이었다. 북유럽 혈통의 오랜 뉴잉글랜드인 가문(팅이라는 성은 아마 바이킹이 기원인 것으로 보인다)의 후손인 앤 팅은, 하버드를 나온 성공회 목사와 래드클리프 출신 여성 사이에서 중국의 산악 마을에서 태어났다. 1911년, 앤의 모친은 졸업 후 실제로 밀스 칼리지 경제학과 학과장으로 초빙되었으나 선교사의 아내이자 다섯 자녀의 어머니로 살기 위해 그 자리를 포기했다. 자녀 중 두 번째로 어렸던 앤은 1920년에 태어나 가끔 미국에 가기는 했지만(이 중에는 1926년 공산당이 무장봉기를 일으켰을 때 공포의 탈출을 해야 했던 일도 포함된다. 결국 가족은 그후 1929년 다시 중국으로 돌아갔다) 생후 첫 12년을 대부분 중국에서 보냈다. 중국 및 뉴잉글랜드 기숙 학교 출신인 앤은 만다린어와 영어를 모두 유창하게 구사했다. 열여덟에 래드클리프에 들어갔을 때 그녀는 시골 지역인 장시성과 도시인 상하이에서 살았던 경험이 있었고 배를 타고 여러 차례 태평양을 건넜으며, 부모님과 차로 미국 대륙을 횡단했다. 또 언니와 함께 1년 넘게 세계를 돌아다니며 여행하기도 했다.

그녀는 래드클리프에서 순수 예술을 전공한 후, 당시 여학생들을 받아들이기 시작한 1942년, 하버드 대학원 디자인과에 입학했다. 당시 학과장이었던 발터 그로피우스와 바우하우스 동료인 마르셀 브로이어에게서 건축을 배웠다. 같이 공부한 동문과 친구 중에는 필립 존슨, 윌리엄 위스터, 이오 밍 페이도 있었다. 그녀는 학과 과정을 아주 잘했지만 졸업 후 뉴욕에서는 몇 가지 임시직밖에 찾을 수 없었고(〈제가 지원한 뉴욕에 있는 훨씬 더 유명한 회사들에서는 여성 건축가는 고용하지 않는다고 하더군요.〉)[151] 그래서 1년 후 그녀는 부모님과 함께 살면서 일자리를 찾기 위해 필라델피아로 이주했다. 지금 생각해 보면 스토노로프와 칸이 그녀를 보자마자 고용하고 싶어 했던 것은 전혀 놀라운 일이 아니다.

두 사람에 대한, 혹은 적어도 그 둘 중 하나에 대한 그녀의 반응 역시 즉각적이었다. 「루에 대해 개인적으로 느낀 첫인상은, 범상치 않은 강렬함이었습니다.」 그녀는 오랜 세월이 지난 후 인터뷰에서 루의 첫인상에 대해 말했다. 「루는 제가 의식적으로 매력을 느끼려고 선택하는 유형의 사람이 아니었어요. 물론 마음이 끌리는 사람을 선택하는 경우가 과연 있는지는 모르겠지만요. 맞아요, 저와 같은 배경을 가진 사람에게 그는 정말 예상 밖의 사람이었지만 그는 분명한 강렬함을 지니고 있었고 그건 분명히 루가 가진 가장 강한 측면이었어요.」[152]

앤은 회사에서 유일한 여성이었고, 오스카와 루는 둘 다 소년처럼 그녀의 관심을 끌기 위해 경쟁했지만 결국 성취한 것은 루였다. 앤은 세속적이고 성적인 부분에 있어서 다소 순진했다.

「그가 행복한 결혼 생활을 하고 있으면서 동시에 그렇게 강렬하게 다른 여자한테 호감을 가질 수 있다는 사실이 이해가 안 갔어요.」하지만 그녀는 머지않아 항복하고 말았다. 「저는 그의 강렬한 육체적 매력을 느꼈고 그 느낌은 상호적인 것이었어요.」그녀는 〈자연스러운 카리스마의 일부〉라고 생각했던 그의 흉터는 전혀 신경 쓰지 않았고 심지어 그의 성격의 강렬함이 흉터로 인한 수줍음과 결합되어 특히 더 매력적이었다는 뜻을 비치기도 했다. 그의 육체적인 매력이 자신에게 미친 영향을 회상하며 그녀는 다음처럼 말했다. 「붉은 모래 빛깔의 구불거리는 곱슬머리는 이미 희끗희끗했고 장난꾸러기처럼 눈꼬리가 올라간 푸른 눈은 제게 흉터 너머의 것을 보라고 압도하며 속으로부터 활활 타오르는 것 같았습니다. 무더운 여름 주말, 최종 검토 때에는 루가 가끔 셔츠를 벗고 일을 하곤 했는데, 살짝 주근깨가 있는 그의 어깨가 날렵한 엉덩이에 비해 얼마나 비정상적으로 넓은지를 모른 척하기는 어려웠습니다. 저는 그와 조금이라도 비슷한 사람을 만난 적이 없었습니다. 그의 탄력 있는 걸음걸이, 그의 그림에 나타난 경쾌한 선들, 그리고 스케치를 하고 대화를 하면서 형태를 취해가는 듯한 그의 아이디어 등에서 심오한 에너지가 뿜어져 나왔습니다.」[153]

루에 대한 성적인 끌림과 상관없이, 팅은 배우고 일하기 위해 입사했기 때문에 어려움과 보상이 공존하는 직장 생활에 곧바로 적응해 나가기 시작했다. 「사무실은 단열이 잘 안 되고 에어컨도 없었어요.」그녀는 이렇게 지적했다. 「때때로 아래층의 신문사에서 인쇄기를 청소할 때면 암모니아 연기가 가득했어요. 아침 8시 30분에 엘리베이터를 타면 스토노로프의 담배 연기 때문에 질식할 뻔했답니다.」 그러나 이러한 사소한 불만거리는 회사의 고무적이면서도 격식에 얽매이지 않는 분위기에서 즐거운 회사 생활을 하는 것을 막지는 못했다. 대표를 비롯하여 모두 서로를 이름으로 불렀고, 여러 가지 다양한 범위의 일이 주어졌다. 앤이 첫 몇 달 동안 특별히 어려운 건축적 문제를 해결할 수 있었을 때 그녀의 동료 중 한 명이 〈남자처럼 생각〉[154]했다며 칭찬했는데, 비록 그 표현에 당황하기는 했지만 그럼에도 그녀는 그 말이 뜻하는 일종의 인정을 받은 것에 기뻐했다.

그녀와 루가 처음 함께 작업한 설계 계획들 중 하나는 리비-오윈스-포드 유리 회사를 위한 〈태양열 집〉이었다. 앤은 또한 예술가 부부를 위한 별채 리모델링, 유니티 하우스라고 불리던 국제 여성복 노동자 조합을 위한 건물, 신발 가게, 놀이터 등의 프로젝트, 그리고 1943년부터 스토노로프 & 칸에서 일했던 데이비드 위즈덤과 긴밀하게 협력하여 트라이앵글 재개발 계획 등의 설계를 도왔다. 또한 따로 자신만의 발명품, 그녀가 〈팅 토이〉라고 불렀던 아이들을 위한 기하학적 모양의 장난감을 개발하기도 했는데 비록 회사의 일은 아니었지만 루는 관대하게 그것을 위한 홍보 자료의 디자인을 도와주었다. 그녀는 다양한 일을 할 수 있다는 점이 만족스러웠고, 정말 많이 배우고 있다고 느꼈다. 하지만 스토노로프 & 칸에 근무하는 동안 오스카의 일

처리 방식이 뭔가 부적절하다는 점을 어렴풋이 인지하기 시작했다. 「스토노로프는 정말 사업가 체질이었어요. 그래서 우리는 언제나 그의 왼손은 그의 오른손이 하는 일을 모른다고 얘기하곤 했어요. 그는 항상 여러 일들을 동시에 교묘히 처리하는 것 같았고 그런 일들에 대해 솔직하게 드러내질 않았어요. 성직자의 딸로서 저는 그가 그런 식으로 명쾌하게 모든 것을 밝히지 않고 때때로 말을 바꾸는 태도에 충격을 받았어요.」[155] 앤 팅이 말했다.

이런 동업자 간의 문제는 두 가지의 기억에 남는 사건으로 위기에 직면했다. 그중 하나는 스토노로프가 칸의 그림을 건축 잡지에서 인쇄하려고 가져갔을 때 루의 이름을 잘라 내도 좋다고 허락한(혹은 그렇게 하라고 지시했을 수도 있다) 일이었다. 이 일은 루를 몹시 화나게 만들었다. 또 오스카가 몰래 혼자서 새로운 설계 계약을 따려고 했고 그 일을 따로 수행하기 위해 김벨스 백화점에 비밀 사무실을 차리기까지 했던 일은 루를 더 화나게 만들었다. 그 프로젝트의 고객이었던 그레이터 필라델피아 무브먼트*에서 스토노로프 & 칸이 함께 그 프로젝트를 진행하는 것으로 생각하고 회사로 전화를 걸었기 때문에 루가 그 속임수에 대해 알게 되었다. 그 일은 루의 인내심에 한계를 가져왔다. 그리고 루는 — 그는 독립할 때 단독으로 가져갈 수 있는

* 1940년대 필라델피아 지역에서 도시 개발 및 환경 개선을 주도한 단체. 경제, 교육, 주택, 복지 등 다양한 사회 문제에 대한 해결책과 관련된 프로젝트를 기획하고 시행했다.

필라델피아 정신 병원 프로젝트를 막 계약한 상태였다 — 동업을 종료하고 1947년에 자신만의 새 사무실을 열게 되었다.

칸은 스프루스 스트리트 1728번지에 있는 필라델피아의 매력적인 로우 하우스로 독립해 나가면서 팅과 위즈덤을 데리고 갔다. 그 건물의 1층에는 그 건물 사용자이자 주인이었던 로버트 몽고메리 브라운의 건축 사무소가 있었다. 칸의 새 회사는 1층의 브라운과 비서 앨마 패로우 — 그녀 역시 불레틴 건물에서 데려온 사람이었다 — 를 공유했고 크론하임 & 웨거가 공동으로 경영하는 엔지니어링 회사와 2층 사무실을 공유했다. 이즈음 칸의 사무실에 입사해서 적어도 1970년까지 함께 일했던 갈렌 슐로서는 당시의 매우 열악했던 작업 환경에 대해 말했다. 「그 사무실은 오래된 적갈색 사암으로 된 건물 앞, 스프루스 스트리트 1728번지에 있는 달랑 하나의 공간으로 된 사무실이었어요. 루는 거기에 자기 책상을 놓았고, 앤 팅, 데이비드 위즈덤, 그리고 저와 또 다른 동료가 있었어요. 사무실의 규모는 비서를 포함해서 그게 다였어요. 그리고 우리와 사무실 공간을 공유하던 엔지니어 두 명도 있었어요. 우리는 모두 아주 친하게 지냈어요. 루를 위해서 일할 때는 밤낮없이 매일 일해야 하기 때문에 거의 같이 살다시피 했거든요.」[156]

그때쯤 메인 라인*에 있는 부모님의 집에서 나와 시내로 이사한 앤 팅은 루와 더 많은 시간을 같이 보내게 되었다. 「우리는 둘 다 일중독이었어요. 사실 일이 일종의 열정적인 놀이처럼 돼

* 필라델피아 서쪽의 교외 지역.

버렸거든요. 제 생각에 우리는 서로 사랑하는 것과 함께 일하는 것이 통합되어 그냥 걷잡을 수 없이 돼버린 것 같아요.」[157] 대체로 칸이 떠오르는 아이디어를 스케치로 그리면, 팅은 그녀의 기하학적 감각을 토대로 아이디어를 현실적인 모델로 바꾸는 데 기여했다. 그들은 밤새 길고 고된 작업을 하는 동안 깨어 있으려고 함께 바흐, 모차르트, 하이든의 음악을 흥얼거렸다. 그들이 스프루스 스트리트에서 4년간 공동으로 설계했던 여러 가지 프로젝트 중에는(「래드빌」 건물과 필라델피아 정신 병원의 「핀커스 파빌리온」과 같은 주요 프로젝트 외에도) 개인 주택 여섯 채도 있었는데 그중 세 채는 ——「로슈 주택」, 「바이스 주택」, 그리고 「제넬 주택」—— 실제로 지어졌다. 팅은 「바이스 주택」이 작업하기에 가장 즐거웠다고 생각했는데 그 이유의 많은 부분이 고객인 모턴과 레노어 바이스가 아주 유쾌한 사람들이었기 때문이었다. 이 주택은 또한 루가 처음으로 자신만의 특징적인 작업 방식을 소개한 건물이 되었다.

1947년에 시작하여 1950년에 완성된 「바이스 주택」은 펜실베이니아주 시골에 있는 노리스타운에서 약 6킬로미터 떨어진 곳에 위치해 있었다. 은빛으로 풍화된 외부용 목재 벽과 더불어 대부분 근처 채석장에서 얻은 돌로 지어진 이 주택은 칸이 훗날 프로젝트에서 했던, 주변 경관의 특성과 그 지역의 건축적 전통을 반영하는 방식을 사용했다. 그중 하나를 예로 들면, 나중에 엑서터와 아마다바드에서 사용했던 것처럼 이 지역에서 만들어진 벽돌을 사용한 점을 들 수 있다. 「바이스 주택」을 지을 때는 채석한 돌을 선택하고 배열하는 데 신중을 기함으로써 그 색상과 모양이 서로 잘 어우러지게 했다(그가 소크와 킴벨에서 두 가지 다른 종류의 트래버틴을 선택할 때도 이런 습성이 드러났다). 특히 석공들에게는 돌 사이사이의 모르타르를 바를 때 안쪽으로 깊게 홈을 파서 각각의 돌이 서로 뚜렷이 구분되도록 해 달라고 요청했다. 그는 예술가 친구인 워튼 에셔릭이 스튜디오를 지을 때 생각해 낸 이 방식을 보고 오랫동안 감탄해 왔었다고 한다. 이 방식은 또한 루에게 두 개의 다른 재료, 나무와 돌을 서로 인접시킬 때 유사한 홈을 만들게 하는 계기가 되었다. 이것은 칸이 거의 모든 주요 건물마다 수행했던 〈그림자 이음매〉 아이디어의 시작이었다. 앤 팅이 설명한 것처럼, 〈그림자 이음매는 재료 간의 분리와 관련된 아이디어로, 거친 석조물에 나무로 된 문설주가 있을 때, 비정형적인 돌의 모서리와 나무의 똑바른 모서리가 서로 분리되도록 하는 방식입니다. 그림자 이음매는 적어도 나무와 돌 사이의 간격만큼의 깊이를 가진 홈입니다〉.[158] 이러한 방식은 비록 여러 재료는 일관된 전체의 일부를 형성하지만, 각각 그 자체로서 개별적이고 분리된 상태로 보이도록 했다. 이것은 연결 부분을 강조하면서(〈이음매는 장식의 시작이다〉[159]라고 칸이 반복적으로 말했던 것처럼) 동시에 그 사이에 아무것도 없는 것처럼 사라지게 만들었다.

「바이스 주택」에서 루의 특징처럼 보이는 또 다른 두 가지 측면은 거실 벽에 있는 크고 다양한 패턴의 벽화 ─ 이 벽화를 칠하는 데 도왔던 앤은 이 벽화를 루의 〈거대한 점묘화〉 같은 개념

[160]이라고 묘사했다 — 와 거실에서 주도적인 자리를 차지하고, 식당 공간과 거실을 분리하는 거대한 석조 벽난로였다. 칸이 자신의 노트에 〈잉글누크〉*[161]라고 언급한 벽난로는 그 시점 이후로 계속 개인 주택들뿐 아니라, 놀랍게도 로체스터의 「퍼스트 유니테리언 교회」나 「필립스 엑서터 도서관」 같은 공공건물에까지 등장하게 된다. 그에게는 마치 벽난로가 그 장소의 정신에 필수적인 뭔가를 나타내는 듯했다. 그것이 가진 기능은 물리적인 아늑함을 제공하는 동시에, 사람들이 모일 수 있는 중심점을 만든다는 것이었다. 아마 루는 에스토니아의 어린 시절, 쌀쌀한 겨울날 집에 있던 개방된 난로의 역할을 회상했을지도 모른다. 혹은 이런 〈길들여진 불〉에 관한 관심은 어떤 신화, 즉 가장 명백히는 그리스의 프로메테우스 신화와, 그보다 덜 명백하게는 〈빛나는 것은 불꽃으로 변하고 불꽃은 가라앉아 물질이 된다〉는 개인만의 신화적 특징과 관련이 있을지도 모른다. 이유가 뭐였든, 〈벽난로〉는 칸에게 있어서 집의 실제적이고 상직적인 중심으로 계속 남아 있었다. 그 점은 그가 지은 주택에서만 그런 것이 아니었다. 예를 들면, 나중에 다 큰 조카 로다와 그녀의 남편 마빈 캔터가 구입한 지 얼마 안 된 남부 캘리포니아의 집을 방문했을 때, 루가 특별히 꼬집어 칭찬했던 것이 바로 거대한 석조 벽난로였다.

남은 일생 동안 그에게 지속적으로 남아 있던 또 다른 것이

* 벽난로라는 의미의 〈ingle〉과 조용하고 아늑한 구석이라는 의미의 〈nook〉라는 단어가 혼합된 말로 벽난로를 뜻한다.

있다면, 1947년에 시작한 대학 강의였다. 1947년 가을, 브라질인 건축가 오스카르 니에메예르가 〈공산주의에 대한 공감〉[162]을 표명했다는 이유 때문에 비자가 거부되어, 그가 강의하던 자리에 갑작스런 공백이 생겼고, 칸이 대신 예일 대학교 건축과의 객원 비평가로 초빙되었다. 1년 전에도 칸은 하버드 대학교에서 교수직을 제안받은 적이 있었지만 필라델피아를 떠나야 한다는 이유로 거절했었다. 하지만 예일 대학교는 일주일에 강의가 두 번밖에 없어서 강의하는 날에만 기차로 뉴헤이븐까지 통근하면 되었기 때문에 필라델피아의 회사를 계속 유지할 수 있었다.

예일 대학교에서 루에게 관심을 가지게 된 것은 부분적으로는 스토노로프와의 주택 설계 작업의 결과였고, 일부는 두 권의 리비어 소책자(출간된 지 몇 년 만에 독자의 수가 10만 명에 이르렀다) 덕분이었지만 주요한 요인은 1943년 후반과 1944년 초, 미래 지향적 그룹인 미국 계획가 및 건축가 협회ASPA[163]의 설립을 돕고, 또 그곳에서 두드러진 활약을 한 덕분이었다. 이 협회의 회원들 중에는 조지 하우, 필립 존슨, 리하르트 노이트라, 에로 사리넨, 윌리엄 워스터와 같은 저명한 건축가들과, 에드먼드 베이컨이나 캐서린 바우어와 같은 도시 계획가도 포함되어 있었다. 그리고 비록 특별히 실질적인 결과를 성취하지 못하고 1948년에 흐지부지 해체되었지만, 그 단체의 목표는, 아메리칸 빌리지라고 하는 프로그램에서 내세운 것처럼 사회적인 책임을 갖는 새로운 유형의 주택을 홍보하는 것이었다. 이 일은 그 분야의 많은 전문가들에게 추구할 만한 가치가 있다는 인상을 강하게 심어 주었다. 1947년 즈음, 미국 계획가 및 건축가 협회는 이미 해체 위기에 처해 있었지만 그 그룹의 열정적인 리더가 된 칸은 그가 가진 추진력으로 한 해를 더 끌고 갔다. 루가 1930년대에 설립을 도왔던 건축 연구 단체처럼 미국 계획가 및 건축가 협회는 그가 강연자, 이론가로서의 능력과 많은 아이디어를 가졌음을 확인해 주었다. 그러한 점이 바로 예일 대학교 학장인 찰스 소여와 학과장인 해럴드 하우프로 하여금 칸이 좋은 선생이 될 것이라고 느끼게 했다.

예일 대학교에서 건축과는 순수예술대학에 속해 있었기 때문에 하버드 대학교의 건축과가 도시 계획과 더 밀접하게 관련된 것과 달리 미술과 조각 분야에 더 탄탄한 연관성을 갖고 있었다. 칸에게는 예일 대학교의 예술학과 학과장을 맡게 된 바우하우스 출신의 화가이자 디자이너인 요제프 알베르스와 그의 아내인 주목받던 텍스타일 예술가 애니 알베르스와 뜻을 같이할 수 있는 좋은 기회가 되었다. 칸은 또한 같은 학기에 강의를 시작한 빈센트 스컬리를 만났는데, 그는 칸의 건축에 대해 깊고 지속적인 존경심을 갖고 있었고, 칸에게 큰 도움이 되었다. 스컬리는 훗날, 〈칸은 구조에 대한 이야기를 정말 많이 했습니다……. 검은색 연필 하나로 아주 빨리 인상적인 스케치를 했는데, 사실 그때까지만 해도 설계에 대한 일관적인 접근 방식이 없었습니다〉라고 말했다. 스컬리는 또 칸에 대해 다음과 같이 묘사했다. 「깊은 따뜻함과 힘, 다부진 체력, 고양이 같은 걸음걸이, 타타르인*같이 빛나는 눈(루의 눈은 푸른색이었음에도 불구하고)과 한때 붉은색이었지만 하얗게 바래 가는 정돈되지 않은 후광 같은 머리칼, 검은 양복, 느슨하게 맨 타이, 연필 크기만 한 시가 등과 같은 특징으로 인상적인 사람이었습니다. 그가 비현실적인 아름다움을 드러내면서 불에서 부활한 불사조 같은 지휘력을 떨치기 시작한 것도 이때였습니다. 그전에는 하포 마르크스**처럼 특이했죠.」[164]

　루의 그런 진지한 면이 향상된 이유는 아마 공식적으로 젊은 대학생들을 가르치게 된 일에서 일부 기인한 듯하다. 예일 대학교에서 강의를 맡게 된 것은 무엇보다도 칸의 실용적이면서도 앞선 건축적 아이디어들을 강의실에서 시험할 수 있는 기회가 주어졌다는 점에서 중요한 의미가 있었다. 학생들에게 〈문제점〉을 제시하고 공동 작업을 통해, 혹은 혼자서 처음부터 해결책을 찾도록 하는 방식은 칸의 사고방식과 잘 맞았고, 그는 곧 약간 별나지만 존경받는 교수가 되었다. 예일 대학교에서 재직하던 초기에는 심지어 학생들의 아이디어를 다 찢어 버리고 다시 시작하게 하는 일로 유명했다. 그는 학생들이 다른 건축가들에게서 배운 진부한 해결책을 다 버리고 처음의 원칙과 필수적인 목적으로 되돌아가서 다시 생각하기를 바랐다. 동시에 그는 특정 과제를 수행할 때 학생들을 그 과제가 〈현재 처한 상황(지금과 바로 이곳)〉에 확고히 집중하게 했다. 루가 오랜 세월 보관

* 몽골인으로 5세기부터 러시아 바이칼호 주변에 살았던 민족.
** 미국의 코미디언.

했던 많은 노트 중 하나에서 〈건축과 관련하여 구조를 가르치는 방법〉이라는 제목 밑에, 〈문제는 실제 환경에서 비롯되어야 한다〉라고 스스로에게 강조했던 것처럼 말이다. 그리고 실제로 예일 대학교에서 두 번째 해에는, 쉽게 알 만한 실재하는 공간에서 설정된 가상의 설계를 가르쳤다. 일례로, 학생들에게 필라델피아의 페어마운트 공원에 새로운 유네스코 전시관을 설계해 보도록 했다. 그곳은 실제로 유엔 본부 건물이 건설될 예정이었던 뉴욕이 아니라, 칸이 유엔 본부가 지어져야 한다고 강경하게 주장했던 장소였다. 그해 칸이 가르쳤던 두 번째 과목에서는 고객이 살아온 과정까지 포함시킬 정도로(이것 역시 그가 같은 노트에, 〈가능하다면, 설계자는 고객을 잘 알아야 한다〉라고 적은 부분을 상기시킨다)[165] 그가 설계한 「제넬 주택」과 아주 유사한 주택 설계에 초점을 맞추어 가르쳤다. 그 시점 이후부터 그의 건축 실무 방식과 교수법은 이런 식으로 혼합되었고, 가르친 학생들을 회사로 데려오거나 실제 문제들을 교실에 적용하는 등 상호 보완적인 방식으로 진행했다.

그의 강의는 다른 효과도 있었다. 칸의 가정에 마침내 어느 정도의 경제적인 안정을 가져다주었기 때문이다. 지속적으로 부침이 많은 건축업에서 벌어들이는 수입에 더해, 루는 이제 에스더보다 두 배 이상의 꾸준한 수입을 얻게 되었다. 1940년대 후반 에스더는 제퍼슨 의대에서 정규직으로 일하면서 1년에 약 2,300달러를 벌었다. 루가 예일에서 받는 연봉은 6,300달러로 통근에 소요되는 비용 1,300달러를 제하고도 가족들을 부양할 수 있는 5,000달러가량의 많은 돈을 받았다. 같은 기간에 그는 여전히 스토노로프 & 칸 동업 회사와 관련된 프로젝트로부터 들어오는 수입을 받았고, 그 금액은 연간 2,000달러 이상에 달할 때도 있었다. 이 돈은 세금을 신고할 때 그의 단독 회사의 손실액을 상쇄했다. 연간 수백 달러에서 수천 달러에 이르는 만성적인 적자는 루이스 이저도어 칸 건축 사무소가 존재하는 대부분의 기간 동안, 즉 수십 년간 지속되었다. 하지만 회사의 이윤은 루의 주요 관심사가 아니었다. 그는 스토노로프와 함께 돈을 버는 것보다 돈을 잃어도 혼자 일하는 것이 더 행복했다. 학생들을 가르치는 일이 그에게 그렇게 소중했던 이유 중 하나는 이렇게 그가 원하는 방식대로 일하는 사치를 부릴 수 있었다는 점이었다.

*

건축 사무소로 바쁜 와중에 가르치는 일까지 새롭게 추가되면서 칸은 어느 때보다 일에 몰두했다. 하지만 1948년 여름, 그는 겨우 시간을 내서 에스더와 수 앤을 데리고 일주일간 로스앤젤레스에 있는 가족을 방문했다. 레오폴드가 루에게 죄책감을 느끼게 하려는 노력이 마침내 성공한 결과일 수도 있고, 최근 당뇨 진단까지 받은 어머니의 건강이 악화되었기 때문일 수도 있다. 그 시기에 루가 가족에게서 받은 편지에 의하면 베르사의 시력이 급격히 악화되었다는 느낌이 전해진다. 예를 들면, 루의 업적에 대한 뉴스 기사를 보고 가족이 얼마나 기뻤는지 묘사한 다음 레오폴드는 편지에 다음과 같이 썼다. 〈내가 다 읽어 주자 네 엄마는 눈물을 터뜨렸단다. 왜냐하면 혼자서는 읽을 수가 없으니까. 항상 엄마가 알아서 읽었는데 이제는 그럴 수가 없단다. 시력이 너무 나빠져서 말이야. 의사는 완전히 장님이 될 일은 없으니 걱정하지 말라고 얘기했는데도 엄마는 걱정이 많단다.〉[166] 다른 편지들을 보면 슬프게도 편지에서 베르사의 건강 문제가 그대로 드러나고 있는데, 평소에는 글을 아주 잘 읽고 쓸 줄 아는 베르사가 처음에는, 고르지 않고 커다란 글씨로 페이지 전체에 걸쳐 줄에 안 맞게 휘갈겨 쓰다가, 수술한 다음부터는 아예 줄 쳐진 공책에 쓰기 시작했기 때문이다. 편지에서 레오폴드가 〈루, 에스더, 그리고 수 앤에게, 이 아빠는 아직 네 엄마가 눈을 너무 혹사할까 봐 편지를 직접 안 썼으면 했는데, 그래도 네 엄마가 너무 많이 쓰지는 않겠다고 약속했단다. 네 엄마 눈이 조금이라도 나아져서 정말 기쁘다〉라고 쓴 글 아래에 베르사는 〈사랑하는 아이들아, 어머니날을 위한 정성스러운 선물 너무 고맙구나. 내가 글을 많이 못 쓰지만 정말 그런 선물을 받을 수 있어서 하느님께 너무 감사드린단다〉[167]라고 적었다. 레오폴드와 베르사의 절절한 편지를 받은 루는 결국 그 어려운 전후 시기에 가족 모두가 미국 대륙을 횡단하는 데 소요되는 비용과 시간을 할애하여 부모님을 방문하기로 했다(그는 비용을 아끼기 위해 에스더와 수를 먼저 기차로 보내고 그는 비행기를 타고 로스앤젤레스로 갔다. 그리고 여행이 끝날 때는 모두 함께 기차로 돌아왔다).

당시 여덟 살이었던 수 앤이 친조부모를 직접 만난 것은 그때가 처음이었다. 「두 분은 서로에게 헌신적인 부부였어요. 할아버지는 할머니를 항상 위층으로 안아서 데려다주었어요. 할아버지는 요리를 하고 할머니는 빵을 구웠고요.」수 앤은 베르사에 대해서 〈할머니는 통통했다〉라는 점을 주로 말했다. 레오폴드에 관해서는 이렇게 회상했다. 「할아버지는 키가 아주 컸어요. 여러 언어를 구사했고요. 바흐의 곡이나 혹은 제가 연주하는 곡의 이름을 제대로 발음하도록 고쳐 주시곤[168] 하셨어요.」

수 앤은 당시에는 알아차리지 못했지만, 그녀의 음악적 재능에 누구보다 관심을 보였던 사람은 베르사였다. 「할머니는 음악을 좋아했어요.」루의 가족이 방문했을 때 조부모님과 살고 있었던 로다가 말했다. 「독일어로 노래를 부르곤 하셨어요.」[169] 로다의 오빠인 앨런도 다음과 같이 말했다. 「할머니는 유대인의 옛 노래를 저에게 불러 주셨어요. 저는 할머니한테 음악에 관해 많이 배웠어요. 할머니는 음악을 너무 사랑해서 주변 사람들에게 전파하고 다녔어요.」하지만 수 앤보다 훨씬 더 할머니를 알 기회가 많았던 로다와 앨런도 베르사가 옛날에 고향에서 하프를 연주했다는 사실은 모르고 있었다. 그들은 그저 베르사가 두꺼운 안경을 쓰고 아주 다정하고 놀라울 만큼 현명하며, 맛있는 사과 토르테를 만들고 사람들의 마음을 끄는, 재주가 많은 할머니라고만 생각했다.

「할머니는 아주 따뜻한 분이었어요.」앨런이 말했다. 「이웃들이 여기저기서 할머니와 차 한잔을 하려고 집에 찾아오곤 했어요.」[170] 로다의 기억이 훨씬 더 확실했다. 「할머니는 아주 단순한 의미에서 정말 구루* 같은 분이었어요. 아주 지적이고 교양 있는 분이었죠. 아주 조용한 카리스마가 있었어요. 문제점들을 완화하는 탁월한 힘을 가지고 있었죠. 항상 〈조심해라, 진정해라. 나는 다 보인다〉라고 말씀하시곤 했어요. 할머니는 항상 〈나는 앞날이 다 보인다〉라고 말씀하셨어요.」[171] 아마도 베르사의 눈에는 미래라는 것이 뭔가 준비된 유용한 해결책을 가지고 있는 것처럼 보였던 것 같다.

루와 에스더, 그리고 수가 함께 방문했을 때 가족들은 그들을 환영하기 위해 레오폴드와 베르사의 집에 모였다. 1930년대부터 그랬던 것처럼 칸 가족들은 작은 공장과 상업 회사들이 있고 유대인, 독일인, 그리고 다른 이민자들이 거주하는, 로스앤젤레스에서 다소 가난한 동네인 78번가의 1123½번지에서 살고 있었다. 칸 가족의 집은 차고 같은 모습이었다. 실제로 로다가 몇 년간 머물고 있던 손님용 방은 차고를 개조한 곳이기도 했다. 베르사와 레오폴드의 작은 아파트가 그 차고 옆에 인접해 있었고 그 위층에는 세라가 남편 조, 딸 제리와 살았다.

루는 여동생을 사랑했고 항상 그녀의 예술적인 재능을 다른 사람들에게 칭찬했으며, 세라 본인에게도 직접 칭찬하는 말을 아끼지 않았다(한 번도 제대로 된 교육을 받은 적이 없는 세라는, 모자를 만드는 일로 생계를 꾸리면서 미술은 부업으로 했

---

* 힌두교의 스승이나 지도자.

다. 하지만 루의 표현에 따르면 그의 매제는 〈변변찮은〉[172] 인물이었다. 나머지 가족들도 조 프리드먼에 대해 약간 회의적이었다. 그들은 조에게 뭔가 거친 면이 있고, 심지어 자기 딸을 포함해서 가족 중에서 젊은 여성들과의 관계가 왠지 어색하다고 느꼈다. 하지만 이런 일들에 대해서 한 번도 툭 터놓고 얘기를 한 적은 없었다. 그들은 전반적으로, 꺼내기 어려운 주제를 직접적으로 대면하는 가족이 아니었다. 따뜻하고 다정한 감정들은 많이 표현하는 가족이었지만 말하지 않고 감춰진 채 남아 있는 감정들도 아주 많았다.

그렇게 겉으로 말하지 않은 것들 중에는(적어도 아이들 앞에서는), 유럽에 남겨진 친척들의 운명에 관한 것도 포함돼 있었다. 1948년에 루가 가족을 방문했을 즈음, 베르사는 그녀의 형제자매들과 조카들이 전쟁에서 살아남지 못했다는 사실을 확실히 알고 있었다. 루가 머물렀기도 했던, 그 안락한 리가의 아파트에서 쫓겨난 그들은 도시의 오래된 유대인 거주 지역으로 보내진 다음, 1941년 혹은 1942년에 몰살되었다. 예외적으로 그녀의 남동생 이삭 멘델로이치는 러시아로 도피하여 그의 가족은 살렸지만, 자신은 적군(赤軍)*에 징집되어 1944년에 전사했다. 하지만 칸의 가족이 모였을 때는, 그것도 전쟁이 끝나고 모두 처음으로 만났음에도 불구하고 이런 사실들에 대해서는 전혀 이야기를 나누지 않았다.

「저는 알고 있었어요.」 없어진 친척들에 대해서 알고 있는 정

* 노동자와 농민의 붉은 군대. 노농 적군(勞農赤軍).

보라고는 우연히 엿들은 대화의 단편적인 것들이었고 구체적인 내용은 없었지만, 로다는 이렇게 말했다. 「할머니가 누군가와 그런 대화를 했던 것이 기억나요. 가족에 대해서요. 두 사람은 그냥 할머니에게 친척이 있었다는 이야기를 했어요……. 그들이 얼마나 알고 있었는지, 그냥 짐작인지 아니면 사실인지, 그건 저도 모르죠.」 그리고 로다는 할머니가 알고 있었다면 루삼촌도 분명 들었을 것이라고 추측했다. 「그것에 대해서 분명대화를 나누었을 거예요.」[173]

하지만 앨런 칸은 그렇게 확신하지 않았다. 「조부모님은 아마 집이나 가족 문제로부터 삼촌을 보호하려고 했던 것 같아요.」 그는 루와 베르사와 레오폴드와의 관계에 대해서 이렇게 말했다. 「그래서 뭔가 불안한 일이나 직접적으로 삼촌과 관련이 없는 일을 굳이 삼촌에게 말하지 않았다고 해도 별로 놀라운 일은 아니에요.」 앨런 역시, 적어도 그가 아는 한 죽은 가족들에 대해서는 한마디도 들어 본 적 없었다(만일 그의 조부모님이 그런 대화를 한 적이 있다고 해도). 「두 분은 우리가 모르는 언어로 얘기했을 겁니다. 그게 독일어든 핀란드어든 뭐든요. 두 분은 여러 언어를 구사하셨거든요.」[174] 하지만 그가 기억하는 한그들의 영어에는 이국적인 억양이 없었다(「할아버지는 약간 있었어요. 할머니는 전혀 없었고요.」 로다가 앨런의 말을 수정했다). 그리고 1948년 루가 친척들을 방문했을 때 영어는 이미 그들이 가장 많이 사용하는 언어가 되어 있었다. 그때 야외에서찍은 가족사진은 흰색 울타리까지 완비되어 그들이 그토록 열망했던 미국인 가족의 이미지를 보여 주고 있다. 울타리 뒤, 작은 앞마당에 잔디가 깔린 작은 집들 앞에 다섯 명의 칸 식구들이 서 있다. 루와 그의 어머니는 아주 편안하고 여유 있어 보이는 반면, 레오폴드, 에스더, 그리고 수는 그곳에 있는 것이 싫거나 불행해 보이는 것까지는 아니더라도 뭔가 사진 찍기를 반기지 않는 표정이다.

열여섯 살인 사촌 언니 로다가 봤을 때 어린 수 앤은 에스더보다 루와 더 친밀해 보였다. 「그때 봤을 땐 엄마보다 아빠하고 더 가까워 보였어요. 에스더는 조금 더 어렵고, 차갑고, 더 격식을 차리는 사람이었거든요.」 시어머니와 며느리라는 관계에서 봤을 때, 두 사람의 관계 역시 복잡했다. 「뭔가 서로 참고 지내는 듯한 분위기였어요.」 로다가 말했다. 「할머니는 언제나, 항상 좋은 면만 보여 주려고 했지만 분명 거리감이 있었어요. 제 생각에는 에스더 숙모 때문이었던 것 같아요. 항상 숙모는 자기가 더 나은 사람이라고, 시댁 식구들은 무식한 사람들이라고 여기는 것 같았거든요. 전반적으로 숙모는 자기보다 신분이 낮은 사람과 결혼했다는 인식이 있었던 것 같아요.」[175]

「말을 아주 또박또박하게 했어요. 마치 귀족처럼요.」[176] 앨런이 언급했다.

「에스더 숙모는 별로 따뜻하지도 않았고 감정을 잘 드러내는 사람도 아니었어요. 삼촌은 그 반대였죠.」 로다가 강조해서 말했다. 그리고 그녀가 수 앤이 아버지와 더 가까웠다고 느낀 것도 어쩌면 자신의 루에 대한 마음, 즉 애정이 투영된 것이었을 수도 있다. 어쨌든 루의 가족들은 루를 아무리 봐도 충분하지 않은 것 같았다. 「일주일간의 방문이 끝났을 때 제가 삼촌에게, 〈삼촌 보고 싶을 거예요. 언제 또 볼 수 있어요?〉 하고 물었던 게 생각이 나요.」 로다는 당시를 회상했다. 「그러자 삼촌은 이렇게 말했어요. 〈글쎄, 그게, 내가 일 때문에 바빠서 말이야.〉」[177]

그는 이 말을 후렴처럼 자주 했고, 그의 가족을 포함하여 그의 주변 사람들은 모두 그가 너무 바빠서 자주 보지 못하는 점을 받아들이면서 사는 법을 배웠다. 때로는 그런 그의 부재는 그가 1949년 봄에 신생 국가의 주택 계획을 세우기 위해 한 달 동안 이스라엘에서 지냈을 때처럼 장기간 지속되는 경우도 있었다. 〈사랑하는 에스더에게〉, 그는 그곳에 도착한 지 3일이 지나서 편지를 썼다. 〈안녕, 내 사랑! 우리는 월요일 늦게 도착해서 다음 날 아침부터 관용차를 타고 다니면서 가장 놀라운 나라와 사람들에 대해서 조사하고 질문하고 구경을 하고 있어.〉 그는 자신이 자주 연락하지 않는 습관에 대해 미리 변명부터 했다. 〈내가 편지를 자주 쓰지 않는다고 너무 신경 쓰지 마. 위원회에서 일하느라 스케줄이 너무 꽉 차서 편지를 쓸 만한 시간이 없거든.〉 그러고는 비행기에서 본 놀라운 것들에 대해서 아주 자세히 설명했다. 그가 쓴 노트에는 에게해 쪽에서 바라본 아크로폴리스를 스케치한 것에서부터, 나폴리를 〈N〉으로, 베수비오산을 〈V〉로 표시한 지중해의 조감도까지 포함되어 있었다. 이전까지 유럽을 배편으로만 여행했던 루에게 이 여행은, 〈고대 유럽의 진정한 정취가 어떻게 펼쳐지는지〉[178]를 하늘에서 관찰하는 놀라운 기회를 제공했고, 그가 에스더에게 보낸 편지는 그러한 발견과 흥분의 감정이 고스란히 나타나 있었다.

이 특별한 여행은 분명 출장이라는 정당성이 있었다(비록 칸이 이스라엘에서 개발한 주택 계획은, 다른 많은 것들과 마찬가지로 지어지지 않았지만 말이다). 하지만 에스더가 루의 물리적이고 감정적인 부재를 좀 더 개인적으로 받아들였던 시기가 있었다. 말하자면 습관적으로 반복되는 루의 소홀한 행동을 명백한 방치라고 여겼던 것이다. 예를 들면 1949년 여름, 수 앤과 에스더는 친구들과 함께 레이크플래시드*에서 휴가를 보내고 있었다. 두 사람은 애니 이스라엘리에게 무더운 도시에서 일하는 칸을 위해 집에 있어 달라고 부탁하고 그곳에서 네 번의 휴가를 보냈는데, 이번이 그중 첫 번째였다. 루가 그곳으로 와서 함께 8월의 일주일을 함께 보낼 계획이었고, 거의 매년 그는 시간을 낼 수 있었다. 하지만 눈에 보이지 않을 때는 마음도 멀어졌다. 1949년에는 일에 너무 몰두한 나머지 8월 9일이었던 에스더의 생일을 완전히 잊어버리고 말았다. 「어머니는 항상 생일을 중요하게 생각했어요.」수 앤은 어머니의 생일에 대해 말했다. 「우린 아버지의 생일은 한 번도 그렇게 챙기지 않았거든요.」[179] 이 일에 대해 에스더는 자신의 어머니에게 속상하다고 하소연하는 편지를 보냈다. 1949년 8월 14일에 보낸 애니의 답장은 당시 가족 간의 역학 관계가 어떠했는지를 보여 준다.

〈루이스는 이번 주말에 뉴헤이븐에 있다.〉루의 장모는 이렇

---

* 미국 뉴욕주의 애디론댁산맥 주변 마을.

게 보고하듯 전했다. 〈아주 지쳐 있어. 너무 안됐지 뭐니. 노예처럼 일하는데도 루가 얻는 게 뭐가 있어? 네가 뭐라고 해봤자 아무 소용없다. 괜히 루만 화나게 할 뿐이야. 얼마나 바쁘고 힘든지 내가 다 봤으니까 네 생일에 대해서는 아무 말 안 하는 게 좋겠다. 분명히 너한테 뭘 사주고 싶은데 그럴 수 없는 걸 거야. 어떻게 돈을 벌어야 하는지 잘 모르는 사람이니까.〉[180]

에스더의 불만은 돈을 잘 못 버는 루의 만성적인 무능함이나 그의 건망증 때문에 야기되는 문제 외에 또 다른 원인에서 기인했을 수도 있다. 1940년 후반, 확실히 1950년 초 즈음에는 앤 팅이 칸의 가정에서 붙박이 같은 존재가 되어 있었다. 그녀는 딸 수 앤에게 정기적으로 미술 레슨을 해주고 있었고, 팅 장난감의 가장 초기 모델을 주었고, 심지어 초등학교의 건축 모형을 만드는 데 수 앤을 참여시키기도 했다. 어느 시점에는, 잉꼬를 선물로 주어서 수 앤을 놀라게 했고, 그 잉꼬를 너무 소중히 여긴 나머지 수 앤이 첫 번째 생일 파티를 열어 주겠다고 고집해서 아침 식사 때 가족이 다 함께 축하를 해주기도 했다. 자신의 딸과 루의 사무실 직원인 아름답고 젊은 여성과의 이러한 우정은, 에스더에게는 결코 견디기 쉬운 일이 아니었다. 특히 그녀가 루와 앤 사이를 의심 — 결국 확실한 사실이 되었지만 — 하고 있었다면 더욱 그랬을 것이다.

하지만 앤 또한 루가 가족과 있을 때만이 아니라 출장을 다닐 때에도 그의 부재를 견뎌야 했다. 하지만 이런 부재는 사무실에서 그녀의 일과 관련된 측면에서 봤을 때는 장점이 되기도 했다. 예를 들어 그가 1949년 이스라엘로 여행을 갔을 때, 앤은 한 달간 「바이스 주택」 프로젝트를 단독으로 도맡아 하게 되었다. 그리고 그 기간 동안 자신이 작업한 우아한 지붕과 홈통*을 매우 자랑스러워했다. 하지만 칸은, 적어도 짧은 여행을 떠났을 때는, 사무실에 있는 직원들 모두에게 편지를 보내곤 했는데, 덕분에 칸과 팅은 친밀한 소통을 할 여지가 거의 없었다. 사실 칸의 입장에서는 여행이 충분히 새롭고 흥미롭기만 하면 앤이나 가족과 떨어져 있는 것에 대해 그다지 힘들어하는 것 같지 않았다.

새로운 10년간, 그리고 어쩌면 그의 인생 전체에서 가장 중요한 여행이 1950년 늦가을에 시작되었다. 최근에 자리에서 물러난 친구 조지 하우의 영향력 덕분에 칸이 대신 로마의 아메리칸 아카데미**의 상주 건축가로 초대되었다. 그는 전에 그곳에 연구 지원금을 신청했다가 떨어진 적이 있었다(하우는 그가 거절당했다는 사실에 화를 많이 냈다). 하지만 로마에서 1년 동안 숙소를 제공하겠다는 제의가 왔을 때 루는 회사를 3개월 정도만 비울 수 있다고 했고, 로마 아카데미에서는 그 기간을 수락했다. 문제는 아카데미 측에서 그가 지출한 모든 경비는 로마에 도착하는 대로 모두 지불될 예정이라고 했지만, 일단 로마까지 가는 돈은 스스로 충당해야 한다는 점이었다.

* 물이 흐르거나 타고 내리도록 만든 물건.
** 100년 이상의 역사를 가진 로마에 있는 예술 및 인문학 연구 기관으로 미국의 가장 재능 있는 예술가들과 학자들을 지원한다.

결국, 루가 이탈리아까지 가는 데 필요한 비용은 처제인 올리비아와 그의 남편 밀턴이 부담했다. 루는 1930년대에 체스터 애비뉴 5243번지에 살던 시절부터 에스더의 여동생들과 계속 친한 관계를 유지했고, 막내 레지나는 1940년대에 이혼한 후 몇 년간 칸의 가족과 살기도 했다. 경제학을 공부한 올리비아와 밀턴 에이벨슨은 루스벨트 대통령 밑에서 사회 보장법과 관련한 일을 하기 위해 워싱턴에 살았다. 하지만 루스벨트의 사망후 매카시 시대 초기에 밀턴이 블랙리스트에 오르게 되면서 에이벨슨 부부는 연방 정부에서의 일자리를 잃게 되었다. 그들은 버지니아주 알링턴에서 루가 아카데미의 초대를 받았을 당시, 그들이 살았던 뉴욕시로 아이들과 함께(한 명은 다운 증후군이었다) 이주해서 살았다.

「아버지는 상을 받았는데도 그곳에 갈 돈이 없었어요.」수 앤이 로마에서 아버지에게 찾아온 기회에 대해 말했다. 「아버지와 어머니는 가까운 여러 친구들에게 연락했지만 모두 거절당했습니다.」당시 그들은 이렇게 말했다. 「가면 안 돼! 여기서 사업을 계속해야지!」수는 그들이 의사나 교수와 같은 비교적 부유한 친구들이었다고 언급했다. 하지만 오히려 수입이 많지 않았던 에이벨슨 부부가 루가 처한 곤경을 듣고 저축한 돈을 선뜻 내주었다. 「그분들은 그냥 돈을 아버지에게 주었어요. 묻지도 않고요.」수 앤이 말했다. 「그 돈이 얼마나 되는지는 정확히 몰랐지만 그게 얼마였든 당시에는 꽤 큰돈이었을 거예요.」[181]

1950년 12월 초, 칸은 로마의 트라스테베레 지역 위쪽에 위치한 보자르 양식의 아메리칸 아카데미 건물에 짐을 풀었다. 그는 몇 달간 고고학자 프랭크 에드워드 브라운과 많은 시간을 보내게 되었다. 브라운은 트라야누스 시장, 판테온, 포룸, 그리고 오스티아 안티카 유적을 포함한 그 지역의 모든 고대 유적지를 구경시켜 주었다. 이 시기에 루는 파스텔과 수채 물감으로 많은 그림을 그렸다. 해외에 있던 3개월간 약 90점의 그림을 그렸고 그리스와 이집트(가외로 3주간의 여행을 갔다), 그리고 이탈리아의 다른 지역들에서 본 것들에 대해 기록했다. 하지만 주로 로마에서 방문했던 거대한 옛 건물들에 초점을 맞추었다. 그는 팅에게 보낸 편지에, 〈로마가 그 모든 위력을 갖고 다시 모습을 드러냈을 때 나는 압도당할 정도로 강한 충격에 휩싸였어〉라고 썼다. 하지만 이집트에서도, 〈피라미드는 내가 본 것 중에 가장 아름다워. 어떤 사진도 그 충격적인 장관을 전달할 수는 없을 거야〉라고 쓴 편지를 보내기도 했다.

이 기간 동안 형태의 부피와 무게는 그에게 특별히 더 중요한 요소가 되었다. 벽돌과 콘크리트처럼 이러한 특질이 구현된 재료들 역시 마찬가지였다. 그는 여행을 떠나기 직전, 필라델피아 정신 병원의 「핀커스 파빌리온」을 모더니스트들에게 사랑받고 있던 경량 철골 구조로 설계한 적이 있었다. 하지만 이 시점부터 그는 철골 구조를 버리고, 중력과의 연관성을 강조할 뿐 아니라 제작 과정까지 표면에 드러나는 무거운 석조 및 철근 콘크리트에 매료되었다. 헬레니즘 및 로마 제국 시대의 이름 모를 로마 건축가들이 마치 아직 살아 있는 것처럼 얘기했던 프랭크 브라운으로부터 영감을 받은 칸은, 오래된 건축물에 대한 애정과 새로운 것에 대한 감탄을 융합할 수 있는 방법을 구상하기 시작했다. 그가 텅에게 로마의 도시와 그곳에서의 경험에 대해 다음과 같이 언급한 것처럼 말이다. 「이곳을 다시 보면서, 나는 더 많이, 더 잘 짓고 싶어졌어.」[182]

칸이 프랭크 브라운으로부터 흡수한 것 중의 하나는, 로마인들이 2000년 전에 발견한 중량감이 있는 오래된 재료들과 디자인에 대한 존경심이었다. 〈로마 건축가들은 기둥과 상인방의 대체물로 아치를, 연속적인 곡면을 덮는 수단으로 볼트 지붕을 사용하기 시작했다.〉 브라운은 칸과 대화를 나눈 후 몇 년 뒤에 출간된 그의 책 『로마의 건축』에서 다음과 같이 언급했다. 〈건설 작업의 열기 속에서, 새로운 동기에 힘입어 그들은 옛 재료들을 완벽하게 만들고 새로운 방식들을 발명했다. 잡석에서 비롯된 콘크리트는, 돌이나 벽돌 사이에 채워져 영구적인 표면을 형성하는 재료가 되었다.〉 이러한 구절을 보면 브라운은 마치 칸이 훗날 기념비적 건물들을 만들 때 사용할 방법을 기록한 것처럼 느껴진다.

프랭크 브라운이 칸에게 미친 영향은 이러한 기술적인 설명을 넘어서서, 브라운이 〈공간의 안무, 이 안에서 건축가는 발레 마스터*처럼 동작, 스텝, 템포를 엄격한 대칭성으로 표현했다〉라고 말한 부분까지 확장되었다. 〈그가 사용한 요소들은, 볼트 지붕들의 흐름(경사지고, 둥글고, 연결된), 아치들의 배열, 기둥

* 발레단의 훈련과 연출, 때로는 안무까지 담당하는 사람.

의 물결이다.〉 하나의 건물은 시간에 따라 경험하는 것이라는 점, 정확히는 그 안에서 움직이고 주변을 돌아다님으로서 경험하는 것이라는 점은 브라운이 칸에게 준 가장 큰 교훈이었다. 또는 브라운이 다른 구절에서 말한 것처럼, 〈넉넉한 중랑은 그 짜임새 있는 간격에 의해 완전한 하나로서 명확히 파악되었다. 이것은 사람들을 그 중앙에 위치하도록 하거나 세로 방향 혹은 가로 방향으로 움직이게 이끌었다. 주보랑*은 그것을 따라 이동하면서 점차적으로 펼쳐지고, 정적인 구획 단위에 의해서 자체적으로 분할되었다. 그 안에서 관심을 끄는 특별한 공간들은 연단이나 벽감, 창문 등으로 나타날 것이다.〉[183] 비록 그는 여기에서 로마의 바실리카**를 묘사하고 있었지만, 기이하게도 칸의 「필립스 엑서터 도서관」, 로체스터의 「퍼스트 유니테리언 교회」, 그리고 「방글라데시 국회 의사당」과 같은, 거대하고 영감을 주는 공간 속에서 사람을 이동하게 하고 머물게 하는 과정을 통해 그들의 신체가 위치할 자리를 마련해 주는 건물들을 예시(豫示)하고 있었다.

1951년 2월, 여전히 로마에 있던 칸은 「예일 대학교 아트 갤러리」의 건축 의뢰를 받았다는 사실을 알게 되었다. 이 시기적절한 선물은 최근 예일 대학교의 건축학과 학과장이 된 조지 하

* 교회 건축에서 측랑이 내진부로 연장되어생긴, 내진과 후진을 감싸는 회랑.
** 원래 로마 제국에서 공공건물의 기본 레이아웃을 일컫는 건축 용어였다. 313년 밀라노 칙령 이후 종교적 의미를 갖기 시작하면서 교회가 필요로 하는 기본적 건축 구조를 칭하는 말이 되었다.

우의 덕분이었다. 이 프로젝트는, 예일의 전통적인 고딕 양식 건물에 미술관과 강의실, 스튜디오 공간을 위한 현대적인 부속 건물을 지어 달라는 제안으로, 어떤 경력을 가진 건축가에게도 가장 주요한 초석이 될 만한 일이었으며 루에게는 엄청난 도약 을 의미했다. 하지만 그는 미국으로 서둘러 돌아가지 않았다. 대신 그는 비교적 여유롭게 집으로 돌아갔다. 그는 로마에서 기 차를 타고 베네치아를 경유해, 파리에서 배를 타고 뉴욕으로 돌 아가는 경로를 택했다. 2월에 로마에서 출발할 때, 체스터 애비 뉴 5243번지로 엽서를 보내면서, 〈사랑하는 에스더, 수와 장모 님께〉라고 수신인을 적었다. 이 엽서에서 그는 〈베네치아에 도 착하면 또 엽서를 보내겠지만 아마 이게 배를 타고 떠나기 전에 마지막 연락이 될 거야······. 다시 집에 돌아가 가족 모두를 만 나서 이곳과 새로 감동을 받은 일들에 대한 모든 이야기를 나눌 기대에 가득 차 있어〉라고 설명했다. 그리고 〈모두에게 많은 사 랑을 보내며, 루.〉[184]라고 서명했다.

*

칸은 1951년 3월 4일에 미국으로 돌아갔고, 6월에는 이미 사 무실을 20번가와 월넛 스트리트의 교차로에 있는 20번가 138번지로 옮긴 후였다. 그곳에서 칸은 당시 이미 8명에서 10명으로 늘어난 직원들과 함께 별로 특징적이지 않은 건물의 2층에 자리를 잡았다. 이상하게 멋진 아치형 장식 외에는 다소 평평한 천장의 모퉁이 건물은 도로 쪽에 면한 두 벽에 나 있는, 2층의 커다란 창문들 덕분에 사무실 전체가 빛으로 가득했다. 따뜻한 날씨에는 조금 불쾌할 만큼 더워지기도 했다(당면한 프로젝트가 있으면 지나치게 몰두하는 엄청난 집중력을 가진 루는, 이런 더운 날에도 종종 직원들 모두가 무더위에 시달린 지 한참이 지나서야 깨달았다).

게다가 루이스의 사무실이 있는 20번가 138번지는, 루이스 이저도어 칸, 케네스 데이, 루이스 에르하르트 매칼리스터, 더글러스 고든 브레이크, 그리고 앤 그리스월드 팅과 같은 파트너들로 구성된 새로운 합작 투자 회사 〈건축사 연합 사무소〉의 공식 주소이기도 했다. 브레이크는 1952년에 탈퇴했지만 다른 네명은 1950년대 중반까지 계속 여러 다양한 프로젝트에서 함께 일했다. 그 기간 동안 그들이 했던 설계 중에는 여러 지역을 위한 재개발 계획과 필라델피아 도시 계획 위원회를 위한 몇 건의 연립 주택 연구가 있다. 비록 이행되지는 않았지만, 필라델피아 미국 건축가 협회를 위한 일련의 교통 연구(훗날 이 연구는 아름답게 채색된 삽화와 함께 예일 대학교의 잡지 『퍼스펙타 *Perspecta*』에 칸과 팅 두 사람의 이름으로 게재되었다), 그리고 주택 주변에 〈그린웨이〉[185]를 제공하기 위해 차량 통행을 제한하는 도로 등이 포함된 밀 크릭 프로젝트(도시 계획 위원회에서 의뢰한 또 다른 프로젝트) 등이 있다. 칸의 회사는 이런 다양한 프로젝트에 걸쳐서, 필라델피아 계획 부문에서 20년 넘게 강력

* 큰 공원을 연결하는 보행자 및 자전거 전용 도로, 산책로.

한 영향력을 갖고 있던 에드 베이컨과 여러 방면으로 협력했다.

칸과 베이컨은 1939년부터 알고 지내던 사이였고 1940년대 초, 주택 관련 활동가로서 함께 일했다. 두 사람의 가족들도 친해졌다. 수 앤 또래의 딸이 있던 베이컨은 칸 가족을 일요일 바비큐 식사에 초대하기도 했고 이들의 우정은 1950년대 초까지 이어졌다. 하지만 두 사람의 성향은 매우 달랐고 목표와 추구하는 경력도 매우 달랐다. 퀘이커 교도였던 베이컨은 오래된 필라델피아의 사회적 관습에 완벽히 잘 맞았던 반면에 유대인 이민자였던 칸은 그렇지 못했다. 아마 더 중요한 차이점은 베이컨은 자기 잇속이나 정치적 감각에 밝은, 극도로 실용적인 사람이었다는 점이었을 것이다. 반면에 칸은 그의 모든 에너지를 건축과 설계 관련 문제에만 집중했고, 매우 혁신적이고 창의적인 아이디어를 내거나 실행에 옮기기도 했다. 또 어떤 상황에서든 정치적인 것은 그 자체로 해결될 거라고 상상하는(혹은 그렇게 되기를 희망하는) 경향의 사람이었다. 하지만 그런 일은 드물었고 이런 점 때문에 종종 베이컨이 우위를 차지하게 되었다. 도시계획 과정에서 베이컨이 결정권을 갖게 되면서 칸은 열외로 물러나게 되고 결국 필라델피아의 재설계 계획에 대한 대부분의 주요 결정에서 제외되었다.

두 사람 사이의 다툼이 베이컨의 경쟁심과 권력에 대한 갈망에서 비롯되었는지 혹은 칸의 우유부단함과 비현실성에서 비롯되었는지는, 두 사람의 의견 충돌이 있을 때 누구의 편에 서서 생각하는지에 따라 달라지는 문제였다. 어쨌든 1950년 후반에 칸이 아메리칸 아카데미를 떠날 때쯤, 두 사람은 더 이상 특정 프로젝트에서 직접적으로 함께 일하지 않게 되었다. 하지만 〈건축사 연합 사무소〉는 계속 필라델피아 도시 계획 위원회를 위한 프로젝트를 진행하고 있었고 에드 베이컨도 루이스 칸을 〈재능 있는 설계자〉이자 〈전 세계에서 가장 위대한 건축가〉로 찬양했다. 칸은 자신에 대한 베이컨의 칭찬을 그가 베이컨에게 펜 센터* — 결국 루는 이 프로젝트에서 완전히 배제되었다 — 에 관한 내용의 편지를 쓰면서 아량 넓게 돌려주었다. 〈자네는 이제 건축 계획가로서의 명성을 얻었네. 그런 명성을 얻기란 쉽지 않지.〉[186] 하지만 훗날 두 사람 사이의 그러한 적대감은 칸이 명성을 얻는 것에 질투를 느끼기 시작한 베이컨이 결과적으로 칸이 받아 마땅한 공로 — 예를 들어 교통 연구와 밀 크릭 산책로에 구현된 아주 실용적인 아이디어 등 — 를 점점 인정하려 들지 않으면서 더 첨예하게 대립되었다.

칸은 이러한 아이디어를 뻔뻔하게 가로챈 것에 대해 매우 분개했겠지만(분명 앤 팅도 칸 대신 분개했을 것이다), 그는 그러한 적대심을 노골적으로 드러내는 사람이 아니었다. 1950년대 초에 루를 만난 필라델피아 공학자 닉 자노풀로스는 이렇게 말했다. 「저는 한 번도 루가 욕설을 입에 담는 것을 들어 본 적이 없습니다. 남을 비방하는 것도 들어 본 적이 없어요. 그리고 저에게 가르쳐 준 것이 있습니다. 그는 이렇게 말했죠. 〈화가 나면, 정말 화가 나면, 그리고 화낼 만한 이유가 있다면 그 사람들에

* 필라델피아 도심 지역의 대규모 개발 프로젝트.

게 편지를 쓸 때, 친절한 말로 그 사람들을 죽이면 돼.)」[187] 자노
풀로스는 이러한 원칙이 칸이 베이컨을 대할 때 직접적으로 적
용되었다는 것을 느꼈다. 자노풀로스도 루가 충분히 화를 낼 만
하다고 느꼈다. 「베이컨은 독재자였어요. 그의 말년에 그를 알
게 되었는데 별로 마음에 들지 않더군요.」

닉 자노풀로스와 루이스 칸은 1951년 혹은 1952년에 점심
식사 자리에서 아주 잠깐 만난 적이 있었지만, 그들이 정말 서
로를 잘 알게 된 것은, (칸의 경력에 전환점이 된) 기술적으로
매우 까다로웠던 「예일 대학교 아트 갤러리」 프로젝트에서였
다. 「예일 대학교 아트 갤러리」는 건축사 연합 사무소에서 진행
한 프로젝트가 아니라 루이스 이저도어 칸 건축 사무소에서 루
와 앤이 긴밀히 협력하여 수행하던 것이었는데 이 프로젝트에
공학적 장치의 필요성을 강화한 것은 아마도 앤의 지칠 줄 모르
는 창의성에서 비롯되었을 것이다.

팅에 의하면, 최종 설계에 독특한 차이를 주게 된 〈콘크리트
로 된 원통형 구조물 안에 내장된 삼각형의 주 계단과, 콘크리
트 천장을 이루는 오목하게 깎은 사면체와 같은 삼각형 기하학
적 구조〉는 그녀의 영향에서 비롯되었다고 한다. 「〈예일 대학교
아트 갤러리〉는 그가 맡은 것 중, 첫 번째로 명성 있는 건물이었
기 때문에 칸은 매우 긴장했어요.」 팅이 말했다. 「그리고 그로서
는 전통적인 구조를 보여 준 첫 번째 계획이기도 했고요. 루에
게 물었죠. 〈혁신적인 구조를 사용하지 않으려면 굳이 왜 지어
요?〉」[188] 하지만 그러한 혁신적이 부분이, 사면체의 천장을 과연

규정에 맞추어 지을 수 있는지를 알지 못했던 뉴헤이븐의 도시 계획과를 걱정하게 만들었다.

그 훌륭한 천장은 확실히 1951년 8월에 예일에서 승인한 초기 설계안에는 포함되지 않았다. 이것은 칸이 사면체 스페이스-프레임*에 대한 아이디어를 처음 소개했던 — 이때 칸은 고객들과 공동 작업자들을 몇 년간이나 힘들게 한 전면적인 수정안을 발표했다 — 다음 해 3월까지도 설계 계획에 들어가 있지 않았다. 사실 팅은 어떤 부분에서는 강철을 가지고 작업하고 다른 경우에는 목재로 작업하는 일을 이미 초등학교 프로젝트와 부모님을 위한 개인 주택을 지으면서 경험한 상태였다. 하지만 대규모의 예일 프로젝트에서는 목재는 결코 선택 사항이 될 수 없었고, 또 건물을 완성할 만큼 충분한 강철이 없었다. 한국 전쟁으로 인한 전시(戰時)의 경제 상황은 국내에서 강철이 사용될 때마다 일일이 국방부의 승인을 받게 만들었고 예일은 이미 초기 설계에 맞게 정해진 할당량의 강철을 받아 놓은 상태였기 때문이다. 따라서 아트 갤러리의 3차원적 스페이스-프레임은 더 가볍거나 유연한 재료보다 철근 콘크리트로 구성될 수밖에 없었다.

그러한 천장의 구조적 실행 가능성에 대해서는 전혀 알려진 바가 없었고, 그중에서 무게는 그나마 가장 사소한 문제였다. 공학자들이 가장 우려한 것은 천장 내부의 힘 분배였다. 「구조

* 〈입체 트러스〉라고도 한다. 평면의 트러스 대신 삼각뿔이나 사각뿔을 연결하여 입체적으로 구성한 트러스

가 대립하게 되는 가장 주요한 두 가지 힘인 인장력과 전달력 모두에게 문제가 될 수 있습니다.」 루가 조언을 부탁했을 때 닉 자노풀로스는 이렇게 말했다. 자노풀로스는 필라델피아 공대의 학장으로 널리 알려져 있던 (닉의 옛 상사) 메이저 그라벨이 사망한 뒤 설립한 키스트 & 후드라는 회사를 대표하고 있었다. 루는 닉에게 말했다. 「앤 팅과 나는 메이저 씨가 사망하기 일주일 전에 그를 만났어. 그런데 메이저 씨가 그러한 구조를 평가할 분석 도구가 아직 존재하지 않는다고 하더군. 그것을 시험할 유일한 방법은 실물 크기의 모델을 만들어서 그 위에 모래주머니를 얹고 기기를 이용하여 측정하는 방법뿐이라고 했어.」

결국 칸과 그의 건설업자인 조지 매컴버는 정확히 메이저가 말해 준 방법을 실행했다. 하지만 그 전에 자노풀로스가 설계를 약간 조정했다. 그는 사면체의 꼭대기 사이의 빈 공간, 즉 삼각형의 봉우리 사이의 공백에 추가적으로 콘크리트를 채워 넣음으로써, 〈경사진 장선〉[189]을 나란히 배열하여 구조의 견고함을 더욱 강화했다. 하지만 이렇게 변경된 부분은 밑에서는 보이지 않아서 천장의 외관에는 영향을 미치지 않았을 뿐 아니라 덕트와 배관들이 스페이스-프레임을 통해 연결될 수 있게 되었다. 닉의 구조적인 수정은 뉴헤이븐 시청에서 제기한 이의 사항 중 적어도 하나를 해결했고 나머지 문제점은 약 4×15미터에 달하는 실물 크기의 실험적 구조물이 건설되고 매컴버가 분석 평가한 후 충족되었다. 그 실험은 천장 콘크리트를 타설하기 불과

2개월 전, 이미 건설 작업이 어느 정도 시작된 후에 실행되었기 때문에, 타설을 해도 좋다는 공학 관련 보고서를 조금만 늦게 받아도 그 부분의 공사는 가능하지 않았을 것이다.[190]

그 천장이 갖는 고상한 아름다움은 차치하고라도, 또 다른 특별한 미덕 중 하나는 덕트, 케이블, 전선, 그리고 심지어 조명 기구까지 사면체 사이의 그늘지고, 깊숙한 틈 사이에 (눈에 보이지 않게) 끼워 넣을 수 있다는 점이었다. 「나는 덕트를 좋아하지 않아요. 배관도 싫어합니다.」 칸은 언젠가 이처럼 언급한 적이 있다. 「그런 것들을 정말 철저하게 싫어하는데, 너무나 싫어하기 때문에 오히려 그것들을 위한 공간이 주어져야 한다고 생각해요. 내가 그런 것들을 싫어해서 전혀 신경 쓰지 않는다면 그것들이 침범해서 건물을 완전히 망가뜨려 버릴 것 같거든요.」[191] 그는 이 문제를 위한 다양하고 색다른 해결책들을 생각해 냈고 「예일 대학교 아트 갤러리」에서는 천장으로 해결했다.

칸은 이렇게 어떤 요소들은 안으로 감췄지만, 다른 것들은 보여 주고 싶어 했다. 「피라미드는 우리에게 〈제가 어떻게 만들어졌는지 말해 줄게요〉라고 말하는 것 같습니다.」[192] 강렬한 기념비적인 건물을 본 후에 이런 말을 했던 칸은, 그와 동일한 원칙을 자신의 첫 기념비적 건물에 적용했다. 그는 콘크리트 벽, 계단의 강철 난간, 외부와 내부의 벽돌 작업, 간단히 말하면 나무 바닥과 전시 패널을 뺀 모든 것들을 모두 마감 작업 없이 재료 본연의 모습 그대로 놔두었다. 「나는 솔직한 건축이 좋아요.」 그는 한 학생과 인터뷰를 할 때 이렇게 설명했다. 「건물은 기적이 아니라 투쟁의 결과이고 건축가는 그것을 인정해야 해요.」[193]

1953년에 완성된 「예일 대학교 아트 갤러리」는 즉각적으로 열정적인 반응을 얻었다. 잡지 『진보적인 건축*Progressive Architecture*』에서는 1954년 호에서 또 다른 칸과 팅의 공동 프로젝트인 〈시티 타워〉와 더불어, 삼각뿔 천장에 특별히 초점을 맞추어 이 건물을 다루었다(팅의 기하학적인 영향을 더욱 잘 보여 주는 시티 타워는 대담하고, 지그재그적인 특징을 가진 매우 미래 지향적인 디자인으로 많은 젊은 건축가들에게 영감을 주었지만, 실제로 지어지지는 않았다). 빈센트 스컬리는 칸의 이 건물에서 거친 콘크리트가 르코르뷔지에의 방식에서처럼 〈건장함〉이 아니라 〈수정 같은crystalline〉 느낌을 주며, 〈정직함, 현실감, 남성다움〉이 있으며 〈거대하고, 반복적이고, 수학적인 면을 강조하는〉 천장의 캐노피는 평범하고 하얀 회반죽으로 마감된 어떤 벽들보다 더, 그 아래에 있는 예술품들을 돋보이게 한다고 찬양했다.[194] 하지만 이러한 전문가들의 찬사에도 불구하고 칸 자신은 사실상 개방적인 갤러리에 불만을 가졌다. 내부 벽들이 추가되거나 제거될 수 있는 유동성 있는 패널로 되어 있었기 때문에 다른 사람들이 공간을 재배열할 가능성을 너무 많이 허용한다는 점 때문이었다. 그는 나중에 설계한 미술관에서는 그의 다른 모든 건물들에서와 마찬가지로, 기능적인 공간들의 차별화에 보다 신중을 기했다. 그는 종종 〈건축은 공간을 신중하게 만들어 내는 과정이다〉라고 말했다.[195] 그는 또한 정확히 이것과 같은 형태의 콘크리트 사면체로 이루어진 천장을 어디에서도 다시 적용하지 않았다.

「예일 대학교 아트 갤러리」에서 칸의 훗날 완성될 특징이 미리 드러난 듯한 부분은 바로 계단이었다. 얇은 목재 거푸집 패널의 자국이 그대로 드러나 있는 거대한 콘크리트 원통에 둘러싸인 삼각형 계단은, 막혀 있지 않은 강철 난간과 속이 꽉 찬 콘크리트가 깨끗하고 매혹적인 조합을 이루고 있다. 「이러한 계단들은 바로 사람들이 사용하고 싶게끔 설계되었습니다.」[196] 칸은 당시 이렇게 말했다. 이런 건축의 정적 특징과 인간의 움직임과 관련된, 사용자에게 실용성은 물론 기쁨을 줘야 한다는 생각은 칸으로 하여금 그만의 진실한 표현 방식을 찾도록 만들었다.

역사적(더 정확히 말하면 생물학적) 사건이 끼어들지 않았다면, 팅이 칸의 작업에 얼마나 더 많고 강력한 영향을 미치게 되었을지는 짐작할 수 없다. 1953년 중반, 예일 프로젝트가 끝난 직후 앤은 임신 사실을 알게 되었다. 그녀는 어차피 회사를 떠날 생각이었고 이탈리아의 피에르 루이지 네르비* 밑에서 공부하기 위해 풀브라이트 장학금에 지원한 상태였다. 하지만 이제 어쩔 수 없이 숨어 지내야 했다. 풀브라이트 재단으로서는 임신한 미혼 여성이 장학생으로서 재단을 대표하는 것을 원하지 않았을 것이고, 필라델피아에서 지내는 것도 사회적인 측면에서 어려운 일이었다. 그래서 앤은 혼자 이탈리아로 가서 오빠와 이탈리아인 새언니와 가까운 곳에서 지내기로 결정했다. 그래서 그녀는 두 사람에게 임신 사실에 대해 미리 얘기하지 않고 여행

* 이탈리아의 엔지니어이자 건축가.

을 떠나기 직전, 부모님을 찾아갔을 때에도 알리지 않았다. 「의사와 루만이 제가 임신한 사실을 알고 있었습니다. 당시 미혼모에 대한 일반 대중의 인식은 아주 최소한으로 말해도 〈불법적이고 죄악적인〉 이미지였습니다. 저는 그러한 구시대적인 반응을 받아들일 생각이 없었습니다. 로마에서 우리의 아기를 낳는 것은 우리 아이를 위해 긍정적이고, 우아하며 심지어 로맨틱하게 느껴지는 결정이었죠.」[197]

그 후 그녀가 여행하는 동안 루와 앤은 이전에는 오직 그들의 사적인 대화에서만 들을 수 있었던 생각과 감정들을 편지에 글로 적어 표현하게 되었다. 앤이 루에게 보낸 편지는 분실되거나 버려진 것 같지만, 앤은 그의 모든 편지들을 다 간직했고, 그 편지들을 순서대로 읽으면 그들이 떨어져 있던 15개월 동안 두 사람의 상호적인, 혹은 서로를 염려하는 감정들이 전달된다.

사랑, 건축, 그리고 돈이(물론 항상 이런 순서는 아니었지만), 편지의 주요 주제였다. 〈사랑하는 앤, 당신의 훌륭한 편지가 도착한 후 다섯 번은 읽은 것 같아.〉 루는 헤어진 후 비교적 초기인 1953년 11월에 이렇게 썼다. 그는 그때 앤이 어디에 있는지 몰랐기 때문에 『퍼스펙타』에 게재된 교통 연구에 관련된 것은 파리로, 전보는 보르도에 보냈으며 편지는 로마에 보냈다. 그는 최근 두 사람이 한 공동 작업에 대한 하우와 스컬리의 열광적인 반응에 대해 알려 주다가 말을 바꿨다. 〈사랑하는 앤, 당신이 아주 잘 지내고 있기를 바라. 그리고 당신에 대한 내 사랑을 믿어 줬으면 좋겠어. 비록 열심히 일을 해서 극복해야 하지만 나 역시 똑같은 공허함을 느끼고 있어.〉 그리고 어떤 주택에 대한 설계를 의뢰받을 가능성에 대해 자세히 설명한 다음, 다음과 같이 편지의 끝을 맺었다. 〈그러면 앤, 좋은 시간 보내고 돈이 필요하면 알려 줘. 돈을 저축해서 경제적인 문제에 도움이 되도록 편지를 보낼 때마다 지폐를 보낼게. 안녕, 안녕 자기. 곧 또 편지 쓸게. 나의 모든 사랑을 담아서, 루.〉[198]

그가 편지마다 〈지폐〉를 보내겠다고 언급한 부분은(일반적으로는 10달러, 간혹가다 20달러를 보냈다) 그가 돈 문제를 처리하는 데 얼마나 형편 없었는지를 보여 주고 있다. 특히 달이 거듭되면서 그의 편지는 점점 드물게 도착했다. 하지만 그는 자신이 소통하는 데 형편없음을 잘 알고 있었지만 그래도 그녀를 위해 최선을 다하고 있었고, 종종 세 페이지가 넘는 편지를 썼다. 그는 앤이 자신의 오빠에게 임신 사실을 알리기 두려워하는 것에 대해서, 그리고 모성애와 함께 자신의 정체성이 바뀌는 것에 대한 고민 등을 공감해 주려고 노력했다. 물론 어떤 따뜻한 말들도 든든하게 옆에 있어 주는 것을 대신할 수는 없었지만 말이다. 그래도 그는 그녀에 대한 특별하고 열정적인 마음을 전달하려는 노력을 아끼지 않았다. 〈당신 가족에게 안부를 전해 줘. 하지만 혹시 그분들이 당신을 빅토리아 시대의 방식으로 대우한다면 나는 정말 그분들을 미워할 거야.〉[199]

루는 앤이 이탈리아의 건축 유산들을 경험하고 자신처럼 많은 것들을 배우기를 간절히 바랐다. 〈베네치아, 베로나, 피렌체, 피사, 시에나를 꼭 봐야 해. 심지어 가이드가 하는 여행을 따라

다녀서라도. 돈에 대해서는 가장 최소한의 걱정거리니까, 절대 걱정하지 마.)²⁰⁰ 하지만 경제적인 문제는 그녀에게 확실한 문제가 되었고, 편지에 반복적으로 언급했음에 틀림없다. 왜냐하면 결국은 루가 팅에게 근무 시간표를 작성하여 사무실로 보내라고 했기 때문이다. 이것이 바로 그가 직접적으로 가정의 금고를 축내지 않고 앤과 아기를 위해 〈조금〉이라도 지원하려고 계획했던 방법이었다.

알렉산드라 팅은 1954년 3월 22일에 태어났다. 자신의 지속적인 독립성을 주장하기라도 하려는 듯이, 그리고 어쩌면 스캔들을 피하기 위해서, 앤은 딸에게 자신의 성을 물려주었을 뿐만 아니라 출생증명서에 〈생부 불명〉이라고 적었다. 그녀는 루에게 출생을 알리기 위해 암호화된 전보를 보냈고 루는 3월 24일에 그에 대한 답장을 보냈다. 〈두 사람에게 내 사랑을 보내며, 루.)²⁰¹ 그는 또 며칠 뒤 이렇게 썼다. 〈사랑하는 애니, 어제는 당신 꿈을 꿨어. 내가 사무실에서 전화를 하는데 당신이 들어와서 조금 더 오래 기다릴 수 있다고 손짓으로 말하더군. 당신은 노란색 드레스를 입고 머리를 묶고 있었어. 까맣고 반짝이는 눈으로 왠지 나를 비난하는 듯이 쳐다보았어. 당신은 정말 아름다웠어(물론 지금도 아름답지만). 애니, 애니, 난 항상 당신을 생각해. 우리가 함께 회의하던 때가 너무 그리워. 우리 인생의 방식이 하나도 변하지 않았으면 좋겠어.〉 아이가 태어난 뒤에 하는 말로는 어쩌면 조금 이상하고 너무 순진하게 들리지만 분명 진심이 담긴 말이었다. 여전히 두 사람이 부모이면서 동시에 여전

히 동업자임을 강조라도 하듯, 루는 바로 그다음 문장부터 과거
(〈예일 건물에 대한 형편없는 기사 말인데…….〉)와 미래(〈아마
유대교 회당을 설계하게 될 것 같아.〉)[202]의 건축 프로젝트에 관
한 이야기를 긴 문단에 걸쳐 쓰기 시작했다.

건축은 계속 두 사람 사이의 가장 큰 관심사였다. 칸이 팅에
게 보낸 편지의 대부분에는 적어도 하나 혹은 두 점의 스케치가
담겨 있었다. 때로는 펜 중심가 주변의 도로를 자세하게 그리거
나 이미 제안한 지붕의 대안적 방식을 보여 주는 꽤 복잡한 스
케치 등이 포함되어 있기도 했다. 한 편지는 〈공간의 본질〉, 〈질
서〉, 그리고 〈디자인〉[203]과 같은 말을, 처음 두 단어 주변에 원을
그리고 세 단어 사이에 선을 연결한 도식이 포함되어 있기도 했
는데 아마 질서(그가 주어지는 것, 자연에 내재되어 있는 것이
라고 보았던)와 디자인(질서에 대한 인간의 최선의 반응) 사이
의 관계에 대한 아이디어가 발전해 나가고 있었던 것 같다. 또
한 그가 1954년 초 즈음에 벅차다고 느끼기 시작하던 강의에
대해서도 썼다. 〈이제는 너무 학생들로 둘러싸인 느낌이라서,
솔직히 말하면 나는 크거나 좋은 회사를 운영하고, 학문적인 일
은 조금만 했으면 좋겠다는 생각이 들기 시작했어. 나는 3주 동
안 나름 꽤 확실한 방향을 줬다고 생각하는데 나중에 모호한 낙
서 같은 과제물을 볼 때면, 내가 이 일을 과연 잘하고 있나 하는
회의감이 들어.〉[204] 이러한 사적인 고백은 그가 한때 학생들을
가르침으로써 엄청난 것들을 배우고 있으며, 한때 그가 학생들
이 배우는 것보다 자신이 그들로부터 적게 배운다고 느낄 때 강

의를 그만둘 것이라고 종종 주장하던 것과 흥미로운 대조를 보인다. 혹은 어쩌면, 흔한 일은 아니지만, 단순히 강의가 형편없었던 어느 날 우울한 마음을 표현한 것인지도 모른다.

분명히 루는 앤에게 보내는 편지에 자신의 생각과 감정을 많이 드러냈다. 그의 직업에 대한 중요한 통찰들을 그녀와 공유했을 뿐 아니라, 지속적으로 엄마와 아이가 충분히 느낄 수 있을 만큼 따뜻한 마음을 표현했다. 〈그 아이는 정말 너무 사랑스러워! 분명히 아주 예쁘게 자랄 거야. 그리고 이 세상에게, 그리고 당신에게! 정말 많은 것을 선사할 거야. 당신은 나에겐 너무 멋지고 너무 아름다워, 너무 사랑스러워.〉[205] 그는 처음으로 받은 아이와 엄마의 사진에 대한 답장을 써서 보냈다. 그리고 1955년 1월 앤이 마침내 자신과 알렉스가 컨스티튜션호*를 타고 뉴욕으로 갈 방법을 마련했을 때(그녀는 당시 로마의 아메리칸 아카데미에 있던 로버트 벤투리에게서 400달러를 빌렸다) 루는 너무 기뻐하며, 〈그 배가 언제 도착하든 마중 나갈게, 사랑하는 루〉[206]라는 전보를 보냈다. 그는 아버지나 연인으로서의 역할을 전혀 소홀히 하지 않았다. 따뜻하고 다정하게 대했고 감정적으로 지지해 주기 위해 최선을 다했다. 하지만 늘 그랬듯이, 그가 앤에게 보여 주었던 감정들은 이야기의 전부가 아니었다.

앤이 로마에 가 있던 15개월 동안 마리 귀라는 이름의 젊은 여성이 칸의 회사에서 일하기 시작했고, 곧 그녀와 루는 관계를

* 1951년 처음 항해를 시작한 미국 익스포트 라인 선박 회사의 여객선.

갖기 시작했다. 정확히 앤이 그랬던 것처럼, 루의 회사에서 일하기 시작했을 때 마리는 이십 대 중반이었고 — 건축 학교를 졸업한 후 두 번째 직장이었다 — 칸은 이제 유명해지기 시작한 오십 대 중반이었다. 마리 궈는 분위기는 많이 달랐지만, 앤처럼 아름다웠다. 그리고 가족이 심각한 역경을 겪은 후 비록 스스로 학비를 마련하여 대학을 가야 했지만, 앤처럼(혹은 이 부분에서는 에스더처럼) 루보다 사회적 지위가 훨씬 높은 집안 출신이었다.

마리 궈는 1928년 중국 베이징에서 장제스 정부의 중요한 군사적, 외교적 인물이었던 페추암 궈* 장군의 장녀로 태어났다. 궈 집안은 만주에서 왔으며 대대로 외교관 집안이었다. 장군의 부인이자 마리의 모친은 아주 부유한 만주 출신 가문 후손이었고 마리는 태어난 후, 8~9년 동안 매우 호화로운 환경에서 자랐다. 그리고 1937년, 그녀의 부친이 중국 대사관의 군사 담당관으로 워싱턴 디시로 가게 되었다. 머지않아 나머지 가족들, 마리, 마리의 모친, 그녀의 동생 조지프는 〈난징의 강간〉으로 알려진 일본의 대학살을 피하기 위해 중국을 떠났다. 그들은 워싱턴에서 궈 장군과 만났지만 마리는 즉시 필라델피아 외곽에 있는 빌라 마리아라는 가톨릭 기숙 학교로 보내졌다. 반면 그녀의 두 남동생인 조와 미국에서 태어난 지미는 부모님과 함께 살았다.

1941년 궈 장군은 모스크바로 파견되었고 그때 마리의 모친

---

* Dequan Guo(郭德权)로 추정된다.

과 두 남동생은 필라델피아 서부에 있는 중하층 계급이 사는 동네로 이주했다. 집안의 가세는 이때쯤 꽤 많이 기운 상태였지만, 궈 부인은 러시아에 고급 양말이나 현금을 보내 달라는 남편의 요구에 부응할 만큼의 충분한 돈을 가지고 있었다. 마리의 아버지는 1945년에 딱 한 번 마지막으로 그들을 방문했는데 그때 열일곱 살이었던 마리에게 가족을 책임져야 하며, 그러기 위해서는 결혼을 해서는 안 된다고 말했다. 그가 러시아로 돌아간 직후, 궈 부인과 자녀들은 장군이 모스크바 파견 중에 만난 러시아-중국 혼혈 여성과 두 번째 가정을 꾸렸다는 것을 알게 되었다. 마리의 모친(남편과 끝내 이혼은 하지 않았으나 평생 따로 살았다)은 격분과 우울 상태에 빠져 술을 많이 마시기 시작했다. 최대한 빨리 집을 떠나고 싶었던 마리는 빌라 마리아에서 펜으로 곧장 진학했다. 그녀는 항상 화가가 되고 싶어 했지만 필라델피아의 중국인 원로들은 궈 부인에게 생계를 꾸리는 데 화가는 좋은 직업이 아니라고 충고했고, 때문에 마리는 건축 쪽으로 방향을 틀게 되었다.

마리 궈는 앤 팅과는 달리 일에 대한 야망도 없었고 건축에 헌신적이지도 않았다. 펜에서 건축 학사 5년 과정을 마쳤지만 건축사 자격증을 따려고 하지도 않았고 미국 건축사 협회의 회원이 되지도 않았다. 하지만 그녀는 프로젝트 건축가로 일했다. 사람들의 말에 따르면, 그림을 아주 아름답게 잘 그렸다고 한다. 루의 사무실에서 그녀의 예술적 재능은 매우 유용하게 쓰였다. 예를 들어 한번은, 루가 대충 그려 놓은 도면을 아주 빨리 베껴서 한 달 동안 완벽하게 완성한 다음 뉴욕 현대 미술관에 칸의 작품 샘플로 보내기도 했다. 그녀의 동료들은 그녀의 제도 솜씨를 칭찬한 것은 물론, 그녀의 매력적인 외모와 섬세한 태도에 매료되었다. 마리보다 1~2년 후에 루의 회사에서 일하기 시작한 또 다른 펜 졸업생 잭 매칼리스터는 그녀를 〈다정하다, 지적이다, 재능 있다〉 등의 말로 묘사했고 〈그녀는 발레리나처럼 발끝으로 걸었어요〉[207]라고 회상했다. 그보다 약간 뒤에 칸의 사무실에서 마리를 만난 조경 건축가인 로이스 셔 더빈은 〈온화하고, 친절하고, 밝고, 아주 예뻤어요……. 그녀를 봤을 때 사랑스럽고 온화한 여성이라는 인상을 받았습니다〉[208]고 말했다.

하지만 다른 사람들에게는 마리가 외적으로 부드럽고 온순하게 느껴졌을지 몰라도 그녀의 가족은 그녀의 강인하고 집요한 성격을 알고 있었다. 가난한 이민자의 신분으로부터 벗어나기 위해, 그리고 만일 가능하다면 동생들까지 포함하여 신분을 상승시키기 위해 그녀는 모든 것에서 우아함을 갈망했다. 그녀는 고가의 맞춤옷을 입었고 그녀의 동생 조가 〈거의 영국인〉 같다고 표현할 정도의 악센트로 말했으며 한번은 동생에게 〈네 인생을 아름다움으로 둘러싸라〉고 충고하기도 했다. 동생의 촌스러운 말투와 태도를 비판하는 데 주저하지 않았고 또 한번은 좀 더 우아하게, 덜 촌스럽게 행동하기 위해서 발레를 배워야 한다고 말하기도 했다. 「누나는 우아하고 고전적인 사람이었어요.」 누나처럼 펜에서 건축 공부를 한 조는 이렇게 말하고는 다음과 같이 덧붙였다. 「누나를 많이 보지 못하면서 살았어요. 아마 누나가 너무 모든 것에 〈옳다 보니〉[209] 제가 되도록 멀리 떨어져 지내려고 했던 것 같아요.」 하지만 그는 마리가 칸의 회사에서 번 돈으로 막내 동생 지미의 사립 학교 학비를 모두 댈 만큼 아주 관대한 점도 있다고 인정했다.

아무도 언제 어떻게 두 사람의 만남이 시작되었는지는 정확히 모른다. 하지만 앤 팅이 필라델피아로 돌아왔을 때쯤 두 사람의 관계는 이미 한창 진행 중이었고 앤은 곧 그 사실에 대해서 알게 되었다. 아마 사무실 직원 중 한 명이 그녀에게 말했을지도 모른다. 어쩌면 마리가 직접 폭로했을 수도 있다. 마리는 조금 시간이 지난 후 앤을 찾아가 루를 포기하라고 말할 정도로 소유욕이 강했다. 그녀는 앤은 아이가 있으니 기꺼이 루를 자신이 차지하도록 놔둬야 한다고 주장했다. 앤은 그건 말이 안 된다고 주장했다. 또 어떤 날은, 사무실에서 마리가 중국어로 전화하는 것을 들었는데[210] 전화의 상대에게(아마도 마리의 엄마인 듯한) 피임을 하고 있기 때문에 임신할 가능성이 없다고 안심을 시키고 있었다. 물론 마리는 앤이 어릴 때 중국에서 살았던 사실을 모르고 있었기 때문에, 자신의 대화를 알아들을 것이라고 예상하지 못했다. 그 대화를 듣고 무엇보다 앤이 가장 놀랐던 점은, 루가 싫어하는 것을 알면서도 피임약을 사용해도 된다고 생각하는 마리의 태도였다. 앤으로서는 감히 생각도 할 수 없는 일이었고, 결국 자신은 임신을 하게 되었기 때문이다.

그들의 관계에 마리 귀의 등장은 앤에게는 개인적인 면에서도 고통스러웠지만, 루와의 공동 작업에 영향을 주었기 때문에 더욱 그녀를 힘들게 했다. 이 문제는 1955년에 그녀가 돌아온 직후, 뉴저지주의 유잉 지역에 있는 유대인 커뮤니티 센터 부지 계획 중에서도 매우 중요한(그리고 결국 지어진 몇 안 되는 프로젝트 중 하나였던)「트렌턴 배스 하우스」에 할당되었을 때 명백해졌다. 팅에 의하면, 칸은 이 배스 하우스를 동료 중 한 명인 팀 브릴랜드와 지붕 없는 직사각형의 형태로 설계하고 있었는데, 최종적인 설계안을 생각해 낸 것은 그녀였다. 중앙 안뜰 주변으로 4개의 정사각형 모양의 건물을 대칭적으로 배치하고, 속이 빈 4개의 모서리 기둥에 개방형 피라미드 지붕을 올려놓은 형태였다. 속이 비어 있고 부분적으로, 벽으로 둘러싸인 모서리 부분 중 두 곳은 수도관, 전기 장비, 그리고 수영장 용품들을 수용할 수 있는 〈하인 공간〉으로 사용할 수 있었다. 또 다른 곳들은 양쪽에 여자 및 남자 탈의실로 들어가는, 서로 상응하는 입구로 만들었다. 이러한 〈칸막이 입구baffled entrance〉*는 앤이 중국에서 살았던 어린 시절의 기억에서 비롯된 것이었고, 트렌턴에서는 공적인 공간과 사적인 공간 사이를 분리하는 데 단순함과 신비로움을 더해 주었다.

「루와 저는 거의 1년 만에 다시 하나의 제도판에서 함께 일하게 되었습니다.」[211] 앤이 말했다. 그리고 칸이 자신이 제시한 아이디어를 받아들인 점이 기뻤다. 하지만 주말에 루가 배스 하우스를 위해 디자인한 벽화를 그리러 갈 때, 그는 앤이 아닌 마리

---

* 벽이나 칸막이로 막혀 바로 들어가지 않고 방향을 꺾어 돌아 들어가도록 만들어 놓은 입구.

를 데리고 갔다. 5년 전만 해도, 바이스 주택 벽화에 조수로 선택된 사람은 앤이었다. 자신의 자리가 다른 사람으로 바뀐 것보다 더 참담한 일은 없었다.

칸이 회사 일에서 앤을 주변으로 밀어내려고 한 것이 고의였는지는 모르지만, 그런 그의 시도는 꽤 효과적으로 진행되었다. 그의 노트에 적힌 내용을 보면(보통은 특징 없이 날짜만 적는데, 이 경우에는 특별히 〈55년 6월 7일〉이라고 적혀 있다), 사무실의 새로운 관계 구도를 보여 준다. 칸은 다음과 같이 적었다.

『선데이 타임스』의 최신호에 코르부*가 지은 롱샹의 예배당 사진이 실렸다. 반응은 극과 극이었다. 나는 미친 사람처럼 그 건물과 사랑에 빠졌다. 마리도 나와 같이 느낀다. 데이브는 독단적이라고 생각한다. 팀은 별 의견이 없다. 펜은 그냥 내가 한 칭찬을 자기의 의견 없이 고대로 따라 한다. 언제나 거만한 베르는 수많은 스위스의 풍경 사진 중 하나 같다고 한다. 나에게 이것은 반박할 수 없는 예술가의 작품이다. 자신의 꿈을 콘크리트라는 재료의 건축물로 재번역한 건축가. 꿈꾸는 이에게 종교적인 상징을 의미를 가진, 친숙하고 억제되지 않은 형태로 가득한 꿈…….

루가 그냥 사진 하나만 보고, 최근에 완성된 르코르뷔지에의 건물이 단지 재료로서만이 아니라(타설된 콘크리트, 현지에서

* 르코르뷔지에의 약칭.

252

채석된 돌), 변덕스러우면서도 진지하고, 곡선과 직선이 혼재되어 있으며, 무거운 중량감과 눈부실 만큼 밝은* 빛이 어우러지는 이상하리만치 충격적인 형태라는 점에서도, 자신의 작업에 정말 중요한 존재가 될 거라는 점을 바로 깨닫게 되었다는 것은 매우 놀라운 일이다. 그리고 이 일기의 내용에서 사무실에서 주고받는 대화의 분위기를 느낄 수 있다. 회사에서 입지가 탄탄한 리더 격이며 루의 의견에 유일하게 일상적으로 반박할 수 있는 데이비드 위즈덤이 자신의 의견을 갖고 대화에 끼어드는 반면 이전 예일대 학생이었던 잘생긴 팀 브릴랜드는 의견을 전혀 내지 않는다. 펜로즈 스폰은 어디에나 있는 예스맨이다(그런데 그의 의견이 마리 귀의 진심 어린 동의와 뭐가 어떻게 다른 걸까?). 그리고 객원 직원이었던 프랑스인 아브라함 베르는 오만한 외국인의 역할을 맡고 있다.

그런데 이 모든 대화에 앤 팅은 어디에 있는 걸까? 노트를 자세히 보면 말 그대로 가장자리로 밀려난 것처럼, 페이지의 아예 다른 부분에 분리된 채, 왼쪽 구석(노트의 종이를 보면 좁은 왼쪽 면과 넓은 오른쪽 면으로 나누는 수직선 바깥쪽)에 칸은 이렇게 적어 놓았다. 〈앤은 모든 건축의 형태에 내재된 구조적 질서로부터 파생된 힘이 아닌, 형태를 만드는 것에 의해서만 표현된 힘에는 만족해하지 않는다. 앤은 르코르뷔지에가 나와 그녀처럼 구조의 성장 개념을 이해하고 있었다면 그도 자신의 작업에 만족하지 않았을 것이라고 주장한다.〉[212]

* 여기에서 밝은light은 앞의 무거운weighty과 대조되는 의미로 쓰였다.

항상 칸에게 그 자신이 지지했던, 그리고 두 사람이 함께 건축과 형태 자체 모두에서 탐구했던 질서의 개념을 지속적으로 상기시켰던 앤은 아마도 칸보다 더 〈칸스러웠던〉 것 같다. 앤이 가진 특별한 지성(기하학의 순수함에 대한 열정을 포함하여)은 모든 것이 논리적으로 깔끔하게 해결되기를, 그래서 그녀가 목격해 온 우주에서 작용하는 기본 원리와 함께 일관되게 유지되기를 바라게 만들었다. 루는 그녀의 이런 특징에 과도하게 매료되었고, 그가 하는 말과 작업에도 영향을 받았다. 하지만 그의 내면에는, 순수한 본능에 의한 충동적인 반응(즉 〈나는 이것과 미친 듯이 사랑에 빠졌다〉라고 말하는 것과 같은)으로 그것에 반항하고 싶은 마음도 있었다.

두 사람은 이렇게 달랐음에도 불구하고, 이 시기의 칸과 팅은 여러 가지 이유 때문에 계속 직장 동료로서, 작은 딸 알렉스의 부모로서, 그리고 심지어 연인으로서 관계를 유지했다. 앤은 분명 루에게 반복해서 마리와의 관계를 그만두라고 요구했겠지만, 그는 마리를 완전히 포기하지 않은 상태로 팅 가족에게 계속 중요한 존재로 지냈다. 그는 알렉스를 데리고 이곳저곳을 가거나, 앤의 집에 들러 때때로 저녁을 같이하고, 때로는 같이 밤을 보내곤 했다. 그리고 앤 또한, 직장에서 시간을 융통성 있게 쓸 수 있도록 허용되어 다른 직원들이 사무실에서 오랜 시간을 근무해야 할 때도 집에서 〈알렉스와의 시간〉[213]을 가질 수 있었다. 어린 알렉스는 점점 커가면서 어머니에게 왜 아버지와 함께 살지 않느냐고 종종 묻곤 했다. 물론 알렉스를 보호하기 위해서였겠지만, 그에 대한 앤의 대답은 알렉스를 점점 더 혼란에 빠트리기만 했다. 「어머니는 〈우리는 보통 사람들처럼 결혼하지 않았어〉라고 말하곤 했어요. 그래서 저는 두 분이 결혼식장이 아니라 법원에서 결혼을 했다는 의미일 거라고 생각했어요.」[214] 알렉스는 자라면서 아버지를 한 달에 한두 번밖에 보지 못했고, 바쁜 건축가인 아버지가 낼 수 있는 시간이 그 정도일 거라고만 짐작했다.

아주 대단한 것은 아니어도, 출강 중인 학교가 변경된 일은 루를 조금이라도 덜 바쁘게 만든 일 중 하나였다. 조지 하우가 1954년 예일 대학교 건축과 학과장에서 은퇴한 후 1년도 채 안 되어 사망했을 때 루는 큰 상심에 빠졌다. 「그는 정말 조지 하우를 좋아했어요. 그리고 조지 하우가 사망했을 때 루가 갑자기 사라졌어요. 그냥 애틀랜틱시티에 혼자 가서 해변가를 하루 종일 걷다가 돌아온 거예요. 하지만 다녀온 뒤에도 그는 아무하고도 얘기하고 싶어 하지 않았어요.」[215] 에스더 칸이 말했다. 루는 건축과 학과장으로 새로 부임한 전도유망한 모더니스트 건축가인 폴 루돌프와 썩 잘 지내지 못했다. 통근도 점점 힘들어지기 시작하면서, 그는 잘 성장해 나가는 자신의 회사에 더 가까이 있고 싶어 했다. 그래서 펜의 건축대학의 새 학장인 조지 홈스 퍼킨스가 1955년 가을에 시작하는 교수직을 제안했을 때 수락했다. 그는 이미 1950년대 초부터 펜에서 비정기적으로 수업을 가르치고 있었고 건축과 학생들에게도 익숙한 얼굴이 되었다. 하지만 이제 그는 정교수로서 자리를 잡게 된 것이다. 칸은 그 외에 다른 곳(1965년에는 MIT의 건축-계획대학에서 한 학기를, 예일에서는 1957년까지 계속 강의했으며 프린스턴에서도 가끔 강의를 맡았다)에서도 객원 교수로서 일했지만 펜 대학교에서는 1950년대 중반 이후부터 영구적으로 재직했고, 영향력 있는 〈필라델피아 건축대학〉의 중심적인 인물로 남게 되었다.

1953년부터 1958년까지 펜에서 건축을 공부하고 루의 회사에서 일한 리처드 솔 워먼은 강의실에서 칸의 모습을 처음 봤을 때의 강렬함을 기억했다. 아마 칸이 펜을 위해 예일 대학교에서 사직했을 때쯤 있었던, 〈비평〉 시간 — 거장 건축가가 학생들의 그림과 설계를 평가(혹은 아주 드물게 칭찬하는)하는 시간 — 이었던 것 같다. 당시 워먼은 흉터 있는 얼굴, 높은 음조의 〈끼익거리는〉 목소리, 그리고 놀라울 정도로 카리스마를 가진 이 교수가 누군지 이미 잘 알고 있었다.

「제가 2학년을 시작할 무렵, 그의 비평 시간에 들어갔던 때가 또렷이 기억납니다.」 워먼이 말했다. 「그건 마치 신이 현현하는 순간 같았어요. 저는 집에 가서 부모님에게 〈저 오늘 아주 유명해질 사람의 말을 듣고 왔어요〉라고 말했습니다.」 워먼은 유대교식 정육점을 하는 아버지와 주부인 어머니가 자신의 말을 어느 정도까지 이해할지는 상관하지 않았다. 단지 그 말을 꼭 해야만 할 것 같았다. 「그 교수님은 정말 놀라운 분이에요.」 그는 부모님에게 칸에 대한 이야기를 했다. 「그리고 제가 만난 사람 중에 진실을 말한 첫 번째 사람이에요. 그 교수님은 우리와 달라요. 그리고 그분은 아주 유명해질 거예요.」[216]

*

루가 펜 대학교의 교수로 부임할 무렵, 혹은 그 몇 달 뒤에, 십 대가 된 수 앤은 학교에 가려고 필라델피아 서부에 있는 집에서 그 동네의 반대편에 있는 프렌즈 셀렉트라는 사립 고등학교까지 가는 전차를 타고 있었다. 익숙한 전차를 타고 가던 그녀는 오른쪽 창문 밖을 내다보게 되었다. 그 순간 창밖을 향해 고개를 완전히 돌린 채 조금 더 자세히 바라볼 수밖에 없었다. 그녀가 잘 알고 있던 앤 팅이 전에 한 번도 보지 못한 어린 여자아이의 손을 잡고 보도 위에 서 있었기 때문이다.

「그리고 너무 이상하게도 다음과 같은 생각이 떠올랐어요. 〈저 아이는 내 여동생이다〉라고요.」 수 앤이 말했다. 그녀의 첫 번째 충동(비록 〈충동〉은 의식적인 것처럼 들리지만 사실 그녀의 생각은 그 단계까지도 미치지 않았다)은 그러한 깨달음을 완전히 무시하는 것이었다. 「저는 그것에 대해 아예 생각하고 싶지 않다고 생각했기 때문에 그 생각을 그냥 차단해 버렸어요. 그리고 그것에 대해서 아무에게도 말하지 않았어요. 그때 제가 어떻게 그걸 깨달았는지조차 모르겠어요. 아마 전에 뭔가 엿들은 적이 있는데 전혀 인식하지 못하고 있었겠죠. 그때는 그냥 통찰력이 섬광처럼 떠오른 것 같았어요. 그리고 그건 그냥 정보일 뿐이었죠. 마음이 괴롭지는 않았어요. 저 아이는 내 여동생이다, 저 아이는 아버지의 아이다. 그것을 스스로 명확하게 표현하려고 한 건 아니지만 그냥 그런 확신이 들었어요.」 그 시점까지 수 앤은 아버지의 외도에 대한 이야기는 한마디도 들은 기억이 없었다. 만일 그녀의 부모님이 그런 일에 대해 다툼을 했다 해도 그녀에게서 멀리 떨어진 곳에서 문을 닫고 방 안에서 대화를 나누었을 테니까 말이다. 「두 분은 남에게 드러내는 성격이 아니었어요. 무슨 문제로 싸우든 다른 사람이 없는 데서 싸웠거든요.」 하지만 그녀는 분명 무엇인가를 들었을 것이다. 혹은 어떤 경우든 알렉스 팅을 본 순간 바로 알아차릴 만한 뭔가를 감지하고 있었음에 틀림없다. 그리고 그 깨달음이 순간적인 것이었던 것처럼 그것을 잊는 것도 순간적이었다. 그 깨달음에 대한 충격이 너무 커서, 아마 그것을 다시 되돌려 생각해 볼 준비가 될 때까지 스스로 차단해 버리는 것만이 그녀가 할 수 있는 일이었을지도 모른다.

그녀가 아주 오랜 시간이 지날 때까지 알지 못했던 사실은 그녀의 어머니 역시 그 당시 오랜 기간 동안 다른 사람과 연애를 하고 있었다는 것이었다. 루의 비도덕적인 행동은 혼외 자녀로 인해 널리 알려지게 되었지만 에스더의 불륜은 완전히 숨겨진 채로 남았다. 결국 에스더는 자신의 딸과 두 명의 다른 젊은 친척 몇 명에게는 이 사실을 털어놓았다. 그 동기는 일종의 관용과 같은 것이었다고 수는 느꼈다. 「그건 마치 〈이런 게 사람들이 삶을 견디는 방식이란다〉 하는 느낌이었습니다. 제 생각에 어머니는 모든 건 흑백 논리로만 이뤄지는 것이 아니며 인생은 종종

〈평범〉하지 않은 길을 택하기도 한다는 것을 부드럽게 말해 주려고 했던 것 같아요.」

비록 에스더가 이런 일탈을 함으로써 루의 외도에 대처하는 데 도움이 되었을지는 모르지만, 보상 심리로 인한 행동 같지는 않았다. 그녀가 그 남자를 처음 만난 것은 두 사람이 펜 대학교의 대학원생이었을 때였다. 두 사람이 알고 지낸 초기, 이 동료와 그의 부인이 에스더의 집에서 열렸던 파티에 왔을 때 — 보통 루가 피아노를 치던 그런 파티였다 — 동료의 부인은 이미 에스더에 대해 질투심을 느끼고 있었다. 그녀의 남편은 분명히 이 젊은 심리학과 대학원생을 이국적이고 똑똑하며 매력적이라고 생각하는 듯했다. 「그런데 아버지도 어머니를 그렇게 생각했는지는 모르겠어요.」 수 앤이 말했다. 「어머니는 아버지에게 바위처럼 든든한 존재였어요. 하지만……」 키가 큰 금발에 유대인이 아니었던 그 남자는 루와는 모든 것이 달랐다. 그는 곧 펜의 어엿한 연구 과학자로 교수진에 합류했다. 에스더의 부모님은 말할 것도 없고, 에스더 역시 그의 이런 점이 루의 더디고 우여곡절 많은 경력과 놀라울 정도로 다르다고 느꼈을 것이다. 늦어도 1950년대부터는, 어쩌면 그보다 훨씬 일찍, 그와 에스더는 진지하게 낭만적인 밀회를 즐기기 시작했다. 그들은 신중했지만 항상 숨어 다니지는 않았다. 예를 들면 1953년과 1954년에 그는 에스더를 수 앤의 여름 캠프에 데려다주기도 했다. 「아버지가 다른 여자를 만나고 있는 것 같아.」 그 남자의 딸은 자신의 오빠 중 한 명이 했던 말을 기억했다. 그리고 그들은

곧 어머니 또한 아버지의 불륜에 대해 이미 알고 있음을 알게
되었다. 하지만 그 부인은 그것을 막지 않았다. 어쩌면 막을 수
없었던 것인지도 모른다. 그래서 에스더의 연인이 건강 악화로
더는 관계를 유지할 수 없게 된 1960년대 후반까지 두 사람의
관계는 지속되었다. 그 남자가 사망했을 때, 에스더는 이미 그
의 아내가 두 사람의 관계에 대해서 알고 있을 거라고 여겼고,
장례식에 참석하는 것은 옳지 않다는 생각에 가지 않았다.

루는 사실 이 남자와 아는 사이였다. 펜의 동료 교수로서 두
사람은 종종 같이 점심을 함께했고 그의 딸 결혼식에 참석하기
도 했다. 하지만 일반적인 분위기로 봤을 때 루는 두 사람의 관
계에 대해 모르고 있었다. 수 앤의 표현처럼, 〈항상 자신만의 세
계에 몰두해 있어서 심지어 그런 것에 대해서는 생각조차 해보
지 않았을 것〉이다. 즉 에스더의 불륜은 복수가 아니었고 자기
권리의 행사였을 뿐이었다. 「어머니는 자신에 대해 매우 잘 알
고 있었어요.」 수 앤이 말했다. 「평생 자신의 인생을 제한하긴
했지만요. 어머니는 아버지를 소중히 생각하고 지지했지만 그
래도 어머니에겐 어머니만의 인생이 있었어요.」[217] 그리고 에스
더는 매우 신중하게 — 루와는 달리 — 또 아이를 갖는 위험을
감수하지 않았다. 수 앤을 역아 분만으로 어렵게 출산했고, 또
루가 자식을 더 갖고 싶어 하지 않는다고 느꼈기 때문이었다.
또한 자신에게 다른 연인이 있었다는 사실 역시 임신을 조심해
야 했던 이유 중 하나였다.

하지만 이 모든 것들은 표현되지 않은 채, 그리고 때로는 지

각되지 않은 채로 표면적인 삶의 이면에 가려져 있었다. 루는 분명 에스더의 은밀한 연애에 대해 모르고 있었고 에스더는 앤 팅과의 관계에 대해 알고 있었음에도 불구하고 ― 아마 마리 귀에 대해서도 알고 있었을 것이다 ― 그녀는 그러한 사실에 대해 말하거나 어떤 식으로든 겉으로 드러내지 않았다. 그렇기 때문에 수 앤이 자신의 여동생의 존재에 대해 갑자기 깨달은 것은 전혀 이상한 일이 아니었다. 칸의 가족에게 의식적인 망각이 몸에 습관처럼 배어 있었던 것이다. 아마 이런 그들의 습성 덕분에 그들이 계속 앞으로 나아갈 수 있었는지도 모른다.

하지만 그러한 감정의 갑옷을 꿰뚫을 만큼 정말 고통스러운 순간들도 있었다. 1958년 8월, 루는 캘리포니아로부터 어머니가 돌아가셨다는 소식을 듣게 되었다. 베르사 칸은 당시 86세였고 적어도 10~15년간 제2형 당뇨병을 앓고 있었다. 말기에 가까워질 무렵에는 발가락의 괴저 때문에 침대에서만 지내야 했다. 「할머니의 발가락을 보게 됐어요.」 베르사의 증손녀 중 한 명인 오나 러셀이 생생한 기억에 몸서리를 치며 말했다. 「의사였던 저희 아버지와 삼촌은 그 광경이 저에게 어떤 영향을 미칠지 몰랐던 것 같아요. 할머니가 고통스러워하던 것이 기억나요. 하지만 할머니는 그럼에도 불구하고 저를 보고 미소를 지으셨어요.」[218]

오나의 삼촌인 앨런 칸은 베르사 인생의 마지막 몇 주 동안 그녀를 열심히 돌보았다. 마침내 베르사가 8월 20일 밤에 사망했을 때 앨런은 그녀의 옆에 앉아 있었다. 앨런은, 잠들지 않은 채 아래층에 있었던 레오폴드에게 소식을 전하러 내려갔다. 「제가 내려가서 할아버지를 바라보자, 할아버지는 독일어로 〈Mama ist gestörben〉*이라고 말했어요.」 레오폴드의 영어는 그때쯤에는 완전히 유창한 상태였지만 그는 〈베르사가 죽었다〉는 끔찍한 사실을 인정해야만 했던 그 순간, 그의 입에서 튀어나온 말은 베르사와 함께한 인생 내내 사용했던 언어였다.

가족은 이미 루에게 베르사의 임종이 가깝다는 사실을 알린 상태였다. 루는 가장 빠른 비행기를 타고 출발했지만 너무 늦게 도착했다. 비록 베르사가 사망한 후에 도착하기는 했지만 그래도 그렇게 오랜 시간이 흐른 것은 아니었다. 「삼촌이 들어와서 할머니가 누워 계신 위층으로 올라갔어요. 삼촌이 우는 것을 본 건 그때가 유일했기 때문에 기억나요.」[219] 앨런이 말했다.

베르사 칸은 그녀의 아들 오스카가 잠들어 있는, 동부 로스앤젤레스의 유대인 묘지, 〈평화의 집〉에 묻혔다. 루는 장례식에 참석한 뒤, 집으로 돌아가서 어머니의 죽음에 대해 거의 언급하지 않았다. 하지만 몇 달 후 1958년 12월 인터뷰에서 어머니에 대한 질문에 대해 이렇게 말했다. 「어머니는 매력적인 여성이었고, 관대하고 순응적인 분이었어요. 감정적인 분이 아니었습니다. 이상주의적이고 친절하고 이해심 많고 유머러스한 분이었어요. 아버지보다 어머니와 더 동질감을 느꼈죠. 어머니와의 관계는 아주 훌륭했고, 영감을 많이 받았지만 아주 직접적이거나 지속적으로 가깝지는 않았습니다. 따뜻한 관계였지만 그렇게

---

* 〈엄마가 죽었구나〉라는 뜻.

개인적으로 강한 결속력이 전해지진 않았어요.」 그가 어릴 때 그의 행동을 바로잡아야 할 때도 어머니는 매우 부드럽고 합리적이었다. 「아버지는 회초리로 때리셨어요. 어머니는 이해심이 많았고 말로 가르치셨죠.」 그리고 칸의 아버지에게도 어머니는 관용과 사랑을 보여 주었다. 「아버지는 변덕스러웠고 가난한 가장이라는 점에 부담을 느꼈어요. 하지만 아주 쾌활하고 행복할 때도 많았고 특히 어머니와 있을 때는 더 그랬어요.」 인터뷰 진행자의 〈어머니는 아버지의 생계 능력과 사회적 위치에 만족하셨나요?〉라는 관습적인 질문에 루는 이렇게 대답했다. 「아니요, 하지만 어머니는 아버지를 한 번도 깎아내린 적이 없었어요. 어머니는 정말 고상한 분이었어요.」 (〈어머니를 이상화하고 경외심을 갖고 회상하고 있다〉[220]라고 인터뷰 진행자는 괄호 안에 이런 메모를 해두었다.)

이 인터뷰는 캘리포니아 대학교 버클리 캠퍼스의 인성 평가 연구소에서 창의성에 관한 대규모 심리학적 연구의 일환으로 진행하게 된 것이었다. 연구를 주도한 사람은 심리학자인 도널드 윌리스 매키넌으로, 그는 작가, 수학자와 과학자, 그리고 건축가를 특별히 창의적인 유형의 사람으로 선정했다. 그는 응답자 그룹을 만들기 위해 버클리와 관련 있는 5명의 건축가, 윌리엄 워스터, 버논 드마스, 조 에셔릭, 돈 올슨, 그리고 필립 티엘에게 각각 45~50명의 건축가들을 지명해 달라고 부탁했다. 비록 루이스 칸이 그때까지 한 일은 「예일 대학교 아트 갤러리」, 「트렌턴 배스 하우스」, 그리고 개인 주택 몇 채뿐이었지만 그

5명의 건축가는 모두 루이스 칸을 지명했다. 선택된 저명한 인사들 중에는 마르셀 브로이어, 월터 그로피우스, 루트비히 미스 반데어로에, 프랭크 로이드 라이트 등이 포함되어 있었는데, 그들은 모두 연구에 참여하기를 거부했고 필립 존슨과 리하르트 노이트라와 루는 수락했다.

매키넌은 5명이 모두 추천한 사람들부터 시작하여 4명이 추천한 사람들(여기에는 폴 루돌프가 있었다), 3명(이오 밍 페이, 호세 루이 서트, 그리고 찰스 임스가 추천되었다), 2명(벅민스터 풀러), 그리고 마지막으로 1명(오스카 스토노로프, 조지 홈스 퍼킨스) 등의 순으로 진행하면서 목록을 작성했다. 결국 심리학자는 40명의 참가자를 모집했고 — 모두 남자였다 — 실험과 대화를 목적으로 4개의 그룹으로 나누었다. 피에트로 벨루스키와 이오 밍 페이, 리하르트 노이트라가 속해 있던 칸의 그룹은 1958년 12월 12일에서 14일 사이에 UC 버클리로 초대되었다.

도널드 매키넌이 연구 결과를 발표하려고 할 때쯤에는, 현대의 연구 기준에서 봤을 때 비과학적이고 전체적인 연구 과정도 너무 산만해서 결과적으로 창의성에 관해 별로 언급할 내용이 없었다. 하지만 그가 연구를 통해 구성한 창의적인 사람의 종합 전기(傳記)에는 분명 어느 정도 흥미로운 점이 있었고, 그 전기는 루의 인생 이야기와 놀라울 만큼 유사점이 많았다. 이 이른바 〈창의적인 사람〉은, 대체적으로 어린 시절에는 내성적이고 자신의 생각, 상징적인 과정들, 그리고 창의적인 경험 속에서 세심한 지각이 발달된 경우가 많았다. 이러한 내면적 발달은 불행하거나 외로운 어린 시절, 어느 정도는 병이나 타고난 수줍음 등에 의해 비롯되었을 수도 있다. 이런 어린이들은 또한 적어도 부모 중 한 명 혹은 다른 어른이 격려하고 지지해 준 창의적 유형의 특별한 재능을 가지고 있을 가능성이 많았다. 매키넌은 또한, 주로 부모와의 관계가 너무 가까운 편이 아닌 경우 오히려 자신의 의사를 스스로 결정하는 데 자유롭고 독립적으로 성장할 수 있다고 여겼다. 마지막으로 가장 주목할 만한 점은, 분명 어릴 때 자주 이주했을 가능성이 크고, 특히 〈외국에서 이 나라로〉[221] 온 경우일 거라고 추론했고, 그리고 그는 외부의 압력 없이 스스로 준비될 때까지 자신의 전문적 경력의 발달 시기를 미룰 수 있다고 생각하는 사람이라고 했다. 누가 봐도 이것은 루이스 칸에 대한 교과서라고 할 정도였다.

하지만 이 창의성 연구처럼 학문적인 결론이나 방식이 개개인의 차이를 없애려는 목적이 있다면, 가공되지 않은 원래의 자료는 종종 또 다른 이야기를 들려주기도 한다. 그래서 실제로 그 연구에서 실행했던 인터뷰와 실험에서는 루의 성격이 드러나 있다. 루와의 인터뷰는 조지프 스파이스맨이라는 사람이 주로 담당했다. 그는 칸을 인터뷰할 당시, 겨우 삼십 대 초반이었지만 그 이후 심리학 연구 분야에서 상당한 경력을 쌓게 되었다. 스파이스맨이 작성한 〈성격 개요〉를 보면 그는 인터뷰 대상에게 매우 호의적이었던 것 같다. 〈그는 따뜻하고, 진지하고 강렬한 사람이었고 이 작업에 꽤 잘 몰두했습니다. 그는 조사관에게 전혀 의지하지 않고 질문 과정의 뉘앙스와 미묘함에 주의를 기울였습니다.〉 면접관은 또한 칸이 기억을 연대순으로 잘 정렬하고 연결성이 있는 사건들을 시기와 상관없이 서술하는 능력이 있었으며, 〈아주 명료하고 유창했다〉고 상당한 감탄의 뜻을 나타냈다. 인터뷰 후에 작성한 체크리스트에서 스파이스맨은 〈칸은 인터뷰를 즐기는 것 같았다〉, 〈말할 때 손을 아주 많이 사용한다〉고 기록했고 〈동작의 템포가 빠르고〉, 〈기민하고《숨김 없는》얼굴〉을 갖고 있다고 적었다.

전반적으로, 성격 개요는 주요 결론 부분에서는 꽤 정확한 듯했다. 〈루이스 칸의 뛰어난 능력은, 전통과 선조에 대한 감각, 역사적 시각, 심지어 지적 동기와 호기심이, 그가《예술적 창의성》이라고 일컫는 것을 통해 여과되고 승화된, 자신의 일에 대한 강렬한 헌신의 결과였다. 이것은 결코 그가 내향적인 성격이라는 의미가 아니다. 오히려 그 반대로 아주 적극적으로 일에 집중하고, 그 일을 통합적 참조 기준(비록 광범위한 기준이라고 해도)으로 활용하려는 성격이 엿보인다.〉 스파이스맨은 또한 그러한 일들이 어떻게 성취되었는지를 간파했다. 〈그는 극도로 활동적이다. 그럼에도 불구하고 그는 피드백을 받기 위해서 아이디어가 완전하지 않은 단계에서도 널리 알리기를 좋아한다.〉 심리학자의 관찰은 정확했다. 하지만 그는 루의 자기 비하적인 태도에 속았거나, 어느 정도는 오해한 부분도 있었던 것 같다. 그건 스파이스맨이 다음과 같이 결론을 내린 부분에서 알 수 있다. 〈그는 어떤 것을 직접적으로나 완전히 거부할 만큼 개인적으로 안정된 상태가 아니다……. 그의 능력과 재능에도 불구하고 대단한 자신감이나 자신에 대한 확신이 없다.〉 (아마도 이것은 이런 연구의 특성상 그 자체로 모순이 충분히 생길 수 있어서였는지는 모르지만, 스파이스맨이 내린 이 결론은 별도의 〈평가표〉에 나타난 것과는 이상하게 맞지 않는다. 스파이스맨은 이 평가표의 인지 및 지적 능력에 관한 항목들에 대부분 〈평균보다 높음〉으로 평가했지만, 〈운명에 대한 감각: 인생의 목표에 대한 명확한 개념과 그것을 궁극적으로 달성할 수 있다는 자신감을 갖고 있다〉에 대한 점수는 거의 차트를 벗어난 높은 9점, 즉 최고점을 주었기 때문이다. 마지막으로 스파이스맨은, 〈그는 삶이나 경험을 충분히 직접적으로 살지 않고 오히려 그의《예술》, 그의 일을 통해 여과된 삶을 살고 있는 듯한 인상을 남긴다. 그리고 심지어 그마저도《신비주의》에 의해 더 가려져 있다〉고 결론을 내렸다.

여기서 말하는 이른바 〈신비주의〉는 아마도 직업에 대한 일상적인 질문들에 대한 답에서 찾아낼 수 있을 것이다. 〈언제 건축가로서 자리 잡았다고 느꼈습니까?〉라는 질문에 루는, 〈8년 전에요〉라고 대답했다(8년 전이라면 그가 로마의 아카데미에 있던 1950년 12월이다). 「그때부터 안정감을 느꼈습니다.」 그는 계속 이어 말했다. 「질서와 디자인에 대한 감각을 깨달았어요.」 그리고 다른 세 가지의 질문 뒤에, 〈본인이 건축 분야에서 탁월하다거나 남다른 어떤 재능이 있다고 느끼십니까?〉라는 질문에는, 〈네, 디자인에서 흘러나오는 질서의 감각입니다. 저는 이것에 남다른 재능을 가졌습니다!〉, 그리고 〈건축에서 창의적인 성취란 것을 어떻게 정의하시겠습니까?〉라는 물음에 〈질서와 위치에 대한 감각, 현존하는 삶과의 연관성입니다〉라고 답했다. 그리고 또다시, 〈당신은 자신을 창의적인 건축가라고 생각합니까?〉라는 질문에 〈네〉라고 했고, 〈어떤 부분에서요?〉라는 물음에, 〈질서요! 그것으로부터 진실한 디자인과 구조가 비롯됩니다〉라고 말했다. 이 느낌표를 보고 칸이 조바심을 내고 있다고, 즉 그의 뜻이 잘 전달되지 않고 있다고 느끼는 사람도 있을 것이다. 면접관은 칸이 이 〈질서〉라는 단어를 통해, 단순히 그의 작업에서 지침이 되는 원칙만이 아니라 건축이 일반적으로 다른 사람들에 의해 어떻게 수행되어야 하는지에 대한 비평의 기준에 대해 구체적으로 표현하고 있음을 눈치채지 못하는 것 같다. 칸은 본질적인 정신(장소, 기능, 필요성, 혹은 욕망)을 포착하기 위해 노력했고 그것이 설계를 좌우하도록 허용했다. 이것은 어쩌면 스파이스맨이 주장한 바와 같이 신비주의적이라고 여길 수도 있다. 하지만 매우 실용적인 생각이기도 했다.

그리고 스파이스맨이 루를 불안정한 사람으로 부정확하게 묘사했거나 그가 직접적으로 인생을 살거나 경험을 해나가지 못한다고 느꼈다면, 루에게도 일부 책임이 있다. 왜냐하면 그는 생각을 전달한 만큼 생략하기도 했기 때문이다. 그는 선뜻 자신의 어린 시절의 사고까지 언급하며 자신의 성격이 내성적이라고 고백했다. 「저는 아주 심한 화상으로 고통을 받았습니다. 제 흉터 깊은 얼굴과 손은 제 내성적인 성격에 영향을 주었습니다.」 그는 또한 자신이 동화에 나오는 기사나 다른 인물들에 대해 몽상을 좋아하는, 공상적이고 상상력이 풍부한 소년이었다고 표현했다. 그는 그의 초기 성적 경험에 대한 질문을 받았을 때, 이렇게 대답했다. 「13~14세 무렵에 성에 대해 알게 되었습니다. 혼자 있을 때 사정을 경험했어요.」 그리고 면접관에게 대학을 졸업할 때까지, 1928년 여행 중에 영국의 호텔 주인이 자신을 유혹할 때까지는 진짜 성 경험이 없었다고 고백을 하기도 했다. 하지만 그는 그 이후의 삶에서 성 역할에 대해서는 전혀 언급하지 않았다(아마도 스파이스맨이 물어보지 않아서였을 수도 있다).

루의 현재 가족과의 삶에 대한 기록은 완전하지 않다는 것을 알 수 있다. 그 이유는 스파이스맨이 그 주제로 대화를 나눌 때 단편적으로 기록했기 때문이다. 그래서 그는 시간이 좀 지난 후에 당시 루의 대답을 기억해서 재구성해야 했다. 그 면접관은 연구원에게 사과하는 듯한 편지를 썼다. 〈그의 가족에 대한 질문에 관해서는, 저는 떠오른 것을 기록할 만큼 제 기억에 대한 확신이 없습니다. 하지만 조금이라도 도움이 된다면 다음이 제가 기억하는 바입니다. 부인은 한 명, 자녀 두 명(아들과 딸). 그의 경력에 헌신적이고 지지하며 따뜻함을 가진 아내. 부인은 음악가? 세 사람 모두와의 관계는 훌륭함. 그가 안정감을 느낄 수 있도록 지지해 주며 그에게 인간 존재의 《지속성》에 대한 감각을 제공함.〉 이러한 상상 속의 음악가 아내는 실제 음악가는 아니었지만 음악회를 즐겨 가던 에스더, 그리고 어머니, 딸 혹은 남동생 모두 음악가였던 특성이 뒤섞인 것에서 비롯되었을 것이다(「남동생은 음악에 소질이 있었고 대단한 재능을 가졌지만 학교 공부에는 관심이 없었습니다.」 평소 오스카에 대해 잘 언급하지 않는 루는 인터뷰 중에 이렇게 말했다). 아들과 딸에 관해서는, 만일 칸이 면접관에게 한 명은 알렉스, 한 명은 수 앤이라는 이름의 자녀가 두 명이라고 얘기했다면, 스페이스맨은 전자는 남자아이, 후자는 여자아이라고 잘못 추측했을 수 있다. 하지만 그 인터뷰의 결과들이 너무 엉망으로 기록되었기 때문에 루가 자신의 두 번째 가정에 대해서 과연 언급을 했는지조차도 알 수 없다. 특히 그가 당시 스스로 작성한 개인 정보란에 자녀가 한 명이라고 명시한 것을 보면 더더욱 그렇다.

공식적인 테스트 결과를 보면, 대부분의 내용이 더 불명확하다. 예를 들면, 로르샤흐 검사*는 비표준적인 방식으로 진행되어 해석이 불가하고, 미네소타 다면적 인성 검사**와 건축가 큐-정렬 검사***는 해석표 없이는 읽을 수 없으며, 스트롱 직업 흥미 검사****는 아무 쓸모가 없고, 메타포 테스트*****와 가치관 테스트******는 제목은 흥미롭지만 수치로 된 결과밖에 없거나 하는

* 스위스의 정신의학자 헤르만 로르샤흐가 고안한 인격 진단 검사.
** 미네소타 대학교의 스타크 해서웨이와 존 맥킨리 박사가 개발한 성격 검사.
*** 참가자의 관점을 연구하기 위한 검사 방법.
**** 심리학 박사 에드워드 켈로그 스트롱 주니어가 개발한 직업 흥미도 검사.
***** 언어 자극을 통해 감정적 지각을 측정하는 테스트.
****** 알포트와 버넌에 의해 처음 발표된 이론. 경제, 심미, 사회, 정치, 그리고 종교적인 가치에 대한 개인적인 선호도를 측정하는 검사.

식이었다. 그래도 전체적으로는 별 정보가 없었던 이 사흘간의 실험에서도 뭔가 중요한 정보가 나타난 순간들이 있었다.

예를 들어 〈의미 차이〉*라는 검사에서 칸은 건축, 과학, 예술, 창의성, 성공, 그리고 나 자신 등과 같은 여러 가지 주제에 관해 형용사로 묘사된 정도에 따라 순위를 매겨 보라는 질문을 받았다. 대부분의 경우, 그에 대한 평가는 꽤 예상대로 나왔다. 예를 들어 건축은 절대적으로 〈영원하다〉, 〈강하다〉, 〈심오하다〉, 〈안정감 있다〉, 〈안전하다〉, 〈기분 좋다〉, 그리고 〈좋다〉 등을 선택했다. 성공은 완전히 현실적이고 남성적이며 활동적인 것으로 정의하면서도, 완전히 어렵고, 불안정하고 복잡한 것으로 특징짓기도 했다. 하지만 놀라운 점도 있었는데, 특히 〈자기 자신〉에 대한 부분이 그랬다. 건축, 심지어 창의성까지 포함해서 다른 모든 유형들은 대부분 가능한 한 아주 〈공적인〉 등급을 선택한 반면, 자기 자신은 그것들과 완전히 반대편에 있는 〈사적인〉 쪽에 위치하도록 했다. 그는 또한 자신을 가장 남성적인 단계에서 한 단계 정도 아래에 놓았다(그가 남성적이라는 것을 전혀 부정적으로 생각하지 않았는데도 말이다. 그리고 창의성, 예술, 그리고 과학은 모두 남성적인 것과 여성적인 것의 중간에 놓았다). 아름다움에서 추함에 관한 스펙트럼에서 그는 자기 자신을 정확히 가운데 놓았다.

* 사물, 사람, 사건 혹은 아이디어에 대한 응답자의 태도와 의견을 측정하는 검사. 〈좋음에서 나쁨〉, 〈행복에서 슬픔〉, 〈강함에서 약함〉 등의 양극화된 스펙트럼에 나열된 형용사들 중의 하나를 선택하게 한다.

이런 부분은 어느 정도는 이해할 만하다. 하지만 개인적인 관점에서 이 중 가장 흥미로운 결과는 칸이 다섯 개의 꽤 복잡한 시각적 이미지를 말로 표현해야 하는 주제 공감 검사*에서 나왔다. 그중 첫 번째는 한 나이 든 여성의 옆얼굴로, 창문을 내다보고 있는 여성 뒤에 젊은 남성이 서 있는 이미지였는데, 두 사람 모두 미소를 띠지 않고 있다. 「방금 아들이 어머니에게 집을 떠나겠다고 말했습니다.」 이것이 루의 대답이었다. 「아버지와 지속적으로 의견 충돌이 있어서 그는 그렇게 결정했습니다. 저 공간에서 어머니는 마치 걱정 없고 행복했던 지난날을 회상하듯 창밖을 바라보고 있죠. 아들도 그런 지난날들을 기억하고 있지만 불행한 결단을 내릴 수밖에 없어서 마음이 씁쓸한 겁니다.」 다음은 짙은 색 머리의 젊은 여성 옆에 카울이나 후드 같은 것을 쓴 주름진 나이든 여성이 있는 이미지에 대한 반응이다. 「이건 너무 명백하네요. 같은 사람의 오래전 얼굴이잖아요. 한때 그렇게 산뜻하고 매력적이었던 인물이, 흥미롭기만 할 뿐, 더는 누구도 원하지 않는 인물이 된다니! 저는 그녀의 어머니가 저 이미지와 똑같았을 때 알았어요.」

반(半)추상, 반(半)사회적 사실주의 계단의 맨 아래쪽에서 인형 같은 형상이 위로 올라가는 이미지에 대해서는 다음과 같이 표현했다. 「조금의 세심함도 없이 거칠게 지은 거대한 건물이, 일터로 가기 위해 끊임없이 걸음을 내디디며 계단을 올라가야

* 개인의 잠재적 동기와 성취, 권력, 인관관계를 이해하기 위해 응답자의 잠재적 성격을 추정하는 검사법.

하는 그녀의 일상 앞에 놓여 있어요. 여자는 정말 젊어요. 어느 날 그녀는 이 쓰레기통 같은 건물을 소유한 다음 엘리베이터를 설치하겠다고 마음먹죠. 하지만 과연 어떤 사람이 이러한 거대한 덩어리를 뚫을 수 있을까요. 다이너마이트로도 안 될 것 같네요.」

또 다른 이미지는 코트를 입은, 남자답게 생긴 인물이 모자를 쓰고 어두운 조명 아래 혼자 서 있다. 루의 반응은 다음과 같다. 「그녀가 다시 지나가기를 바라면서 기다리고 있네요. 그는 이미 그 일이 일어나지 않을 것을 이미 알고 있지만 그래도 그는 사랑과 운명의 게임을 하듯 매초, 매분을 확인하며 기다려요. 동화에서나 일어날 것 같은 상황이네요. 비현실적이지만 또 현실적이기도 해요. 왜냐하면 저 남자는 살아 있고, 또 저런 마음을 품고 있을 수 있다니 말이에요.」 다른 묘사와는 달리 이 이미지에 대한 설명은 마지막 문장에서 갑자기 시점이 바뀐다. 「빛 때문에 마치 체념하고 축 늘어진 모습처럼 보이는 남자를 저기에서 제가 바라보고 있었어요.」

그리고 단지 형태들과 허공들만으로 구성된, 너무 추상적이어서 세로나 가로로 봐도 동일하게 보이는 이미지가 있다. 이 막연하고도 혼돈스러운 이미지에 대해서 칸은 다음과 같이 말한다. 「이것은 제가 제 꿈을 설명할 수 있는 가장 좋은 방법이겠네요. 바람과 물결에 의해 만들어지는 모든 움직임은 스스로, 기복을 이루고 뒤섞이는 혼란스러운 정신을 형성하는 것처럼 보였습니다. 그 어떤 것도 내가 아는 대로의 모습이 아니었지만, 그것들이 존재의 일부라는 것은 알았습니다. 꿈, 즉 질서의 현현은, 오직 한 사람에게만 현실적입니다. 바람은 불꽃이 되고 불꽃은 물이 되었습니다.」[222]

이런 자료를 대면하게 되면, 해석은 전혀 의미가 없어 보인다. 이러한 작은 이야기 자체가 바로 핵심이다. 성격의 가마솥으로 곧장 뛰어드는 아베르누스*다. 다른 나머지 검사 결과의 차분함과 대조적으로 이러한 주제 공감 검사의 설명에서는 한 남자의 〈실재감〉이 최고조에 달한다. 당신은 그곳에 그와 함께 있다. 아주 잠시만이라도, 그의 소망과 꿈과 두려움과 후회 속에 존재한다. 그리고 당신은 그의 밖에 서 있기도 한다. 칸이 〈저기에서 제가 바라보고 있었습니다……〉라고 말했듯이 그가 종종 자신의 밖에 서 있었던 것처럼 말이다.

*

이 낭만적인 남자 — 길에 서서 기다리는 남자가 분명히 사랑하는 여자가 지나가기를 기다린다고 추측한, 루이스 칸 자신 — 는 그달 말 워튼 에셔릭의 집에서 열린 크리스마스 파티에 참석했다. 1958년 12월, 그곳에서 칸은 처음으로 해리엇 패티슨이라는 이름의 매력적인 여성을 만났다.

시카고에서 온 해리엇은 윌리엄과 보니 패티슨의 일곱째이

* 이탈리아 나폴리 부근에 있는 호수 이름이자 그리스 로마 신화에 나오는 지옥의 입구 중 하나.

자 막내로 태어났다. 어머니 쪽 조상인 애벗 집안은 17세기 혹은 18세기에 뉴잉글랜드의 해안에 상륙했다. 1906년에 웰즐리 대학을 졸업한 보니 애벗 패티슨은 〈미국 혁명의 딸들〉*의 회원이었다. 패티슨 부부는 일리노이에 정착한 후 다섯 딸과 두 아들을 낳았고, 그중 애벗 로런스 패티슨은 여동생 해리엇이 고등학교에 입학할 무렵에 이미 인정받는 예술가로 활동하고 있었다. 애벗의 공공사업 진흥국 스타일의 거대한 작품, 「무릎 꿇은 여성」은 1942년에 시카고 예술대학에서 권위 있는 로건 메달 예술 부문상을 수상했고 그 이후 수십 년에 걸쳐 그의 청동, 강철 및 대리석으로 만든 반(半)추상, 반(半)인물 조형 작품들을 시카고 전역에서 볼 수 있게 되었다.

해리엇은 프랜시스 파커라는 진보 학교를 다닌 후 잠시 웰즐리를 다니다가 시카고 대학교에 진학하여 1951년에 졸업했다. 그 후 그녀는 무대 디자인을 공부하기 위해 예일 드라마 스쿨에 입학했지만 곧 연기학과로 전과했다. 그 과정에서 그녀는 또한 요제프 알베르스의 색채 이론 과정을 듣기도 했다. 학위 없이 예일을 떠난 그녀는 유럽을 여행하고, 한동안 스코틀랜드에 살면서 에든버러 대학교의 철학 대학원에서 한 학기를 다녔다. 1950년 말, 그녀는 아주 뛰어난 소질이 있었던 피아노에 집중하기로 결정했고 이디스 브라운이라는 이름의 선생님과 공부하기 위해 필라델피아로 돌아오게 되었다.

두 사람이 1958년 12월에 만났을 때 패티슨의 나이는 막 서

---

* 1890년에 역사 보전, 교육 및 애국주의를 부흥하자는 목표로 설립된 단체.

른이 되었고 칸은 거의 쉰여덟이었다. 해리엇은 칸처럼 펜에서 강의했던 젊은 건축가 로버트 벤투리와 함께 크리스마스 파티에 참석했다. 루는 벤투리를 매우 존경하고 있었고(그는 〈밥 벤투리는 우리 모두를 다 합한 것보다 건축에 대해 더 많이 알고 있다〉[223]고 수년 후에 동료에게 얘기했다) 그리고 벤투리의 사생활은 이미 매우 흥미로운 방식으로 칸의 인생과 겹쳐 있었다. 이를테면, 벤투리가 로마 아카데미에서 지원금을 받고 공부하는 동안 — 앤 팅이 로마에 있었던 시기와 일치한다 — 알렉스의 세례식을 위해 앤과 알렉스를 피렌체에 있는 미국 성공회 교회에 데려갔고 대부가 되어 주었으며, 두 사람이 미국으로 돌아갈 때 여비를 빌려주었다. 그리고 이제 에셔릭의 파티에 해리엇 패티슨을 파트너로 데려온 것이다. 해리엇은 그날 벤투리와 함께 파티를 떠났고 한동안은 벤투리와 계속 사귀었지만, 이미 그녀와 루는 첫눈에 서로에게 반한 상태였다. 루는 곧 그녀를 몰래 만나기 시작했고, 공식 석상에서는 그녀를 〈밥 벤투리의 여자 친구〉[224]로 소개했지만, 그녀를 완전히 자신의 여자라고 생각하고 있었다.

이것은 그가 1959년 9월에 유럽에서 두 사람이 만난 지 9개월도 안 되었을 때 해리엇에게 보낸 편지에 명확하게 나타나 있다. 편지는 〈나의 가장 멋진 연인에게〉라고 시작되었다. 〈당신의 이미지와 당신에 대한 나의 모든 감정이 항상 나에게 광채를 보내 주고 있어. 한번은 그런 광채가 정말 믿어지지 않을 만큼 현실처럼 느껴지기도 했어. 비범한 능력을 가진 네덜란드 건축가 알도 반아이크의 부인을 만났는데 그녀의 아름다운 얼굴선과 우아한 몸매가 당신을 떠올리게 했지. 하지만 무엇보다도 그녀가 남편에 대한 자신의 신념을 기교 있게 피력하는 방식과 두 사람 사이의 사랑스러운 친밀함이 당신을 생각나게 했어.〉

칸은 네덜란드의 오테를로에 있는 국제 현대 건축 학회*에 초청을 받아 강연을 하게 되었는데, 그때 그는 해리엇에게 편지를 썼다. 〈내가 학회에서 강연을 한 다음, 그것은 새로운 시작의 존재로 표현되었어. 해리엇, 정말 기분 좋은 순간이었어.〉 하지만 그 여행은 다른 이유로 더 중요한 여행이었다. 그가 유럽에서 2주 동안 머무르는 동안 그는 르코르뷔지에의 주요 작품들을 보기 위해 프랑스로 갔기 때문이다. 그 작품은 그가 5년 전에 사진을 보고 첫눈에 사랑하게 된 롱샹 성당과 라투레트 수도원이었다. 그는 롱샹을 〈너무 훌륭하고도 훌륭한 작품〉[225]이라고 생각했지만 — 해리엇에게 보낸 편지에 롱샹을 간략하게 그린 스케치가 포함되어 있었다 — 아마도 실무에서는 라투레트를 본 경험이 더 분명하게 드러난 것 같다. 〈이 건물은 각자 다른 빛의 특성을 지닌 여러 공간들이 대담하게, 심지어 격렬하게 모여 이룬 결합체라고 할 수 있어.〉 그는 패티슨에게 보낸 또 다른 편지에서 이렇게 말했다. 〈나는 이 코르뷔지에의 걸작 앞에서 겸손한 마음을 느끼지 않을 수 없었어. 건물을 안내해 준 수도자에게 내가 느끼는 감정을 계속 표현했지. 모든 형태가 적나라하게

* Congrès Internationaux d'Architecture Moderne(CIAM). 1928년에 유럽 현대 건축가 그룹에 의해 스위스에서 설립된 학회. 1959년 마지막으로 개최되었다.

노출된 것의 심오한 의미와 예술에 대한 깨달음에서 얻게 되는 환희에 찬 용기, 그리고 오직 종교적인 사람만이 창조의 욕망이 아니라 순수한 필요에 의해 그런 대담한 발명품을 창조할 수 있다는 사실과 같은 것들을 말이야.〉

이 수도원에서 르코르뷔지에가 다양하고 인상적인 방식으로 빛을 사용한 것은 그 시점 이후로 칸이 설계한 작품들에 ― 단지 명백히 종교적인 로체스터 교회와 다카의 모스크에서뿐만 아니라, 「필립스 엑서터 도서관」, 「킴벨 미술관」, 「예일 영국 미술 센터」, 그리고 「인도 경영 연구소」 등을 비롯한, 빛으로 가득한 다른 구조물들을 계속 설계할 때까지도 ― 깊은 영향을 미치게 되었다. 게다가 칸은 코르부의 작품이 궁극적으로 자신의 작업에 미치게 될 영향에 대해 거의 즉각적으로 깨달은 듯하다. 〈나는 계속 그 수도자에게 얘기했어. 물론 나는 나의 깨달음이 내가 본 것과 어떻게 대비되는지도 생각하고 있었어. 나는 그 어느 때보다도 겸손함과 강인함, 그리고 강력한 의지가 계속 이어질 거라는 생각만 들었어…… 예술가는 결코 이미 알려진 해결책과 외적인 형태가 있는 문제를 해결하려고 하지 않아. 상황과 필요성으로부터 새로운 집단의 유사성을 도출해 내고, 그것으로부터 새로운 이미지를 모델링하지.〉[226]

칸이 유럽 여행에서 필라델피아로 돌아갔을 때, 방향이 바뀐 것은 그의 건축적인 인생만이 아니었다. 개인적인 삶도 변화하고 있었다. 그는 여전히 에스더와의 가정생활을 유지하려고 노력했고(프랑스에서 해리엇에게 편지를 아주 많이 보내는 동안에도 체스터 애비뉴 5243번지에도 엽서를 보내고 있었다. 그중에는 다음과 같이 에스더를 즐겁게 하려고 장난스럽게 프랑스어로 허세 섞인 농담을 적어 보내기도 했다. ⟨Tout le monde, Tout la France est beaux et sympathique. Carcassone−c'est l'architecture tres importante.⟩[227] 그리고 사무실에서는 여전히 자신의 가장 중요한 프로젝트를 마리 귀와 공유하며 친밀한 관계를 유지했다. 하지만 앤 팅과의 관계는 완전히 새로운 양상을 띠었다. 그와 연인이 된 지 거의 15년이 지난 시점에서 팅은, 앞으로 일은 계속 같이하겠지만 성적인 관계는 끝났다고 선언하기에 이르렀다. 「저는 루가 다른 사람과 만나고 있다는 것을 알았기 때문에, 우리는 이제 플라토닉한 관계가 되어야 한다고 말했습니다.」[228] 그녀는 조심스럽게 표현했지만 사실상 1959년 이전에 이미 그녀는 한 명도 아닌 두 명의 경쟁자를 대면해야 했다. 앤에게는 마리와의 불륜도 고통스러웠지만, 루와의 관계를 완전히 끝내도록 만들었던 것은 루가 해리엇에게 느꼈던 유대감이 너무나 열정적임을 깨달았기 때문이었던 것 같다.

「제가 다섯 살쯤 되었을 때 부모님이 헤어졌는데, 저에게는 얘기해 주지 않았어요.」 알렉스 팅은 나중에 어른이 되었을 때 이렇게 회상했다. 「아마 결혼을 했던 게 아니었기 때문에 두 분은(어머니조차도) 굳이 얘기할 필요가 없다고 생각했던 것 같아요.」 하지만 알렉스는 뭔가가 변했다는 것을 알아차렸다. 아

* ⟨여러분, 프랑스의 모든 사람들은 아름답고 친절해요. 카르카손은 정말 중요한 건축물이에요.⟩

버지가 예전처럼 자주 찾아오지 않았기 때문이다. 알렉스는 나중에, 〈아버지를 자주 만나지 못했던 기간〉으로 기억되는 이 시기를 회상했다. 「그건 아마도 제가 다섯 살에서 일곱 살 정도였을 거예요. 그리고 제가 여덟 살쯤 되었을 때 다시 정기적으로 아버지를 만나기 시작했어요.」

그전까지의 기간은 알렉스에게 행복한 어린 시절이었을 것이다. 어머니는 신뢰할 수 있고 힘이 되는 사람이었고 아버지는 간헐적으로 만났지만 변함없이 곁에 있었던 존재였기 때문이다. 「아버지와 같이 그림을 그렸던 기억이 나요. 스케치북과 색연필을 가져오시곤 했어요. 아버지가 오면, 꽤 자주 왔던 것 같은데, 제가 잘 때까지 있다가 깨어나 보면 보이지 않았어요. 한두 번은 제가 잠깐 잠에서 깼을 때 아버지가 한밤중에 어머니의 방에서 나가는 것을 보기도 했어요.」 당시에 그렸던 그림들은 이러한 가정 환경에서 비롯된 자신감을 반영하고 있다. 예를 들어 그녀가 〈가족〉이라고 부르는 세 살 때 그린 그림에는 작대기로 그린 세 명의 열정적인 인물이 있다. 엄마와 딸은 삼각형 모양의 치마를 입고, 가장 눈에 잘 띄는 위치에 있는 아버지는 바지를 입고 있다. 모두 활짝 웃고 있으며 승리의 기쁨을 표현하듯 손을 위로 들어 올리고 있다. 색채는 묘사된 인물들의 모습만큼이나 밝고 경쾌하다.

하지만 부모님이 헤어지자 알렉스의 그림은 변하기 시작했다. 여섯 살 무렵부터 무서운 것들, 마녀, 유령, 해적, 그리고 특히 유령의 집 같은 것에 집착하고 그런 그림들을 집중적으로 그

리기 시작했다. 「때로는 원근법을 이용해 집을 그렸고, 때로는
제가 〈측면도〉라고 불렀던, 방 안쪽을 보여 주는 그림을 그리기
도 했어요.」 그런 〈측면도〉 중 하나에는 빅토리아 양식의 건물
안에 있는 비정형의 방들과 여러 층에 유령과 해골들이 가득 차
있고 모두 피같이 붉은색 물감의 선으로 그려져 있었다. 완전히
연필로만 그린 또 다른 그림은 두 개의 동일한 집을 밖에서 바
라본 모습이었다. 스케치북의 맨 위에는 어린아이의 글씨체로
이렇게 쓰여 있다. 〈옛날 옛적에 유령이 나오는 집과 유령이 나
오지 않는 똑같이 생긴 집이 있었는데 오직《한 집》에만 유령이
나타나고 다른 집은 그렇지 않답니다.〉 알렉스는 또한 그 즈
음에 〈비밀의 집〉이라고 부르는 그림 동화를 짓기도 했다. 「그
때 저는 제가 모르는 것들, 그리고 알 수 없는 일들이 존재한다
는 사실을 알게 된 것 같아요.」 그런 생각을 가지고 있던 알렉스
는 일곱 살에서 여덟 살 무렵, 〈어른들이 진실을 덮기 위해 만든
수수께끼를 아이들이 푸는 내용〉에 관한 책들을 찾아서 읽기도
했다.[229]

*

　「만일 오즈의 나라나 리얼리티 쇼에 매일 갈 수 있다면, 저는
오즈의 나라로 갈 거예요.」 리처드 솔 위먼은 칸과 함께 일하는
사람들이 왜 칸의 사생활에 대해 신경 쓰지 않았는지 설명하려
고 노력하면서 이렇게 말했다. 「리얼리티 쇼 같은 데는 관심 없

어요. 그 사무실은 우리 대부분에게 이전에도 없었고 앞으로도 다시는 없을 곳이었습니다.」 그들은(혹은 그들 중 대부분은) 루의 사생활이 〈이상하다〉고는 알고 있었지만, 그들에게는 〈루는 대체 언제 사무실에 돌아올까? 우리 모두 루의 시간이 조금씩이라도 필요한데〉만이 가장 중요한 관심사였다.

워먼에 의하면, 칸의 작업과 아이디어가 발산하는 분위기는 마치 전기(電氣)와 같았다고 한다. 「당시 건축가가 되고자 하는 열망은 정말 피부에 와닿을 정도였습니다. 살아 있는 것이 특별하게 느껴지는 시기였어요. 당시에는 그런 게 정말 느껴졌어요. 마치 파리에 살면서 피카소를 알고 있는 그런 느낌이었죠. 그래서 역사적인 순간의 한가운데에 있고 또 그런 것들이 곧 사라지리라는 것도 알고 있었죠. 그래서 맞아요, 정말 특별하게 느껴졌어요. 정말 특별한 시기였습니다.」

칸의 학생으로서 사무실에 처음 견습을 나갔을 때, 리처드 솔 워먼은 때때로 샤레트*에 참여하기도 했다. 모형이나 도면이 준비되는 그 짧고, 강렬한, 모두 함께 힘을 합쳐 돕는 시간 말이다 (이 단어 자체는 19세기 프랑스에서 에콜 데 보자르에서 프로젝트의 마감이 다가왔을 때 열심히 일하는 건축과 학생들로부터 막 완성된 모형을 픽업하기 위해 보내졌던 일종의 카트 — 〈프랑스어로는 샤이오chariot〉 — 를 뜻하는 용어에서 왔다). 나중에 졸업 후 워먼은 칸의 회사에 정직원으로 채용되었다.

「제가 그를 위해 일하게 된 것은 크리스마스 — 루는 크리스

---

* 건축 설계에서 마감을 앞두고 집중적으로 하는 최종 검토.

마스인지도 몰랐어요 ― 에 루가 저에게 전화를 걸면서 시작되었습니다. 그는 〈리키, 우리 사무실에 나오지 않을래?〉라고 물었고 저는 이렇게 대답했죠. 〈지금은 크리스마스인데요.〉 그러자 그가 말했어요. 〈아, 그럼 내일은 어때?〉」[230]

(루와 관련된 크리스마스들은 뭔가 신비한 부분이 있었다. 위먼은 다른 직원들이 몇 년간 그랬던 것처럼 크리스마스 때 루가 사무실에 있었던 것으로 기억했다. 하지만 딸, 수 앤은 물론 조카들을 포함한 그의 가족은 체스터 5243번지에서 파티를 장악했던 루의 모습을 기억하고 있었다. 「그 당시의 크리스마스 파티에는 대부분 루 삼촌이 있었던 것으로 기억해요.」에스더 쪽의 조카인 에드워드 에이벨슨이 말했다. 「루 삼촌은 크리스마스 저녁 식사에서 거의 혼자 얘기했어요. 여러 곳에서 만난 사람들에 대해 얘기하곤 했어요.」조카딸인 샌드라 에이벨슨은 다음과 같이 회상했다. 「루 삼촌이 에스더와 수 앤을 위해 크리스마스 선물을 가져올 때마다 제 선물도 빼놓지 않았어요. 어떨 때는 크리스마스 날에 사무실에 가야 한다고 나가서는 한동안 안 오기도 했어요. 또 어느 날은 삼촌이 간다고 해서 제가 너무 슬퍼했었나 봐요. 왜냐하면 그런 저에게 삼촌이 〈잭 로빈슨〉이라고 말하기도 전에* 금방 다녀오겠다는 약속을 하기도 했거든요. 저는 그날 오후 내내 그 말을 반복했고 결국 이루어졌어요. 삼촌이 저녁 시간에 맞춰 돌아왔거든요.」[231] 하지만 그의 가족

---

* 옛 표현으로 무언가가 빨리 이루어지는 것을 의미한다. 예를 들면 〈눈 깜짝할 사이에〉와 같은 의미라고 볼 수 있다.

이 모두 입을 모아 그가 크리스마스 저녁 식사에 있었던 것으로 주장함에도 불구하고 가족이 아닌 사람들은 그가 그들과 함께 있었다고 기억했다. 「그는 적어도 한 번 이상 크리스마스를 가족이 아닌 우리와 보냈어요.」[232] 그의 동료인 잭 매칼리스터는 주장했다. 아무래도 그렇게 모든 사람을 만족시킬 만큼 루이스 칸이 두세 명 존재했었던 것 같다. 혹은 워먼이 훗날, 〈모두에게 다 다른 루가 존재했어요〉라고 얘기한 것처럼, 어쩌면 각자의 기억 속에 루는 다르게 존재했던 것인지도 모른다.)

리처드 솔 워먼이 1961년 1월 사무실에서 일을 시작한 지 얼마 안 되었을 때 칸은 아메리칸 윈드 심포니 오케스트라를 위한 템스강의 바지선 개발 관련 토의에 참석하도록 그를 영국에 보냈다. 스물네 살의 어린 건축가는 런던에 도착해서야 시공 도면 (애초에 있지도 않았던)을 가지고 갔었어야 했다는 점을 깨달았다. 일주일 정도의 짐을 싸간 워먼은 그곳에서 6개월을 머물면서 혼자 그 일을 끝내야 했다. 「저에게는 자금도 없었고 하루하루 먹고 지낼 돈도 없었는데 루는 제 전화도 받지 않았어요. 정말 시련의 시간이었습니다.」 다시는 칸을 위해 일하지 않겠다고 맹세하면서 영국에서 돌아온 워먼은 마지막 월급을 받기 위해 필라델피아 사무실에 들렀다. 외출했다가 사무실에 들어온 칸은 워먼에게 이렇게 말했다. 「아, 리키, 지금 무슨 일을 하고 있지?」 그러고는 그를 곧바로 다른 프로젝트에 투입했다. 「그는 사람을 무장 해제하게 하는 순수함이 있었어요. 〈벌거벗은 임금님〉 같은 순수함이었죠. 그러한 점이 정말 사람의 마음을 사로

잡았습니다. 그의 존재가 우리에게 정말 큰 의미였기 때문에 더 마음이 끌렸던 것 같습니다.」워먼이 말했다.

그리고 필요한 동료이자 함께 일하는 협력자였던 그들 또한 루에게 분명히 중요한 존재였을 것이다. 「그는 일을 아주 잘하고 싶어 했습니다. 일을 잘하기 위해서, 그리고 찾고자 하는 패턴을 깨닫기 위해서, 그는 자신의 말을 누군가에게 들려줘야 했습니다. 그래서 우리는 모두 그의 사운딩 보드* 역할을 했습니다.」[233] 워먼은 이렇게 말했다. 수 앤은 다음과 같이 표현하기도 했다. 「아버지는 사무실을 아틀리에처럼 운영했어요. 사람들이 각자의 다양한 아이디어를 가지고 경쟁을 하게 만든 다음 그중에서 선택하는 방식이었죠.」[234]

칸이 자신의 아틀리에로 끌어들인 사운딩 보드 중에서 가장 특이했던 인물은, 칸에게 일을 배우기 위해 오하이오에서부터 필라델피아까지 온 어린 건축과 학생(그림 솜씨는 형편없었다)인 게이버라는 친구였는데, 그는 천재 철학자, 미친 헝가리인, 괴짜 등의 다양한 별명으로 불렸다. 게이버는 물론 스젤런테이라는 성이 있었지만 아무도 그를 성으로 부르지 않았다. 그는 그냥 게이버로 통했다. 그는 1960년 혹은 1961년 초에 스물두 살 정도의 나이에 나타나서 끝까지 회사에서 일했다.

루가 말하는 것을 듣고 때때로 수수께끼 같은 반응을 하는 게 그의 일이었다. 그즈음 펜의 대학생이었던 수 앤은 가끔 아버지의 사무실에 9시나 10시쯤 들렀을 때 루와 게이버 두 사람이 대

* 아이디어와 결정 등에 대한 반응 테스트의 대상이 되는 사람 혹은 그룹.

화를 하는 것을 목격하곤 했다. 「모두가 이 두 사람의 이상한 관계에 대해 한마디씩 했습니다. 아버지는 게이버와 몇 시간 동안이나 얘기하곤 했어요.」 수가 말했다. 「자신의 생각을 남에게 설명하는 일은 아주 많이 도움 되거든요.」 대화가 끝나면 루는 게이버에게 20달러짜리 지폐를 건넸다. 때로는 게이버를 위한 근무 시간표를 작성하기도 했다. 「게이버는 열중하면서 이야기를 듣는 것으로 20달러를 받았어요. 그 사람이 아버지와 토론을 했다고는 생각하지 않아요. 하지만 그랬을지도 모르죠.」[235] 수 앤은 덧붙여 말했다.

수년 후 루가 더 바빠지고 더 유명해진 다음에도 게이버는 계속 주목받는 존재로 남아 있었다. 1960년대 후반에 칸 밑에서 공부했고 칸의 회사에 취직했던 게리 모예는 루의 석사 스튜디오 수업에서 처음 게이버를 보았던 때를 회상했다. 「1학기 초, 말쑥하게 짙은 색 양복을 입고 나비넥타이를 맨 그가 루가 수업을 하는 동안 학생들 사이에 앉아 있었습니다.」 모예가 말했다. 「루가 빛에 대해 얘기하다가 잠시 멈춘 사이에 게이버가 물었습니다. 〈빛이 파란색이면요?〉 루는 그의 질문을 태연하게 받아들이더니, 완전히 새로운 방향의 이야기를 시작했습니다. 저는 그때, 〈잠깐, 이게 뭐지?〉 하고 생각했던 게 기억나네요.」

게이버는 분명 형편이 어려워 보였음에도 불구하고 별로 좌절하거나 힘들어 보이지 않았다. 오히려, 그는 항상 다양한 옷을 깔끔하게 입고 다녔다. 그래서 사람들은 아마 그를 돌봐 주는 여자들이 있을 거라고 추측했다. 「저나 제 동기들은 게이버가 카페테리아에서 여자들에게 말을 거는 모습을 본 적이 있어요.」모예는 당시를 회상했다.「그는 그런 방면에 꽤 재주가 있는 것 같았어요.」나중에 루의 회사에 취직한 게리는 주말에 사무실에서 일을 하다가 전화를 받게 되었다.「어떤 젊은 여자가 게이버를 찾았어요. 제가 그 사람을 알지만 이곳에서 일하지는 않는다고 했더니 그 여자가 이러더군요. 〈뭔가 잘못 알고 있나 봐요. 그는 칸 씨의 개인 비서인데요.〉」

모예는 또 그 이상한 철학자가 루의 인생에서 했던 역할을 보여 주는 다른 일화를 기억해 냈다.「사무실에서 전설이 된 얘기 중 하나인데요. 게이버가 프로젝트의 샤레트에 투입된 거예요.」프로젝트 관리자가 게이버에게 제도판 앞에 앉히고 작업할 도면을 주었지만 몇 시간 후 그가 작업을 다 마쳤을 거라고 예상하며 돌아왔을 때 게이버는 여전히 몽상에 잠긴 듯 빈 종이를 응시하고 있었다.「다가오는 마감과 도움이 안 되는 직원 때문에 화가 난 관리자는 그 문제에 대해 따지려고 루에게 달려갔습니다. 루는 그의 말을 듣고 이렇게 답했습니다. 〈사무실 임대료도 내가 내고 전기세도 내가 내고, 수도세도 내가 내고, 가스비도 내가 내고, 그리고 게이버 월급도 내가 줘.〉」[236]

루는 1964년 라이스 대학교 학생들 앞에서 한 연설에서 게이버가 얼마나 중요한 존재인지를 직접 확실하게 밝혔다.「약 한 달 전이었는데, 저는 평소처럼 사무실에서 늦게까지 일하고 있었습니다.」칸은 이야기를 시작했다.「그리고 저와 일하던 한 사람이 말했습니다. 〈제가 아주 오랫동안 하고 싶었던 질문인데요. 선생님은 현세대를 어떻게 묘사하시겠어요?〉 이 사람은 헝가리 사람이고 헝가리 혁명 이후 이 나라로 망명한 사람이었습니다.」 즉, 게이버가 루의 사무실에 처음 나타나기 4년 전인 1956년을 말한다.

칸은 이 질문을 듣고 적어도 10분 동안 말없이 가만히 앉아 있었다고 학생들에게 말했다. 「그리고 마침내 저는 게이버에게 말했어요. 〈하얀빛의 그림자는 뭐지?〉」 (이런 비합리적인 추론의 흐름은 분명히 두 사람이 공유하는 대화의 전략인 듯했다.) 「게이버는 상대가 말하는 것을 따라 하는 버릇이 있었어요. 〈하얀빛… 하얀빛…… 모르겠어요.〉 그래서 제가 말했죠. 〈검정이지. 괜히 겁먹지 마. 하얀빛 같은 건 없으니까. 게다가 검은 그림자 같은 것도 없어!〉」 루는 가능한 빛의 색상들을 계속 나열했고 그 부분에서 갑자기 동화를 쓰고 싶다는 내용으로, 그런 다음 단어들의 다양한 특성들로 주제를 바꾸어 이야기를 이어 나갔다. 이 대화는 그가 프린스턴 대학교에서 하려고 했던, 하지만 그때까지는 강의명이 없었던 세 가지의 강의를 생각하게 만들었다. 「그날 밤 게이버랑 대화한 다음, 제목이 떠올랐습니다.」 칸은 의기양양하게 선언하듯 말했다. 「사소한 것뿐 아니라 모든 것에 대해 관심을 갖고 사고하는 사람을 알고 있다는 것은 얼마나 보람 있는 일인지 모릅니다.」[237] 어떻게 보면 거의 일방적인 이 〈대화〉에 대한 루의 설명을 들으면, 그 제목은 게이버가 한 말이 아니라 칸의 생각에서 나온 것처럼 보이지만, 루에게는 그것이 바로 요점인 듯했다. 그의 생각과 게이버의 생각 사이에 존재하는 막(幕)은, 과연 그것이 누구의 것인지를 알 수 없을 정도로 투과성이 뛰어났다.

「게이버는 참 기이한 인물이었어요.」 리처드 솔 워먼은 인정했다. 「하지만 루는 그와 얘기하면서 뭔가를 얻어 냈죠.」[238] 그리고 게이버가 회사에 일하러 온 젊은 건축가들을 아무리 짜증나게 해도 — 루의 마지막 직원들 중 한 명인 레이핸 라리머는 게이버에게 너무 화가 난 나머지 신발 한 짝을 그에게 던지는 일도 있었다 — 그가 그 회사에 계속 남는다는 사실에는 변함이 없었다.

게이버가 사무실에 처음 등장한 1950년대 후반에서 1960년대 초로 넘어가는 때는 루에게 특별히 중요한 시기였다. 루의 명성이 올라가는 것을 기반으로 여러 건의 건축 의뢰가 들어왔고, 그중에서도 가장 중요한 프로젝트는, 필라델피아의 「리처즈 의학 연구소」와 미크바 이스라엘 유대교 회당이었다. 결과적으로 이 중 하나는 칸의 평판을 높여, 인정받는 일급 모더니스트 건축가들의 대열에 오르게 만들었고, 다른 하나는 그의 경력에서 가장 좌절스러운 실망감을 안겨 주는 프로젝트가 되었다.

펜실베이니아 대학교에 있는 「리처즈 의학 연구소」 프로젝트는 펜 대학교 디자인 스쿨의 학장인 조지 홈스 퍼킨스가 중간에서 좋은 역할을 해준 덕분에 칸의 회사가 맡게 되었다. 계약은 1957년에 승인되었고, 바로 다음 해 연구동 건물의 건설이 시작된 시점에 생물학 연구동들까지 프로젝트가 확장되었다. 칸은 필라델피아 지역에서 다른 병원이나 의학 관련 건물들을 작업한 적이 있었지만, 이번 건물은 그중에서도 가장 높은 건물이었고, 프리캐스트 콘크리트를 처음으로 사용한 사례였다. 설계면에서는 과학자들의 실험실과 연구실이 있는 다층 구조물의 콘크리트 및 벽돌 벽면과 거대한 유리창들을 단절되는 느낌 없이 연속적인 느낌을 갖도록 동일한 평면으로 배열함으로써, 모더니즘을 실용적으로 잘 구현한 사례였다. 하지만 배기 장치, 계단, 그리고 다른 〈하인 공간〉의 기능들을 가지고 있는 창문이 없는 높은 벽돌 타워들은 왠지 고풍스럽고 기념비적인 느낌을 주었다. 칸은 1958년 UC 버클리에서 했던 인터뷰 질문에 대한 답으로 자신이 건축에 도입한 주요 혁신적 요소들을 몇 가지 나열했는데, 이 건물은 그중 한 가지를 아주 명쾌하게 표현한 첫 번째 프로젝트였다. 그것은 바로, 〈건물을 계획할 때《주인 공간》과《하인 공간》*의 차이를 둔 점〉이었다.

같은 일련의 인터뷰에서 칸은 이런 질문을 받았다. 「건축을 수행하는 데 어떤 특정 기술이나 능력에서 부족한 부분이 있다고 생각하나요?」 이에 그는 이렇게 대답했다. 「사소한 부분이긴 하지만 공학 및 기계 기술입니다.」[239]

칸이 고용했던 공학자 중 한 명이었던 닉 자노풀로스는 이러한 자신에 대한 칸의 평가에 동의했다. 「맞아요.」 그는 칸이 정말 이러한 기술들이 부족했는지에 대한 질문을 받았을 때 이렇게 말했다. 「하지만 그는 아주 강한 직관력을 갖고 있었기 때문

* 영어로는 〈서브드 스페이스〉와 〈서번트 스페이스〉, 즉 〈봉사를 받는 공간〉과 〈봉사를 해주는 공간〉이다.

에 대신 다른 부분에 재능과 능력이 있음을 깨달았습니다. 루는 직관적으로 아이디어를 잡아 내고 그것을 뭔가 구조적인 것으로 해석해 내는 재주가 있었습니다. 그리고 고전과 고전 건축에 대한 기초가 튼튼했습니다. 그는 거대한 돌들을 어떻게 조합하는지 알고 있었습니다. 사실 어떤 의미에서 보면 프리캐스트 콘크리트도 거대한 돌들을 조합하는 것이라고 할 수 있습니다.」

아마도 루가 어거스트 커멘던트와 리처즈 프로젝트에서 처음으로 일하게 된 순간부터 이 훌륭한 공학자가 그에게 얼마나 유용한 사람이 될지를 알게 된 것도 그의 직관력 덕분이었을 것이다. 커멘던트와 칸은 1950년대 중반에 거스(사람들은 그를 그렇게 불렀다)가 트렌턴 유대인 커뮤니티 센터 프로젝트의 하도급 업체로서 루의 사무실에 처음 찾아갔을 때 처음 만나게 되었다. 그 프로젝트는 결국 완성되지 못했지만, 1957년에 루는 거스에게 엔리코 페르미 기념관 계획에 출품할 설계에 관해 조언을 잠깐 구한 적도 있다(이것 또한 결국 성공하지 못했다). 그 해 말에는, 칸이 학생들을 데리고 커멘던트가 컨설팅 엔지니어로 일하고 있던 뉴저지 레이크우드에 있는 콘크리트 공장에 간 적이 있는데, 그때 두 사람은 서로의 가치를 평가할 수 있는 더 좋은 기회를 얻게 되었다. 커멘던트도 에스토니아에서 태어났지만 칸과는 달리 어린 시절부터 청년기의 초반까지 독일에서 살면서 공학자가 되기 위한 교육을 받고 일을 시작했다. 전쟁 후에는 조지 패튼 장군* 밑에서 교량들을 재설계하고 유럽에서

* 제2차 세계 대전 중 미국의 군 지휘자로 주로 유럽 전선에서 육군을 지휘했다.

다른 콘크리트 구조물들을 개발하기도 했다. 1950년대에는 프리스트레스* 및 포스트텐션 콘크리트**를 전문으로 하는 미국 컨설팅 회사를 직접 운영했다.

칸은 이미 커멘던트 이전에 많은 공학자들과 긴밀한 관계를 형성해 놓은 상태였다. 그중 한 명인 파리 출신의 로베르 르 리콜레는 펜 대학교의 동료로 공동으로 자주 세미나를 열기도 했으며 평생을 친구로 지냈다. 르 리콜레 역시 꽤 선견지명이 있는 사람이었고, 무엇보다 그는 스페이스-프레임에 관한 전체적인 아이디어 개발에 큰 기여를 했다(비록 1953년까지 칸과 만나지 않았기 때문에 「예일 대학교 아트 갤러리」의 천장에 관해서는 르 리콜레가 팅과 칸에게 직접 전한 것이 아니라 간접적인 경로를 통해 전해졌다). 그는 예술가이자 시인이기도 했다. 그래서 루와 르 리콜레는 대학 학기 중에 수업이 끝나면 매주 르 리콜레의 아파트에서 만나 함께 술을 마셨다. 하지만 두 사람은 다른 사람들에게는 조금 거창한 이상주의처럼 보이는 개념을 공유했기 때문에 로베르 르 리콜레는 과학적으로 지식이 풍부한 어거스트 커멘던트가 온통 차지하고 있던 루의 일적인 측면에는 현실적인 역할을 해줄 수 없었다.

칸이 리처즈 프로젝트에 구조 공학 조언자로서 커멘던트를 합류시키기로 결정했을 때, 그는 이미 공식적으로 키스트 & 후

---

* 콘크리트에 미리 압축력을 도입하여 사용 하중에 의한 구조물의 처짐 현상이나 인장력에 의한 균열이 생기지 않도록 처리한 콘크리트.

** 프리스트레스 방법 중 하나로 콘크리트가 경화한 뒤에 인장력을 가하는 방법.

드 회사를 고용한 상태였다. 그래서 닉 자노풀로스와 거스 커멘던트는 어쩔 수 없이 이 프로젝트와 그 이후의 프로젝트에서 함께 일하게 되었다. 「우리는 오랫동안 애증 관계였습니다.」닉은 거스에 대해 말했다. 「그는 항상 가장 최상의 거래를 얻었어요. 타고난 승자였죠.」하지만 그런 그의 특성 때문에 짜증이 난 자노풀로스도, 커멘던트가 놀라운 수준의 공학적 기술을 갖고 있음을 인정하지 않을 수 없었다. 「그의 재능에 대해서는 의심하지 않았습니다.」그는 이렇게 단언했다. 「그의 동기는 다른 데 있었습니다. 하지만 그는 아주 뛰어난 수학자였고 구조적인 감각에 수학을 창의적으로 이용할 줄 알았습니다.」닉은 그가 〈훌륭한 공학자〉라고 느꼈다. 그리고 커멘던트가 아무리 까다로워도 칸은 그런 까다로운 점을 잘 다루었다. 「많은 사람들이 그와 두 번 다시는 일하려고 하지 않았습니다.」자노풀로스는 이렇게 언급했다. 「하지만 루는 아니었어요. 루는 그를 다룰 수 있었거든요.」[240]

거스 커멘던트를 가까이 둔 상태에서 기계 공학자인 프레드 더빈으로부터 실제 덕트와 전기 배선 및 배관과 관련된 지원을 받으면서 칸은 크레인으로 들어 올릴 수 있는 대형 프리캐스트 콘크리트들을 놀라운 속도로 조립하는 새로운 방식으로 「리처즈 의학 연구소」를 지을 수 있었다. 그 건축물의 강하면서도 유연한 비렌딜 트러스*는 칸으로 하여금 대각선 형태의 지지 구조

* 상현재와 하현재에 접합된 수직 부재들로 이루어지고 각 부재의 접합이 강접합으로 이루어진 트러스

를 없앨 수 있도록 해주었고 공간을 더 자유롭게 설계할 수 있게 해줌으로써, 건축가가 공간을 마음껏 만들 수 있는 자유(말하자면 비렌딜 트러스가 없었다면 가능하지 않았을)를 갖게 되었다. 예를 들면 8개의 프리캐스트 기둥에 의해 각 실험실 층이 캔틸레버 공법으로 9개의 정사각형들로 분할되어 지지됨으로써 전체적으로 연속적인 공간이 되고 모서리에 창문을 방해하는 기둥이 없었다. 칸은 단명한 미국 노동 총연맹 의료 지원 센터(1950년대에 필라델피아에 건설되었다가 1973년에 철거되었다) 건물에서도 비렌딜 트러스를 사용한 적이 있었지만, 대규모의 개방형 공간을 만드는 데 이러한 보들을 가장 효율적으로 배치할 수 있는 방법을 보여 주기 위해서는 커멘던트의 전문 지식이 필요했다.

궁극적으로 「리처즈 의학 연구소」의 설계에는 실용적인 부분에서 몇 가지 문제점이 있다는 것이 판명되었다. 개방형 연구실들은 프라이버시와 관련된 문제가 있었고, 모서리에 기둥 없이 유리창으로만 된 연구실들은 직사광선을 받으면 내부가 너무 더워졌다. 하지만 이러한 문제들도 「리처즈 의학 연구소」가 건축계 전반에 영감을 주고 열정적인 숭배를 받는 것은 막지 못했다. 1961년 여름, 완성 후 겨우 1년이 지났을 때 이 건물은 뉴욕 현대 미술관에서 단독 전시회를 하게 되는 영광을 얻게 되었다. 뉴욕 현대 미술관이 단일 건물에 건축 전시회 전체를 할당한 것은 이것이 최초였다.

하지만 그는 이렇게 성공을 이루는 동안에도 한편으로는 그의 실무 경력에서 또 다른 면이 돼버린 일종의 실패(좋게 말하자면 〈미완성〉이라고 할 수 있는)의 패턴 또한 나타나고 있었다. (「리처즈 의학 연구소」를 의뢰받았던) 1957년에 칸의 회사가 진행했던 일곱 건의 다른 프로젝트 중에서 완성된 것은 오직 두 건뿐이었다. 프레드와 일레인 클레버의 작은 개인 주택이 그 중 하나였는데 그것도 대부분은 앤 팅이 설계했고, 다른 하나는 펜 대학교의 생물학과 서비스 건물을 위한 일부 수정 및 리모델링 작업이었다. 다른 다섯 건의 프로젝트는 — 또 다른 두 가정을 위한(하나는 펜실베이니아주, 다른 하나는 오클라호마주) 주택들을 포함하여, 체스트넛 힐의 사립 학교 캠퍼스, 필라델피아에 있는 노스브로드 스트리트의 써모팩스 영업 사무실, 그리고 같은 거리에 있는 미국 노동 총연맹 메디컬 센터 등 — 결국 아무 결실을 맺지 못했다. 건축가들은 누구나 완성되지 못한 프로젝트들 때문에 고초를 겪기는 하지만, 루는 그런 프로젝트들이 평균적인 경우보다 훨씬 더 많았고, 그 비율은 경력이 쌓여 가면서도 전혀 줄어들지 않았다.

그렇게 안타깝게 건설되지 않은 건물 중, 적어도 칸의 입장에서 가장 슬픈 사례 중 하나가 있다면, 미크바 이스라엘 유대교 회당이었다. 그는 장장 11년 동안 그 작업에 매달렸지만 결국 신자들로부터 그의 설계안을 원하지 않는다는 얘기를 듣게 되었다. 이 일로 인한 실망감은 아주 오랫동안 지속되었다. 1961년에 유대교 회당 건설 프로젝트를 위한 건축가로 그가 선정되었을 때, 그는 이것을 자신의 성공을 증명하는 또 다른 조짐으로 여겼고, 마침내 고향에서, 전국적인 명예를 얻은 현대 미술관 전시회에 필적하는 승리를 거둔 것처럼 여기는 듯했다.

하지만 〈선정되었다〉는 말은 어쩌면 결국 칸을 건축가로 선택한 의사 결정 과정을 묘사하기에는 적절한 말은 아니었던 것 같다. 필라델피아에서 가장 전통 있는 유대교 공동체인 미크바 이스라엘(그리고 그들의 판단에 따르면, 미국에서 가장 오랫동안 지속적으로 운영되는 유대교 회당)은 새 건물의 건축을 맡아 줄 건축가를 선택하기 위해 경쟁 과정이나 일종의 공식 선정 절차를 수행하지 않았기 때문이다. 대신, 몇 명의 영향력 있는 위원회 멤버였던 — 에스더의 오래된 고용주이자 루의 친구인 — 버나드 알퍼스 박사와 그의 부인 릴리언 알퍼스가 칸의 이름을, 아니 사실상 칸의 이름만 제시했다. 알퍼스 부부는 필라델피아에서 칸의 작품을 거의 건설하지 않음으로써 루이스 칸을 무시한 듯한 인식을 만회하려고 노력하고 있었다. 또한 자신들이 속한 유대교 회당 건설을 통해 그들이 그동안 존경해 오던 건축가를 영입하고 싶은 의도도 있었다. 알퍼스 부부가 1961년 5월에 위원회 멤버들의 다수를 설득해 칸에게 투표하도록 했지만 — 그리고 이때쯤 칸은 열심히 설계를 시작했다 — 그 저변에서는 반감이 끓어오르고 있었다. 투표 결과, 만장일치가 아니었고 두 명의 이사가 반대했다. 한 명은 아직 계획상 너무 이른 결정이라고 판단했고, 다른 한 명은 건축가를 정할 때 선택의 여지가 전혀 없었다는 점에 이의를 제기했다. 그리고 미크바 이스라엘 신도회 소속 건축가인 앨프리드 벤디너에게 의뢰하지 않았다는 점 때문에 그가 기분 상해할 것이라는(실제로 그랬다) 우려도 있었다.

또 일부는, 그때와 그 이후에도 칸이 유대인으로서의 정체성이 부족하다는 점과도 관련이 있었을지 모른다. 칸은 이 신도회가 물려받은 정통 유대교의 지도 원리와 특정 세파르디 유대인*의 전통을 배우려고 최선을 다했다. 하지만 미크바 이스라엘 구성원들에게 그의 종교적인 교육이 부족한 점은 숨기지 못했다. 그가 건축 도면 한쪽에 〈카디시/키더시〉[241]라고 적어 놓은 낙서도 있는데, 아마도 죽은 사람들을 위한 기도(카디시)와 주간 예배 식사에서 행해지는 전통적인 축복(키더시)을 뜻하는 두 단어를 구별하려고 노력한 흔적으로 보인다. 그는 계속 성소를 교회로, 그리고 수카**를 예배당이라고 칭했는데, 이는 칸의 〈모든 종교는 본질적으로 하나〉라는 보편주의적 종교관이 반영된 부분도 있지만, 유대인 의뢰인의 귀에는 기분 나쁘게 들릴 만한 명백한 기독교 용어였다. 또한 칸은 종교적인 건물의 본질에 대하여 자신만의 확고한 신념을 갖고 있었고, 그 신념에는 세속적인 공간과 성스러운 공간을 뚜렷이 구분해야 한다는 점도 포함되어 있었다. 교회 측에서는 제한된 예산 때문에 이 부분을 감당할 수 없다고 판단했고, 여러 의견 충돌 중 마침내 성소와 기프트 숍을 한 지붕 아래에 배치하는 것을 칸이 반대하면서 야기되었다. 칸은 그의 직원들과 한 대화에서, 성경에서 예수가 환

* 스페인계 유대인.
** 유대인들의 일주일간의 스코트(초막절) 동안 지내는 작은 오두막.

전 상인들을 신전 밖으로 내보내라고 주장했던 부분*242을 인용하면서 자신이 그렇게 주장하는 이유를 설명했다. 미크바 이스라엘 신도들에게 신약 성경을 인용한 것은(혹시라도 그 얘기를 들었다면) 그들의 인내심에 치명타가 되었을 것이다.

하지만 이러한 모든 갈등은 아직 미래의 일이었다. 1961년 5~6월에 칸은 이 새로운 프로젝트에 열렬히 매달렸다. 외벽에 뚫린 구멍들을 통해 빛이 섬세하게 내부 공간으로 스며드는 초기 설계안은 확실히 그가 2년 전에 봤던 르코르뷔지에의 종교적 건물인 롱샹과 라투레트에 의해 영감을 받은 것이었다. 이 미크바 이스라엘의 설계가 완성되었다면, 조절되지 않고 비교적 섬세하지 않은 빛을 가진 전면적으로 수직적인 「리처즈 의학 연구소」보다 여러 가지 면에서 훨씬 더 기억될 만한 건물이 되었을 것이다. 하지만 그가 유대교 회당 작업을 시작하던 시기에도 그가 찬사를 받게 한 대상은 「리처즈 의학 연구소」였다.

1961년 6월 6일, 「리처즈 의학 연구소」를 기념하는 전시회가 열렸고 전날에는 특별 관람 및 축하 칵테일파티가 열렸다. 꽤 큰 행사였다. 전시회의 큐레이터인 와일더 그린은 이 건물을 〈아마 전쟁 이후 미국에서 건설된 유일하고 가장 중요한 건물일 것〉이라는 찬사를 보냈고 칸의 동료, 친구, 그리고 가족들 역시 그에 상응하는 상기된 분위기였다. 파티는 따뜻하고 화창한 날의 저녁 무렵, 현대 미술관의 야외 조각 공원에서 열렸다. 칵테일파티가 진행되는 동안 햇빛은 점차 황혼 속으로 스며들었다.

* 『마태복음』 21장 12~13절.

초대된 100여 명 이상의 사람들이 대부분 참석했다.

캘리포니아에서 온 레오폴드 칸은 개막식 행사에서 그날 처음 만난 앤 팅과 대화를 나누기도 했다. 「당신과 같은 아름다운 여성이 왜 아직 결혼을 안 했어요?」 레오폴드가 그녀에게 물었다. 그녀는 장난스럽게 대답했다. 「당신을 기다리느라고요.」[243] 이 말에 레오폴드는 폭소를 터뜨렸다. 그들로부터 좀 떨어져서 있었던 해리엇 패티슨은 앤이 무슨 말을 했기에 레오폴드가 그렇게 웃었는지 궁금했다. 주요 인사들이 모여 있는 곳에서 에스더 칸은 공식적인 배우자로서의 역할을 수행하면서도 수 앤 주변을 보호하듯 맴돌았다. 마침 그날은 수 앤이 펜 대학교를 졸업한 날이었고 에스더와 칸은 모두 졸업식에 참석했다(펜실베이니아 대학교의 총장인 게일로드 한웰 역시 현대 미술관 전시회 개막식 행사에 초대를 받았지만 같은 날 대학 졸업식과 겹친다는 이유로 공손한 사양의 뜻과 함께 수상자에 대한 축하 인사를 보냈다).

행사에 참석한 건축계 인사들 중에는 뉴욕 현대 미술관의 건축 위원회 회장인 필립 존슨과 예일 대학교에서 칸의 이전 동료들과 함께 온 빈센트 스컬리도 있었다. 필라델피아에서 건축 사무소를 운영하는 건축가들과 펜 대학교의 건축과 교수들도 참석했다. 전시회에 전시된 건축 모형의 대부분을 작업했던 데이브 로스타인을 포함하여 젊은 신입 직원들도 몇 명 참석했다. 하지만 최근 막 꽃을 피우기 시작하고 널리 존경받게 된 고용주를 축하해 주기 위해 이 특별한 행사에 자랑스러운 마음으로 모인 사람들의 대부분은 칸의 오래된 직원들이었다.

하지만 루이스 칸은 그 순간에도 「리처즈 의학 연구소」가 그의 결정적인 업적이 아니고 그가 취해야 할 방향의 진정한 지표도 아님을 알고 있었다. 「만일 세상이 〈리처즈 의학 연구소〉를 설계한 다음에 저를 알아봤다면…… 저는 트렌턴에 있는 작은 콘크리트 블록으로 된 배스 하우스를 설계한 다음에 제 자신을 발견했습니다.」[244] 그는 훗날 인터뷰 기자에게 말했다. 이러한 그의 판단은 정확했다. 그가 나중에 건설할 놀라운 건물들을 더 정확하게 예견한 것은 「리처즈 의학 연구소」보다 3년 앞서 시작한 「트렌턴 배스 하우스」였다. 소박하면서도 정밀한 그 건물의 뭔가가, 훗날 그의 걸작들이 생성한 것과 같은 종류의 기쁨 — 안전하게 둘러싸여 있는 느낌과 동시에 바깥세상으로의 접근성을 가진 분위기, 하루 중 시간에 따라 변하는 빛의 다양한 형태에서 오는 즐거움, 도색하지 않은 나무와 거친 콘크리트와 같은 튼튼한 재료가 주는 촉각의 기쁨, 가장 일상적인 상황에서도 느껴지는 웅장함 — 을 사용자들에게 제공할 수 있었던 것으로 판명되었다.

「트렌턴 배스 하우스」가 개장한 직후, 수영을 하기 위해 트렌턴 근처에서 왔을지도 모를 소녀, 예를 들어 칸의 첫째 딸보다 한두 살 어린 청소년기의 소녀를 상상해 보자. 정면 벽의 벽화를 지난 후 중앙 안뜰로 다가가면서 그 소녀는 여자 탈의실에 들어가기 위해 왼쪽으로 간다. 양쪽 편에 있는, 문 없이 벽으로 둘러싸인 콘크리트 입구 중 하나를 통해 들어가면, 터널처럼 느껴지던 입구와 비교하여 놀라울 정도로 거대한 공간이 나타난다. 소녀의 머리 위, 피라미드 형태의 높은 목재 지붕은 시선을 맨 위의 정사각형 구멍 쪽으로 이끈다. 그 구멍으로 쏟아지는 빛은 소녀의 몸을 포함한 모든 것을 천장의 웅장하고 영광스러운 기운으로 흠뻑 쪼여 주는 듯하다. 방의 한쪽에는 지붕과 벽 사이의 약 1.5미터 정도 되는 간격 — 칸의 가장 초기이자 가장 거대한 〈빛 이음매〉 중의 하나인 — 을 통해 탈의실 벤치에 앉은 소녀의 어깨 바로 위로 햇빛이 와닿는다. 주변을 돌아보면, 모서리에 있는 네 개의 지지대에 거대한 피라미드 지붕이 너무나 가볍게 얹혀 있어서, 천장이 마치 머리 위에 떠 있는 듯한 느낌을 준다. 거친 목재와 노출 콘크리트 블록과 같은 건축 재료들도 이런 환경 속에서 일종의 거친 숭고함을 띠며, 마치 소박한 것들도 자신만의 고유한 우아함을 내보일 수 있음을 시사하는 것 같다. 구름이 태양을 지나치고 태양도 서서히 자리를 옮기면서 시간에 따라 빛이 변화하는 모습을 지켜보는 동안, 소녀는 이런 초월적인 메시지를 자신에게 직접 대입하게 될지도 모른다.

루는 앤 팅 없이 「트렌턴 배스 하우스」를 설계할 수 없었을 것이다. 최종 계획에서 특정한 부분이 그녀의 아이디어였기 때문만이 아니라, 구조의 엄격하고 대칭을 이루는 기하학적 특징이 그녀의 본질적인 감성에서 비롯된 것이기 때문이다. 하지만 아이러니하게도, 칸은 이 프로젝트에서부터 앤과 멀어지기 시작했다. 한편으로는 상호 보완적인 무게감과 가벼움을 대비하면서, 다른 한편으로는 대조되는 어둠과 빛을 강조한 이 작은 「트렌턴 배스 하우스」 건물은 그가 운명적으로 택할 길을 알려 주는 결정적인 계기가 되었다. 그 길이란 단순히 그의 가까운 협력자인 팅만의 영향도 아니고, 훨씬 먼 존재인 르코르뷔지에만의 영향도 아닌, 예일 대학교의 브루털리스트*들과 바우하우스 출신 동료들, 그리고 그가 펜 대학교를 다닐 때 보자르식 교육에 전념했던 교수들의 영향을 받은 길이기도 했다. 그리고 어쩌면 그 무엇보다도, 고고학자인 프랭크 브라운 덕분에 접하게 된 고대 로마 건축가들에 의해 정해진 길이었다. 따라서 「트렌턴 배스 하우스」가 정확히 판테온에서 비롯된 것은 아니었다 해도, 칸이 그 길을 향해 내딛은 실질적인 첫 발걸음임은 분명했다.

---

* 브루털리즘. 거대한 콘크리트나 철제 블록을 사용한 1950~1960년대의 건축 양식. 가공하지 않는 재료와 설비, 그리고 비형식주의를 특색으로 한다.

현장에서:
「필립스 엑서터 도서관」

원형 개구부가 있는 「필립스 엑서터 도서관」의 내부
(사진: Bradford Herzog / ⓒ Phillips Exerter Academy)

이 도서관 건물은 캠퍼스 안의 다른 어떤 건물과도 닮은 구석이 없다. 약 24미터 높이의, 정사각형에 가까운 건물은 이곳 뉴잉글랜드 사립 학교의 나머지 부지를 점유하고 있는, 벽돌과 대리석으로 된 3층짜리 신식민주의 시대 건물들과 비교하여 눈에 띄게 높다. 건물은 캠퍼스를 반으로 나누는 도시의 주요 도로인 프런트 스트리트로부터 한참 안쪽에 위치하여 그 건물만을 위해 마련된 잔디밭에 홀로 우뚝 서 있다. 밤에는, 모든 층의 불 켜진 창들로부터 쏟아져 나오는 빛이 잔디밭 위의 대각선 길을 따라 건물 쪽으로 우리를 이끈다. 낮에는, 특히 멀리 떨어져서 바라보면 약간 위압적이며, 현대적이면서도 동시에 고대적인 느낌을 준다. 여러 행과 열로 배치된 직사각형 창들 주변을 둘러싼 정육면체 벽돌 건물의 외관은 이 건물이 20세기에 지어졌음을 시사하지만, 또 맨 위층과 맨 아래층에 있는 회랑을 따라 배치된 유리창 없는 개구부들은 훨씬 오래된 건축물 같은 느낌을 준다. 프런트 스트리트의 다른 쪽에 서서 지붕 부분을 바라보면, 좁은 벽돌 기둥 사이의 간격을 통해 하늘이 조각조각 엿보여서 마치 로마 시대의 유적을 바라보고 있는 것 같은 착각이 들 수도 있다.

이런 옛 건축물을 보는 듯한 느낌은 건물에 가까이 다가갈수록 더 강해지는데, 그 이유는 중세 수도원에서나 볼 수 있는 종류의 회랑들이 건물 1층의 네 면 모두를 따라 이어져 있기 때문이다. 이렇게 형성된 회랑은 위쪽에 튀어나온 두꺼운 벽돌 구조물에 의해 비바람으로부터 보호되지만, 바깥쪽 면은 외기에 노출되어 있고 안쪽으로는 벽돌 지지대로 이루어진 일련의 그늘진 통로를 제공하고 있다. 건물의 디자인은 강렬한 대칭성이 지배적이다. 회랑을 따라 늘어선 모든 개구부는 그 바로 위에 있는 창문들과 열을 맞추고 있으며, 건물의 네 면은 아주 작은 차이를 제외하고는 거의 유사하다. 그런 차이점 중 하나는 출입구와 관련되어 있다. 벽돌로 된 회랑 안쪽을 따라 가면 건물 전체를 둘러볼 수 있는데, 그중 건물 한 면에 있는 4개의 개구부만이 유리창으로 막혀 있고, 이것으로 도서관의 출입구를 인식할 수 있다. 이 출입구는 비스듬히 깎인[245] 건물의 네 모서리 중 두 곳에서 가장 가깝게 접근할 수 있다.

건물 안으로는 누구나 자유롭게 들어갈 수 있다. 입구에서 가방을 검사하는 경비원도, 책상을 지키고 앉아 있는 사서도 없다. 이렇게 해서 어떻게 안전을 유지하는지 궁금해질 정도다. 「세 시간 동안 여기에 코트를 놔둬도 괜찮아요?」 입구 바로 안쪽의 코트 보관실 근처에 서 있는 몇 명의 엑서터 대학교 학생들에게 묻는다. 「여기에 아이폰을 세 시간 동안 놔둬도 아무 일 없어요.」[246] 그중의 한 명이 대답한다. 확신에 찬 대답이다. 이 공간에서 그들은 완벽히 보호되고 안전하다고 느낀다.

도서관의 1층은 즐거운 독서를 위한 공간이라는 점이 확실히 드러난다. 안쪽으로 안내하는 입구의 유리문을 통해 살짝 안을 엿보면, 입구에서부터 카펫이 깔려 있고, 잡지가 꽂혀 있는 책장, 편안한 의자, 소규모 그룹이 모여 앉을 수 있는 나무 테이블, 그리고 커다란 창문을 통해 쏟아져 들어오는 햇빛이 보인다. 하지만 우리는 1층부터 구경해 보고 싶은 생각이 없다. 왜냐하면 거대하고 매혹적인 반원형의 계단이 당신을 위층으로 유혹하기 때문이다. 폭이 아주 넓고 곡선으로 된 대칭적인 한 쌍의 트래버틴 계단과 멋지고 튼튼한 난간은 성에서나 볼 수 있는 노치*가 있는 위층으로 올라오도록 우리에게 손짓한다. 우리는 위층에 다가갈수록 뭔가 거대하고 놀라운 것이 기다리고 있음을 느낀다. 이것은 칸의 전형적인 유혹 방법이다. 불분명한 외관, 은폐된 입구, 천장이 낮은 입구의 통로, 그리고 전혀 인식하지 못하고 있던 욕망에 대한 갑작스러운 각성과 충족. 필요가 아닌 욕망은 동기 부여의 원동력이다. 「필요란 〈너무 많은〉 바나나 같은 것이다. 필요는 햄 샌드위치 같은 것이다.」 칸은 언젠가 이렇게 말한 적이 있다. 「하지만 욕망은 결코 충족될 수 없는 것이며, 그것이 무엇인지 확실히 알 수도 없다.」[247]

칸의 다른 건물들, 예를 들어 로체스터의 「퍼스트 유니테리

* 가위집처럼 틈을 낸 부분.

언 교회」나 예일 대학교의 「영국 미술 센터」에서 만족감을 얻으려면 개구부나 출입구를 통해 앞으로 나아가기만 하면 된다. 하지만 젊은이들의 배움을 위한 이곳에서는, 매력적인 계단의 한쪽 혹은 다른 쪽으로(양쪽 계단 중 어떤 쪽으로 올라갈지 선택하는 일도 당신 스스로 해야 하는 결정이다) 올라감으로써 적극적으로 발견의 과정을 스스로 지배해야 한다. 계단 자체도 당신의 배움과 경험의 일부가 된다. 「왜냐하면 계단이 넓은 이유는, 올라가는 데 여유를 주기 위함이 아니라 이 계단을 오르는 일 자체가 이 건물에서 경험하는 사건의 일부라는 것을 깨닫게 할 만큼 대담하게 모습을 드러내기 위한 것이기 때문입니다. 계단도 건물에서 발생하는 사건이며, 또 얼마나 중요한 사건인지를 알 수 있습니다. 당신은 계단을 마음속으로 중요하게 받아들이게 되고, 또 계단을 오르면서 당신이 환영받고 있음을 느낍니다.」[248] 언젠가 칸이 이 계단에 대해 한 말이다.

계단의 맨 위에 다다르면, 칸이 지은 건물 중 가장 매력적이고 웅장한 공간이 당신을 맞이한다. 이곳의 웅장함이란 단지 그 규모 때문에 느껴지는 것이 아니라(물론 건물의 맨 꼭대기까지 뚫려 있는 도서관의 아트리움*이 만족스러울 만큼 거대한 것도 사실이다), 비율, 자재, 그리고 무엇보다도 자연광 덕분이다. 아트리움의 중앙에 서면, 당신의 위쪽에 있는 광대한 공간, 바로 당신 머리 위쪽으로 높이 솟은 천장까지 빛으로 가득 찬, 콘크리트와 나무로 된 공간을 인식하게 된다. 아홉 개의 커다란 정

* 고대 로마 건축에서 설치된 넓은 마당. 현재에는 주로 중앙 홀을 뜻한다.

사각형이 삼목(三目) 격자 패턴을 이루는 콘크리트 천장은, 건물의 네 면을 가득 채우는 유리로 된 고측창 위쪽에 안착되어 있다. 그 바로 밑에는 콘크리트로 된 거대한 십자가 대각선으로 뻗어 있어, 세련되게 조각된 넓은 나무 패널들로 이루어진 벽들과 만난다. 벽과 연결된 부분을 보면 X 자 모양의 콘크리트가 얼마나 거대한지를 한눈에 알 수 있다. 그 십자의 높이는 적어도 건물 한 층 높이(그 이상은 아니어도)는 되어 보인다. 아트리움의 바닥에 서서 보면 마치 2차원적인 트레이서리*처럼 위에서 들어오는 햇빛을 통과하게 하면서 그냥 공중에 섬세하게 떠 있는 것처럼 보인다.

콘크리트 십자 밑에는, 네 벽 모두에 거대한 원형 개구부가 있어서, 그것을 통해 적어도 세 개 층에 배치된 서고들과 열람실이 엿보이고, 또 각 층은 층고의 반 정도 되는 벽들이 아름답게 목재 패널로 장식된 것처럼 보이는데, 사실은 이 벽들도 허리 정도의 높이를 가진 책장들의 뒷면이다. 이렇게 봤을 때는 모서리만 보이는 책장들은 도서관의 각 층으로 올라가면서 그 책장들 너머로 바라보거나, 혹은 더 위쪽 층에서 내려다보면 그 전체적인 모습을 완전하게 볼 수 있다. 4개 층을 따라 위로 올라가거나 아래로 내려가면서 시점은 끊임없이 변화한다. 심지어 가만히 선 자세에서 시선을 위로 올리거나 내리는 것만으로도 바뀐다. 하지만 이런 것들은 당신이 더 높이 올라가면서 도서관

* 고딕 양식의 창문이나 개구부의 상부에서 전형적으로 볼 수 있는 살 구조의 장식, 혹은 격자.

의 전체적인 복잡성(각 층에서 느껴지는 구조적인 변화, 모든 층에 숨겨진 별도의 방과 복도와 섹션들, 그리고 신비하면서 때로는 아찔한 전망들)을 인식하기 시작할 때만 발견할 수 있다. 중앙 아트리움에 서서 주위를 둘러보면, 이곳의 전체적인 형태가 쉽게 파악 가능하고 유한해 보인다. 그리고 이러한 안정감, 즉 모든 것이 정가운데서 만나는 형태로 인해 당신의 위치를 시각적으로 파악할 수 있다는 생각은, 당신이 건물 내부를 탐험함에 따라 건물이 드러내는 놀랍고, 때로는 불안한 요소들을 발견해 나가는 동안에도 지속된다.

건축가와 건축 비평가 들은 종종 이 건물의 설계를, 천장 높이까지 오픈된 아트리움이 위치한 중앙 부분, 서고들이 있는 중간 부분(이 부분은 직사광선으로부터 거의 대부분 보호된다), 그리고 외부 창들로부터 자연광을 받는 캐럴*들과 열람실들이 있는 가장 바깥쪽으로 구분하여, 간단한 동심원적 세 가지 〈링〉으로 이루어진 것처럼 묘사한다. 물론 이것은 어느 정도 사실이지만, 공간의 복잡한 느낌을 전달하는 데는 충분하지 않다. 도서관을 통해 이동하는 사람이 이 세 가지 링을 구별하기는 쉽지 않기 때문이다. 예를 들어 각 층에는 도서관의 외부 벽에서 안쪽으로 멀리 떨어져서 상단 부분에 발코니처럼 매달린 중이층 공간인 메자닌이 있고, 그곳에도 캐럴들이 배치되어 있기 때문에 공간이 어떻게 분할되어 있는지 쉽게 구별하기 어렵다. 태양빛은 건물의 벽돌 벽 네 면 모두에 있는 커다란 직사각형 창문

* 개인용 열람석.

들을 통해 바깥쪽과 안쪽 캐럴들에 도달한다. 또한 높은 고측창들을 통해서뿐 아니라 아트리움과 동일한 층에 있는 커다랗게 창처럼 뚫린 두 개의 측면 개구부들을 통해서 가장 바깥 면의 창으로 들어온 빛이 건물의 중앙 부분까지 도달한다. 아트리움의 아래에 위치한 1층은 여러 면에서 회랑을 향해 나 있는, 바닥에서 천장까지 쭉 뻗은 대형 창문들을 통해 독서실까지 햇빛이 도달한다.

이 침습적인 자연광의 효과는, 모두 정중앙의 아트리움을 향하는 각 층의 방향과 조화를 이루어, 기능적인 목적에 따라 동심원으로 나누는 인위적인 구분 없이 건물 전체에 통일감을 준다. 그와 동시에, 각 층의 디자인은 다 다르다. 맨 꼭대기 층이자 4층은 사각형의 두 인접한 면에 복도를 따라 세미나실이 있고, 나머지 두 면에는 가파르게 경사진 천장이 있는 호화로운 열람실이 있다. 3층에는 삼면으로 된 벽난로가 있는 휴게 공간이 한쪽 면에만 있고 다른 세 면에는 일반적인 서가와 캐럴이 배치되어 있다. 가장 낮은 메자닌의 한쪽 면에는 직원실이 있는데 인접한 면에는 사무실들이 한 줄로 늘어서 있다. 하지만 세 번째 혹은 네 번째 면에는 메자닌이 없다. 그 빈 공간에는 계단이 있다. 그곳에는 아트리움을 내다볼 수 있는 내부 창이 마련되어 있다.

혼돈감은 이 건물이 만들어 낼 수 있는 가장 최소한의 공포다. 가장 높은 층에 올라가면, 내부 복도에 이상하게 뚫린 작은 창들을 발견하게 되는데, 이 창들은 거대한 콘크리트 십자가 벽과 만나는 모서리 부분을 향하고 있으며 유리가 없고 아트리움 쪽으로 그냥 개방되어 있다. 그래서 그 창을 통해 머리를 내밀면, 당신 앞에 공중에 매달린 듯한 무겁고 육중한 콘크리트 구조물에 의해 시야가 제한된 상태에서 아트리움 바닥의 일부가 보이기 때문에 현기증이 난다. 고작 4층밖에 안 올라왔는데도, 각 층의 층고가 매우 높은 데다, 창이 개방되어 있고 콘크리트에 가로막혀 축약된 전경 때문에 발밑의 바닥이 왠지 불안정하게 느껴진다. 더 오싹한 것은, 건물의 뒤쪽 편에 있는 계단의 맨 꼭대기에서 맨 아래쪽을 내려다볼 때 전혀 막히는 부분 없이 바라다보이는, 마치 에셔의 작품에서 보는 것 같은 전경이다. 그리고 높은 곳을 무서워하지 않는 강인한 사람들을 위해, 최상층에도 건물 전면에 걸쳐 회랑이 있다. 이 회랑의 벽돌 벽에는 사람 머리보다 높은 위치에 정사각형 모양으로 유리가 없이 개방된 창이 커다랗게 뚫려 있고, 그 창의 아래 쪽 벽에는 양쪽으로약 13센티미터 너비의 틈들이(중세의 기사가 그 틈으로 화살을쏘았을 것 같은 틈이) 수직으로 뚫려 있다. 그리고 이런 넓은 틈은 이 테라스 층의 바닥까지 길게 뚫려 있다. 혹시라도 팔다리를 그 틈 사이로 넣어 보면 생각보다 쉽게 들어간다. 또는 약간의 노력을 들이면, 보통 벽보다는 상대적으로 낮은, 위쪽의 개방된 창턱 위로 기어 올라갈 수도 있다. 어쩌면 도서관 측에서이 회랑 쪽으로 나갈 수 있는 문들을 영구히 잠그기로 결정한것은, 과거에 이런 호기심을 가졌던 엑서터 대학교 학생들이 있었기 때문이 아닐까 생각한다.

두려움에 기인한 스릴과 공존하는 아주 강력한 안정감, 이 두 가지의 감정을 모두 불러일으킬 수 있는 현대 건축물은 과연 얼마나 될까? 그리고 이러한 모순된 감정들이 구현된 칸의 건물은 「필립스 엑서터 도서관」만이 아니다. 이 건물은 압도적인 대칭성을 가지고 있지만 비대칭적 디자인도 동일하게 중요한 요소다. 이 건물 안에서는 쉽게 길을 잃을 수 있다. 그러나 아트리움 쪽으로 자신을 향하도록 하면 언제든지 당신의 현재 위치를 파악할 수 있다. 재료(칸이 주로 사용하는 콘크리트와 목재)는 평범하지만 그 재료를 마감하는 방식은 아름다우며, 재료들을 서로 조화하게 하는 방법은 더할 나위 없는 품격을 띤다. 또한 대립성이 상호 보완성을 유발하기도 한다. 사각형의 구조물 안에 거대한 원형의 개구부들이 배치된 점과, 다면체 모양의 콘크리트와 대비를 이루는 삼각형의 떡갈나무 패널, 건물의 모서리 부분에 있는 각진 철제 난간과 슬레이트로 포장된 훨씬 기능적인 디자인의 계단들과 대조를 이루며 웅장한 곡선으로 시선을 끄는 트래버틴 계단이 그렇다. 각진 형태의 나무들과 콘크리트가 그림자 이음매에서 만난다거나, 그리고 무엇보다 내부와 외부에서의 전망이 신비롭게 부조화를 이루는 것을 보면 마치 건물 전체가 우리로 하여금 이상한 조각들을 맞추라고 요구하는 퍼즐처럼 느껴진다. 〈여기에서는 항상 새로운 것을 발견할 수 있다.〉 이것이 바로 이 도서관이 말하려고 하는 요점이다.

그런 발견들은 중요하지만, 무의식적인 수준에 머물 수도 있다. 예를 들면, 중앙 아트리움에서 얻는 큰 즐거움 중 많은 부분은 공간의 완벽한 비율과 관련이 있다. 각 정사각형 바닥의 각 변의 길이와 방의 전체 높이와의 관계는 정확히 1:1.618로, 그리스 수학에서 〈황금 비율〉 혹은 〈중용(中庸)〉으로 알려진 비율이다. 마찬가지로, 거대한 원형 개구부의 지름과 그 안에 포함된 직사각형 면들의 높이 또한, 동일한 기분 좋은 비율이 지배하고 있다. 건물의 외부에서도 층이 올라감에 따라 창문을 감싸는 벽돌의 기둥이 정확히 벽돌 하나의 너비만큼 좁아지고 그에 따라 창문의 폭은 넓어짐으로써, 정확한 치수에 대한 유사한 집착을 나타낸다. 이 중 어떤 것도 편하게, 혹은 진지하게 바라본다 해도 즉각적으로 알아차리기 힘들지만, 그럼에도 불구하고 그 효과는 분명히 나타난다. 비록 측정할 수는 없지만 직관적으로 디자인의 우아함을 느낄 수 있기 때문이다. 엑서터에서 기하학은, 앤 팅이 항상 바라던 대로 칸의 작업에서 진정한 성과를 거두었지만 부분적으로는 그 자체를 숨기는 방식으로 행해졌다. 혹은 기하학의 딱딱하고 추상적인 형태를 인간의 희망, 욕망, 그리고 두려움이라는 더욱 부드러운 특징과 융합하는 방식으로 행해졌다고 볼 수 있다.

*

　루이스 칸이 이 특별한 과제를 아름답게 완수할 수 있으리라는 것은 사실 확실하지 않았다. 그의 실무 경력이 가장 발달되었던 마지막 단계에서도 그에게는 여전히 실패작이 존재했고,

그중 하나가 바로 그 도서관 건물 바로 뒤에 서 있다. 「필립스 엑서터 도서관」이 칸의 가장 훌륭한 건축물 중 하나라면, (완전히 동일한 시기에 설계되고 지어진) 엑서터 다이닝 홀은 분명 가장 최악의 작품이다.

학생들은 이 건물의 모든 면에 우뚝 솟아 있는 벽돌 굴뚝을 지칭하여 화장터라고 부른다. 다이닝 홀은 외관이 주로 벽돌과 유리로 되어 있고 명백히 현대적인 건물이라는 점 외에는 도서관과 유사성이 없다. 두 부분으로 분할된 식당 안으로 커다란 창문들을 통해 빛이 들어오지만, 전체적으로 암울하고 억압된 분위기를 자아낸다. 눈에 띄게 경사진 천장이 정가운데의 가장 높은 정점을 향해 솟아 있는데도, 마치 머리 위에서 무거운 것이 내리누르는 것처럼 압박감과 수평적인 느낌은 여전하다. 음향 효과 또한, 주변의 소리들이 너무 시끄럽게 들려서 상대방의 목소리는 물론, 자신의 말소리도 거의 들리지 않는다. 또한 입구에서 음식을 가지러 가는 곳, 또 식사 테이블, 그리고 식기 반납대까지 동선이 너무 터무니없고 혼돈스러워서 사람들이 끊임없이 서로 부딪힌다. 매우 불쾌한 환경이라서 아무도 필요한 시간 이상을 그곳에서 보내려고 하지 않는다.

다이닝 홀이 도서관과 비교하여 왜 그렇게 되었는지에 대해서 여러 다양한 이론이 제시되었는데 그중 하나는 루이스 칸이 설계와 건설을 회사에 들어온 지 얼마 안 되는 초보 건축가에게 프로젝트의 설계와 건설을 맡겼다는 것이다. 또 다른 주장은 이 기간에, 그가 1963년에 시작한 동파키스탄 다카의 〈두 번째 수도〉 프로젝트 때문에 너무 바쁜 나머지 그 외의 다른 일에 집중할 시간이 거의 없었다는 것이다. 하지만 그런 이유가 있었다 해도, 동일한 시기에 같은 건축가가 감독한 도서관은 왜 훌륭하게 완성되었는지를 설명하지 못한다. 다이닝 홀이 그렇게 미흡한 건축물이 된 것에 대한 책임은 그렇게 쉽게 회피될 수 있는 것이 아니다. 비록 칸이 그의 직원들에게 많은 작업을 위임했지만 그는 자신의 회사를 1인 회사라고 자부했고, 그의 승인 없이는 어떤 계획도 실행에 옮길 수 없었기 때문이다.

사실 루는 음식에 크게 신경을 쓰는 사람이 아니었다. 그의 생각에 음식은 필수적인 것일 뿐, 강한 기쁨이나 진지한 즐거움의 원천이 아니었기 때문에 결과적으로 그는 음식에 대해 크게 생각해 본 적이 없었다. 그는 다른 사람들과 마찬가지로 식사를 즐겼을지는 모르나, 그 음식이 어떻게 만들어지는지에 대해서는 별로 관심이 없었다. 이러한 점은 그가 개인 주택의 부엌을 어떻게 설계했는지를 보면 알 수 있다. 대부분의 경우 다이닝 공간은 주요 사교 활동이 이루어지는 부분으로부터 멀리 떨어진 협소한 공간에 배치되어 있다(심지어 다음과 같이 주목할 만한 예외 역시 이러한 패턴을 뒷받침한다. 「에셔릭 주택」의 매력적인 부엌은 칸이 아니라 고객의 예술가 삼촌인 워튼 에셔릭이 설계했다. 그리고 「코먼 주택」의 유리 벽과 벽돌 바닥으로 된 사랑스러운 부엌은 고객 측의 강력한 지시에 따른 결과였다).

하지만 루이스 칸은 정말로 책을 사랑했고, 서점에서든, 도서관에서든, 웅장한 궁전에서든, 고대의 수도원에서든, 자신의 사

316

무실에서든 책에 둘러싸여 있는 것을 본능적으로 즐겼다. 「그는 중고 서점을 좋아했어요.」잭 매칼리스터는 칸과 함께 소크 프로젝트를 함께할 때 루가 라호이아로 여행을 갔던 것을 떠올리며 말했다. 「그는 샌디에이고에 있는 중고 서점에 데려다 달라고 졸랐고, 그곳에 가기 위해서 가끔 회의에 불참하기도 했습니다. 그는 책을 사고는 그 책을 읽을 거라고 했습니다. 하지만 그는 책의 중간을 펼쳐 한 페이지를 읽은 다음, 〈이게 바로 책의 내용이야〉라고 말하곤 했죠.」[249]

루가 직접 자신의 독서 습관에 대해 한 말도 이 이야기를 뒷받침한다. 「저는 영국 역사가 좋아요. 그래서 이에 관한 여러 권으로 된 시리즈들을 가지고 있어요. 하지만 저는 1권만 읽어요. 그것도 처음 서너 장(章)만 읽습니다. 그리고 물론 저의 유일한 진짜 목적은 0권을 읽는 것입니다.」[250] 사물의 기원을 소중히 여기는 것은, 어떻게 보면 항상 모든 것이 쓰이기 전의 시점으로 돌아가서 생각하게 만들었기 때문에, 책들을 좋아하면서도 잘 읽지 않는 양면적인 태도를 가질 수밖에 없음을 의미했다. 버클리의 창의력에 관한 연구의 일환으로 〈필연적 결과〉라는 테스트를 했는데 다른 여러 질문 중에서도, 〈모든 책이 전부 다 없어져 버린다면 어떤 일이 일어날까?〉라는 질문에 대한 칸의 대답은 놀라울 정도로 낙관적이었다. 〈우리는 본질을 찾을 겁니다.〉, 〈아마도 모든 사물을 경이롭게 보게 될 겁니다.〉, 〈처음으로 듣게 되는 것들이 생길 겁니다.〉, 〈사고가 더 향상될 겁니다.〉 그는 또한 장난스럽게 다음과 같이 인정하기도 했다. 〈책을 다시 처음부터 쓰기 시작할 겁니다.〉[251] 책에 대한 양면적인 감정에도 불구하고 책은 그가 생각하는 인간 존재의 필수적인 부분이었다.

따라서 다이닝 홀이 아닌 〈도서관〉을 설계해 달라는 요청을 받았을 때, 그가 자신의 성격 속으로, 자기만의 방식으로 세계를 점유하는 방식으로 깊숙이 파고들 수 있었음을 의미했다. 「도서관을 설계할 때는 도서관이 전에 존재한 적이 없었던 것처럼 설계해야 합니다.」 그는 이렇게 말했다. 그리고 이러한 〈시작〉을 찾으려는 노력은 결국 그에게 뭔가 놀라운 것을 창조하게 했다. 그에게는 기본 원칙들이 어떤 구체적인 디자인보다 우선이었다. 「책을 가진 사람은 빛이 있는 곳으로 갑니다. 도서관은 그렇게 시작됩니다.」 그가 말했다. 중세 수도원에 캐럴이 있는 것을 본 후, 그는 〈캐럴은 방 속의 방이다〉, 〈캐럴은 도서관의 시작점이 될 수 있는 틈새 공간이다〉[252]라는 개념을 만들었다. 그러한 생각으로부터 「필립스 엑서터 도서관」의 아름다운 목재를 사용한 캐럴 디자인이 생겨났다. 빛으로 가득한, 반쯤 가려진 책상을 가진 편안한 개인 공간인 캐럴은 여러 층에 걸쳐 건물의 네 면을 모두 에워싸고 있다. 하지만 자연광을 필요로 한 부분은 캐럴만이 아니었다. 「저는 도서관이란, 사서들이 특별히 선별한 페이지를 펼쳐 독자들을 유혹할 수 있도록 책을 진열하는 장소라고 생각합니다. 사서가 책을 올려놓을 수 있는 커다란 테이블이 있는 장소가 있어서 독자들이 그 책을 집어 들고 빛이 있는 곳으로 갈 수 있어야 한다고 말입니다.」[253] 따라서 아트리움으로 쏟아져 들어온 환영하는 듯한 풍요로운 햇빛이, 맨 위층의 열람실로 쏟아져 흐르고, 심지어는 1층의 정기 간행물실까지 들이친다. 이렇게 「필립스 엑서터 도서관」 전체는 책을 가지고 빛으로 가는, 즐거움을 위해 독서를 하도록 유혹하는 장소가 되어야 한다는 목적으로 설계되었다.

*

　루이스 칸이 1972년에 「필립스 엑서터 도서관」을 완성한 이후에 학교에도, 그리고 그 너머의 세계에도 여러 가지로 많은 변화가 있었다. 남학교였던 엑서터 아카데미는 남녀 공학으로 바뀌었다. 이것은 의심의 여지없이 많은 결과를 가져왔지만, 실질적인 측면에서는 도서관에 격층마다 있던 화장실의 반을 여자 화장실로 바꿔야한다는 것을 의미했다. 노트북 컴퓨터와 인터넷이 교육에서 흔히 사용되면서 도서관은 무선 인터넷을 위한 배선이 필요하게 되었고, 그 결과 칸이라면 아무것도 남기지 않았을 부분에 아트리움의 기둥들에 이상한 회색의 디스크가 부착됨으로써 눈에 띄는 작은 돌출부가 생겼다. 도서관 대출 카드는 다른 모든 곳과 마찬가지로, 과거의 유물이 되었다. 「필립스 엑서터 도서관」은 멋진 나무 대출 카드 보관장(도서관에 있는 거의 모든 목공 작업과 마찬가지로 이것도 칸이 직접 디자인했다)을 그대로 두었지만, 이제는 아트리움의 중앙 부분과 새로 배치된 컴퓨터실 사이를 시각적으로 가리는 단순한 장식적인 요소로 존재할 뿐이다. 도서관에는 서고가 부족할 일은 결코 없을 것이다. 현명한 계획 덕분이 아니라, 이제 서고를 채울 종이책은 덜 들여오고 점점 더 많은 책들이 전자책으로 대체되었기 때문이다. 그리고 전자책 기기의 화면 자체에 불이 들어오는 최신 기술 덕분에 사람들은 더 이상 책을 빛이 있는 곳으로 가져갈 필요가 없게 되었다.

이러한 것들을 모두 건축가가 미리 예견할 수는 없었지만, 그가 설계한 건물은 아직도 예전처럼 유용하고 중요하다. 이 건물은 여전히 그곳에서 일하는 사서들에게만이 아니라 그곳에 자주 오는 교수와 학생, 그리고 동네 주민 들에게도 삶의 중요한 부분이다.

콘서트와 공개 행사 등이 아트리움에서 열리고 그런 행사가 있을 때 도서관은 하나의 커다란 방처럼 느껴진다. 그리고 소리는 가장 높은 층까지 도달한다. 낮이나 저녁의 다양한 시간대에 네 번째 층에 있는 특별 소장 자료실에서 호사스러운 커다란 테이블을 혼자 독차지하고 있거나 소파에 앉아 조용히 회의를 하고 지정된 캐럴에서는 공부를 하는 학생들이 보이기도 한다. 서고 사이에서 무용과 학생들이 즉흥적인 공연을 하는 기이한 일이 벌어지기도 한다. 현 책임 사서인 게일 스캔런의 감독 아래, 한번은 소규모의 밤샘 파티가 열리기도 했다. 「정말 기괴했어요.」 그녀가 말했다. 「밤이 되자 뭔가 다른 소리들이 들려왔어요. 하지만 무섭지는 않았어요. 모든 책들이 있는 동심원의 가운데 〈링〉 부분이 마치 우리를 팔로 감싸안는 것 같아서 왠지 안심이 되었거든요.」

스캔런 사서가 시설에 갖고 있는 불만 사항도 있다. 냉난방 시스템이 불충분해서 너무 덥거나 춥다는 점이다. 벽 깊숙이 위치한 배관들이 파손되어 하수 냄새가 스며 나온다. 창문이 열리지 않는다. 높은 천장 근처에 있는 전구와 환기구에 손이 닿지 않는다. 그녀의 사무실에 있는 벽난로는 매혹적이지만 불을 피우면 다른 방으로 연기를 뿜어 댄다. 그럼에도 불구하고 그녀는 이 도서관이 정말 대단한 곳이라고 느낀다. 「공간이 아름다워요. 빛도 정말 황홀하고요.」 그녀는 또한 이곳에서 발견할 수 있는 다양한 종류의 공간에 기분 좋게 놀라기도 한다. 「층이 올라갈수록 격식과 진지한 감각이 더해져요. 1층은 가장 활기가 있어요. 그곳에는 신문, 플라스마 스크린이 있고 음식이 포함된 행사, 전시 등을 하죠.」 아트리움 층 — 그녀의 사무실이 있는 층이다 — 에는 안내 데스크, 도서 목록과 컴퓨터, 여러 개의 안락의자, 정면 창으로 경치가 보이는 대리석 벤치 몇 개, 그랜드 피아노, 그리고 페르시아 카펫 위에 놓인 커다란 타원형 테이블이 있다. 「그리고 서고가 있는 층으로 올라갈수록, 더 조용해지고 일을 주로 더 많이 하는 공간이 되죠. 개인보다는 그룹으로요. 특별 소장 자료가 있는 가장 위층은 훨씬 더 조용해요.」 그리고 도서관의 모든 지점에서는 이러한 내부 공간의 특정 본질뿐 아니라 외부에 대한 지속적인 지각을 갖게 된다. 「빛이 변화합니다. 가을은 정말 아름답죠. 그리고 겨울에 눈이 내리기 시작하면, 사람들이 창문으로 달려가는 소리가 들려요. 폭풍이 심하게 치면, 위층에서 소리가 울려요. 항상 밖에서 무슨 일이 생기는지 알 수 있어요.」[254]

게일 스캔런은 엑서터에 고작 몇 년 있었지만 그녀의 동료 사서인 드루 가토는 그곳에서 10년 이상을 일했기 때문에 그는 이 건물과 건축가에 대해 남다른 친밀감을 느낀다.「저는 정말 그가 캐럴을 설계할 때 학생들의 심리를 정말 많이 고려했다고 생각합니다.」가토가 말한다.「루이스 칸처럼 빛을 잘 이해한 건축가는 없습니다.」그는 자신이 경험한 작은 일화를 이야기한다.「5월인가, 6월 말인가, 3층에서 책을 정리하고 있었어요. 갑자기 제가 빛으로 흠뻑 적셔지고 있다는 느낌을 받았습니다. 그건 마치 한 줄기 빛이 들어와 다른 어떤 것도 아닌 오직 저에게만 비추는 것 같았죠. 아주…….」그는 이 부분에서 자기가 회상하는 그 느낌을 제대로 표현하기 불가능하다는 듯이 아주 길게 말을 멈추었다.「아주…… 기분이 좋았습니다.」

가토는 그가 일하는 공간에 대해 분명히 아주 많은 생각을 해 왔던 것 같다. 그는 〈예술적인 것이 아니라 실용적인 것에서 아름다움과 대칭을 발견하는 것〉[255] — 〈사람들이 흔히 일컫는 아름다움〉[256]을 종종 폄하하는 경향을 보이고, 〈어떻게 만들어졌는지를 보여 주지 않는 공간은 공간이 아니다〉라고 주장했던 칸을 기쁘게 했을 개념 — 에 대한 이야기를 했다. 가토는 건축 재료가 가지는 중압감, 그리고 빛만으로 그 중압감을 상쇄하는 방식에 대해 언급했다. 그는 또한, 〈저 커다랗게 개방된 원들이 건물을 부드럽게 만듭니다. 왜냐하면 건물은 주로 사각형이기 때문입니다〉라고 지적했다. 이 부분에서도 그는 〈벽은 구멍을 원하지 않는다. 벽은 구멍을 싫어한다. 구멍을 만들면 벽은 슬퍼한다.[257] 하지만 그것을 아주 잘 만든다면, 괜찮아진다〉라고 언급하기를 좋아했던 칸의 의견에 동의하는 듯하다.

잘 만들어진 많은 개구부들을 가진 도서관의 팬옵티콘* 구조는, 보는 과정과 또 남들에게 보이는 과정이 부각될 수밖에 없기 때문에, 가토는 웅장한 트래버틴 계단을 올라갈 때 위압감을 느낄 신입생들을 상상한다. 그는 〈그러한 계단을 오를 때 우리가 관찰되고 있다는 느낌을 안 받기는 불가능합니다〉라고 지적했다. 「모든 지식이 우리를 내려다보고, 사람들이 우리를 지켜본다는 느낌이 듭니다. 학교가 우리에게 주는 인상과 유사한 느낌입니다.」 네 번째 층에서 아트리움이 아찔하게 내려다보이는 개방된 창문에 대해서 어떻게 생각하느냐는 질문에 그는 무섭지 않고 신이 난다고 답한다. 「저는 뭔가에서 탈출하고 있다는 느낌이 들어요. 왜냐하면 도서관에 있는 사람들은 아무도 저를 볼 수 없지만 저는 볼 수 있거든요. 저는 그게 무섭지 않아요. 제 몸을 보호해 줄 콘크리트가 아주 많으니까요.」

자신의 몸의 위치와 모든 콘크리트와의 관계에 집중함으로써 가토는 칸의 디자인의 핵심에 도달한 듯했다. 논리적으로 보면 누구나 이러한 거대한 구조에 의해 위압감, 왠지 짓눌릴 것 같은 느낌, 적어도 그런 가능성에 대한 생각을 갖게 되는 것이

* 영국의 법학자 제러미 벤덤이 제안한 모든 죄수들을 한눈에 감시할 수 있는 원형의 감옥 시설.

일반적이다. 하지만 그 대신 우리는 위로 올라간 느낌을 받는다. 마치 무거운 재료가 우리를 압박하기 위해 존재하는 것이 아니라, 위로 띄우기 위해 존재하는 것 같다. 드루 가토는 이렇게 말한다. 「전반적인 느낌은, 마치 건물이 커다란 여객선처럼 공중이나 물 위에 떠 있는 것 같아요. 허공에 매달려 있는 느낌입니다.」 그리고 드루 가토에게 이 느낌은, 이 도서관에서 일하고 독서하는 데, 혹은 단순히 앉거나 생각하기에도 아주 만족스러웠던 또 다른 느낌과 밀접히 연관되어 있다. 그 느낌에 대해 그는 다음과 같이 말한다. 「중력의 중심이 우리의 밑에 있는 것이 아니라 위에 있는 것 같아요. 원래는 건물의 기초가 되어야 할 거대한 십자 모양의 콘크리트가, 위아래가 뒤집어져서 우리에 위에 있는 느낌이에요.」[258] 우리의 아래에 있는 가벼움은 무거움의 반대인가, 아니면 어두움의 반대인가?* 시각과 다른 감각들의 경계를 모호하게 만드는 이런 건물 안에서, 그러한 질문에 대한 명확한 대답이란 없을 것이다.

* 〈lightness〉를 중의적으로 표현했다.

성취

〈소크 박사 방문, 월넛 스트리트 1501번지.〉[259] 사무실 달력의 1962년 3월 1일 날짜에 단 하나의 일정이 적혀 있었다. 이 주소에는 밑줄이 쳐져 있는데 이것이 새로운 시작을 의미하기 때문이다. 이것은 다섯 블록 떨어진 곳에 있던 비좁은 사무실로부터 루이스 이저도어 칸 건축 사무소가 새 사무실로 옮긴 뒤, 첫 약속이었다. 15번가와 월넛 스트리트가 만나는 모퉁이에 있는 새 사무실에서 칸과 직원들은 이전과는 달리 1개 층이 아니라 2개 층을 차지하게 되었다. 그리고 이 견고해 보이면서 화려하지 않은 연한 석조 건물은 바로 서쪽에 인접한 건물보다 한 층 높이만큼 솟아 있어서, 특히 맨 위층에 자연광이 가득 찼다. 바로 그 5층에는, 양쪽에 있는 높은 창에 의해 빛이 들어오는, 길고 천장이 높은 제도실 옆에 루의 사무실이 있었다.

칸의 딸 알렉스는 이사 당시 막 여덟 살이 된 어린 나이였지만 사무실을 또렷하게 기억하고 있었다. 「아버지는 제가 아주 어릴 때 20번가와 월넛 스트리트 모퉁이에 있는 2층짜리 건물의 2층에서 살았(말이 이렇게 튀어나왔다), 아니 일했어요. 그곳에서 월넛 스트리트 1501번지로 이전했죠.」새 사무실이 있는 곳은, 우연히 필라델피아 시내에서 가장 고급스러운 구역 중한 곳이었다. 교차로의 대각선 방향 건너편에는 세련된 남성복 매장이, 바로 맞은편에는 부처 & 싱어 증권 회사가 있었고 주식 시세 정보가 찍힌 테이프들이 거대한 유리창을 통해 보였다. 하지만 이러한 부유함을 상징하는 요소들은 어린이가 관심을 가질 만한 대상이 아니었다.

「그곳의 냄새가 기억나요. 공작용 점토나 연필과 종이 냄새요.」알렉스는 아버지의 마지막 사무실에 대해 말했다.「그 냄새가 좋았어요. 뭔가 따뜻한, 사람들이 일하는 냄새였죠. 우아하거나 그런 분위기는 아니었어요. 그냥 아주 컸어요. 아버지의 사무실은 작은 편이었지만 아주 멋지고 큰 창이 있었어요. 구석에 있는 방이었는데 간소하게 꾸민 공간이었어요. 연한 색의 나무 테이블과 곡목으로 된 의자들이 있었어요. 도시라는 건축가가 색연필로 스케치한, 그냥 색감이 화려하고 생기 넘치는, 아마 61×76센티미터 정도 되는 크기의 그림을 벽에 테이프로 붙여 놓았었죠. 그리고 사방에 책이 있었어요. 가끔 낮잠을 잘 때 사용하기 위한 매트도 한쪽 구석에 있었어요. 창문턱이나 책장 맨 위에도 여러 물건들이 놓여 있었어요. 그것들은 항상 바뀌었어요. 아마도 아버지가 어디론가 출장을 가면 사람들에게서 뭔가를 받아 오고, 그러면 그것들을 창턱 위에 올려놓곤 했던 것 같아요.」[260]

하지만 그때는 아직 본격적으로 물건들이 쌓이기 전이었다. 1962년 3월 칸이 막 사무실을 이전했을 때 그는 새로운 공간을 그에게 가장 중요한 손님들을 맞이하기 위한 공식적인 장소로 사용했다. 사실 루가 이렇게 훨씬 큰 사무실을 얻을 수 있었던 것은 소크 프로젝트에서 들어오는 안정된 수입 덕분이었다(로체스터의 「퍼스트 유니테리언 교회」, 나이아가라 폭포 근처의 카보런덤* 공장, 필라델피아 광역 지구의 마거릿 에셔릭과 셔피로 가족을 위한 개인 주택들, 포트웨인과 브린 모어 프로젝트의 초기 수입 등 다른 일들에서 들어오는 수입들도 포함해서).

그의 재정 상태가 개선되었다는 사실은 루이스와 에스더 칸이 그해 봄 공동으로 제출한 세금 신고서를 보면 확실히 알 수 있다. 칸이 건축 사무소에서 벌어들인 수입은 36만 6309달러라는 놀라운 금액으로(4년 전에 신고한 6만 6757달러에 비하면 아주 큰 금액이다) 증가했다. 더 중요한 점은, 1961년에 벌어들인 상당한 수입 덕분에 거의 처음으로 수익을 낼 수 있었다는 점이다. 칸이 그해에 과세 소득으로 신고한 2만 8445달러 중에 거의 반에 해당하는 1만 3713달러가 루의 건축 회사에서 번 돈이었다. 그 전까지 거의 20년 동안 지속적으로 손실을 보았던 점(에스더의 의료 기술자로서의 꾸준한 소득과, 더 최근에는 건축학 교수로서 루가 번 수입을 합한 1만 3000달러가 넘는 돈에 필적하던 손실)을 고려하면, 그해에는 루의 돈을 버는 능력에 상당한 변화를 기록하게 된 것이다.

* 탄화 규소 연마제의 상표명.

소크 프로젝트가 수익을 창출한다는 점(그리고 실로 그가 해왔던 모든 경력에서 유일하게 수익성 있는 프로젝트였다는 점)은 그에게는 그다지 중요한 점이 아니었다. 루는 돈 문제에 관심이 없는 것으로 악명이 높았다. 「저기 형편없는 사업가의 사진이 있네.」[261] 한번은 그가 사무실에 걸려 있는 자신의 사진을 가리키며 이렇게 말한 적이 있는데, 그때 직원들은 그가 유감의 뜻으로 자신을 비웃듯이 한 말이라고 느꼈지만 사실 그 말은 일종의 자부심이 내포된 것이었을 수도 있다. 조너스 소크가 루이스에게 제안한 것은 단순한 돈 이상의 가치가 있는 것이었다. 그것은 공감적이고 지적인 협력자와 함께 혁신적인 아이디어들을 시도할 수 있는 기회였다. 또한 이상하게, 또 예상치 못하게 아름다우면서 오랫동안 지속적으로 유용하게 될 뭔가를 세울 기회였다.

1959년 두 사람이 처음 만났을 때, 루이스 칸은 이제 막 건축가로서 인정받기 시작할 때였던 반면, 이미 세계적으로 전염병 분야에서 저명한 학자였던 조너스 소크는 그가 개발한 폴리오 백신으로 『타임스』의 표지에 실리기도 한 인물이었다. 소크는 최근 자신의 생물학 연구소를 설립하고 싶다는 생각을 했고, 이미 샌디에이고에서 그에게 태평양이 바라다 보이는 약 3만 3천 평의 굉장히 아름다운 땅을 무료로 제공한 상태였다. 건축 비용은 소크를 지원하고 소아마비와의 싸움에 있어서 동맹 관계였던 소아마비 구제 기금*에서 비용을 지불하기로 했다. 부지와

* 원어로는 〈다임의 행진March of Dimes〉이다.

자금이 모두 보장된 상태에서, 이제 남은 것은 소크가 적절한 건축가를 찾는 일뿐이었다. 칸이 카네기 멜런에서 열린 200주년 행사에서 「리처즈 의학 연구소」에 대해 말하는 것을 듣게 된 과학자 동료들은 아마 이 사람이라면 건축과 관련한 여러 가지 선택 과정에 유용한 조언을 줄 수 있을지도 모른다고 소크에게 말했다. 그래서 1959년 12월, 조너스 소크는 이 잠재적인 조언자와 「리처즈 의학 연구소」를 방문하기 위해 필라델피아로 오게 되었다.

그는 우뚝 솟은 벽돌 건물(「리처즈 의학 연구소」는 완성된 후, 그 안에서 일해야 하는 사람들에게는 매우 불편한 곳으로 판명되었다)에 크게 감명을 받지는 않았지만, 두 사람은 처음부터 아주 잘 맞았다. 두 사람 모두 동유럽 유대인 이민자 가정 출신이었고, 소크도 칸처럼 동부 해안의 큰 도시(소크의 경우에는 뉴욕이었다)의 가난한 지역에서 자랐다. 하지만 이러한 공통된 배경도 두 사람 사이에 즉각적으로 생긴 공감대를 설명하기에는 충분하지 않았다. 그것은 아마도 두 사람 모두 지독한 현실주의자이면서 극단적인 이상주의자였다는 사실과 더 관련이 있었을 것이다. 「저는 그와 함께 있으면 아주 따뜻했고, 항상 자극을 받았습니다.」 소크는 루에 대해 말했다. 「그의 시적이고 신비로운 성격은 항상 제 마음을 따뜻하게 데워 주었습니다.」[262] 아주 처음부터, 그들은 나이 차이(칸이 열세 살 더 많았다)와 사회적 지위(소크가 비교할 수 없을 만큼 훨씬 더 유명하고 성공한 상태였다)의 차이에도 불구하고 서로를 동등하게 대할 수 있음을 깨달았다. 「제가 그에게 가진 존경심만큼 그도 저에 대한 존경심을 보였다고 말할 수 있죠.」 소크는 프로젝트가 끝나 갈 무렵 이렇게 말했다. 「그리고 그런 점 덕분에 우리 둘은 함께 많은 어려움들을 극복해 나갈 수 있었습니다.」[263]

두 사람의 관계에 대한 칸의 견해는 훨씬 더 따뜻했다. 「이제까지 제가 가장 좋아하는 고객이 누구냐고 묻는다면, 하나의 이름이 선명하게 떠오릅니다. 그 사람은 조너스 소크 박사입니다. 소크 박사는 제가 생각하는 바를 주의 깊게 들었고 제가 건물을 어떤 식으로 접근하는가에 대해 진지하게 받아들였습니다. 그는 제가 제 자신에게 귀 기울였던 것보다 더 주의 깊게 제 말을 경청했고 마음속에 새겼습니다. 우리가 함께 연구하는 동안 그는 미처 이행되지 못하고 있던 전제 조건들을 끊임없이 상기시켰습니다. 그가 중요하다고 생각한 이 전제 조건들은 그의 사고방식 안에서도 의문의 기초를 이루는 것들이었습니다. 그런 점에서, 그는 저만큼이나 그 프로젝트의 설계자였습니다.」[264] 칸이 삶의 마지막 시기에 이렇게 말했다.

첫 만남 직후에 두 사람은 함께 라호이아에 있는 빈 부지를 방문했다. 소크는 두 번째 방문이었고, 칸은 처음이었다. 그때가 1960년 1월이었다. 별도의 공식적인 토의 없이 칸은 〈조언자〉에서 그 프로젝트의 건축가로 전환되었고 그해 3월 칸의 사무실은 소크 박사가 그 프로젝트를 공개적으로 홍보하는 데 사용할 모형을 만들었다. 11월에는 샌디에이고에서 칸의 설계 계획을 승인했고 칸의 회사는 신속하게 일을 진행시켰다.

그로부터 16개월 후인 1962년 3월, 「리처즈 의학 연구소」와 유사한 8층짜리 고층 타워 건물의 형태였던 계획은, 두 개의 정원 주변으로 낮은 2층짜리 연구동들이 배치된, 그 부지에 더 어울리는 형태로 대대적인 수정을 한 번 거쳤다. 연구동 외에도 이 계획은 빌리지(주요 연구 단지의 남쪽에 위치한 방문 과학자들의 주거용 아파트 단지)와 북쪽으로는 미팅 하우스라는 이름의 웅장한 공동 건물이 포함되어 있었다. 칸과 처음으로 연구소에 대해 처음 논의했을 때 소크는 피카소를 초대할 수도 있는 공간이 되기를, 즉 다시 말하면 예술과 과학이 함께 자유롭게 어우러질 수 있는 공간이 되기를 바란다고 말했다. 이 미팅 하우스는 그런 아이디어에 대한 칸의 대답이었다.

엔지니어 어거스트 커멘던트와 프레드 더빈, 그리고 「리처즈 의학 연구소」의 협력자들과 함께 일하면서 칸은 초기의 타워형 건물 대신 〈폴디드-플레이트* 설계안〉[265]을 만들어 냈다. 이 이름은 각 연구실 블록의 전체 길이를 따라 덕트 및 다른 유지 보수 작업을 수행하기 위해 설계된, 속이 빈 V 자 형태의 보에서 파생된 이름이다. 폴디드-플레이트 구조의 요점은 구겨진 종이처럼 접힌 형태의 보가 더 큰 하중을 지탱할 수 있다는 점이었다. 이것은 구조 공학에서 개발된 기발한 위업이었다. 프로젝트에 참여한 칸의 모든 동료들은, 건축가든 엔지니어든 상관없이 그 설계를 매우 좋아했다. 그들은 1962년 1월에 소크가 필라델피아에 방문했을 때 그 설계안을 자랑스럽게 발표했고 소크가

* 접이식 판 구조.

몇 가지 특정 부분에 대한 지적을 한 후, 3월에 그에게 다시 보여 줄 수정안을 만들었다. 그렇게 모든 것이 건설로 이어질 준비가 된 분위기였다.

그리고 프로젝트의 방향은 다시 한번 바뀌었다. 3월 27일, 소크와 칸은 건설을 맡을 가능성이 있는 예비 도급업자들을 남부 캘리포니아에서 만났다. 그날 늦게 회의가 끝난 후 소크 박사는 혼자서 연구소가 지어질 부지를 산책했다. 「황혼 무렵이었습니다. 저는 설계된 건물이 어떻게 보일지를 상상해 보려고 노력했습니다. 그리고 아마 이렇게 표현하는 게 맞을 겁니다. 저는 갑자기 너무 불행해졌습니다.」 그다음 날인 3월 28일 칸과 소크는 샌프란시스코에서 자금 투자자들에게 프로젝트의 현황을 보고하기로 약속되어 있었다. 「저는 다음 날 아침 비행기에서 루에게 처음부터 다시 시작해야겠다고 말했습니다.」 소크 박사가 말했다. 「왜냐하면 저는 그 당시의 설계가 정말 마음에 들지 않거든요. 그래서 저는 제 마음에 들지 않는 부분과 필요하다고 생각한 부분을 그에게 그림을 그려서 보여 줬습니다.」 소크가 싫어했던 부분은 두 개의 정원이 너무 좁고, 또 연구실 건물은 과도하게 넓다는 점이었다. 〈그건 정원이 아니라 두 개의 골목 같았어요〉라고 그는 묘사했다.

칸은 폴디드-플레이트 설계안을 위해 1년 넘게 시간을 투자했지만, 소크의 비판이 옳다고 느꼈다. 그는 언제나 뭔가 더 좋은 계획의 가능성이 보이면, 심지어 거의 완성되어 가는 프로젝트의 경로도 기꺼이 변경하는 건축가였다. 이것은 그의 방식 중에서도 가장 두드러진 특징이었고, 비록 소크 프로젝트의 경우에는 그에게 아주 좋은 결과를 가져다주었지만, 종종 그런 점이 직원들이나 고객들 모두에게 좌절감을 심어 주곤 했다. 「그는 언제나 이런 수정 작업이 그에게 더 훌륭한 건물을 지을 기회를 준다는 것을 아주 품위 있게 설명했습니다.」[266] 조너스 소크는 훗날 이렇게 말했다. 루는 새로운 설계안을 재빨리 생각해 냈고, 이 수정안(두 줄의 연구동들 뒤에 상응하는 6층짜리 연구소 건물을 배치하여 유일하게 열린 광장을 가운데 두고 서로를 거울처럼 마주 보는 계획)으로 몇 개월 후에 건설 승인을 받게 되었다.

*

「폴디드-플레이트 구조가 계획에서 빠지자, 직원들은 흥미를 잃었습니다.」 당시 칸의 사무실에서 막 일하기 시작한 프레드 랭퍼드가 말했다. 「하지만 저는 신입이었고 젊었고 또 여전히 관심이 많았습니다. 그리고 우리는 비렌딜 트러스를 하게 되었습니다.」

랭퍼드가 말한 비렌딜 트러스란, 새 설계안의 가장 핵심인 공학적 요소, 즉 개방적으로 탁 트인 연구실들과 각 층 사이에 있는 동일한 높이의 층고를 가진 〈혁신적인〉 서비스 층들을 가능하게 하기 위해 어거스트 커멘던트가 이곳에 적용한 길고 유연한 〈보〉였다. 소문에 의하면 소크 박사가 이 비렌딜이 지지하는 서비스 층들이 있는 설계 도면을 봤을 때, 그는 생물학에서 어떤 부분 — 알고 보니 외부 피부와 그 바로 아래 조직을 분리하는 중배엽층이었다 — 을 상기한다는 이유로 아주 흡족해했다고 한다. 비렌딜 트러스는 이미 리처즈 프로젝트에서 중요한 기능을 수행했지만, 커멘던트는 「소크 생물학 연구소」를 위해 그 구조를 더 연장하고 강화했다. 「내진에도 좋은 구조였습니다.」 랭퍼드가 말했다. 「왜냐하면, 커멘던트가 말한 것처럼 (랭퍼드는 독일어와 에스토니아어가 섞인 커멘던트의 액센트를 흉내 내며 다음과 같이 말했다) 술 취한 선원처럼 앞뒤로 휘청거릴 테니까요.」

공사를 시작할 준비가 되자 칸은 젊은 직원들을 라호이아로 보내 프로젝트 진행 상황을 꼼꼼히 지켜보도록 했다. 그 두 사람 중 프레드 랭퍼드는 당시 서른셋이었고 잭 매칼리스터는 겨우 스물여덟이었다. 잭은 1955년부터 루의 밑에서 파트타임으로 일하다가 1956년부터 정식 지원으로 일하기 시작했으며 사람들에게 문제 해결사로 불렸다. 「잭은 언제나 판단이 빨라. 그가 우리를 구해 줄 거야.」루는 위기가 발생할 때, 특히 돈과 관련된 문제가 생겼을 때 이렇게 말하곤 했다. 프레드는 1961년에 막 회사에 입사했지만 루에게 있어서 그를 신뢰할 만한 뭔가가 있었다. 아마 그것은 그가 사람들과 잘 어울리는 점 때문이었을 것이다. 그리고 어쩌면 그 사무실에서 새로운 소크 설계안에 완전히 동의한 듯이 보였던 몇 안 되는 건축가 중 한 명이었기 때문일지도 모른다. 또한 그의 칭찬할 만한 제도 실력 때문이었을 수도 있다. 루도 그의 제도 실력에 감탄할 정도였다(「그는 내가 제도하는 것을 바라보다가 사람들에게, 〈이 친구가 도면 좀 그릴 줄 아네!〉라고 말하곤 했답니다.」 랭퍼드는 씨익 웃으며 말했다). 어쨌든, 칸은 프레드가 필라델피아 사무실에서 일한 지 1년도 채 되지 않았을 때 캘리포니아주에 보낼 결심을 했다.「프레드, 거기 가서 한번 악착같이 해봐.」루는 랭퍼드에게 말했다.

랭퍼드가 건축가가 되기 전에 건축 현장에서 일했던 사실을 알고 있던 칸이 물었다.

「프레드, 콘크리트에 대해서 아는 게 좀 있나?」

「아무것도 모릅니다.」프레드가 대답했다.

「나도 마찬가지야.」루가 말했다.

건축가인 두 사람은 일반인들이 줄곧 헷갈리는 콘크리트와 시멘트의 차이점은 물론, 이미 이 재료에 대해 아주 많은 것을 알고 있었다. 나중에 랭퍼드는 이렇게 설명했다.「콘크리트는 모래와 돌과 시멘트 등 모든 것들로 이루어집니다. 시멘트가 바로 가장 바탕이 되는 분말 형태의 재료입니다. 석회석이 주원료이고요. 석회석을 잘게 분쇄한 다음, 가마에 넣고 분말이 될 때까지 고온으로 가열합니다.」

그와 칸은 곧 시멘트 가루 색깔이 다양하다는 것, 따라서 완성된 콘크리트의 색에 영향을 주게 된다는 것을 알게 되었다.「루는 캘리포니아에서 본 첫 번째 샘플들을 마음에 들어 하지 않았습니다. 너무 파랗고 초록빛이 돌고, 충분히 따뜻한 색감이 아니었거든요.」 랭퍼드가 말했다. 「우리에게 주어진 첫 번째 과제 중 하나는 시멘트 공장에 전화해서 우리에게 샘플을 보내 달라고 부탁하는 것이었습니다. 아마 열두 곳쯤에서 샘플을 받았던 것 같아요. 그리고 마침내 가장 따뜻한, 핑크빛이 도는 샘플이 산타크루즈에서 도착했습니다. 그들은 루가 좋아하는 색을 얻기 위해 〈포졸란 재〉라는 것을 첨가했습니다.」 칸은 분명 그와 유사한 〈포졸라나〉라는 화산 모래를 로마인들이 판테온과 콜로세움을 건설할 때 사용했다는 사실을 알고 있었을 것이다.

이 프로젝트에서 루와 긴밀하게 함께 일한 사람들은 고대의 기념비적 건축물에 대한 그의 애정과 콘크리트에 대한 그의 감정이 맞닿는 부분에 대해 아주 잘 알고 있었다. 「그는 오래된 성, 옛 로마 건축물, 콜로세움이 가진 영속성을 좋아했습니다.」 랭퍼드가 언급했다. 사실 칸은 뭐든 오래되고 폐허처럼 된 것들에 매력을 느끼는 것 같았다. 한번은 캘리포니아주에 있는 옛 스페인 수도원의 잔재에 대해서 프레드와 얘기를 하고 있을 때 칸이 말했다. 「그 건물들이 이제는 휴식을 취하고 있다는 사실에 바로 아름다움이 있는 거야.」[267] 이것이 바로 그가 자신의 건축에서 열렬히 추구하는 효과였고, 콘크리트가 그런 효과를 구현하는 데 도움을 주었다. 「루는 폐허를 사랑했습니다.」 매칼리스터는 이렇게 말했다. 「그리고 콘크리트 건물은, 어느 정도는, 그것이 완성되기 전에 이미 폐허 같은 느낌을 주거든요.」 하지만 이뿐만 아니라, 잭은 콘크리트에 대한 루의 애정이 그가 생각하는 형태 및 재료와 관련된 어떤 이성적인 근거에서 비롯되었다는 것을 느끼고 있었다. 「루가 콘크리트를 좋아한 이유는 실체가 있었기 때문이었습니다. 강철 건물들은 그 구조가 사라져 버리기 때문에 실체가 없습니다. 콘크리트는 그 구조를 볼 수 있습니다. 그리고 이것은 이미 지어지기 전부터(마무리나 그 위에 어떤 마감재도 더하지 않은 상태에서도) 이미 건축물입니다. 왜냐하면 그 자체만으로도 건물이 어떤 모습을 갖추게 될지 알 수 있으니까요.」[268]

칸이나 조너스 소크가 원했던 방식으로 콘크리트가 노출되려면 많은 난관을 극복해야 했고, 결과적으로 「소크 생물학 연구소」에서 특별한 다양성을 지닌 건축용 콘크리트가 탄생한 것은 두 사람의 완벽주의 성향 덕분이었다. 우선 두 사람은 콘크리트를 현장에서 타설해야 한다고 동의했다. 그래야 구조적으로 더 견고할 뿐 아니라 미리 주조된 어떤 콘크리트보다 시각적으로 훨씬 특별해 보일 수 있기 때문이었다.

「프리캐스트 방식은 훨씬 쉽습니다. 현장에 가져가기 전에 마음에 안 들면 거부할 수 있으니까요. 현장에서 타설하는 것은 훨씬 더 숙련된 기술이 필요합니다.」 랭퍼드는 이렇게 지적했다. 「프리캐스트는 하나의 거석과는 정반대로 마치 레고 세트 같은 것입니다. 거대한 거석을 건축하기는 어렵지만 결과적으로 훨씬 강하죠. 루는 현장 타설 방식을 더 선호했습니다.」 그리고 그 이유 중의 하나는, 프레드의 생각에는, 프리캐스트 콘크리트는 뭔가 〈더 기계적〉으로 보였고, 그에 반해 루는 항상 그의 건물들이 인간의 손으로 만든 것처럼 보이기를 바랐기 때문이었다. 심지어 콘크리트와 같은 현대적 산업 재료라고 해도 말이다(어쩌면 콘크리트와 같은 현대적 산업 재료여서 그랬는지도 모른다).

콘크리트를 잘 타설하는 데 있어서의 핵심은, 신선한 콘크리트를 부어 넣은 다음 콘크리트가 마르고 경화되기 시작하면 떼어 내는, 합판 구조로 된 거푸집 공사에 있다. 프레드 랭퍼드는 루가 원했던 효과를 내기 위한 거푸집을 어떻게 설계해야 하는지에 대해 집착하게 되었다. 합판을 기존의 기름 대신 폴리우레탄 수지로 코팅하기로 한 결정은 이미 프레드가 라호이아 부지에 도착하기 전에 정해진 상태였고, 그러한 레진 코팅은 콘크리트에 아주 매끄러운, 거의 대리석에 가까운 감촉을 주었다. 하지만 정확히 그 매끈함 때문에 수지로 코팅된 거푸집에서 나온 콘크리트는 일반 형태보다 시멘트의 알갱이들이 거푸집의 모서리 부분으로 삐져나오는 〈블리딩bleeding〉 현상이 나타나는 경우가 더 많았다.

「루는 모서리가 완벽하기를 바랐습니다. 대부분의 건축업자들이라면 그걸 해결하기 위해 모서리 깎기를 했을 겁니다.」 프레드가 건물의 모서리를 부드럽게 하기 위해 모서리를 비스듬하게 잘라 내는 방법을 언급하며 말했다. 「모서리를 깎으면 블리딩 현상을 약간 조절할 수는 있었을 겁니다. 하지만 그건 루가 원하는 바가 아니었습니다. 그는 빛과 그림자가 명확한 것을 좋아했습니다.」 루는 90도의 날카로운 모서리를 원하면서도, 완성된 콘크리트의 시각적 품질에 영향을 주기 때문에 블리딩 현상 역시 용납할 수 없다고 분명히 말했다. 「블리딩 현상은 표면에 홈을 남기거든요.」 랭퍼드는 지적했다. 그래서 모든 샘플 패널 작업을 하는 내내, 프레드는 블리딩 현상을 제거하기 위해 훨씬 견고하고, 모서리 부분을 밀폐시킨 새 거푸집을 만드는 방법까지 고안하면서 고군분투했다. 그는 또한 떼어 낼 때 부러지는 경향이 있는 합판 거푸집을 잘 보전해 재사용함으로써 돈을 절약하려고 노력했다. 「저의 목표는 깔끔한 콘크리트 표면으로 루를 만족하게 하면서도 되도록 거푸집을 여러 번 재사용하는 것이었습니다.」[269] 프레드는 결국 이 부분에 대해서도 원하는 성공을 이뤄 냈다. 사실은 너무 성공적이어서, 거푸집을 보존하기 위해 사용했던 고무 블록 시스템을 특허 출원하기도 했다.

소크 프로젝트에 대한 프레드 랭퍼드의 중대한 기여는 당연한 주목을 받았다. 「그는 콘크리트 작업을 완벽히 해내려고 매우 큰 관심을 기울였습니다.」 잭 매칼리스터가 말했다. 「그래서 아주 열심히 매달렸고 거푸집과 타이홀tie-hole*을 어떻게 만들어야 합리적인지, 거푸집을 어떻게 하면 재사용이 가능한지, 어떻게 거푸집이 새지 않게 하는지 등등에 대한 문제들을 다 해결했습니다. 그래서 결과적으로 세상에서 한 번도 본 적이 없던 가장 완벽한 콘크리트가 만들어졌습니다. 성공적인 결과를 본 루는, 콘크리트가 그렇게까지 완벽해질 수 있다는 사실을 깨닫고 콘크리트에 더 깊숙이 빠지게 되었습니다. 프레드는 그만의 방식으로 콘크리트에 대한 루의 미래상을 더 발전시킨 셈이죠.」[270]

* 콘크리트를 붓기 전에 판자 거푸집들이 연결되었던 부분을 보여 주는 원형 구멍.

하지만 프레드는 언제나 자신이 이룬 모든 것을 그렇게 나아 갈 방향을 잡아 준 루의 공으로 돌렸다. 「모든 거푸집에서 그가 강조한 가장 중요한 핵심은 〈거푸집을 만든 손길이 드러나야 한다〉는 것이었습니다.」 그래서 심지어 타이홀들도 눈에 띄도록 남겨 두었고 일반적인 건축 과정에서 하는 것과는 달리 그 부분을 아크릴 플러그를 끼우거나 콘크리트로 덧바르지 않고, 녹 방지 처리가 된 납으로만 채워 넣었다. 그리고 그 구멍들을 대칭적으로 배열했는데, 프레드에 의하면, 그 부분에도 논리적인 이유가 있었다.[271] 그리고 적어도 매칼리스터는 그 논리적인 부분도 랭퍼드가 한 일임을 알고 있었다. 실제로 이 대칭적으로 배열된 타이홀들은 이미 프레드가 이 프로젝트를 위해 만든 세부 작업 도면에 작은 원의 형태로 적절한 자리에 정렬되어 있었다 (심지어 예리한 각을 이루는 벽에 있는 구멍들의 모양은 대각선에서 바라보는 시점을 표현하기 위해 타원형으로 그렸다). 이것은 프레드의 정확한 제도 실력과 루의 지칠 줄 모르는 〈표현성〉을 추구하는 욕구가 타이홀들처럼 완벽하게 정렬된 경우라고 볼 수 있다.

잭 매칼리스터는 말했다. 「그것들이 마구잡이가 아니라 합리적으로 배열되어 있다는 의미에서 그냥 건축만이 아닌 디자인을 생각했던 것입니다. 루는 그것들이 어떻게 만들어졌는지에 대한 증거를, 결점까지 다 포함해서 남겨 두었습니다. 그는 그 부분을 콘크리트로 메꾸는 것을 절대 원하지 않았습니다. 저는 이것이 그의 얼굴과 직접적인 연관이 있다고 생각합니다.」[272]

루를 만난 사람이라면 누구나 그의 얼굴 흉터를 눈치챌 수밖에 없지만, 어떤 사람들에게는 다른 사람들보다 그 흉터가 더 중요한 역할을 했다. 「그를 처음 만났을 때는 정말 충격을 많이 받았습니다.」 프레드 랭퍼드는 훗날 고백했다. 「하지만 그의 성격으로 인해 금세 잊어버리게 되었죠.」[273] 이것이 바로 루와 함께 일했던 사람들이 느낀, 혹은 느꼈다고 말한 감정이었다.

하지만 잭 매칼리스터는 루의 얼굴에 드러난 결함이 그의 인생에 상존하는 요소로 보았다. 「저는 모든 것이 그 흉터에 기인했다고 생각합니다.」 그는 루의 에너지 — 성적인 것과 그 외의 것들을 포함한 — 와 건축에 대한 접근 방식에 대해 언급하며 말했다. 「당신이 루처럼 추한 얼굴을 가졌다면 다른 방식으로 미를 추구하려고 할 겁니다.」 매칼리스터는 루를 생각할 때마다 이 〈추한 남자〉가 여성들의 마음을 너무 쉽게 얻어 낸다는 점을 생각하지 않을 수 없었다. (이를테면 델마*에 있는 잭의 집에서 파티를 열었을 때다.) 「그는 젊은 여자들에게 다가가서 벽에 밀어붙이곤 했습니다. 아주 매력적인 여자들 말이에요. 그리고 그중 몇몇은 그런 그의 행동에 매력을 느꼈습니다.」 잭은 놀랍다는 듯이 말했다. 「그는 사람들을 매혹시켰고, 특히 세 자리 수 아이큐를 가진 사람이 별로 없는 캘리포니아주에서는 더더욱 그랬습니다.」[274]

* 캘리포니아주에 있는 도시 이름.

칸의 연애 생활이 특별히 사무실의 가십거리가 되진 않았지
만 1962년에 칸의 밑에서 정규직으로 일했던 사람들은 그의 심
각하고 장기적인 불륜에 대해서 모를 수가 없었다. 앤 팅은
1960년대 초에도 여전히 루이스 칸의 사무소에서 일하고 있었
고 마리 궈도 마찬가지였다. 마리에 대해서 루와 앤 사이에 긴
장감이 있었던 것처럼 이 두 여성 사이에도 당연히 긴장감이 돌
았다. 그리고 월넛 스트리트 1501번지로 이사할 무렵, 칸은 이
미 해리엇 패티슨과 아주 깊은 사이가 된 후였다. 칸의 사무실
에서 일하던 건축가들 중 일부는 이 세 사람의 관계가 시기적으
로 겹쳐 일어났다는 사실을 알았을 수도 있지만, 대부분은 알지
못했다. 「그냥 연속적으로 한 사람씩만 사귀었던 것 같아요.」
1960년대 중반에 루의 사무소에서 일했던 데이비드 슬로빅이
말했다. 「제가 아는 한, 그는 여러 여자를 동시에 만나는 그런
사람이 아니었어요. 우리는 그의 사생활에 대해선 별로 얘기를
하지 않았어요. 그냥 받아들였죠. 그렇다고 그게 정상이라고 생
각했다는 건 아니에요. 보통 사람들은 그렇게 살려고 하진 않을
테니까요.」[275]
　그의 동료들은 그의 여자관계가 세세하게 어떤 단계를 밟고
있는지는 잘 몰랐지만, 그의 주변에 있는 사람들은 그가 최근
누구에게 관심을 두고 있는지 정도는 금세 알게 되었다. 예를
들어 수 앤은 해리엇 패티슨이 1961년 즈음에 자기와 친해지려

고 특별히 노력하는 것을 느끼고 아버지와 해리엇이 불륜 관계라는 것을 의심하기 시작했다. 해리엇은 뉴욕에 있는 파크 버넷 경매소의 골동품 관련 부서에 취직을 하게 되었고, 수 앤은 펜 대학교를 막 졸업하고 이스트빌리지로 거처를 옮긴 상태였다. 해리엇이 그 후 얼마 지나지 않아서 필라델피아에 다시 정착했을 때, 수는 자신의 의심이 확인된 기분이 들었다.

하지만 1962년 봄, 루와 해리엇의 관계는 해리엇이 임신했다는 사실을 알게 되면서 일종의 위기에 직면했다. 해리엇이 임신 사실을 말했을 때 루가 처음으로 한 말은, 〈더는 안 돼!〉[276]였다. 정말 해리엇에게는 절망적인 반응이었다. 루가 해리엇의 임신을 그저 앤 팅의 상황이 재연된 것으로 생각했다면, 이번에도 이혼을 해야 한다는 의무감은 느끼지는 않았을 것이다. 하지만 해리엇은 아이를 포기할 생각이 없었고, 자신이 임신했다는 사실을 사회적 지위가 높은 그녀의 백인 앵글로색슨 개신교도 가족에게 전했으며, 그것은 언젠가는 그 아이의 아버지와 결혼하기를 바라고 있다는 의미였다. 하지만 그녀는 루의 가족에게는 그 사실을 알릴 의무는 없다고 생각했다. 그 결정은 루의 몫이었다.

늦봄에 수 앤은 칸으로부터 노구치와 상담을 하기 위해 뉴욕에 방문하게 되었고 일이 끝나고 그녀를 만나러 오겠다는 전화를 받았다(칸은 이사무 노구치와 함께 어퍼 웨스트사이드 지역에서 아주 멋진 놀이터의 설계 작업을 하고 있었다. 지난 몇 년간 하고 있던 많은 프로젝트처럼 이 놀이터 역시, 영원히 지어

지지 않을 운명이었다. 그 이유는 이 놀이터가 너무 멋지고 매력적이어서 그 동네의 주민들이 〈외부인〉들,[277] 아마도 거칠고 가난한 아이들을 끌어들일까 봐 염려했기 때문이었다). 1년 전에 성인으로서 처음 독립해서 얻은 아파트에 아버지가 방문해 주기를 계속 바라고 있었던 수 앤에게, 드디어 그날이 찾아온 것이다. 칸이 방문하겠다고 한 오후 2시는 수 앤이 차를 대접하기 좋은 시간이었기 때문에 그녀는 전화를 끊고 특별한 차를 사러 밖으로 서둘러 나갔다.

루는 2시에 나타나지 않았지만 수는 아버지가 종종 시간 약속에 늦는 사람이라는 것을 알고 있었기 때문에 기다렸다. 3시가 지나도 아버지는 오지 않았다. 4시가 가까워지자, 수 앤은 무슨 일이 있는지 알아보기 위해 루의 비서인 루이즈에게 전화를 걸었다. 「노구치 씨와의 회의가 길어지나 봐요?」

「노구치 씨와는 회의 일정이 없어요.」 루이즈가 대답했다. 「대표님은 수 앤을 보러 가시는 거예요. 지금은 기차를 타고 계실걸요.」

마침내 5시에 루가 도착했을 때 수 앤이 말했다. 「노구치 씨와 한 회의는 잘됐어요?」 수 앤은 아버지가 한 쓸데없는 거짓말을 고백하기를 바랐지만 실망스럽게도 그는 그냥 다음과 같이 대답했다. 「잘됐지, 잘됐어.」 두 사람은 앉아서 고작 몇 분 정도 얘기를 나누었고, 루는 아파트에 대한 몇 가지 잔소리(그중에서 〈앤티크 소품을 좀 들여놓지 그러니?〉라는 말이 그녀의 기억 속에 남았다)만 몇 마디 한 뒤 그만 가봐야겠다고 말했다.

「같이 시내 쪽으로 택시를 타고 가요. 저도 리허설하러 가야 하거든요.」 당시 막 전문 음악가로서 일을 시작한 수 앤은 그때를 회상했다. 그녀는 아버지를 기차역에 내려 준 다음, 리허설 장소로 갈 생각이었다. 「펜 기차역에 도착하자 아버지는 차 문을 열고 나에게 20달러짜리 지폐를 내밀었어요. 그 당시 20달러는 아주 큰돈이었어요. 그러고는 차 문 밖에 서서, 〈해리엇이 임신을 했단다〉라고 말했어요. 그래서 저는, 〈아, 그거 잘됐네요, 아버지〉라고 말했고, 문이 닫히고 아버지는 가버렸어요. 아버지가 제 말을 들었는지도 확실하지 않아요.」

아버지가 왜 자기에게 그 사실을 알려야 한다고 생각했는지 수 앤은 알 수 없었다. 어쩌면 해리엇이 말하라고 했을 수도 있고, 혹은 칸 스스로 수 앤이 알기를 바랐을지도 모른다. 어쩌면 그는 수 앤이 에스더에게 그 소식을 대신 알려 주기를 기대했을지도 모른다. 수 앤은 절대 그럴 생각이 없었다. 하지만 결국 그해 여름, 그녀가 부모님의 집에 머물렀을 때 그 이야기를 할 수밖에 없는 상황이 벌어졌다.

에스더와 루는 여전히 체스터 애비뉴 5243번지에 살고 있었지만 한때 견고한 중산층 동네였던 서부 필라델피아 지역은 쇠락하기 시작했다. 집안 분위기는 수의 어린 시절과 거의 변한 것이 없었다. 에스더의 어머니 애니가 2층에 있는 침실에서 머물렀고, 루와 에스더가 단독 거실과 침실이 있는 맨 위층을 사용했다. 수 앤의 침실은 최근까지 그 가족의 오랜 손님이었던 케이티 이모가 양로원에 가기 전까지 쓰던 빈 방과 같은 층에 있었다. 에스더가 마침내 의료 기술자로서 일하던 직업에서 은퇴하고 집에 더 자주 있게 되었는데도 불구하고, 여전히 청소, 요리, 그리고 빨래 등은 그녀의 노쇠한 모친이 도맡아 하고 있었다(애니 이스라엘리가 팔십이 되었을 때 가족은 한동안 루의 셔츠를 중국인 세탁소에 맡겼는데, 루가 세탁소의 솜씨를 마음에 안 들어 해서 어쩔 수 없이 그의 장모가 다시 셔츠를 다림질하기 시작했다는 얘기가 있다).

1962년 어느 여름날, 아래층 부엌에서 은식기류를 닦고 있던 수는 누군가가 문을 두드리는 소리를 들었다. 그녀가 문을 열자 현관에는 낯선 남자가 서 있었다. 그는 에스더 칸과 이야기하고 싶다고 말했다.

「누구라고 전해 드릴까요?」 수 앤이 물었다.

「저는 패티슨이라고 합니다.」 패티슨의 오빠가 대답했을 때 수는 생각했다. 〈이런.〉 위층으로 뛰어 올라가서 에스더에게 문 밖에 누군가가 찾아왔다고 말한 뒤 자기 방으로 들어간 수 앤은 방문을 잠글 수 있으면 좋겠다고 생각했다.

잠시 후 에스더가 위층으로 올라와 침실 문을 열고 말했다. 「너 혹시 이 일에 대해서 뭐 아는 게 있니?」 수 앤의 대답도 듣지 않고 에스더는 계속 이어 말했다. 「이건 그전 여자 일과는 좀 달라…….」 그러고는 흠칫 놀라며 마치 드라마에서 나오는 듯한 제스처로 손을 자신의 입에 갖다 댔다. 수 앤이 아버지와 앤 팅 사이에 딸이 있다는 사실을 모르기를 바랐던 에스더는 한 번도 수 앤이 있을 때 그 얘기를 꺼낸 적이 없기 때문이었다.

「괜찮아요, 엄마. 나도 알렉스에 대해서 다 알고 있어요.」 수가 말했다(「제가 그 일에 대해 알고 있다고 말할 수 있어서 저는 오히려 마음이 편했어요.」 훗날 그녀가 말했다). 에스더는 아래층에 찾아온 남자가 해리엇의 오빠였다고 말했다. 그는 루의 아이를 가진 해리엇이 루와 결혼할 수 있도록 에스더에게 남편과 이혼해 달라고 부탁하러 온 것이었다. 에스더는 단호한 태도로 그를 돌려보냈다.

혹자는 결혼한 부부 사이에 어떻게 이런 일이 가능한지 궁금해할 것이다. 에스더가 패티슨의 오빠를 만난 사실을 루에게 말하긴 했을까? 다른 아이들(처음에는 알렉스, 이제는 또 다른 새로운 아이)의 존재에 대해 알고 있다는 사실을 언급이라도 했을까? 「분명히 두 분은 얘기를 나누셨을 거예요.」 수 앤은 오랜 시간이 흐른 뒤에 말했다. 「그 당시 사람들은 이혼이란 걸 하지 않았어요. 그냥 문제를 해결해 나갔죠. 부모님은 44년 동안 더블 침대에서 같이 잤어요.」 그리고 수 앤은 어머니의 성격에 대해 회상해 보며 잠시 말을 멈추었다. 「어머니는 뭐든지 해낼 수 있는 아주 유능한 사람이었어요.」 수 앤은 에스더에 대해 덧붙여 말했다. 「어머니는 평생 아버지를 지지했어요.」[278]

*

그해 여름, 7월 초에 칸은 눈 수술을 받게 되었고, 그 어느 때보다 에스더에게 의지했다. 오랜 세월에 걸쳐 그의 시력은 점진적으로 악화되었다. 그는 자신의 모친이 사용하던 푸른색 렌즈의 안경과 1930년대에는 분명하고 또렷했던 어머니의 필체가 1940년대에 들어서면서 구불구불하고 크기도 커졌던 일을 기억했다. 그래서 그는 어쩌면 자신이 서서히 시력을 잃어 갈지도 모른다는 생각도 했을 것이다. 하지만 의사들은 단지 백내장일 뿐이고, 수술로 완전히 고칠 수 있다고 안심시켰다.

수술은 필라델피아에 있는 월스 안과 병원에서 진행되었고, 루는 수술을 위해 사무실 일정을 몇 주 비워 두었다. 〈칸 부인이 7월 2일~9일 동안 자택에 있을 예정.〉 7월 달력 맨 위에 휘갈긴 글씨로 적힌 이 메모는 에스더가 사무실에 필요한 문제나 질문들을 맡아서 처리할 것이라는 의미를 담고 있었다. 7월 3일과 4일 날짜에는 〈전화 없음〉[279]이라고 적혀 있었다. 그 밖의 일정에는, 아마 칸 대신 다른 사람이 참석하기로 되어 있는 듯한 〈7월 13일 9시 30분, 브린 모어*에서 미팅〉이라는 메모 외에는 거의 텅 비어 있었다. 9시에 「에셔릭 주택」에서의 약속과 한국인 방문객과의 점심 일정이 적힌 7월 24일 화요일부터 마침내 사무실은 다시 제대로 돌아가기 시작했다. 그리고 그다음 주말에 메릴랜드와 피츠버그 대학교에서 조너스 소크와 만날 약속을 잡으면서 루는 일터로 복귀했다. 하지만 그의 시력은 그 후로 몇 달이 지나서야 완전히 회복되었고, 그것도 그의 눈을 아주 크게 보이게 만드는 아주 두껍고 무거운 테의 안경의 도움을 받아서야 가능했다.

* 펜실베이니아주에 있는 여자 사립 대학.

7월 달력에 〈에셔릭 주택〉과 〈브린 모어〉라고 적힌 두 가지 프로젝트는 칸이 「소크 생물학 연구소」의 일을 진행하면서 동시에 수행하던 프로젝트 중 가장 중요한 것들이었다. 그 프로젝트들이 중요했던 이유 중 하나는 그즈음 칸의 회사에서 맡았던 다른 많은 건물들과는 달리, 결국 완성되었다는 점이고, 또 이 두 건물 모두 칸의 건축물을 거의 찾아볼 수 없는 필라델피아에 있었다는 점이다. 7월에 브린 모어 기숙사 설계는 여전히 초기 단계에 있었던 반면, 에셔릭 프로젝트는 끝나 가는 단계였다.

칸의 경력 기간 동안에 완성한 아홉 채의 개인 주택 중에서는 아마 「에셔릭 주택」이 가장 매력적인 건물일 것이다. 필라델피아에서 서점을 운영했고 최근까지 연로한 부모님과 함께 살았던 사십 대 초반의 독신 여성인 마거릿 에셔릭을 위한 주택이었다. 마거릿은 화가 워튼 에셔릭의 조카이자 건축가 조 에셔릭의 여동생이었다. 두 사람은 모두 칸과 친분이 있었다. 1959년에 마거릿의 주택을 설계하기로 동의하면서 루는 워튼과 함께 협업하기로 했다. 이 합의 때문에 어느 정도의 긴장 상태와 지연이 있었지만, 프로젝트는 결국 끝까지 진행되었다. 칸이 거의 혼자서 일을 마무리했지만 워튼 에셔릭은 매우 독특하고 쾌적한 부엌을 전적으로 맡아서 작업했다. 가우디 스타일의 곡선적인 카운터와 주석 싱크대, 그리고 나무 캐비닛의 독특한 나뭇결은, 다소 엄격한 루의 미적 특징들보다 우세할 정도로 돋보였다. 워튼은 또한 거대하고, 약간 구부러지고 거칠게 깎인 통나무를 찾아내서 거실과 계단 사이의 경계에 설치했다. 칸이라면

하지 않을 선택이었지만 그래도 그는 자신이 맡은 집의 나머지 부분과 잘 통합시킬 수 있었고, 심지어 더 향상된 분위기를 만들어 냈다.

「에셔릭 주택」은 필라델피아에서 가장 부유한 교외 지역 중 하나인 체스트넛 힐에 있었다. 공원에 인접한 크고 무성한 숲이 우거진 부지에 침실이 하나뿐인 작은 2층짜리 주택으로 설계되었다. 길에서 봤을 때는 그렇게 매력적인 건물은 아니었다. 평평한 지붕, 스투코* 마감, 이상한 특징의 창문들, 청동 난간이 있는 좁은 발코니가 반쯤 가려진 현관 바로 위에 있는 이 주택은 저항적 모더니즘의 분위기를 풍긴다. 집 안에 들어서면, 그때서야 비로소 이 주택의 섬세한 아름다움이 드러나기 시작한다.

작은 현관실 오른쪽으로 우아하고 심플한 오크 계단을 지나면 집 너비 전체에 걸쳐 있는 2층 높이의 층고를 가진 거실이 드러난다. 낮에는 이 방에 있는 세 면의 창으로부터 시간에 따라 미묘하게 바뀌는 빛이 쏟아져 들어온다. 집 밖의 보도에서 살짝 들여다보이는 세로로 좁게 뚫린 정면 창은, 안에서 보면 붙박이 책장들 사이의 작은 틈이고, 그 위에 있는 훨씬 더 큰 수평창과 함께 T 자 모양을 형성한다. 긴 쪽의 벽면에는 조금 더 넓은 수직창이 벽난로 위에서부터 지붕 선까지 확장되어 있어서, 벽난로에 연결된 높은 콘크리트 굴뚝의 양쪽으로 숲의 전경이 나뉘어 보인다. 굴뚝 탑은 벽에서 적어도 약 30센티미터 정도 떨어져 있기 때문에 그 부드러운 콘크리트의 표면에도 일광의 변화

* 치장 벽토. 벽돌이나 목조 건축물 벽면에 바르는 미장 재료.

가 매혹적으로 내려앉음으로써, 마치 양쪽으로 보이는 두 개의 생기 있는 초록색 패널 사이에 살아 있는 회색 패널이 존재하는 듯한 감각을 만들어 낸다. 개인 정원과 그 너머의 공원이 바라다보이는 방의 뒷면은 여러 가지 모양과 크기의 창문들로 채워져 있는데, 모두 다양한 크기의 나무 상자 안에 교묘히 배치되어 있다. 이렇게 덧문 달린 창문들이 나무틀 안에 배치됨으로써 약 38센티미터 깊이의 총안* 형태의 틀이 주는 편안한 느낌을 한층 강조한다. 또한 창문을 안팎 양쪽으로 여닫을 수 있어서 여름에 부는 산들바람으로 길고 높은 방을 식힐 수 있게 했다.

위층은 거실만큼 깊고 넓어서 공기가 잘 통하며, 칸이 설계한 매력적인 붙박이장 겸용의 낮은 벽이 있는 침실, 벽난로(고객의 특별 요청이었다)와 욕조가 가까이 마주하는 화려한 욕실, 그리고 집주인과 손님들이 아름다운 거실을 내려다볼 수 있는 내부 발코니를 포함하여 많은 장점을 갖고 있었다. 하지만 이 주택을 칸의 첫 번째 위대한 성공작으로 만들어 준 것은 햇빛이 가득 들어오는 창문들과 높은 층고를 가진 1층의 거실이었다. 그는 이전에도 건물의 작은 부분들에 그의 독특한 아이디어를 표현할 수 있는 기회가 있었다. 예를 들면「예일 대학교 아트 갤러리」에서 삼각 형태의 계단을 감싸고 있는 원통형의 콘크리트 기둥이나,「트렌턴 배스 하우스」에서 위가 뚫린 피라미드 형태의 목조 지붕이 모서리의 지지대 위에 기적처럼 가볍게 안착되어 있던 것처럼 말이다. 하지만「에셔릭 주택」은 아마도 사방이 막

* 옛 성벽에 총이나 활을 쏘도록 뚫어 놓은 구멍.

힌 공간에서 사람이 어떻게 즐거움을 얻을 수 있는지에 대한 그의 예리한 이해도를 보여 주는 작품 중, 첫 번째 건물일 것이다. 말년에 지은 더 크고 웅장한 걸작들처럼 이 작은 주택은 거주자에게 풍부한 개방감과 아늑하게 보호받는 느낌을 모두 전해 준다. 마거릿 에셔릭이 집이 완공되기도 전인 1961년 10월에 입주하겠다고 고집을 부렸던 것을 보면 아마 그녀도 같은 생각이었던 것 같다. 하지만 아이러니하게 그녀는 그곳에서 고작 6개월밖에 살지 못했다. 다음 해 4월 갑자기 세상을 떠났기 때문이다. 하지만 주택 완공 작업은 계속되었고 1962년 7월, 달력에 적힌 루의 회의 일정은 아마도 아직 미완성이었던 정원 조성을 위한 조경 건축가와의 회의 약속으로 추측된다.

「에셔릭 주택」이 빛나는 업적 중 하나였다면 브린 모어 대학교의 「어드먼 홀」(훨씬 대규모에 거액의 프로젝트였기 때문에 몇 년 동안 직원을 훨씬 많이 고용할 수 있었다)은 아무리 좋게 말해도 부분적으로 실패작이었다. 이 프로젝트는 앤 팅과 마지막으로 협력하여 설계를 시도한 작업이었고, 어쩌면 이 프로젝트에서 발생한 여러 문제의 이면에는 둘의 사적인 관계가 소원해진 탓도 있었을 것이다. 팅은 정확한 기하학적 요소를 선호하는 성향 때문에 방들이 건물의 둘레를 따라 마치 분자 구조처럼 자리 잡은 팔각형의 형태가 되기를 바랐다. 칸은 몇 개의 방은 넓은 야외 창문을 내고 몇 개의 방은 좁은 창문을 내는, T 자 형태와 직사각형이 서로 맞물리는 패턴을 더 선호했다. 앤의 설계도에는 여학생의 방은 모두 동일한 조건으로 되어 있었다. 루의 설계도에는 어떤 방은 다른 방보다 훨씬 더 좋게 보였다. 1960년부터 브린 모어 행정 팀과의 회의에 갈 때마다 루와 앤은 각자 다른 계획안을 경쟁하듯 가지고 갔고 회의에서 각자 발표하고, 논쟁하고, 또 다음 회의 전에 수정을 했다. 두 사람의 갈등은 너무 명백히 드러났고 그 갈등은 단지 고객에게만 영향을 끼친 것이 아니었다. 「사무실에는 두 개의 파가 있었어요. 앤 팅 파와 루 칸의 파요.」 리처드 솔 워먼은 그 시기의 사무실 분위기에 대해 말했다. 「그 당시에는 사무실에 있는 게 정말 끔찍했어요.」[280] 마침내, 모든 직원들의 초조함과 불편함을 감지한 루는 앤에게 계획안 경쟁을 끝내자고 하면서 브린 모어와의 미팅에서는 오직 한 가지의 설계안만 발표할 것이며 그 설계안은 자신의 것이라고 선언했다. 그날 이후로 그녀는 그 프로젝트에 더는 참여하지 않았다.

솔직히 말해서, 완성된 건물은 서로 동등하지 않은 방들보다 더 많은 문제를 갖고 있었다. 건물 로비에는 우아하고 자연광이 드는, 흥미로운 모양의 개구부들이 간간히 새겨진 아트리움이 포함되어 있었지만 건물의 나머지 부분은 다소 비좁고 어둡게 느껴졌다. 콘크리트 벽의 거친 느낌과 결합된 비스듬한 각도의 구조는 차갑고 비인간적인 느낌을 주었고, 1층의 벽돌로 된 굴뚝과 나무 바닥으로 이루어진 벽난로도 이 건물의 기관 시설 같은 분위기를 아늑하게 만들어 주지 못했다. 게다가, 외부 패널을 위해 루가 선택한 슬레이트는 다공성이 있어서 결국 누수 및 풍화 방지를 위해 광택이 있는 마감재를 발라야 했는데, 그것

때문에 마치 짙은 회색의 아크릴 물감으로 뒤덮인 것처럼 보였다. 하지만 정말 심각한 문제는 브린 모어의 학생들이 그 기숙사를 싫어했다는 점이었다. 처음으로 부모님의 집에서 독립해 나온 학생들은 이 모더니스트 실험작에서 집 같은 느낌을 전혀 받지 못했고, 1965년 완공 이후 수십 년간 「어드먼 홀」은 신입생들이 가장 마지막으로 선택하는 기숙사가 되었다.

이러한 문제들은 1962년 7월에는 아직 미래의 일이었고, 회사 직원들의 상당수는 1963년 봄으로 예정된 브린 모어 프로젝트 입찰일을 위해 각자 어느 정도 이상의 시간을 할애하고 있었다. 루가 백내장 수술을 마치고 돌아왔을 때, 사무실에서는 약 열두 명의 건축가와 도면 작업자가 직원으로 일하고 있었다. 그리고 그해 말에 그 수는 20명 정도로 늘게 되었다. 칸의 사무실은 보통 그 정도의 범위 안에서 직원들이 늘거나 줄어드는 추세였다. 「그렇게 큰 프로젝트들이 있는데도 사무실 직원들은 너무 적었어요.」1960년대 중반에 루의 건축 사무소에 들어온 데이비드 슬로빅은 이렇게 언급했다. 「루는 자신만의 작업 속도가 있었어요.」[281] 프레드 랭퍼드가 말했다. 「우리는 정말 많은 시간을 일했어요. 제가 루 밑에서 일한 6년 동안 아마 평균적으로 일주일에 60시간에서 70시간 정도를 일했던 것 같습니다.」[282] 그는 이렇게 말함으로써 일에 비해 직원이 너무 적었다는 사실을 확인해 주었다.

1962년 후반에 어드먼 홀 프로젝트에 참여하기 위해 회사에 합류한 에드 리처즈도 칸의 독특한 진행 방식에 대한 불만을 갖

356

고 있었다. 다른 직원들과 마찬가지로, 그는 칸의 사무실이 칸이 혼자 완성한 설계안으로 업무가 진행되는 1인 사무실 체제라는 것을 알고 있었다. 하지만 그는 그 체제의 비효율성을 참을 수가 없었다. 「그는 정말 한 번에 한 가지 프로젝트밖에 못하는 사람이었어요. 프로젝트에 너무 몰두하거든요.」 에드는 이렇게 말했다. 「브린 모어 프로젝트는 마치 소크의 의붓동생 같았어요.」 그리고 일단 일이 진행되기 시작하면, 칸은 규모나 비용은 고려하지도 않고 새로운 프로젝트를 또 받았다. 「루는 주택을 하려고 했어요.」 리처즈가 지적했다. 「보통 프로젝트에 할애되는 시간을 고려하면, 큰 회사는 주택이나 교회 같은 건물을 지으면 돈을 잃어요. 아파트 건물처럼 반복적인 것을 해야 돈을 벌 수 있죠. 제가 알기로 칸이 정말 돈을 번 프로젝트는 소크가 유일했습니다.」 그리고 그것은 아마도, 칸의 다른 프로젝트와는 다르게 소크 프로젝트는 그에게 최종 비용 안에서 정해진 비율이 아니라 시간당으로 지불했기 때문이었을 것이다. 「그는 정말 사업가로서는 형편없었습니다.」 리처즈가 말했다. 「사실, 아예 돈에는 신경을 안 썼다고 하는 게 맞을 거예요.」[283]

그 부분에서는 주변 사람들도 대부분 마찬가지였는데 그 이유는 루가 당면한 작업들을 정말 매력적으로 보이게 만들었기 때문이다. 「루는 건축에 감정적 깊이와 시적인 토론을 부여했어요.」 1950년대 후반에 펜 건축대학에서 공부하고 1960년대 초에 칸의 사무실과 몇 번 연락을 취한 적이 있는 로이스 셔 더빈이 말했다. 「그가 어떤 것에 대해 얘기할 때는 정말 감동이 느껴졌습니다.」[284] 그리고 이러한 루의 접근 방식은 함께 일하는 사람들에게 많은 영감을 주었다. 「긍정적인 측면에서 루에게서 받은 가장 큰 교훈은 끈질기게 정답을 찾으려는 태도였습니다.」[285] 잭 매칼리스터가 말했다. 그것이 바로 설계 과정의 막바지에 다다랐을 때, 직원들이 완성된 설계 도면을 루의 눈에 띄지 않게 하려고 다 같이 담합했던 이유였다. 그렇지 않으면 루는 공사가 시작되기 직전에 또 다른 새로운 접근 방식을 생각해 내려고 했을 테니까 말이다. 그는 건물의 가장 핵심적인 본질을 찾는 데에서 기쁨을 얻었고, 가끔 그러한 추구의 과정이 너무 힘들어질 때도, 그에게는 그런 일조차 아주 즐거운 일이 되었다.

「루는 언제나 아주 생생히 살아 있는 사람처럼 느껴졌어요. 함께 있으면 즐거웠어요. 희망적이었고요.」 프레드 랭퍼드가 말했다. 「가끔 뭔가에 대해 불평을 하긴 했지만 결코 우울한 적이 없었어요. 유머 감각도 뛰어났고요. 그가 자리에 앉으면 우리는 모두 그의 주변에 둘러앉아 그의 말을 경청했어요. 그는 결코 수완 좋은 사업가가 아니었어요. 그래서 우리는 모두 그런 그를 위해 열심히 일해야 했어요. 그의 마음속에서 우리는 그의 펜 대학교 동기들과 전혀 차이가 없었습니다.」[286]

*

루는 업무량이 증가했을 때도 펜실베이니아 대학교에서 학생들을 계속 가르쳤고, 1962년 백내장 수술을 받은 지 얼마 되지 않았을 때도 정확하게 9월 10일 가을 학기 개강일에 맞추어 강의를 시작했다. 매주 월요일과 수요일 2시에 그는 퍼니스 건물*의 맨 위층에 있는 스튜디오에서 학생들과 건축에 관해 이야기를 나누었다.

「뭐라고 설명하기는 어렵지만, 루는 세상에서 가장 좋은 선생님이었을 수도 있다는 생각이 들어요.」 1950년대에 칸의 학생 중 한 명이었던 에드 리처즈가 말했다. 「그 이유는 그가 정말 대단한 아이디어들을 갖고 있었기 때문이에요. 처음 3주 동안은 무슨 말을 하는지 전혀 이해할 수가 없어요. 왜냐하면 자신만의 표현 방식이 있고 또 말도 스타카토식으로 하거든요. 하지만 한번 이해하기 시작하면 정말 너무나 훌륭했어요.」[287]

필라델피아 건축가 찰스 다지트는 그로부터 약 10년쯤 뒤에 루에게 배웠던 한 수업을 들어 말해 주었다. 다지트에 의하면, 칸의 수업은 칸이 아주 적막한 가운데, 자리에 앉아서 턱을 쓰다듬으면서 시작되었는데, 그런 침묵은 긴장감이 더는 견딜 수 없을 만큼 최고조에 달할 때까지 계속되었다. 그런 다음 그는 건축의 〈보편적인 요소들〉에 대해서 얘기를 시작했다. 계단, 기둥, 벽, 창문 등등. 「이런 건 누가 발명했을까? 지금 그걸 소유하는 건 누구지? 볼트 지붕은 어떻게 시작된 거지? 이것들은 다 우리 표현의 일부야. 그리고 반드시 필요하기 때문에 존재하는 거야. 그것들은 언제부터 중요해졌을까?」 그리고 루는 벽에 대한 우화를 지어 학생들에게 설명했다. 예를 들면, 〈벽의 측면이

---

* 건축가 프랭크 헤일링 퍼니스가 지은 펜실베이니아 대학교의 미술대학 건물.

갈라져 창이 생기면, 그 벽은 스스로를 약하게 느끼고 슬퍼해. 창의 위아래로 인방이 생기고, 양옆으로는 기둥이 생겨 강해질 때까지는 말이야)와 같은 식의 이야기였다. 「그리고 그런 루의 이야기는 끝도 없이 계속됐습니다. 궁극적이고 필연적인 결론으로 점점 끌어가면서요. 그리고 그는, 〈벽이 나뉘고 그곳에 기둥이 생기는 거야〉[288]라고 말했습니다.」다지트가 말했다. 이것은 그의 트레이드마크나 마찬가지인 아이디어 중 하나였고, 언제나 이런 문장으로 표현했으며, 매번 새로운 젊은 학생들에게 전달하는 것을 좋아했다.

칸은 학생들에게 시간을, 부족함 없이 할애했을 뿐 아니라(「그가 당신에게 세 시간을 빚지면, 그는 당신에게 그 세 시간을 반드시 갚아 주었습니다.」에드 리처즈가 말했다) 그는 폭넓은 사고의 자유와 세심한 관심을 기울임으로써 학생들에게 깊이 헌신했다. 「그는 정말 기막히게 멋진 비평과 조언을 해주었습니다.」리처즈가 말했다. 「제 동기 중에 교회를 설계하던 친구가 있었는데 루는 다음과 같은 식으로 비평을 했어요. 〈네 설계 접근 방식은 정말 훌륭해. 나라면 교회를 절대 그런 식으로 설계하지 않겠지만, 그래도 이것도 하나의 과정이니까.〉[289] 로이스셔 더빈은 이와 유사한 일화를 기억해 내고 다음과 같이 말했다. 「루는 우리가 남의 것을 따라 하는 것을 바라지 않았어요. 우리 안에 있는 것을 사용하기를 바랐죠. 우리의 생각에 질서를 부여해서 공간을 해방시킴으로써 훌륭한 공간을 만들도록 격려했어요.」[290] 하지만 루는 기분이 안 좋을 때면 곰처럼 사나워질 수도 있는 사람이었다. 찰스 다지트는 비평 시간에 작품을 앞에 붙여 놓았을 때의 긴장감을 회상했다. 「수업 시작 무렵에 루는 도면을 관찰하면서 교실 안을 돌아다녔습니다. 그러다 뭔가 흥미 있는 작품 앞에 멈춰 서서 이야기를 시작했습니다. 반면, 때로는 마음에 안 드는 작품에 다가가기도 했습니다. 그러고는 아무 말도 하지 않고 있다가 두꺼운 안경을 손으로 쥐고는 그 도면을 아주 주의 깊게, 코가 거의 종이에 닿을 듯이 가까이 검사하듯 들여다보았습니다. 그 자세를 30초 혹은 40초간 유지하다가 (정말 끝날 것 같지 않은 길고 긴 시간이었는데) 머리를 살짝 들어 올리고는 도면에 대고 다음과 같은 식으로 말했습니다. 그 높은 톤의 목소리로, 〈이 건물은 뭣같이 생겼네〉라든가, 〈이 건물은 꼭 누가 땅에 똥 싸놓은 것 같네. 이거 누구 거야?〉라고 말했습니다.」[291]

에드 리처즈도 10년 전에 이와 유사한 불쾌한 경험을 겪은 적이 있었다. 「어느 날 밤에는 그가 들어와서 — 아주 기분이 안 좋은 상태로 — 교실을 이리저리 돌아다니면서 모두의 마음을 찢어 놓았습니다.」 리처즈는 어느 저녁에 있었던 일화에 대해 말했다. 「아주 늦은 밤이어서 그는 아주 피곤해했어요. 잘은 모르지만 그날 아마 아주 안 좋은 일이 있었겠죠. 가끔 그럴 때가 있었어요. 하지만 또 한편으로는 정말 훌륭한 선생님이기도 했습니다.」 그가 칸의 사무실에 일하러 왔을 때, 극과 극을 오가는 그의 성질이 여전하다는 것을 감지했다. 「천국과 지옥을 오가는 것 같았죠. 지옥을 예를 들면 우리는 밤새 일하는데 루는 집에 가서 실컷 자고 아침에 다시 출근해서 우리가 밤새 해놓은 일을 쓰레기 같다고 할 때죠.」[292]

객관적으로 말하자면, 직원들은 일하는데 상사인 루는 항상 잠이나 잤다는 얘기는 아니다. 다른 직원들 대부분은 루도 밤을 새워 일했다고 말했다. 종종 저녁에 몇 시간 영화관에 가기도 했는데, 그것은 사실 부족한 잠을 보충하기 위해서였다. 「루가 사무실에 있었던 시간은 주로 밤이었습니다.」 데이비드 슬로빅이 지적했다. 낮에는 고객과의 회의나 다른 할 일들이 너무 많았기 때문이다. 그래서 슬로빅도 칸의 세계에서 일부가 되기 위해 밤에 일하려고 노력했다. 「그곳에서 일하는 것은 언제나 신나는 일이었습니다. 냉소적인 사람이 하나도 없었어요. 우리 모두는 루가 건축의 본질을 바꿀 뭔가를 향해 나아가고 있다는 사실을 중요하게 생각했고 또 그 일이 실현되도록 돕기 위해 모두 그곳에서 함께했습니다.」 슬로빅이 말했다.

하지만 루의 이 젊은 열성적인 지지자도 루가 가끔은 너무 비판적이라는 점을 느꼈다. 예를 들어, 어느 날 칸이 고객에게 가져갈 모형 작업을 하고 있었던 때의 일이다. 「거의 막바지에, 직원들이 발표일에 맞춰 모형을 완성하기 위해 잠도 안 자고 2, 3일을 연달아 일하고 있었습니다. 모형의 상태는 사실 아주 엉망진창이었어요.」 슬로빅은 그때의 상황을 솔직히 시인했다. 「루가 아침 6시쯤 와서 모형을 들여다보더니, 〈이건 안 되겠어. 이건 아주 별로야〉라고 했죠. 그는 화가 난 것이 아니었어요. 그냥 지나치게 솔직히 말했을 뿐이죠. 〈도면은 가져갈게. 하지만 모형은 못 가져가겠어.〉 그건 〈이 한심한 것들아!〉 이런 뜻이 아니었어요. 우리를 모욕한 것도 아니었습니다. 그건 단지 그 모형에 대한 얘기였을 뿐이었어요. 우리가 그걸 제대로 해내지 못한 건 사실이니까요.」[293]

루가 백내장 수술에서 회복되기 시작했을 때 회사에 온 에드 리처즈는, 칸의 비판적인 성격과 그의 실제 시력에 뭔가 일치하는 점이 있다고 느꼈다. 「전에는 뭔가 약간 흐릿한 느낌의 사람이었다가 그 두꺼운 안경을 낀 사람으로 바뀌었습니다.」 에드가 말했다. 「그는 모조 양피지의 결까지 볼 수 있게 되었어요. 너무 모든 걸 선명하게 보기 시작한 거죠.」[294] 하지만 프레드 랭퍼드(그는 칸의 직원들 중에서 유일하게 언제나 루를 〈함께 일하기 편한 사람〉으로 보았다)는 흐릿한 시력조차 루의 또 다른 매력으로 여겼다. 프레드는 평소의 아침을 회상하며 말했다. 「사람들이 사무실에 출근하면, 루는 사람들과 악수를 했어요. 거기서 모든 사람들과 악수를 나누었습니다. 마지막으로 유리창 닦는 사람이 들어왔을 때, 루는 그와도 악수를 했습니다. 그러자 그 창문 청소부가 이렇게 말했죠 〈저는 그냥 창문 닦는 사람인데요.〉 그러자 루가 말했어요. 〈저는 미스터 마구*입니다.〉」

미스터 마구 같은 성격은 루가 1962년 10월 캘리포니아로 여행을 갔을 때 드러나기 시작했다. 「그는 이렇게 말하곤 했습니다. 〈여기가 어디야? 내가 부지의 어디쯤에 있는지 좀 말해

---

* 만화 캐릭터. 나이 많고, 부유하고, 키가 작으며, 시력이 너무 나빠서 종종 코믹한 상황에 빠진다.

쥐.)」[295] 프레드 랭퍼드는 이렇게 회상했다. 잭 매칼리스터 역시 소크 부지에 갔을 때 칸의 눈이 되어야 했다고 말했다. 「그는 완전히 눈이 먼 상태나 마찬가지였어요. 그러니까 안경을 처음 쓰기 시작했을 때 말이에요. 그래서 제가 현장에 손을 잡고 같이 가야 했죠. 그러면 그는 제 귀에 대고 이렇게 속삭이곤 했습니다. 〈뭔가 아주 안 좋은 부분이 있으면 말해 줘, 그래야 내가 호통을 칠 수 있지.〉」[296]

루가 노란색 트레이싱 페이퍼에 전적으로 목탄으로만 그림을 그리기 시작한 것도 이 무렵이었다. 실무 경력 초기에 했던 것처럼 연필로 자세한 도면을 그리는 일은 더 이상 하지 않고, 심지어 「에셔릭 주택」의 초기 단계에서 그렸던 크레용을 사용한 생생한 스케치도 더는 그리지 않았다. 이제 그의 그림 도구는 스틱형의 목탄으로 고정되었다. 때로는 직접 손으로 쥐고, 때로는 아주 두꺼운 연필심을 끼울 수 있는 〈연필깍지〉에 끼워 사용했다. 「우리는 모두 루와 같은 종류의 연필깍지를 가지고 있었습니다.」 데이비드 슬로빅이 말했다. 「루의 것은 아주 멋진 것이었어요. 아주 크고 두꺼운 연필심이 끼워진 은으로 된 것이었거든요. 저도 한두 개 가지고 있었고, 모두 다 하나씩은 있었어요. 골동품 가게에나 가야 살 수 있는 물건이었습니다.」 슬로빅은 칸이 어떻게 다른 직원들의 그림 위에 대고 수정을 했는지에 대해서 설명했다. 「우리의 도면 위에 트레이싱 페이퍼를 놓고 그 위에 겹쳐 그리면서 틀린 부분을 수정했어요.」 그리고 루는 자신의 원본도 목탄으로 그렸다. 「시력이 나빠지면서 목탄으로 그림을 그리기 시작했는데 그래서 결과적으로 아주 아름다운 그림이 되었어요.」 루보다 훨씬 젊었던 슬로빅은 칸이 지속적으로 지우고 다시 그리고 했던 모습을 기억했다. 「그래서 그의 도면에는 모든 생각의 흔적이 겹겹이 내포되어 있었죠. 컴퓨터로 작업하면 이런 그림은 절대 얻을 수 없잖아요.」[297]

하지만 에드 리처즈는 목탄에 대한 칸의 공공연한 애정이 훨씬 이전부터 시작된 것 같다고 느꼈다. 「제가 학생이었을 때, 그는 저희에게 처음부터 목탄으로 그림을 그리게 했습니다. 목탄은 그리기도 쉽고, 뭔가 잘못된 것이 발견되면 그냥…….」 이 부분에서 에드 리처즈는 목탄으로 그린 선을 손으로 문질러 지우는 시늉을 해 보였다. 「모든 걸 다 그렸는데 뭔가 잘못된 것을 발견하면 그것을 수정하는 것이 망설여지겠지만, 목탄이라면 훨씬 더 자유로워지죠.」[298] 그리고 프레드 랭퍼드도 루의 접근 방식에 대해 언급하면서 이런 에드의 견해에 동의했다. 「아마 그는 빨리 지워 버릴 수 있어서 목탄을 좋아한다고 했을걸요. 〈단단한 선으로 그려 봐, 그럼 나도 안 바꾸고 싶어질 테니!〉라고 말이에요.」[299]

*

백내장 수술 후 회복 중이던 처음 몇 달 동안 내내, 루는 또 다른 큰 모험을 계획하고 있었다. 그것은 새로 작업할 프로젝트를 위해 인도로 여행하는 일이었다. 1962년 초, 그의 친구 도시는 루에게 아마다바드*의 새 「인도 경영 연구소」 건물을 설계해 보지 않겠느냐고 전보를 보내 왔고, 루는 잠시 망설인 후 그 제안을 수락했다. 「제가 당신 꿈을 실현하도록 돕겠어요.」[300] 도시는 루를 안심시켰다.

두 사람은 발크리슈나 도시 — 당시 그는 이미 파리와 아마다바드에서 르코르뷔지에와 함께 일한 적이 있는 젊은 인도인 건축가였다 — 가 그레이엄 재단**의 연구비 지원을 받고 미국에서 지내고 있던 1950년대 후반부터 알고 지내던 사이였다. 뉴욕에서 친구를 따라 칸의 필라델피아 사무소에 가게 된 도시는 칸에게 그가 작업한 건축물의 사진들을 보여 주었고 칸은 도시와 자신과의 유사성에 깊은 인상을 받은 것 같았다. 부엌, 욕실, 그리고 계단 등이 거실 및 침실 공간과 분리되어 있는 도시의 집 디자인을 본 후, 루가 했던 말을 도시가 다음과 같이 회상했다. 「루는 제가 잘 모르고 있던 주인 공간과 하인 공간의 개념에 대해 말하기 시작했습니다. 그리고 그의 앙골라 루안다의 영사관 프로젝트를 보여 주며 우리 집과 영사관 평면 계획의 접근 방식이 유사하다고 말했습니다.」[301]

1959년 루안다에 있는 미국 영사관을 위해 칸이 했던 설계는 건물로 지어지진 못했지만, 훗날 소크와 아마다바드와 같은 아주 더운 기후의 지역에 지은 건물들에 반영된 아이디어들의 토대가 되었다. 「저는 그곳의 태양, 비, 그리고 바람에 대한 문제

* 인도 뭄바이 북쪽의 도시.
** 미술 분야 연구를 위한 비영리 단체.

점들을 해결한 사람이 얼마나 영리한지에 대해 여러 가지로 많은 것을 느끼고 돌아왔습니다.」앙골라에서 돌아온 루가 말했다. 특히 그 아프리카 프로젝트는 그에게 두 가지 새로운 디자인의 가능성을 생각하게 해주었다. 그중 하나는 지붕이 없는 열린 공간을 사이에 두고 햇빛이 반사되는 벽을 마주 보는 창이었는데, 그렇게 하면 자연광을 방 안으로 충분히 들어오게 하면서도 눈이 덜 부시게 하는 효과를 줄 수 있었다. 다른 하나는 〈해 지붕〉에서 약 1.8미터 떨어진 곳에 더 견고한 〈비 지붕〉을 설치함으로써 바람이 들어와 사이의 공간을 식혀 주는 방식이었다. 무엇보다도 외부의 벽들이 내부의 벽들을 보호하도록 설계한 칸의 영사관 설계안은 이 특정 프로젝트에만 국한된 것이 아니라 그 이후의 작업에도 영향을 미치게 될 다음과 같은 표현을 탄생시켰다. 「나는 건물 주변을 폐허로 감싸는 것을 생각했다.」[302]

하지만 도시가 필라델피아를 방문했을 때, 이 서른한 살의 인도인을 감명시킨 것은 「리처즈 의학 연구소」 ─ 그는 처음에는 도면과 모형, 그리고 나중에는 그 현장에서 큰 감명을 받았다 ─ 였다. 도시는 칸이 창조해 낸 이 건물을 다음과 같이 묘사했다. 〈모서리에 문설주나 기둥이 전혀 없는 유리 창문과 벽돌로 지은 서비스 타워가 병치된 현대 마천루의 혁신적인 표현 양식…… 절제된 벽돌 타워, 그리고 투명하고 섬세하며 빛에 반사되는 유리창의 극명한 대조는 지금까지도 뇌리에서 떠나지 않습니다.〉 도시는 칸의 작품에 대한 한 해설에서 이렇게 썼다.

두 사람이 처음 만났을 때 도시가 인상적으로 생각했던 또 다

른 점은, 저녁을 사기 위해서 칸이 비서에게 돈을 빌렸다는 점
이었다. 이 일로 루이스 칸이 돈에 대해 별 관심이 없다는 것은
처음 만남부터 자명해 보였고, 도시가 칸을 보는 관점의 핵심적
인 요소가 되었다. 「마지막 날까지 그는 아주 관대한 사람이었
습니다. 그는 마냥 주기만 했어요. 그리고 그가 바랐던 것은 오
직 다른 사람들에 대해서 더 알고 싶어 하고, 또 그들이 추구하
는 점이 뭔지를 알게 되는 것뿐이었습니다.」[303] 도시가 말했다.

　다른 사람들은 적어도 이 점에 대해서는 도시와 생각이 달랐
다. 「그는 돈이 전혀 없는 것에 대해 매우 걱정했어요.」 리처드
솔 워먼이 말했다. 「그는 베푸는 사람이 아니었어요. 그는 확실
히 여러 가지 면에서 그렇게 좋은 사람이 아니었어요. 그는 자
기가 얻지 못하는 프로젝트를 다른 사람들이 하게 되는 것을 씁
쓸하게 생각했습니다.」 하지만 돈을 버는 일보다 일을 제대로
하는 것을 훨씬 중요하게 생각했다는 점은 인정했다. 「그는 일
을 제대로 하기 위해 자기 발등을 찍는 일이 비일비재했어요.
타협하는 것을 정말 좋아하지 않았습니다. 그는 타협을 하느니
차라리 건물을 포기하려고 했을 겁니다.」[304] 그래서 워먼이 생
각하는 칸은, 가끔 성자답지 않은 이기적인 행보들을 보일지라
도, 어떤 면에서 도시의 생각보다도 훨씬 더 극기심이 강한 성
자의 모습을 보일 때도 있는 사람이었다.

　필라델피아에 처음 방문한 후, 도시는 1961년에 건축대학에
서 강의를 하기 위해 펜 대학교로 다시 오게 되었고 이때부터
루와 친분을 다지게 되었다. 필라델피아 여행에서 인도로 돌아

온 도시는 카스트루바이 랄바이와 비크람 사라바이라는 두 명의 중요한 고객을 만났다. 그들은 하버드 경영 대학원을 모델로 한 「인도 경영 연구소」를 건축할 계획을 가지고 있었다. 도시가 〈인도 산업의 원로이자 건축가들의 열렬한 후원자〉[305]라고 묘사한 섬유 공장의 대표였던 랄바이는 이미 아마다바드의 주요 건축물 두 곳의 설계를 르코르뷔지에에게 맡긴 인물이었다. 사라바이 박사는 저명한 과학자이자 산업가로, 새 경영 연구소의 책임자를 맡을 예정이었다. 그 역시 르코르뷔지에가 개인 주택을 설계해 준 지역 유지 집안의 자손이었다. 두 사람은 도시가 「인도 경영 연구소」 프로젝트를 맡아 주기를 바랐지만, 그래도 르코르뷔지에의 명성에 필적하는 세계적인 건축가와 협업하기를 바랐다(코르부는 당시 찬디가르*와 다른 새로운 프로젝트로 바빴기 때문에 이 프로젝트를 맡을 수가 없었다). 그들은 그 프로젝트에 적합하다고 생각하는 두 명의 건축가를 제시했다. 「저는 〈아니요, 제가 코르뷔지에만큼 훌륭한 건축가를 데려오겠습니다〉[306]라고 말했어요.」 그리고 도시는 칸에게 연락했다. 그들은 비공식적으로(루가 항상 그랬던 것처럼, 이번에도 공식적인 계약 같은 것은 없었다) 프로젝트의 담당 건축가는 칸이고 도시는 현지 조언자로서 일하기로 합의했다. 그 프로젝트는 아마다바드의 국립 디자인 연구소**가 운영하고 보조금을 지원하며, 루의 숙박 및 출장 경비를 후원해 준 포드 재단에서도 일부 지원을

* 르코르뷔지에가 인도 건축가들과 함께 설계한 계획 도시.
** 아마다바드에 있는 정부 산업과 무역부 관할의 디자인 교육 연구 기관.

받을 예정이었다.

1962년 11월 4일, 칸은 인도로 날아갔다. 그에게 인도 아대륙으로의 여행은 이번이 처음이었지만 그전에 한 번 정도 인도 문화를 접한 적이 있었다. 1959년, (타고르의 문화, 춤, 음악과 그림에 대한 예술적인 기여도에 대한 인식을 높이고 그의 평화와 보편 구원론 사상을 알리기 위한)[307] 당시 결성된 지 얼마 안 된 〈필라델피아 타고르 협회〉에 가입한 적이 있었기 때문이다. 아마도 칸은 도시와의 우정이 돈독해지자, 비유럽인으로서 처음으로 노벨 문학상을 수상한 다재다능한 라빈드라나트 타고르에 대한 관심이 생겼던 것이 아닌가 싶다. 게다가 타고르 협회가 처음 설립되었을 때부터 활발한 활동을 했던 칸의 친구(알도) 아내인 아델라이데 주르골라가 적극 가입을 권유했을 가능성도 높다. 동기와 상관없이, 루는 적어도 1년 동안 그 협회에 회비를 내는 정식 회원이었다.

하지만 한 나라의 위대한 작가를 통해 그 나라를 아는 것은, 인도에서 직접 강렬하고 때로는 충격적이며 종종 놀라운 일들을 방대하게 경험하는 일과는 사뭇 달랐다. 이 첫 번째 여행에서 루는 인도에 완전히 빠져들었다. 타지마할, 찬디가르, 그리고 다른 경이로운 건축물들을 순례하면서, 그는 도시와 두 명의 고객들과 함께 아마다바드에서 상당한 시간을 보냈다. 그의 〈조언자〉는 흥미로운 여러 지역들을 구경시켜 주었다. 르코르뷔지에의 현대적 건축물 네 곳뿐 아니라 그 지역에서 가장 주목할 만한 고대 건축물들까지 두루 보여 주었다. 루와 도시는 함께 사르케지 로자라고 불리는 15세기 이슬람의 유적지를 방문했다.

이곳에는 모스크를 마주 보는 중앙 광장을 둘러싸고 있는 콜로네이드*가 늘어선 그늘진 통로가 있고 커다란 연못에 우기 동안 쌓인 얕은 물이 가장 바깥 계단까지 스며들어 있었다. 그들은 아마다바드의 주요 모스크들도 둘러보았는데, 그중에는 섬세한 나무 모양의 석조 장식 무늬로 「인도 경영 연구소」의 로고에 영감을 준 시디 사이예드도 포함되어 있었다. 그리고 북쪽으로 이동하여 아달라즈 계단 우물을 방문했다. 이곳은 방문객들이 눈에 띄지 않는 1층 입구에서 출발하여 복잡하게 조각된 사암 계단으로 다섯 층을 내려가서 맨 아래에 있는 우물까지 도달하도록 설계된 사랑스러운 힌두교의 유적이었다. 이곳에서는 정오의 햇빛이 맨 위의 팔각형 구멍을 통해 직접 물이 있는 곳까지 도달한다(판테온 천장의 중심에 있는 둥근 창이나, 「트렌턴 배스 하우스」의 피라미드 지붕 꼭대기에 있는 네모난 구멍과 유사하다).

그뿐 아니라 이곳에서는 중앙 계단을 둘러싸고 있는 비스듬한 개구부들을 통해 확산된 연한 빛이 모든 층에 스며든다. 이렇게 여과된 빛이, 직접적인 열기와 경관의 나머지 부분에 깊이 스며든 그림자들과 함께 어우러진 모습은, 여행이 끝난 후에도 아주 오랫동안 칸에게 남아 있을 만큼 강한 인상을 심어 주었다.

* 지붕을 떠받치도록 돌기둥을 일렬로 세워 놓은 것.

*

칸은 12월 2일 일요일 로체스터에서 열린 「퍼스트 유니테리언 교회」 봉헌식에 참석하기 위해 11월 말에 미국으로 돌아왔다. 그가 3년간 로체스터 교회 프로젝트를 진행하는 동안, 그는 유니테리언 교의(敎義)에 점점 더 관심을 갖게 되었고, 그와 에스더는 1961년에 이 교회에 세금 공제가 가능한 1,000달러를 기부하기도 했다(그와 비교하면, 아메리칸 프렌즈 오브 히브루 대학교American Friends of Hebrew University*에는 그해 겨우 80달러, 그리고 유대인 호소 연합에는 50달러를 기부한 것이 전부였다). 물론 이것이 칸이 개종을 고려했음을 의미하는 것은 결코 아니다. 비록 그에게는 뚜렷한 신비주의적 경향이 엿보이지만, 1958년 버클리 창의성 연구에서 자신을 〈비합리성을 철저히 싫어하는〉 완전한 합리주의자로 묘사한 그로서는, 〈어떤〉 종류일지라도 종교를 받아들인다는 것은 전혀 그답지 않은 일이었다. 심리적인 면담을 하던 중에 〈우주, 인생, 신과 같은 신비로운 교감에 대한 강렬한 경험을 한 적이 있나요?〉라는 질문을 받았을 때, 루는 단호하게 〈아니요〉라고 대답했다. 심리 면담 진행자는 건축가로서 칸은 〈영적 가치에 대한 접근을 아주 중요시〉함에도 불구하고, 〈어떤 형식적인 종교도 의식적으로 거부〉[308]하는 경향이 있음을 관찰했다. 아마도 「퍼스트 유니테

* 뉴욕시에 본부를 두고 있는 예루살렘 히브루 대학교를 홍보하고 지원하는 미국 지지자들이 설립한 비영리 단체.

리언 교회」가 자신과 같은 방향을 가지고 있다고 여겼기 때문에 그들의 종교에 대한 그런 접근 방식이 마음에 들었던 것 같다.

「퍼스트 유니테리언 교회」의 의뢰인들 역시 자신들이 선택한 건축가를 아주 흡족해했다. 다른 무엇보다도, 그들이 루를 고용한 이후에 그의 대중적 위상이 더욱 높아진 점을 특히 기뻐했다. 1959년 봄, 월터 그로피우스, 폴 루돌프, 에로 사리넨, 프랭크 로이드 라이트, 그리고 다른 저명한 건축가들 대신 상대적으로 덜 알려진 필라델피아 출신의 건축가를 선택한 것은 어쩌면 약간 특이하게 보일 수도 있었다. 하지만 1962년 말에는, 칸도 그 저명한 건축가의 대열에 속하는 것으로 인식되었다. 심지어 빈센트 스컬리가 쓴 루이스 이저도어 칸에 대한 새 책(브레이질러*의 『현대 건축의 거장들*Makers of Modern Architecture*』이라는 시리즈의 일부였다)도 로체스터 봉헌식 바로 한 달 전에 출판되었다. 스컬리의 이 작은 책은 〈그는 다른 모든 사람들이 존경하는 건축가이며 그의 명성은 세계적이다〉라고 단언함으로써 칸이 무명 건축가로 지냈던 지난 10년과 대조되는 분위기를 여실히 드러냈다. 스컬리는, 〈그의 건물들은 거칠고, 대부분 마감재가 따로 없다. 그것들은 정확히 보이는 그대로다. 그의 건물은 소심한 사람들을 위한 것이 아니며, 그건 마땅한 사실이다. 따라서 칸은, 훗날에는 자랑스러워하게 될 지속적이고 요구적인 과정에 기꺼이 참여하고 피상적인 완벽함이라는 허울을 포기할 수 있는 그런 고객들이 필요하다〉라고도 썼다.[309] 로체

* 조지 브레이질러. 문학 및 예술 관련 책들로 알려진 미국의 출판사.

스터 「퍼스트 유니테리언 교회」의 신도들은 자신들이 이런 선별된 범주에 속하게 된 것을 매우 기쁘고 영광스럽게 생각했다.

신도들에게 건물을 공개하는 공식 봉헌식은 그들이 올바른 선택을 했음을 더욱더 확실하게 느끼게 해주었다. 봉헌식이 있던 12월의 일요일, 창문이 거의 없어 보이는 벽돌 마감의 건물은 밖에서 보면 으스스하게 보였을지 모르지만, 교회의 잘 숨겨진 정문을 통과하여 천장이 낮은 입구 로비를 지나 안으로 들어간 사람들은 충분한 보상을 얻었다. 그들이 오른쪽에 있는 낮고 넓은 개방된 출입구를 통해 걸어 들어가면, 놀라운 성소의 첫 광경이 그들을 맞이해 주었다.

머리 위로 높이 솟아 있는 십자 모양의 콘크리트 천장은 중심 부분이 가장 낮고, 그 중심에서 여덟 개의 매끄러운 패널들의 (삼각형의) 꼭지 부분들이 모임으로서 전체적으로 십자 모양을 형성하고 있었다. 이 크고 아름다운 방에서 지붕의 중앙 부분이 신도들을 향해 아래로 늘어져 있는 형태를 취하고 있었지만 전혀 압박감이 없었다. 오히려 그와 정반대로 거대한 날개 아래에서 보호받는 느낌을 주었다. 높은 콘크리트 벽으로부터 약 1.8미터나 떨어진 상태에서 얇은 들보와 브래킷(까치발)들로만 고정된 것으로 보이는 이 놀라운 천장은, 위협적이지 않게 가볍게 떠 있는 것처럼 보였다. 이런 모든 영광스럽고 찬란한 느낌은 네 모서리에서 쏟아지는 자연광에 의해 더욱 강화되었다. 네 모서리의 높은 빛 탑에 위치한 고측창들이 완전히 드러나 있지 않기 때문에 마치 햇빛이 신비하게 비쳐 들어오는 듯한 효과를 주었기 때문이다.

1층에 있는 신도들은 그들의 머리 위쪽에 있는 광대한 빈 공간을 뭔가 호화롭고 고귀한 것으로 느꼈고, 동시에 그들 자신도 중요한 존재로서 그 웅장한 공간을 차지하고 있다는 느낌을 받았다. 성소의 바닥에는 이동 가능한 의자들을 놓았는데, 그곳에 앉아 있으면 가운데 부분으로 하강하는 천장의 곡선과 위쪽으로 상승되어 있는 채광정 사이의 대립되는 힘이 느껴지는 것만 같다. 마치 무용수가 도약하기 전에 무릎을 굽히는 것처럼, 전자(가운데 부분이 하강하는 부분)가 후자(채광정 쪽으로 상승하는 느낌)를 가능하게 하는 것 같은 느낌이 든다. 그곳은 안식의 분위기가 충만했지만, 빛이 돋보이기 위해서는 짙은 어둠이 필요하다는 지각으로 가득 찬, 사려 깊으면서도 때로는 불안한 안식이다. 천장의 중앙 부분이 살짝 밑으로 내려와 있고 모서리로부터 섬세한 빛이 들어오는 것 역시, 돔이나 아치형 건물과는 전혀 다른 영적인 성질을 전달하는 뭔가가 있다. 그런 돔이나 아치를 가진 전통적인 교회 건물에서는, 모든 것을 위쪽으로 끌어당기는 전지전능한 신의 힘을 느끼게 되어 있다. 이곳에서는 대조적으로, 힘에 대한 감각이 더 분산되고 덜 집중되어 있다. 마치 빛, 인류 전체, 혹은 그저 평화로운 명상의 가능성과 같은 것이 숭배되고 있는 것처럼 말이다.

칸은 로체스터에서 일요일을 보내고 〈브린 모어〉와 〈에셔릭 주택〉과 관련된 약속들, 오랜 친구이자 경쟁자인 에드 베이컨과의 저녁 식사, 그의 펜 대학교의 젊은 동료인 데니즈 스콧 브라운과의 점심 회의, 그리고 펜의 순수예술대학 건물에서 열린 9시간짜리 건축 심사 위원회 등을 포함하여, 평소와 같은 과다한 업무의 일상으로 돌아갔다. 하지만 그는 특별한 목적을 위해 꽤 긴 자유 시간(12월 15일부터 19일까지 5일간의 저녁 시간 및 하루의 휴가)을 계획했다.

이 시간들은 그가 인도 여행 중이던 11월 9일에 태어난 아들 너새니얼 칸을 처음으로 만나러 가기 위한 것이었다. 출산 직후 해리엇은 아기를 데리고 코네티컷주 롱리지에 있는 트위그라는 이름의 작은 시골집에 가 있었고 루는 미리 계획해 놓은 자유 시간 중에 이곳으로 찾아갔다. 당시 찍은 사진들은 머리가 희끗희끗한 아버지가 부드러운 미소를 머금고, 양복과 넥타이를 맨 약간 격식 있는 차림으로 작은 아기를 팔에 안고 있는 모습을 보여 준다. 그로부터 얼마 뒤인 1963년 초, 해리엇은 너새니얼과 버몬트주의 샬럿으로 이사했고, 18개월 동안 그곳에서 지냈다. 루와 해리엇은 편지와 전화로 자주 연락을 했지만 아들이 한 살 반쯤 되었을 때 루가 비행기를 타고 이틀간 버몬트주에 방문했던 일을 제외하고는 해리엇과 너새니얼이 1964년 가을 필라델피아로 돌아갈 때까지 서로 만나지 않았다.

*

그때쯤 루의 직업과 관련된 인생에는 아주 많은 일들이 일어났고 특히 인도 아대륙과 관련된 일들이 많은 부분을 차지했다.

우선, 1년에 적어도 두세 번은 루가 직접 아마다바드에 가야 하는 「인도 경영 연구소」 프로젝트가 있었다. 그곳에 갈 때마다, 그는 깨어 있는 모든 시간을 도시와 함께 보냈다. 「일단 루가 제가 있는 곳으로 와서 함께 시간을 보내다가, 나중에 호텔에 돌아가서 쉬곤 했어요.」 도시가 말했다. 「다음 날 아침에는 또 캠퍼스로 왔죠.」 프로젝트 과정의 초기에 루는 거의 전적으로 벽돌을 사용할 건축 계획안을 보여 주었다. 「그는 되도록 많은 부분을 벽돌로 짓고 콘크리트는 되도록 적게 사용하고 싶어 했어요. 보를 없애기 위해 아치를 만들어야 했습니다.」[310] 따라서 이 프로젝트에서 가장 자주 반복되는 디자인적 모티프, 말하자면 직사각형의 개방적인 기둥 사이 위에 넓은 아치가 얹히고, 그리고 그 사이에 얇은 콘크리트 상인방만 있는 특징을 결정한 것은 바로 재료였다.

한 가지 측면에서 보면 벽돌은 너무나 당연한 선택이었다. 현지에서 조달할 수 있었고 또 저렴했기 때문이다. 인도 북부의 모든 지역에는 벽돌을 굽는 가마 위에 굴뚝이 솟아 있는 중소 규모의 벽돌 공장이 여기저기에 산재해 있었다. 도시에 의하면, 「인도 경영 연구소」 단지 전체에 사용된 벽돌의 대부분은, 색깔을 통일하기 위해 한곳의 가마에서 나왔다고 한다. 인도인들도 다른 사람들처럼 콘크리트와 강철로 지은 건물을 원할 거라고 주장하는 몇몇 젊은 모더니스트 건축가들의 반대에도 불구하고, 루는 이 벽돌들이 수작업으로 만든 것이며 또 그렇게 보인다는 점을 특별한 매력으로 여겼을 것이다. 「아예 석기 시대에서 가져오지 그래요?」 칸의 사무실에서 아마다바드 도면 작업을 하고 있던 스물다섯 살의 모셰 사프디는 이렇게 반박했다. (「그 사무실에서 저만 유일하게 칸의 학생 출신이 아니었어요. 아마 그래서 제가 가장 비판적일 수 있었을 겁니다.」 사프디는 훗날 그때 벽돌에 대한 자신의 생각이 틀렸음을 인정하면서 고백하듯 말했다. 「사실, 현지에 있는 재료로 작업하는 것이 맞습니다.」)[311]

칸과 도시가 현장에 가지 않을 때는 때때로 올드 시티*에 있는 카스트루바이 랄바이의 집으로 갔다. 이 집은 섬유 공장 대표였던 그가 거주하는 집이 아니라 사무실로 사용했던 곳으로 도시에서 가장 미로 같은 구역에 있었다. 오래된 아마다바드의 주민들이 소수 민족 거주지를 뜻하는 〈폴pol〉**이라고 부르는 이 구역은 부분적으로 막혀 있는 안뜰과 좁은 길들로 이루어져 있었다. 랄바이는 주로 이 사무실에서 오후 시간을 보냈다. 「매일 오후 2시 30분에서 4시까지 그는 사무실에 있었고, 아침에는 섬유 공장에 있었습니다. 카스트루바이는 아주 체계적인 사람이었습니다.」[312] 도시가 말했다. 루와 도시가 그곳을 방문했을 때 그들은 전통적인 방식대로 바닥에 앉았다.

때때로 루는 랄바이에게 자신의 설계에 담긴 철학에 대해 설명하려고 했는데 그럴 때마다 나이 많은 기업가는 도시를 돌아보고는 구자라트어로 말했다. 「그냥 본론만 얘기하라고 해. 그

---

* 인도 텔랑가나주 하이데라바드에 있는 벽으로 둘러싸인 도시.
** 인도에서 가정이나 특정 직업, 종교 등으로 모여 형성된 주택 단지.

378

가 말하는 건 다 좋다고.」

「지금 뭐라고 말했어요?」루가 물어보면 도시는 이렇게 대답했다. 「아무것도 아니에요, 아무것도.」[313] 하지만 가끔 랄바이는 아주 구체적인 비판을 하기도 했고 칸은 주의를 기울여 들었다. 「복도를 돌아가는 형태의 건물이 아니라 일렬로 교실을 배치한 것은 카스트루바이의 아이디어였습니다.」도시가 지적했다.[314] 루는 최고의 작품을 만들어 냄으로써 고객의 변경 요청에 응답했다. 길고 직선적인 강의실 건물은 결국 전체 단지에서 매력적인 중심 시설이 되었고 칸은 항상 그 공을 카스트루바이에게 돌리고 싶어 했다. 「그는 놀라울 정도의 예술 감각을 가진 정말 완벽하고 훌륭한 인물이었습니다. 그는 강의실을 그냥 일렬로 배치하면 어떻겠느냐고 제안했습니다. 그리고 그 구조는 훨씬 더 튼튼한 것으로 판명되었습니다. 고객이 직접 건축가에게 미적인 의견을 먼저 제시하는 일이나, 또 그런 제안이 완전히 옳은 것으로 판명되는 일은 참 드뭅니다. 그의 경우에는 충분히 그럴 만한 능력이 있었습니다.」[315] 루는 이 존경할 만한 인도인 고객에 대해 말했다.

「인도 경영 연구소」의 건설 작업이 진행되던 중, 그는 어느 순간 아마다바드를 더 길게 방문해야 할 필요성을 느꼈다. 칸이 일주일 내내 인도에 머물었던 것은 그때가 유일했다. 그는 벽돌공들에게 제대로 벽돌을 쌓는 방법을 가르칠 생각이었다. 벽돌공들이 처음 벽돌을 쌓은 것을 목격한 칸은, 벽돌 벽의 모양을 보고 화가 났다. 사실 도시는 전에 르코르뷔지에가 원했던 방식대로 벽돌을 쌓도록 지시했지만 칸은 뭔가 다른 것을 원했다. 되도록 적은 모르타르를 써서 줄눈을 훨씬 더 얇게 만들기를 원했던 것이다. 그리고 벽돌의 모서리 부분도 문질러서 아치에 더 깔끔하게 맞게 되기를(그래서 더 수작업으로 한 것처럼 보이도록) 바랐다. 「마치 옛날 같았어요.」 루가 지시를 내린 후의 장면을 묘사하면서 도시가 말했다. 「사람들이 바닥에 쭈그리고 앉아서 모르타르를 문지르는 모습을 봤다면, 아마 다른 시대에 있다는 착각이 들었을 겁니다.」[316]

나중에, 루는 아마다바드에서 벽돌공을 가르칠 때의 일화를 얘기하면서 직접 그 교육법을 전달하곤 했다. 그의 목적은 벽돌공들이 〈내가 한 작업을 따라 하되 각자의 방식으로〉 하도록 만드는 것이었다. 그는 벽돌과 모르타르를 어떻게 결합해야 하는지를 보여 주기 위해 아치 하나를 샘플로 만드는 것부터 시작했다. 그리고 그는 그들이 직접 작업하는 모습을 지켜보았다. 「나는 현지 언어 몇 가지를 배워서 벽돌공들에게, 〈아주 잘했어요〉라고 말해 주었습니다.」 칸이 말했다. 「이 모든 일은 그 사람에게 작은 칭찬을 해주고 그가 뭔가 살아갈 만한 가치를 느끼게 해줌으로써 가능해집니다.」[317] 루가 외국에서 영어를 못하는 벽돌공들을 다뤄야 했던 곳은 아마다바드만이 아니었다. 1963년 초, 파키스탄에서도 주요 프로젝트에 착수하게 되었다. 사실 이것은 두 개의 주요 프로젝트였다. 서파키스탄의 새 수도인 이슬라마바드를 위한 대통령 궁, 그리고 동파키스탄의 더 가난하고 개발이 덜된 훨씬 동쪽에 위치한 제2의 수도인 다카의 정부 청사 단지를 건설하기 위한 프로젝트였다. 1947년 이래로, 주요 무슬림 지역들이 인도로부터 분리되어 만들어진, 인도보다 훨씬 작은 나라인 파키스탄은 마치 인도라는 거대한 덩어리를 양쪽에서 움켜쥐고 있는 것처럼 멀리 떨어진 두 부분으로 나뉘어 있었고, 이 두 지역은 여러 면에서 불균등했다. 우르두어를 사용하는 서파키스탄은, 대부분의 권력과 부를 가지고 있었다. 한때 인도 벵골 지방이었던 동파키스탄은 벵골어를 사용하는, 언제나 가난한 이복누이 같은 취급을 받는 지역이었다.

1958년 계엄령 선포 기간 동안 파키스탄의 대통령이 된 야전사령관 아유브 칸은 1960년대 초 카라치에서 이슬라마바드로 수도를 이전하기로 결정했을 때, 동파키스탄을 위해서도 무언가를 해주겠다고 약속했다. 새 정부 청사 건설 계약은, 서방 국가에서 공부하고 고국에서 이미 중요한 일들을 수행해 온 동파키스탄 출신의 존경받는 건축가인 무즈하룰 이슬람에게 먼저 할당되었다. 하지만 이슬람은 그 프로젝트의 하도급 계약을 맺게 된 영국과 프랑스의 다국적 기업 두 곳을 별로 탐탁지 않게 생각했다. 그래서 그는 오히려 이타적으로 프로젝트를 포기하면서까지 아유브 칸 대통령에게 그 일을 위해 세계적으로 명성 높은 건축가를 찾아야 한다고 말했다. 그리고 세 명의 이름을 제시했는데, 그들은 바로 르코르뷔지에, 알바르 알토, 그리고 루이스 칸이었다. 코르부는 너무 바빴다. 알토는 〈건강이 좋지 않다는 문제(실제로는 알코올 의존증 문제였다)〉가 있었다. 그래서 그 의뢰는 자동적으로 칸에게 돌아갔다. 예일에 다닐 때 칸을 알게 된 무즈하룰 이슬람은 동파키스탄 프로젝트의 건설 기간 동안 계속 관심을 가지고 지엽적인 참여를 하겠다고 제안했다. 도시가 아마다바드에서 루를 데리고 다녔던 것처럼 그는 헬리콥터에 루를 태우고 가까이에 있는 살반 비하리라고 불리는 1400년 전의 수도원을 포함하여 주변의 유적들을 두루두루 구경시켜 주었다. 그는 이 미국 건축가에게 유용한 책들을 많이 빌려주었고, 다양한 정보와 지침을 제공해 주었다. 그는 또한 단순하고 세련된 디자인의 대학 도서관 및 아주 매력적인 순수 예술대학 건물 등, 그가 다카에서 직접 설계하고 지은 모더니즘 건물들을 보여 주기도 했다. 훗날 방글라데시의 한 건축가가 다음과 같은 말을 한 것은 아마도 이 모든 일들에서 비롯되었을 것이다.「방글라데시의〈국회 의사당〉을 보고 있으면, 무즈하룰 이슬람이 칸의 귀에 대고 속삭이는 소리가 들리는 듯합니다.」[318]

루는 1963년 1월과 2월에 다카로 첫 여행을 갔다. 그는 3월과 7월에 다시 그곳을 방문했고 11월과 12월에 두 차례 더 여행을 했다. 이 여행 중 일부는 칸이 대통령 궁을 동시에 진행하고 있던 카라치와 이슬라마바드에서 보냈다. 하지만 그 건축 계획은 곧 무산되었다. 서파키스탄 프로젝트의 감독 위원회가 칸의 모형을 보고 그의 건축 계획을 거부하고 에드워드 듀렐 스톤*을 대신 고용했기 때문이다. 칸의 설계안이 첨탑이나 금박 장식과 같은 고객이 원하는 그럴듯한 장식적인 요소가 하나도 없이 너무 소박했다는 것이 이유였다. 이번 경우에는 루가 고객의 요청

* 1950~1960년대 격식을 갖춘 장식적인 건물로 매우 유명했던 미국 건축가.

에 동의하기를 원치 않았거나 아니면 그렇게 할 기회조차 주어지지 않았던 것이 분명했다. 어쨌든, 그는 여전히 동파키스탄의 국회 의사당 계약을 손에 쥐고 있었고, 서파키스탄 프로젝트를 잃은 실망감은 단지 다카에서 뭔가 훨씬 특별한 것을 성취하려는 의지를 더욱 불러일으켰을 뿐이다.

칸은 처음 다카에 갔을 때, 파키스탄에서 활동하고 있던, 전에 들어 본 적이 없는 젊은 미국인 건축가 헨리 윌콧과 합류하게 되었다. 헨리 윌콧은 콜로라도 대학교를 졸업하고 덴버에서 짧게 일을 한 뒤 카라치에 있는 빌 페리라는 건축가의 해외 사무소에서 일하고 있었다. 1963년 무렵 그곳에서 부인과 함께 살던 윌콧은 칸과 합류하기 위해 다카로 오게 되었다. 「공공 사업부 사무실에서 같이 가달라는 요청을 받았습니다.」 윌콧이 말했다. 「저는 칸이 누구인지 전혀 몰랐어요. 아마 건축 전문 저널 같은 데서 그에 관한 기사를 읽었을 수는 있겠죠. (어쩌면 두 사람 다 미국인이었기 때문에, 혹은 윌콧은 그 지역에서 잘 알려진 사람이고 칸은 그렇지 않았기 때문에) 그가 이곳에 오고 제가 근처에 있으면, 제가 그쪽으로 가곤 했습니다. 누군가 저에게 전화를 해서는, 〈칸 교수님이 이곳에 오실 겁니다〉라고 말했죠.」 그러면 헨리 윌콧은 칸이 있는 곳으로 가야 했다.

처음에 윌콧은 이런 이례적인 역할을 맡은 점이 불편했다. 카라치의 사람들은 칸의 도면을 받으면 윌콧에게 확인해 달라고 부탁했고 그는 칸을 위해 일하는 사람이 아니었기 때문에 이런 일이 부자연스럽다고 생각했다. 「아무래도 이건 옳지 않은 것 같습니다.」 윌콧은 칸에게 이렇게 중간에서 감시하는 듯한 역할을 하는 것이 불편하다고 털어놓았다. 「그러자 그는 그냥 미소를 지으면서 〈괜찮아요〉라고 말했습니다. 그는 항상 그냥 미소를 짓고, 〈괜찮아요, 괜찮아〉라고 말하곤 했습니다.」

하지만 함께 회의를 하던 중에 그런 두 사람의 어색한 관계를 깰 수 있었던 돌파구가 찾아왔다. 「루와 저는 서로에게 아주 깍듯하게 대했습니다.」 헨리는 당시를 회상했다. 「그러다 하루는 그런 어색한 분위기를 깨게 되었죠. 어딘가에서 회의를 하는데 모든 사람들은 항상 그를 교수님이라고 불렀어요. 그리고 시골 출신이었던 제가 조금 큭큭거렸나 봐요. 그러자 그가 나를 돌아보더니 이렇게 말했어요. 〈우리 사무실에서는 모두 나를 그냥 루라고 부릅니다.〉 그리고 제가 말했죠. 〈그렇다면 저는 헨리라고 불러 주세요.〉」 그것으로 어색한 분위기가 사라졌다.

헨리가 보기에 인도 아대륙에서의 이 새로운 프로젝트들은 단지 명성과 부의 잠재적 원천만은 아니었다. 이 일들은 루에게 훨씬 더 깊은 만족감을 선사했다. 「그는 인도와 파키스탄에 가는 것을 좋아했습니다. 귀찮고, 가는 데도 오래 걸리고, 날씨도 아주 더운데 그는 그곳 사람들과 어울리는 것을 즐겼습니다. 문화가 달랐기 때문에 요구 사항도 매우 달랐어요. 그리고 그는 그곳에서 정말 많은 존경을 받았습니다. 그는 참 독특한 사람이었어요.」 윌콧은 생각에 잠긴 듯 말했다. 하지만 그런 깨달음을 얻은 것은 한참 후의 일이었다. 「초창기 회의에서부터 함께 있기 편한, 좋은 사람 같다는 생각이 들었어요. 그와 저는 아주, 꽤 잘 지냈습니다.」

그 이유 중 일부는, 두 사람 간의 뚜렷하게 느껴지는 존경심 때문이었고, 또 일부는 서로 많은 점들을 언급하지 않고 놔두려는 의지가 통했기 때문이라고 윌콧은 느꼈다. 두 사람은 함께 있을 때에도 각자 거의 비밀스러울 정도로 사적일 수 있었다. 「우리는 건축에 대해서만 이야기를 나눴습니다.」 헨리가 말했다. 「그 과정에 대해서, 그리고 영적인 점에 대해서요. 우리는 즐거운 술자리도 가졌습니다. 바에서, 호텔에서, 그리고 비행기에서도요. 우리는 항상 몰트 위스키를 함께 마셨어요.」 그들은 어디에서나 구할 수 있는 진은 물론, 루가 특별히 좋아했던 아쿠아비트*를 마시기도 했다. 「제가 그를 잘 알게 되기 전에, 다카에서 그가 저의 집에 와서 혹시 진이 있느냐고 물었고 자신의 휴대용 술병에 그것을 채웠습니다. 그는 에스더가 그의 출장 가방을 쌀 때 항상 휴대용 술병을 넣어 주지만, 이미 다 마셔 버렸다고 말했습니다.」[319]

하지만 술과 대화가 아무리 즐거워도 물론 일이 항상 우선이었다. 칸에게 본질적인 문제는 어떻게 하면 무에서 뭔가를 만들어 내느냐 하는 것이었다. 그는, 해리엇에게 보낸 편지에 적은 표현에 따르면, 《평평하고 특징 없는 부지, 아무 독특함이 없어서 아무도 관심을 갖지 않는》 그곳을 실제로 보기 전에 가졌던 생각에 어울리는 곳으로 어떻게 만들 것인지〉에 대해 고심했다. 그가 처음으로 다카에 갔을 때, 그는 부리강가강에서 배를 타게

* 투명한 증류주의 일종.

되었고 그 경험은 그에게 한 남자가 강에서 배의 노를 젓는 사랑스러운 작은 스케치를 그리도록 영감을 주었다. 그가 얕은 호수의 한가운데에 의회 건물을 세울 생각을 하게 된 것은, 아마도 르코르뷔지에의 찬디가르에 대한 기억과 더불어 이 풍경도 한몫했을 것이다. 최종 설계안에 포함된 다른 측면들은 로체스터 교회에서 시도했던 방식에서 파생되었을 수 있다. 예를 들어 건물의 핵심을 계속 감싸고 돌면서 구불구불하고 신비로운 경로를 만듦으로써 가장 바깥쪽의 사무실들을 더 중심적인 기능의 공간들과 분리한 주보랑이나, 아주 높은 곳에서부터 그늘진 가장 낮은 층까지 햇빛을 비추는 채광정과 같은 것을 들 수 있다. 하지만 그의 다카 설계안에는 오로지 현지 문화에 대한 반응에서만 발현될 수 있는 핵심적 요소가 적어도 한 가지 있었다.

〈그러다 갑자기 점심시간에 의회 건물에 모스크를 포함해야겠다는 생각이 들었어.〉 그는 해리엇에게 쓴 자세한 편지에 이렇게 적었다. 〈이 생각은 이 부지가 가진 절망적인 상태를 예상 밖의 방식으로 전환하게 해주었어. 그런 다음 나는 그 자체로 힘을 가지는 뭔가를 설계할 수 있을 거라는 확신이 들었어. 심지어 그 장소의 영감적인 분위기를 암시하는 다른 공간이 떠올랐다고 하더라도, 결국 내가 모스크를 생각해 내지 못했더라면 아무런 가치가 없었을 거야. 인도와 분리된 가장 근본적인 이유가 종교였으니까.〉

이 급진적인 아이디어 — 의회 건물 안에 종교적인 부분을 뚜렷이 포함하게 하는 것 — 는 건축가 자신뿐 아니라 고객들에게도 호소력이 있었다. 그는 편지에 계속해서 다음과 같이 썼다. 〈그날 오후 의회 청사와 모스크가 핵심적인 축을 이루는 아이디어를 발표했을 때, 마치 정부 관계자들은 천국이 강림한 듯한 표정이었어. 그들은 《바로 그거야!》라고 생각하는 것 같았어! 그들이 《당신은 이 수도에 종교를 부여했습니다. 그동안 뭔가 미흡했던 의미를 충족하는 데 필요했던 것이 바로 그것입니다》라고 말하면서 너무 절대적으로 인정을 해주는 바람에 나도 너무 놀랐어.〉[320]

칸은 또 다른 곳에서 같은 이야기를 약간 다르게 설명하기도 했다. 그는 한 공식 연설에서 다음과 같이 선언했다. 「파키스탄의 제2의 도시를 짓는 다카에서 아주 길고 장황한 요청 사항을 받았습니다. 세 번째 날 밤, 저에게 아주 미친 생각이 떠올랐습니다. 의회 청사는 신성한 곳입니다. 아무리 사기꾼 같은 국회의원도 그 의회 건물에 들어서면, 뭔가 초월적인 것이 눈앞에 펼쳐지는 걸 느끼게 될 겁니다. 모스크는 의회 건물에 절대적으로 필요합니다. 왜냐하면 그들은 하루에 다섯 번 모스크에 들어가는 삶을 살고 있기 때문입니다.」[321]

비록 그 아이디어가 점심시간에 떠올랐든 혹은 셋째 날 밤에 떠올랐든, 민주주의의 초월성에서 왔든 동파키스탄의 종교적 역사에 대한 반응에서 온 것이든 상관없이, 일관성 있는 진실이 한 가지 있었다. 모스크(때로는 〈기도실〉이라고 불렸다)는 완성된 건축물에서 필수적인 부분이 되었다는 점이었다. 대칭적인 곡선을 이루며 네 모서리를 감싸는 거대한 창문을 가진 웅장한 비율의 큐브 모양의 방은, 그곳에 일상적으로 머무는 사람이나 가끔씩 방문하는 사람 모두가 느낄 수 있는, 형언할 수 없는 힘을 발산하는 의회 건물의 심장부가 되었다. 사람의 마음을 뒤흔드는 칸의 다른 공간들(「퍼스트 유니테리언 교회」와 같은 명백히 종교적인 곳뿐 아니라, 예술과 책과 연구와 교육을 위한 더 세속적인 공간들을 〈교회〉같이 설계한 경우들)처럼 그가 어떻게 이런 것들을 성취해 냈는가 하는 궁금증이 생길 수밖에 없다. 특정 종교를 믿지도 않고 합리성을 추구하며 비합리성을 경멸하는 사람이 어떻게 건축의 영적인 요소에 대해 이런 탁월한 통찰력을 지닐 수 있었을까?

「영성은 종교와는 무관합니다.」 다카에서 일할 때 칸을 만났던 방글라데시 건축가 샴술 웨어스는 말했다. 「종교는 말하자면 일련의 정해진 의식(儀式)입니다. 종교는 의식 사이에 갇혀 있습니다. 칸은 마음을 따르는 사람이었습니다. 그는 마음을 탐험했습니다. 마음은 진실을 알고 싶어 합니다. 종교는 절대 진실을 제공하지 않습니다. 그냥 믿는 것입니다. 칸은 영적인 사람이었습니다. 그는 일이 어떻게 이루어지는가에 대한 진리를 이해하려고 노력했습니다. 만일 무신론자가, 〈우리는 무에서 와서 무로 돌아간다〉라고 한다면 그 〈무〉란 무엇일까요?」

웨어스는 칸이 빛을 통해 이런 의문점들을 탐구했다고 보았다. 「그는 빛에서 뭔가를 발견했습니다. 빛에 의해 우리는 깨끗이 씻겼다고 느낍니다. 빛에도 어떤 실체가 있습니다. 완전히 추상적인 것이 아닙니다. 또한 눈에 보이며 느껴집니다. 빛은 감각적인 것입니다. 이러한 감각성은 어떻게든 영성과 연결되어 있습니다. 그게 바로 빛이 우리에게 영향을 미치는 방식입니다. 우리는 감각들을 통해 영성을 이해합니다. 그의 건축은 그저 형식적인 것이 아니라 감각적인 것입니다.」웨어스는 강조하듯 말했다.

그리고 웨어스는 이것이 결국 칸의 진리 추구와 연결되어 있다고 느꼈다. 「우리가 무에서 와서 무로 돌아간다는 개념 또한 그의 존재의 핵심에 자리하고 있습니다. 그래서 그는 공간에 관심이 많았습니다. 우리에게 외경심을 갖게 하는 아주 거대한 공간에 대해서요. 그는 또한 진리를 결코 알 수 없다는 점도 알고 있었습니다. 진리란 환각적이며 모호합니다. 그래서 그는 미로와 같은 주보랑을 만들었습니다. 그곳에서 우리는 길을 잃게 되죠. 건물 안에서 방향 감각을 상실한다는 것은 바로 진리의 불가해성을 표현하는 또 다른 방법입니다.」[322]

*

1963년 2월 7일, 파키스탄에서 첫 번째 긴 여행을 마치고 돌아오는 길에 루는 아버지가 그날 로스앤젤레스에서 사망했다는 소식을 들었다. 그가 사는 지역의 유대교 회당에 속해 있었고 대축제일마다 정기적으로 예배에 참여했던 레오폴드 칸은, 자신이 죽으면 가능한 빨리 유대교에 따른 전통적인 장례식을 치러 줄 것이라고 믿었을 것이다. 그래서 필라델피아에 도착한 다음 날, 루는 다시 캘리포니아주로 가서 동부 로스앤젤레스에 있는 〈평화의 집〉 묘지에 늦지 않게 도착하여 아버지가 그의 아내 베르사와 아들 오스카 옆에 안장되는 것을 볼 수 있었다.

「루는 아버지와 사이가 별로 좋지 않았다고 딱 한 번 얘기한 적이 있습니다.」[323] 리처드 솔 워먼이 말했다. 하지만 두 사람의 사이는, 적어도 표면적으로는, 전혀 소원해 보이지 않았다. 루의 동료들은 20번가의 사무실에 레오폴드가 찾아왔을 때 루가 아버지를 위해 제도판 하나를 마련해 줬던 날을 기억했다. 사람들은 그가 실력 있는 예술가였으며, 젊었을 때는 비록 짧은 기간이었지만 스테인드글라스와 관련된 일을 했던 것을 알고 있었다. 사실 가족들 중 젊은 세대들은 레오폴드가 어떤 일이라도 하나의 직업을 꾸준히 가졌던 사실을 기억하지 못했다. 「레오폴드 삼촌은 그다지 야망 있는 사람은 아니었죠.」 레너드 트레인스가 말했다. 레너드의 아버지는 레오폴드의 첫 사촌이었다. 트레인스는 또한 레오폴드 칸이 오랫동안 아들에게 경제적으로 의지했으며, 되도록 돈을 아끼면서 사는 방법을 배워 갔다고 했다. 「(예를 들면) 루가 비행기를 타고 동부로 오라고 하면 레오폴드 삼촌은 그 돈을 쓰기 싫어서 버스를 타고 왔어요.」[324]

생계를 책임지는 가장의 역할을 잘하지 못했음에도 불구하고(혹은 어쩌면 그 이유 때문에), 레오폴드는 가족을 더 엄격하게 대했고 규율을 중요하게 생각했다. 「할아버지는 존경을 요구했고 권위적이었으며, 할아버지를 다룰 수 있는 사람은 할머니

뿐이었습니다.」[325] 루의 조카인 로다 캔터가 말했다. 로다의 오빠인 앨런 칸도 동의했다. 「할아버지가 소음이라면, 할머니는 자연의 소리 같았습니다.」

「루 삼촌에게 미친 영향에 대해서 말하자면, 할머니의 영향이 가장 컸다고 생각합니다.」 앨런이 언급했다. 「그녀의 기운, 삶에 대한 접근 방식, 모두를 매혹하게 하는 마법 같은 매력이 있었습니다. 루 삼촌의 지성은 할머니에게서 온 것입니다. 하지만 그의 성격 대부분은 할아버지한테서 왔습니다. 루 삼촌은 할아버지처럼 매우 강한 자아를 가지고 있었습니다. 오만했다는 말이 아니라 자신감이 있었어요. 자신의 입장을 고수하려는 의지가 강했죠. 그런 점은 할아버지에게서 물려받았다고 생각합니다.」 레오폴드는 자존감이 강한 사람이었고, 손자 앨런에 의하면 멋쟁이기도 했다. 「할아버지는 매우 꼼꼼했고, 아주 깔끔했습니다. 자신의 셔츠를 직접 풀을 먹여 다렸어요. 한 번도 편한 옷차림을 본 적이 없습니다. 항상 단정한 모습이었습니다.」[326]

로다의 딸 오나 러셀도 증조할아버지의 격식을 갖춘 복장을 떠올렸다. 「양복을 입고 주머니에 허시 키세스 초콜릿을 넣고 다니던 증조할아버지가 기억나요. 증조할아버지는 항상 그 초콜릿을 가지고 다니다가 저에게 하나씩 주곤 했어요. 저는 증조할아버지를 따뜻하게 느꼈던 적이 별로 없어요. 어떤 면에선 무서워했던 것 같아요. 하지만 키세스 초콜릿이 그런 점을 조금이나마 누그러뜨려 주었습니다.」

50년이 지난 후에도 오나는 여전히 병원 침대에서 임종한 레오폴드의 모습을 떠올릴 수 있었다. 「증조할아버지의 긴장된 얼굴이 기억납니다. 고통스러워 보였습니다. 얘기할 때 힘들어 보였지만, 앞뒤가 안 맞는다거나 그런 건 아니었습니다.」[327]

하지만 당시 의사로서 할아버지를 돌보던 앨런 칸에 의하면 죽어 가던 레오폴드에게도 망상의 순간이 찾아온 적이 있었다. 「할아버지는 사방에 벌레들이 들끓는다고 했습니다.」 앨런이 말했다. 「물론 할아버지도 그것이 진짜가 아니라는 것을 알고 있었지만요.」 의학적으로는 특별한 사망 원인도, 결정적인 질병도 없었다. 레오폴드는, 굳이 떠들썩하게 소문을 낸 것은 아니지만, 십 년간 자신의 건강이 좋지 않다는 것을 암시하는 듯한 말을 하곤 했다(예를 들어 베르사와 함께 애초에 캘리포니아로 이사한 것도 자신의 건강을 위해서라고 했던 것처럼). 하지만 앨런은 할아버지의 사인(死因)이 단순히 노환, 혹은 그의 표현으로 〈생체 시스템의 붕괴〉라고 했다.[328]

서부 해안에 살던 루의 가족들은(동생 세라, 제수 로셀라, 그의 조카와 질녀들뿐 아니라 종손자들과 육촌, 그리고 그 자녀들까지도) 레오폴드의 죽음 이후에도 지속적으로 칸에게 삶의 중요한 존재로 남았다. 하지만 루의 동료들 중 일부, 심지어 「소크 생물학 연구소」에서 같이 일했던 사람들 중에는 로스앤젤레스에 있는 친척들에 대해서 잘 모르는 사람도 있었다. 가족들과 동료들은 마치 칸의 인생에서 완전히 분리된 두 가지의 영역에 따로 존재하는 것 같았다. 루가 라호이아에 가게 되면, 델 마에서 잭 매칼리스터와 묵거나, 잭이나 프레드 랭퍼드가 돌아가면서(누가 그를 〈돌볼〉[329] 차례인지에 따라서) 그를 데리고 다니면서 저녁에 함께 술을 마시러 가고 야구에 대한 이야기를 나누곤 했다. 로스앤젤레스에 방문할 때는 여동생 세라의 78번가에 있는 작은 집(1930년대까지 그녀가 부모님과 같이 지냈던)에서 묵었고 앨런이나 앨런의 전처 엘리너가 그를 차에 태워 데리고 다녔다. 그리고 어느 쪽에 있든, 루는 함께 있는 사람들과 완전히 동화되어 어울렸다.

「그가 세라 할머니의 집에서 피아노를 치던 모습이 기억나요.」 그의 손주 조카인 오나가 말했다. 「가족 모임에서는 꾸깃꾸깃한 정장을 입고 있었어요. 눈에는 장난기가 있었고요. 그런 그의 모습에서 그의 위대함을 떠올리기란 쉽지 않죠.」[330] 종손자인 앨런의 아들 제프 역시 루의 복장(「브룩스 브라더스 양복이었는데, 항상 짙은 회색의 같은 양복이었어요. 하얀 셔츠에 삐뚤어진 나비넥타이였죠.」)을 기억했지만, 그것보다도 루가 대화하던 모습을 더 많이 기억했다. 「그의 은유법은 상상을 초월했어요.」 제프 칸이 말했다. 「모든 게 너무 추상적이었어요. 그래도 그걸 다 이해했어요! 아버지가, 〈큰할아버지가 뭐라고 했지?〉 하면서 우리에게 정리해서 말해 주곤 했습니다.」[331] 제프의 누나 로렌 칸은 특별히 루가 얼마나 대화를 할 때 상대방에게 열중하고 주의를 기울였는지를 회상했다. 「큰할아버지가 저에게 말을 할 때는, 제가 그 방에 있는 유일한 사람처럼 느껴졌어요. 그것은 상대가 어린아이일 때도 마찬가지였습니다. 큰할아버지는 결코 지나치게 수준을 낮춰 말하지 않았어요.」[332]

로다가 기억하는 루에 대한 추억은 대부분 그가 즐거운 시간을 보내던 모습이었다. 「진짜 웃겼어요. 삼촌은 피아노 치는 것을 좋아했는데 주로 즉흥 연주였어요. 피아노를 아주 잘 친다고 생각했거든요. 그래서 진짜 피아노를 잘 치던 오빠 앨런이 웃곤 했죠. 하지만 삼촌은 한 번도 기분 나빠하지 않았어요. 오히려 그 반대로 어느 정도는 그런 웃음을 자아내기 위해서 그런 행동을 하곤 했으니까요. 삼촌은 정말 즐거움을 사랑하는 사람이었습니다.」로다가 덧붙였다. 「결코 누구에 대해 부정적인 말을 한 적이 없어요. 삼촌에게는 사람을 끄는 매력이 있었어요. 아주 멋진 미소와 웃음을 가지고 있었습니다. 유머 감각도 풍부했습니다.」그리고 로다가 특별히 기억하는 것은 루가 가족들과 얼마나 편하게 어울렸는지에 대한 기억이었다. 「삼촌네는 모두 다 모이는 큰 파티를 열곤 했어요. 사촌까지 다 포함한 아주 대가족이었죠. 그리고 삼촌은 진정한 평등주의자였어요. 모두 삼촌과 동등하다고 느끼게 만들었죠.」[333]

또한 그들과 함께할 때의 루에게는 뭔가 특별한 점이 있었다. 「큰할아버지한테는 신비로운 매력이 있었습니다.」오나가 말했다. 「그래서 가족 행사가 있고, 또 그 행사에 큰할아버지가 온다고 하면, 모두들, 〈루가 온대!〉하며 좋아했습니다.」[334]

*

루를 그렇게 활기를 북돋워 주는 존재로 생각한 것은 서부 해안에 사는 가족들만이 아니었다. 「네 아버지가 저녁 드시러 오신대!」루가 필라델피아의 웨이벌리 스트리트에 있던 이상하게 작고 수직으로 된 집에 들를 때면, 앤 팅은 마치 뭔가 신나는 일이 생기기 직전처럼 선언하듯 말했다. 더 이상 자신의 부모님 사이에 애정 관계가 존재하지 않을 때도, 알렉스는 엄마가 아빠의 곧 도착한다는 소식을 알리기 위해 계단을 내려올 때마다 그 목소리에서 가슴 벅찬 감정을 느낄 수 있었다.

알렉스의 입장에서 저녁 식사, 시간 자체는 다소 지루했다. 「기본적으로, 우리 부모님은 저녁 식사 시간에서 여러 이론적인 대화를 나누었어요. 최근 건축 이론이라든지, 두 분의 아이디어라든지요.」알렉스는 이렇게 회상했다. 「어머니는 새로운 기하학적 개념에 대해 말하곤 했어요. 그러면 아버지는 고요함이나 빛에 대해 얘기했죠. 보통 아이들은 〈오늘 하루 어떻게 지냈어?〉라는 뻔한 질문 같은 건 안 듣고 싶어 하잖아요? 그런데 저는 제발 두 분이 그런 질문을 좀 해주기를 바랐어요.」[335]

하지만 칸과 팅 사이의 지적인 유대가 아무리 끈끈했다고 해도, 팅이 회사를 떠나는 것을 막지는 못했다. 〈1964년, 사무실에 할 일이 아주 많았음에도 불구하고 그는 단순히 나에게 할 일을 주지 않음으로써 나를 《내보냈다》고 볼 수 있었다.〉[336] 앤은 루의 사망 한참 후에 출간한 회고록에 이렇게 썼다. 다른 사람들은 그들의 프로다운 이별에 대해 조금 다른 의견을 나타냈다. 「앤은 우리가 프로젝트에 참여하고 있을 때 독자적으로 자신만의 계획을 진행했습니다. 정말 짜증 났죠.」[337] 한 번도 팅을 좋게 생각하지 않았던 잭 매칼리스터가 말했다. 심지어 앤을 좋아하고 사무실 밖에서도 그와 친하게 지냈던 에드 리처즈조차도 다음과 같이 말했다. 「루는 결코 앤을 해고할 생각이 없었습니다. 그녀가 브린 모어 프로젝트에서 빠졌을 때 그녀는 혼자 다른 일에 몰두하곤 했습니다. 가끔 그녀는 혼자 자신만의 기하학과 관련된 일을 했어요. 가끔 사무실에 들어와서 이렇게 말하곤 했어요. 〈오, 너무 기분이 좋아. 뭔가를 가지고 12면체를 교차시켰어!〉 아무도 그녀가 하는 말을 이해할 수 없었죠.」[338]

모셰 사프디는 팅이 사무실을 떠난 직접적인 원인이 그녀와 칸 사이의 사적인 긴장감이라고 생각했다. 사무실에 있었던 기간이 길지 않았던 사프디는, 이미 그때 루와 마리와의 관계가 한참 전에 끝난 상태였음에도 불구하고 앤 팅이 그만둔 것은 마리 궈와 관련이 있을 거라고 추측했다(마리는 1964년에도 여전히 칸의 사무실에서 일하고 있었지만, 그때 그녀는 이미 스미스클라인 & 프렌치 제약 회사의 경영진 중 한 명인 모턴 패터슨과 결혼한 상태였다. 그리고 그녀와의 관계가 철저히 끝났음을 확실히 보여 주기 위해서 루는 그들의 결혼식에도 참석했다). 사프디는 루와 앤 사이의 끓어오르는 분노가 정점에 도달한 정확한 순간을 기억할 수 있다고 했다. 「언젠가 우리 셋이 일하고 있을 때였어요. 루, 앤과 제가요. 처음부터 뭔가 팽팽한 긴장감이 돌았어요.」 그리고 사프디의 기억에 따르면, 그게 정확히 뭔지 말할 수는 없지만, 뭔가가 앤을 화나게 했다. 「그리고 둘이 아주 크게 다퉜습니다. 그리고 앤이 밖으로 뛰쳐나가서 다시는 돌아오지 않았어요.」

　하지만 사프디가 지속적인 우정을 쌓은 것은 루가 아니라 앤
이었다. 「앤은 건축 분야 이상을 넘어선 훌륭한 사상가이자 멘
토이기도 했습니다. 그녀는 루보다 저에게 더 많은 영향을 주었
습니다.」사프디가 말했다. 사프디와 부인, 그리고 어린 딸은 해
비탯 67 건설과 세계 엑스포 전시 참여를 위해 몬트리올로 이주
하기 전, 필라델피아에서 16개월을 보내는 동안 앤과 딸 알렉스
와 거의 한 가족처럼 지내게 되었다. 알렉스 팅은 당시 아홉 살
에서 열 살 정도의 나이였다.

　「아주 짜증이 심했어요.」사프디는 알렉스에 대해 이렇게 회
상했다. 「보통 훈육 문제를 잘 감당하지 못하는 여러 한 부모 가
족에게서 봤던 것과 같은 문제였어요. 그런 아이는 어떤 〈제한〉
이라는 감각 없이 자라나는 경향이 있죠. 게다가 알렉스에겐 뭔
가 다른 점이 있었어요.」[339]

　앤과 알렉스의 웨이벌리 스트리트에 있는 집에 방문한 적이
있던 에드 리처즈는 이 점에 대해 좀 더 강력히 주장했다. 「앤은
알렉스의 창의성을 다치게 하지 않으려고 훈육을 하지 않기로
결정했습니다. 그 아이는 거의 공포의 대상이었습니다.」[340]

　뛰어난 화가로 성장한 성인 알렉스의 관점에서 볼 때 앤이 그
녀를 훈육하지 않기로 한 것은 사실 선택의 여지가 없었던 결정
이었다. 아주 어린아이였을 때도 알렉스는 다른 사람들이 시키
는 대로 하기에는 너무 고집스러운 아이였다. 그리고 그녀의 주
변 어른들(특히 그녀의 아버지조차도)은, 스스로 완전히 자아

가 형성된 사람이라고 느꼈던 자기 생각을 오히려 더 확신하게
하고 강화해 주는 듯했다. 「아버지는 제가 이미 예술가라고, 혹
은 예술가가 될 거라고 생각했던 것 같아요.」 그녀는 자신에 대
한 루의 태도에 관해 이렇게 말했다. 「아버지는 저를 격려해 줬
어요. 미술용품도 사주었죠. 그런데 가끔은 너무 일찍 사주었던
것 같아요. 제가 열 살 때 유화 세트를 사주었거든요.」[341]

　루는 또한 알렉스가 정말 자신을 빼닮은 자식이라고 느끼게
만들었다. 「아버지는 항상 저를 면밀히 관찰했어요. 그리고 아
버지는 우리가 아주 많이 닮았다고 믿었기 때문에 저에게서 자
신과 유사한 점을 더 많이 찾아내려고 노력했어요.」 그녀는 두
사람이 함께 픽업스틱 게임을 했던 일을 기억해 냈다. 「갑자기
아버지는 내 손을 잡더니 자기 손과 똑같이 생겼다고, 아버지
손의 여자 버전이라고 말했습니다. 너무 신기해하면서요.」 하지
만 그뿐만이 아니었다. 「아버지는 또한 제 마음과 아버지의 마
음이 아주 비슷하게 작용한다고 느꼈어요. 그러나 우리의 닮은
점이 아버지와의 관계를 편하게 만들지는 못했어요. 자신과 아
주 비슷한 사람과 매일 소통하는 일은 때때로 아주 힘든 일이에
요. 게다가 아버지와 저는 동일한 자발적 동기, 동일한 완고함,
동일한 강렬함을 공유했으니까요.」[342]

＊

　앤이 루의 회사를 그만둔 후에도 루는 계속 딸 알렉스를 규칙

적으로 만났다. 하지만 앤 팅이 칸의 회사를 떠난 직후 해리엇 패티슨이 돌아오면서 다른 자식인 너새니얼이 그의 인생에 등장하게 되었다. 버몬트주에 있는 댄 카일리의 사무실에서 1년 반 동안 수습사원으로 일한 뒤, 패티슨은 조경학 분야에서 공식 학위를 받기로 결정했다. 그래서 펜실베이니아 대학교 조경학 석사 과정에 등록했고 1964년 가을, 너새니얼과 함께 다시 필라델피아로 돌아온 것이다.

그녀가 펜 대학교에서 첫 학기를 시작할 무렵, 루는 그의 건물 4층에 해리엇을 위한 작은 사무실을 마련해 주었다. 「그의 사무실은 5층의 한쪽 코너에 있었습니다.」 패티슨이 3년간 펜 대학교에서 공부하는 동안 루의 회사에서 일했던 데이비드 슬로빅이 말했다. 「해리엇은 바로 아래층에 있었죠. 창고였던 곳에 해리엇을 위한 작은 공간을 만들었어요. 제도판과 그녀의 물건을 둘 수 있도록 말이에요. 패티슨이 학교 과제를 하면 루가 평가를 해주곤 했습니다.」

데이비드는 그녀가 회사 프로젝트에 참여하는지에 대해서는 알지 못했다. 「하지만 우리는 모두 그녀가 누군지, 그리고 너새니얼의 엄마라는 것도 알고 있었습니다. 사무실 직원들은 이것을 루의 여러 가지 모험적인 생활의 일부라고 여겼고, 그래서 우리는 모두 그를 보호하려고 했습니다.」 직원들이 그렇게 루를 보호하는 방식 중 하나는, 에스더가 예정 없이 사무실에 방문했을 때 해리엇과 마주치지 않도록 하는 것이었다. 「저는 사람들이 이렇게 말하곤 했던 것이 기억납니다. 〈에스더가 로비에 와 있어요. 지금 올라온대요.〉 도대체 다들 그걸 어떻게 알았는지 모르겠어요. 아마 엘리베이터 직원을 통해서였겠죠.」슬로빅이 말했다.「그러면 직원들은 모두 해리엇의 사무실 문이 닫혀 있는지부터 확인했어요. 에스더는 잠깐 왔다가 곧 떠나곤 했습니다. 에스더는 이렇게 거의 1~2주에 한 번씩 방문하곤 했는데 지나친 간섭이나 부담을 주는 방문은 아니었어요. 그냥 루와 연락을 취할 일이 있었기 때문에 왔던 것뿐이에요.」[343]

약 2×3미터 크기의 창문 없는 창고 안에, 때로는 밖에서 문이 잠긴 채로 있어야 했던 일은 해리엇에게 결코 기분 좋은 경험은 아니었을 것이다. 훗날 너새니얼이 그때 아주 불편했겠다고 말했을 때 그녀는 다음과 같이 인정했다.「가끔은 너무 수치스러웠어.」[344] 하지만 너새니얼이 해리엇에게 왜 항상 루를 보호했는지, 왜 자신이 처해야 했던 상황에 대한 분노를 표출하지 않았느냐고 물었을 때는 또 화가 난 적이 없다고 했다. 결국, 그녀는 그럴 만한 가치가 있었기 때문이라고, 그녀가 포기해야 했던 것의 대가로 얻은 것이 충분했다고 인정했다.

비록 사무실 직원들은 마치 에스더의 인식 수준을 과소평가하고, 오히려 코미디극 같은 데 나오는 남편을 갈구는 거칠고 무지한 부인으로 간주하는 경향이 있었지만, 사실 에스더도 그녀만의 굴욕적인 시기를 견디고 있었다.「우리는 언제나 루와 부인 사이에는 항상 정부(情婦) 한 명이 가로막고 있다고 말하곤 했습니다.」에드 리처즈가 웃으며 말했다. 그를 포함한 사무실의 사람들은, 에스더가 이미 해리엇의 임신 사실을 너새니얼 출생 전부터 알고 있었다는 사실을 정말 몰랐던 것 같았다. 그리고 창고 문을 닫는 일은 왠지 좀 희극적이지만, 사실 그런 연극적인 상황은 루가 그에 부응하는 자신의 역할을 수행했고 직원들이 계속 그런 행동을 하도록 부추겼기 때문에 벌어진 일이라고 볼 수 있었다. 이를테면, 에드가 어느 날 친구와 함께 점심 식사 후 사무실로 돌아왔을 때였다. 「루가 얼굴에 함박 미소를 머금고 계단을 걸어 내려왔습니다. 평소 같으면 엘리베이터를 타곤 했는데 그때는 계단으로 내려오고 있었어요. 우리가 그의 사무실에 가보니 에스더가 와 있었어요. 루는 에스더를 피해 사무실에서 빠져나왔다는 사실이 즐거워 웃고 있었던 것입니다.」

대부분의 경우, 루와 일했던 사람들은 여러 명의 연인이나 혼외 자녀들에 대해 그다지 신경 쓰지 않았다. 오히려 그 반대로, 그들은 루의 그런 점이 루가 얼마나 특별한가를, 혹은 반대로 그도 특별한 사람이 아니라는 것을 증명이라도 한다는 듯 쾌감을 느꼈다. 「우리는 그냥, 이 사람은 아주 유명하지만, 한편으로는 정부가 있는 평범한 남자일 뿐이구나, 이렇게 생각했습니다.」[345] 에드 리처즈가 말했다. 잭 매칼리스터는 그냥 그 모든 것을 시대의 징후로 받아들였다. 「헨리 밀러의 시대였으니까요.」 잭이 지적했다. 「우리는 모두 헨리 밀러를 읽고 있었거든요.」 잭은 루의 변호사인 데이비드 줍으로부터(혹은 다른 사람이었을 수도 있다) 어떤 고객에 대한 이야기를 들었던 것을 회상했다. 그 고객은 세상을 혁신할 발명품을 갖고 있었다. 그것은 1960년대에 일반인의 사용이 승인된 〈경구 피임약〉이었다.

「1950년대와 1960년대 초는 모두 자유롭게 성관계를 가졌습니다.」 매칼리스터가 말했다. 「모두에게 엄청난 자유를 가져왔죠.」[346] 이러한 시대적 분위기에서 루의 행동을 비판하는 것은 도덕적인 척하거나, 혹은 과도한 종교적 열정처럼 보일 수 있었다.

사무실에서 공개적으로 반대 입장을 표명한 사람 중 한 명은 카를레스 엔리케 발론라트였다. 발론라트는 아르헨티나에서 교육받고 스페인어가 가능한 건축가로, 소크 프로젝트를 시작으로 1960년대의 대부분을 칸과 함께 일했던 사람이었다. 지적이고 능력이 뛰어난 그를 루는 매우 존경했지만, 어떤 사람들은 엄격하고 거만하다고 생각했다. 반면 정직함과 청렴의 화신이라고 묘사하는 사람들도 있었다. 동료들이 대부분 루의 혼외 연애 생활에 대해 되도록이면 언급하지 않으려는 분위기에 대해서 프레드 랭퍼드가 말했다. 「그런 상황에 명확하게 반대 의견을 표출한 유일한 사람이 바로 발론라트였습니다. 그는 정말 심하게 반대했습니다.」

해리엇이 사무실에 있는 것에 대해 프레드는 다른 대부분의 사람들이 그랬던 것처럼 아무렇지 않게 받아들였다. 「그들은 사무실에서 서로 전혀 다정한 모습을 보이지 않고 꽤 사무적으로 대했지만 모두 그녀가 루의 애인이라는 것을 알고 있었고, 둘 사이에 남자아이가 있다는 것도 알고 있었습니다.」[347]

하지만 모든 사람이 그 일을 동시에 알게 된 것은 아니었다. 발크리슈나 도시는 그가 매년 가을 학기에 펜 대학교 건축과에서 단기 강좌를 하던 때, 어디로 가는지 말하지도 않고 루가 자신을 해리엇의 집으로 데려갔던 일을 회상했다. 그들이 그곳에 도착하자, 칸은 도시에게 그 작은 소년이 자기 아들이라고 소개해 주었다. 도시는 해리엇과의 관계나 너새니얼의 출생에 대해서 들은 적이 없었다. 그런데 이제 그렇게 간단하게 소개를 받게 되었던 것이다. 루의 사생활을 갑자기 엿볼 수 있도록 허용된 것에 대해, 그는 자신은 비록 〈외부인이었지만 루에게는 가족〉이었기 때문이라고 느꼈다. 그리고 그렇게 알게 된 사실에 대해 깊이 이해하려고도 하지 않았다. 〈현자가 뭔가 다른 일들을 벌이고 있다고 해도 그것에 대해 굳이 알 필요는 없지요〉라고 도시는 말했다. 「우리는 단지 그가 하는 말을 듣고 싶은 것뿐이니까요.」[348]

*

1964년 중반, 헨리 윌콧이 파키스탄에서 미국으로 돌아갈 계획이라고 처음 언급했을 때, 루는 집으로 가는 길에 필라델피아에 잠시 들르라고 제안했다. 하지만 결과적으로 윌콧은 동부 해안에 그렇게 길게 머물 예정이 아니었다. 「저는 루에게 전화해서 디모인*에서 가족 행사가 있고 바로 덴버로 가야 하기 때문에 필라델피아까지는 못 갈 것 같다고 말했습니다.」 헨리가 회상했다. 윌콧과 아내는 콜로라도주를 그리워했고 그곳에 확실

* 미국 아이오와주의 주도.

한 일자리가 없음에도 불구하고 그곳으로 돌아가고 싶어 했다. 하지만 루에게는 다른 계획이 있었다. 「그는 저에게 디모인에서 연락할 수 있는 주소를 달라고 했습니다. 그리고 곧 저는 디모인의 부모님 집 주소로 다음과 같은 전보를 받았습니다. 〈마음의 준비가 되면 언제든 환영합니다. 루.〉 그래서 저는 제 비행기 표를 바꾸어 필라델피아로 갔습니다.」 헨리는 칸의 회사에서 1964년 9월부터 일하기 시작했고 그사이에 아내 아일린과 훗날 두 아들까지 포함한 가족이 지낼 집을 찾기 시작했다.

하루는, 그가 필라델피아에 온 지 얼마 안 되었을 때 에스더 칸에게서 전화를 받았다. 「우리는 전화로 처음 만났어요. 제가 처음 사무실에 갔을 때 에스더가 전화해서 저와 얘기하고 싶다고 하더군요. 분명 루가 저에 대해 얘기한 것 같았습니다. 우리는 그냥 전화로 대화를 나누었습니다.」

그런 다음 에스더는 단도직입적으로 질문했다. 「지금 살 집을 어느 지역에서 찾고 있어요?」 그리고 헨리는 그녀가 왜 그런 질문을 했는지 바로 이해했다. 아프리카계 미국인인 그에게 집 주인과 부동산 중개업자 들은 집을 보여 주는 척했지만 실제로 그에게 기꺼이 집을 빌려줄 사람들은 극소수라는 점을 그도 잘 알고 있었기 때문이다. 당시 필라델피아에는 흑인 전문직 종사자가 비교적 적은 편이었고 흑인 건축가는 훨씬 적었다. 「아마 두 명 정도 있었을 겁니다.」 월콧이 말했다. 「서로 너무 떨어져 있어서 한 번도 교류할 기회가 없었습니다.」

그래서 에스더의 전화는 큰 의미가 있었다. 「그녀의 좋은 점은, 아주 솔직하다는 점이었습니다.」 헨리가 말했다. 「그녀는 저를 환영할 만한 동네와 그렇지 않을 지역을 말해 주었습니다.」 에스더와의 대화 후에 헨리는 가망 없는 집 찾기를 그만두고 독일 마을에 영원히 정착하게 되었다. 성격이 다른 사람이라면 거의 무례하다고 여겨질 정도로 직설적인 에스더의 접근 방식에 당황했을지 모르지만, 헨리는 그것을 매력적이라고 느꼈다. 「멋진 여성이에요.」 그는 강조해서 말했다. 그리고 그 이후로도 이 생각에는 변함이 없었다.

헨리가 환영받는다고 느끼게 한 또 다른 사람은 루의 회사를 운영하던 건축가 데이브 위즈덤이었다. 「제가 이곳에 왔을 때, 에스더 외에 저를 집으로 저녁 식사에 초대해 준 것은 데이브와 그의 부인이었습니다.」 위즈덤 가족은 헨리의 아내 아일린도 함께 식사에 초대했다. 「그래서 우리는 일요일에 스워스모어*에 가서 저녁 식사를 함께했고 그들은 딸들을 소개해 줬습니다.」 헨리가 말했다. 다시 말하면, 그 저녁 식사는 직장 동료들 간에 갖는 사교 모임의 모든 특징을 갖춘 것이었고, 남부만큼은 아니었어도 인종 차별이 여전했던 1964년의 필라델피아에서는 매우 이례적인 일이었다.

「그의 집은 잡지와 책, 그리고 『뉴요커』와 미술품들로 가득 차 있었습니다.」 윌콧이 회상했다. 「그는 스미스소니언 재즈 음반을 수집하고 있었어요. 아마 그중 일부는 셸락** 레코드였을

---

* 필라델피아 델라웨어 카운티의 도시.

** 동물성 수지의 하나로 바니시 제조, 레코드, 절연 재료 등으로 사용되었다.

겁니다.」 헨리는 데이브뿐 아니라 지역 도서관에서 자원봉사를 하던 부인 헬렌 역시 독서광이라는 것을 눈치챘다. 그리고 그들은 둘 다 퀘이커 교도였다. 「헬렌은 예배에 참석했지만, 제가 아는 한 데이브는 아니었습니다.」 헨리가 말했다. 「그는 자신만의 방식으로 종교를 믿었습니다. 그는 결코 과시하지도, 공개적으로 밝히지도 않았습니다. 그는 펜실베이니아주에서 아주 오래산 토박이였습니다. 그는 아주 훌륭한 사람이었고 저와 아주 잘 지냈습니다.」[349]

사실 칸의 사무실에서 데이브 위즈덤과 사이가 좋지 않은 사람은 없었다. 그것은 그의 본질적인 특징 중 하나이자 그가 20년 이상 동안 그 회사를 유지해 온 방법 중 하나였다. 처음에는 스토노로프 & 칸에서, 그다음에는 스프루스 1728번지와 20번가 138번지에 있던 루의 사무실에서, 그리고 마지막으로 옮긴 월넛 스트리트 1501번지의 사무실에서 데이브는 모든 직원들을 관리 감독하고 계속 늘어나는 프로젝트를 조직적으로 관리했다. 회사가 계속 유지되는 데 필요한 침착함, 지성, 그리고 안정된 현실성을 지녔던 사람은 바로 위즈덤(잭 매칼리스터는 그를 〈자기한테 딱 어울리는 이름을 가진 퀘이커*〉[350]라고 불렀다)이었다. 〈데이브는 달랐습니다. 아주 상냥했습니다. 데이브는 불가지론자였습니다〉라고 리처드 솔 워먼이 말했다. 「데이브를 싫어하는 사람은 아무도 없었습니다. 데이브는 인간 접착제 같았습니다. 뭔가를 포장한 상자를 잘 붙어 있게 하려면

* 퀘이커 교도라는 의미와 함께 펜실베이니아주 사람이란 뜻도 있다.

406

접착제가 필요하잖아요.」[351]

「데이브가 바로 사무실이었습니다.」헨리 윌콧이 말했다. 「물론 모든 사람은 1인 건축사 사무소라고 알고 있었죠. 그리고 그건 루였고요. 하지만 루는 사무실에 꾸준히 있지 않고 들락날락했습니다. 그래서 사무실을 굳건히 지킨 사람은 데이브였어요. 그는 모든 일상적인 업무를 도맡아 했습니다. 그는 그 사무실에 들어오는 모든 프로젝트에 참여했습니다. 종종 새로운 일이 들어오면, 루가 제일 먼저 의논하는 사람은 데이브였습니다.」그리고 프로젝트가 진행되면서 위즈덤의 역할은 훨씬 더 중요해졌다. 「시공 도면 작업 단계에서 그 일을 담당하는 모든 사람이 그에게 조언을 구했습니다.」윌콧이 말했다. 「사람들은 여러 가지 일을 의논하러 데이브를 찾아갔습니다. 〈이건 어떻게 해야 할까?〉 그러면 그는 자리에 앉아 세부적인 설계 문제를 해결했습니다. 사람들은 문제가 생기면 데이브에게 갔어요. 때로는 루가 와서 데이브에게 이렇게 말했어요. 〈내가 뭘 하면 좋을까? 자네가 한번 말해 봐.〉 그러면 데이브는, 〈이렇게 저렇게 하세요〉라고 말해 주었습니다.」[352]

그렇다고 칸과 위즈덤의 관계가 한결같이 평온했던 것은 아니었다. 다른 사람들과는 달리 데이브는 언제나 루의 생각에 이의를 제기했다(「데이브는 그다지 아첨을 잘하는 사람이 아니었어요.」윌콧이 지적했다. 「그리고 칸의 회사에서는 그렇게 아첨을 잘하는 사람들이 아주 많았죠.」루는 자신에게는 데이브가 최고의 비평가라고 헨리에게 말한 적이 있지만 그래도 마음에 들지 않는 비평은 거부했다. 헨리 월콧이 회사에 온 지 몇 년 후에 입사한 게리 모예는 회사에서 진행하고 있던 템플 베스-엘 Beth-El* 프로젝트가 성공하기 위해서는 재설계가 필요하다고 생각했던 때를 기억했다. 「저와 헨리가 이 문제를 데이브에게 말했습니다.」모예가 말했다. 「그리고 데이브는 우리가 다 같이 루와 회의를 할 수 있게 자리를 마련해 주었습니다. 회의 중 결정적인 순간에 작업의 진행 상황과 남은 비용에 대해 잘 알고 있던 데이비드가, 〈재설계를 지원할 여유가 없습니다〉고 말했습니다. 루는 아주 화를 내면서, 〈어떻게든 지원해야만 해!〉라고 말했습니다. 회의는 그렇게 끝났고, 헨리와 나는 건물이 어떻게든 건설될 수 있도록 구조적 요소들을 재고한 뒤 설계안을 재구성했습니다.」하지만 모예는 재설계를 옹호하는 입장이었음에도 불구하고, 당시 데이비드가 자신의 의견을 루에게 솔직하게 피력했다는 점과 그런 그의 관점(루의 재정적인 것에 대한 무지함이 우리 모두에게 영향을 미쳤기 때문에)에 대해서도 존경심을 느꼈다.[353]

「데이브의 세부적인 비판은 모두 아주 현실적인 것들이었습니다.」월콧이 말했다. 「그는 이렇게 말하곤 했어요. 〈나는 모르겠어요, 루. 이건 뭘 위한 거예요? 이건 어떻게 되는 거예요? 이건 의미가 없어요!〉때때로 루는 데이브에게 화가 나서 밖으로 뛰쳐나가곤 했어요.」[354] 하지만 그는 조만간 다시 돌아왔고, 대부분은 곧바로 돌아왔다. 헨리는 그들의 관계에 대해서 말했다.

* 뉴욕 채퍼콰에 있는 북부 웨체스터의 유대교 회당.

「두 사람은 오랜 친구 같았어요. 친구랑 어떻게 지내는지 아시잖아요. 가끔 서로에게 화를 내기도 하죠. 때때로 루는 데이브에게 화를 내기도 했어요. 그리고 다음 날 마음이 바뀌어서 그에게 고마워했죠.」 헨리는 두 사람의 내재된 상호적인 존경심이 두 사람을 하나로 묶어 준다고 여겼다. 데이브의 강한 자존감역시 루가 분노를 표출할 때도 침착함을 유지하는 데 도움이 되었다. 「데이브는 어떤 일에도 화를 내지 않았습니다.」 윌콧이 말했다. 「그는 좀처럼 화를 내지 않는 것 같았고 다른 사람들은 데이브가 화를 내지 않는다는 사실에 화를 내곤 했습니다.」[355]

다른 사람들 중 일부는 이러한 데이브의 침착함을 나약함의 신호로 받아들였다. 「데이브 위즈덤은 훌륭하고 다정하며 아주 똑똑한 사람이었지만 공격적이거나 개인적으로 강한 사람은 아니었습니다.」[356] 데이비드 슬로빅이 언급했다. 「데이브 위즈덤은 성자 같은 사람이었습니다.」 에드 리처즈가 말했다. 「그는 루를 좋아했지만 루는 다른 사람들한테 하듯이 그에게 함부로 대했습니다.」[357] 프레드 랭퍼드는 데이브를 〈진짜 좋은 사람, 아주 협조적인 사람〉이라고 말했다. 하지만 루가 설계에 있어서는 그를 그다지 신뢰하지는 않는다고 느꼈다. 「하지만 건설의 세부적인 부분, 비 막이 장치라든지 건물이 어떻게 조립되는지 등에 대해서는 데이브에게 많이 의지했습니다.」 랭퍼드가 언급했다. 「그는 몇몇 젊은 직원들에게 이렇게 말하곤 했습니다. 〈가서 데이브한테 물어봐, 그 사람은 알 거야.〉」 그리고 랭퍼드와 다른 사람들이 지적했듯이 데이브는 사람들의 질문에 답할 때는 한 번도 바쁜 적이 없었다. 그는 항상 사람들이 자신을 필요로 할 때 시간을 냈고 루의 시간을 보호해 주기 위해 기꺼이 자신을 이용하게 했다. 「그는 이렇게 말하곤 했어요. 〈루를 귀찮게 하지 말아요. 루는 바빠요.〉 그는 루의 보호자 같았습니다.」 프레드는 이렇게 회상했다. 「데이브는 언제나 루를 존경했어요. 그리고 사람들은 루도 데이브를 존경한다는 것을 알고 있었지만 그건 눈에 보이지 않았어요. 두 사람은 아주 오래 함께 일했고 그 관계에 따뜻함은 없었습니다. 두 사람은 서로에게 적대감을 가진 형제 같았어요.」[358] 프레드가 이렇게 결론을 내렸다.

사무실에서 위즈덤의 특권적인 지위를 보여 주는 것이 한 가지 있었는데 그것은 근무 시간이었다. 다른 모든 사람들은 루처럼 어마어마한 양의 시간을 근무했다. 「루에게는 밤낮이 크게 다르지 않았습니다.」 게리 모예가 말했다. 「만일 끝내야 할 일이 있으면 비록 그것이 일반적인 근무 시간 안에 끝낼 수 있는 것이 아니라 하더라도 어떻게든 반드시 끝내야 했습니다. 칸의 사무실은 전문적인 사업이 아니라 예술가의 스튜디오처럼 운영되었다고 생각하면 돼요.」[359] 하지만 데이브 위즈덤은 계속 일반 회사처럼 근무 시간을 지켰다. 「그는 아침 8시 30분이나 그즈음에 왔다가, 5시 30분이나 6시쯤에 일을 마쳤어요.」 프레드 랭퍼드가 말했다. 「가끔 일이 아주 바쁠 때는, 토요일이나 일요일에 오기도 해요. 하지만 대부분은 다른 사람들처럼 긴 시간을 일하지 않았어요.」[360] 헨리 윌콧이 동의했다. 「맞아요. 사실이에요. 그는 그냥 퇴근했어요.」 한번은 모두가 24시간 내내 일하고 있었던 날을 헨리가 기억해 냈다. 「주말도 없이 일하고 있었죠. 그런데 데이브가 루에게 토요일과 일요일에 출근하지 않겠다고 말했어요. 그러자 루가 그에게 〈아, 종교 때문에 그러는 거야?〉라고 물었어요.」[361] 헨리는 그 말이 과연 농담인지 아닌지 끝내 확실히 알 수 없었다. 사실 데이브도 마찬가지였다. 루가 사망한 후 몇 년 뒤에 위즈덤은 인터뷰 진행자에게 다음과 같이 말했다. 「그는 죽을 때까지, 어떤 퀘이커 교도들은 일요일에 일하는 것이 종교적 양심에 반하는 행동으로 여긴다고 믿었습니다.」[362]

어쨌든 정규 근무 시간 동안 데이브 위즈덤은 여러 가지 혼란스러운 요소들에도 불구하고 확실한 규칙과 형식이 있는 사무실을 주재했다. 5층 입구 바로 왼쪽에 있는, 주요 제도실에 들어섰을 때 가장 첫 번째 책상이 데이브의 책상이었다. 왼쪽으로 가지 않고 오른쪽으로 돌면, 루의 사무실 바로 밖, 그리고 화장실 바로 옆에 비서 루이즈의 책상이 있었다. 루이즈는 사무실 달력을 책상 위에 바깥쪽을 향해 놔두어서 사람들이 모두 루가 어디에 있는지(혹은 어디에 있었는지, 혹은 잠깐 어디에 나갔다 올지) 알고 싶은 사람들이 와서 참고할 수 있도록 했고, 루도 종종 그 달력에 직접 일정을 추가하거나 수정하기도 했다.

루가 사무실에 좀 오래 머무는 날이면 자신의 사무실로 들어가서 재킷을 벗고 사무실에 놓아둔 카디건으로 갈아입었다. 그리고 그는 제도실을 돌아다니면서 프로젝트가 진행되는 과정을 지켜보고 각 프로젝트를 책임지고 있는 건축가들과 얘기를 나누다가 마지막으로 데이브의 책상으로 가서 여러 가지 문제

나 사항에 대해서 이야기를 나누었다. 때로는, 특히 하루의 일
과가 끝나갈 무렵, 칸은 사무실의 문을 닫고 전화 통화를 하거
나 낮잠을 잤다. 가끔 사무실 안에서 스케치를 하다가 둘둘 만
노란 트레이싱 페이퍼를 들고 밖으로 나와서 관련 프로젝트 작
업을 하는 사람에게 새로운 디자인을 보여 주면서 그가 바꾸고
싶은 부분을 설명하곤 했다. 「그는 테이블로 와서, 〈이걸 이렇게
옮겨 주면……〉이라고 말하곤 했습니다. 그는 항상 노란 종이
를 구비해 두었습니다. 그 저렴한 트레이싱 페이퍼 말이에요.」
랭퍼드가 말했다. 칸은 또 항상 들고 다니는 작은 스케치북이
있었는데, 그래서 기차 안에서나 비행기에서 아이디어가 떠오
르면 빨리 그림을 그려 사무실로 가져오곤 했다. 하지만 대부분
은 바로바로 그 자리에서 아이디어가 떠오르는 경우가 많았다.
「그가 스케치를 하는 그 아름다운 모습이란! 그는 우리를 의자
에서 밀어 내고 대신 자리에 앉아 스케치를 시작하곤 했어요.
그림을 그리고, 문질러 지우고 하면서요. 그리고 그는 2층에 대
해서 말하고는 그림을 지우고, 또 3층을 그리고 그런 식이었어
요. 그러면 우리는 그것을 따라야 했죠.」[363] 월콧이 회상하며 말
했다.

  물론 칸은 주로 출장을 가느라 사무실에 아예 안 나오는 날들
도 많았다. 루의 모든 여행 계획은 루이즈가 세웠다. 루이즈가
처음 일을 시작했을 때는 여러 가지 불상사를 일으키기도 했지
만 몇 년이 지나면서 차츰 그런 실수는 줄게 되었다. 첫 번째 출
장과 관련된 실수 중 하나는 그녀가 일을 시작한 직후, 루가 「퍼

스트 유니테리언 교회」 프로젝트를 위해 로체스터로 가야 했을 때 일어났다. 「기차로 여행을 한 적이 한 번도 없었기 때문에 저는 침대칸에 대해서는 아무것도 아는 게 없었습니다.」 루이즈가 말했다. 「루를 위해서 루멧roomette*을 예약했는데 그게 대참사였어요. 루는 저에게 이렇게 말했습니다. 〈내가 고작 170센티미터밖에 안 되긴 하지만, 난쟁이라도 그런 방에서는 발을 편히 뻗을 수 없을 거야.〉 저는 그 메시지의 뜻을 바로 깨달았습니다.」

두 번째 여행에서 또 실수한 다음(루가 만료된 여권을 가지고 해외로 여행을 가게 했다) 루이즈는 일을 그만두겠다고 했지만 루가 적극 만류했다. 「야구 선수들한테도 스트라이크 세 번이 있잖아. 아직은 당신을 보내 줄 수 없어. 왜냐하면 당신이 이 일을 더 잘할 수 있는지 보고 싶거든.」[364] 그리고 결국 루이스는 회사를 끝까지 그만두지 않았다. 그리고 1960년대 중반까지 그녀는 그 어느 때보다도 더 많은 루의 출장을 관리했다.

그중에서도 가장 흥미로웠던 해외여행 중 하나는, 사실 어떤 특정 프로젝트와도 상관이 없는 여행이었다. 1965년 여름, 칸은 미국 국무부의 문화 교류 프로그램의 일환으로 소련에 초청을 받았다. 그때 함께 여행한 빈센트 스컬리는 훗날 루와 함께 러시아 건축을 본 이야기를 전했다. 「한번은 모스크바에서 여름밤에 우리는 크렘린 궁전 주변을 걸었습니다.」 스컬리가 말했다. 「이탈리아인들이 지은 크렘린의 타워들은 정말 훌륭하고 낭

---

* 1인실 침대차. 세면대, 화장실, 침대가 딸려 있다.

만적이죠. 저는 루에게, 〈루, 탑들이 얼마나 뾰족하게 위로 향하는지 봐요〉라고 말했습니다. 타워를 그런 시선으로 바라보는 사람에게는, 정말 그렇게 보이죠. 하지만 루는 이렇게 말했어요. 〈저 건물이 어떻게 저 모든 무게를 아래로 전달하는지를 봐.〉 정말 그랬습니다. 모두 벽돌로 이루어진 그 건물은, 벽을 따라 그 모든 압축력이 아래쪽으로 전달되고 있음을 볼 수 있었습니다. 정말 아름다웠죠. 저는 항상 그것이 바로 칸의 건축의 핵심이라고 생각했습니다.」[365]

미국에서 후원하는 미국 건축 전시회 개막식을 위해 레닌그라드에 갔을 때도 이와 같은 통찰력을 얻는 순간이 있었다. 스컬리는 이 전시회를 〈단지 물질적인 문화의 화려함과 매력으로 러시아 사람들을 감동시키려는 부끄럽고 비전문적인 전시회〉라고 칭했다. 레닌그라드의 시장과 그의 측근들이 있는 자리에서 전시에 대해 한마디 해달라는 요청을 받았을 때 칸은 거절했다. 「그는 그렇게 하는 것이 불명예스러운 일이라고 생각하기 때문에 하지 않겠다고 말했습니다.」 스컬리가 회상했다. 「하지만 질문이 있을 경우를 대비해 그 자리에 같이 있어 주는 데는 동의했습니다.」 그리고 실제로 칸이 설계한 로체스터 교회에 대한 질문이 있었는데, 러시아 시장은 이에 대해 로체스터 교회 건물이 전혀 교회 같지 않다고 언급을 했다. 「그래서 이 건물이 소련 전시회에 선택된 것입니다.」 루는 미소를 지으며 곧바로 대답했다. 통역사(스컬리에 따르면, 〈끔찍하게 고지식한 사람〉[366]이었다)는 칸의 발언을 통역하지 않았지만 러시아 사람들이 그 말을 듣고 웃음을 터뜨리는 것을 막지는 못했다.

*

1960년대가 진행되면서 필라델피아 사무실에서의 생활은 점점 더 주체할 수 없이 바빠졌다. 월콧은 당시의 상황을 표현하기 위해 손을 사방으로 내저으며, 〈정말 바빴어요〉라고 말했다. 「사무실은 정말 혼란스러웠어요. 아무도 잘리는 사람이 없었어요. 정말 많은 사람들이 오갔습니다. 최종 검토를 위해 사람들이 새로 왔고, 짧은 기간 동안 일을 하고 떠나곤 했습니다. 해고된 사람은 한 명도 없었던 것 같아요.」367 아마 그의 말이 맞을 수도 있지만, 사실 몇몇 사람들은 확실히 해고를 당했고, 진행하고 있던 프로젝트가 끝났을 때는 특히 그랬다. 「브린 모어 프로젝트가 끝났을 때는 그 작업을 했던 모든 사람을 내보냈어요.」 에드 리처즈가 말했다. 「그들은 해고된 거예요. 돈이 부족해졌거든요.」368

약 1965년 이후부터, 칸의 사무실에서는 자금 부족이 점점 더 절박한 문제가 되었다. 비서로서의 수입이 점점 더 불규칙해지자 루이즈(헨리의 표현에 의하면 〈아주 명랑하고 친절한 어미 닭 같은 사람〉369이었던)는 자신의 가족을 부양하기 위해 행사 음식 관련 회사에서 부업을 하기도 했다. 아내가 간호사로 일하던 헨리도 월급이 제때 나오지 않아서 종종 공과금을 낼 때 문제를 겪었다. 게리 모예는 정규적인 직업 외에 부업을 하고 있었음에도 불구하고, 경제적으로 너무 힘들어지자 루에게 그만두어야겠다고 말했다. 「루는 특유의 매력을 발산하면서 제발 남아 달라고 부탁했습니다. 그는 프로젝트 중 한 곳에서 곧 돈을 받을 예정이니 곧 저에게 월급을 주겠다고 말했습니다. 나는 다들 같은 상황이기 때문에 저만 돈을 받을 수 없다고 말했습니다.」 그러자 루는 게리에게 주말에 쉬고 월요일에 다시 나오면 그때쯤 자기가 일을 해결해 놓겠다고 말했다. 「월요일에 루가 자신의 사무실로 저를 불러서 에스더의 이름으로 된 수표로, 밀린 제 월급의 일부에 해당하는 금액을 주었습니다.」 모예가 말했다. 「그때부터 저는 에스더가 대체 몇 번이나 루를 이런 식으로 도와주었을지 궁금해졌습니다.」[370]

아직 건축대학에 다니면서 시간당 급여를 받고 있던 데이비드 슬로빅은 루이즈 혹은 데이브 위즈덤과 급여 수령에 관련하여 협상해야 했다. 「그들은 이 문제에 대해 아주 툭 터놓고 얘기하는 편이었어요. 〈수요일부터 2주간은 급여를 지불하는 데 문제가 좀 있을 것 같아. 그때까지 버티려면 얼마나 필요해?〉 그들은 이렇게 물었습니다. 그리고 수요일부터 2주 후에 급여를 받았습니다.」 슬로빅은 이렇게 회상했다. 「그런 일이 항상 일어난 것은 아닙니다. 절반 정도 혹은 3분의 1 정도 그런 일이 있었던 것 같아요. 아마도 다카 프로젝트에서 매우 불규칙하게 대금을 지급했던 것 같습니다.」[371]

대금 지급이 너무 불규칙해서 어느 시점에는 루가 잭 매칼리스터를 파키스탄으로 보내서 파키스탄 정부가 칸의 회사에 빚진 50만 달러를 수금하러 보내기도 했다. 「아유브 칸 대통령은 아주 훌륭하고 대단한 사람이었습니다.」 잭이 기억했다. 「그는 샌더허스트*에서 지낸 적이 있었기 때문에 영어를 완벽하게 구사했습니다. 그는 저를 매칼리스터 씨라고 불렀습니다. 몇 마디 형식적인 애기가 오간 후에 그는 저에게 〈뭘 도와드릴까요?〉라고 물었고 저는, 〈공사 대금을 지불해 주세요〉라고 대답했습니다. 그는 〈저희가 빚진 돈이 얼마나 많은가요?〉라고 그가 말했습니다. 저는 〈저희가 일을 그만두어야 할 만큼이요〉라고 답했습니다.」 매칼리스터는 대통령에게 대금이 지불되지 않으면 다카 프로젝트를 완성하기 어려울 것이라고 말했다. 잭에 의하면, 대금은 그 바로 다음 월요일에 루의 은행 계좌로 송금되었다고 한다.

매칼리스터는 또한 소크 프로젝트와 관련된 자금 협상에도 참여했다. 알고 보니 이 대단한 고객도 자금이 충분하지 않았다. 그래서 특정 시점에 소아마비 구제 기금의 책임자인 바실 오코너가 개입하게 되었다. 그는 조너스 소크를 포함하여 루에게 전화 회의를 요청했고 두 사람은 잭도 통화에 참여하기를 제안했다. 「오코너가 말했습니다. 〈루, 당신을 해고할 생각입니다. 프로젝트 공사 기간이 예정대로 진행되지 않고, 대금들도 제대로 지불하지 않고 아주 엉망이에요.〉」 잭이 그들의 말을 재연했다. 「루가 말했습니다. 〈제가 할 수 있는 일이 없을까요?〉 그들은 말했습니다. 〈있습니다. 잭에게 모든 권한을 위임하고 프로

* 영국 버크셔주의 마을.

젝트 책임자로 앉히세요.〉 그러자 루가 말했습니다. 〈저는 왜 그 생각을 못 했을까요?〉」[372]

1965년 즈음에는 소크 프로젝트의 예산 문제가 너무 심각해져서 미팅 하우스를 계획에서 빼야 했다. 이 결정은 당시 칸과 일하고 있던 대부분의 사람들과 칸 자신에게 아주 끔찍한 손실이었다. 미팅 하우스는 그 프로젝트의 핵심적 개념이었을 뿐 아니라 예술가, 인문학자, 과학자들이 모여 서로의 아이디어를 나눌 장소였다. 이곳은 또한 높고 옅은 콘크리트 벽으로 둘러싸인 커다란 창문이 모든 각도에서 반사광을 내부로 불러들이는, 루의 가장 매혹적인 디자인 중 하나였다. 이것은 후에 다카 의회 건물의 모스크에서 부활되어 놀라운 효과를 내게 될 요소였지만, 이러한 위안이 될 만한 결과도 당시에는 전혀 알 수 없는 미래의 일이었다.

루는 소크의 중앙 정원을 어떻게 할 것인지에 온통 사로잡혀 있었다. 그는 조경 건축가 로런스 핼프린을 고용하여 초기 디자인을 제시하도록 했으나 관목과 나무를 콘크리트 바로 앞에 심겠다는 핼프린의 아이디어는 아무도 좋아하지 않았다. 그러자 루는 (노구치와 함께 작업했던 레비 기념 놀이터가 게재된) 현대 미술관 책자에서 멕시코인 건축가 루이스 바라간의 아이디어를 발견했다. 1965년 초 칸은 바라간에게 전화로 연락하려고 했지만, 스페인어를 전혀 못했기 때문에 사무실 직원 중 푸에르토리코 출신의 건축가 라파엘 빌라밀에게 먼저 전화를 하도록 시켰다.

「저는 제 소개를 하고 나서 말했습니다. 〈루이스 칸 사무실에서 전화드렸습니다.〉」 빌라밀은 이렇게 회상했다. 「바라간이 말했습니다. 〈루이스 칸이 누구죠?〉 저는 옆에 앉아 있던 루에게 〈루이스 칸이 누구냐고 묻는데요?〉라고 말했습니다. 루는 아무렇지도 않게, 다음과 같이 대답했습니다. 〈건축가 친구들한테 물어보라고 해.〉」 그러고는 두 사람 간에 호의적인 대화가 오간 듯했다. 왜냐하면 일주일 뒤인 1965년 1월 20일, 칸은 멕시코시티에 있는 바라간에게 지난번 통화에 시간을 내주어서 고맙다는 편지를 써서 보냈기 때문이다. 그는 소크 프로젝트에 대해 〈당신의 작품을 봤을 때 저는 당신은 대자연의 방식과 비교하여 대지를 조성하고 관목을 심으려는 의지를 가진 인간의 힘찬 접근 방식과 잘 소통하고 있다고 느꼈습니다〉[373]라고 덧붙이면서 바라간의 지도를 받기를 학수고대하고 있음을 강조했다(뭔가 세상에 알려지지 않은 언어에서 번역된 것같이 들리는 그만의 특유한 표현으로). 그리고 두 건축가는 몇 달 후 멕시코에서 처음으로 만났다. 두 사람은 처음 만날 때부터 서로 농담을 주고받을 만큼 편안하게 느꼈던 것 같다. 칸은 바라간이 밝은 색으로 벽을 칠한 것을 보고, 아름답기는 하지만 콘크리트 벽은 칠하지 않은 채로 두어야 한다고 했고 이에 대해 바라간은 〈좋아요, 이 논쟁에서는 당신이 이긴 걸로 해요. 그래도 나는 계속 벽을 칠할 겁니다〉[374]라고 대답했다고 한다.

그리고 나중에, 1966년 2월 24일 거의 완성된 「소크 생물학 연구소」에서 루이스 바라간, 루이스 칸, 그리고 조너스 소크가 모두 만난 에피소드는 하나의 전설이 되었다. 뒤쪽에 각각 연결된 실험동을 가진 두 줄의 연구동은 이미 완성된 후였지만, 그 건물들은 아직 진흙이 깔린 미개발 상태의 공간을 사이에 둔 채 마주하고 있었기 때문에, 그 공간을 어떻게 처리해야 하는가가 당면 과제였다. 루의 입장에서는, 바라간이 정원과 관련한 여러 훌륭한 작업을 했기 때문에 그를 영입했지만, 그곳을 본 이 멕시코인 건축가는 이렇게 말했다. 「이곳에는 정원을 두면 안 됩니다. 이곳은 광장이 되어야 해요.」

「저는 소크 박사를 바라보았습니다. 그도 나를 바라보았고, 순간 우리는 둘 다 정원이 되어서는 안 된다는 의견에 동의했습니다. 이 공간은 광장이 되어야 했습니다. 바라간이 말했습니다. 〈이것을 광장으로 만들면 하늘을 향한 파사드를 갖게 될 거예요.〉 나는 그 아이디어가 너무 훌륭해서 죽을 지경이었습니다. 저는 그저 다음과 같은 말밖에는 할 수 없었습니다. 〈맞아요, 그럼 나는 저 모든 푸른 모자이크들을 공짜로 얻을 수 있겠네요.〉 물론 저는 태평양을 말한 것이었습니다.」[375]

어쩌면 「소크 생물학 연구소」의 최종 설계 중에서도 가장 강렬하고 흥미로운 부분이 된, 그 놀라운 광장은 말 그대로 우연이었거나, 적어도 다양한 관점이 융합된 뜻밖의 결과였다. 그 문제는 거기에서 깔끔하게 끝나지도 않았다. 칸의 첫 번째 충동은 바라간이 멕시코에서 사용했던, 어두운 회색의 화산암인 〈레신토recinto〉로 광장 바닥을 포장하는 것이었다. 「루는 이것이 코끼리의 가죽 같다고 좋아했습니다.」 잭 매칼리스터가 말했다.

「그런데 나중에 어떤 이유에서인지 그 결정을 철회하고 산미겔데 아옌데의 성당에서 사용했던 분홍빛의 돌을 사용하고 싶어 했습니다.」 하지만 그렇게 되면 그 돌을 채석했던 채석장을 다시 열어야 했고 그러면 엄두도 못 낼 만큼 비용이 많이 들 것이었다. 「그때쯤 루가 로마의 트래버틴을 제안했습니다. 알아보니 트래버틴은 비닐 타일보다도 돈이 적게 들었습니다.」 잭이 말했다. 「그리고 미국으로 트래버틴이 운송된 단일 선적으로는 가장 대규모였습니다.」[376] 엷고 섬세한 질감의 표면과 콘크리트와 묘하게 어울리는 트래버틴은 소크 광장의 가장 중요한 특징이 되었다. 만일 비용이나 가용성 측면에서 어두운 회색이나 혹은 분홍빛으로 광장을 포장하게 되었다면, 그 공간 전체는 상상할 수 없을 만큼 달라졌을 것이다. 왜냐하면 태평양을 마주한 단지에 눈부신 광채를 부여한 것은 트래버틴의 아이보리색이었기 때문이다.

*

소크 프로젝트가 마무리 단계에 들어가게 되면서 칸은 콘크리트와 관련된 새롭고 색다른 도전을 처리하도록 프레드 랭퍼드를 다카로 보냈다. 국회 의사당 프로젝트(1966년까지는 계속 제2수도 프로젝트로 불렸다)는 칸의 경력에서 가장 큰 프로젝트였고 여러 가지 면에서 가장 어려운 프로젝트이기도 했다. 파키스탄 공공 사업국 측과 대면하여 모든 요청 사항과 요구 조건을 충족해야 했기 때문만이 아니라 동파키스탄이 상대적으로 원초적인 건설 기술을 가진 지극히 가난한 지역이라는 사실에 직면해야 했기 때문이었다. 인도에서는 이 유사한 문제점을 3, 4층 이상 절대 넘지 않는 구조물을 완전히 벽돌로만 지어서 해결했다. 다카에서는 그와 대조적으로 최고층 높이가 약 43미터에 달하는 9층짜리 거대한 건물을 지을 예정이었다. 그곳을 방문하는 의회 의원들을 수용하기 위한 근처 2층짜리 거주 건물은 전통적인 벽돌을 사용할 수 있었다. 그래서 우아한 개구부와 품위 있는 아치로 이뤄진 거주 건물들은 결과적으로 아마다바드의 건물들과 매우 닮은 모습을 띠게 되었다. 하지만 중심 구조물인 거대한 국회 건물은 콘크리트로 만들어야 했고 이 부분에서는 프레드의 전문 기술이 필요했다.

프레드 랭퍼드가 1966년 2월 다카에 도착했을 때 루이스 칸 밑에서 일하고 있던 친동생 거스를 공항에서 만났다(프레드가 콘크리트 건설 회사를 설립하기 위해 회사를 떠난 이후에도 거스는 거의 마지막까지 칸을 위해 일했다). 두 형제는 공항에서 곧바로 근처 골프장으로 가서 골프를 쳤는데 매번 샷을 칠 때마다 캐디들이 박수를 쳐주는 것을 보고 매우 놀랐다. 그리고 그들은 일에 착수했다. 다카 프로젝트에서 거스 랭퍼드가 하는 임무는 다양했고, 그 프로젝트에서 몇 년간 일하는 동안 계속 다양한 업무를 수행했다. 하지만 프레드가 1966년 상대적으로 아주 짧은 기간 동안 맡은 업무는 오직 콘크리트 건설 기술에만 국한되어 있었다.

프레드가 도착했을 즈음, 일부 중요한 결정들은 이미 내려진 상태였다. 국회 건물은 의회 주변의 벽돌 주택들과 분리되도록 인공 호수 중앙에 조성된 부지의 일부에 따라 지어질 예정이었다. 얕은 호수는 그 부지에 상당한 시각적 흥미를 더하는 것 외에도, 몬순 수준의 강우와 강이 만나 종종 저지대가 범람하는 주변 지역과의 유사성을 시사했다. 건물을 위에서 내려다봤을 때 중심부는 팔각형이며 바깥 부분으로 보면 대략적인 다이아몬드 모양이지만, 외부 관찰자의 시각에서 볼 때 중심 구조의 한쪽 편은 곡선으로 된 벽으로 이루어져 있고, 또 다른 편의 벽들은 거대한 삼각형, 원형, 그리고 사각형 모양의 개구부로 위장되어 있어서 그 모양을 거의 해독할 수가 없다. 그리고 그 본질적인 대칭성을 더욱 복잡하게 만들려는 것처럼 다이아몬드의 네 개 모서리 중의 한 부분을 차지하는 모스크는 그 축에서 아주 미묘하게 벗어나게 함으로써, 메카를 정면으로 향하고 있다는 사실을 강조했다. 하지만 이 모든 혼돈스러운 요소들에도 불구하고 칸은 일관적인 재료를 통해 전체적인 통합성을 부여할 수 있었다. 즉, 좁은 거푸집널*로 질감을 준 중간 톤의 회색 콘크리트와 규칙적인 간격으로 흰색의 대리석 줄무늬를 넣음으로써, 일관적인 재료들을 통해 전체적으로 통합적인 느낌을 줄 수 있었다.

완성된 건물에서 가장 눈에 띄는 특징 중 하나인 뚜렷한 대리석 줄무늬는 사실상 현지 건설 문제에 대응하기 위해 발현된 것

* 거푸집의 일부로 콘크리트에 직접 닿는 널빤지의 형태.

이었다. 당시 다카에서는 이 정도의 콘크리트를 타설하는 유일한 방법은 되도록 많은 노동자를 고용하여 시멘트 혼합기에서부터 젖은 콘크리트가 든 통을 하나씩 이고 일렬로 수백 미터나되는 거친 지형을 가로질러 행진한 다음, 대나무 비계의 경사로를 올라가서 그 콘크리트를 미리 만들어진 거푸집에 붓는 방법뿐이었다. 이 말은 즉 하루에 벽을 약 1.5미터씩밖에 올리지 못한다는 의미였다. 공사 초기에 진행된 결과를 본 루는 하루 작업과 그다음 날의 작업이 접하는 부분이 너무 확연히 눈에 띄는것이 신경이 쓰였다. 그래서 그는 1.5미터마다 15센티미터씩간격을 두고 그 부분을 우묵하게 판 다음 나중에 평행한 하얀대리석 줄무늬로 채우기로 한 것이다. 그다음 그는 간헐적으로수직으로도 대리석 띠를 삽입하여, 멀리서 보면 가장자리를 하얀색으로 두른 회색 직사각형 콘크리트들로 구성된 것처럼 보이게 했다.

프레드 랭퍼드의 임무는 이러한 고된 건설 과정을 성공하게하는 것이었다. 시멘트의 색깔을 선택할 필요도 없었고(시멘트는 충분한 양을 구할 수 있는 러시아와 중국에서 저렴한 가격으로 대량 수입했기 때문에) 동파키스탄의 실헷 지역에서 가져온돌과 모래가 콘크리트 혼합에 적합한지를 확인하기는 했지만, 그런 결정 역시 그가 도착하기 전에 이미 결정된 상태였다. 합판은 동파키스탄에서 구할 수 있는 재료가 아니었기 때문에 마호가니 같은 나무로 거푸집을 만들어야 했다. 그 작업은 다카에서 남동쪽으로 약 161킬로미터 이상 떨어진 치타공이라는 도시에서 가구 제작자가 작업했다. 거푸집 제작 기술은 프레드가 그동안 익숙해져 있던 어떤 경우보다 훨씬 열악했다. 무엇보다 미숙한 솜씨로 만든 거푸집은 쉽게 뒤틀렸다. 그래서 프레드는 라호이아에서 만든 것보다 패널을 더 강하게 만들어서 뒤틀림 문제를 해결했다. 또한 루의 지시에 따라 각 연결 지점을 우묵하게 파서, 콘크리트에 규칙적인 패턴으로 매력적인 V 자형의 돌출 부분이 생기도록 했다.

프레드가 다카에서 직면했던 또 다른 지역적인 문제는 콘크리트 보강용 철근의 특성이었다. 「표준적인 서양식 보강용 철근은, 전체 길이에 걸쳐 콘크리트를 잡아 주기 위한 돌기가 있습니다.」 랭퍼드가 설명했다. 하지만 다카 지역의 철근은 그가 전에 한 번도 본 적이 없는 매끄러운 모양이었다. 「다행히, 커멘던트와 닉 자노풀로스가 이 부분을 보완하기 위해 매끄러운 철근 끝에 갈고리를 달아서 사용 가능하게 만들었습니다.」[377]

사실상, 커멘던트와 자노풀로스는 순차적으로 다카에 투입되었고, 동시에 일한 적은 없었다. 그리고 이 긴 프로젝트에 칸이 고용한 엔지니어들은 이 두 사람만이 아니었다. 닉의 회사인 키스트 & 후드는 1963년에 제2수도 팀이 생겼을 때 합류하기로 동의했지만 1965년에 프로젝트에서 철수했다. 그들은 어쩔 수 없이 포기해야 했다. 「우리가 파산할 정도로 루가 우리에게 너무 많은 빚을 졌고 은행은 우리에게 돈을 빌려주려고 하지 않았습니다. 그는 우리에게 9만 달러를 빚졌습니다.」(그들은 그래도 계속 몇 년간 루를 위해 다른 일들을 해주었고, 또한 비록 조금씩 나누어 갚았지만 결과적으로 칸은 9만 달러를 전부 갚았다. 자노풀로스는 〈칸은 돈에 관해서는 잘 몰랐을지 모르지만, 의무는 항상 이행했습니다. 루는 약속한 금액은 어떻게든 지불했습니다. 그는 한 번도 《우리가 이 프로젝트에서 돈을 손해 봤으니 당신 회사에서 한 작업비도 줄여야 합니다》라는 말은 한 적이 없었습니다. 루가 받은 존경은 그냥 관습적인 의미에서의 존경은 아니었을 겁니다〉라고 말했다.)[378]

키스트 & 후드가 다카 프로젝트에서 떠난 후 어느 시점에 거스 커멘던트는 지붕 문제를 해결하기 위해 투입되었다. 하지만 거스도 문제가 해결되기 전에 그만두었다. 그 문제는 세 번째 엔지니어인 해리 팜바움에게 돌아갔고 그는 의사당의 중앙 홀을 덮을 수 있을 만한 만족스러운 방법을 생각해 냈다. 의회의 본회의장 위에 지붕의 최종적 형태는, 콘크리트로 된 여덟 면의 파라솔 모양의 지붕이 벽과 만나는 여덟 개 지점에 아주 가볍게 얹히고, 그 가장자리 아래로 빛이 스며드는 형태가 되었다. 이 기적 같은 공학적 기술은 어느 장소에서 구현되었어도 놀라운 일이었을 테지만 다카에서는 마치 신비로운 뭔가가 우주로부터 날아 들어온 것처럼 보였다. 하지만 미래로부터 온 듯한 이 공상 과학적인 외계인들은 과거를 지우지 않고 심지어 새로운 것을 가져오면서도 고대적인 감각을 보존하는 위업을 이루었다.

이것이 실질적인 관점에서 랭퍼드가 현장에서 보낸 4개월 동안 수행한 임무였다. 그와 더불어, 그는 노동자들과 감독자들과 긴밀히 협력하여 고품질의 현대식 콘크리트를 생산하도록 교육하는 한편, 가능할 때마다 그들이 선호하는 작업 방식에도 관심을 기울였다. 예를 들면, 콘크리트를 부은 다음 가라앉히기 위해 진동기를 사용해야 한다고 제안하자, 인부들은 그들이 항상 작업하던 대로 대나무 막대기로 저으면 된다고 주장했다. 프레드는 일단 그렇게 하도록 놔두었고 처음 겉으로 봤을 때는 콘크리트가 매끈해 보였다. 거푸집을 벗겨 냈을 때에야 표면이 심하게 얽은 것처럼 빈틈으로 가득한 것을 발견했다. 「대참사였죠.」 프레드가 말했다. 「그들은 쌓은 벽을 손으로 직접 부숴야 했습니다. 두 사람이 망치를 들고, 약 1.5미터 높이에 약 46센티미터 두께, 약 9~12미터 길이의 벽을 내려쳤습니다.」 그는 전기 진동기(현지에서 구할 수 있는 기계 진동기는 거의 쓸모가 없었다)를 수입하게 되었고 나머지 건설 기간 동안 인부들에게 사용하도록 했다.

2월부터 5월이 되면서 날씨는 점점 더워졌고, 결국 한낮에는 2시간 동안의 휴식 시간이 필요했다. 작업 시간은 9시에 시작하여 7시 무렵에 끝났지만 랭퍼드의 인부들은 모두 항상 9시 혹은 10시까지 일했고 심지어 종종 자정까지 일하기도 했다. 「여기에서는 콘트리트를 한 번 타설할 때 25분이 걸릴 일이 다카에서는 한 번에 통 하나로 옮겨야 했기 때문에 두세 시간이나 걸렸습니다.」 프레드가 말했다. 그는 작업 속도를 더 빠르게 하고 쉽게 일할 수 있도록 통의 크기를 두 배로 늘리고 양쪽에 손잡이를 달아서 한 명이 아니라 두 명의 인부가 운반할 수 있도록 했다. 하지만 통의 크기를 두 배로 늘린 다음에도 인부들은 그것을 머리 위에 올려 혼자 운반했다. 프레드가 뭐라고 하자, 그들은 이렇게 말했다.「오, 별로 무겁지 않아요.」

타설 과정에 필요한 금속 부속품 — 목재 거푸집들을 서로 연결하고 분리하는 데 필요한 고리, 볼트와 브래킷, 클램프 및 판 등 — 을 만드는 데 도움을 주기 위해서 랭퍼드는 근처의 직업 학교 학생들을 고용했다. 프레드는 이 젊은이들이 뭔가 알 수 없는 이름으로 자기를 부른다는 것을 깨달았다.「그게 무슨 뜻이에요?」프레드가 그의 운전기사에게 묻자 그는 다음과 같이 대답했다.「좋아하는 삼촌이란 뜻이에요.」[379] 그해 5월, 랭퍼드가 다카 프로젝트를 떠나기 바로 직전에, 두 명의 감독과 약 40명의 학생들, 그리고 〈좋아하는 삼촌〉이 다 같이 반원 모양으로 서서 다들 각자의 건설용 도구들을 그들 앞에 깔끔히 진열해 놓고 찍은 사진이 있다. 비록 키 크고 마른 미국인은 두 손을 등 뒤로 깍지 끼고 선글라스를 낀 채 멀찌감치 서 있지만, 그의 얼굴 표정과 몸짓으로 그들이 함께 이룬 것에 대해 얼마나 자랑스러워하는지를 알 수 있다.

프레드 랭퍼드도 그 사진을 분명 마음에 들어 했던 것 같다. 왜냐하면 그가 1966년 6월 파키스탄 공공 사업국에 제출한「콘크리트와 거푸집 공사에 대한 보고서」의 98페이지에 이 사진을 포함시켰기 때문이다. 이런 종류의 보고서가 다 그렇듯이 이 보고서의 내용은 난해한 기술 정보와 반복적인 세부 사항으로 가득했지만, 마지막 부분은 예외적으로 다음과 같은 개인적인 메모로 끝을 맺었다. 〈저는 또한 거푸집과 타설 작업에 참여한 모든 분들에게 감사를 표하고 싶습니다. 제한된 시설과 열악한 조건에도 불구하고 협력하기 위해 노력한 그들의 훌륭한 정신과 의지는, 제가 평생 소중히 여길 감동적인 교훈이었습니다.〉[380] 그리고 그는 그의 말대로 그런 교훈을 소중히 간직했다. 그는 그 후 반세기 동안 그곳에 돌아가지도 않았고, 따라서 완성된 의회 건물도 보지 못했지만, 오랜 기간 콘크리트와 관련된 일을 하는 동안 다카에서 일했던 추억은 계속 그의 마음에 새겨져 있었다.

현장에서:
「방글라데시 국회 의사당」

「방글라데시 국회 의사당」내부
(사진 및 제공: © Raymond Meier)

사진으로만 봐도 숨이 멎는다. 레이먼드 마이어의 컬러 사진[381]
과 특히 너새니얼 칸의 「나의 건축가: 아들의 여행」이라는 영상에
나오는 「방글라데시 국회 의사당」을 보면, 실로 이것이 루이스
칸의 가장 아름다운 업적이라는 인상을 준다. 특히 새벽이나 해
질 녘에 찍은 사진에서는 건물이 주변의 물웅덩이에 비쳐 마치
동화에 나오는 성이나 환상적인 꿈이 현실로 이루어진 것처럼
반짝인다.

이 건물은 정말 놀랍고 충분히 칸의 걸작임에 의심의 여지가
없지만 실제로 직접 보게 되면 그러한 멋진 이미지가 제시하는
것보다 훨씬 더 복잡하다. 첫눈에, 멀리서 얼핏 보면 매우 이상
하다. 너무 이상해서 아름다움이 아닌 기이함이 더 지배적인 인
상을 준다. 이 건물 외에는 평야뿐인 곳에 하늘을 배경으로 홀
로 윤곽선을 만들며 거대하게 우뚝 솟아 있고, 어떤 것은 구부
러지고, 어떤 것은 평평하고, 또 어떤 것은 거대한 구멍이 뚫려
있는 등, 다양한 모양과 줄무늬가 있는 벽들의 무리는 무엇보다

도 독특함으로 스스로를 정의한다. 이런 종류의 건물은 다카나 방글라데시에서만 유일한 것이 아니다. 전 세계에서 유일하다.

그렇다고 해서 이곳에 영향을 준 대상을 알아차리기 어렵다는 말은 아니다. 이런 강렬한 것에는 언제나 그렇듯, 이곳에서도 그 영향의 자취를 찾아볼 수 있다. 누구도 이러한 걸작을 혼자 지을 수는 없다. 좋은 건축가는 이전 세대의 지식과 경험을 바탕으로 삼는다. 이 건물은 르코르뷔지에의 찬디가르(인공 호수에 세워진 또 다른 정부 청사의 예)의 흔적뿐 아니라 인도의 사르케지 로자나 이탈리아의 카스텔 델 몬테와 같은 더 오래된, 이름모를 건축가가 설계한 건축물의 모습도 떠올리게 된다. 전자는 가장자리가 물로 둘러싸인 기하학적인 패턴의 이슬람 건축물로, 광장에 햇빛과 그림자가 변화무쌍하게 교차한다. 후자는 석회암으로 된 팔각형의 성으로, 모서리마다 건물 높이에 상응하는 팔각형의 탑들이 있으며 몇 킬로미터밖에서도 알아볼 수 있다. 칸이 어린 시절 외셀섬에서 본 해자로 둘러싸인 중세의 성을 얼마나 확실히 기억하는지 알 수 없는 것처럼, 그가 다카의 의회 건물을 설계할 때 이러한 건물들을 생각했을 거라고 단언할 수는 없다. 하지만 이 건물들의 일부 혹은 전체가 칸의 다카 의회 건물을 짓는 데 영향을 미친 것은 거의 확실하다(결국 칸이란 사람은 다음과 같이 농담하는 식으로, 어떤 건축학적인 선례에도 영향을 받지 않았다고 부정하면서도 동시에 인정하는 인물이기 때문이다. 「저는 성에 관한 책이 있고 이 책을 보지 않은 척하지만 모두가 저에게 이 성들이 떠오른다고 말하고,

저 역시 이 책을 아주 철저히 읽었음을 인정할 수밖에 없겠네요.」)[382] 그럼에도 불구하고, 이러한 잠재적인 선례들 중 어떤 것도 「방글라데시 국회 의사당」만큼 놀라운 것은 없다. 사실 칸의 건물은 이 장소에 이 건물이 존재한다는 비현실적인 사실을 선언하는 것 같다. 마치 이것이 여기에 건설되었다는 놀라운 사실이 영원히 보존되어야 한다고 주장하는 것처럼 말이다.

건물에 다가가면서도 처음 느낀 이상함은 좀처럼 사라지지 않는다. 다가가는 각도에 따라서 건물은 다른 모양을 취한다. 한쪽에서는 원통형의 타워를 강조하고 다른 쪽에서는 비스듬한 각도로 된 벽을 강조한다. 그냥 같은 높이에 서서 바라보면 건물의 전체적인 패턴을 파악할 방법이 없다. 건물에 점점 더 가까워지면서 확신할 수 있는 것은, 뭔가 중요한 것이 이곳을 차지하고 있다는 사실이다. 높은 벽들은 콘크리트와 대리석이 교차되는 질감에 의해 부드러워지기보다는 강화되는 인상을 준다. 나무 거푸집의 결이 드러난 회색이 더 부드러운 흰색의 띠에 의해 세로 및 가로로 나누어져 있다. 마치 거인이 이 블록들을 가지고 놀다가 우리를 더 가까이 끌어들이기 위해 기발한 패턴으로 조립해 놓은 것 같다. 그리고 그런 유혹은 우리가 안으로 들어가기 위해 모든 위험을 감수할 마음을 품게 되면서 효력을 발휘한다.

정면에는 웅장한 입구가 있으나, 요즘은 기념식과 같은 행사에만 사용된다. 또한 요즘은 건물을 둘러싸고 있는 광장과 계단, 그리고 잔디는 언제나 비어 있고 황량하다. 보안이 강화되면서 한때는 운동과 산책을 하거나 혹은 단순히 그곳에 서서 그들의 이름으로 지어진 거대한 건물을 감탄하며 바라봤던 일반인들의 공공건물 출입이 금지되었기 때문이다. 「그들이 이곳을 망가뜨렸습니다. 저는 그곳을 가지 않습니다. 사진으로만 봅니다.」[383] 너무나 사랑했던 장소에 21세기의 보안 조치가 미친 영향에 분개한 건축가 샴술 웨어스는 이렇게 말한다.

일단 경비원이 통행권과 신분증을 확인하고 휴대폰과 가방을 압수한 다음, 안내에 따라 입구 터널의 맨 끝에 있는 금속 탐지기를 통과하면 건물의 가장 아래층에 서 있게 된다. 마주 보이는 벽에서 가장 처음으로 우리를 맞이하는 것은, 젊을 때와 나이 든 후의 칸의 사진 두 장과 건물의 모형과 설계 도면을 전시해 놓은, 루이스 칸의 성역과도 같은 곳이다. 이런 전시를 해놓았다는 것은 다른 곳에서는 보기 드문 칸에 대한 존경심이 얼마나 큰지를 보여 주며, 게다가 많은 방글라데시 사람들이 칸에 대해서 알고 있다는 사실로도 이 건축가에 대해 얼마나 은혜의 감정을 느끼고 있는지 알 수 있다. 이 건물은 표준 통화인 1천 타카 지폐에 그려져 있다. 칸이 모국을 포함하여 어떤 나라에서도 받은 적이 없는 또 다른 영예다. 혹시 더 자세히 물어본다면, 택시 운전사에서부터 저명한 정치인에 이르는 모든 시민들은 마치 그 건물과 기능이 하나이자 동일한 것인 양, 〈칸이 우리에게 민주주의를 가져왔다〉[384]는 이유로 고맙다고 말할 것이다.

칸의 사진 아래에 있는 도면과 모형을 보면 건물이 다이아몬드 모양 구조임을 알 수 있고 우리가 방금 들어온 입구가 그 네 개의 모서리 중 하나에 위치해 있음을 알 수 있다. 팔각형의 중앙 홀은 다이아몬드의 중심이고 당신의 머리 바로 위 어딘가에 모스크가 자리하고 있다. 사무실과 회의실은 네 면의 바깥쪽 벽을 따라 위치하여 건물 전체를 따라 이어져 있는 주보랑에 의해 내부의 기능들과 구분되어 있다. 평면도에서 보면 이 모든 것은 아주 간단하고 이해가 쉽다. 하지만 실제로는 그 반대다. 건물은 변화무쌍하며 복잡하고 층마다 너무 달라서 자꾸만 길을 잃게 된다. 「이것은 방향 감각을 상실함에 따라 진리를 배워 나가는 과정입니다.」[385] 웨어스가 말했다.

이것은 민주주의 기구를 수용하는 건물에 적절한 방법론이며, 정치 구조의 정상에 있는 이들에게도 적용된다. 「네, 그럼요. 저는 마치 〈이상한 나라의 앨리스〉 같다는 느낌이 듭니다.」 국회의장인 쉬린 샤르민 초두리 박사는 그 광활한 공간에서 길을 잃은 적이 있냐는 질문에 이렇게 답했다. 「엘리베이터를 타고는 모든 곳을 갈 수가 없습니다. 여러분은 접근로를 알아야 합니다. 그렇지 않으면 길을 잃게 됩니다.」

사실 경사로와 계단, 발코니를 통해 9층 건물의 거의 꼭대기에 위치한 초두리 박사의 사무실까지 이동할 수 있으려면 영리한 안내자의 도움이 있어야 한다. 엘리베이터가 어딘가에 있다는 사실조차 알기 어렵고, 혹시 엘리베이터를 하나 발견한다 하더라도 그것을 사용하기가 꺼려질 것이다. 적어도 주보랑에서는 위에 있는 공간과 아래에 있는 공간이 지속적으로 이어지는 감각을 느낄 수 있다. 다른 것은 다 모르더라도, 당신의 수직적인 위치는 파악할 수 있다.

하지만 다카 의회 건물에서 경험하는 방향 감각의 상실은 뭔가 훨씬 더 희귀한 것에 의해 상쇄된다. 그것은 심오한 경이로움에 대한 감각이다. 건물의 내부를 찍은 어떤 사진이나 영상도 그 공간 안에 직접 있는 것이 과연 어떤 기분인지를 조금도 전달할 수 없다. 시각적인 유혹 — 대리석 띠를 두른 벽에 비치는 빛, 창문 틈을 통해 언뜻 보이는 외부 경관, 높은 발코니에서 보이는 피라네시* 스타일의 전망, 거대한 원형 구멍을 가로지르는 옅은 색의 대각선 경사로, 그 외의 구조와 재료들로 형성되는 아름다운 기하학적 무늬들 — 이 그에 포함된다. 이 모든 것들은 마음을 사로잡을 만큼 아름답다. 하지만 이것들은 사소한 일부에 불과하다. 건물 안을 통과하는 경로에는 뭔가 꿈같은 느낌이 존재한다(그리고 위층 발코니에서 무서울 정도로 아찔하게 내려다보이는 전망은 가끔씩 악몽에 나오는 듯한 광경이다. 하지만 그 두려움조차 경이로움의 한 측면이다). 점점 더 위로 올라가면서, 이 모든 수준의 복잡한 디자인에 담긴 세세하고 유쾌한 특성을 관찰하면서 건물 자체가 우리를 변화시키고 있음을 느끼게 된다. 이 건물에서 나온 사람은 그곳을 들어갈 때와 완전히 다른 사람이 되어 있을 것이다.

이 건물의 내부에서는, 그의 다른 어떤 경이로운 건축물들에서는 미처 보여 주지 못한 칸의 천재성을 이해할 수 있다. 왜냐하면 다른 곳에서는 숨겨져 있는 특징, 즉 내부와 외부가 일치

* 조반니 바티스타 피라네시. 이탈리아의 판화가이자 건축가.

하지 않는다는 점을 이곳에서는 아주 명확하게 예증하고 있기 때문이다. 칸의 건물(혹은 이 점에서는 다른 어떤 건물에서도) 외부에 있으면 시각적인 경험, 정적이고 고정된 경험이 가장 우선적이다. 하지만 건물 내부에서 당신에게 제공하는 것은 극적인 경험, 여행, 줄거리가 있는 이야기다. 극적인 경험은 어쩌면 시각적인 요소에서 비롯될지 모르지만 그 시각적인 요소도 보이는 것보다 훨씬 복잡하다. 예를 들면 빛과 그림자는 단순히 시각적인 것이 아니다. 그들은 촉각적, 혹은 샴술 웨어스가 말한 것처럼 〈감각적〉이다. 우리는 몸에 비친 햇빛, 혹은 그늘로 들어갈 때 쾌적한 시원함을 느낄 수 있다. 심지어 이런 것들을 실제로 느끼지 않고도, 단순한 시각적 자극보다 감각적 인상으로 그 느낌을 상상할 수 있다.

그렇다고 해서 칸의 국회 건물에 나타나는 엄청난 시각적 효과를 무가치하다고 폄하하는 것은 아니다. 예를 들어, 이곳에는 오로지 우리를 빛 속에 서 있게 하고 건물의 가장 높은 곳을 바라볼 수 있도록 마련된 하나의 〈방〉이 있다(더 나은 용어가 부족하기 때문에 그냥 방이라고 하겠다). 초승달이 옆으로 눕혀진 것처럼, 평평한 벽과 반원형 벽으로 둘러싸인 기이한 형태의 작은 공간이다. 우리는 건물의 가장 낮은 층으로부터 지그재그 모양의 대리석 계단을 두 번 올라가 이 방에 도착하게 되었고, 올라오는 내내 계단의 콘크리트 천장이 우리 머리 위에 가까이 떠 있었다. 하지만 이제 우리는 지붕선을 따라 배치된 가늘고 긴 유리창과 거대하고 둥근 유리창을 통해 쏟아져 내리는 빛과 함께, 여러 층 높이의 층고로 된, 천장이 올려다보이는 이 미소의 공간 속으로 해방되었다. 우리는 그늘에서 빛으로 나왔고 이 방을 떠날 때 다시 그늘 속으로 되돌아가지만, 이제 이러한 빛과 그늘의 교차가 이 건물에서 겪게 될 경험의 지속적이고 핵심적인 부분임을 인지하게 된다. 아직까지 그러지 않았다면, 지금 이 순간부터, 우리는 빛 자체를 칸의 가장 주된 건축 질료로서 보게 될 것이다.

이곳의 다양한 빛의 효과는 정말 감탄스럽다. 어느 순간 우리는 밝은 햇살이 수면에 반짝이는 호수가 내려다보이는 외부 테라스에 있게 된다. 편주를 타고 노를 젓는 남자는 칸이 처음 다카에 왔을 때 스케치한 그림과 완전히 똑같다. 거의 앞이 안 보일 정도의 어두운 건물 안으로 다시 들어가면, 전등이 켜진 건물 내부의 주요 〈거리〉에 다시 들어와 있음을 식별하는 데 잠시 시간이 걸린다. 그곳에는 혹독한 외부의 열기로부터 우리를 지속적으로 보호하는 그늘이 있다. 주요 〈거리〉를 내려다볼 수 있는 위쪽 내부 발코니 중 하나에 서 있으면 대리석 줄무늬 콘크리트 벽에 뚜렷이 다른 두 가지 종류의 빛이 비치는 것을 볼 수 있다. 그것은 지붕선에 있는, 창문을 형성하는 일본산 유리 블록들로부터 직접적으로 쏟아져 내리는 황금색의 빛과 가장 바깥쪽 벽면 중 하나에서 반사되어 내부 벽을 비추는 은빛 반사광이다. 두 종류의 빛은 함께 조화를 이룰 때 특히 더 매혹적이지만, 둘 중 어느 빛도 시원한 그늘을 압도하지 않는다.

중앙 홀 자체도 다른 종류의 시각적이며 극적인 경험을 제공한다. 주보랑을 따라 여러 층을 올라가면 마침내 중앙 공간 ─ 이 건물 전체의 존재 이유이자 민주주의 과정의 핵심인 ─ 으로 안내된다. 지금까지 본 모든 것과 달리, 이 거대한 공간은 즉시 파악이 가능하다. 팔각형인 본회의장의 여덟 면은 명확하게 식별된다. 의원, 방문자 및 언론 기관에 순위별로 할당되어 있는 심하게 경사진 계단식 좌석의 열을 셀 수 있고, 국회의장이 주재하는 연단과 의장 및 의원들이 출입하는 문을 볼 수 있다. 방의 층고는 높지만 너비에 비해 지나치게 높지는 않다. 사람들은 그 안에서 왜소해지는 느낌을 받지 않는다. 오히려 방의 높이가 인간 존엄성을 나타내는 기능인 것처럼 사람들의 존재가 그 공간을 규정한다. 그리고 그 모든 공간을 덮고 있는 것은 믿을 수 없을 정도로 가볍게 머리 위에 떠 있는 천장이다. 지붕은 마치 텐트 같다. 이 콘크리트로 만든 텐트는 벽과 오직 여덟 개의 지점에서만 섬세하게 연결되어 있고, 텐트 모양의 덮개 밑부분으로부터 자연광이 비쳐 들어온다. 이렇게 덮개는 외부로부터 공간을 보호하는 동시에 외부를 안으로 들인다.

초두리 박사는 〈비가 오면, 본회의장에서 빗소리를 들을 수 있습니다. 낮에는 햇빛을 볼 수 있고 밤에는 어둠을 볼 수 있습니다〉라고 말했다. 「칸은 자연과 가까워지는 것을 중요하게 느꼈던 사람이었습니다. 그는 환경에 대한 생각을 항상 가지고 있었습니다. 건물에 중요한 영향을 미치는 널찍하고 여유로운 공간에 대해서도요. 이곳에는 차분한 분위기가 있습니다. 덕분에 이곳은 소란스럽고 온갖 논쟁이 오가는 공간이지만 적어도 차분한 배경 안에서 이루어집니다.」

이렇게 말하면서 의장은 중앙 홀뿐만 아니라 건물 전체를 묘사한다.「복도가 아주 널찍해서 한쪽 끝에서 다른 쪽 끝까지 이동할 때 절대 비좁다는 느낌이 없습니다.」 그녀는 다시 언급했다.「많은 사람들이 함께 움직이는 사람들의 장소로서, 이것은 매우 중요한 점입니다.」[386]

다카 국회 건물이 전반적으로 개인보다는 다수의 대중을 위해 설계되었다는 점은 사실이다. 대부분의 경우, 루이스 칸의 건물이 불러일으키는 감각을 느끼기 위해서는 혼자만의 시간이 필요하다.「소크 생물학 연구소」의 광장이든,「킴벨 미술관」의 갤러리든,「필립스 엑서터 도서관」의 거대한 아트리움이든, 그 공간에 조용히 앉아 그 공간이 들려주는 이야기를 들어야 한다. 칸의 건물은 대부분의 경우, 당신에게 개인적으로 말을 건다. 같은 방에 있는 두 사람이 〈전에는 얘기한 적이 없었을 듯한〉[387] 아주 특별한 얘기를 나눌 때만 일어날 수 있다고 했던, 바로 그런 종류의 사적인 친밀감을 불러일으킨다. 칸의 위대한 건물 대부분에서, 그 대화의 상대는 바로 건물 자체이며, 그것이 말하고자 하는 바를 이해하려면 건물과 함께 혼자가 되어야 한다.

그러나「방글라데시 국회 의사당」은 여러 면에서 그렇듯 이점에서도 다르다. 우리는 이곳에서 결코 혼자가 아니다. 안내자 없이 건물에 들어갈 수 없다는 뜻이 아니다. 이 건물의 목적이 대중의 교감, 대중의 만남, 대중의 논쟁과 합의라는 사실 때문이다. 이곳은 많은 사람들을 위해 만들어진 곳이다. 따라서 지금 이곳이 만들어 내는 어떤 고요함(그것도 아주 상당한)도 그 사람들에게서 **빼앗은** 고요함이라고 할 수 있다.

「〈의회란 무엇인가?〉라는 질문은 의회 건물의 바탕이 되는 개념적 질문입니다.」웨어스는 말한다.「사람들은 왜 한곳에 모여 한 가지 일에 대한 얘기를 할까요?」그리고 그는 그러한 구조의 바탕에 깔린 공동체의 개념에 대해 장황하게 설명한다.「쇼핑센터는 공동체가 아닙니다. 사람들은 한 가지 일에 대해 의논하기 위해 의회 건물에 모입니다. 그러면 그것이 바로 공동체가 됩니다. 여러 영혼이 모이면 영적인 장소가 됩니다. 그는 영혼에 관심을 두었습니다. 또는 마음에도요. 마음은 분석이 가능합니다. 하지만 영혼은 아닙니다. 훨씬 신비롭습니다.」[388]

칸이 실제로 영혼에 관심을 가졌다는 것은, 그가 영혼을 어떻게 정의했든, 그가 숭배를 위한 장소로 설계한 숨이 멎을 듯한 신비로운 공간에서 명확히 드러난다. 모스크는 〈국회 의사당〉의 앞부분에 있지만 3층에 있기 때문에 외부에서 바로 들어갈 수는 없다. 이곳의 외부 벽은 콘크리트의 원통형 부분 뒤에 숨겨져 있어서 내부가 보이지도 않는다. 이런 의미에서 그것은 상대적으로 접근하기 어려운 핵심, 가장 신성한 지성소다. 그곳으로 들어가는 유일한 방법은 여러분이 건물의 전체 높이를 처음으로 볼 수 있는, 밝게 빛나는 초승달 모양의 공간으로부터 분기된 계단을 올라가는 것이다.

본회의장이 국회 의사당의 〈존재 이유〉일지는 모르지만 모스

크는 다른 방식으로 이곳의 중심이다. 칸이 모스크를 이 건물의
또 다른 중심으로 보았다는 것은 모서리에서 90도로 만나는 두
개의 반원의 밑부분이 약간 아래로 내려감으로써 하트 모양이
되는 창으로 알 수 있다. 따라서 인접한 벽을 가로질러 연결된
한 쌍의 반원은 여러 개의 판유리로 나누어진 하트 모양의 창을
형성하고 그 창을 통해 안쪽으로 빛이 쏟아져 들어온다. 지붕
높이에 있는 콘크리트 버팀벽 역시 창문의 곡선이 연장된 듯한
형태로 되어 있어서 반원 자체를 3차원적으로 보이게 하며, 모
서리에서 거울처럼 만나는 다른 반원과 결합되면 그 입체감이
배가된다.

　유리, 콘크리트, 그리고 대리석 줄무늬, 부분적인 목재 패널
로 따뜻함을 전해 주는 벽으로 구성된 모스크는 각 면이 21미터
가 살짝 안 되는 완벽한 정육면체 모양이다. 칸이 의도적으로
메카의 신성한 정육면체, 신성한 카바 신전*을 참조했다는 데는
의심의 여지가 없지만, 그러한 암시적 의도를 인식하지 못하는
사람들에게도 본능적으로 느껴지는 효과가 있다. 정육면체 안
에 있다는 것은 즐겁고 감동적인 정확성 안에 포함된다는 것이
다. 우리가 정육면체의 각 면들이 동일함을 그 면들 사이의 거
리로 인식하는 것처럼, 그 동일한 6개의 면과의 관계에서 우리
자신의 위치를 인식하게 된다. 정육면체 안에서는 왠지 사물들
이 조화를 이루는 것 같다. 그리고 그 정육면체가 칸의 정육면
체처럼 아름답게 빛이 비쳐진다면(위에서뿐만 아니라 옆에서

---

* 이슬람교 최고의 성지인 메카에 있는 중앙 신전.

도) 그런 평온함은 더 증대된다.

모스크 내부의 모든 빛이 반사된 빛이라는 점은 그곳에서 특별한 안식을 느끼는 이유 중 하나다. 곡선으로 된 높은 외벽이 시야를 차단하기 때문에 외부를 볼 수는 없지만 그럼에도 불구하고 빛은 어떻게든 우리에게 도달한다. 그 〈방〉은 교회 건축물과 유사하지만(예를 들어 지붕 높이에 있는 플라잉 버트레스*와 같은), 물론 이곳은 교회가 아니다. 이 방은 모스크의 원칙을 존중하면서도 그 배타성이나 고유성을 드러내지는 않는다. 그 종교에 속하지 않고도, 혹은 어떤 종교에도 속하지 않아도 누구든 그것이 지니는 명상적인 본질을 공유할 수 있다. 우리가 누구든 그 공간은 우리에게 말을 걸어올 것이다. 공공건물이라고 공언하는 이 건물의 나머지 부분과는 달리, 이 공간은 우리의 역할이나 입장에 따라 개인적으로 ─ 영혼, 혹은 우리가 원한다면 마음을 통해 ─ 우리에게 대화를 청한다. 우리가 이곳을 떠나게 되면, 다시 들어가고 싶은 욕구가 우리와 영원히 함께할 것이다.

---

* 주로 고딕 양식의 건축물에서 볼 수 있는, 건물 외벽이 무너지지 않도록 설치하는 버팀벽.

도달

1966년 말, 칸의 회사는 칸의 경력에서 가장 중요한 두 건의 의뢰를 받게 되었다. 그중 하나는 뉴햄프셔주 엑서터에 있는 명문 사립 학교인 필립스 엑서터 아카데미의 도서관 건물이었고 다른 하나는 고(故) 케이 킴벨*에서 비롯된, 규모는 작지만 훌륭한 미술 수집품들을 소장하기 위한 텍사스주 포트워스의 완전히 새로운 박물관이었다.

그 시기에 칸의 회사에서 수행했던 큰 프로젝트들은 이뿐만이 아니었다. 칸은 볼티모어의 메릴랜드 예술대학, 뉴욕의 브로드웨이 유나이티드 크라이스트 교회, 펜실베이니아 미디어**의 도미니칸 수녀원, 필라델피아의 미크바 이스라엘 유대교 회당, 배터리 파크의 600만 유대인 순교자 기념관, 캔자스시티의 커다란 사무실 빌딩, 그리고 필라델피아와 워싱턴에 각각 한 채의 개인 주택을 동시에 작업하고 있었다. 이 건물들은 단 한 곳도

* 미국의 기업가, 박애주의자.
** 펜실베이니아 델라웨어 카운티의 자치구.

지어지지 않았다. 칸은 또한 포트웨인에서 대규모 순수 예술 센터에도 12년을 헌신했는데, 그중 공연 예술 극장만이 유일하게 건설되어 1973년 완공되었다. 그다음에는 해리스버그의 올리베티-언더우드 타자기 공장과 채퍼콰의 베스-엘 유대교 회당과 같은 프로젝트도 있었는데, 둘 다 지어지긴 했지만 오랫동안 여러 번의 개조 작업이 이루어져서, 결과적으로 루가 기여한 부분을 식별하기 어렵게 되었다.

이 기간부터 미국 땅에서 그가 작업한 건물 중 그의 상징으로 남은 몇 안 되는 건물 중 하나는 — 「필립스 엑서터 도서관」과 「킴벨 미술관」을 제외하고 — 1967년에 완성한 펜실베이니아 주 햇보로의 「피셔 주택」을 들 수 있다. 의사인 노먼 피셔와 조경 디자이너인 아내 도리스는 7년 동안 인내심을 갖고 기다렸고 결국 그들은 나무가 우거지고, 침실이 3개 있는 만족스러운 이층집을 갖게 되었다. 이 집은 깊은 창문과 거대한 돌 벽난로, 그리고 온 가족이 모일 수 있는 아늑하고 매력적인 2개 층 높이의 천장을 가진 거실로 이루어져 있다. 하지만 예리하게 각진 벽이나 어두운 침실, 너무 작은 부엌을 가진 다소 기이한 집이었기 때문에 당시 루가 설계하고 있던 주요 공공건물에 대등한 수준의 건물이라고 주장하기는 어려울 것 같다.

반면 「필립스 엑서터 도서관」[389]과 「킴벨 미술관」은 소크에서 시작된 업적의 수준을 더 확장하고 루이스 칸의 명성을 미국 최고의 건축가 중 한 명으로 끌어올렸다. 연대순으로 먼저인 「필립스 엑서터 도서관」은 여러 면에서 두 프로젝트 중 더 수월했다. 1965년 말, 필립스 엑서터 아카데미의 교장인 리처드 데이 와 사려 깊고 선견지명이 있는 수석 사서 로드니 암스트롱이 건축 설계를 의뢰하려고 왔을 때, 칸은 이미 꽤 오랫동안 도서관에 대해 생각하고 있던 중이었다. 한참 전인 1956년에 그는 개인 캐럴의 중요성에 초점을 맞춘 디자인으로 워싱턴 대학교 도서관 공모전에 참가한 적이 있었다. 그가 엑서터 프로젝트를 맡게 되었을 때 그는 이미 다른 도서관(「인도 경영 연구소」의 비크람 사라바이 도서관) 작업에 열렬히 임하고 있었다. 결과적으로 아마다바드와 엑서터 건물은 아주 달랐지만, 단단한 벽돌로 마감된 외관 및 대형 개구부로 빛이 들어오는 천장 높은 열람실을 갖고 있어서, 바람이 잘 통하면서도 튼튼하다는 느낌을 주는 유사점이 있었다.

여러 번의 극단적인 수정을 거쳤던 다른 많은 건물과는 달리 「필립스 엑서터 도서관」의 설계는 상당히 빨리 최종 형태에 도달했다. 처음부터 칸은 사람들이 모일 수 있는 중앙의 열린 공간, 서고가 있는 중간 부분, 자연광이 비치는 맨 바깥쪽 부분에 캐럴형 열람실을 배치하는 등 3개의 동심원적 활동 영역이란 개념에 초점을 맞췄다. 그가 언제나 사각형 구조에 이러한 동심원적인 〈링〉 개념을 수용하고자 했던 것은 그가 추구하는 디자인이 가진 미학 및 복잡성의 일부였다. 벽돌을 재료로 한 것 또한 처음부터 계획의 일부였고, 완벽한 색상의 재료를 얻으려고 계획했던 현지 벽돌 공장이 파산 직전이라는 것을 알았을 때, 칸은 엑서터 아카데미 측에 부탁하여 남은 재고를 모두 사서 설계와 건설이 진행되는 동안 캠퍼스에 벽돌을 보관하도록 했다.

1966년 말, 혹은 1967년 초까지 칸은 기본적으로 맨 아래층에는 개방형 아케이드가 있고 꼭대기에는 파라펫parapet*이 있는, 벽돌과 유리로 된 4층짜리 정육면체 건물 형태의 계획을 세운 상태였다. 바로 그 무렵, 엑서터시(市)에서는 그 부지에 3층 이상의 건물 건설을 금지하는 조례를 통과시켰다. 필립스 엑서터 아카데미는 지역적 영향력을 발휘하여 그 조례에 대한 예외를 적용받았다. 그러나 1년 후 칸의 프로젝트에서 흔히 발생하는 예산 초과 현상에 직면하자, 해당 건설 위원회 측에서 루에게 1개 층을 줄여 달라고 요청했다. 칸 측에서는 처음에는 압력 때문에 어쩔 수 없이 그렇게 하기로 동의했다. 그러나 그는 기하학적으로 완벽한 설계안에 이와 같은 타협안을 적용할 수 없다고 판단했고, 결국 1968년 4월 로드니 암스트롱에게 편지를 보내 자신의 입장을 유창하게 설명했다.

루는 다음과 같이 지적했다. 〈계획을 수정하려고 했으나《건물의 단순한 아름다움을 포기하지 않고 기능 손실을 최소화하려고》작업을 하면 할수록,《완전히 가치 있는 해결책에 도달할 수 없음》을 깨닫게 되었습니다. 제가 어떤 미적 및 기능적 가치도 잃지 않고 새로운 조건에 맞추려고 노력했음을 이해해 주시기를 바랍니다. 그러나 이 작업에 대한 판단은 수학적인 성격에 의한 것도 아니며, 연역적 추론으로만 완전한 타당성에 도달할 수 있는 문제도 아닙니다⋯⋯.〉 그는 건설 및 부지 위원회에게,

* 발코니, 지붕, 교량 등의 바깥쪽에 가슴 높이 정도로 만든 벽체.

452

〈저희가 그렇게 고통스럽게 몇 달 동안 산출해 낸 높이와 비율에 맞추는 것이 건물을 올바로 지을 수 있는 유일한 방법입니다〉라는 점을 설득하기 위해 필요한 일이면 뭐든지 하려고 노력했다. 〈귀하께서는 어쩌면 한 층을 없앰으로써 세미나실을 없애고 희귀 도서 보관실, 교직원 휴게실 및 회의실, 교직원 사무실, 방문자 사무실 등을 혼합해야 하는 결과로 인한 단점을 우리보다 더 잘 알고 계실 것입니다. 게다가 아주 막대한 추가적 손실은 주요 층인 1층 공용 공간의 높은 천장이 갖는 가치를 잃게 된다는 것입니다. 저는 지금, 이 하나를 잃는 것만으로도 엄청난 큰 실수가 될 것임을 확신합니다.〉

칸은 계속해서, 계획을 면밀히 조사한 결과 건축 위원회에 제안할 수 있는 수많은 비용 절감 가능성이 있다는 점도 피력했다. 그 절감액은 추가 층을 보존하는 데 필요한 비용을 충당할 수 있는 정도였다. 그러나 루는 결국 금전적인 근거보다는 심미적인 근거로 그의 주장을 뒷받침했다. 〈외부에서 본 건물은 리드미컬한 건설 단계를 보여 주도록 의도되었습니다……. 규칙적으로 간격을 둔 벽돌 기둥은 층 단위로 서서히 너비가 줄어듭니다. 한 층을 상실하게 되면 이 리듬은 깨지고 결국 그 우아함과 간결성을 잃게 됩니다〉라고 그는 썼다. 그러다가 회계사나 구역 관리 공무원과는 확연히 다른 자신의 최종적 결론을 단호히 제시했다. 〈제가 충분히 고려해 본 결과, 한 층을 없애기 위해 혹여나 제가 희망적인 제안을 한다면, 결국 용납할 수 없는 상황을 제시하게 될 것이므로, 저로서는 이것을 받아들일 수 없다고 확실하게 말씀드리는 바입니다〉라고 그는 결론지었다. 〈저는 제 미적 판단에 더 강한 확신을 갖게 되었고 계획을 조정을 해보려고 했던 제 의지로 잠시나마 잘못된 판단을 할 뻔했다는 것도 확실해졌습니다.〉[390]

암스트롱과 건설 위원회는 결국 칸에게 설득당했다. 그리고 「필립스 엑서터 도서관」은 루가 원했던 그대로 4층으로 지어졌다.

물론 복잡하긴 했지만 칸이 「킴벨 미술관」을 건축하기 위해 겪었던 과정에 비하면 이 건물은 간단한 편이었다. 그러나 거의 모든 사람의 설명에 따르면 어려운 건설 과정은 그만큼 충분한 가치가 있었다. 칸의 딸 수 앤은 킴벨에 대해, 〈제가 가장 좋아하는 건물입니다〉라고 말했다. 「그 공간이 만들어 내는 분위기와 당신이 그것을 느끼게 하는 방식에는 무언가가 있습니다. 누가 만든 건물이든 상관없이 저는 그것을 좋아했을 것입니다. 이곳은 오직 인간의 정신과 함께해야 제대로 기능하는 공간입니다.」[391] 이와 동일한 결론이지만 좀 더 객관적인 출처로는, 건축가이자 설계 교수인 로버트 매카터의 칸의 건물들에 대한 기념비적 연구를 들 수 있다. 〈「킴벨 미술관」은 칸의 건축적 개념을 구성하는 모든 요소를 완전히 통합하여 최고 수준의 해결책을 보여 주었다는 점에서, 정당하게 칸의 가장 위대한 건축 작품으로 간주됩니다〉[392]라고 매카터는 주목했다. 루 자신도 킴벨에 대해 특별한 마음을 가지고 있었던 것 같다. 그는 리처드 솔 워먼과의 사적인 대화에서, 이 건물이 자신의 최고의 건물이라고 생각하는 가장 큰 이유는 과도한 주목을 끌려고 하지 않기 때문이라고 했다(그는 〈당신이 엑서터를 좋아했다면, 킴벨은 《사랑》하게 될 거야〉[393]라고 심정을 표현했다). 그리고 공개적으로는, 미술관의 공식 개관식에서 〈이건 아주 좋은 느낌인데, 이 건물은 왠지 저와는 아무 상관이 없는, 마치 다른 사람이 지은 건물 같다는 느낌이 듭니다〉[394]라고 말하면서 특별한 마음을 표현했다.

물론 그 건물이 다른 많은 사람들의 도움을 받은 것은 사실이었다. 그 사람들은 공학 분야의 커멘던트와 콘크리트 분야의 랭퍼드와 같이 신뢰할 수 있는 오랜 협력자에서부터, (칸의 프로젝트에서 — 일종의 고질병이나 다름없었던 — 공사 지연 및 예산 초과 문제 등을 우려한) 킴벨의 이사회에서 루에게 억지로 보낸 현지 협력자 및 계약자에 이르기까지 다양했다. 그러나 루가 한 말은 그런 뜻이 아니라 완성된 건물이 발산하는, 형태의 명백한 완벽함, 거의 필연성에 가까운 느낌을 의미한 것이다. 마치 개인적인 창조자로서의 칸이란 인물이 자신이 만든 이 건물 속으로 조용히, 그리고 완전히 사라진 듯한 느낌[395]을 표현한 것이었다.

엑서터의 로드니 암스트롱과 마찬가지로, 킴벨의 첫 번째 관장인 리처드 브라운은 이 건물에서 자신이 원하는 것이 무엇인지 확실히 아는 강한 성격의 사람이었다. 킴벨 프로젝트 계약을 수주하기 위해 모인 경쟁자 중에는 당시 베를린의 뉴내셔널 갤러리를 최근에 완성한 루트비히 미스 반데어로에와 뉴욕의 휘트니 미술관을 막 완성했던 마르셀 브로이어가 있었다. 그들에 비하면 그 분야에서는 13년 전에 소규모의 예일 미술관을 지은 것이 전부였던 루이스 칸은 왠지 자격이 부족해 보였을지 모른다. 그러나 브라운은 칸이 다른 사람들과 달리 열린 마음과 〈모든 것을 아우르는〉 태도로 새 건물에 접근할 것이라고 여겼다. 〈그는 건물을 지을 때 발생하는 특정 상황이, 그에게 건물의 구조, 공학, 미학적 측면이 어떻게 이루어져야 하는지 안내하고 알려 줄 수 있도록 허용할 의지가 있어 보였습니다〉[396]라고 브라운은 결론지었다. 그래서 1966년 10월 칸의 회사는 그 프로젝트를 수주하게 되었는데, 다만 텍사스주에서 주로 활동하던 건축가인 프레스턴 게렌과 그의 현지 엔지니어들과 함께 일해야 한다는 조건이 포함되었다.

1967년 3월에 처음 제출된 도면부터 1972년 가을에 건물이 완공될 때까지 몇 가지 사항은 일정하게 유지되었다. 처음부터 칸은 킴벨을 일련의 길고 좁은 갤러리 혹은 볼트 지붕들이 옆으로 나란히 연결된 건물로서, 동일한 모양의 아치로 된 지붕들을 통해 자연광이 아래쪽으로 흐르도록 구상했다는 것은 분명했다. 하지만 그 외의 모든 것들은 설계 과정에서 근본적으로 바뀌었다. 초기 계획은 한 면이 약 183미터인 정사각형 면적을 차지하는 크기였으나, 최종적으로는 그 절반도 안 되는 크기로 축소되었다. 아치로 된 지붕의 경우, 칸은 원래 사다리꼴들이 모여 아치를 형성하는 폴디드-플레이트 구조를 제안했다. 그 후 그는 이것을 반원형 볼트 형태로 수정했다. 그러나 브라운이 지적한 것처럼, 이런 제안된 설계 계획에서는 갤러리들의 높이가 갤러리 안에 걸릴 그림들과 비례가 맞지 않았다. 「〈킴벨 미술관〉의 벽에 걸릴 그림들의 평균 크기는 한쪽은 약 76센티미터, 다른 쪽은 91~122센티미터 정도입니다.」 브라운은 칸에게 이렇게 강조했다. 「저는 애빌린*에서 온 키 작은 노부인이, 높이가 약 4.5미터나 되고 또 그 위의 아치형 지붕까지 포함해서 9미터까지 올라가는 벽에 걸린 38센티미터 크기의 조반니 디 파올로**의 작품을 어떻게 바라보고 느낄지 걱정됩니다.」[397]

칸은 갤러리 관람객을 배려하는 것이 자신의 품위를 떨어뜨린다고 생각하는 건축가가 아니었다. 오히려 그에게는 당연하고 자연스럽게 다가온 사고방식이었다. 「킴벨 미술관」에 대해 그가 한 많은 스케치에 보면 — 지붕선이 아직 최종 형태에 도달하지 않았을 때의 초기 도면을 포함하여 — 간략하고 양식화된 인간의 형상들이 포함되어 있다. 가끔 이런 인간의 모습들은 막대기 같은 다리에 동그란 머리를 그려 넣은 낙서 같은 모양이기도 했다. 때로는, 아이의 손을 잡고 있는 부모, 망토를 입은 여성, 미술관의 도서관에서 책장에 무언가를 올려놓는 사람, 건물 밖 현관의 벤치에 앉아 있는 한 무리의 사람들과 같이 훨씬 더 개별적인 특성을 갖추고 있었다. 어떨 때는, 강당 도면에 대략적인 모습의 바이올리니스트라든지 주방 카운터에는 요리사 모자를 쓴 사람을 그려 넣는 등 더욱 자세하게 표현되어 있는

* 텍사스주의 도시.
** 15세기 이탈리아의 화가.

경우도 있었다. 이것은 대부분의 건축가가 완성된 발표 자료에 사용하는 일반적인 형태와는 다르다. 그들은 루의 마음속에서 이제 막 형태를 갖추기 시작한 공간, 아직은 상상 속에서만 존재하는 방을 이미 차지하고 있는 사람들, 즉 미래에 그곳을 점유할 사람들의 모습을 구현한 것이다. 왜냐하면 칸은 바로 이 스케치들 안에서(이따금씩 청록색이나 빨간색을 가미하며 노란색 트레이싱 페이퍼에 검은 목탄으로 대충 그린 자유로운 스케치) 생각을 발전시켰기 때문이다. 이것은 마치 그가 구상 중인 계획의 이런저런 부분들에 대해 혼자 생각하는 모습을 보여주는 듯했다. 이 부분이 이렇다면 어떨까? 혹은 이런 식이라면? 아니면 여기에 이렇게 작은 변화를 주면? 그리고 그가 목탄을 손에 쥔 채로 생각하고 있던 이런 모든 부분에는 분명히 사람들이 포함되어 있었다.

하지만 루가 리처드 브라운이 원하는 것을 이해했다고 하더라도, 그것을 성취하는 것은 쉽지 않았다. 문제는 방의 높이를 줄임과 동시에 그가 추구하는 아치형의 지붕에서 빛이 비추는 갤러리의 웅장함을 유지할 수 있느냐에 있었다. 그는 두 가지 목표를 한 번에 성취할 곡선 — 이런 것이 과연 존재했을까? — 이 필요했다.

그것을 발견한 사람은 다른 회사에서 일하다가 2년 만에 칸의 사무실로 막 돌아온 건축가 마셜 마이어스였다. 헨리 윌콧에 따르면 마이어스는 칸의 회사에서 정상의 건축가 중 한 명이었지만 칸의 회사에 지속적으로 소속되어 있지는 않았다. 헨리는

〈마셜은 떠났다가 다시 돌아왔다가, 또 떠나곤 했습니다〉라고 말했는데, 이것은 〈마셜이 책임자였음에도 불구하고 여전히 루가 원맨쇼를 했기 때문〉[398]이었던 것 같다. 루는 마이어스가 1967년 여름에 사무실로 돌아왔을 때 킴벨 프로젝트의 수석 건축가로서의 책임을 맡겼고 머지않아 두 사람은 지붕 문제에 대한 해결책을 함께 마련했다.

마셜은 칸의 회사에서 일하는 동안 어떤 디자인에 대한 개별적인 공로보다 공동 역할을 강조한 〈온화한 협업〉[399]에 대해 설명하면서, 루에 대해 말했다. 「그는 절대 혼자 일하지 않았습니다. 그럴 수가 없었어요. 그는 사람들과 이야기를 해야 할 필요가 있는 사람이었고, 그는 대화가 필요했습니다.」 마이어스는, 〈칸은 뭔가를 스케치하고, 어디론가 가서 사흘 만에 돌아와서는, 뭐가 얼마나 진전되었는지를 확인하곤 했습니다. 그는 항상 자신의 아이디어들을 시험했고 합의점을 찾으려고 했습니다. 만일 누군가가 칸이 종이에 끄적거리는 모든 것들이 천부적인 능력에 의해 만들어진 것이라고 생각한다면 결코 그에게 도움이 될 수 없었습니다〉[400]라고 회상했다. 마셜은 또한, 특히 프로젝트의 초기 단계에서 〈루는 한 사람과 일할 때 가장 작업을 잘 했습니다. 그는 《내가 많은 사람 앞에서 이야기를 하면 그것은 공연에 지나지 않지만 한 사람과 대화하면 그것은 어쩌면 사건이 될 수도 있다》고 말했습니다. 그래서 그는 주로 한 번에 한 사람하고만 일하는 경향이 있었습니다. 그렇게 하면 깊은 토론을 할 수 있었기 때문입니다〉라고 말했다.[401]

마셜이 킴벨 프로젝트에 참여하기 전에 루는 이미 반원형 아치(너무 높았다)와 좀 더 납작한 아치(그다지 우아하지 않았다)로 지붕을 설계해 보았지만, 마이어스가 제안한 것은 사이클로이드 아치였다(프레드 앙거러*가 1961년에 쓴 『건물의 표면 구조*Surface Structures in Building*』에서 배럴 셸 구조에 대한 부분을 읽은 후였다). 사이클로이드는 적어도 갈릴레오 시대부터 있었고, 원을 굴려서 그려지는 모양을 기반으로 했다. 즉, 연필을 바퀴의 바깥 모서리의 한 곳에 부착시킨 다음, 종이를 옆에 놓고 바퀴를 굴리면, 연필에 의해서 그려지는 모양이 바로 사이클로이드 호가 된다. 이것은 길고 낮은 곡선이면서도 보기 좋게 자연스러운 곡선, 지속적인 움직임의 과정에 의해 이어지는 곡선으로 된 아치였기 때문에 지붕의 높이를 낮춘다 해도 시각적으로 불만족스러운 느낌은 들지 않았다.

마이어스와 칸이 이 해결책을 발견했을 때. 그들은 다른 중요한 아이디어 두 가지도 생각해 냈다. 그중 하나는 아치를 중앙에서 나누어, 곡선 모양의 지붕을 서로 만나지 않는 두 개의 셸**로 구성하는 것이었다. 이 두 개의 셸은 각각, 옆에 인접한 지붕의 다른 셸과 만났을 때 한 쌍의 날개 모양을 형성했다. 또 다른 아이디어는 그 두 개의 셸과 그 사이의 틈 바로 아래에 은빛 반사판 또는 〈빛 분할 장치〉[402]를 배치함으로써 그 틈을 통해 들어

* 독일의 건축가이자 공학자.
** 얇은 두께의 곡면을 가진 연속체로 슬래브 같은 판을 휘어서 곡면으로 만든 구조체.

오는 밝은 햇빛을 전달하면서 동시에 확산하게 하는 방법이었다. 이 세 가지 요소는 모두 킴벨 이사회에 제출한 1967년 11월 계획에 포함되었으며, 1968년 후반에 승인된, 최종으로 축소된 설계 계획에도 포함되었다. 최종 계획은 사이클로이드 볼트들로 이루어진 3개의 세트가 옆으로 나란히 배열된 형태로, 그중 가운데 볼트 세트는 공용 공간을, 양쪽에 있는 두 세트는 갤러리들을 수용했다. 아래층에는 사무실, 보존실, 하역장 등이 포함되어 있었다. 미술관의 정면 접근로는 중간 볼트 세트를 통해 들어가게 되는데, 출입구 앞에 안뜰을 위한 공간을 남겨 두기 위해 볼트의 수가 측면 볼트 세트보다 적었다. 양쪽의 측면 볼트 세트는 그늘진 포르티코(주랑 현관)를 포함하기 위해 볼트가 앞쪽으로 더 확장되어 있었다.

이 디자인은 건축가들만의 힘으로 가능했던 것이 아니었다. 루의 가장 모험적인 작업에서 항상 그래 왔듯이 그 모든 것을 실현시키기 위해서는 엔지니어들의 도움이 필요했다. 먼저 닉 자노풀로스에게 조언을 구했지만 그는 스트레스, 하중 및 균형 등에 대한 수치 등을 고려했을 때 자신의 능력치를 벗어났다고 솔직하게 인정하고, 대신 거스 커멘던트에게 조언을 구하도록 권유했다. 커멘던트는 상단에 〈빛 틈〉이 있는 사이클로이드 디자인에 대해서는 신속히 승인했지만 특정 부분은 수정해야 한다고 주장했다. 그중 하나는 포스트텐션 케이블*을 포함해 콘크

* 콘크리트 구조물의 얇고 긴 슬래브에 내장되는 플라스틱 외피의 고강도 철근으로, 콘크리트가 경화한 후 텐션을 가하여 콘크리트의 강도를 향상시킨다.

리트 셸이 그 철근 주위로 타설될 수 있어야 한다는 것이었다. 그는 또한 칸을 설득하여, 약간의 어려움이 있었지만, 각 볼트 지붕의 양쪽 끝에 있는 아치 모양의 유리창들을 둘러싼 콘크리트 프레임의 모양을 변경하여, 가장 큰 스트레스를 받는 지점인 볼트 지붕의 맨 꼭대기 부분으로 갈수록 콘크리트의 두께가 두꺼워지도록 했다. 이것은 결과적으로 그 아래의 유리창은 볼트 지붕이 정점을 향해 올라감에 따라 상응하게 좁아져야 함을 의미했다. 이는 결국 킴벨의 고측창에, 미묘하지만 독특한 방식으로 교회 건축과의 유사성을 부여하게 된 중요한 수정 사항이었다.

어거스트 커멘던트는 다른 면에서도 이 건물에 없어서는 안 될 사람이었음을 입증했다. 현지 엔지니어들이 이 작업이 불가능하다고 선언하고 대신 평평한 지붕을 만들자고 제안한 후에도 커멘던트는 기꺼이 전체 프로젝트를 책임지고 칸의 설계안을 추진했다. 그가 나중에 그 디자인 자체에 대한 공을 독차지하려고 했다 해도 용서받을 수 있었을 정도의 추진력이었다. 어쨌든 루는 한 인터뷰에서 자신의 엔지니어에 관한 직접적인 질문에 다음과 같이 대답함으로써 커멘던트의 모든 과장된 주장을 용서하는 것처럼 보였다. 「커멘던트는 구조의 본성에 매우 민감합니다. 그가 배우나 대단한 연기자처럼 과장된 주장을 한다는 사실은 중요하지 않습니다……. 저는 콘크리트나 강철 안에서 살지 않으며, 단지 그들의 잠재력을 감지할 뿐입니다. 그러나 그는 그것들 안에 살고 있습니다. 그는 모든 재료들 사이의 긴장 상태를 느낍니다. 그는 그것들이 언제 움직이고 언제 가만히 있는지를 압니다. 휴식 상태에 대해서 아주 잘 알고 있죠. 그는 또한 대칭에 대해 걱정하지 않습니다. 그는 균형에 대한 훌륭한 감각이 있기 때문이죠. 그는 분석을 하지 않고도 균형이 맞지 않음을 느낍니다.」[403]

결국 킴벨의 디자인에서 가장 놀라운 점은 모든 상충하는 스트레스 — 콘크리트, 유리, 강철에 의해 가해지는 물리적 스트레스뿐만 아니라 주관이 강한 다양한 디자이너들 간의 개인적인 경쟁의식, 미술관의 요구와 건축가의 바람 사이의 내재된 갈등, 협력하고 경쟁하는 모든 당사자들 간의 금전적, 전문적 긴요한 문제 등과 관련된 스트레스 — 를 이겨 냈다는 사실이다. 어쩌면 이것이 지어졌다는 사실 자체가 놀라운 일이었다. 이 건물이 루의 가장 높이 평가받는 건물이 되었다는 사실, 그의 것이면서도 초월적인 의미에서는 또 그의 것이 아닌 건물이 됐다는 사실은 거의 운명처럼 여겨졌다.

*

이 기간 동안 유목민 같은 생활을 했음에도 불구하고(어떤 달에는 다카에서 엑서터로, 또는 일주일 사이에 미디어에서 포트워스로, 또 뉴욕으로 이동해야 하는 일이 잦았다) 루는 어느 정도 개인적인 삶도 유지해 나갈 수 있었다. 1965년 6월 27일, 펜실베이니아주 윈코트에 있는 커티스 수목원에서 해리 솔츠먼과 수 앤의 결혼식에서 루는 수 앤을 신랑에게 인도했다. 결혼식 행사에서 수의 아버지를 만난 수와 해리의 친구들은 그를 상냥하고 매력적이라고 묘사했지만, 이런 음악 관련 분야에 있는 사람들조차, 이제 건축가들만의 영역을 넘어서서 훨씬 널리 퍼지기 시작한 그의 명성에 약간 위압감을 느꼈다.

명성은 삶의 질도 그에 상응하게 향상되어야 한다는 기대감을 동반했고, 딸의 결혼식 직전에 칸 부부는 쇠락해 가는 웨스트필라델피아에 있던 에스더의 옛 집을 팔고 어머니와 함께 더 좋은 곳으로 이사하기로 결정했다. 그들이 구입하게 된 집은 — 주로 에스더가 상속받은 재산으로 샀기 때문에, 에스더가 새 집의 법적 소유자가 되었다 — 클린턴 스트리트 921번지에 있는 4층짜리 벽돌 건물로, 전통적인 필라델피아의 로우 하우스였다. 벽돌로 포장된 보도와 한적하고 좁은 길들로 이루어진 필라델피아 남부 지역은 서부 지역과는 달리 발전하고 있는 지역이었고, 10번가 모퉁이 근처에 있는 클린턴 구역은 시내에 있는 루의 사무실에서 빠른 걸음으로 10분 거리에 있었다. 그럼에도 불구하고 집 자체는 구조적 및 미적 측면에서 상당한 보수 작업이 필요했다. 칸 회사의 다양한 직원들이 이 집의 개보수 프로젝트를 감독하도록 투입되었지만, 그중에서도 〈사무실 사환〉[404]으로 시작하여 루의 격려로 금세 도면 작업자 및 그 이상의 직책으로 승진하게 된 청년 직원 루이스 빈센트 리베라가 주로 책임을 맡았다. 하지만 루는 평소의 그답게, 자신의 집은 모든 우선순위에서 가장 맨 마지막에 두었고, 그래서 개보수 작업은 몇 년 동안 별 진전이 없었다. 처음 개보수 계획에는 계단을 오르내리기 어려울 정도로 노쇠해진 애니 이스라엘리를 위한 엘리베이터 설치가 포함되었지만, 애니가 체스터 애비뉴에 있는 옛 집에서 이사를 하기도 전에 넘어져서 골반뼈가 심하게 부서지는 일이 발생했다. 그리고 그녀는 1966년 12월 23일 세상을 떠나고 말았다. 에스더와 루는 그다음 해에 엘리베이터가 없는 새 집으로 이사했다.

비슷한 시기에 해리엇과 너새니얼도 이사를 했고, 두 사람은 너새니얼의 어린 시절이 끝나 갈 무렵까지 그 집에서 살았다. 해리엇이 펜에 입학하기 위해 필라델피아로 처음 돌아왔을 때 그녀는 윌콧 드라이브에 있는 체로키 아파트 중 한 곳을 임대했다. 우연히도 그곳은 루의 전 동업자였던 오스카 스토노로프가 설계한 건물이었다. 몇 년 후 그녀는 석사 학위를 취득한 후 아들과 함께 체스트넛 힐의 타완다 애비뉴 8870번지에 있는 작고 하얀 집으로 이사했다. 그들의 자애로운 집주인은 칸의 옛 고객 중 한 명인 프랜시스 애들러였는데, 그는 그 건물 앞의 큰 집에 살았다. 해리엇이 스튜디오로 사용할 수 있는 다락방이 있는 침실 두 개짜리의 삼층집은 긴 진입로의 맨 끝, 어떤 큰 집의 뒤쪽에 위치해 있었다. 물론 길고 긴 근무 시간이 끝나는 한밤중이 되어야 가능했지만 루는 일주일에 한 번 정도 시내에 갈 일이 생기면 두 사람을 보러 갔다.

「루는 운전을 하지 않았습니다.」 루와 자주 야근을 같이했던 데이비드 슬로빅이 말했다. 「학생이었던 저는 아주 오래된 고물 자동차를 갖고 있었는데 밤늦게 일이 끝나면 제가 루를 체스터 애비뉴에 있는 집까지 데려다주었습니다. 그러다 얼마 후부터 가끔 자기 집으로 가지 않을 때가 있었습니다. 그는 〈체스트넛 힐에 데려다줘〉라고 말하곤 했습니다. 그리고 그곳에는 새벽 3시, 3시 반, 4시인데도 자지 않고 집 앞 진입로에 나와 서 있는 어린 남자아이가 하나 있었어요. 아버지를 기다리고 있었던 거예요. 저는 너새니얼을 그렇게 만나게 되었습니다. 진입로 끝에 서 있던 아이가 바로 너새니얼이었죠.」[405]

항상 그렇게 늦은 시간에 갔던 것은 아니었다. 때때로 저녁 식사 시간에 맞추어 가기도 했는데, 그럴 때면 해리엇은 정성스럽게 요리를 만들어 특별히 준비한 마티니와 함께 내놓았다. 자주는 아니었지만, 주말 같은 때에는 낮에 가서 아들과 함께 책을 읽거나 그림을 그리기도 했다. 이 기간의 너새니얼이 아버지에 대한 추억은 잘 보존된 고대의 모자이크 조각처럼, 이상하리만치 전혀 손상되지 않고 선명하게 조각조각 남아 있었다.

「아버지의 손은 매우 따뜻했어요. 실제로 만지면 정말 따뜻했어요.」 너새니얼은 회상했다. 「아버지는 동전을 사라지게 할 수 있었어요.」 그의 손은 섬세하고 표현력이 풍부했지만, 매우 강하기도 했다. 「아버지가 맨손으로 사과를 쪼갤 수 있었던 것을 기억합니다. 그리고 호두까기 인형을 사용하지 않고 손으로 호두를 깼습니다.」 어린 소년은 어떻게든 아버지를 기사들이나 그들의 용감한 행동과 연결해 생각하곤 했는데, 그것은 아마도 루가 아서왕을 사랑했기 때문이었을 것이다. 「아버지는 저에게 아서왕의 전설에 관한 아름다운 책 네 권을 주었습니다. 아버지는 옳고 선한 것을 위해 맞서 싸워야 한다는 기사도 정신이 들어간 동화를 좋아했습니다.」하지만 너새니얼은 무엇보다 루가 가졌던 강렬한 관심을 기억했다. 「아버지는 대화를 나눌 때 그 상대방이 우주에서 유일한 사람이라는 느낌을 주는 그런 사람이었습니다. 그렇게 아버지가 상대방을 향해 비추는 빛은, 강렬하고 따뜻했으며, 그 사람을 성장시켰습니다.」

너새니얼은 또한 루가 친절한 사람이라고 느꼈다. 「아버지가 하루는 우리 집에 있었는데 택시를 잡을 수 없었고 이용할 수 있는 택시가 없었습니다. 혹은 길에 택시 한 대만 있었던 것 같기도 해요.」하지만 차량 배치 담당자에게 짜증을 내는 대신 루는 그녀에게 농담을 하기 시작했다. 「갑자기 아버지는 차량 배치 담당자와 유쾌한 대화를 나누기 시작했습니다. 그리고 그녀에게, 〈나눠 먹을 미트볼이 하나뿐인 대공황 시절 같네요〉라고 말했습니다.」[406]

하지만 밤늦게 방문했을 때에는 대부분 택시가 필요하지 않았다. 해리엇이 그를 집까지 태워다 주곤 했기 때문이다. 해리엇은 너새니얼을 뒷좌석에 태우고, 루가 에스더와 함께 아침 식사를 할 수 있도록 클린턴 921번지의 집으로 데려다주었다. 「이곳에 이사한 이후, 우리는 주로 아침 식사 때 대화를 나누었습니다. 그때가 우리가 유일하게 함께 집에 있는 시간이었기 때문입니다.」에스더는 루가 사망한 지 몇 년 후에 마치 루의 나머지 시간을 차지한 것은 일뿐이었다는 뜻을 내포하면서 인터뷰 진행자에게 말했다. 「건축은 그의 인생에서 가장 중요한 것이었고, 나머지는 모두 그다음이었습니다.」[407] 루의 다른 일정에 대한 설명을 약간 회피하는 듯한 느낌이 있지만, 이 말 또한 사실이었다. 루의 다른 두 여성도 이러한 점을 아주 잘 인식하고 있었다. 나중에 성인이 된 너새니얼은 해리엇과 앤 모두 루의 일(너새니얼은 〈사명〉이라고 불렀다)을 소중히 여겼으며 건축이 그에게 가장 최우선이었던 점을 이해하고 받아들였음을 알게 되었다. 〈그들이 사생아를 낳아 키우면서 겪었을 사회적 불편함(재정적 어려움과 루를 다른 사람들과 공유함으로써 수반되는 정서적 고통은 말할 것도 없고)은 그들이 지불해야 하는 대가였지만, 당시 그들이 진행하던 일들은 충분히 그만한 가치가 있었습니다)[408]라고 너새니얼이 말했다.

1968년 즈음에 그들이 진행하던 일들이란, 당시 루가 하는 여러 작업에서 실질적인 조경 건축가였던 해리엇 패티슨과의 협력 작업을 통해 이루어진 일들을 말한다. 1967년 펜을 졸업한 후 그녀는 조지 패튼 밑에서 일하기 시작했는데 패튼의 사무실은 월넛 1501번지에 있는 칸의 사무실 바로 아래층에 있었다. 킴벨 프로젝트의 공식 조경 건축가는 패튼이었지만 대부분의 작업을 실질적으로 수행한 사람은 해리엇이었다. 킴벨이 개장한 후, 야우폰 나무* 숲, 푹신한 텍사스 잔디, 마음을 달래 주는 물보라를 일으키는 분수, 걸을 때 달그락거리는 자갈길이 있는, 미술관 입구로 이어지는 호화로운 외부 조경은 방문객들이 미

* 잎을 차 대용으로 쓰는 감탕나무의 일종.

468

술관을 경험하는 데 아주 중요한 부분이었다. 그러나 정작 해리엇은 그 개관식에 참석할 수 없었고 대신 패튼이 회사 전체를 대표했다. 너새니얼은 훗날 그의 어머니에게 물었다. 「어머니를 제외시킨 이유는 어머니가 여자였기 때문이었나요, 아니면 아버지와의 관계 때문이었나요?」, 「둘 다 맞아, 그런 모든 문제 때문이었지.」[409] 해리엇이 말했다.

어린 시절의 또 다른 기억이 너새니얼에게 매우 강하게 남아 있었다. 하루는, 1학년이었던 그를 아버지가 교실까지 데려다주고 있었다. 어린 소년이었던 너새니얼도 1970년 3월 초의 그날 아버지에게 뭔가 문제가 있음을 알 수 있었다. 「아버지는 완전히 비탄에 빠져 있었습니다. 아주 충격적인 사건이 있었고, 아버지에게 매우 슬픈 날이었습니다.」 너새니얼은 당시를 회상했다. 「그날 아버지가 저를 학교에 데려다주었는데 아버지가 너무 괴로워했던 기억이 납니다.」[410] 너새니얼이 집에 돌아왔을 때 그는 어머니에게 왜 아버지가 그렇게 속상해하는지 물었고 그녀는 마리 귀가 교통사고로 사망했기 때문이라고 말해 주었다.

마리는 아들 제임스가 태어난 1966년에 칸의 회사를 떠났다. 「그녀는 이제 아들 제이미가 자신의 창작물이 될 것이라고 말했습니다.」[411] 마리 귀가 건축가로서의 경력을 완전히 포기하기로 결정한 이유에 대해서 그녀의 남편 모턴은 이렇게 설명했다. 그녀는 새로운 삶에 행복해 보였고, 그 마지막 일요일에 근처의 캐나다로 간 여행을 포함하여 어딜 가든 아들을 데리고 다녔다.

1970년 3월 8일 오후 늦게 그녀의 작은 폭스바겐이 저먼타운 고속 도로에서 급격히 튕겨져 나가면서 핸들에 부딪힌 마리는 췌장이 크게 손상되어 사망했다. 뒷좌석에 앉아 있던 세 살짜리 아들 제이미는 경미한 타박상만 입고 살아남았다. 지역 극단에서 연극 리허설을 하고 있던 남편 모트가 이웃 사람의 차를 타고 마리와 제이미가 이송된 병원으로 갔을 때, 마리는 이미 사망한 다음이었다.

그때쯤에는 마리가 루의 사무실을 그만둔 지 거의 4년이 다 된 때였지만 두 사람 사이의 유대감은 매우 깊었던 것 같다. 수 앤도 마리의 갑작스러운 죽음에 대한 아버지의 반응에 매우 충격을 받을 정도였다. 「아버지는 눈물을 흘렸습니다.」 수 앤이 말했다. 「저는 한 번도 아버지가 우는 것을 본 적이 없었기 때문에 어머니에게 무슨 일이 일어났느냐고 물었습니다. 그러자 어머니가 대답했습니다. 〈마리 귀가 죽었단다.〉」[412]

*

하지만 루에겐 슬퍼할 시간이 많지 않았다. 당시는 회사 일이 그 어느 때보다 더 혼란스럽고 산만한 상태였기 때문이다. 사무실은 칸의 명성에 이끌려 들어온 젊은 신입 사원과 입사를 희망하는 사람들로 가득했다. 오랫동안 회사에서 일했던 비서인 루이즈 배질리는 석유 엔지니어와 결혼하여 사우디아라비아로 가야 했기 때문에 그만두게 되었다. 그녀의 후임은 캐시 콩데라는 젊은 여성으로 꽤 유능했지만 루이즈보다 덜 유머스럽고 덜 재미있었다. 한편 사업적인 측면에서는 데이브 위즈덤이 최선을 다했음에도 불구하고 급속도로 손실을 보고 있었다. 또 루는 머나먼 카트만두(루가 가족계획 클리닉 센터의 설계를 요청받은 곳이었다)나 가까운 뉴헤이븐으로 끊임없이 출장을 다녔다.

몇 달 전인 1969년 10월, 칸은 호화롭고 매력적인 새로운 프로젝트를 의뢰받은 상태였다. 폴 멜런*의 영국 미술 소장품을 수용할 예일 대학교의 새 미술관을 설계해 달라는 요청이었다. 이것으로 그가 최근에 맡은 예루살렘의 후르바 유대교 회당과 베네치아의 팔라초 데이 콘그레시와 같은 명성 있는 프로젝트에 또 하나가 더해지게 되었다. 두 프로젝트 중 하나만 완성해도 경력의 절정을 이루었다고 할 만한 프로젝트였는데, 이제 루는 그런 프로젝트 세 개를 동시에 맡게 된 것이다.

1967년에 시작된 후르바 유대교 회당은 여러 면에서 칸에게는 이상적인 과제였다. 후르바는 히브리어로 〈폐허〉를 의미하며 이 건물은 여러 차례 파괴된 과거를 가지고 있었다. 18세기에 지어졌다가 철거되었고, 19세기에 재건되었다가 마침내 이스라엘 건국 직후인 1948년 전쟁 중에 무너지고 말았다. 자주 폐허나 유적에 대한 열정을 표현했던 루는 예루살렘의 구시가지 중심부에 위치한 오래된 유대교 회당의 잔해를 신축 건물 옆에 보존할 계획을 세웠다.

칸과 이스라엘의 인연은 이 일이 처음은 아니었다. 1949년

* 미국의 예술품 수집가, 박애주의자.

무렵부터 칸은 주택 정책 컨설턴트로 활동했으며 1960년대에
는 친구인 벅민스터 풀러와 이사무 노구치가 포함된 자문 그룹
인 예루살렘 위원회에 가입한 적이 있었다. 하지만 이 프로젝트
는 그때까지 유대 국가에서 그가 맡은 것 중 가장 중요한 프로
젝트였다. 이것은 마침 필라델피아의 미크바 이스라엘 유대교
회당에 대한 그의 작업이 좌초되기 시작했을 때 찾아왔기 때문
에, 자신이 사는 지역의 유대인 공동체는 그의 건축물을 인정하
지 않아도, 국제적인 유대인 공동체에서는 인정받았다는 사실
에 어느 정도 위안을 얻었을 것이다(미크바 이스라엘의 건축 의
뢰는 몇 년 더 지연되다가, 1972년에 칸을 대신할 다른 건축가
를 영입하면서 종결되었다. 「뭔가가 실패하면, 아버지는 그것에
대한 이야기를 더는 하지 않았습니다. 하지만, 미크바 이스라엘
유대교 회당을 건설하지 못했다는 사실은 아버지의 인생에서
가장 큰 실망스러운 사건 중 하나였을 거라고 생각합니다.」 수
앤이 말했다.)[413]

　종종 그랬던 것처럼, 칸은 후르바 프로젝트에서도 세 가지 디
자인을 거쳤다. 첫 번째는 전통적인 황금색의 예루살렘 돌로 만
든 외벽과 은빛 콘크리트로 지어진 내부 공간으로 되어 있었다.
이 두 부분은 주보랑으로 분리되고, 이 내부 공간 전체는 위쪽
에서 들어오는 빛과 더불어 외부 구조의 피라미드 형태의 기둥
사이에 있는 세로로 된 틈들을 통해서도 빛이 들어오게 설계했
다. 1969년에 완성된 두 번째 계획은 첫 번째 계획보다 훨씬 어
둡고 웅장했다. 1973년에 스케치한 세 번째 계획의 경우에는

「트렌턴 배스 하우스」의 탈의실처럼 중앙 공간의 상단에 정사각형 오큘러스*를 추가했다. 이런 식으로 뉴저지주의 중하층 유대인들의 일상적인 오락 활동과 예루살렘의 웅장한 유대교 회당의 호화로운 의식을 연결시키는 것은, 그리고 그가 가장 좋아하는 건물인 판테온과 연결시키는 것은 칸의 전형적인 특징이었다. 후르바 유대교 회당 프로젝트에서 고객 측의 대표 역할을 했던 테디 콜렉 시장(그는 또한 우연하게도 그동안 이스라엘에서 공직에 선출된 정치인 중에서 가장 평화를 사랑하는 사람 중 한 명이었다)은 세 번째 계획을 본 후 건축을 시작할 준비가 된 것 같다고 말했다. 그는 바로 건축을 시작할 수 있도록 건설 도면을 인계해 달라고 칸에게 촉구했다.

한편 베네치아 프로젝트 역시 동시에 진행되었다. 1968년 초에 수주한 이 프로젝트는 주요 공개회의를 위해 최대 2천 명을 수용할 수 있는 대규모 콘퍼런스 센터를 설계하는 것이었다. 건설할 지역이 아름다운 고대의 도시 베네치아라는 점과 공공 집회 공간을 위한 프로젝트라는 점은 루에게 큰 매력으로 여겨졌다. 그는 다카 국회 건물을 위해 수년간 일해 왔기 때문에 공개 토론을 위해 사람들을 모으는 방법에 대한 아이디어가 가득했다. 그러나 베네치아에서는 콘크리트와 대리석 줄무늬로 이루어진 다카의 의사당과는 완전히 다른 접근 방식을 취했다. 우선 베네치아의 비좁은 공간에 맞추기 위해 우묵한 그릇 모양의 원형 극장 구조를 도입했다. 그리고 그 구조를 반으로 갈라 더 길

* 지붕의 맨 꼭대기 가운데에 난 구멍.

고 좁은 회의장을 만들고, 그 후에 양 끝의 지지대 위에 올린 현수교 형태를 활용하여 그 구조물 전체를 들어 올릴 계획을 세웠다.

원래 이 프로젝트는 베네치아의 자르디니 퍼블리치*에 위치할 예정이었지만 1972년에 아르세날레**로 이전되었다. 그곳에서 그는 콘퍼런스 센터를 아르세날레 석호 서쪽에 있는 카날레 델레 갈레아체*** 위에 뜬 형태로 지을 계획이었다. 대부분 유리와 강철 패널로 구성되어 물 위에 떠 있는 팔라초 데이 콘그레시는 베네치아의 건축물로는 다소 이례적이었겠지만 매우 매력적인 구조물이 되었을 것이다. 반사적인 건물 표면과, 마치 팔이 건물을 감싸고 있는 듯한 이 건물은 그곳에 있는 사람들에게 마치 베네치아라는 도시처럼 하늘과 물 사이에 떠 있는 것 같은 느낌을 주었을 것이다. 칸은 어디에나 물이 풍부하고, 꿈 같은 역사적인 베네치아를 너무나 잘 알고 있었고 그곳에서 무언가를 설계하라는 요청을 받은 것을 자랑스럽게 여겼기 때문에 비용을 받지 않고 그 프로젝트에서 자신의 할 수 있는 역할을 수행하겠다고 자원했다. 데이브 위즈덤이 이런 칸의 생각에 대해 〈그럼 엔지니어들한테는 누가 돈을 줘요?〉라고 항의했을 때 루의 대답은 간단했다. 「베네치아에서 일을 하는데 어떻게 돈을 청구할 수 있어?」[414]

* 이탈리아 베네치아에 있는 공공 정원. 다양한 국가의 미술관과 전시관이 있다.
** 베네치아에 위치한 역사적인 조선소 및 군수 공장.
*** 베네치아에 위치한 운하.

새로운 예일 미술관 — 이 건물 역시 외부에 유리와 강철을 사용했지만 완전히 다른 효과가 나타난 건물이었다 — 은 해외 출장을 갈 필요는 없었지만 그래도 칸은 이 프로젝트에 많은 시간을 투자했다. 먼저 칸은 프로젝트 후원자인 폴 멜런을 만났는데, 자신을 건축가로 선택해 준 부유한 기부자의 개인적인 인정을 얻기 위해서뿐만 아니라 그 수집가의 시각에서 미술 수집품을 이해하기 위해서였다. 그 후로 몇 년 동안 그는 「예일 영국 미술 센터」라고 불리게 된 이 미술관의 최초 관장이 된 줄스 프라운과 긴밀히 협력했다. 프라운은 조너스 소크나 리처드 브라운처럼, 건축가도 유용하다고 인정할 정도의 방식으로 칸의 디자인을 형성하는 데 도움을 준, 지식이 풍부하고 단호하면서도 매우 협조적인 고객 중 한 명이었다. 이것은 루가 맡은 세 번째 미술관이자 뉴헤이븐에서는 두 번째 미술관이었다. 그가 1951년에 앤 팅과 공동으로 작업한, 다소 문제가 있었던 「예일 대학교 아트 갤러리」는 새로운 부지의 바로 맞은편에 있었다. 따라서 이 센터는 과거의 불행을 만회함과 동시에 완전히 새로운 것을 시도할 수 있는 기회를 제공했다고 볼 수 있었다.

최종 설계안(이것 역시 전형적인 칸의 습성대로, 규모와 비용 면에서 초기 계획들이 좌초된 후 세 번째로 완성한 설계안이었다)으로 지어진 「예일 영국 미술 센터」는 칸이 이전에 지은 어떤 건물과도 닮은 구석이 없었다. 도로 쪽에서 바라보면, 광택 없는 회색 강철과 반짝이는 유리 패널이 번갈아 이루어진 외관 때문에 매우 비싼 복합 사무실 건물처럼 보였다. 한쪽 코너에 있는 입구로 들어가면, 육중한 콘크리트로 된 격자 천장을 가진 외부 현관 때문에 「리처즈 의학 연구소」의 입구처럼 다소 환영받지 못하는 느낌이 든다. 하지만 일단 안으로 들어가면, 미술관의 방문객들은 엑서터나 다카의 중앙 공간의 웅장함에 필적할 만한, 천장이 높고 빛으로 가득 찬 아트리움으로 그 첫인상을 보상받는다.

이 아트리움과 미술관의 나머지 부분을 구성하는 재료들은 칸이 이전에 사용했던 어떤 것보다 더 매끄럽고 고급스러운 느낌을 갖고 있었다. 짙은 색감의 강철 때문만은 아니었다. 오크나무와 콘크리트 패널도 엑서터와 킴벨 등 다른 곳에서 적용한 방법과 유사했지만 예일에서는 더 우아하게 마감된 듯이 보였다. 콘크리트의 거푸집 구멍들도 여전히 눈에 보였지만, 소크에서보다 훨씬 조심스러운 느낌이었다.

콘크리트와 나무 또는 나무와 금속을 분리하기 위한 그림자 이음매도 덜 눈에 띄어서 단순한 경계선처럼 보였다. 갤러리들은 층이 올라감에 따라, 특별한 전시를 위한 빛으로 가득 찬 공간, 소묘 및 판화 등에 적합한 다소 어둡게 되어 있는 층, 마지막으로 영광스러운 빛으로 가득한 윌리엄 터너의 그림에 눈부신 자연광을 비추는, 위쪽과 측면에서 빛이 들어오는 갤러리 등 각각 다른 목적에 완벽하게 맞춰져 있었다. 이 모든 것들은, 마치 우아한 신사들이 드나드는 클럽을 빌려 예술적인 목적으로 이용하는 듯한 분위기였다.

이러한 느낌은 미술관 중앙 2층에 위치한 길고 층고가 높은 라이브러리 코트라는 공간에서 가장 명확하게 전달된다. 이곳은 지친 방문객들, 스트레스에 지친 예일 대학교 학생들 또는 광란적인 도시의 거리로부터 탈출해서 들어온 방문객을 위로하기 위해 설계된 방이었다. 목재 패널로 마감된 높은 벽, 조도를 낮춘 채광창, 편안한 짙은 갈색 가죽 소파, 그리고 오크나무 바닥에 커다란 페르시아 양탄자가 깔린 이 공간은 사람들이 앉아서 쉬고 싶은 마음을 품게 한다. 벽에는 폴 멜런이 소유한 것 중 가장 큰 그림, 때로는 가장 소중히 여기는 영국 회화 작품들이 걸렸다(루가 처음부터 정확하게 이렇게 배열하려고 구상했다는 사실은 스터브스*의 그림 「말을 공격하는 사자」가 그의 초기 스케치에 나타나는데, 심지어 그의 스케치에 이 그림을 배치한 곳이 실제로 걸리게 된 곳과 일치한다). 그 방은 신사 클럽의 완벽한 모습을 가장 최상의 상태로 보여 주는 듯했다.

그럼에도 불구하고 칸은 전체 공간의 느낌을 미묘하게 변경하여 이곳을 처음 경험하는 방문자가 이 내부 안식처에서도 모험을 떠날 수 있는 여지를 주었다. 긴 방의 한쪽 끝에는 내부와 주변의 모든 지점에서 보이는 거대한 콘크리트 원기둥이 서 있는데, 마치 완전히 다른 우주에서 날아온 것 같은 모습이었다. 이 회색 타워는 사실 위층 갤러리로 이어지는 계단통인데, 런던 상류층을 위한 건물 내부에 고대 세계로부터 거대한 조각 하나가 갑자기 쿵 하고 떨어진 것 같기도 했다. 창이 없는 곡면의 파사드를 가진 이 원기둥은 루의 콘크리트만이 가진 질감으로 되

* 영국의 화가 조지 스터브스. 주로 동물화를 그렸다.

어 있으며, 상류층의 신사 클럽이 가지는 세심함에 완강히 반대하고, 굽히지 않으며 용납하지 않으려는 분위기를 풍기고 있었다. 〈이것〉이 바로 그 공간이 가진 중요하고 기억할 만한 점이었다. 아름다운 것을 위한 새로운 아이디어보다, 어쩌면 추해 보일 수도 있는, 가혹하리 만큼 고대적인 것을 추구하는 듯한 제스처는 그저 아름답기만 한 것에 결여되어 있는 강한 성질을 부여했다. (「피카소는 모든 창조된 것은 반드시 추해야 한다는, 아주 훌륭한 표현을 했습니다.」루는 이 즈음에 이런 말을 했다. 「저는 거트루드 스타인*이 쓴 피카소에 대한 소책자를 읽기 전까지, 사물은 반드시 고대적인 것이어야 한다고 표현함으로써 이와 비슷한 의미의 말을 하려고 노력했습니다. 하지만 제가 쓴 고대적이라는 역사적인 의미가 함축된 단어보다 〈추하다〉라는 가혹한 표현이 훨씬 멋집니다.」)[415] 하지만 그 콘크리트 원기둥은, 그 자체가 가진 중심성을 강조하면서도, 그것이 가진 힘과 기이함을 주변의 더 차분한 요소들에게 전염시킴으로써 스터브스의 동물들까지 악마적인 측면을 발할 수 있도록 방 전체에 뭔가 묘한 분위기를 제공했다. 칸은 이와 유사한 효과를 이전에 더 작은 규모의 건물에서 적용한 일 ─ 예를 들면, 피셔의 주택에서 거실의 전체 분위기를 지배하는 높고, 곡선형의, 돌로 된 난로와 같은 ─ 이 있지만, 이곳 「예일 영국 미술 센터」에서 마침내 이러한 효과가 완벽하게 표현되었다.

* 미국의 시인이자 소설가.

478

예일을 위한 설계 작업을 시작하려던 바로 그 시기에 단도직입적이고 완강한 성격의 사람들은 그들만의 방식으로 루의 복잡한 가정 생활에 대해 행동을 취할 준비가 되어 있었다. 알렉스 팅은 그녀의 언니가 나중에 언급한 것처럼, 결코 부당한 대우를 용납하는 사람이 아니었다. 수년 동안 알렉스는 어머니인 앤 팅처럼, 바쁜 일정 때문에 아버지가 가족 식사와 같은 일에 참석할 수 없다는 사실을 받아들인 상태였다. 초등학교 이후로 자신은 아버지가 없는 아이가 아니라 단지 아주 바쁜 아버지를 가졌을 뿐이라고 생각했다. 하지만 십 대 중반이 되면서 그런 생각이 바뀌기 시작했다.

1969년 후반, 알렉스가 열다섯이었을 때 친구 두 명과 함께 빈 소년 합창단의 크리스마스 콘서트에 가기로 되어 있었다. 루는 콘서트가 끝나면 웅장하고 오래 역사를 가진 벨뷰 호텔에 있는, 필라델피아에서 고상한 사교 장소로 알려진 헌트룸에 알렉스와 친구들을 데리고 가서 함께 차를 마시기로 약속한 상태였다. 그는 약속대로 세 소녀와 헌트룸에 다함께 모여 앉아 즐거운 시간을 가지고 있었는데, 그때 누가 테이블로 다가와 말을 걸었다. 「안녕하세요, 칸 씨!」 알렉스는 아는 사람이 아니었기 때문에 이 사람이 누군지 전혀 신경 쓰지 않았다. 「하지만 아버지는 그 사람에게 저를 그냥 알렉스 팅이라고 소개했고, 저를 딸이라고 말하지 않았어요.」 알렉스는 당시를 회상했다. 「사실

아버지와 저는 여러 장소에 함께 갔고 그곳에서 만난 사람들은 대부분 제가 아버지의 딸이라는 것을 알고 있었어요. 아버지는 저를 미술 용품점에도 데리고 갔고, 함께 희귀 도서를 파는 곳에 가기도 했어요. 그래서 한 번도 아버지가 우리의 관계를 숨기려고 한다고 생각한 적이 없었어요. 아마 그날만은 아버지가 뭔가 불편한 상황에 처했고, 그래서 저를 어떻게 소개해야 할지 몰랐을 거라고 생각해요. 하지만 그 일은 뭔가 제 감정의 한 구석을 건드렸어요. 뭔가 옳지 않다는 생각이 들었죠.」

그녀가 열여섯이 되었을 때, 알렉스는 매우 직설적이고 현실적인 친한 친구(남자아이였다)와 대화하고 있었는데, 그 친구가 아버지를 얼마나 자주 만나느냐고 물었다. 「그래서 저는 이렇게 말했어요. 〈아, 한 달에 한 번 정도.〉 그러자 그 아이가 말했습니다. 〈그게 다야?〉 그래서 저는 이런 생각이 들었죠. 〈뭐, 가정이 셋이나 되는 바쁜 사람이니…….〉」 하지만 이러한 대화 역시 알렉스로 하여금 새로운 생각을 갖게 하는 계기가 되었다.

그녀는 너새니얼이 태어난 날부터 그 아이의 존재에 대해서 알고 있었다. 「길을 건너면서 어머니가 이렇게 말했던 것이 기억나요. 〈참, 너한테 남자 동생이 생겼어.〉」 그 일은 알렉스가 여덟 살 무렵에 일어났다. 그리고 거의 8년 후, 즉 친구와 의미심장한 대화를 나눈 직후, 그녀는 너새니얼과 해리엇에게 전화를 걸기로 결심했다. 「어머니에게 제가 어떻게 하려고 하는지 말했어요. 허락을 구한 것이 아니라 그냥 그렇게 하겠다고 말했죠. 어머니는 제 생각에 별로 반대하지 않았어요.」 알렉스가 말했다. 그래서 알렉스는 전화번호를 찾아낸 다음 두 사람이 사는 집에 전화를 걸었다. 「너새니얼이 전화를 받았고 제가 이렇게 말했어요. 〈어머니 계시니? 나는 알렉스 팅이라고 해.〉 저는 저를 누나라고 칭하고 싶지는 않았어요. 너새니얼은 지금은 엄마가 집에 없고 나중에 돌아온다고 말했죠. 그래서 저는 너새니얼의 어머니가 집에 있을 때 다시 전화를 걸었어요. 그러자 해리엇 아줌마는 기뻐하며 말했어요. 〈우리 집에 오지 않을래?〉 그래서 저는 그 집에 찾아갔어요.」

처음 만난 순간부터, 나이 차가 많이 났음에도 불구하고 알렉스와 너새니얼은 아주 잘 어울렸다. 그들은 함께 이야기할 거리가 아주 많았다. 마치 두 사람은 정확히 그런 식으로 함께 어울릴 수 있는 사람을 기다려 온 것 같았다(말하자면 그들의 신비스런 아버지에 대한 얘기를 나눌 만한 사람을 말이다). 「아버지는 왜 웃을 때 이가 보이지 않지?」 알렉스는 그때의 대화를 기억해 냈다. 「엄마 말로는 아버지가 어릴 때 치과 진료를 잘 받지 못해서 자기 치아를 창피해한다고 했어.」 알렉스나 너새니얼 모두 루가 양치질하는 것을 보거나 하는 소리를 들은 적이 없었다. 알렉스는 〈아마도 치아가 없을 수도 있다〉고 말했다(너새니얼은 아버지가 크게 웃을 때 치아가 있는 것을 분명히 보았지만, 누나가 즐거워하는 것을 망치고 싶지 않아서 아무 말도 하지 않았다). 두 사람은 함께, 루브 골드버그* 같은 장치, 그들이

* 미국의 만화가. 거창한 기계처럼 보이지만, 하는 일은 단순한 기계 장치를 고안한 것으로 유명하다.

즉흥적으로 만들어 낸 카메라와 같은 장치를 사용하여 아버지가 갑자기 웃을 때 사진을 찍자는 복잡한 계획을 세우기도 했다. 물론, 그 계획은 실행된 적이 없었지만 — 당연히 실행 가능할 리가 없었다 — 알렉스는 어쨌든, 너새니얼과의 그런 모든 놀이들이 아주 즐거웠다.

앤과 해리엇 역시 아이들을 통해, 종종 의지하고 서로의 아이들을 봐주기도 할 만큼 친해졌다. 「너새니얼과 해리엇의 집에 가서 있었던 좋은 기억들이 많아요.」알렉스가 말했다. 「해리엇 아줌마는 사교적이고, 이해심이 많고 대화할 때 따뜻한 사람이었어요. 엄마 같은 사람이었어요. 게다가 항상 맛있는 음식이 있었어요. 저의 어머니는 요리를 잘하지 못했거든요. 해리엇 아줌마는 아주 요리를 잘했어요.」[416] 한편 너새니얼 역시 앤 팅의 집에서 식사를 했을 때의 좋은 기억이 있었다. 「그 집에서 주는 음식은 우리 어머니가 해주는 음식과는 아주 달랐어요. 씨 같은 것들이 아주 많이 들어 있었어요. 그 집에 가기 전에는 해바라기씨 같은 것을 먹어 본 적이 없었거든요. 그리고 무가 아주 많이 들어간 엄청난 양의 맛있는 샐러드를 만들어 주곤 했어요.」웨이벌리 2511번지에 있는 알렉스와 앤의 집을 방문했을 때 그에게는 그 집도 매우 신선하게 느껴졌다. 앤이 맨 꼭대기 층에 자신의 건축 스튜디오를 꾸미기 위해 리모델링을 할 때였다. 하지만 아래층은 여전히 부엌, 식당, 그리고 거실 공간을 포함한 하나의 기다란 방을 가진, 오래전 상태 그대로였다. 「그 집에는 아름다운 색채를 발하는 스테인드글라스 등들이 있었어요.」너새니얼이 말했다. 「초는 없었어요. 제 어머니는 초를 아주 좋아했고 앤 아줌마는 스테인드글라스를 좋아했어요. 아주 다른 종류의 빛이었죠.」

하지만, 무엇보다도, 너새니얼이 앤 팅에 대해서 가장 많이 기억하는 것은 그녀의 성격이었다. 「앤 아줌마는 정말 좋은 분이었어요. 호기심이 많은 분이었죠. 아줌마는 저한테도 관심을 많이 주셨어요. 아줌마와 함께 기하학, 특히 나선형에 대해서, 즉 사물이 동일한 것으로 되돌아가지만, 어떻게 더 나은 상태가 되는지에 대해서 긴 대화를 나누었던 기억이 있어요. 그녀의 삶에 대한 미래상 — 자신의 개인적 삶이 아니라, 삶이란 것 자체에 대해서요 — 은 매우 정돈되어 있었어요. 말하자면 아주 긍정적인 미래상이었죠. 앤 아줌마는 사물은 우주 안에서 점점 더 좋아진다고 했어요.」 너새니얼은 누나의 어머니인 이 비범한 여성에 대한 기억을 머리에 떠올리려고 잠시 말을 멈추었다. 「저는 아직도 앤 아줌마의 목소리가 기억나요. 아줌마는 잡담 같은 건 하지 않았어요. 아줌마는 누구와 대화하든, 그 사람이 여덟 살짜리든 아주 나이 많은 사람이든, 아주 완전히 집중했어요.」[417]

남동생을 찾으려는 알렉스의 모험은 성공적이었다. 그래서 그녀는 이제 평생 그 존재를 알고 있었지만 한 번도 만난 적이 없었던 언니를 찾아 나서는 일을 추진하기로 했다. 「저는 그냥 바로 전화하기로 마음먹었어요. 서로 모르는 사이에 그냥 전화한다는 건 정말 이상하고 어색하지만요.」 알렉스가 말했다. 「언니는 그때 서른쯤 되었고, 남편과 뉴욕에 살고 있었는데, 저에

게 괜찮으니 자기를 만나러 오라고 말했어요.」 그래서 알렉스는
친구와 함께 쇼핑하러 뉴욕에 간 김에 수 앤과 점심을 먹으러
들렀다. 「너무 즐거웠어요.」 알렉스가 말했다. 「언니는 언젠가
제가 전화해 주기를 기다렸다고 말했어요. 우리가 만나서 관계
를 형성하기를 원할 만큼 제가 자라기를 기다렸다고요.」

이제 숨겨져 있던 모든 사실을 표면화한 알렉스는, 아버지가
더는 조용히 침묵을 유지하고 이전 상태로 돌아가게 내버려둘
생각이 없었다. 그동안 너무 고립되어 있었던 자신과 너새니얼
을 대신하여, 아버지에게 다른 친척들의 존재에 대해 자세히 물
어볼 생각이었다. 우리에게 사촌이 있나요? 어디에 살아요? 어
떻게 생겼나요? (알렉스는 본인이 외가 쪽 가족들과 전혀 닮지
않았다는 사실을 잘 알고 있었다. 사실 그녀는 루를 정말 많이
닮았다.) 혹시 가족들 사진 있어요? 다음에 로스앤젤레스에 올
때 가져오실 수 있어요?

알렉스는 또한, 그들의 삶에 〈조금이라도 평범한 점을 만들
어 보겠다〉는 노력의 일환으로 루의 사무실을 방문할 때 너새니
얼을 데리고 갔다. 알렉스는 아버지의 일상적인 삶에 가능한 조
금이라도 포함되고 싶다는 마음이 컸다. 1971년 봄, 루가 어떤
큰 상을 받을 예정이라는 것을 알게 된 알렉스는, 두 어머니와
두 아이 모두 시상식에 초대돼야 한다고 주장했다. 결국 초대권
을 획득하는 데 성공했지만 해리엇과 앤은 참석하기를 거절했
고, 그래서 열일곱의 알렉스와 여덟 살의 너새니얼 둘이서 시상
식에 가게 되었다.

그 상은 공식적으로는 필라델피아 어워드로 알려져 있는 〈보크 어워드Bok Award〉로, 훌륭한 업적을 낸 저명한 필라델피아 출신 인물에게 수여되는 가장 권위 있고 영예로운 상 중 하나였다(칸의 전년도 수상자는 국제적인 명성을 가진 필라델피아 오케스트라의 지휘자인 유진 오르먼디였다). 루이스 칸은 1970년 수상자였고 시상식은 1971년 4월 21일 품격 있는 펜실베이니아 미술 아카데미에서 열렸다. 그 행사는 루의 일생에서 매우 중요한 사건 중 하나로 기록되었고, 그의 동생 세라도 시상식에 참석하기 위해 로스앤젤레스에서 왔다. 조너스 소크와 부인도 참석했다.

시상식을 위해서 청중들은 자리에 착석해야 했다. 「사람들이 우리를 맨 뒤쪽으로 보내고 싶어 한다는 것을 깨달았어요. 거의 모든 행사에서 그랬던 것처럼요. 이번에는 누군가가, 〈앞쪽 자리는 중요한 사람들을 위한 자리란다〉고 말하고는 우리에게 뒤쪽에 가서 앉으라고 했어요. 하지만 거기에 앉은 사람들을 보니 특별히 중요한 사람들이 아니라 그냥 보통 사람들이더군요.」 알렉스가 말했다. 시상이 끝난 뒤, 소크 부부, 그 지역의 정치계 인사들, 그리고 에스더와 루이스 칸을 포함한 사람들이 손님들과 인사를 나누기 위해 서 있었다. 알렉스는 너새니얼에게 가서 줄을 서서 인사를 하자고 설득했다. 에스더에게 가까워졌을 때, 알렉스는 손을 내밀었다. 에스더는 알렉스를 똑바로 쳐다보더니, 자신의 손을 등 뒤로 돌려 깍지를 끼고는 이렇게 말했다. 「안녕, 팅 양.」 아주 차가운 목소리였다. 「그리고 너새니얼이 손을 내밀었을 때도 무시했어요. 너새니얼은 정말 예의 바른 어린이였는데도 말이죠.」 알렉스는 당시의 일을 이렇게 전했다. 「에스더 아줌마는 그냥 너새니얼의 머리 위쪽을 응시했어요.」[418]

루는 바로 에스더의 옆에 서 있었기 때문에 이런 광경을 눈치챌 수밖에 없었다. 그는 두 아이들을 따뜻하게 대하는 것으로 답했다. 그리고 그는 아이들을 데리고 다니면서 행사장 안에 있는 다양한 사람들에게 소개해 주었다. 알렉스는 세라 고모를 만난 일을 기억했다. 너새니얼은 조너스 소크를 만난 일을 기억했다. 두 아이는 모두, 소개받은 사람들이 이미 모두 자신들이 루의 아이들임을 알고 있다는 것을 확실히 느꼈다. 세라는 이런 사실을 모두 알고 있었지만, 그 아이들의 존재를 전혀 모르는 캘리포니아의 친척들에게는 전혀 이 사실을 언급하지 않았다.

「사실 에스더 아줌마의 입장에서 보면, 남편이 다른 여자들과 낳은 자식들을 만나는 경험은 결코 쉬운 일이 아니었을 거예요.」 시간이 오래 흐른 뒤에 성인이 된 너새니얼 칸이 말했다. 「아버지에게 이렇게 물어보고 싶어요. 〈대체 무슨 생각이었어요? 대체 어떻게 될 거라고 생각한 거예요?〉」[419]

에스더에게 시상식은 자신의 결혼 생활에서 더없는 영광의 순간, 수십 년간 루와 루의 일을 내조한 결과가 마침내 모두에게 공식적으로 인정받는 순간이 될 수 있었다. 「에스더는 루의 천재성을 알아차리고 있었던 것 같아요. 그녀는 루의 재능을 존경했고 그래서 그 일부가 되고 싶었던 것 같아요.」 필라델피아 건축가인 피터 아르파는 왜 에스더가 그런 모든 일들을 무릅쓰면서도 다루기 힘든 남편과 계속 함께 살았는지에 대해 이렇게 말했다. 그리고 루 역시, 에스더에게 진 빚이 많다는 것을 알고 있었기 때문에 그녀가 그의 인생에서 차지하는 지분에 대해 충분히 인지하고 있었을 것이다. 그러한 빚의 일부는 감정적인 것이었고, 그 감정은 죄책감과 연결되어 있었다. 「루는 에스더의 충성심에 감사하고 있었고, 불충실했던 자신을 참아 준 점에 대해서도 감사하게 생각했으며 또 의무감을 느꼈습니다.」아르파가 말했다. 어떻게 보면 더 중요한 종류의 빚에 누적된 상태로 가려져 있었지만, 경제적인 것 또한 매우 확고한 빚의 일부였다. 에스더가 꾸준한 지원을, 즉 오랫동안 실질적인 가장으로서 역할을 해주지 않았더라면, 자신의 회사를 차리고 성공을 거두려던 루의 꿈은 실현되지 못했을 것이다. 「에스더가 없었다면 그는 성공하지 못했을 겁니다.」아르파는 이렇게 주장했다. 「이건 정말, 말 그대로 사실입니다.」[420]

루도 그 점을 인지하고 있었다. 한번은, 데이비드 슬로빅과 함께 중요한 프레젠테이션을 한 뒤 밤샘 근무를 마치고 집으로 돌아오던 길에, 피로로 정신이 혼미하고 마음이 편해진 데이비드는 루의 결혼 생활에 대한 이야기를 꺼냈다. 그는 — 아직 순수하고 젊은 사람의 입장에서 — 아이를 가질 만큼 사랑하는 사람이 있는데도 왜 에스더와 이혼하지 않고 결혼 생활을 계속 유지하는지 물었다. 「루는 가장 기본적인 이유로, 에스더가 오랫동안, 그 모든 불황의 시기를 지나는 내내 자신을 지원해 왔기 때문이라고 말했어요.」슬로빅은 이렇게 기억했다. 「그래서 그는 이혼하지 않는 것이 적절한 판단이라고 생각한다고 했어요. 그는 의무감을 느꼈고 그녀와 이혼하지 않는 것이 올바른 일이라고 생각했어요.」[421] 알렉스 텅도 아버지의 그런 심정을 느꼈고, 그것은 단지 의무감만이 아니라, 충성심이라는 다정한 감정, 진짜 애정이라고 느꼈다. 「저는 에스더 아줌마에 대한 아버지의 충성심은 존경할 만하다고 생각합니다.」성인이 된 알렉스가 루의 다중적인 삶이 야기한 고통에 대해 회상하면서 말했다. 「에스더 아줌마는 그런 모든 시기를 거치면서도 아버지를 지원했어요. 하지만 그랬다면 다른 사람들에 대해서도 그런 마음을 가졌어야죠. 저는 그 상황을 다루는 아버지의 방식이 옳지 않았다고 생각해요.」왜 그렇게 가족들을 이상한 상황에 처하게 했는지 루에게 여러 번 물어봤지만 한 번도 대답해 주지 않은 것에 대해, 알렉스는 훗날 이렇게 회상했다. 「아버지는 그냥 침묵으로 일관했어요. 하지만 물론 그러한 상황에 관해 생각을 하긴 했겠죠. 아버지는 돌아가시기 몇 년 전부터 비로소 우리를 사람으로서 생각하기 시작한 것 같아요.」[422]

*

「그는 고통을 안고 산 사람이었어요.」방글라데시 건축가인 샴술 웨어스가 말했다. 「그의 내면에는 심리적인 장애가 있었어요. 겉으로는 아주 좋은 사람이었죠. 아마도 여성들은 이러한 면 때문에 그에게 끌렸을 겁니다. 인류에 대한 큰 이해심 때문에요. 아주 세심한 사람이었습니다.」그리고 웨어스는 칸의 이런 점을 다음과 같이 느꼈다. 「어릴 때 힘든 시기를 겪어서였을 겁니다. 어려운 일을 겪은 사람들은 항상 더 큰 통찰력을 갖게 되거든요. 때로는 그런 사람들이 아주 무모해지기도 하죠. 그들은 뭔가를 성취하고 싶어 하니까요.」[423]

여러 다른 어려움 중에서 가장 큰 부분은 확실히 얼굴에 난 심한 흉터였다. 「그는 그 부분에 대해서 결코 언급하는 법이 없었어요.」그 흉터가 생기게 만든 어릴 적의 사고에 대해 언급하면서 프레드 랭퍼드가 말했다. 「하지만 저는 그 흉터에 대해 많이 생각했어요. 그리고 그 흉터로 루라는 사람이 어떻게 형성되었는지에 대해서요. 어릴 때 친구들이 그를 〈못난이〉라고 부르고, 그래서 은둔적인 성격을 갖게 되고, 혼자 있게 되는 시간이 많아졌을 것이고 그래서 그림을 잘 그리게 되고 예술을 하게 되었을 거라고 상상합니다. 많은 예술가들이 그랬던 것처럼요.」

처음엔 그렇게 자신감이 부족한 사람이었다 해도, 그는 결국 그 자신감을, 혹은 그와 비슷한 것을 손에 넣은 것 같았다. 「아마도 그는 자라나면서 자의식이 강했고 자신감이 부족했을 겁니다. 하지만 저와 함께 일했던 시기의 그는 아주 자신감 있게 행동했습니다.」프레드가 말했다. 「그가 라호이아에서 연설을 하는 것을 보았습니다. 그는 연설 내용을 미리 적어 놓지도 않았어요. 그는 무대 위로 걸어 나와서, 그냥 무턱대고 말을 시작했고, 그러다가 재즈 트럼펫 연주자처럼 열정적으로 강연을 했죠. 그런 행동은 자신감이 없으면 어려운 일이라고 생각해요.」[424]

점점 더 명성을 얻게 되면서, 칸은 강의실뿐 아니라 여러 종
류의 공식적인 자리에서 이와 같은 이상하게 친밀하고 매혹적
이며 자유로운 형식의 연설을 해달라는 요청을 받았다. 청중은
일반인에서부터 음악 및 미술 전공 학생들과 건축업계 전문가
에 이르기까지 다양했다. 연설 장소 또한 필라델피아와 같은 가
까운 지역에서부터 취리히와 같은 먼 곳까지 가리지 않았다. 그
중에서도 1971년 6월 디트로이트에서 했던 가장 열정적이고
유명한 연설 중 하나는, 매년 건축가 한 명에게, 그의 일생 동안
의 업적을 기리기 위해 수여되는 미국 건축가 협회 금상을 받았
던 시상식에서였다.

　　연설 제목은 「방, 거리, 그리고 인간의 합의」였다. 루는 그렇
게 인정받은 사실을 마치 아이처럼 매우 자랑스러워했고 그다
음 해 6월, 애스펀에 연설을 하러 온 칸을 보고 리처드 솔 워먼
역시 그런 점을 느꼈다. 그때 칸은 1972년 6월 13일, 미국 건축
가 협회와 동등한 영국 왕립 건축가 협회의 금상을 수상한 뒤
영국에서 막 필라델피아로 돌아왔을 때였다. 콜로라도 공항에
서 워먼을 만났을 때, 런던 시상식이 끝난 후 며칠 동안 필라델
피아를 비롯한 여러 도시를 거치면서 비행기를 몇 번이나 갈아
탔음에도 불구하고, 루는 여전히 영국에서 받은 금상 메달을 손
에 쥐고 있었다. 「리키, 이것 좀 봐!」[425] 그는 막 보물을 찾아낸
어린아이처럼 손을 앞으로 내밀며 소리쳤다.

　　하지만 그것은 지극히 사적인 자리에서의 행동이었다. 공식
적인 자리에서는, 즉 1971년 그가 처음으로 금메달을 받은 수

상 소감을 말했을 때 칸은 적절히 성숙하고 진지하게 행동했다. 칸은 같은 해 다른 장소에서 미국 건축가 협회에서 했던 연설을 다시 했는데, 던컨 화이트가 당시의 모습을 찍은 영상을 보면, 인쇄된 대본으로는 대충 짐작만 할 수 있었던 디트로이트의 연설 — 미리 준비한 원고도, 긴장감이나 당황하는 기색도 없이, 그의 트레이드마크인 삐뚜름한 나비넥타이와 조명에 반사된 그의 흰 머리와 두꺼운 안경테와 함께 청중에게 직접 연설하는 모습 — 을 실제로 볼 수 있다.

루는 그의 연설에서, 〈방은 건축의 시작입니다〉라고 말했다. 그리고 그는 그 특별한 속성에 관심을 집중시키기 위해서 계속 말을 이어 갔다. 「방에 들어서면 그것이 얼마나 사적인지, 그것의 생명력을 얼마나 많이 느낄 수 있는지 알게 됩니다. 작은 방에 다른 사람과 단 둘이 있을 때는 이전에는 한 번도 한 적이 없는 말을 하게 될 수도 있습니다. 이것은 한 사람 이상이 있을 때는 달라집니다. 그러면, 이 작은 방에서 각 개인의 독특함이 너무 민감해서 상호 관계가 원활하지 않습니다. 모든 사람이 각자의 말, 그것도 오래전에 했던 말들을 다시 늘어놓기도 하는 여러 사람과의 만남은 사건이라기보다는 공연이 됩니다.」 루는 이러한 말을 전달함으로써 두 사람 간의 사적인 만남에서만 이루어질 수 있는 더 친밀하고, 사적이며, 신선한 만남의 가능성을 제시하면서도, 사실은 바로 그 순간 자신이 하고 있는 〈공연〉을 언급하는 듯이 보였다. 하지만 그가 말하는 방식 때문에 공적인 대화와 사적인 대화가 뒤섞인 것처럼 느껴지기도 했다. 「우리가 지금 있는 이 방은 크고, 별 특징이 없습니다. 하지만 제가 어떤 한 사람을 선택해서 말을 걸면, 이 방의 벽들이 모두 함께 화합하여 이 방은 친밀해질 것입니다.」

한 번에 한 사람과의 밀접한 관계성, 이것이 바로 그가 다른 사람과 연애를 하든 혹은 건물을 설계하든, 루가 세상에서 존재하는 모든 방식이었다. 하나의 방에서 시작하여 거리로, 그리고 모든 〈인간의 사회적 합의〉를 향해 바깥쪽으로 뻗어 나감으로써, 그는 그런 사적인 강렬함을 공적인 영역으로 옮기려고 시도했다.

「거리는 합의의 방입니다.」 그는 디트로이트 연설에서 이렇게 말했다. 「거리는 각 주택의 소유주가 공공 서비스에 대한 대가로 도시에 헌납한 것입니다……. 그렇기 때문에 거리는 공동체의 공간입니다.」 그는 이 연설을 하면서, 한 층에서 다음 층으로 사람들을 이동하게 하는 주보랑이, 가로등과 같은 것까지 포함하는 도심 거리의 물리적인 특성을 가지고 있던 다카 의회 건물의 디자인을 떠올렸을 수도 있다. 임의적이고 우연한 만남을 조성하기 위한 이 〈국회 의사당〉의 복도들은 이른바 정치적인 협력이라고 불리는, 일종의 인간의 사회적 합의를 생성하도록 의도한 것이다. 이 연설을 하면서 다카를 염두에 두었다는 사실은 연설의 뒷부분에서 자신이 인도 아대륙에서 했던 작업들을 언급했을 때 확실히 드러났다.

「저는 인도와 파키스탄에서 대부분의 사람들에게 야망이 없다는 것을 알게 되었습니다. 왜냐하면 하루하루 연명하는 삶에서 벗어날 방법이 없고, 그보다 더한 것은, 재능을 발휘할 기회가 없었기 때문입니다. 표현은 살기 위한 이유입니다.」 하지만 루의 시각에서 자기표현이란 그것이 뭔가 더 큰 것으로 발전되지 않는 한, 그 자체만으로는 큰 가치가 없었다. 「저는 인간의 가장 위대한 업적은 혼자에게만 속한 것이 아닌 부분이라고 믿습니다.」

칸은 문화가 전반적으로 위기의 순간에 도달했다고 확신한 것 같았다. 「한 도시는 공공시설의 특성에 의해 평가됩니다. 거리는 도시의 가장 첫 번째 공공시설 중의 하나라고 할 수 있습니다. 오늘날, 이러한 공공시설들은 시험대에 올라 있습니다.」[426] 그는 1971년 디트로이트 연설에서 이렇게 말했다. 이것은 분명히 당시(그리고 비단 당시만의 일은 아니다) 미국의 도시와 공공시설에 있어서 분명한 진실이었다. 그리고 이것은 다른 측면에서도, 그의 마음속에 있던 다른 먼 장소에서도 진실이었다. 왜냐하면 그가 이 연설을 하는 동안 다카가 유혈 전쟁에 휘말린 사실을 알고 있었기 때문이다.

새로운 나라의 독립을 둘러싼 분쟁으로 알려진 방글라데시 독립 전쟁은 1971년 3월, 그해 선거에서 대다수의 국회 의석을 차지한 동파키스탄의 주요 정당이 정부 수립을 위한 권리를 주장하면서 공식적으로 시작되었다. 그렇게 되면 독립을 주장하던 아와미 연맹*의 당수였던 셰이크** 무지부르 라만이 동파키

* 방글라데시의 주요 정당 중 하나.
** 지도자라는 뜻.

스탄의 총리가 되는 것이었다. 하지만 서파키스탄의 지도자였던 줄피카르 알리 부토가 셰이크를 인정하지 않고 자신의 장군들 중 한 명을 동벵골의 총독으로 파견하자 라만은 독립을 선포했다. 이 선포는 3월 26일에 이루어졌고, 같은 날 셰이크는 파키스탄 군대에 의해 체포되었다.

그 결과로 시작된 전쟁의 폭력성은 악명 높았다. 파키스탄 군대가 침공하여 다카를 점령했을 때, 수도와 다른 외곽 지방에서 수많은 대량 학살을 저질렀다는 사실이 보고되었다. 살아남은 반군들은 인도가 있는 서쪽으로 피난했고, 서벵골에 있는 국경 바로 너머의 캘커타*에서 방글라데시 망명 정부가 수립되었다. 마침내, 12월 3일, 인도는 방글라데시를 지원하기 위해 전쟁에 참전했고 다카에 있는 파키스탄군을 세 갈래로 공격했다. 12월 16일, 도시는 인도군에 의해 함락되었고, 그날은 신생 국가 방글라데시에서 〈승리의 날〉로 알려지게 되었다.

칸에게 건축비를 지급하던 서파키스탄 사람들이, 사실상 칸의 직접적 고객이었던 동파키스탄인들을 제거하려고 하고 있던 9개월의 전쟁 기간 동안, 루는 사실상 다카 사람들과 거의 연락을 하지 않고 있었다. 콘크리트가 반쯤만 타설된 채 지붕도 없이 미완성 상태로 서 있던 국회 건물은 건설 중인 건물이라기보다는 오랫동안 방치된 고대의 돌무더기처럼 보였다(칸의 건물이 전쟁 중에 폭격과 기관총의 공격에서 비교적 무사히 견뎌낸 이유는, 그 건물을 특히 하늘에서 내려다봤을 때 이미 폐허

* 콜카타의 전 이름.

494

처럼 보였기 때문이라는 견해도 있다). 동파키스탄에서 프로젝트들을 하고 있던 서양 국가의 계약자들 대부분은 전쟁 중에 철수했거나 중단했지만 칸은 일을 계속해 나갔다. 때때로 헨리 윌콧만 그 프로젝트에 유일하게 투입되었고 사무실의 다른 모든 사람들은 더 최근의 프로젝트에 투입되는 경우가 많았다. 하지만 1971년 내내 필라델피아에서도 다카를 위한 설계 작업은 지속적으로 진행되었다. 루가 엔지니어 해리 팜바움의 도움을 받으면서 국회 중앙 홀의 지붕을 위한 최종 계획을 생각해 낸 것도 이 시기였다.

전쟁이 끝나자, 칸은 새로 출범한 방글라데시 정부와 새 계약을 체결했고 다시 그 일을 완성하기 위한 작업에 돌입했다. 프로젝트가 완성되기 전까지, 루이스 칸의 프로젝트에서 항상 일어나는 일상적인 변경 및 축소 과정이 있었다. 초기에 국회 부지에 포함될 예정이었던 다카의 대법원은, 다른 건축가가 더 전통적인 스타일로 설계하여, 독립적인 건물로 도시의 다른 부분에 세워지게 되었다. 칸의 회사가 수년 동안 진행 중이던 대형 병원은 궁극적으로 단일 외래 병동으로 축소되었다. 그리고 소규모의 변경 사항도 있었다. 프레드 랭퍼드가 콘크리트 작업자들에게 만드는 법을 상냥하게 가르쳐 주었던 V 자 모양의 돌출부가 그중 하나였는데, 거푸집을 제거하는 과정에서 그 부분이 자꾸만 부서졌기 때문에 건물의 상층부에서는 제거되었다. 하지만 그러한 설계 변경은 상대적으로 사소한 부분이었고 전체적으로 건물은 칸이 지속적으로 구상했던 방식으로 서서히 모습을 갖추기 시작했다.

루는 1972년 8월과 1973년 1월에 다카로 갔고, 두 방문 모두 헨리 윌콧과 동행했다. 헨리는 주로 먼저 가서 그들이 해야 할 작업을 미리 준비해 놓았다. 1973년 초 여행을 예로 들면, 루와 헨리 모두 1월 20일에 런던으로 출발한 뒤 윌콧은 런던에서 곧바로 방글라데시로 갔고, 루는 텔아비브로 가서 이스라엘에 며칠 머물렀다. 루는 그다음 1월 26일 금요일에 다카에서 헨리와 합류하여 5일간 밤낮으로 일에 몰두했다.

회의 안건에는 사무국 건물을 위한 계획을 포함해 수도 부지에서의 다양한 설계 및 건설 문제들에 대한 토의가 있었다. 이 방문에서 만난 사람들 중에는 건설부 장관으로 새로 임명된, 매우 유능한 모이눌 이슬람과 새 총리인 셰이크 무지바르 라만도 있었다. 그들이 칸을 초대한 이유는 공항 터미널, 외교부 단지, 상업 지역, 일부 주택 단지를 포함하는 의회 건물 북쪽 지역의 새로운 개발 사업과 기존의 도시 부분이 합류하게 되는 다카 전체의 마스터플랜 개발에 도움을 받기 위해서였다. 루는 그가 매우 존경했던 다카의 도시 계획 위원장인 자만 씨와 교량, 수로, 수상 주거지에 대한 이야기를 나누었는데, 자만은 루와 헨리에게 몬순 기간 동안의 홍수 수준을 나타내는 도표와 지도를 보여주었다.

그리고 마지막으로 저녁에 참석해야 할 행사들이 있었는데, 미국 국제 개발 기구의 계획자인 래리 헤일먼의 집에서 있었던 저녁 식사도 그중 하나였다. 초대된 손님에는 루와 헨리 외에도 새 병원의 책임을 맡게 될 정형외과 의사인 고스 박사와 그의 부인을 포함하여 개발 기구의 직원들도 있었다. 그날 밤 저녁 식사 자리에서 여러 사람이 주택 부족 문제가 심각한 다카에서 정부 건물에 너무 많은 돈을 소비하는 것에 대한 우려를 표명했다. 월콧은 그냥 허세 섞인 말로 듣고 넘겼지만, 칸은 매우 신중하게 경청했다.

그날 밤 호텔에서 루는 잠에서 깨어날 만큼 강렬한 꿈을 꾸었다. 그는 성급히 메모할 만한 종이를 찾다가 영국 해외 항공 회사*의 런던-텔아비브 비행기 티켓 영수증을 찾아냈다. 그는 그 작은 종이의 뒷면에 아주 상세하게, 그리고 가끔은 해독하기 불가한 글씨로 꿈에서 본 내용을 기억나는 대로 막 휘갈겨 적었다.

불에 탄 나무의 형상, 내가 만난 것처럼 인식됨. 불에 탄 나무 ─ 3인치의 길이 ─ 를 치우려는 남자. 파란 옷을 입은 미인이 최근 끊임없이 먼 거리에 나타나는 것을 발견함. 입어본 바지를 가져왔던 곳에 다시 돌려놓음. 가져온 것을 숨기려고. 떠나면서 그 인물은 그것의 주인한테서 이것을 숨기려고 함. 바닥은 도금이 되어 있지만 손상됨.

몇 명의 예술가 친구들이 어떤 차에서 떠나려고 함 ─ 다른 일정이 있어서 ─ 나만의 길을 가기 위해 아이디어를 갖고 그들을 떠남. 다시 길을 건넜는데 아직 가지 않고 있는 그들을

* 영국 항공의 전신.

발견하고 결국 다시 합류할 수밖에 없게 됨.

　루의 말투에 익숙하지 않은 사람은, 그리고 심지어 잘 아는 사람도 이 문장은 이해할 수 없을 정도로 난해하다. 그는 어쨌든 이 메모에서 자신에게 얘기하고 있는데, 논리나 전개에 맞지 않게 뭔가를 말하고 있다. 그래도, 오로지 자기 자신에게만 말하고 있다는 점은 확실하기 때문에 ── 무의식적이면서도(꿈속의 일이기 때문에) 동시에 의식적으로(꿈의 내용을 해석하려고 노력하면서) ── 이 말들은 그가 깊이 몰두해 있는 것들의 일부를 드러낸다. 여기에는 불에 탄 뭔가에 대한 언급이 있다. 〈형상…… 내가 만난 것으로 인식되는〉 3인치 길이의 그을린 나무 같은 것(혹은 적어도 숫자 3과 관련된)이 있다. 불법적이거나 금지된 행위가 발각되는 것에 대한 불안감과 그것을 숨기려고 한다(특히 그 사실을 반드시 숨겨야 하는 사람과 관련하여). 하지만 그 창피한 행동은 고작해야 자기 것이 아닌 어떤 바지를 입어 보려고 하는 정도다. 그리고 나중에 〈결국은 그들과 다시 합류할 수밖에 없다는〉 사실을 깨닫게 되지만, 몇몇 〈예술가 친구들〉과 만났을 때 〈나만의 길을 가겠다는〉 욕망이 있다.
　얼핏, 이상하고 불안한 꿈에서 기억할 수 있는 것들을 포착하면서 루는 전날에 있었던 일에서 꿈의 근거를 찾으려고 노력한다. 〈지난밤,〉 그는 꿈에 대한 내용을 요약한 바로 밑에 이렇게 적고, 저녁 식사 자리에서 나눴던, 〈주택난이 심각한 상황에서 수도 건물을 지으려고 하는 부적절함〉과 다른 계획적 문제들에 대한 대화에서 나왔던 말들을 간략하게 적어 갔다. 결국 그는 저녁 식사에서 만났던 손님들을 떠올린다. 〈래리 헤일먼의 집에 있던 젊은 사람들과 의사 부부는 관대하고 좋은 사람들 같다.〉 그는 또 다음과 같이 깨닫는다. 〈고위 관리들과 나와의 인맥에 대한 얘기를 많이 했다……. 잠이 안 오니까(지금은 아주 이른 새벽이다) 이제야 그런 사람들을 언급한 것이 과연 현명한 일이었는지, 혹시라도 알려지면 나한테 별로 좋지 않은 영향을 끼칠까 봐 걱정이다.〉 그러고는, 완전히 새로운 줄에 다음과 같이 적는다. 〈내가 그렇게까지 그 수도 건설을 완성하려는 의지가 아니었으면 좋았을 텐데.〉 그리고 이 문장에는 마치 그 자신과 그의 의지가 너무 완벽히 일치되어 있는 것처럼 연결 동사가 필요하지 않다고 여겼는지, 가장 중요한 동사 대신(〈가지지 않았으면?〉이라든지 〈느끼지 않았으면?〉이라고 쓰지 않고) 그냥 〈아니었으면〉이라고 쓴 것을 볼 수 있다.

이렇게 반쯤 깬 상태에서 혼자만의 생각에 빠져 그는 이제 꿈과 그 의미로 돌아간다. 〈위에 적은 꿈은 마치 경고 같았다.〉 그는 골똘히 생각한다. 〈이 이상하고 아무 관련 없는 꿈은 어떻게든 분명히 연결되어 있다. 하나가 없으면 다른 하나도 존재하지 않는다. 옛것이 신경 쓰이고, 하나는 자신의 어리석음에 대해서, 혹 그것이 배반으로 이어질까 봐 두려워한다.〉 그는 〈비록 그 국가를 위해 좋은 일을 하려고 했음에도 불구하고〉, 오히려 〈나의 파괴적인 입장 때문에 다른 부정적인 견해를 불러일으키고 있는 것은 아닐까〉 하고 걱정한다. 그러다가 다시 희망적인 생각이 밀려들면서, 그는 아쉬운 듯 다음과 같이 결론을 짓는다. 〈하지만 건설적인 비판을 이끌어 내는 것일 수도 있다.〉[427]

*

「방글라데시 국회 의사당」이 루에게 중요했던 이유 중 하나는, 민주주의에 대한 다소 무형적이지만 강한 그의 열정 때문이었다. 이 프로젝트는 무엇보다도 국회의 본질, 인간 합의의 메커니즘에 대해 그가 갖고 있던 다양한 감정과 아이디어를 건물의 형태로 나타낼 수 있는 기회를 주었다. 그리고 드디어, 비록 훨씬 더 작은 규모였지만, 미국에서도 이와 유사한 공적인 프로젝트의 의뢰를 받게 될 기회가 찾아왔다.

1973년 초, 칸은 뉴욕에 루스벨트 아일랜드라는 이름으로 새로 개명된 지역에 「프랭클린 델러노 루스벨트 기념비」 설계를 의뢰받았다. 이 프로젝트는 소크 프로젝트로 시작된 기간을 좋게 마무리하는 의미도 있었는데, 그 이유는 루스벨트 역시 소아마비 환자이자 소아마비 구제 기금 〈다임의 행진〉*의 설립자였고, 결국 다임(혹은 적어도 다임에 새겨진 루스벨트의 옆얼굴)

---

* 〈다임의 행진〉은 소아마비 구제 기금으로서, 처음에는 루스벨트 대통령이 그가 치료 목적으로 방문하던 웜스프링의 이름을 딴 기금으로 시작되었다가, 12년 후 가수 에디 캔터가 장난스럽게 대통령에게 10센트씩을 보내자는 말을 하면서 이 모금 운동이 시작되었다. 루스벨트 사망 이후 1945년, 10센트 동전에 루스벨트의 얼굴을 새기게 되었고 10센트 동전은 루스벨트 다임이라고 불리게 되었다. 그후 매년 진행되는 모금 운동 기금은 「소크 생물학 연구소」의 폴리오 백신 연구를 지원한다.

이 칸이 설계한 라호이아와 뉴욕의 건축물 두 곳에 등장했기 때문이다. 하지만 칸의 인생에서 루스벨트가 차지하는 중요성은 그보다 훨씬 전으로 거슬러 올라간다. 루스벨트 대통령의 임기인 1932년부터 1945년까지의 기간은 젊은 루가 이상주의를 품었던 시기와 일치하며, 따라서 이 시기에 그는 여러 가지 방면으로 뚜렷한 정치적 성향을 갖고 있었다. 사회 문제에 많은 관심으로 만든 루스벨트 연방 정부의 프로그램은 칸의 초기 건축 및 도시 계획 작업에 상당한 영감을 주었고 루스벨트는 루가 역대 대통령 중 가장 좋아하는 대통령이 되었다.

하지만 칸은 인생 후반기에 어떤 정치적 입장도 취하지 않으려고 노력했다. 이를테면 그는 아끼는 처제 올리비아 에이벨슨이 세인 프리즈 운동Sane Freeze Movement*의 설립자 중 한 명이었음에도 불구하고, 1960년대 후반에 필라델피아의 예술가들이 나눠 주던 핵무기 반대 청원서에 서명하기를 거부했다. 「아버지는 싫다고 말했어요. 단지 〈정치적인 것에 얽히기 싫어서〉라고 말했죠.」[428] 아버지의 거절을 창피하게 생각했던 수 앤이 말했다.

「그건 루가 정말 비정치적인 사람이었기 때문이에요.」[429] 에스더 칸은 남편의 사망 15년 후 건축 사학자인 데이비드 브라운리에게 말했다. 더 자세하게 묻자 그녀는 과거의 루에게 뚜렷한 급진주의 성향이 있었다면 그건 분명 오스카 스토노로프와 다른 외부적인 영향에 기인했을 거라고 암시했다. 그녀는 루가

* 핵실험 반대 및 국제 평화를 위한 미국의 민간 조직.

1930~1940년대에 뚜렷한 정치적 성향으로 활동했던 시기를 기억에서 지워 버린 것(루가 그러려고 노력했던 것처럼) 같았다.

20세기가 진행되면서 스탈린주의와 소련의 여러 약탈 행위에 대한 수치심, 미국 대통령 선거에 대한 혐오, 그리고 점점 더 TV에 의존하는 경향, 미국의 해외 군사 개입 등에 대한 두려움과 우려 등을 포함하여, 사람들이 정치적 활동을 멀리 하려고 했던 것에는 많은 이유가 있었다. 여기에는 노후 및 경제적인 안정으로 자연스레 사람들의 관심이 더 개인적인 쪽으로 흐르는 사회적 경향성도 당연히 포함되었다. 하지만 칸의 경우에는 특히 매카시 시대와 관련이 있는 듯하다. 조지프 매카시*가 과거에 좌파 성향을 가졌던 모든 사람들에 대해 행했던 만연하고 무자비한 조사는, 특히 가난에서 겨우 벗어나 막 중상층 대열에 발을 들이기 시작한 이민자들에게는 두려운 일이었다. 루뿐만 아니라 많은 사람들이 자신들의 직업을 지키기 위해 정치 활동을 했던 과거를 지우려고 노력했다. 루이스 칸과 같은 건축가에게는 공공 기관에서 건축 의뢰가 들어올 때마다 매번 그에 적합한 자격을 입증할 필요가 있었을 것이고, 그런 과정에서는 과거의 깨끗한 기록이 특히 더 중요했을 것이다. 그리고 비록 공산주의자 탄압에 대한 공포심이 칸의 정치 성향에 영향을 미쳤는지는 확실치 않지만, 그 문제를 인식하고 있었던 것은 확실하

* 미국 공화당 정치인. 초보수적이고 반공산주의적 정치 이념으로 많은 사람들을 공산주의자로 지목해 불필요한 조사를 시행했다.

다. 왜냐하면, 그가 1973년 프랫 인스티튜트에서 한 연설에서, 〈우리의 진정한 의식, 우리의 민주주의에 대한 의식을 망친 매카시만큼 파괴적인〉 사고방식에 대해 경고했기 때문이다.

브루클린 예술 학교 학생들 앞에서 했던 같은 연설에서, 루는 다음과 같이 말했다. 「지금 나는 뉴욕의 루스벨트 기념비를 설계하고 있습니다. 저는 항상 기념비는 하나의 방과 하나의 정원이 있어야 한다는 생각을 갖고 있었습니다. 그것이 전부였습니다.」 그리고 그런 선택을 한 이유들을 들었다. 「정원은 개인적인 자연, 자연을 개인적으로 통제하는, 다시 말해 자연을 모아들이는 방식입니다. 그리고 방은 건축의 시작이었습니다. 그런 의식이 있었습니다. 또한 방은 단지 건축이 아니라 자아의 확장이라는 생각도요. 이것을 설명하겠습니다. 왜냐하면 이것은 저에게는 전혀 속하지 않은 특성들을 가지고 있기 때문입니다. 이것은 건축을 여러분에게 가져다주는 특성들을 가지고 있습니다. 인간의 표현 방식으로써 건축이 등장했다는 점은 매우 특별하며 굉장히 중요한 부분입니다. 왜냐하면 우리는 표현하기 위해 살고 있기 때문입니다. 표현은 삶의 이유입니다.」[430]

그리고 이것은 루에게, 아주 다르고 더 심오한 종류의 정치적 신념으로 돌아가게 했다. 그것은 바로, 인도와 방글라데시의 가난한 사람들을 포함하여 세상의 모든 사람들에게는 자기표현의 권리가 있다는, 그가 오랫동안 간직해 온 신념이었다. 따라서 루스벨트 기념비가 네 가지 자유를 뜻하는 「루스벨트 포 프리덤스 공원」으로 불리게 된 것은 매우 적절했다. 왜냐하면

1941년, 〈인간의 필수적인 네 가지 자유〉에 대한 연설에서 루스벨트는 신앙의 자유, 결핍으로부터의 자유, 그리고 두려움으로부터의 자유와 더불어, 〈세상 모든 곳에서의 언론과 표현의 자유〉[431]를 가져야 한다고 주장했기 때문이다. 이 기념비의 최종 형태는 퀸스, 브루클린, 맨해튼과 광활한 이스트강의 전경이 바라다보이는 지붕 없는 세 면의 석벽으로 된 〈방Room〉의 형태로, 그중 한 면에 루스벨트가 했던 연설의 문장들이 새겨졌다.

루스벨트 기념비에 대한 칸의 계획은 언제나 그랬던 것처럼 여러 번의 극단적인 변경과 수정을 거쳤지만 결과적으로는 아주 단순한 형태가 되었다. 그가 그 기념비에 대한 제안서를 해리엇 패티슨의 사무실로 처음 가져왔던 1973년 2월 20일부터, 그리고 같은 해 가을, 최종 설계안을 완성했을 때 그 〈방〉에는 근본적으로 세 가지의 다른 버전의 계획이 있었다. 브러시 처리된 강철로 제작된 기념비, 좀 더 작지만 여전히 육중하고 큰 콘크리트 건물, 끝으로 화강암으로 된 구조물이었다. 정원에 대한 계획도, 가로수길을 통해 지나는 긴 접근로(해리엇의 아이디어)로 할지 아니면 더 제한적이고 폐쇄적인 쪽(루의 아이디어)으로 정할지에 대한 논쟁이 있었기 때문에 여러 번의 수정 과정을 거치게 되었다. 결국 고객들은 — 뉴욕시, 뉴욕주, 그리고 루스벨트 아일랜드의 건설을 맡게 된 에드 로그*의 도시 개발 회사 모두 — 해리엇의 안을 선호했고, 또한 콘크리트를 화강암으로 바꾸기를 바랐다. 루는 그 요구를 받아들였다.

* 미국의 도시 계획가 및 행정관.

그가 루스벨트 설계 작업을 하는 동안, 조카 앨런의 자녀들인 로렌과 제프 칸이 필라델피아로 여행을 오게 되어 사무실로 찾아왔다. 수십 년 후, 로렌은 큰할아버지가 자신에게 설계의 특정 부분을 설명해 주던 것을 기억했다. 「큰할아버지는 하하 ha-ha를 만들고 있었어요. 제가 하하가 뭔지 묻자, 큰할아버지는 농부가 농장에서 자기의 소들을 특정 경계 밖으로 못 나가게 하고 싶은데 또 울타리를 원하지는 않을 때 사용하는 방법이라고 말했어요. 농부가 울타리 대신 도랑을 파 놓으면 소들은 본능적으로 그것을 넘어가면 안 된다는 것을 안다고요. 그리고 이건 미관상 울타리보다 훨씬 보기 좋아서 큰할아버지는 루스벨트 공원에 이것을 만들고 싶어 했어요. 그래서 사람들이 보는 경치에 제한 없이 바라볼 수 있게 말이에요. 사람들은 그래도 그 경계가 있고, 또 어디인지 알기 때문에 여전히 안정감을 느낄 거라고 했어요.」[432]

같은 해 여름, 루는 해리엇과 너새니얼에게 루스벨트 기념비 프로젝트에 대한 아이디어 스케치를 편지에 동봉해 보냈다. 1973년 8월, 날짜를 적지 않은 이 손 편지는, 메인주의 해안가 주변 인디언섬에 있는 해리엇의 여름 별장으로 발송되었다. 이곳은 약속한 대로 루가 찾아와 주기를 바라면서(물론 루는 한 번도 찾아가지 않았지만) 매년 여름 두 사람이 휴가를 보내던 곳이었다. 한 페이지짜리 편지는 애정으로 가득 차 있었지만(수신인은 〈사랑하는 이들에게〉라고 되어 있고, 너새니얼을 〈우리 작은 영웅〉이라고 칭했다) 약간의, 어쩌면 일시적이었을 절망감을 살짝 드러냈다. 〈그 모든 크디큰, 아주 큰 공허함과 불행함이 점점 커지려고 하는 우울한 상태 속에서 기쁨으로 충만한 아주 작디작은 것들이 어렴풋하게 나타나, 공기주머니처럼.〉 루는 이렇게 썼다. 그러고는 기분이 조금 나아졌는지 다음과 같이 덧붙였다. 〈그곳에서 즐거운 시간을 갖고 있다는 것, 그리고 무엇보다도 세상의 일부가 두 사람의 영역이라고 느끼고 있음을 알 수 있어……. 기념비를 모두 석조로 만들기로 했어.〉[433] 그는 화강암 구조물에 대한 스케치에 군데군데 아주 작은 손글씨로 몇 개의 문장을 적어 놓았고, 그중에는 화살표로 표시해 놓은 여러 개의 〈간격〉도 포함되어 있었다.

너새니얼은 몇 개월 후 그러한 간격들을 직접 보게 되었다. 1973년 가을, 설계의 마지막 단계가 진행되던 무렵이었는데, 루와 해리엇이 모두 루스벨트 프로젝트에 전념하고 있었기 때문에 사무실에 너새니얼을 데려오게 되었다. 루는 그 〈방〉의 모형과 씨름하고 있었는데 그것은 벽의 여러 부분들이 서로 분리되면서 그 사이에 공간을 만드는 형태였다. 루가 자주 반복해서 언급했던, 〈벽이 나뉘어 기둥이 된다〉라는 아이디어를 거의 그대로 구현한 것이라고 할 수 있었다. 벽을 떨어뜨렸다가 다시 합치는 행동을, 매번 약간씩 다른 간격으로, 반복하다가 루는 너새니얼에게 말했다. 「네 생각에는 간격이 얼마나 벌어져야 한다고 생각해?」 어린아이인 너새니얼은 그런 질문을 받는 것이 너무 기뻤다. 후에 성인이 된 너새니얼은 그 일로 아버지가 어떤 방식으로 일을 했는지 이해하게 되었다고 생각했다. 「아버지는 일하면서 이야기하는 것을 좋아했어요.」 너새니얼이 말했다. 「그리고 그 대화의 대상이 어리든 나이가 많든 건축가든 아니든 상관없었어요. 아버지는 사실 상대의 의견이나 해결책에 관심이 있었던 것이 아니라 상대방과 대화를 하다가 자신에게 떠오를 아이디어에 관심이 있었을 뿐이에요.」[434]

*

1973년 칸이 패티슨과 함께 일한 프로젝트는「프랭클린 루스벨트 기념비」만이 아니었다. 그는 마지막으로 설계한「코먼 주택」의 조경에도 해리엇을 고용했다. 이 주택을 의뢰한 고객 스티븐과 토비 코먼은 건축에 투자할 충분한 돈이 있었고 두 사람 모두 매우 까다로웠다. 그들은 유리와 나무(스티브는 목재 사업을 했기 때문에 나무의 다양한 종류에 대해 잘 아는 전문가였다)로 지은 현대식 가족 주택을 원했다. 칸이 계속해서 다른 큰 프로젝트 때문에 너무 바쁘다고 여러 번 고사했음에도 불구하고 그들은 계속 칸에게 집을 설계해 달라고 부탁했다.「그는 일고여덟 번이나 거절했습니다.」 스티브 코먼이 말했다.「저는 계속 사무실에 찾아가 졸랐습니다.」

일단 수락한 다음에는, 루는 거의 매주 필라델피아에서 북서부 방향으로 몇 킬로미터 떨어진 농촌 지역 화이트마시 타운십*에 있는 코먼 가족이 선정한 부지에 찾아가서 그들이 원하는 구

---

* 〈군구〉라고도 하며, 카운티에 소속된 지방 행정 구역 단위.

체적인 요구 사항에 대해서 대화를 나누었다. 토비는 세탁을 할 때 밖을 내다볼 수 있는 창과, 남편과 세 아이로부터 방해받지 않고 혼자 단독으로 사용할 수 있는 드레스 룸을 원했다. 스티브는 지하층까지 포함하여 집 전체에 빛이 아주 잘 들기를 바랐고(「저는 아주 겁이 많아요. 저는 어두우면 무섭기 때문에 어두운 공간은 싫어요.」) 알레르기 때문에 집 안에서 보호 유리로 된 벽을 통해 야외를 내다볼 수 있기를 바랐다. 결국 루는 이 모든 요구 사항이 갖추어진, 그가 전에 만든 어떤 건축물보다 더 『아키텍추럴 다이제스트*Architectural Digest*』*에 나올 법한, 아름다운 비율과 규모로 사랑스럽게 지은 주택을 그들에게 선사할 수 있었다.

아주 넓은 대지를 조경하는 문제를 해결하기 위해 — 두 면이 유리로 둘러싸인 아침 식사 공간과 벽 한 면 전체가 유리창들로 이루어진 거실, 그리고 토비의 화장대 너머로 바라다보이는 위층 창, 그리고 아래층의 세탁실 창으로부터 바라다보이는 모든 경치를 조성해야 하는 — 루는 해리엇을 참여시켰다. 「사람들이 보기에는 두 사람은 그냥 전형적인 부부같이 보였어요.」 두 사람을 모두 잘 알게 된 스티브는 이렇게 언급했다. 「밖에서 서로 논쟁을 벌이다가도 갑자기 같이 점심을 먹으러 가자고 말하곤 했죠. 그는 자신의 여자관계에 관해 아주 편하게 행동했어요.」[435]

* 1920년에 창간되어 주로 인테리어 및 조경 디자인에 초점을 맞춘 미국 월간 건축 잡지.

정말 그랬던 것 같다. 왜냐하면 칸은 앤 팅이 한창 주요 증축을 맡고 있던 「셔피로 주택」의 조경 건축가로 해리엇을 소개했기 때문이다. 루와 앤은 「셔피로 주택」을 위해 건축의 첫 번째 단계가 완성된 1958년부터 1962년까지 함께 일했다. 집이 완전히 완성되기도 전에 노마 셔피로 — 변호사로 활동하다가 후에는 판사가 되었다 — 와 의사였던 남편 버나드 셔피로는 점점 늘어나는 가족을 수용하려면 집이 더 커야 한다는 생각을 하게 되었다. 1972년에는 자녀가 세 명으로 늘어났다. 그들은 루에게 증축을 부탁했다. 루는 당시 펜 대학교 건축과에서 강의(이 또한 루의 추천이었다)를 하면서 독립적으로 회사를 운영하고 있던 앤을 대신 추천했다. 이미 그 주택을 건설할 때 함께 일했었기 때문에 앤이 이전 집에 잘 맞는 새 방들을 증축하는 데 자신만큼 세심한 주의를 기울일 것을 알고 있었고, 또한 셔피로 부부와도 잘 지낼 거라고 확신했다. 「루가 앤을 이 프로젝트에 데려왔을 때, 앤을 많이 존경하고 있음을 알 수 있었습니다.」 노마 셔피로가 말했다. 「앤이 말하지 않았다면 저는 두 사람의 관계에 대해서 전혀 몰랐을 겁니다. 루는 전혀 이에 대해 언급하지 않았거든요.」

하지만 앤은 노마에게 이에 대해 매우 허심탄회하게 말했고, 루와 해리엇의 관계에 대해서 알게 된 것도 앤을 통해서였다. 「앤은 알렉스에 대해서도, 수에 대해서도, 너새니얼에 대해서도 다 털어놓았습니다. 루가 얼마나 자주 그녀의 집에 방문했는지도요.」 셔피로 판사가 말했다. 앤은 또한 노마에게 세 아이가 서

로 알고 지내기를 정말 바란다는 말도 했다. 평생 남편 버니와
만 살아왔던 노마로서는 그런 불륜 관계에 공감하기 어려웠다.
「그런 삶은 사실 제 영역 밖이었어요.」그녀는 언급했다. 하지만
그녀는 앤을 아주 많이 좋아하고 존경했다. 「저는 앤에게 놀라
울 만큼 감명을 받고 앤을 존경했어요. 왜냐하면 그녀는 자신의
아이와 해리엇의 아이가 사생아라는 점을 아주 기꺼이 받아들
이고 있었거든요.」셔피로가 말했다. 「앤은 아마도 루가 자신을
떠나서 슬펐을 거예요. 하지만 그녀는 그 사실에 분노하지 않았
어요. 그리고 해리엇을 좋아했어요. 앤은 이렇게 말하곤 했죠.
〈어떤 사람이 너무 대단하면, 그를 평범한 기준에 가두지 않게
돼요.〉마지막 날까지 그녀는 자신이 제일 사랑받는 정부라고
확신했어요. 그런 생각은 아마도 그녀가 루의 일에 정말 많이
기여했던 것과 관련이 있었겠죠. 저는 앤이 여전히 그를 사랑하
고 있다고 느꼈어요. 그리고 루의 인생에서 자신이 유일한 사랑
이라고 믿는 것 같았어요.」

　　루가 「셔피로 주택」의 조경을 위해 해리엇 패티슨을 추천했
을 때 노마는 앤에게 괜찮은지 물었다. 「그녀는 괜찮다고 하면
서 뭐든 주택에 가장 최선이 되는 것을 원한다고 했습니다.」노
마는 그런 상황의 복잡성을 즐겼음을 자백했다. 「루와 관련된
두 명의 여성이 우리 주택에 관여한다는 사실은 나름 흥미로웠
어요.」하지만 결국 그녀는 해리엇의 계획을 승인할 수 없었다.
「그녀가 제시한 계획안은 너무 격식을 차린 빅토리아 양식으로
동심원 형태의 원형 정원에, 미로가 포함된 계획이었는데 매우

아름답긴 했지만 우리 집에는 너무 안 어울렸어요.」 셔피로 판사가 설명했다. 「우리 집은 숲에 있는 나무집과 같은 느낌입니다. 게다가 해리엇의 계획은 집 건축비만큼 돈이 들었어요! 저는 해리엇에게 마음에 들지 않는다고 말했습니다. 투자한 시간에 대해서는 비용을 지불하겠다고 했지만 그녀는 거절했습니다. 아무래도 우리를 위해 일하는 것을 즐기지 않았다고 말하는 게 더 맞는 것 같아요.」

노마 셔피로가 앤 팅에 대해 노골적으로 공감을 나타낸 점 때문에 종종 에스더의 편에 선 동료들과 불화가 생기기도 했다. 필라델피아의 저명한 변호사 중 한 명이었던 에디 베커는 전적으로 에스더 편이었다.[436] 〈그는 너무 지나친 편견을 갖고 있었고 이런 모든 상황을 매우 못마땅해 했어요〉라고 노마는 회상했다. 루의 비밀스런 사생활은, 루의 직업과는 전혀 상관없는 법조계 사람들의 대화에 오를 만큼, 전혀 비밀스러운 일이 아니었다. 그리고 그런 대화를 나누는 것은 변호사들만이 아니었다. 「필라델피아는 아주 좁은 곳이에요. 그래서 모든 사람들이 그들의 불륜 관계에 대해서 잘 알고 있었어요.」[437] 수 앤이 말했다.

스티브 코먼 역시 루의 사생활이 필라델피아에 널리 알려져 있었다는 사실에 동의했다. 하지만 스티브는 「코먼 주택」을 지으면서 오랫동안 루와 매우 가까워졌고, 루의 사생활에 대해 누구보다 특별히 더 많은 내용을 공유하고 있다고 느꼈다. 「저는 루와 그의 사생활, 에스더와 모든 일들에 대해 이야기하는 데 많은 시간을 보냈습니다.」 코먼이 말했다. 「그에게 결혼은 사회적으로 꼭 해야만 하는 것이었습니다. 그는 자신과 관련된 모든 사람들을 소중히 여겼습니다. 그는 관습적인 사람이 아니었죠. 사람들에게 상처를 주는 것을 원하지 않았어요. 물론 결국 상처를 주었지만, 그렇게 되기를 원하지는 않았습니다.」

*

「코먼 주택」이 완공된 직후, 스티브와 토비는 아름다운 새 집에 루와 에스더를 초대하여 저녁 식사를 같이했다. 두 부부는 거실 및 식당으로 사용되는 길고 복층 높이의 층고를 가진 공간에서 저녁 시간 내내 함께 시간을 보냈다. 그 추운 2월의 밤, 벽난로는 방의 구석구석까지 따뜻하게 해주었고 우아한 식탁 옆에는 그랜드 피아노가 놓여 있었으며, 바닥부터 천장 높이에 이르는 커다란 창문에는 실내로부터 반사된 조명과 외부의 어둠이 함께 어우러졌다. 네 사람은 모두 술을 많이 마셨다. 루는 피아노를 연주했다. 모두 많이 웃었고 즐거운 시간을 보내고 있다는 느낌이 들었다. 「가장 즐거운 저녁 식사 중 하나였습니다.」 토비가 말했다. 「에스더는 저에게 인생에서 가장 즐거운 저녁 시간 중 하나였다는 내용의 쪽지를 보내기도 했습니다.」

이에 대해서는 모두가 동의했다. 하지만 토비와 스티브 코먼 (나중에 우호적으로 이혼을 하게 된 두 사람은 각자 재혼을 한 상황에서도 가깝게 지냈고, 그들이 사랑했던 집은 장남에게 물려주었다)은 그날 밤의 일에 대해 서로 매우 다른 기억을 갖고 있었다. 이를테면 토비는 그날 다른 커플(그 주택의 가구를 디자인한 수잔 빈스방거와 남편 프랭크)도 함께 있었다고 기억했다. 그날 밤 나눈 대화의 어떤 내용도 기억나지 않고 그녀가 부엌에 있는 동안 대화의 일부를 못 들었을 수도 있지만 그녀는 그날 어떤 감정적으로 격한 내용이나 특별히 긴 대화가 오가지는 않았다고 기억했다.

하지만 스티브는 아주 오랫동안, 적어도 한 시간가량 에스더와 루 사이에 진지한 대화가 오갔다고 기억했다. 「스티브는 약간 과장하는 경향이 있어요. 가끔 너무 지나칠 때가 있다니까요.」 토비가 넌지시 알렸다. 「물론 한두 마디 오가긴 했겠죠. 하지만 한 〈시간〉이라뇨?」[438] 스티브의 기억으로는 루와 에스더는 대화를 하는 동안 구경꾼들은 안중에 없었다(「마치 우리가 거기에 없는 것처럼 행동했어요. 완전히 보이지 않는 것처럼요」). 그는 빈스방거 부부에 대해서는 언급하지 않았다. 그의 기억에는 그날 자신과 토비만 있었고, 마치 연극의 관객처럼 두 사람의 대화를 보고 들었다고 했다. 그리고 그들이 들은 것은 루의 결혼 생활과 다른 연인들과의 관계에 대한 극도로 사적인, 따뜻하고 애정 어린 대화였다. 「그는 에스더에게 〈난 다른 사람들을 소중히 여기기 때문에 당신도 소중하게 생각해〉라고 말했습니다.」 스티브는 그가 들은 것을 그대로 전했다. 「당신은 내가 의지할 수 있는 바위 같은 사람이야. 하지만 다른 사람들 역시 각각 다 다르게 소중해. 내가 소중하게 여기는 다른 사람들을, 나는 그냥 소중하게 생각하는 것뿐이야.」 스티브의 관점에서 「그 모든 말의 요점은 모두, 〈난 당신을 소중하게 생각하고 있어〉였 습니다.」[439] 에스더 역시 루의 말들을 모두 그런 맥락으로 듣고 있었다. 그리고 스티브에 의하면, 바로 이것이 몇 주 후에 에스 더가 코먼 부부에게 감사의 편지를 보낼 때, 그날 밤이 그녀에 게 얼마나 중요했었는지에 대해 쓰게 만든 이유였다.

어쨌든, 이날의 일은 타이밍 때문에 에스더의 인생(그녀와 루가 공유하던 인생에서)에서 아주 중요한 사건으로 남게 되었 다. 「코먼 주택」에서의 저녁 식사는 1974년 2월 마지막 주말에 있었다. 그 2주 후, 루는 인도로 그의 마지막 여행을 떠나게 된다.

현장에서:
아마다바드 「인도 경영 연구소」

「인도 경영 연구소」의 중앙 광장
(사진: 미상 / Wendy Lesser 소장)

만일 원한다면, 이 캠퍼스에 영향을 미친 대상들을 생각해 보면서 이곳을 둘러볼 수 있다. 아치나 여러 형태의 개구부에 의해 간헐적으로 갈라지는, 온화하게 퇴색된 광범위한 면적의 벽돌 벽들을 바라보고 있으면, 로마 트라야누스 시장의 유적을 바라보고 있다는 생각이 든다. 강의동, 교수동, 그리고 도서관동 사이의 거대한 직사각형의 탁 트인 중앙 광장은, 오스티아 안티카에 있는 황폐하고 버려진 광장들의 신비로운 웅장함을 떠올리게 될 수도 있다. 한편으로는, 이 중앙 광장은 이보다 훨씬 더 가까운 곳의 뭔가를 상기시키기도 한다. 그중 하나인 아마다바드 바로 남쪽에 위치한 사르케지 로자는 열기 가득한 빛이 내리쬐는 열린 광장 주변의 모스크, 무덤, 지붕이 덮인 보도들로 이루어진 15세기 이슬람 건축물이다. 그곳의 또 다른 유적지인 1499년에 지어진 아름다운 아달라즈 계단 우물은, 여과된 빛을 시원한 어둠 속으로 깊숙이 침투하게 하는 방식을 제시함으로서 칸의 설계에 영향을 미쳤을 수 있다. 그리고 옛 아마다바드의 〈폴〉들도 있다. 이 폴들은 도시의 가장 오래된 부분에 밀집되어 있는, 게이트가 있는 안뜰과 좁은 골목들이 서로 끊임없이 연결된 동네다. 주택들이 신비롭게 서로 연결된 이 동네는, 구불구불한 통로들, 예기지 않게 만나게 되는 안뜰, 그리고 갑자기 끝나는 전망 등과 같이 멀리서 봤을 때는 예측할 수 없지만 결국은 모든 것이 다 연결되어 있는 특징을 가진 이 캠퍼스에 반영된 듯하다.

벽돌로 포장된 보도들과 불규칙하게 나 있는 통로들, 그리고 중간 높이의 벽돌 건물들로 이뤄진 전체적으로 다소 복잡해 보이는 디자인은, 어쩌면 로마나 아마다바드가 아닌 완전히 다른 도시(즉, 루이스 칸이 어린 시절을 보냈던 20세기 초 필라델피아)를 참조하고 있는지도 모른다. 혹은 시간상으로 더 가까운 어떤 것의 영향을 받았을 수도, 칸 이외의 유일한 외국인으로서 인도의 이 지역에서 많은 건물을 설계한 모더니스트 건축가 르코르뷔지에의 영향을 받았을지도 모른다. 칸은 이곳에 오기 10년 전에 르코르뷔지에가 아마다바드에 지었던 두 채의 개인 주택, 시티 뮤지엄, 그리고 밀 오너스 어소시에이션* 본부 건물을 포함한 4개의 건물들을 보았다. 비록 명백한 반향을 찾아보기는 어렵지만, 시티 뮤지엄 산스카 켄드라**의 벽돌 외장재, 밀 오너스 건물의 경사진 긴 접근로, 구조 및 장식 재료로 네 건물 모두에 콘크리트를 사용한 점, 건물들의 외관을 정의하는 극심

* 아마다바드의 면직 공장주들의 협회.
** 르코르뷔지에가 설계한 인도 아마다바드의 역사, 미술, 문화, 건축 박물관.

할 정도로 기하학적인 패턴들, 그리고 안뜰에서 끊임없이 변화하는 빛과 그림자 등은 칸이 「인도 경영 연구소」를 설계할 때 재사용하고 재발명했을 법한 요소들이다.

「저는 누구의 영향도 받지 않았다고 생각합니다.」 발크리슈나 도시는 이렇게 말한다. 「이것은 모두 벽돌이 말하고 싶어 하는 것입니다.」 86세의 도시는 여전히 활력이 넘치고 활동적이었다. 그는 또한 아마다바드의 출중한 건축가로 널리 인정받고 있다. 하지만 그는 40년 전에 사망한 친구에 대해 그가 젊은 시절부터 가졌던 존경심을 여전히 간직하고 있으며 그 거장 건축가를 일종의 요기처럼 여기고 있다. 「남보다 높은 감성을 갖고 있어서 과거의 전통을 발견해 낼 수 있는 사람들이 있어요.」 도시는 이렇게 주장한다. 그리고 그의 견해에 따르면 칸은 그러한 직관력을 갖고 있었다. 「그는 내면 깊은 곳에서 자신과 고전 시대를 연결하고 있었을 겁니다. 만일 누군가가 시간적으로나 공간적으로 더 먼 곳의 것들과 연결할 수 있는 능력이 있다면 그 사람은 자신의 영혼 — 아니, 영혼이 아니라 내면의 자아겠죠 — 과도 연결할 수 있을 거예요. 따라서 관계란 물리적인 것이 아닙니다. 건물은 더 이상 건물이 아닙니다. 신성한 공간입니다.」[440]

루이스 칸처럼 악명 높을 정도로 사업에 소질이 없었던 사람의 내면적 자아가 〈경영〉 연구소 건물에 드러났다는 사실은 어쩌면 아주 아이러니한 일일지도 모른다. 하지만 그렇다고 해도 그건 심각하게 비판할 점이라기보다는 칸도 좋아했을 만한 가벼운 농담에 가까운 상황일 것이다. 경영이란 분야에 있어서 가장 핵심이 되는 개념은 돈과 효율성이겠지만, 이 캠퍼스의 신성한 공간은 그 외에도 뭔가 다른 것, 동일한 목적에 기초한 공동체 의식, 혼돈스러운 세상 속에서 고요한 사색을 할 수 있다는 가능성, 그리고 칸이 언제나 만들고자 했던, 〈나무 아래에서 자신이 선생인지도 모르던 한 사람이 자신들이 학생인지도 모르던 몇몇의 사람에게 깨달음을 전해 주던 것에서 시작되었던〉[441] 학교의 본질로 돌아가려는 교육의 정신에 헌신하는 듯하다. 「인도 경영 연구소」의 구체적인 목표 또한 칸의 성향과 전혀 이질적이지 않았다는 것은 그가 어떤 공개 강연에서 다음과 같이 말한 것에서 알 수 있다. 「경제는 돈과는 아무런 관련이 없습니다. 경제는 옳은 일을 하는 것입니다. 그리고 돈이란 단순히 뭔가를 살 수 있는 것에 불과합니다.」[442]

*

「인도 경영 연구소」는 나무 아래에서의 옛 학생들(이를테면 소크라테스의 제자들)이 소요(逍遙)적인 교육에서 경험했을 법한, 정확히 그런 종류의 소요를 장려한다. 칸의 계획은 우연적인 만남, 잦은 소소한 발견들, 그림자로 가득 찬 복도를 통과하여 빛으로 가득한 종착점으로 다가가기 위한 방을 창조한다. 그 체험 방식은 강압이 아니라 초대를 통해서 이루어진다. 사실 몇 년 전까지만 해도 누구나 이 유복한 대학 캠퍼스로 들어와서 풍요롭게 조경된 땅을 거닐 수 있었다. 하지만 이제 인도 전체에 걸쳐 경비가 강화되어 그곳을 통과하려면 경비실에 들러 신분증을 맡기고 통행증으로 교환해야 한다. 그래도 일단 통과한 후에는 보행자 전용 구역으로 통하는 정문에 있는 주차장을 지나혼자서 자유롭게 캠퍼스를 배회할 수 있다.

주차장 바로 오른쪽에는 칸의 특징이 드러나는 오디토리엄, 완벽한 원형의 개구부들과 얼룩덜룩한 벽돌로 이루어진 건물이 있는데 이는 칸의 사망 후 이 캠퍼스의 완공 작업에 참여했던 아난트 라제라는 건축가가 고안하고 시행한 것이다. 이것을 지나치면, 당신은 건물에 이상한 각도로, 즉 대각선 방향으로 놓인 계단으로 끌리게 된다. 넓은 화강암 계단을 다 올라가서있는 벽돌 벽에는 사각형 모양의 개구부 위에 반원형의 아치가있다. 이 정사각형과 아치 모양의 개구부는 이상한 모양의 콘크리트 상인방으로 분리되어 있는데 상인방의 양쪽 끝은 마치 각진 미소를 짓고 있는 것처럼 비스듬히 위로 꺾여 있다. 이러한 정사각형, 아치, 그리고 그 사이를 나누는 콘크리트로 된 띠는 캠퍼스 안에서 가장 자주 반복되는 패턴이다. 하지만 그 패턴은 다양하게 나타나기 때문에(작거나 크고, 뻥 뚫린 아치 혹은 유리나 벽돌로 채워진 아치, 그리고 항상 존재하는 것 같지만 때로는 없을 때도 있고, 때로는 상인방이 콘크리트 대신 벽돌로 되어 있거나, 그리고 가끔은 아치만 단독으로 나타나거나 바로 밑에 있는 아치와 거울처럼 배치되거나, 심지어 원형의 아치 안에 시멘트 띠가 교차하는 등) 결코 싫증 나지 않는다. 정사각형 개구부 역시 아치에서 멀리 떨어져서 벽돌 방의 모서리에 문으로 존재하거나, 1층의 창문이 되거나 혹은 다른 크기, 혹은 동일한 크기로 된 직사각형이 위아래로 쌓인 모양으로 변형되어 나타난다. 그리고 이런 것들은 그 자체가 너무 보기 좋기도 하지만, 다소 혼돈스러운 이 장소에 친숙함과 확실한 위치 감각을 전해 줌으로서 그것들을 만날 때마다 반가운 마음이 들게 될 것이다.

혼돈스러움은 심하지 않다. 당신은 여유로이 거닐면서 몇 시간 만에 전체 캠퍼스를 모두 돌아볼 수 있고 다양한 부분들, 이 캠퍼스 전체에 걸쳐 흩어져 있는 다양한 기능들을 포함하여 강의동, 도서관동, 여학생 및 남학생 기숙사, 교수 연구실과 교수 주택 단지 등이 서로 어떻게 연결되어 있는지를 꽤 빨리 파악하고 머릿속에 그 약도를 그려 볼 수 있다. 그래서 이곳에서 심각하게 길을 잃을 가능성은 없다. 하지만 곳곳에는 뜻밖의 것들이 항상 존재한다. 코너를 돌기 전, 당신 앞에 놓인 길이 일련의 계단이 될지 혹은 연결 통로가 될지는 알 수 없다. 당신이 터널로 들어가기 전까지, 그리고 그 어두운 경로를 따라가기 전까지는 비록 그 길이 어딘가를 향하는 것은 확실하지만, 정작 어디로 데려갈지는 알 수 없다. 중정이 갑자기 눈앞에 나타나거나 여러 개의 출구가 나타나기도 하고, 그중 일부는 마치 건물들 사이를 억지로 뚫고 나가야 할 것처럼 아주 좁다. 1층에서 볼 수 있는, 동심원적으로 배치된 여러 개의 아치들은 빛이 가득한 먼 곳으로 당신의 시선을 이끌지만 그곳에 도달하기 전까지는 그것이 무엇인지 도저히 알 수 없다. 또한 건물들은 오직 한쪽에서만 보이는 완전히 별개의 특징들을 갖고 있음이 드러난다. 하지만 이들 중 어떤 것도 지나치게 당황케 하거나 두려운 느낌을 주지 않는다. 그와는 정반대로, 이런 방식에 살짝 속았다는 재미, 행복한 결말이 보증된 피카레스크식* 여정을 떠난 듯한 즐거움을 준다.

이 캠퍼스는 위엄 있는 분위기만을 강조하는 곳이 아니다. 건물의 디자인에는 웅장함은 물론 재미도 있으며, 때로는 그 웅장한 규모 자체가 위트 있는 상황을 만들기도 한다. 예를 들어, 남학생 기숙사 벽에 있는 거대한 콘크리트 상인방을 보면, 각 상인방은 내부 계단을 수용하고 있는 벽돌로 된 거대한 원통형 구조물과 그 구조물 양편에 있는 우묵한 곡면의 벽돌 벽을 가로지를 만큼 길다. 이 웃는 모양의 상인방은 길게 연장된 한 쌍의 아치 아래에 놓여 있어서 캠퍼스의 다른 곳에 있는 작은 아치들과 형태는 유사하지만, 길이가 너무 길고 너무 커서 마치 클라스 올든버그**의 작품에서 느껴지는 유머를 연상시킨다. 하지만 이러한 요소에도 불구하고, 여전히 우아하고 고요한 분위기를 갖고 있어서 유머 같은 느낌과 유머가 아닌 느낌을 동시에 준다.

그 벽의 아래쪽을 보면, 안으로 살짝 우묵하게 들어간 벽면에 있는 한 쌍의 아치에서 더 큰 미소를 발견할 수 있다. 이 아치들은 서로 거울처럼 대칭되는 디자인이다. 하나는 위쪽으로 아치

* 독립된 여러 개의 이야기를 모아 더 큰 통일성을 갖추는 방식.
** 스웨덴 태생의 미국 조각가.

를 이루고 다른 쪽은 아래쪽으로 아치를 이루며, 그 사이에 있는 모래시계(옆으로 누운) 모양의 벽돌 벽이 가로질러 있어서 각 아치의 위아래에 모두 곡선이 생긴다. 그런데 이러한 아치들이 나타나는 벽들 자체도 안쪽으로 둥글게 굽어 있기 때문에 그 디자인이 갖고 있는 곡선의 느낌을 한층 더 강조한다. 햇빛이 강하게 비치는 외부에서는 이렇게 혼합된 곡선의 효과는 거의 눈에 띄지 않는다. 각 아치가 안쪽으로 우묵하게 굽어 있는 것을 알아차린다 해도 그 완전한 효과를 보기는 어렵다. 하지만 당신이 안으로 들어서서 어두운 내부에서 그 디자인을 바라보면, 그래서 안쪽으로 범람하는 빛이 강조하는 아치의 윤곽을 제대로 보게 된다면 이 3차원적 곡선 모양이 마치 핼러윈 호박 랜턴에 숙련된 솜씨로 새겨 넣은 미소와 닮았다는 것을 느낄 수 있다. 이것은 정말 유쾌한 유머지만(미소를 보면서 미소를 짓게 만든다는 의미에서), 이것은 또한 건축의 진지하고도 아름다운 일면이기도 하다.

캠퍼스에 들어섰을 때 왼쪽에 위치한 남학생 기숙사 건물들은 이러한 미소 짓는 아치들이 있는 유일한 건물이자, 높고 창이 없는 원통형의 계단통을 가지고 있는 유일한 건물이기도 하다. 주요 강의실동 바로 뒤에 있는 여학생 기숙사의 디자인은 더 넓고, 낮고, 둥글다. 곡선으로 된 주변 벽들은 그 아래에 건조한 도랑을 둠으로써, 인접한 보도들과 건물들로부터 분리되어 있으며, 아치 모양의 현관에 책상을 두고 경비들을 배치함으로서 출입구임을 표시한다. 여학생 기숙사 건물들은 해자로 둘러싸인 성 안의 처녀들의 역할을 부여받은 듯한 반면, 남성적인 계단통과 호박등 모양의 개구부가 있는 남학생 기숙사는 기사(騎士)와 같은 역할을 부여받은 것 같다. 이러한 점들이 성 역할에 대한 칸의 생각을 보여 주는 것인지, 혹은 단지 그가 디자인에 함축시킨 또 다른 유머적 요소인지는 일반적인 관찰자가 대답하기는 어려운 문제다. 남녀 기숙사들은 모두 동일하게 소박하면서도 매력적이며, 모두 지상 층에 버팀벽들*이 있어서, 마치 그 벽돌의 바닥까지 물이 밀려들기를 기다리는 듯한 중세의 요새 같은 외관을 한층 강조한다. 생활 공간 면에서 두 기숙사의 차이는 크지 않을 것이다. 하지만 여학생 기숙사는 특히 중앙 강의실동의 커다란 측면 창들에서 엿보았을 때, 신비로운 매력, 접근하기 어려운 분위기가 한층 더해져서, 오래된 동화에 나오는 모습처럼 보이게 만든다.

강의동은 캠퍼스의 심장부이며, 우리는 반복적으로 그쪽으로 이끌리게 된다. 길고 직선형의 쐐기 모양의 벽돌 건물에는 커다란 직사각형 개구부와 그 위에 왕관처럼 얹힌 아치들이 규칙적인 간격으로 배열되어 있다. 이 건물은 햇빛으로부터의 행복한 피난처가 되어 줌과 동시에 여과된 빛을 받는 특권을 누린다. 인접한 비크람 사라바이 도서관(비스듬한 각도로 된 입구와 내부가 벽돌로 마감된 환한 열람실을 가진 이 건물 또한 트라야누스 시장을 떠올리게 한다) 쪽에서 이 강의실동으로 접근하면, 1층에서 한 층 위인 주요 강의실들이 있는 층에 도달한다. 여기

* 부벽, 혹은 버트레스. 건축물을 외부에서 지탱해 주는 장치 혹은 벽.

에서 복도는 2개 층 높이의 천장을 가지며 바닥에서부터 천장까지 개구부들이 배열되어 있다. 그 개구부에는 우리가 열린 창밖으로 떨어지지 않도록 막아 주는 유일한 장치인 콘크리트 벤치 하나가 배치되어 있다. 복도는 길고 높지만 비율이 완벽하다는 느낌을 준다. 벽돌 벽이 충분히 가까이 있어서 감싸는 듯한 느낌을 주지만 답답하지는 않고, 머리 위의 콘크리트 천장은 충분히 높아서 웅장함과 편안함을 동시에 전해 준다. 복도의 끝과 그 중간에 배치된 개구부들로부터 비쳐 들어오는 빛을 볼 수 있다. 하지만 그보다는 내부의 상대적인 어둠을 즐기게 된다. 왜냐하면 이런 날씨에는 깊은 그림자는 적보다 친구가 되어 주기 때문이다. 측면의 커다란 개구부들을 지나면서 그것들이 제공하는 매혹적인 전망뿐(한쪽으로는 옆에 있는 여학생 기숙사가, 반대쪽으로는 광장 너머의 교수 연구동이 바라다보인다) 아니라, 그것들이 불러들이는 시원한 맞바람도 느낄 수 있다.

복도를 따라 더 걸어가다 보면, 맨 끝에 있는 빛 쪽으로 이끌린다. 점점 더 다가갈수록 주로 맨 끝 벽에 높이 배치된 거대한 원형 창문과, 맨 끝 방의 코너 아래쪽에 몰려 있는 정사각형 창문들로부터 들어오는 빛이라는 것을 알게 된다. 우리가 걸어온 중앙 복도의 반대편 끝에는 출구의 로비로 사용되는 유사한 공간이 있는데 이곳에는 정사각형 창문들이 문들로 바뀌어 있다. 하지만 이쪽 끝의 작은 공간에는 당신이 들어간 문 이외에는 다른 출구가 없고, 휴식과 사색의 공간으로 사용되는 것 외에는 뚜렷한 기능이 없다. 이 강의동의 모서리에는 직각으로 인접한 벽에 창문들이 각각 배치되어 있고 그곳에도 벤치들이 있어서, 한쪽 창문에 등을 기댄 채 다른 창을 통해 내다볼 수 있다. 한편, 우리 앞에는 건물의 맨 꼭대기까지 이어지는 내부 벽이 있는데 이 벽에는 각기 다른 모양의 창 세 개가 아래에서부터 위까지 차례로 뚫려 있다. 햇빛이 바깥쪽 벽에 있는 높은 원형 개구부를 통과하면서 벽돌 벽들과 돌바닥에 비치는 모양이 끊임없이 변화하는 모양을 보고 있노라면, 칸이 종종 다르게 인용하는 시인 월리스 스티븐스의 〈당신의 건물은 해의 어떤 조각을 가지고 있나요?〉라는 말이 떠오른다(이 스티븐스의 말에 칸이, 〈마치 해가 건물의 측벽에 부딪힐 때까지는 자기가 얼마나 멋진지 몰랐다고 말하려는 것 같다〉[443]라는 주석을 달았던 것은 아주 유명하다).

이러한 놀라운 내부 경치에 혹시라도 싫증이 난다면, 낮은 창을 통해 캠퍼스의 건물로부터 조금 떨어진 곳에 높고 위엄 있게 서 있는 직사각형의 급수탑을 바라볼 수 있다. 창에 더 가까이 다가가면, 건물 아래쪽의 잔디밭에 옹기종기 모여 앉아 있는 학생들을 엿볼 수도 있다. 그들이 대화하는 웅얼거리는 소리가 당신이 있는 한적한 공간까지 도달할 수도 있겠지만, 그곳에는 주로 고요함, 평온함, 그리고 사색의 여유가 있다.

*

기숙사들과 운동장, 그리고 작은 길들과 풍성한 정원들을 지나 연구소의 가장 맨 뒤쪽으로 가면 캠퍼스의 한쪽 구석에 루이스 칸이 남겨 둔 개인적인 표식이 있다. 이것들은 〈샘플용 아치들〉로, 그가 일꾼들에게 어떻게 모르타르를 바르고 벽돌을 쌓는지, 그리고 벽돌의 모서리를 어떻게 문질러야 서로 더 가깝게 맞출 수 있는지를 보여 주기 위해 그가 손으로 직접 만들고 남겨 둔 구조물이다. 「그는 이음매가 아주 얇기를 바랐어요.」도시는 르코르뷔지에가 일꾼들에게 벽돌 사이사이에 모르타르를 아주 두껍게 바르기를 원했던 것과 비교하며 말한다. 그리고 실로, 시티 뮤지엄의 벽돌 작업을 보면 「인도 경영 연구소」의 벽보다 얼마나 더 거칠고 더 엉망인지를 볼 수 있다. 하지만 당시, 르코르뷔지에는 전반적으로 거친 외양을 추구했다. 칸의 콘크리트는 아주 매끄럽고 정교해서 제대로 완성된 제품처럼 보이는 것에 반해 르코르뷔지에의 콘크리트는 종종 작업 중인 것처럼 — 거의 아직 마르지 않은 상태처럼, 여전히 시멘트 믹서에서 나오고 있는 것처럼 — 보인다.

양 끝이 위로 올라간 콘크리트 상인방과 아치를 형성하는 벽돌의 패턴은 칸이 만든 샘플에서도 확실히 나타난다. 이 샘플은 「소크 생물학 연구소」 지하의 벽에 남겨져 있는, 칸이 형태와 이음매에 관해 그린 스케치를 연상하게 하며, 그의 존재가 머문 흔적, 이 건물에 그의 손이 직접 관여했다는 또 다른 증거, 손으로 만져지는 그의 특징 같은 것이다. 이곳, 연구소 캠퍼스의 가장 뒤쪽에서, 새 소리, 나무를 스치는 바람 소리, 그리고 정원사가 직접 스프레이 호스로 식물들에 물을 주는 물소리만이 들려오는 평화로움 속에서 이러한 그의 잔존물들을 바라볼 수 있다.

중앙 광장의 기둥 중 하나에는 이 광장이 공식적으로 〈루이스 칸 플라자〉로 명명되었음을 힌디어와 영어로 알리는 문구가 부착되어 있다. 이 문구와 같은 것은 너무 명백하고 노골적인 기념비라고 한다면, 샘플 아치와 같은 것들은 훨씬 더 감동적인 기념비라고 할 수 있다. 이 중앙 광장은 거대하긴 하지만, 칸이 설계한 다른 곳에 비해 기능성이 부족한 곳 중 하나로 느껴질 수 있다. 화창한 날에는 길이와 폭이 너무 방대해서 편안하게 이동하기에는 너무 뜨겁다. 이곳에 익숙한 인도의 개들조차도 그림자가 비치는 부분에만 누워서 바닥의 돌에 몸을 식힌다. 사람들은 광장을 지날 때 건물 가까이 붙어 다니거나 건물 안의 터널로 들어가서 광장을 따라 걷는다. 대부분 직사광선이 내리쬐는 광장을 바로 가로지르는 대신에 더 긴 거리를 걷더라도 건물을 따라가는 길을 택한다. 우기에는 장맛비가 쏟아져 잔디가 있는 부분이 진흙탕으로 변하기 때문에 걷기에 좋지 않다. 그러면 개를 포함해서, 모든 사람들은 실내의 복도에만 머물러야 한다.

이 거대한 공간을 길이 방향으로, 혹은 가로질러 바라볼 때 만들어지는 경치는 참으로 멋지다. 이 공간이 없었다면 로마의 포럼*이나 오스티아 안티카에 대한 생각이 떠오르지는 않을 것이다. 하지만 사람들이 이 광장을 걸어서 지나고 싶어 하지 않

---

* 라틴어로 〈포룸 로마눔〉이라고 하며 로마 고대 도시의 중심에 위치한 종교, 정치, 사회 활동의 장소였다.

는다면 공동체적 기능을 수행하지 못한다고 볼 수 있기 때문에 실용적인 부분이 부족한 설계라고 할 수 있다. 어쩌면 이곳은 그냥 거대하고 텅 빈 공간으로 느껴질 뿐이다. 시각적인 효과가 아무리 웅장하다 할지라도 뭔가 부족한 점이 있기 때문에 누구나 그러한 결핍을 직감적으로 느낀다. 칸이 아마다바드에 머물던 마지막 날까지도 이 부분을 위한 계획을 계속 수정하고 있었던 것으로 보면, 칸도 이 문제를 깨닫고 있었음이 분명하다. 광장에 대한 그의 마지막 스케치 — 온갖 아이디어로 가득 찬, 목탄으로 노란 트레이싱 페이퍼에 개략적으로 그린 — 는 1974년 3월 15일로 기록되어 있다. 아마, 그가 살아 있었다면, 그는 결국 그 부족함을 메울 뭔가를 생각해 냈을 것이다.

*

세월은 「인도 경영 연구소」의 건물들을 어느 정도 황폐화시켰다. 부드럽게 손질된 벽돌 사이로 습기가 스며들어 벽 사이에 있는 보강용 철근이 부식되었다. 콘크리트 상인방과 천장에는 금이 갔고, 그중 일부는 크기가 크고 모양도 삐죽빼죽하게 뻗쳐 있다. 2001년 발생한 강력한 지진 때문에 원통형 계단실의 콘크리트 상단 부분이 떨어져 나갔고 보수에만 수년이 걸릴 만큼 큰 피해를 입었다. 중앙 광장의 포장 벽돌들은 반 정도가 파손되어 그 자리를 대신할 새 벽돌을 기다리고 있다. 그리고 강한 비와 혹독한 열기에 지속적으로 시달린 벽들에는 희미하거나 종종 지독한 얼룩이 남았다.

하지만 이 장소의 본질적인 느낌은 손상되지 않고 그대로 남았다. 애초에 폐허처럼 보이도록 지어져서, 세월에 따른 풍화조차도 건물을 흉하게 만들 수 없었기 때문만은 아니다. 물론 이것도 부분적으로는 사실일지 모르지만 전부는 아니다. 캠퍼스 자체는 여전히 기분 좋은 곳으로 남아 있다. 이곳의 건물과 아치, 그리고 그림자와 빛들은 절대 마르지 않는 기쁨의 원천이며, 아직도 탐험할 것들이 많은 느낌 때문에 떠나기가 아쉬운 마음도 여전하다. 캠퍼스를 걸어 다니면서 느끼는 감정은 칸이 1950년대에 필라델피아의 중심지 계획에 참여했을 때 그가 상상했던 종류의 도시를 마침내 건설할 수 있게 되었다는 것이다. 이 캠퍼스는 보행자 중심의 장소이며, 조용하고 평화롭지만 여전히 흥미로운 곳이다. 높지만 너무 높지는 않은 오래된 벽돌 건물로 둘러싸여 있고 구불구불한 통로들과 비밀스러운 안뜰, 숨겨진 출구들, 그리고 골목과 터널들을 통해 사람들을 예기치 않은 방식으로 불러 모으는 도시다. 칸은 보행자 중심의 필라델피아를 결국 건설하지 못하게 되었다. 그에게 반대했던 사람들은 그가 독선적이고 유토피아적이며 의도적으로 사물을 있는 그대로 받아들이지 못한다고 주장했다. 하지만 「인도 경영 연구소」에서 느껴지는 것은 독선적인 것과는 정반대다. 오히려 내려놓은 느낌이다.

「이 건물은 마치 겸손히 바친 예물 같습니다.」 발크리슈나 도시는 건물들 사이의 형태에 관해, 거대한 구조물들이 유기적이고 인간적인 공간을 만들어 내는 방식에 대해 이렇게 말한다. 「인간은 겸손해야 한다고 생각합니다. 그리고 칸은 극도로 겸손했어요. 그는 아주 내성적인 사람이었어요. 뭔가를 너무 존중하다 보면 그것에 대한 존중의 표현으로 어느 정도 거리를 유지하게 됩니다.」 그러면서도 루는 자신이 한 일에 대한 자부심 또한 느꼈던 것 같았다. 「루는, 〈아마 이곳이 내 최고의 캠퍼스일 거예요〉라고 말했습니다.」

그러한 애정은 아마도 그 프로젝트가 칸의 인생에 미친 영향과 관련이 있을 것이다. 그는 이 프로젝트를 시작했을 때 어느 정도 나이도 들었고, 경력에서도 어느 정도의 수준에 도달해 있었으며 규모가 크고 진행이 더뎠던 프로젝트 자체도 그에게 생각할 시간을 주었다. 「충분히 생각할 12년이라는 시간이 있었죠.」 도시가 말한다. 「그래서 이곳에 왔을 때 예순둘이나 예순하나였던 루와 12년 후의 루를 생각해 보면 그의 심리 상태 — 그가 인생에서 해야 할 일을 찾으려고 했던 — 가 어떻게 변화했을지를 거의 상상할 수 있게 되죠. 인도에서는 인생의 후반이 육십 대부터 시작된다고 합니다. 더 이상 탐욕을 부릴 때가 아니라 봉사를 해야 할 때라는 것을 깨닫는 나이죠.」

자주 먼 곳으로 여행을 떠났다가 또다시 돌아오곤 했던 칸의 경우에는 그런 교훈이 더 강하게 다가왔을 것이다. 「여기에 오면, 작업은 아주 조금 더 진척되어 있습니다. 아주 조금이요. 그러다 보면 시간에 대해서, 왜 이렇게 많은 시간이 걸리는지, 왜 이곳에 있고 싶은지를 생각하게 됩니다. 시간에 대해 생각하지

않는다면 추억에 대해서도 생각하지 않는 것입니다.」도시는 이렇게 결론짓는다.[444]

시작

나는 영국 역사를 좋아한다. 왠지 그 역사의 잔학함이 좋다 — 정말 끔찍하게 잔혹하지 않았던가. 하지만 그것으로부터 뭔가가 생겼다……. 나는 8권 중 1권을 갖고 있는데, 1권의 1장만 읽었다. 왜냐하면 읽을 때마다 뭔가 다른 의미를 발견하게 되기 때문이다. 그리고 그 이유는 0권에 정말 관심이 많기 때문이다. 그리고 그것을 다 읽고 나면 어쩌면 마이너스 1권도.[445] —루이스 칸

다들 그렇듯, 그는 시작의 모든 것을 기억할 수 없었다. 어릴 적 기억이란 보통 거의 없거나 너무 희미하기 때문만이 아니라, 대부분이 그가 태어나기 전에 일어났기 때문이다. 그리고 그 시작에는 그에게는 숨겨졌던 다른 것들도 있었다.

많은 이름이 바뀌었다. 러시아의 지방 리보니아의 수도는 리가였고, 나중에 라트비아와 에스토니아의 남부 지역으로 영토가 나뉘었다. 외셀이라는 섬은 사레마로 바뀌었고 아렌스부르

크는 쿠레사레로 불리게 되었다. 레이프와 베일라-레베카 시무일롭스키는 이름을 레오폴드와 베르사 칸으로 바꾸었고 그의 아들 레이서-이체는 루이스 이저도어로 바꾸었다. 그래서 그들의 역사적인 기록 — 그 당시의 유대인들의 경우는 특히 더 불분명한 상태였다 — 은 더더욱 혼란스럽고, 찾아내기도, 이해하기도 더욱 어려워졌다. 사람들은 과거의 기록을 숨기려고 했고 그들이 의도적으로 숨기지 않은 것들은 역사가 그들을 위해 대신 감추었다.

　루이스 칸으로 알려진 남자는 항상 자신이 외셀섬의 아렌스부르크에서 태어났다고 말했고 또 그렇게 믿었다. 하지만 당시 남아 있던 공식적인 기록에는 레이서-이체는 — 그의 여동생 쇼레, 그의 더 어린 남동생 오스처처럼 — 본토의 페르나우(현재 에스토니아 해안의 〈패르누〉다)에서 출생 신고를 한 것으로 되어 있다. 이것은 그가 사실을 잘못 알고 있었다는 의미는 아니다. 1901년 레이서가 태어났을 때 외셀섬과 페르나우가 속해 있던 리보니아에서 태어난 모든 유대인들의 출생은 랍비가 기록해야 했다. 전제 군주제 시대에서 유대인의 인구 통계를 기록하고 당국에 보고하는 일은 랍비들의 책임이었다. 외셀은 발트해에서 가장 큰 섬 중의 하나였고, 크기로는 스웨덴의 고틀란드 다음으로 큰 섬이었으며 5,000명의 인구를 가진 아렌스부르크라는 소도시가 가장 큰 거주지였다. 하지만 1901년 당시 아렌스부르크의 유대인 인구는 100명 이하였기 때문에 하나의 완전한 공동체로서 교회를 유지할 만큼 충분히 크지 않았다. 그래서

20세기 초반에 그 섬에서 태어난 유대인의 자녀들은 한 명의 랍비를 지원할 만큼의 유대인 인구가 있는 페르나우로 출생지를 등록해야 했다.

물론, 베일라-레베카와 레이프가 실제로 출산을 위해 페르나우로 여행했거나 심지어 그곳에서 얼마 동안 살았을 가능성도 있다. 그들의 첫 아이는 섬과 본토를 잇는 여객선이 정기 운항을 하지 않는 한겨울인 2월 20일에 태어났다. 젊은 부모는 섬에서 고립될지도 모른다는 두려움 때문에 겨울에 아이를 낳기 위해 본토로 잠시 이주했을지도 모른다. 하지만 이것이 과연 각각 1902년 6월과 1904년 6월에 태어난 둘째, 셋째 아이도 페르나우에서 출생한 것으로 기록된 이유인지는 알 수 없다. 혹은, 출생하기 전에는 아이가 아들인지 딸인지 미리 알 수가 없기 때문에 아이들이 태어나기 전에 혹시 필요한 경우에 할례를 해줄 수 있는 전문 모헬*이 있는 페르나우로 이주했을지도 모른다. 레이서-이체의 경우에는, 생후 일주일이 지난 2월 27일에 할례를 받은 것으로 기록되어 있다.

하지만 랍비가 실제 태어난 곳이 아닌 등록지를 출생지로 잘못 기록했을 가능성도 있다(이런 식의 오류는 언제나 발생할 가능성이 있으니까 말이다. 실제로 레이서-이체의 경우, 아슈케나지** 유대인은 아들의 이름을 생존해 있는 아버지의 이름과 똑같이 짓지 않는 것이 일반적인데도, 어떤 서류에는 이체-레

* 생후 8일이 된 사내아이에게 유대교의 의식에 따라 할례를 해주는 사람.
** 중부, 동부 유럽 유대인 후손.

이프로 기록되어 있다). 어쩌면 이런 혼돈은 시무일롭스키 가족이 거주지 문제를 처리하기 위한 과정에서 때문에 일어났을 가능성도 있다. 전제 군주제 시대에 리보니아에 살던 유대인들은 리가와 같이 법적으로 허용된 지역 밖에서 일정 기간 이상 살 수 없었는데, 페르나우 지역도 이미 공식적으로 허용된 거주 지역 밖이었지만 아렌스부르크는 그보다 훨씬 더 멀리 벗어난 곳이었기 때문이다.

하지만 아렌스부르크는 확실히 베일라-레베카의 가족의 근거지였다. 생존해 있던 여섯 명의 형제 중 다섯이 1881년과 1890년 사이에 아렌스부르크에서 태어났고, 인구 조사 기록에도 그녀의 부모인 멘델과 로차-레아 멘델로이치의 〈지속적인 거주지〉[446]로 기록되어 있었다. 멘델로이치 부부의 첫째인 베일라는 1872년에 리가에서 태어났고, 생후 7개월에 사망한 여동생 한 명을 포함한 두 명의 여동생도 1874년과 1878년 사이에 리가에서 출생했다. 그 후 가족은 유명한 발트해의 휴양지이자 리가와 바로 연결되는 여객선이 있는 아렌스부르크로 이주했다. 이주 여행은 9시간밖에 걸리지 않았다. 두 항구 사이의 증기선은 여름에 일주일에 두 번 운행되었고 그 이후 완전히 겨울이 되기 전인 11월 말까지는 조금 더 불규칙적으로 운행되었다. 그래서 아렌스부르크에 살던 대부분의 유대인들의 고향이었던 리보니아의 수도와 외셀의 휴양지를 왕래하기는 어렵지 않았다. 멘델로이치 가족이 도착했을 무렵, 유대인은 아렌스부르크에서 에스토니아, 독일, 그리고 러시아 다음으로 네 번째로 큰 민족 그룹이었다.

장인, 제화공, 양철공 등으로 다양하게 활동했던 멘델 멘델로 이치는 하숙집을 열면서 휴양지의 환경에 적응하게 되었다. 당시 유대인들은 보통 작은 하숙집을 운영했는데, 적어도 그의 손자는 그가 〈호텔〉447을 소유했었다고 기억했다. 외셀에서 유대인과 비유대인 간의 관계는 아주 친밀하지는 않았어도 편안했다. 그 섬은 많은 세월에 걸쳐 정말 많은 국가들, 에스토니아, 스웨덴, 덴마크, 두 나라의 독일, 그리고 러시아에 의해 통치되었기 때문에 본토에 비해 더 다양하고 국제적인 곳이었다. 가톨릭, 루터 교도, 러시아 정교회, 그리고 유대교인이 모두 아렌스부르크에 있는 하나의 묘지에 묻혔다(그래도 구역은 다 달랐다). 여행객들, 특히 독일 여행객들은, 항상 건강에 좋다는 온천수와 진흙 목욕을 즐기러 왔다. 외양으로는 온천의 펌프 룸 pump room*과 비슷한 우아한 쿠르살kursaal**은, 웅장한 식당, 햇볕 좋은 테라스, 커다란 도시 공원 안에 악단 연주대 등을 마련해 놓고 여행객들을 위한 사교 활동에 초점을 맞춘 곳이었다. 이 소도시에는 고색창연한 시청 건물을 포함하여 시장 광장 주변에 운집되어 있는 매력적인 옛 건물들도 많고, 1633년에 지어지고 훗날 지역 우체국으로 개조된 고대의 화물 계량소도 있었다. 화물 계량소보다 더 오래된 건물은 외곽에 있는 16세기 요새 안에 해자로 둘러싸인 거대한 14세기 구조물인 비숍스 캐

* 약수나 광천수 등의 미네랄이 풍부한 물을 마시는 곳.
** 해수욕장이나 온천장 같은 휴양 시설, 휴양지.

슬*이었다. 1901년 당시 보존 상태가 좋았던 이 유적은 아렌스부르크의 어느 곳에서도 잘 보이는 두 개의 타워가 있어서 이 지역을 대표하는 특징 중 하나였다.

멘델로이치 가족은 리가 — 강제 추방이 필요해질 경우를 대비하여 그들의 공식적인 기록은 이곳에 남겨 두었다 — 와 그들이 실제로 살고 있던 아렌스부르크 사이를 지속적으로 오가며 살았다. 이를테면, 1900년 멘델과 로차-레아는 아들 아브람과 함께 리가의 유대인 거주 지역의 중심부인 마스카바스 스트리트 108번지에서 함께 살았던 것으로 기록되어 있다. 하지만 그들은 1901년 무렵 아렌스부르크의 톨리 스트리트 16번지에 주석 세공 가게를 소유하고 있었다. 그리고 그 무렵 1900년 5월 28일, 베일라-레베카가 25살의 리투아니아 출신 유대인이자 최근까지 러시아 군대에서 급여 당당자로 일했던 레이프 시무일롭스키와 결혼함으로써 그들에게는 새 가족이 생겼다. 결혼식은 리가에서 열렸지만 레이프와 베일라의 첫 아이가 9개월 뒤에 태어났을 무렵에 그들은 이미 페르나우 혹은 아렌스부르크에 있었다. 이때쯤 레이프의 직업은 모호하게 〈장인(匠人)〉으로 바뀐 상태였다.

세기가 바뀌면서 거주지나 고용 상태에 관한 기록에는 레이프 시무일롭스키가 리가에 오기 전후에 어디에 살았고 일했는지를 알 수 있을 만한 단서가 없다. 또한 그는 가까운 곳에 사는

* 14세기에 당시의 주교가 세운 쿠레사레성. 아렌스부르크성으로 부르기도 한다.

친척도 없어 보였다(결혼 기록부에는 그의 아버지의 이름 멘델 시무일롭스키와 출생지인 리투아니아의 도시 로시에니만 기재되어 있다). 훗날 레이프는 그의 장남에게 자신이 한 동안 외셀에서 아렌스부르크 요새에서 서기로 일했다고 얘기한 듯하지만, 그가 직접 한 말 외에는 그 사실을 증명할 수 있는 근거는 없다. 그게 사실이든 아니든 직업은 그의 강점은 아니었다. 그러나 그는 잘생겼고 글씨를 잘 썼고 다섯 가지 언어를 구사했으며 아내와 사이가 아주 좋았다. 결혼 당시 베일라-레베카의 가족은 스물여덟이었던 그녀가 노처녀에서 벗어났다는 점에 큰 안도감을 느꼈을 뿐 아니라 그녀의 청혼자에게 감사한 마음을 품었을 것이다.

신랑은 다소 불안한 마음을 갖고 있었지만 ── 이미 그는 아내가 셋째 아이를 낳으면 미국으로 떠날 계획을 갖고 있었다 ── 당시 그와 비슷한 상황에 있는 야망 있는 젊은 남자들이라면 충분히 그럴 만했다. 특히 전제 군주제 시대의 리보니아에 살던 유대인들의 앞날은 밝지 않았다. 러시아의 포그롬pogroms*에 대한 소문은 아렌스부르크까지 퍼졌고, 이로 인한 이주 현상으로 현지의 유대인 인구는 1881년의 111명에서 제1차 세계 대전이 시작될 무렵 35명 이하로 감소했다. 이러한 일반적인 이주 동기 외에도 레이프에게는 더 구체적인 동기가 있었다. 그는 1904년 2월 일본과의 전쟁을 시작한 러시아 군대에 다시 징집

* 제정 러시아에서 일어난 러시아인을 제외한 소수 민족(특히 유대인)에 대한 조직적인 탄압과 집단 학살을 이르는 말.

되는 것을 피하고 싶었다. 이 새로운 국면을 계기로 레이프 시무일롭스키는 혹시 일자리를 구하는 데 도움을 줄지도 모른다는 희망을 품고 그의 이복형제가 사는 필라델피아로 이주하려는 계획을 세우기 시작했다.

*

건설 중인 건물은 아직 사용되지 않는 상태다. 건물은 사용되고 싶은 열망 때문에, 그 간절한 바람이 너무 강렬해서 그 밑의 잔디가 자라지 않을 정도다. 그 건물이 완성되고 사용되면 건물은 이렇게 말하고 싶어 한다. 「있잖아, 내가 어떻게 만들어졌는지 말해 주고 싶어.」 하지만 아무도 듣지 않는다. 모두 방에서 방으로 다니는 데만 정신이 팔려 있다. 그러나 건물이 폐허가 되고 사용되지 않는 상태가 되면 그 정신이 다시 살아나 건물이 만들어진 경이로운 과정에 대해 이야기한다.[448] — 루이스 칸

아렌스부르크성이 폐허라는 말을 들은 칸은 〈성〉이라는 단어만큼이나 〈폐허〉라는 말도 좋아했다. 그 성은 그가 마을 전체에서 가장 좋아하는 장소였다. 그는 그곳에 혼자 가도록 허락되지 않았지만(어린 소년에게는 15분 정도의 짧은 산책길도 너무 멀었고 그 오랜 세월 동안 사람이 거주하지 않은 구조물은 아이가 놀기에 너무 위험했다), 가끔 그의 어머니와 아버지가 로씨 스

트리트의 긴 자갈길 따라 쿠르살 주변의 공원을 지나고, 해자 위를 가로지르는 나무다리와 요새의 두꺼운 벽을 통과하기 위해 어두운 터널을 지나가야만 하는 그 성까지 그를 데려가 주었다. 그 산책길에서 그가 가장 좋아했던 풍경 중 하나는 터널이 꺾이는 지점에 다다랐을 때 처음으로 반대쪽 끝에서 빛나는 햇빛을 볼 수 있게 되는 순간, 터널 출구의 아치 모양이 액자를 이룬 상태에서 성의 모습이 바라다보일 때였다. 그다음 더 나아가면, 양쪽으로 멀리 요새 벽들이 둘러싸고 있는 모습과 성 앞에 거대한 돌이 우뚝 서 있는 광대한 앞마당(당시에 이곳에 러시아 군대가 주둔하고 있었다)이 나타나는데, 그것은 훨씬 더 황홀한 광경이었다. 모든 사람들이 요새의 이 부분까지 들어갈 수 있는 것은 아니었지만, 그의 아버지가 주둔군과 함께 일했던 덕분에 가끔 그가 그곳을 배회할 수 있게 해주었다. 그는 그 앞에 섰을 때 성의 왼쪽 부분과 오른쪽이 똑같지 않은 점이 좋았다. 성에 있는 두 개의 탑은 그 횡단면이 정사각형이고 윗부분이 뾰족한 피라미드 형태로 되어 있는 점은 같았지만 높이와 너비가 달랐다. 그들은 서로 비슷하면서 비슷하지 않았다.

성은 아주 거대하게 느껴졌고 가까워질수록 비현실적으로 높아 보였다. 하지만 인상적일 뿐 위협적이지는 않았다. 그는 정면 벽에 가까이 다가가 돌 사이의 이음매가 아주 조밀한 베이지색 돌들의 거친 질감을 쓰다듬는 것을 좋아했다. 그는 또한 성의 양쪽 편 중 하나로 다가가 모서리 부분에 있는 돌들의 곡선 부분을 만져 보는 것도 좋아했다. 그리고 다시 정면으로 돌아와서 그의 부모님이 허락하는 경우에는, 정가운데서 살짝 벗어나 있고 그의 집에 있는 문들보다 살짝 큰 — 그렇게 웅장한 장소에 비하면 너무 작은 듯한 — 문을 통해 성 안으로 들어가는 것을 특히 좋아했다. 하지만 그는 문이 작은 점도 마음에 들었다. 이러한 거대한 구조물의 일부가 자신처럼 작은 인간에 맞게 만들어졌다고 느꼈기 때문이다. 그는 성의 안뜰까지 들어가서 그의 주변을 둘러싼 네 개의 성벽들을 바라보았을 때도 같은 느낌을 받았다(성 안의 방들은 다 망가진 상태였기 때문에 이것이 그가 가볼 수 있는 최대한의 범위였다). 이 벽들은 성을 둘러싸고 있는 요새의 벽들처럼 멀리 있지 않고 편안할 만큼 가까이 있었고, 왠지는 모르지만 밖에서 봤을 때보다 낮게 느껴져서, 방이면서도 야외인 이 작은 공간에서 머리 위 하늘의 존재를 느낄 수 있었다. 그리고 그는 그곳에 서서 생각했다. 〈안과 밖은 다르다.〉

혹은 아니었을 수도 있다. 그는 이런 생각들을 전혀 안 했는지도 모른다. 그의 어린 시절에 대한 신빙성 있는 기록은 하나도 남아 있지 않고, 단지 가족의 흐릿한 기억과 풍문만 남아 있기 때문이다. 하지만 그가 고요함과 평안함이라는 특성 때문에 모든 종류의 유적을 사랑했던 것처럼, 아렌스부르크성을 사랑했다는 점만큼은 확실했다. 그는 어른이 된 뒤에도 그 성에 대해 기억하고 이야기하곤 했다. 하지만 그는 심지어 그런 유적들조차도 항상 같은 상태로 지속되지 않는다는 사실을 깨달았다. 1904년, 그가 세 살 때, 여행자들과 주민들이 방문할 수 있도록 성의 보수 작업이 시작되었다. 작업 중인 장비들과 인부들을 보는 것을 좋아했을 작은 소년에게는 이 모든 건설 작업은 너무 매혹적이었다. 하지만 그의 나머지 인생에 걸쳐 그의 상상력을 자극한 것은 폐허 상태로 남은 성의 모습이었다.

마을의 어느 곳에서든 그 성을 볼 수 있다는 사실은 이 작은 소년이 아렌스부르크를 아주 멋진 곳이라고 여기게 만든 이유 중 하나였고, 그에게 중요한 모든 것은 걸어서 갈 수 있는 거리에 있었다. 그와 어머니가 코투 스트리트 4번지에 있는 할아버지의 집에서 시장 광장으로 가려면, 3분이면 도착할 수 있었다. 한 살 어린 여동생과 같이 간다면 속도가 약간 느려져서 5분이 걸리기도 했다. 시장 광장(완벽한 정사각형이라기보다는 대충 사다리꼴에 더 가까운)은 마을의 중심이었을 뿐 아니라, 넓고 개방된 광장의 윤곽을 따라 시청과 옛 화물 계량소와 같은 아름다운 건물들이 늘어선 모임의 장소이기도 했다. 또한 이곳은 삼촌 가게에 거의 다다랐음을 알려 주는, 눈에 잘 띄는 랜드마크였다.

코투 스트리트로부터 광장에 다다르는 순간, 시청 바로 오른쪽에 길고 대칭적인 2층 건물이 바라보였는데 그 건물이 바로 로씨 스트리트 1번지였다. 이 멋진 건물은 아브라함과 베냐민 멘델로이치가 푸줏간을 운영하던 곳으로, 여러 개의 아치로 이루어진 입구가 1층에 있고 2층에는 연철로 된 발코니가 있었다. 삼촌 가게에 들른 후에 어머니와 함께 로씨 스트리트를 따라 시장 광장을 벗어나면, 아주 흥미로운 외관의 세인트니컬러스 러시아 정교회 건물을 지나게 되고, 운이 좋으면 성까지 가는 날도 있었다. 대신 왼쪽이나 오른쪽에 있는 자갈길로 가면 마을 곳곳에 있는 비포장길로 들어서게 될 수도 있었다. 비포장길은 표면이 흙으로 되어 있어서 비가 오면 진흙탕으로 변했다. 이런 길들은 친척집이나 그의 이모가 가르쳤던 작은 학교, 혹은 가족이 운영하는 주석 세공 가게가 있는 톨리 스트리트 16번지로 이어졌다.

때때로 그는 어부들의 배와 작은 유람선들이 들어오는 항구에 따라가기도 했다(리가에서 오는 큰 여객선은 루마사레 근처에 정박한다는 것을 그는 알고 있었다. 루마사레에서 아렌스부르크까지는 작은 기차를 타고 몇 킬로미터를 가야 했다). 드문 경우지만 수레를 타고 도시 경계 너머 나무들로 가득 찬, 끝도 없이 평평한 지형을 가진 시골까지 가기도 했다. 하지만 이곳에서도 뜻밖의 유쾌한 일들이 생기곤 했는데, 예를 들면 갑자기 나타난 빈터에 돌로 지은 오래된 교회나 조금 더 최근에 지어진 목재 농장 가옥이 서 있는 광경을 발견하는 일이었다. 그곳에 있는 집들은 빽빽하게 들어선 도시의 집들보다 집 주변에 훨씬 더 넓은 땅을 가지고 있었다. 하지만 도시든 시골이든 그 섬에 있는 대부분의 건물들은, 가끔 집이나 널빤지를 얹어 만든 지붕도 있었지만, 주로 정사각형의 금속 타일로 만들어진 동일한 모양의 가파른 지붕을 가지고 있었다. 겨울에는 이러한 경사진 지붕에 쌓인 눈들이 켜켜이 층을 이루며 점점 더 두꺼워지다가 봄이 찾아와 날이 따뜻해지면 마침내 녹아내렸다.

어린 소년은 겨울을 싫어하지 않았다. 그가 기억하는 것 중 가장 오래된 기억[449]은 — 그가 약 두 살 무렵이었을 것이다 — 눈 때문에 발이 묶인 채 집 안에서 얼어붙은 창가에 앉아 그림을 그리던 때였다. 그때도 그는 1년 중에 가파른 지붕에서 눈이 미끄러져 내리는 시기를 사랑했는데, 그건 여름의 빛이 곧 다가온다는 것을 의미했기 때문이었다. 그는 어두움을 두려워하지는 않았지만, 빛을 사랑했다.

대부분의 여름밤에는 해가 지기 한참 전부터 잠들었기 때문에 그가 깨어 있는 거의 모든 시간 동안에 빛이 있었다. 하지만 때때로 평소보다 늦게까지 깨어 있도록 허락된 때에는(이를테면, 친척집에서 저녁 식사를 한 후라든지 공원에서 저녁을 보낸 경우) 밤이 찾아와 여름 햇빛이 어떻게 변하는지 볼 수 있었다. 서서히 낮이 저물어 가는 마지막 몇 시간 동안 햇빛은 금빛으로 변했다. 그의 그림자, 모두의 그림자는 점점 더 길어졌고, 그늘진 장소들(나무 밑, 벽 바로 옆, 자갈이나 흙바닥, 혹은 잔디 위에 그려지는 자신의 그림자 등)과 여름 태양의 마지막 광선이 비추며 점점 황금빛으로 변하는 부분 사이에는 극심한 대비가 생겼다. 그러한 때에는, 그림자와 빛 사이의 경계선이 너무 뚜렷해서, 보는 것만이 아니라 만질 수도 있을 것 같다고 느꼈다.

동네에서 여름밤에 들려오는 소리는 황홀했다. 갈매기나 다른 바닷새들이 서로를 부르는 울음소리, 나무를 스치는 부드러운 바람 소리, 자갈길에 부딪히는 말발굽 소리, 그리고 때로는 쿠르살 근처에서 연주하는 악단의 음악 소리가 바람에 실려 오기도 했다. 하프 연주에 재능이 있었던 어머니는 음악을 사랑했고 그것을 느꼈던 칸도 음악을 사랑했다. 어머니는 어릴 적 부르던 노래를 불러 주기도 했고 그가 한 마디, 한 마디 따라 부르면 기억력이 좋다고 칭찬해 주었다.

*

학생 질문자: 건축가가 되려면 45년은 걸리는 것 같아요. 왜 그렇게 오래 걸리는 건가요?

루이스 칸: 그러면 안 되나? 일찍 죽고 싶은 건가?

학생 질문자: 선생님은 얼마나 걸리셨어요?

루이스 칸: 나는 세 살 때부터 시작했지.[450]

그는 항상 어머니의 애정을 강하게 느꼈다. 그녀는 그와 함께 있을 때 특별히 기쁨을 느끼는 것 같았다. 심지어 여동생이 태어난 이후에도 그는 여전히 자신이 가장 중요한 존재, 즉 맏이이자 남자아이고, 어머니가 가장 사랑하는 동반자라고 느꼈다. 하지만 최근에 어머니의 관심이 조금 줄어든 것을 느꼈다. 어머니는 미국으로 갈지도 모르는 가능성, 그리고 아버지와 나눈 대화를 포함해서 여러 가지 걱정거리에 마음을 빼앗긴 상태였다. 또한 어머니의 배가 점점 더 부풀어 오르는 것을 깨달은 그가 물었을 때, 어머니는 또 다른 여동생이나 남동생이 태어날 것이라고 말해 주었다. 그에겐 좋은 소식처럼 여겨지진 않았지만 그런 마음을 숨겼다. 어차피 그는 이제 다 컸고, 곧 스스로의 인생을 책임질 만큼 성장할 테니까. 그가 막 세 살이 되었을 때였다.

날씨는 아직 추웠고, 난롯불은 항상 활활 타오르고 있었다. 여름 동안 매일매일 패서 쌓아 놓은 장작더미는 밖에 잔뜩 쌓여 있었다. 장작불이 약해질 때마다, 누군가가 장작을 더 가져와서 다시 불을 지폈다. 하지만 그날은 왠지 불이 약한 상태로 놔두고 있었다. 아주 작은 불씨만 타고 있는 상태였다. 그리고 그 아주 작은 불씨와 함께 타고 있는 숯들은 평범한 빨강이나 주황 혹은 심지어 푸른색도 아니었다. 어떤 이유에선지, 그 숯들이 발하는 색은 이상하게 매혹적인 청록색451이었다.

어린 소년은 불을 바라보는 데 익숙했다. 그의 인생에서, 특히 겨울에는 일상과도 같은 일이었다. 하지만 그는 장작이 이런 빛깔로 타는 것을 전에는 본 적이 없었다. 숯 하나하나가 집 밖의 땅에서 자라난 것처럼 — 신선한 초록색 순이나 놀랍도록 선명한 푸른빛의 꽃처럼 — 보였고, 이 청록색은 그가 자연에서 본 어떤 것보다 훨씬 더 강렬한 색이었다. 그 숯은 마치 내부로부터, 그 중심으로부터 시작하여 바깥쪽을 향해 빛을 뿜어 내는 마법 같은 새로운 형태의 빛을 만들어 내는 것 같았다. 만일 표면에 나타난 색이 이렇게 밝고, 이렇게 아름답다면, 그 내부는 과연 어떨까?

그는 더 자세히 들여다보기 위해 난로 옆에 앉았다. 보통은 불에 이렇게 가까이 앉도록 허락되지 않았지만, 그때는 그를 제지할 만한 어른이 주변에 없었다. 그는 한동안 불을 응시하다가

입고 있던 피나포어pinafore* 앞치마를 가지고 무릎 위에 천 바구니처럼 오목하게 만들었다. 초록빛으로 발갛게 타오르는 숯을 바라보는 것만으로는 성에 차지 않았다. 그는 그것을 손으로 집어서 갖고 놀고 싶었다. 그는 그것들을 자신의 것으로 만들고 싶었다.

그는 몸을 앞으로 기울여 숯 몇 개를 집어 그의 무릎 위에 올려놓았다. 자세히 관찰하기도 전에 갑자기 불꽃이 확 솟구쳐 올랐다. 그는 얼굴 쪽으로 튀어 오르는 불꽃을 보았고, 아직 고통이 그에게 전달되기도 전에 본능적으로 손을 들어 자신의 눈을 가렸다.

* 옷이 더러워지지 않게 아이들에게 입히는 앞치마 모양의 옷.

에필로그

〈벽돌과 콘크리트로 된 강인한 형태의 건축물로 한 세대의 건축가들에게 영향을 주었으며, 대부분의 건축가들이 미국에서 가장 중요한 건축가로 꼽았던 루이스 이저도어 칸이 일요일 저녁 펜실베이니아 기차역에서 심장 마비로 사망했다.〉 1974년 3월 20일 수요일 자 『뉴욕 타임스』 1면, 폴 골드버거가 쓴 부고 기사는 이렇게 시작되었다. 골드버거의 기사는 사망과 관련한 이상한 정황을 간략히 설명한 다음 ― 뉴욕 경찰이 시신을 수습하고 칸의 여권을 근거로 대충 신원을 확인한 다음 필라델피아 경찰에 전보를 보냈으나 부인에게 알리는 데 실패하고, 부인은 실종된 남편을 백방으로 찾았다는 등의 ― 칸의 건물들, 철학적인 이론들, 그리고 개인적인 특성 등에 주로 초점을 맞춘 내용으로 이어졌다. 조용한 미소를 띤 칸의 사진처럼 글은 건축계의 〈숨은 실력자〉를 다음과 같이 소개하고 있다. 〈하얀 머리와 삐뚜름한 나비넥타이의 작은 남자, 이러한 소박한 외모는 미국과 해외 모두의 건축가들에게 미친 방대한 영향력과는 극명한 대조를 이룬다.)[452] 이 기사에 묘사된 사람은, 자신의 마음을 명확히 알았고 세상에서 존경받는 위치에 올랐으며 지구상에서 살았던 73년간의 인생 동안 놀라운 성과를 이룬, 다소 신비한 특징을 지녔지만 굳건하고 존경받았던 인물이었다.

이 모든 것은 사실이지만, 결코 이야기의 전부는 아니었다. 찬사 일색의 부고 기사가 실린 저명한 신문들이 가판대에 도달하는 동안에도 그동안 숨겨져 있던 문제와 갈등이 표면에 떠오르기 시작했다. 수십 년간, 순전히 그가 가진 매력적인 성격의 힘으로만 지탱하고 있었던 것들이 사망 직후 모두 무너지기 시작했다.

칸이 남긴 50만 달러 상당의 부채에 대한 걱정과 모든 측면에서 압박감을 느끼고 있던 에스더 칸은 루의 변호사였던 데이비드 줍이 루의 혼외 자녀 두 명에 대해서도 뭔가 지원해야 한다는 요청을 했을 때 격렬히 거부했다. 「에스더는 화를 냈어요.」 줍이 에스더의 고집을 꺾기 위해 도움을 요청했던 건축가 피터 아르파가 말했다. 아르파에 의하면 그녀의 반응은 단호했다. 「그 아이들은 사생아예요. 루에 대한 어떤 권리도 없어요.」 그리고 칸의 사망 한 달 후 필라델피아 건축사 협회가 리튼하우스 스퀘어에 있는 트리니티 교회에서 그를 위한 추도식 행사를 마련했을 때 에스더는 피터 아르파에게 혼외 가족들은 초대하지 말라고 일렀다. 「에스더는 그들이 오는 걸 원하지 않았어요. 아주 완고했어요.」[453] 아르파는 이렇게 회상했다. 그는 협회 지부장의 권한으로, 협회에서는 그들이 오는 것을 막을 수도 없으며, 막지도 않을 것이라고 에스더에게 공손히 전했다.

에스더에게는 그 수많은 세월 동안 루의 나쁜 행실을 참아 냈던 것이 결국 헛된 일처럼 느껴졌다. 그녀의 인내는 결국 바닥이 났고 그녀의 화를 막아 줄 루가 더 이상 존재하지 않았기 때문에 화는 폭발하고 말았다. 그리고 필라델피아, 혹은 적어도 필라델피아에 있는 그녀의 친구들, 친척들, 지인들은 그녀의 입장을 지지했다. 한때 널리 알려졌던 공공연한 비밀은 ─ 루가 두 개의 다른 가정을 꾸리고 있었다는 사실 ─ 이제 더는 입에 오르지 않고 은폐되었다. 루의 특이한 사생활은 한 번도 기록되거나 어떤 식으로든 공개되지 않았다. 심지어 거의 언급도 되지 않았으며 에스더는 루이스 이저도어 칸의 유일한 부인이라는 입지를 재건하기 위한 과정을 시작했다.

하지만 한편 가족을 연결하려는 노력은 은밀히 계속되었다. 알렉산드라 팅은 칸의 업적에 대한 내용으로 학부 논문을 썼고, 그 논문에서 칸을 자신의 아버지로 확실히 언급했다. 1984년에는 이 논문을 확장하여 『시작들: 루이스 이저도어 칸의 건축 철학Beginnings: Louis I. Kahn's Philosophy of Architecture』이라는 이름으로 출판했다. 이 시기 동안 알렉스는 너새니얼과의 친밀한 관계를 유지했고, 그보다는 덜 친밀했지만 수와의 관계도 유지했다. 그리고 1980년대, 이십 대 중반이었던 알렉스는 그동안 그녀의 존재에 대해서 전혀 눈치채지 못하고 있던 서부 해안에 사는 루의 친척들을 방문했다.

「알렉스가 캘리포니아주로 오면서 전화를 했어요.」 알렉스의 연락에 놀랐지만 곧바로 환영 의사를 밝혔던 루의 조카 로다가 말했다. 그녀는 공항으로 알렉스를 마중 나가기로 했는데 마침 다른 친척들은 다 바빴기 때문에 그녀는 자신의 아들 스티븐 캔터를 공항에 보냈다. 그렇게 두 사람이 만나게 되었다. 몇 년 후, 루의 딸과 루의 종손자는 결혼을 발표하게 된다.

로다는 필라델피아에서 열린 결혼식에서 앤 팅을 처음 만나게 되었는데, 앤 팅을 〈아주 예쁘고, 아주 상냥하고, 아주 지적인〉 사람이라고 생각했다. 로다는 또한 앤 팅이 필라델피아의 역사적인 구역에 있는 그녀의 집처럼 아주 작다고 느꼈다. 「모든 공간이 위쪽으로만 향해 있었고 옆으로 확장된 부분이라곤 없었어요. 부엌에는 스토브도 없어서 그녀는 토스터 오븐을 사용했어요. 그녀가 그 작은 오븐으로 만든 음식들은 정말 훌륭했어요.」 로다는 또한 앤의 〈독창적인 아이디어〉에 대해 회상했다. 「피보나치 수열이나 황금 나선, 그리고 우주 전체가 어떻게 연결되어 있는지에 대한 것들에 관해서 많은 이야기를 했어요. 그녀의 모든 결론은 그녀가 연구한 것들에 근거했어요. 그런 그녀가 약간 이상한 건지 아니면 그냥 똑똑한 건지는 알 수가 없어요.」 로다가 말했다. 「그리고 그녀는 모든 면에 대해 완고했어요.」 앤 팅을 방문했을 때 로다는 해리엇 패터슨도 만나게 되었는데 해리엇과 앤의 겉모습은 매우 달랐다. 「해리엇은 더 크고 약간 몸집이 있고 얼굴이 둥글했어요.」 하지만 그녀 역시 〈그 한 남자를 지지하던, 진정한 소울메이트〉라는 것은 확실했다. 「알렉스와 스티브의 결혼 전날 저녁 식사에서, 해리엇의 옆자리가 비어 있어서 제가 그쪽으로 가서 앉으려고 했죠.」로다가 기억했다. 「그녀는 〈이 자리는 루를 위한 자리예요〉라고 말했어요.」[454]

에스더 칸은 사려 깊은 선물(루가 그린 그림 중 하나)를 보냈지만, 스티브와 알렉스의 초대에는 응하지 않았다. 결혼식이 있던 1983년에는 아마 여전히 좋지 않은 감정이 남아 있었을 수도 있다. 하지만 몇 년 후 「소크 생물학 연구소」 부지에 새로운 부속 건물의 건축 계획으로 칸의 「소크 생물학 연구소」가 위협을 받게 되었을 때, 해리엇 패티슨, 앤 팅, 그리고 에스더 칸은 모두 그 계획에 맞서 항의서를 제출하는 데 합세했다. 그들의 반대는 처음에는 성과가 있는 듯했으나, 결국은 승리하지 못했다. 그 결과 연구소 광장으로 들어서는 입구에 있던 유칼립투스 나무들은 새로운 건물들에게 자리를 내주기 위해 베어졌다. 수십 년 후 「킴벨 미술관」에도 이와 유사한 일이 생겼다. 패티슨이 세심하게 조경한 부분을 렌초 피아노*의 부속 건물을 위한 자리로 내주기 위해 철거되는 일이 있었기 때문이다. 가족들이 모여 그런 시위운동을 벌이고 또 실패하는 일은 그다지 특이한 경우는 아니었다. 단지 그 가족 구성 자체가 좀 남달랐을 뿐이다. 세상은 변하지 않은 채로 가만히 있지 않으며 심지어 위대한 건축물 역시 그런 변화를 피할 수 없기 때문에 어쩌면 그 건물이 훼손되지 않은 채로 남아 있는 것만으로도 운이 좋았다고 생각해야 할지도 모른다.

킴벨 부지의 변경 작업이 거의 완성될 무렵인 2013년, 세 명

* 이탈리아 출신의 건축가.

의 여성 중 해리엇만이 유일하게 생존해 있었다. 에스더는
1996년에 사망했다. 앤은 2011년까지 생존해 있었고, 「예일 대
학교 아트 갤러리」건물이 복구되고 새로 재단장된 것을 볼 수
있었다. 그 개장식에서 앤은 복구된 건물이 이전보다 훨씬 보기
좋다고 친구에게 털어놓았다고 한다. 또한 앤은 더는 여행을 할
수 없게 되기 전, 루가 자신의 출생지라고 여겼던 에스토니아의
섬에 마지막으로 방문했다.

　패르누가 실제 칸의 출생지인지 아닌지 확실치 않지만, 그곳
의 어떤 공식적인 기관에서도 칸에 대해 특별한 관심을 갖고 있
거나, 심지어 루이스 칸이란 인물에 대해 모르는 것 같다. 그와
반대로, 사례마(외셀)섬에 있는 쿠레사레(아렌스부르크)에서
는 루가 그곳 출생임을 자랑스럽게 주장한다. 2006년 어떤 에
스토니아 건축가 그룹에서 칸의 인생과 업적을 기리기 위한 심
포지엄을 일주일간 쿠레사레에서 열게 되었다.

　앤 팅은 그 심포지엄에 강연자로 초대되었고, 그녀의 딸 알렉
산드라는 자청하여 루의 초상화를 그려서 심포지엄으로 가져
왔다. 마침 알렉산드라의 딸, 레베카 팅 캔터는 풀브라이트 장
학금을 받고 에스토니아에 거주하고 있었다. 그래서 그렇게 〈모
녀 삼대〉가 2006년 행사를 위해 사례마섬에서 모이게 되었다.
2003년에 루에 대한 영상, 「나의 건축가」를 찍은 너새니얼 칸도
참석했다. 에스토니아인들에게 칸에 대한 관심을 처음으로 갖
게 하고 결국 심포지엄을 열게 한 — 부수적으로는 칸의 혼외
가족들에 대한 암묵적인 침묵을 깨게 만든 — 계기가 된 것이

바로 이 영상이었다.

「단 하나 아쉬운 점이 있었다면 수 앤 누나가 참석하지 못했다는 점입니다.」 너새니얼이 말했다. 「만일 누나가 그날 아버지가 그렇게도 좋아했던 바흐의 곡을 플루트로 연주했다면 정말 완벽한 기념행사가 되었을 것입니다. 우리 셋이 그 도시의 길을 함께 걸을 수 있었다면 정말 좋았을 거예요. 왠지 아버지도 그렇게 되기를 바랐을 것 같아요.」[455]

「언니도 그곳에 왔다면 정말 좋았겠지만 그래도 언니의 마음만은 그곳에 있었을 거예요.」 알렉스가 말했다.

수 앤은 정말 그곳에 가고 싶었지만, 맨스 음악대학에서 행정적인 일을 하고 있었기 때문에 그해 가을 내내 뉴욕에 있어야 했다. 불참을 만회하기 위해, 앤은 알렉스에게 아버지의 초상화를 그리는 데 사용하라고 아버지의 나비넥타이를 주었다. 알렉스가 자신의 남편 스티븐과 아들 줄리언에게 그 나비넥타이를 매고 모델을 서달라고 부탁하여, 칸이 완성된 「방글라데시 국회의사당」의 정면에 서 있는 모습의 초상화를 그렸다. 「방글라데시 국회 의사당」이 그의 사후 9년이 지난 후에 완성되었다는 점에서 보면 뭔가 환상적인 의미를 가졌다고 볼 수 있다. 하지만 알렉스에게는 그런 배경이 더 완벽하다고 생각되었다. 「방글라데시와 에스토니아의 분위기는 극명하게 대조적이잖아요. 아버지는 어린 소년이었을 때 자신이 나중에 얼마나 멀리 여행하고 자신의 영향력이 얼마나 멀리까지 미칠지를 전혀 몰랐을 거예요. 그리고 저는 아버지를 특정한 시간의 틀 안에 가두고 싶지 않았어요. 아버지가 사망했을 때는 「방글라데시 국회 의사당」이 완성되지 않았기 때문에 그곳에 실제로 서 있을 수 없었잖아요. 그래서 그 초상화는 아버지의 어린 시절부터 인생의 마지막, 그리고 그 이후까지의 모든 범위의 시간을 내포하고 있습니다.」

알렉스는 또한 두 장소가 시각적인 부분에서도 연결성이 있다고 느꼈다. 「다카의 수도 건물과 모스크의 거대한 형태는 마치 현대의 성 같았어요. 정사각형과 코너의 탑들이 쿠레사레의 중세 성과 아주 닮았다고 느꼈거든요. 그 초상화를 쿠레사레에 걸 예정이었기 때문에 이러한 연관성을 아버지의 출생지에 설정하고 싶었습니다.」[456]

그 초상화는 여전히 쿠레사레 시청 대합실의 눈에 잘 띄는 곳에 걸려 있다. 이것은 알렉산드라 팅이 아버지가 어린 시절 살던 도시에 준 선물이자, 아버지에게 준 선물이기도 했다. 그곳에 아버지의 초상화를 둠으로써 시간을 초월한 영혼으로서 영원한 사후의 삶을 살 수 있게 되었으니 말이다. 그리고 나비넥타이에 어두운 색 양복을 입고 흰머리에 안경을 손에 든 채 곁눈질로 당신을 바라보는 — 그 파란색의 눈동자는 그의 뒤에 있는 이상하고 기학학적인 건물 주변의 구름 한 점 없는 하늘과 맑은 호수를 배경으로 더 두드러진다 — 그 초상화 앞에 서 있으면, 굳이 노력하지 않고도, 당신은 그의 수수께끼 같은 미소를 따라 미소 짓고 있는 자신을 발견할지도 모른다.

*

이제는 더 이상 존재하지 않는 한 남자가 있었다. 그리고 시간을 오래 견디고 있는 건물들이 있다. 어떤 예술가에게든 마찬가지로, 자연스레 창작자와 그 작품의 관계에 대한 질문이 떠오른다. 완성된 작품, 처음부터 우리의 관심을 끄는 작품들은 그 주변의 배경에서 일어났던 일상들과 어떻게 연결되어 있는 것일까? 전기(傳記)적인 연구는, 그 둘의 연관성을 지나치게 강조하게 되는 경향이 있다. 비록 우리가 직관적으로 그 둘 사이에 뭔가가 있음을 느낀다고 하더라도 그것에 너무 집중하다 보면 그 연약한 관련성을 깨뜨려 버릴 가능성이 있는 것이다. 그리고 그 예술가가 건축가 — 협력자, 상업적인 배경에서의 협상자, 대규모의, 완전한 통제가 불가능한 사람과 자재들의 이동을 지휘해야 하는 핵심 인물로서 — 인 경우, 그의 사적인 삶과 작품 사이의 연관성은 더욱 희미하고, 덜 눈에 띄며, 심지어 덜 필연적으로 보일 수 있다.

루이스 칸에게는, 그런 연관성을 부인하는 또 다른 요소들이 있었다. 그의 주변에 있던 사람들은 그를 보호하기 위해 그의 명성에 직접적으로 관련 없는 점들을 숨기는 데 익숙해져 있었기 때문이다. 그들은 그의 비밀이 아무리 비공식적으로 널리 알려진 것이라고 해도 그만의 사적인 문제로 여겼고, 그러한 생각은 그의 사후에 더욱 강해졌다. 칸은 그의 사무실을 예술가의 스튜디오처럼 운영했을 수는 있지만, 건축이란 결국, 대중의 마음에 있어서나 그 자체로서도, 그림이나 조각과는 다른 것이다. 건축은 의학이나 법과 유사한 〈학문적인 직업〉 중의 하나로 본다. 건축은 그 분야만의 교육과 자격은 물론, 행동과 윤리에 대한 기준을 갖고 있으며, 그런 기준들을 유지하는 역할을 맡은 자체 규제 단체가 있다. 건축가는 입센의 반어적인 표현대로 〈지역 사회의 기둥〉*으로 여겨지며, 따라서 사람들은 그들의 개인적인 삶이 아무리 엉망이라도(보로미니** 이후 계속 그래 왔던 것처럼) 외적으로는 위엄과 전문가다운 모습을 갖추기를 기대한다.

합리적인 것은 아니지만, 자녀를 낳고 오래된 불륜 생활을 했던 칸의 행동은 모든 사람이 기대하는 전문가다운 이미지에는 부합하지 않았다. 어느 정도 그의 사적인 삶에 대해 알고 있던 동료들은, 그런 점을 아주 수치스럽지는 않더라도 약간 난처하게 생각했고, 40년이 경과한 후에도 그런 사적인 일을 묵과하고 싶은 욕구는 약화되지 않은 것 같다. 「굳이 숨기려는 것도 아니고, 그 일이 존재하지 않았다는 얘기도 아닙니다.」 리처드 솔 워먼은 이렇게 주장했지만, 그래도 루의 좋지 않은 점을 세인의 이목에 노출되게 하는 것은 부적절하다고 여겼다. 그는 당시의 필라델피아가 〈여전히 청교도적인 사회〉였으며 루가 그런 삶을 사는 것이 〈모두에게는 이상한 일〉로 여겨지더라도, 사람들은 여전히 그는 보호받을 필요와 자격이 있다고 생각했다고 말했

* 입센의 『건축가 솔네스』에 나오는 대건축가에 관한 묘사.
** 프란체스코 보로미니. 이탈리아의 건축가로 자살로 생을 마감했다.

다. 「유대인으로 사는 것도, 펜 대학교에 다니는 것도 그에게는 전투나 마찬가지였습니다.」 그리고 어떤 비판이나 아주 사소한 사생활의 노출도, 조지 홈스 퍼킨스와 에드 베이컨을 비롯한 건축계의 품위 있는 반(反)유대주의자들이 휘두를 수 있는 무기가 될 수도 있다고 생각했다. 그런데 칸에 대한 베이컨의 반감이 과연 유대인이라는 사실 때문이었을까? 「그건 루가 유대인이었던 것도 있지만 그가 진실된 견해를 피력했기 때문입니다. 베이컨은 진실을 원하지 않았거든요.」[457] 워먼이 주장했다.

그럼에도 불구하고 건축가로서 루의 가장 주목할 만한 특징이었던, 진실에 대한 명백한 충성심도, 그의 비밀 생활로 훼손될 위험은 있었다. 다른 많은 사람들처럼, 잭 매칼리스터도 〈모든 것에 근본적으로 숨겨진 진실을 찾으려는〉 루의 근성을 칭찬했다. 그러나 매칼리스터도 이러한 점이 루의 개인적인 삶에는 적용되지 않았다는 사실을 어쩔 수 없이 인정해야만 했다. 「그가 한 행동은 사회적으로 허용되지 않았기 때문에, 그것을 숨길 수밖에 없었을 겁니다.」[458] 잭은 이런 말로 변명을 대신했다.

샴술 웨어스는 이에 대해 더욱 강한 말로 표현했다. 「그는 정신적으로 문제가 있었습니다. 그는 자신의 남근의 영향을 받았습니다. 그는 성적인 문제 — 남근에 기초한 심리적인 문제 — 가 있었습니다.」 루의 인도주의적이고 강력한 「방글라데시 국회 의사당」 건물의 칭송자였던 그는 이렇게 말했다. 웨어스는 불륜을 했던 결점 있는 인간과 방글라데시에 새로운 민주주의의 중심점을 선사한 관대한 건축가는 쉽게 구분될 수 있는 인물로 여겼다. 「여자들과의 부적절한 관계는 그의 창의성과는 아무런 관계가 없습니다.」[459] 웨어스가 말했다.

조경 건축가 로이스 셔 더빈은 〈그에게 개인적인 삶은 그저 부속물 같았다〉고 말함으로써 웨어스의 생각과 어느 정도 비슷한 의견을 제시했다. 더빈은 루에게는 일이 유일하게 중요한 것이었다고 여기는 듯했다. 하지만 그녀도 〈그는 건장하고 관능적인 사람이었고, 이런 말이 그를 함축하는 말 그 자체입니다. 그는 바싹 말라붙은 금욕주의자가 아니었습니다〉라고 언급함으로써 칸의 공적인 인물과 개인적인 인물 사이의 연관성을 시사했다. 이런 특성은 그를 동료, 선생, 친구로서 매력적인 인물로 만들었을 뿐 아니라 그가 시도했던 전반적인 건축학적 접근까지도 더 매혹적으로 만들었다. 더빈은 디자인을 전공하는 학생들에게, 특히 1950년대의 무미건조하고 회색 일색의 배경과 필라델피아의 절제된 분위기에 비해서 그의 시각이 얼마나 매력적으로 여겨졌는지를 강조했다. 「그 엄격한 시대와 캠퍼스에서 가장 흥미로운 장소는 바로 우리 건축대학이었습니다.」 그녀는 이렇게 회상했다. 「그건 루 칸 덕분에, 그리고 그와 일하기 위해 세계 각지에서 몰려든 사람들 덕분이었죠. 그 건물은 말 그대로 가장 활력과 생동감이 넘치는 장소였어요. 그리고 그런 종류의 장소에는 한계란 존재하지 않습니다. 뭐든지 다 가능했어요.」[460]

그러한 자유는 물론, 불가피한 문제도 야기했다. 「욕망은 무책임합니다.」 루는 스스로 언급했다. 「욕망이 순수한 감정이라고 말할 수는 없어요. 물론 그 자체의 순수성을 갖고 있지만, 위대한 것을 만들어 내는 데 있어서는 거대한 불순함이 끼어들 수 있죠.」[461]

그는 그런 위험성을 알고 있었지만 욕망을 부인하지 않았다. 이러한 욕망에 대한, 모든 창조와 소유의 동기가 되는 근본적인 충동에 대한 존중(이 단어가 적합하다면)은, 인생을 어떻게 살아야 할지뿐만 아니라 건축을 어떻게 실행해 나갈지에 대한 칸의 관점에 아주 중요한 역할을 했다. 〈저는 아름다움이 의도적으로 창조될 수 있다고 생각하지 않습니다.〉 그는 그의 공책에 다음과 같이 적었다. 〈아름다움은 고대 시대에 있었던 첫 표현의 의지로부터 진화합니다. 고대 도시 파에스툼을 파르테논과 비교해 보십시오. 고대의 파에스툼이 바로 시작점입니다. 벽이 나뉘고 기둥이 생기고 음악이 건축에 들어온 시기입니다. 파에스툼은 파르테논에 영감을 주었습니다. 보통 파르테논이 더 아름답다고 여겨지지만 저에게는 여전히 파에스툼이 더 아름답습니다. 이것은 그것이 생긴 이후에 따르게 될 모든 경이로움의 원초이기 때문입니다.〉[462]

영속적인 경이로움을 고집하는 것은 — 혹은 칸이 말한 것처럼 위대한 건물은 〈측정할 수 없는 것으로부터 시작해야 한다. 그것을 설계하는 동안에는 측정할 수 있는 수단을 통해야 하지만 결국에는 측정할 수 없는 것이 되어야 한다〉[463]고 주장하는 것은 — 욕망을 자극하는 동일한 충동에 끊임없이 의지해야 한다는 의미다. 우리는 지속적으로 자신의 감정, 자신의 반응에 대해 지속적으로 기여해야 한다. 이게 내가 정말 하고 싶었던 일인가? 내가 상상한 것을 달성하기 위해 이 요소나 저 요소를 변경해야 하는가? 이 뜻밖의 요인은 어떠한가? 내 원래의 아이디어로 돌아가기 위해, 이것을 새로운 방식으로 사용할 수 있을까? 칸에게 과정의 모든 것은 시작과 관련되어 있다. 그리고 당연히, 모든 욕구가 가장 활활 타오르는 순간은 시작에 있다. 어쩌면 끊임없이 모든 것의 시작으로 돌아가고 싶어 했던 칸의 소망은, 건축가와 인간 모두로서 그의 가장 핵심적인 특징이었을지도 모른다.

어떤 경우에도, 이 두 가지는 아마 분리할 수 없었을 것이다. 연인이자 동료로서 칸을 잘 알고 있던 앤 팅은, 〈그는 정말 일을 위해서 살았다〉고 느꼈을 뿐 아니라 〈그의 일은 그의 인생을 표현했다〉고도 느꼈다. 칸이 사망한 지 20년 후 비디오카메라 앞에서 이야기하던 그녀는 잠시 생각에 잠겼다. 「그는 정말 무의식, 즉 일반적으로 여성적인 것으로 여겨졌던 창작 원리와 연결되어 있었다고 생각합니다. 마치 공간과 시간의 모든 과정에 열린 마음을 가지고 있어서 그것으로부터 질서를 찾을 수 있었던 것처럼 말입니다.」[464]

앤과 알렉스는 이러한 생각을 훨씬 더 진전시켰다. 알렉스는 〈아버지는 일과 개인적인 삶 모두에 유사하게 적용되었던 원칙을 강하게 믿었습니다. 이런 말은 사실, 아버지를 알았던 많은 사람들이, 아버지를 건축에서는 위대한 업적을 이뤘지만 사적인 삶은 그다지 잘 살지 못했던 비관습적인 사람이라고 여기기 때문에, 어쩌면 이상하게 들릴 수 있습니다. 하지만 아버지는 모든 것들이 가장 적절한 방식으로 자연스럽게 배열될 것이며, 그런 일들이 일어나도록 자연스레 그냥 놔둔다면 잘 해결될 거라는 아버지만의 철학을 가지고 있었습니다)라고 언급했다. 하지만 알렉스 팅의 말은, 칸이 노력을 하지 않았거나 예술적인 의도가 전혀 없었다는 뜻은 아니었다. 「물론 아버지는 건물이 그냥 생기도록 놔두지 않았습니다.」 그녀는 아버지가 주로 다양한 요소들이 어떻게 결합되어 적절한 형태를 만들어 내는지에 초점을 맞추었다고 느꼈다. 「그래서 만일 누군가가 부분들을 서로 맞추려고 하는데 그것들이 잘 맞지 않는다면, 그것은 잘못 표현된 형태입니다. 아버지는 사적인 삶에 대해서도 이와 같은 느낌을 갖고 있었습니다. 즉, 각각의 요소들 — 상황과 사람들과 감정들과 같은 — 이 적절하다면 그들은 서로 저절로 잘 어우러질 것이라는 느낌말이에요.」[465]

알렉스는 그가 인간관계의 다른 〈요소들〉에 이런 원칙을 적용하는 것이 항상 쉬운 일만은 아니었음을 인정하면서도, 모든 비난을 루에게 돌리는 것에는 주저했다. 「아버지가 사귀었던 여성들, 저는 주요 관계들만 얘기하는 거예요. 그들의 성격을 살펴보아야 한다고 생각해요. 모두 매우 강한 여성들이고 좋은 사람들이에요. 아버지는 매우 야심적인 인물이었지만, 아버지가 추구한 건 권력이 아니었어요. 그저 뭔가를 창조하고 싶은 욕구가 컸을 뿐이에요. 아버지가 사람들을 이용했다고 말할 수는 있지만, 그래도 그들을 존경했어요.」 숨겨진 가족의 입장에서 분노했던 적이 있었다면 — 알렉스는 그런 분노심이 있었다고 인정했다 ─ 그것은 결코 씁쓸하거나 앙심에 찬 분노는 아니었다. 「아버지는 매우 다정한 사람이었어요.」[466] 그녀는 다른 두 자녀가, 그리고 그 자녀들의 어머니들도 아버지에 대해 했던 말을 다시 한번 반복했다.

「루는 엄청나게 많은 사랑을 가지고 있었습니다. 그는 모두를 사랑했어요.」 샴술 웨어스는 영상 제작자인 너새니얼 칸이 오래전에 사망한 아버지의 흔적을 찾기 위해 방글라데시에 왔을 때 이렇게 말했다. 웨어스는 〈세상에서 가장 가난한 나라에서 칸이 했던 일 중 가장 큰 프로젝트〉였던 「방글라데시 국회 의사당」이 바로 그런 방대한 사랑의 상징이라는 점을 강조했다. 그리고 이렇게 덧붙였다. 「그리고 때로는 누군가를 사랑할 때, 가장 가까운 사람들은 잘 보이지 않게 되죠.」[467]

하지만 사랑은 칸의 작품에 반영된 유일한 인간적 표현이 아니다. 루의 건축이 인식하는 것은, 그리고 루가 직접 몸으로 느낀 감각에서 얻은 것은 우리는 모두 공간과의 관계 안에서 개개인으로서의 우리 자신을 직관적으로 느끼며 공간을 통해 움직이는 육체라는 점이다. 루이스 칸은 대부분의 사람들보다 훨씬 더 직관적으로 자신의 육체 안에 살았고, 어쩌면 그것이 가만히 있을 때와 특히 이동할 때 건물이 인간의 육체에 반응할 수 있는 방식에 대해 특별한 접근을 할 수 있게 된 이유인지도 모른다.

〈동작, 움직임은 우리의 꿈에서 매우 중요한 부분이다.〉 그는 1961년에 이렇게 썼다. 〈누구나 공간을 날아다니는(팔을 좀 움직여야 한다) 꿈을 꿔본 적이 있을 것이다. 그 움직임은 어떤 종류의 속도도 될 수 있고, 혹은 아무 노력 없이도 자유롭게 수영하는 느낌과도 비슷하다. 이런 꿈을 통해, 움직임에 대해 긍정적인 건축(내가 구름다리 건축이라고 부르기를 좋아하는), 움직임의 모든 측면을 고려하고 움직임으로부터 제약이 없는, 독립된 개체들로서 분리하는 건축을 만드는 것은 모든 활동의 자유로움을 허용한다는 것을 깨달았다. 말하자면, 《움직임의 건축》인 셈이다.)[468] 칸에게 이런 움직임에 대한 강조는 필연적으로 멈춤과 휴식을 고려해야 한다는 점을 의미했다. 그리고 이것은 간선 도로나 교통이 정체되는 도시의 나들목에서든, 사색을 위한 한적한 장소와 주보랑을 가진 수도원에서든 마찬가지였다.

우리의 몸이 움직이고 있다는 인식은 그가 설계한 구조물에 들어갈 때마다 우리에게 전달된다. 그 느낌은 건물을 들어가서 밖에서는 상상할 수 없었던 공간을 발견하는 첫 순간부터 존재한다. 방에서 방으로, 층에서 층으로 이동하면서 우리를 점점 더 안으로 이끄는 새로운 빛, 형태, 질감 등을 계속 새롭게 발견하면서 존재한다. 그리고 무엇보다도, 우리를 부드럽게 감싸는 듯한 느낌, 위로 상승하게 하는 느낌, 우리가 중요하고 위대하다는 감각 속에 존재한다. 그리고 이러한 감각은 인간 규모의 신체를 위협하기 위한 것이 아니라 보호와 안심의 감각을 주기 위한 중량감을 가진 구조에서 얻어진다.

빈센트 스컬리는 흥미로운 묘사를 통해 루의 신체적 본성과 그가 설계한 건물 사이의 연결성을 강조했다. 「칸을 보면 즉각적으로 느끼게 되는 또 다른 점들은 활력, 그에게서 뿜어져 나오는 삶에 대한 애정이었습니다.」 스컬리는 이렇게 언급했다. 「그는 일종의 육체적으로 넉넉한 원기를 가지고 있었습니다. 그는 생명력을 발산했습니다. 레슬링을 했는데, 왜 그런 사람 있잖아요, 몸이 너무 근육질이어서 발 앞부분으로 걷는, 루가 그런 사람이었어요. 그의 손은 매우 크고, 두껍고, 힘이 셌어요. 보기만 해도 힘이 느껴졌어요.」 스컬리는 뉴헤이븐에서 루를 보고 그를 따라갔던 여성을 기억했다. 그 여자는 〈루가 다른 사람들이나 사물들이 가진 죽음의 기운과 대조적으로 너무 활력 있고 너무 독특하고, 너무 살아 있는 느낌이 들고 생명력이 가득 차 보였기 때문이었다〉고 했다. 그리고 이러한 특징은 그의 일과 밀접하게 연결되어 있었다고 스컬리는 주장했다. 「칸은 그런 점을 그의 건물에 담아냈습니다. 이것이 그의 가장 위대한 점 중의 하나였습니다. 사람들로 하여금 예술, 물리적인 예술이란 실체적인 것, 육체를 통해 공감하는 방식으로 체험되는 것임을 깨닫게 했죠. 그래서 칸에 대해 지적이고, 철학적이고, 사회학적인 측면만을 기록한 내용들을 저는 싫어합니다. 그는 육체적인 인물이었습니다. 형태에 대해 육체적인 지각을 갖고 있었고 그것이 그를 위대한 건축가로 만든 것입니다.」[469]

1936년 카토나*에 있는 브룩우드 노동대학Brookwood Labor College에서 여름휴가 중에 찍은 루의 오래된 사진을 보면, 스

---

* 미국 뉴욕주에 있는 마을.

컬리의 말을 공감할 수 있다. 그 사진에는 루가 옛날 스타일의 양궁복을 입고 카메라에 등을 보인 채 거대한 활을 들고 시위를 당기고 있다. 몸이 많이 드러나는 옷은 그의 작은 엉덩이와 날씬한 허리에 딱 들러붙어, 허리가 노출된 부분에서 그의 강한 등과 넓은 어깨의 탄탄한 근육이 드러난다. 사진에서 칸은 서른다섯이지만, 여전히 흰머리 하나 없이 머리숱이 풍성하고 동물적인 활력과 청년 같은 체력에 대한 자신감을 발산하고 있다.

그의 머리는 약간 측면으로 돌아가 있어서 얼굴의 윤곽을 약간 가늠할 수 있는데, 분명 루의 얼굴이다. 하지만 멀리서 찍은 사진이고, 근육이 많이 발달한 왼팔이 그의 얼굴 아랫부분을 가리고 있기 때문에 흉터는 거의 보이지 않는다. 이런 점에서 1928~1929년 그랜드 투어 중에 연필로 그린 자화상과 조금 유사하다. 격식을 갖춘 복장을 입은 멋진 남자가 파이프를 물고 있는 얼굴을 그린 그림에서 흉터는 전혀 보이지 않는다.

그는 자신의 흉터를 무시하는 데 성공했을지 모르지만, 어떤 이들에게는 그 흉터가 결정적인 존재였다.「그의 건축에는 개인적인 삶과 관련된 점이 많다고 생각합니다.」잭 매칼리스터가 말했다.「그중 하나는 재료의 불완전함입니다.」[470] 매칼리스터는 건물이 만들어지는 과정을 보여 준다는 점에서 칸이 선호했던 건설 과정 — 구멍 나고, 패인 자국이 있는 콘크리트, 금형 자국이 있는 압출 성형* 철근 등 — 은 그의 얼굴의 흉터와 직접적

* 원료를 압출기에 공급하여 금형에서 밀어냄으로써 일정한 모양을 가진 연속체로 변환하는 성형법.

으로 연결되어 있다고 생각했다. 그리고 심지어 다소 환원주의적 성향이 덜한 동료들조차도 루의 경력에서 장애물이었던 요소들을 나열할 때 흉터를 포함시켰다. 「루는 극복해야 했던 것들이 많았습니다.」 리처드 솔 워먼이 지적했다. 「그는 목소리가 아주 안 좋았고 얼굴에는 흉터가 있었고, 키도 작았고 가난했으며 운전도 못 했습니다. 그래서 저는 그가 의식적으로 그랬는지는 몰라도 이러한 점들을 극복하기 위해 최대한 할 수 있는 모든 것들을 했다고 생각합니다. 저는 정신과 의사가 아니라서 정말 그런 것에서 비롯된 건지는 모르지만 그래도 하나의 해석이될 수는 있다고 생각합니다.」 워먼은 사실 루와 여성들과의 관계를 언급하고 있었지만, 그는 이 해석이 루의 건축에도 적용된다고 생각했다. 「그는 자신이 가진 불안정성, 그의 가난한 배경에서부터, 특정 그룹에 속하지 못했던 배경 등을 극복하려고 했던 겁니다. 편안함은 결코 우리의 친구가 아닙니다. 어려움을극복함으로서 배워 나가는 것들이 바로 친구입니다. 루는 그런장애물들과 싸웠습니다.」[471]

너새니얼 칸도 일종의 싸움에 대한 얘기를 했지만 매우 다른방식의 싸움이었다. 그는 아버지가 인생과 일에 접근한 모든 방식이 아서왕의 이야기에서 왔다고 느꼈다. 그는 아버지의 흉터를 인식했지만, 그것을 그의 기사와 같은 맹렬함을 이루는 일부라고 생각했다. 「아버지한테는 뭔가 전사 같은 기운이 있었어요. 분명히요.」 그리고 이러한 특징은 건축에서의 관습은 물론, 일반적인 관습에 대해서도 투쟁적인 태도를 갖게 했으며, 결과적으로 그의 전반적인 외모에 영향을 미쳤다. 너새니얼은 아버지가 어깨에 코트를 걸치고 자신의 모습이 남들에게 어떻게 보일지 너무 잘 아는 상태에서 차량에 탄 사람들의 시선을 즐겁게 인식하며 재빠르게 길을 건너던 모습이 일종의 투우사 같다고 생각했다. 「심지어 복장도, 항상 신경을 써서 차려입었어요. 복장에 대단한 자부심을 가지고 있었어요. 아주 좋은 구두를 신었고요. 검은색 윙 팁 구두*를 좋아했고 아름다운 갈색 신발을 갖고 있었는데, 아마 코도반 가죽이었을 거예요. 그것은 하나의 역할을 위한 것이었어요. 그는 건축계에서 싸우기 위해 건축가다운 옷을 입었던 겁니다.」[472]

알렉스 팅도(언니처럼 아버지의 흉터에 대해 거의 인식하지 못하고 항상 〈잘생겼다〉[473]고 생각한) 아버지의 옷차림이 우아하다고 느꼈다. 「아버지는 항상 완벽한 것을 찾아야 했어요. 차선으로는 만족하지 못했어요. 옷을 항상 신중하게 골랐어요. 저는 사람들이 아버지가 헐렁한 바지에 어울리지 않는 구두를 신고 넥타이가 비뚤어졌다는 말을 할 때마다 웃음이 납니다. 넥타이는 손으로 맸기 때문에 삐뚜름했고 바지는 특별히 맞춘 것이었거든요. 아버지는 항상 섬세한 색상과 특별한 질감을 가진, 아주 좋은 재질로 된 옷을 입었고 항상 검은색 양말만 신었습니다. 자신이 입는 옷에 대해 확실한 감각과 취향이 있었습니다. 사람들은 아버지의 모습에서 뭔가 특징을 찾아내고 풍자적인 이미지를 만들어 내고 싶어 하지만, 저는 아버지를 한 번도 그

* 앞코 부분에 독특한 새 날개 모양으로 덧대고 구멍으로 모양을 낸 가죽 구두.

런 식으로 본 적이 없습니다.」[474]

잭 매칼리스터는 알렉스가 언급한 그런 사람들 중 하나였을 수도 있다. 「그에게는 뭔가 촌부 같은 구석이 있었습니다.」잭이 말했다. 「자리에 앉는 모습이나, 삶은 감자가 먹었던 것 중 가장 맛있는 음식이라고 말한다거나, 그리고 정말 진심으로 아주 단순한 것들을 즐기는 모습에서 말입니다. 그러니까 그의 생활 방식에서 보면, 세련된 개인용품에 그다지 관심이 없었습니다. 그리고 어떤 면에서는, 그런 게 겸손함이 아닐까요.」그는 이렇게 인정했다. 그러면서도 매칼리스터는 루가 겸손하다는 점에는 또 이의를 제기하면서, 그가 정말 갖고 있는 것은 평범한 의미에서의 겸손함이 아니라 〈촌부의 매력〉이라고 했다. 「저는 루가 결코 겸손했다고 생각하지 않습니다.」잭은 다음과 같이 주장했다. 「그리고 이런 말이 그를 비하하는 말이라고 생각하지 않습니다. 루 또한 자신이 말도 안 되게 뛰어나다는 것을 잘 알고 있었다고 생각하거든요.」[475]

맞다. 그는 아주 어릴 때부터, 적어도 자신의 예술적 재능에 대해서는 잘 알고 있었다. 다섯 살 때 유럽에서 미국으로 배를 타고 올 때, 선장이 그에게 오렌지를 줄 만큼 그의 그림을 충분히 가치 있다고 여겼고 그는 자랑스러웠다. 그러한 거래에서 동정심 같은 것이 있었을 거라는 생각은 전혀 하지 않았다. 그리고 그가 가족으로부터 받은 특권적 대우, 특히 그의 〈고귀하고, 이타적인〉 어머니에게서 받은 대우 역시 마찬가지였다. 가족의 부족한 자원 모두가 그에게 집중되었던 점들에(어머니가 다른 자녀들을 희생하면서까지 항상 그를 지지하고 지원했던 방식) 대해서 그는 그것이 모두 자신의 명백한 능력 덕분이라고 생각했다. 외부 관찰자에게는 베르사의 이런 행동이 상처 입고 다소 병약한 아이에 대한 죄책감과 과보호에서 비롯됐다고 여겨질 수 있다. 하지만 그녀가 루를 보호하려고 했던 것 중의 하나가, 바로 그녀의 의도를 측은지심으로 넘겨짚는 사람들의 생각이었다. 다른 사람들이 동정심이라고 봤던 어머니의 행동에서, 칸은 오직 자신에 대한 존경심과 믿음만을 보았다. 「어머니는 저에 대해 진실하고 절대적 신뢰감을 가지고 있었습니다.」[476] 그는 인생의 마지막 무렵에 이렇게 말했다.

그리고 이런 어머니의 태도는 아마 다른 방식으로도 그에게 영향을 미쳤을 수 있다. 동정심이란 것은 그의 사전에는 없었다. 그는 자신을 그런 동정심의 대상으로 보지 않았을 뿐더러 다른 사람들을 동정할 생각도, 필요도, 혹은 소망도 없었다. 그는 충분히 공감할 수 있는 사람이었고, 특히 방글라데시나 인도에서처럼 큰 규모의 경우에도 충분한 공감 능력을 보여 줄 수 있는 사람이었다. 그리고 그는 동료와 친구들과 더불어 연인들과 자녀들에게 다정하고 따뜻하고 매력적이며 동반자적인 성품을 가진 사람이었다. 하지만 그의 욕망이 다른 사람의 욕망과 충돌하는 경우, 그는 자신의 선택만이 유일한 가능성으로 여기는 무자비한 면이 있었다. 그런 경우 동정심은 전혀 작용하지 않았다. 왜냐하면 동정심은 그를 멈추게 만들었을 테고, 그는 어떻게든 계속해서 나아가야 했고, 혹은 계속 반복해서 〈시작〉

해야 했기 때문이다.

*

　루이스 칸은 반세기 동안 건축가로 활동하면서 대략 235개의 설계[477]를 했다. 이 중에서 182개는 의뢰를 받은 작품이었고, 다른 53개는 콘셉트 도면, 계획 관련 프로젝트, 물품 디자인, 경쟁 출품작 등으로 이들 중 어떤 것도 실질적인 구조물로 이어지지 않았다. 의뢰를 받은 설계 중에서 81개가 실행되었지만, 이 중에는 사무실 리모델링, 주택 인테리어, 그리고 명성이 확고해지기 수년 전에 이루어진 소규모 변경이나 추가 작업들이 상당수 포함되어 있다. 1952년 이후 완성된 40여 개의 프로젝트 중에 칸의 위대하고 지속적인 명성에 영향을 준 것들은 매우 소수에 불과하다. 논란의 여지가 없는 걸작은 「소크 생물학 연구소」, 「킴벨 미술관」, 「필립스 엑서터 도서관」, 「인도 경영 연구소」, 「예일 영국 미술 센터」, 그리고 「방글라데시 국회 의사당」이다. 많은 사람들이 이 걸작의 목록에 「리처즈 의학 연구소」, 로체스터 「퍼스트 유니테리언 교회」, 「예일 대학교 아트 갤러리」, 그리고 2012년 기준에서는 「프랭클린 루스벨트 기념비」를 추가하고 싶어 할 것이다. 칸 본인이라면 「트렌턴 배스 하우스」를 그 목록에 추가했을 수도 있다. 하지만 이 모든 것을 다 포함하고, 여기에 아홉 채의 개인 주택 중 세 채까지 관대하게 포함시킨다고 해도, 평생 힘들게 노력하여 이뤄 낸 주요 건물은 겨우 열네 작품에 불과하다.

너새니얼 칸이 「나의 건축가」의 인터뷰에서 이오 밍 페이의 놀라운 양의 업적에 비해 아버지가 이룬 결과물의 양이 너무 적다고 했을 때 페이는 이렇게 말했다. 「진짜 성공은 …… 평범한 오륙십 개의 건물보다 훨씬 더 중요한 걸작 서너 개죠.」[478]

잘 알려진 건축가들 중에서 칸의 작품에 영감을 받은 사람은 페이만이 아니었다. 프랭크 게리는 〈나의 첫 작품들은 그에 대한 존경심에서 나왔습니다〉[479]라고 털어놓았다. 「시간이 지나면서 칸은 〈척도〉, 기준, 뭔가 비교할 대상, 평가의 대상, 계속 지속되어야 할 대상으로 부각되기 시작했습니다.」[480] 모셰 사프디가 말했다. 루를 〈우리 시대에서 가장 사랑받은 건축가〉라고 부르는 필립 존슨은, 다른 위대한 인물들(프랭크 로이드 라이트, 미스 반데어로에, 르코르뷔지에)을 열거하며, 그들이 하나같이 얼마나 무례하고 까다로운 인물들이었는지를 언급한 다음 이렇게 덧붙였다. 「루에게는 인간적인 면이 있었습니다.」 존슨은 칸의 그런 성취가 더욱 놀라운 이유는, 사업적인 측면을 너무나 만성적으로 무시했다는 점에 있었다고 말했다. 「그가 과연 어떻게 고객을 확보했는지 모르겠어요. 루는 그저 예술가로서 건축을 했으니까요.」[481]

젊었을 때 올리베티-언더우드 공장 프로젝트에서 칸과 1년 정도 함께 일했던 적이 있는 렌초 피아노는 칸에게 더욱더 감사한 마음을 갖고 있었다. 루이스 칸에게서 무엇을 배웠냐는 질문에 그는 〈마법〉이라고 대답했다. 「혹은 마법을 찾는 일이요. 저

는 건축에 마법이 있다는 사실을 배우게 되었습니다. 여러 가지
를 구성하여 건물을 세우는 기술과, 경이, 놀라움, 감탄을 창조
하는 예술을 연결하는 미묘한 선이 있다는 것을요.」 그리고 피
아노가 배운 또 다른 교훈은, 고집의 중요성이었다. 「루이스 칸
은 정말 놀라울 정도로 완고한 사람이었습니다. 저는 아침에,
아침 8시에 여전히 사무실에서 자고 있는 그를 정말 많이 봤습
니다. 너무 늦게까지 일해서 사무실의 테이블 위에서 자곤 했거
든요. 그런 사람과 일하면, 모든 것의 핵심으로 파고들기 위해
서는 숭고한 집요함만이 유일한 방법이라는 것을 이해하게 됩
니다. 칸에게 모든 것은 어떤 식으로든 건축이 되었습니다. 심
지어 음악도요. 인생의 모든 경험이 건축이 됩니다.」[482]

루가 자신의 경력 전반에 걸쳐 도입한 것에 대해 이야기할
때, 그의 직원 중 많은 이들은 〈시대를 초월하는 보편성〉이라고
강조했다. 그의 건물들은 〈시대적 유행에 얽매이지 않습니다〉
라고[483] 매칼리스터가 주장했다. 위먼은 〈그의 영향력은 스타일
적인 것이 아닙니다〉라고 지적하면서 〈그의 건축의 핵심은 공
간을 만드는 데 있습니다. 따라서 유행을 타지 않습니다〉[484]라
고 말했다. 「특정 스타일을 갖지 않겠다는 개념이 그런 깊이를
가져오는 것입니다.」 앤은 이렇게 설명했다. 「그는 스타일을 초
월하고, 어떤 특정한 역사적 형태를 초월한 형태의 시작점 —
형태의 가장 기본적인 개념, 즉 기하학 — 에 다가가려고 했습
니다.」[485] 화가가 되기 위해 건축계를 떠났던 라파엘 빌라밀은
이와 비슷한 관점을 자신만의 언어로 표현했다. 「그는 다른 사

람들의 영향을 받았으나, 그런 아이디어들을 자신의 것으로 만들었습니다. 그는 자신의 목소리를 찾는 예술가였습니다. 그의 작품은 국제주의나 브루털리즘이나 포스트모더니즘과 같은 특정 양식에 국한시킬 수 없습니다. 그의 작품은 그냥 〈칸〉이었습니다.」 빌라밀은 대부분의 현대 건축을 〈경박하고, 독단적이고, 시대 반영적이고 야단스럽다〉고 여긴 반면, 칸의 건물은 〈심오하고, 신비스럽고, 영원하며 고요하다〉고 정의했다.[486]

하지만 루를 칭송하는 사람 중 적어도 한 명은 시대 초월성이나 영원성을 강조하는 대신 오히려 시간과의 독특한 연관성이 있다고 지적한다. 「미스 반데어로에와 르코르뷔지에는 모두 새로운 세계 질서의 형성에 관심을 두고 있던 진보적인 건축가였습니다. 그러나 루이스 칸은 이미 지나온 것들도 돌아볼 줄 아는 유일한 건축가였습니다.」 샴술 웨어스가 말했다. 「그는 과거를 되돌아보는 시도에 대한 가치를 이해하는 유일한 사람이었습니다.」 이 말은 그가 단지 역사적인 형태를 인용하는 포스트모더니스트였다는 말은 아니다. 웨어스는 〈그는 아무것도 베끼지 않았습니다. 그는 과거로부터 아이디어를 발전시켰습니다〉라고 말했다. 이러한 접근법은 그의 흠잡을 데 없는 모더니스트로서의 자질에 어떤 작은 흠집도 내지 않았다. 「칸의 첫 번째 특징은 모더니스트라는 점입니다. 그는 발전이란 측면에서 모더니즘은 필수적인 것임을 알았지만, 모더니즘이 가진 문제점에 대해서도 이해했습니다. 어느 순간 현대 건축은 극단적인 경량 건축이나 마찬가지인 것처럼 돼버렸습니다. 다른 건축가들은 중량감에 관심을 갖지 않았습니다. 사실 혐오하기까지 했죠. 그들은 심지어 현대 건축을 〈떠 있는 것〉으로 여겼습니다. 하지만 칸은 안정감은 중량감에서 온다고 생각했습니다. 그는 현대적인 건물의 불안정성을 좋아하지 않았습니다.」

삼술 웨어스는 또한 칸이 완성된 작품에 도달하기 위해 고통스러울 만큼 힘든 노력을 기울인 점에 대해서도 관심을 갖고 있었다. 「그는 정말 열심히 일하는 사람입니다. 그는 원하는 바를 즉석에서 고안하는 다른 많은 건축가들과는 다릅니다. 칸의 설계 계획 중 어떤 것도 첫 번째 아이디어에서 성취된 것은 없습니다.」 웨어스는 이렇게 언급했다. 「훌륭한 아이디어는 한 번에 나올 수 없습니다. 그는 머리가 아니라 자신의 스케치와 도면을 통해 아이디어를 발전해 나가는 사람입니다. 그는 처음부터 최종 계획을 끌어내는 사람이 아니었습니다.」[487]

칸이 완성한 건물이 상대적으로 적은 데는, 이런 느린 진행 속도가 부분적인 원인이었을 수도 있다. 하지만 그런 끝이 전혀 보이지 않는 듯한 프로젝트에서 루와 함께 일할 때 느끼는 특별한 매력을 설명하기도 한다. 칸으로부터 가장 많은 것들을 배운 사람들이 한참 후에도 오래오래 기억하는 것은 목표가 아니라 과정이었다. 「사무실에서 가장 큰 특징이었던 것, 그리고 가장 그리운 점은 〈탐색의 과정〉입니다. 답을 찾으려고 노력하고, 결국 찾아내고, 그리고 계속 나아가는 과정 말입니다.」 칸과 10년간 일했고 그의 사후에도 9년간 다카 프로젝트를 완성하기 위해 9년을 더 일했던 헨리 윌콧이 말했다. 「완성된 건물은 그저

도로 위의 요철이자, 또 하나의 요소일 뿐입니다.」[488]

하지만 그런 요철에 도달하는 것 또한 성취였고, 본래의 제작자가 없는 상황에서는 특히 더 그랬다. 1974년 칸이 사망했을 때 미완성으로 남은 주요 프로젝트 중에서 최종적으로 (그의 작품이라는 것을 알아볼 수 있는 형태로) 완성된 것은 셋뿐이었다. 그것은 「방글라데시 국회 의사당」, 「예일 영국 미술 센터」, 그리고 「루스벨트 포 프리덤스 공원」이다. 아마도 이 세 작품이 성공한 원인에는 단순히 그의 사망 전까지의 프로젝트 진행 정도뿐만 아니라, 사후의 완성 작업을 책임진 사람이 누구였는지도 중요한 역할을 했다. 각 프로젝트에서 루의 비전에 대한 충실도의 문제는 그의 오랜 직원들과 친구들, 말하자면 루가 무엇을 시도하려고 했는지뿐만 아니라 루라면 그것을 어떻게 실행했을지에 대해서 아주 잘 이해하고 있는 사람들의 손에 달려 있었다.

칸의 사망 당시, 그중에서 많이 진행된 상태였던 덕분에 가장 쉽게 완성된 프로젝트로는 「예일 영국 미술 센터」였다. 1974년 3월에는 기본 구조가 거의 완성되었다. 처음 세 층은 이미 자리가 잡혔고, 4층 콘크리트 기둥도 타설되었으며 지붕을 위한 V자형 프리캐스트 보는 설치되지는 않았지만 칸이 미리 선택해 놓은 상태였다. 그는 또한 건물의 외부 패널을 구성할 때 쓰일 스테인리스강(鋼)도 골라 놓았다. 펠레치아 & 마이어스 건축회사에서 「예일 영국 미술 센터」 프로젝트에 파견된 마셜 마이어스는 그 일을 완성하는 데 약 1년 반이 걸릴 것으로 추정했다.

하지만 결과적으로 꼬박 3년이 걸렸다. 300여 개의 도면을 추가로 작업해야 했고, 상당한 양의 서신을 주고받아야 했으며, 일과 관련된 모든 조치는 루의 원래 의도를 추정하여 그것을 기준으로 판단해야 했다.

마이어스는 그런 작업들이 얼마나 어려웠는지에 대해 언급하면서, 〈아직 지어지지도 않은 건물을 복구하는 것과 같았다〉고 비유했다. 「대체 어떤 사고방식을 취해야 하느냐가 관건이었어요. 때로는 루의 건축 의도를 보여 주는 도면이나 서류가 있기도 했어요. 또 어떤 경우에는 최근에 그가 했던 작업에 의지할 수밖에 없는 경우도 있었고요. 만일 건설 과정에서 그의 본래 의도를 변경해야 하는 상황이 생기거나 남겨진 관련 자료가 없으면 그의 사고방식이나 건축 원칙을 심사숙고해야 했습니다.」[489]

마이어스가 여러 해 동안 칸의 직원으로서, 그리고 독립된 동료로서도 책임 있는 직책을 맡아 함께 일한 경험이 있었던 사실은 프로젝트를 위해서 정말 다행스러운 일이었다. 사실 미술관의 1층 기둥들이 타설될 무렵, 마셜 마이어스가 예일의 〈프로젝트 책임자〉로 영입되었을 때 그는 이미 루의 사무실을 떠나 독립적인 건축 사무소를 설립한 후였다. 따라서 이 건물에서 독립적인 건축가로서의 두 사람의 협력 관계는 칸이 아직 살아 있을 때부터 이미 시작되었던 것이다.

루이스 이저도어 칸 건축 사무소를 떠난 유능한 동료들과 지속적으로 좋은 관계를 유지하는 것은 루의 특징이었다. 칸은 이제까지 정말 야망 있는 젊은 건축가들만이 본질적으로 1인 체제로 운영되던 그의 사무실에서 성장할 수 있었다는 점을 인식하고 있었고, 따라서 독립을 원하는 그들의 소망도 충분히 이해하고 있었다. 데이비드 슬로빅이 지적한 것처럼 비록 그런 독립이 〈한 나라의 수도를 건설하는 일을 그만두고 개인의 부엌이나 만드는 일〉[490]을 의미한다 할지라도 말이다. 직원이었던 건축가들이 떠나기로 결정할 때마다 칸은 아량 넓게 그들을 지지해 주고 종종 일거리를 주기도 했다. 이를테면 소크 프로젝트가 끝났을 때 잭 매칼리스터는 루에게 가서 독립 회사를 차리고 싶다고 말했다. 그러자 루가 그에게 말했다. 「내가 도와줄게. 지난주에 필라델피아에서 주택을 리모델링하고 싶다는 사람이 있었는데 나는 못 할 것 같아. 그 사람이 자네한테 일을 줄지 한번 알아보자고.」[491]

누군가가 건축가가 아닌 다른 일을 하기 위해 떠날 때도, 루는 그의 결정을 지지해 주었다. 지금은 유명한 회의 조직자, 작가, 그리고 여러 분야에 걸친 지적 지도자가 된 리처드 솔 워먼은 오래전 루에게, 〈제가 관심 있어 하는 이 일들을 모두 하고 있는 것이 잘하는 걸까요?〉라고 물었던 것을 기억했다. 그가 정말 알고 싶었던 것은 〈자신도 칸처럼 건축 한 가지에만 집중해야 하는가〉였다. 루가 한 대답은 그가 평상시 사람들에게 진정한 자기 자신이 될 수 있도록 격려하던 방식을 전형적으로 보여주는 예였다. 그는 다음과 같이 말했다. 「리키, 나는 머리를 깎는 도중에도 건축가야. 자네가 좋아하는 일을 해.」[492]

그들이 회사를 떠난 후에도, 칸은 계속 연락을 유지하면서 가능할 때마다 그들의 재능을 활용했다. 프레드 랭퍼드는 자신의 전문 분야를 살려 회사를 설립한 후에도 킴벨 프로젝트의 콘크리트 컨설턴트로 영입되었다. 칸의 사무실에서 일할 때 「트렌턴 배스 하우스」와 「리처즈 의학 연구소」의 모형을 제작했던 데이브 로스타인도 새로운 모형이 필요할 때마다 지속적으로 영입되었다. 1973년에는 이미 자신의 사무실이 아주 잘 번창하고 있었음에도 불구하고 로스타인은 「루스벨트 기념비」를 위한 모형을 제작했다. 그는 그 일이 매사추세츠주 로스타인의 「비숍 필드 이스테이트」 프로젝트 초기 단계에 칸이 참여해 주기로 약속한 대가였다고 회상했다. 루와 그의 제자들 간의 관계에 시간과 거리는 전혀 문제가 되지 않았다. 「그는 당신을 바라보고는, 갑자기 5~6년 전에 있었던 일을 얘기하곤 합니다.」 로스타인이 말했다. 「그는 단지 건축과 관련된 일뿐만 아니라 우리의 사적인 인생에도 지속적으로 관심을 보여 주었습니다.」[493]

많은 사람들이 떠났지만, 끝까지 떠나지 않은 소수의 직원들이 있었고, 그들이 바로 그 거대한 다카 프로젝트 완성에 책임을 맡은 사람들이었다. 그중에서도 가장 주목할 만한 인물은 데이비드 위즈덤과 헨리 윌콧이었다. 그 팀의 일원이었던 게리 모예는 당시의 프로젝트에 참여했던 구성원들을 회상했다. 「〈데이비드 위즈덤과 동료들〉*이라는 이름으로 구성된 팀에는 데이비드 위즈덤, 헨리 윌콧, 게리 모예, 알 콤리 주니어, 존 하프, 거

* David Wisdom & Associates.

스 랭퍼드, 그리고 레이언 탠설 래리머 등 7명이 있었습니다.」 모예가 말했다. 「우리는 다카 프로젝트에서 모두 한 번쯤은 일했습니다. 그중에서도 데이비드 위즈덤과 헨리 윌콧은 아주 큰 기여를 했습니다. 그런 종류의 헌신과 노력, 특히 헨리의 공헌은 이루 말로 다할 수 없는 것이었습니다.」[494]

그들이 「방글라데시 국회 의사당」(벵골어로 〈셰르-에-방글라 나가르〉라고 한다)을 완성하는 데는 1974년부터 1983년까지 9년의 세월이 걸렸다. 루가 진행했던 부분까지 합하면 프로젝트 전체를 시작해서 완성하는 데 20년이 걸렸다는 의미다. 「예일 영국 미술 센터」에서처럼 다카 프로젝트를 진행하는 동안에도, 칸의 사후에 결정해야 할 수많은 소소한 사항들, 뜻밖이거나 새로운 지역적 상황으로 야기되는 끝도 없이 많은 복잡한 문제들, 동업자들끼리, 그리고 때로는 자신에게 〈칸이라면 어떻게 했을지〉를 물어봤어야 하는 순간들이 수없이 많았다.

칸은 한번에 약 1.5미터씩 쌓은 벽이 거의 키 높이까지 올라가는 것을 볼 수 있을 때까지 살았고, 마지막 그곳에 갔을 때는 의사당의 중앙 홀에 여덟 면으로 된 지붕이 설치되는 것까지 볼 수 있었다. 하지만 그가 자신의 꿈에 관한 이야기에서 언급했던, 마음을 온통 다 빼앗길 정도로 강렬했던 〈수도 청사를 완성하겠다는 결의〉를 실행하기 위해서 그 프로젝트는 어쩔 수 없이 다른 사람들의 의지와 손에 맡겨져야 했다. 이러한 일은 기적적으로 이루어졌고, 그가 완성할 기회를 얻지 못했던 이 건물은 그 어떤 건물보다 더 칸의 작품답게 완성되었다.

〈데이비드 위즈덤과 동료들〉 그룹은 방대한 다카 프로젝트를 힘겹게 수행하면서도 칸의 친구인 알도 주르골라와 그의 회사, 미첼-주르골라와 합작한 다른 작업에도 참여했다. 이것은 「루스벨트 포 프리덤스 공원」을 맨 처음부터 건축하는 일이었다. 사망 당시 루는 그 프로젝트를 위한 개관적인 설계안을 남겨 두었고, 루스벨트 아일랜드의 최남단에는 이 기념비를 세울 부지가 정해져 있었기 때문에 적어도 두 가지의 핵심 요소는 확실히 마련된 상태였다. 칸은 또한 그 〈방〉의 벽들을 만들 화강암을 비롯한 재료 선정을 시작한 상태였다. 또한 사전에 약 2.5센티미터 간격으로 놓이게 될 화강암 블록들에 대해서는, 방의 안쪽을 향한 면들은 광택이 날 정도로 매끈하게 마감해야 하는 반면, 나머지 네 면들은 재료의 원래 질감이 유지되어야 한다고 명시해 두었다. 하지만 여전히 많은 디자인 요소들이 결정되지 않은 상태였다. 예를 들면, 〈정원〉에 심을 나무들의 선택, 기념비 쪽으로 수렴하는 가로수 길에 놓을 나무들의 정확한 배치, 정확한 화강암 주문(색상에 있어서 약간씩 달랐기 때문에), 보도에 사용된 분쇄 화강암의 질감, 공원 외곽을 이루는 콘크리트 벽들의 거푸집 종류, 하하와 그것으로 둘러싸인 나머지 공간과의 관계, 그리고 크고 작은 다른 많은 종류의 일들이 있었다.

이러한 복잡한 문제들에 더해, 프로젝트에 참여한 다양한 정부 및 민간 기관과의 갈등, 자금 및 후원과 관련하여 반복적으로 나타나는 문제들, 환경 및 건설법의 변경(미국 장애인 차별 금지법에 따라, 조약돌로 된 보도를 휠체어 통행이 가능하도록 합성수지로 메워야 한다는 새로운 요구 사항이 생기기도 했다. 루스벨트 대통령도 휠체어를 타야 했던 상황을 고려하면 비합리적인 규정은 아니었다) 등이 있었다. 이러한 문제들이 제기되고 해결되는 데는 수십 년이 걸렸다. 1996년에 사망한 데이브 위즈덤은 그 프로젝트가 완성되는 것을 보지 못했다. 그 프로젝트의 주요 책임을 맡았던 그 회사의 파트너 존 하프 역시 마찬가지였다. 〈데이비드 위즈덤과 동료들〉 팀이 해산된 후, 루스벨트 아일랜드 프로젝트는 미첼-주르골라와 하도급 업체들의 손으로 넘어갔지만 자금 부족으로 프로젝트 진행이 중단되었다. 전직 유엔 대사인 윌리엄 반덴 휴벨이 새로 기금 모금 활동을 시작하면서 ─ 이것을 계기로 지나 폴라라를 대표로 한 포 프리덤스 유한 책임 회사가 설립되었다 ─ 루가 처음 프로젝트를 시작한 지 약 40년 뒤인 2012년에 비로소 기념비가 완성되었다.

해리엇 패티슨은 1993년 한 회의에 참석한 후 설계 과정에서 근본적으로 배제되었다. 조경은 1974년부터 미첼-주르골라에서 외부 컨설턴트로 일했던 로이스 셔 더빈이 맡았다. 패티슨의 원래 계획 중 특정 요소들은 건설 과정에서 변경되었고(이를테면 가로수길을 위해 선택했던 유럽 서어나무는 라임 나무에 대한 선호도가 더 커서 대체되었다.) 2012년 기념비 개장식에서 해리엇은 그 정원에 대한 불만을 토로했다. 그러나 그녀가 〈방〉 자체를 보았을 때, 〈놀라움, 경이 그 자체다.《방》으로 가는 길은 정말 멋지다〉고 느꼈다. 그 〈방〉으로 접근하는 방식, 즉 〈그곳에 도착하고 계단을 오르고, 갑자기 나타나는 전망과 가로수길을 따라 그 훌륭한 곳으로 가는 길)도 훌륭하다고 인정했다. 그리고 마침내 그 〈방〉에 도착했을 때, 그리고 그곳에 잠시 동안 혼자 남겨졌을 때, 그녀는 자신 못지않게 루를 대신하여, 오랫동안 유예되었던 만족감을 느낄 수 있었다. 「사람들이 사라지고 저는 그곳에 혼자 남았어요.」 그녀가 말했다. 「그리고 그 순간, 저는 그가 생각났어요. 그때 그곳에는 아무도 없었어요. 그리고 저는 훌륭하다고 생각했어요. 〈그가 해냈다〉고 말이에요.」[495]

고독과 동시에 교감을 느꼈던 그 순간을 설명하면서 해리엇 패티슨은 「루스벨트 포 프리덤스 공원」이 방문객들에게 주는 뭔가 본질적인 영향을 포착했다. 비록 루에 대해서나 그의 역사에 대해서, 그리고 프랭클린 델러노 루스벨트나 그의 역사에 대해서 아무것도 모른다고 해도, 누구나 반쯤 둘러싸이고 반쯤 가려진, 멀리서 살짝 엿보이는 그 〈방〉으로 설렘과 기대감을 품고 다가가게 된다는 점이다. 그곳으로 가는 여정 중에 우리는 모든 종류의 선택과 마주하게 된다. 루스벨트 아일랜드로 갈 때 에어 트램을 탈지, 지하철 혹은 차를 이용할지에 대한 선택부터, 공원 입구에서 기념비가 있는 곳으로 다가갈 때 어떻게 갈지에 대한 선택까지도 포함된다(그 입구에는 렌윅*이 디자인한 천연두 병원의 아주 아름다운 유적이 위치해 있다). 이스트강의 찰랑이는 물가에 가까운 아래쪽 보도 중 하나를 따라가야 할까, 아니면 잔디가 깔린 공원까지 이끌어 주는 피라미드 모양의 계단을 올라가야 할까? 전자를 택한다면, 맨해튼의 현대적이고 광활한

* 제임스 렌윅 주니어. 19세기 후반 가장 성공한 미국 건축가 중 한 명이다.

전망을 제공하는 오른쪽 보도로 가야 할까, 아니면 퀸스와 브루클린을 향하는 왼쪽 보도로 가야 할까? 공원을 통해서 간다면, 목적지로 수렴하는 두 개의 경로 중 아치를 이루는 나무들을 통과해서 가야 할까, 아니면 사다리꼴로 넓게 트인 잔디밭 한가운데를 거닐면서 가야 할까? 어떤 선택을 하더라도 — 어떤 〈자유〉를 행사하더라도 — 벽으로 둘러싸여 있으면서도 개방된 그 〈방〉, 바로 최종 목적지에 도달했을 때 현실적인 만족감은 동일할 것이다.

일단 〈방〉 안에 들어가면, 약 3.6미터 높이의 화강암으로 된 블록들 사이의 2.5센티미터의 간격들은 그림자 이음매(비스듬한 각도에서 보면)나 빛 이음매(그것을 정면에서 마주 보면)로 모두 기능하며, 어떤 쪽이든, 둘 다 동시에 숨겨지기도 하고 드러내기도 하는 마법 같은 능력을 보유하고 있다. 그들은 경치를 제공할 것 같은 느낌을 주지만 가까이 다가가 그 틈 사이로 눈을 가까이 대보면, 몇 미터 거리에서 봤던 것과 같은 맨해튼이나 퀸스의 극도로 제한된 경치가 보일 뿐이다. 벽이 너무 두꺼워서 시야를 넓혀 보려는 당신의 노력을 무산시키기 때문이다. 화강암 블록 자체는 옛 성의 두꺼운 벽과 활을 쏘기 위한 좁은 틈을 떠올리게 함으로써, 보호받는 느낌과 갇힌 느낌을 동시에 받는다. 하지만 이런 갇힌 듯한 느낌은 머리 위의 광활한 푸른 하늘과, 남쪽의 뉴욕 항구와 동쪽과 서쪽의 주변 자치구들을 향해 완전히 열린, 〈방〉의 한쪽 면에 의해 상쇄된다. 이러한 배치는 규모면에서는 완전히 다르지만 왠지 「소크 생물학 연구소」

의 광장을 떠올리게 한다. 이곳에는 소크 광장의 분수와 같은 공간은 없지만, 굳이 그런 것이 있을 필요가 없다. 강물이 기념비의 가장자리에 찰랑찰랑 와 닿으며 당신의 사색에 잔잔한 배경 음악을 제공하기 때문이다.

사망한 대통령과 그의 인도적이며 정치적으로 진보된 권고를 기리는 이 기념비는 감동적이지만 절대 감상적이지 않다. 화강암의 소박함은, 마치 인간의 감정은 매우 중요하며 실로 기본적인 것이지만 때로는 극복될 수 있다는 점을 전달하는 것처럼 그 자체만으로도 안정감을 준다. 화강암 벤치 중 하나에 가만히 앉으면 돌의 촉감은 시원하고, 밝은 봄이나 가을날의 태양은 당신의 등을 따뜻이 비춘다. 이곳은 거대한 도시의 한가운데에 있지만, 동시에 동떨어져 있다. 바쁜 일상생활의 불안함뿐 아니라 역사적 기념물이 종종 불러일으키는 유한한 삶의 압박감에서도. 연한 화강암에 드리운 당신의 그림자는 가끔 주변을 지나는 사람들의 그림자에 덮인다. 그러나 다른 방문객들의 존재 속에서도, 가만히 앉아 있다 보면 이곳과의 사적인 교감은 언제나 되돌아온다.

*

사후에 완성된 이 세 구조물들은 참으로 드문 경우라고 할 수 있다. 칸이 사망하면서 미완성으로 남겨 둔 프로젝트의 대부분은 결국 완성되지 못했다. 때로는 — 결국 렌초 피아노가 맡게 된 휴스턴의 메닐 소장품을 위한 미술관*처럼 — 다른 건축가가 개입하여 자신만의 작품으로 훌륭하게 완성시킨 것도 있다. 때로는 예루살렘의 후르바 유대교 회당처럼 수십 년 동안 후임 건축가들이 참여했지만 결국 현대적 건물로 지어지지 않은 경우도 있다(19세기의 후르바 유대교 회당은, 어떤 누구의 위대한 건축적 해결책도 반영되지 않은 채 재건축되어 마침내 2010년에 문을 열었다). 베네치아의 팔라초 데이 콘그레시나 테헤란의 아바사드 상업 지역 개발, 또는 미국과 해외에서 수주한 중소 규모의 다른 여러 프로젝트들 같은 경우에는 어느 누구도 칸의 자리를 대신하지 않았다. 그들은 단순히 지어지지 않은 채로 종결되었다.

그의 사망이 이러한 프로젝트를 완성하지 못하게 만든 이유가 되었을지는 몰라도, 그가 더 오래 살았다고 해도 그 건물들이 완성되었을 거라는 보장은 없다. 어차피 칸의 경력 전반에 걸쳐 건설되지 않은 계획들은 아주 많았기 때문이다. 그는 자신이 말한 대로 형편없는 사업가였다. 프로젝트는 언제나 늦게 완성되었고, 수익성에 대해서는 거의 관심이 없었기 때문에 그런 태도가 많은 고객들에게 호감을 얻지 못하는 이유가 되었다. 그럼에도 불구하고, 그의 재정적 비효율성에는 숨겨진 장점이 있었다. 만일 정확한 계산에 더 집착하는 사람이었다면 자신이 파산할 것을 미리 알아차리고 문을 닫을 수밖에 없었을 테니까 말이다. 그러한 점에서 루의 돈에 대한 무관심한 태도는 그가 원

* 메닐 미술관. 존 드 메닐과 도미니크 메닐의 수집품들이 전시되어 있다.

하는 대로 일을 계속하도록 허용한 셈이다. 그리고 일부 직원들에게는, 비록 제때 월급을 받지 못했더라도, 이러한 방식이 큰 의미가 있었다. 그들의 관점에서 일정에 맞추어 진행되는 평범한 작업은 루가 천천히 비효율적으로 만들어 내는 걸작과는 비교가 안 되었다. 「데니즈 스콧 브라운이 한번은, 루 칸의 실적이 좋지 못한 이유는 항상 시간에 맞춰 작업을 끝내지 못하고 예산을 초과했기 때문이었다고 말한 적이 있습니다.」 마셜 마이어스가 말했다. 「제가 그에 대한 대답을 한다면, 〈하지만 결국 우리는 그런 실적보다 칸을 선택했잖아?〉라고 할 것 같습니다.」[496]

그리고 그의 진실에 대한 충성심, 적어도 건축의 진실성에 대해 악명 높을 만큼 집요한 충성심도 있었다. 이 점 또한 일부 고객들과 협업하는 데 어려움을 겪게 만들었지만 건설된 프로젝트와 건설되지 않은 프로젝트 간의 차이를 결정한 것은 루의 고집만은 아니었다. 고객의 요구에 완강히 저항(예를 들면 엑서터 대학교에서 도서관의 최상층을 없애 달라는 요청을 간곡히 거절한 경우를 들 수 있다)하여 승리를 거둠으로써 결국은 더 나은 건물이 된 경우도 있었으니까 말이다. 말하자면 어떤 프로젝트에서나 일관되게 발생했던 단일한 문제는 없었다. 미완성된 건물들은 각각 다른 이유, 적어도 다른 여러 요인들이 조합된 이유가 있었다.

때로는 단순히 클라이언트의 돈이 바닥났기 때문인 경우도 있었다. 그것이 아마도 칸이 몇 년 동안 노력한 「소크 생물학 연구소」의 미팅 하우스가 완성되지 않은 이유일 것이다. 그것은 일종의 아름다운 사치였다. 루는 미팅 하우스를 그 프로젝트의 핵심이라고 여겼지만, 소크에게는 실험실과 연구실이 훨씬 중요했다. 계획에 있었으나 자금 부족으로 보류된 주거 단지는 또 다른 문제였다. 칸은 그 단지를 한 번도 중요하게 생각하지 않았고 — 아마 소크도 그랬을 것이다 — 그 단지를 위한 건축 계획은 별로 특별하지도 않았다. 그나마 프로젝트에서 빠질 때까지 거의 형태도 갖추지 않은 상태였다.

루이스 칸과 회사 직원들이 3년간 집중적으로 매달렸던 도미니크 수녀회 프로젝트[497]의 경우에는 돈은 그저 문제의 일부에 불과했다. 이 프로젝트는 1965년, 도미니크회 수녀들이 칸을 찾아와서 펜실베이니아주의 미디어에 새 수도원을 지어 달라고 부탁하면서 시작되었다. 이 프로젝트에 대한 칸의 열정은 부분적으로는 르코르뷔지에의 라투레트 성당에서 받은 영감에서 비롯되었을 수도 있다. 또한 개인적인 일상생활과 경배를 위한 공동체적 삶으로 나뉘는 명상적인 삶이란 개념에 애정이 있었으며 이러한 이분법적인 삶을 수용하고 육성하는 공간을 설계하고자 하는 열망을 갖고 있었다. 그는 또한 건축 위원회에 있는 대부분의 수녀들처럼 그와 나이가 비슷한 에마뉘엘 수녀원장과 아주 좋은 관계였다.

칸은 1966년 4월, 위원회와 처음 만났고 수녀들이 이미 전체 프로젝트의 예산을 최대 150만 달러로 정해 놓았음에도 불구하고 그날 회의에서는 돈에 관한 문제가 토의되지 않았다. 1966년 8월에 루와 프로젝트 건축가 데이비드 포크가 더 많은 세부 사항을 논의하기 위해 수녀들과 다시 만났을 때에도 마찬가지였다. 그러나 1966년 10월에 칸과 포크가 도미니크 수녀회에게 도면과 판지로 만든 모형을 제시했을 때, 건축 분야에 비교적 경험이 부족했던 이 고객들도 현재 예산으로 약 4,215평을 포함하는 광범위한 건물과 정원을 구축할 수 없다는 것을 바로 깨달았다. 그리고 마침내 11월에 추정 건축 비용에 대한 내용을 전달받았을 때 그런 그들의 우려는 사실로 확인되었다. 프로젝트의 추정 예산은 350만 달러였다. 수녀원장은 몇 주 후 칸에게 그가 설계한 계획을 감당할 돈이 없다는 내용을 공손히 적어 편지를 보냈다. 10월 말에 그녀는 다시 편지를 써서 대폭 축소된 계획을 요청하면서 최대 100만 달러의 예산을 제시했다(대부분의 칸의 고객들처럼, 그녀도 여러 번의 토의를 거치면서 칸이 무조건 가능한 예산을 초과하리라는 것을 깨달았고, 그래서 지혜롭게 실제로 지불할 수 있는 금액보다 낮은 한도를 제시했던 것이다).

1967년 3월, 칸과 포크는 더 작은 규모로 설계를 해보기 위해 많은 도면들을 함께 작업하기도 하고 따로 작업해 보기도 한 다음, 1,400평 규모의 새로운 계획을 제출했다. 그리고 포크는 곧바로 159만 3000달러의 견적서와 함께 실제로는 150만 달러에 건설할 수 있다고 약속하는 편지를 동봉했다. 수녀들은 예산의 상한선을 원래대로 다시 올렸고, 1967년 8월 7일(첫 회의로부터 16개월 후), 루이스 칸과 에마뉘엘 수녀원장은 정식으로 계약을 체결했다. 칸의 사무실은 그 이후 꼬박 1년간 그 계획을 위해, 비용을 최대한 절감하면서도 그에게 가장 중요한 디자인 원칙을 유지하기 위해 열심히 일했다. 간결하면서도 영리하게 배치된 최종 계획안에는 수면, 식사, 교육, 독서, 경배 및 외부 세계와 만나는 별도의 공간들을 포함하고 있는데 모두 분리되어 배치되어 있었다. 개인적인 기도 생활과 공동생활 간의 유기적이면서도 독립적인 관계에 여유를 주었고, 수녀회의 계층적인 성격을 물리적으로 구현했으며, 또한 〈주인 공간〉과 〈하인 공간〉을 분리했다. 그리고 칸의 성숙된 작품에서처럼, 무거운 석조와 자연광의 보완적 미학을 강조하여 반영했다. 1968년 8월, 루이스 칸은 157만 2093달러로 비용이 책정된 설계안을 건축위원회에 제출할 수 있었다. 11월에 미디어에서 열린 회의에서 수녀들에게 다음 해 6월까지 시공 도면을 준비할 수 있을 것이며, 그 시점에 공사를 시작할 수 있다고 약속했다. 이는 1970년 말까지 수녀들이 새로운 집으로 이사할 수 있음을 의미했다.

수녀들에게는 물론 금전적인 문제가 항상 걱정거리였지만 어쩌면 그보다 더 중요할 수도 있는 별도의 요인과 직면했다. 도미니크 수녀회에 새로 입회하는 수녀들의 수가 최근 몇 년간 계속 감소했고, 앞으로 더 줄어들 가능성도 있었던 것이다. 이러한 경향은 1965년 제2차 바티칸 공의회 이후 가톨릭교회 전체에 점차 스며든 변화와 더불어 발생했다. 새로운 원칙에 따라 수도 생활의 전체적인 개념이 재구상되고 개혁되어 수녀들뿐 아니라 성직자들과 수도승들에게 이제는 수도원 생활 밖의 세속 공동체에서 더 적극적이고 활발한 역할을 하도록 기대하게 되었다. 이로 인해 애초에 루를 이 프로젝트에 끌어들인 영적인 수도 생활과 관련된 부분이 거의 과거의 일처럼 되자, 수녀들을 위해 설계한 수도원은 더는 적합하지 않게 되었다. 말하자면 단순한 재정적 문제가 아니라 세계의 역사적 변화가 도미니크 수녀원 프로젝트를 무산시키고 만 것이다. 결국 프로젝트는 상호 합의에 의해 종료되었고, 수녀들에 의하면 양측은 〈좋은 친구로서 헤어졌다〉[498]고 한다.

뉴욕 배터리 파크에 건설될 예정이었던 〈유대인 600만 희생자를 위한 기념비〉의 경우에는, 고객의 취향과 건축가의 취향 차이가 문제였다. 루이스 칸은 1966년 말에 기념비 운영 위원회(칸에게는 불리하게도, 이 위원회는 50명의 〈600만 추모 위원회〉와 예술 후원자 데이비드 크리거가 의장을 맡은 17명의 〈예술 자문 위원회〉로 구성되어 있었다)에 의해 고용되어 유대인 대학살의 희생자들을 기리는 추모비의 설계를 맡았다. 1967년 11월에 그는 첫 번째 계획안을 발표했다. 돌로 된 연단 위에 동일한 크기(사람 키의 두 배 정도)와 모양(두꺼운 직육면체)으로 된 유리 기둥 세 개가 세 줄로 놓인 형태였다. 칸은 희생자들을 직접적으로 형상화한 형태로 만들라는 압력에 저항하고 추상적인 쪽을 선택했고, 계획안과 함께 유리를 재료로 선택한 이유를 다음과 같이 적어 동봉했다. 〈건축가가 가지고 있는 개념의 핵심은 추모비는 규탄적인 특성을 갖지 않아야 한다는 점이며, 그래서 물리적인 실재성을 가지고 있으면서도 태양이 통과하여 빛으로 가득한 그림자를 만들 수 있는 유리를 생각

596

해 낸 것입니다. 뚜렷한 그림자가 있는 대리석이나 돌과는 다릅니다. 돌은 규탄적인 느낌을 줄 수 있지만 유리는 그렇지 않습니다.〉[499]

600만 위원회의 탈무드 학자들이 가장 먼저 이의를 제기했다. 그들은 유대인의 숫자학에서는 숫자 9가 임신, 출생 및 다른 기쁜 일들을 상징하기 때문에 홀로코스트 기념비에 절대적으로 부적절하다고 지적했다. 또 다른 이들은 600만을 기리기 위해 숫자 6을 포함해야 한다고 생각했다. 또 어떤 이들은 구상적인 요소가 없다는 점에 대해 불만을 제기했다.

칸은 재빨리 아치가 있는 현관과 정중앙에 새겨질 문구를 포함한, 중심이 되는 하나의 블록을 6개의 불록이 둘러싼 7개의 높은 유리블록의 형태로 설계안을 수정했다(칸은 자신의 보편주의적 종교관에 따라, 〈하나는 — 교회 — 말하고, 다른 여섯은 침묵한다〉[500]라고 설명했다). 크리거 위원회는 이 디자인을 만장일치로 승인했다. 하지만 상위 위원회에서는, 〈20명의 유대인이 모인 방에서는 21개의 의견이 도출된다〉는 옛 유대인의 농담이 떠오를 만큼 열띤 토론 끝에 퇴짜를 놓았다. 칸의 디자인을 반대한 이유는 다양했지만, 본질적인 이유는 위원회 구성원들이 이 추상적인 유리 조각들에 그들의 슬픔과 고통이 표현되지 않았다고 생각했기 때문이었다. 사실 그들은 〈규탄의 특성을 가지지 않아야 한다는 것〉보다는 역사적 사실에 대한 감정을 고양하고 그 근원의 대상에게 책임을 묻는 직접적인 표현을 원했다. 〈600만 위원회〉 구성원들은 대변인이 설명한 대로, 〈그들의 갈망을 충분히 채워 주고 그들의 의식을 대변하며 비극적인 기억을 경감해 줄 있는〉[501] 홀로코스트 추모비를 기다리고 있었다. 그 구조물이 결국 건설되지 않은 것은 놀라운 일이 아니었다. 칸은 고객들과 일정한 합의점에 도달하기 위해 1~2년 동안 더 시도한 후, 그동안의 작업에 대한 최종 청구서를 제출했다. 그러나 이때 〈600만 위원회〉는 돈이 다 떨어져져 지불하지 못했다.

*

칸이 완성하지 못한 이러한 프로젝트들에 대한 자료를 읽고, 칸이 그들을 위해 만든 도면, 계획, 모형들을 대해 생각하다 보면, 그 건물을 직접 보고 싶다는 갈망이 생긴다. 하지만 이러한 갈망은 아무리 최선의 노력을 해도 충족될 수 없는 갈망이다. 그것은 이 지어지지 못하고 남은 건물들이 원래 의도한 부지가 손실되는 문제에서부터 충분한 작업 도면의 부재에 이르기까지의 여러 이유로 결코 지어질 수 없기 때문만이 아니다. 그 건물들을 온전하게 상상하는 것조차 불가능하기 때문이다.

2000년에 건축가 켄트 라슨이 지적이고 아름다운 디자인으로 편찬한 책 『루이스 칸: 지어지지 않은 걸작들Louis I. Kahn: Unbuilt Masterworks』에서 이러한 사실이 분명히 드러났다. 라슨은 컴퓨터 그래픽을 통해 실제로는 건축되지 않은 〈600만 유대인 희생자 추모비〉, 〈팔라초 데이 콘그레시〉, 〈소크 미팅 하우스), 〈후르바 유대교 회당〉 등을 직접 실물로 봤을 때 어떻게 보일지를 전달하고자 했다. 그러나 문제는 바로 그 부분에 있다. 실재감이 결여되어 있다는 점이 문제다. 이 비어 있는 칸의 건물들에는 사람들을 찾아볼 수 없다(칸의 초기 스케치에 보면, 개략적인 형태로나마 사람들이 포함되어 있다). 그리고 건물 자체가 너무나 차갑고 완벽하다. 그들은 칸의 완성된 건물들의 특징인 개성 있는 결함 — 콘크리트의 거칠고 울퉁불퉁한 질감, 트래버틴의 작은 균열, 은빛으로 바래 가는 나무, 부드럽게 둥글린 모퉁이 등 — 이 없다. 그들은 인간의 손길이 만들어 낸 것임을 느낄 수 없으며 어떠한 필멸(必滅)의 느낌도 없다. 이 완벽한 건물들은 칸의 건물들이 노화되어 가듯 노화되지 않을 것이다. 그리고 그러한 필멸의 느낌이 없다면 사실 그런 이미지는 결코 생명력을 얻을 수 없을 것이다. 라슨의 컴퓨터 렌더링에는 생기가 없는데, 지금은 거의 감지하기 어렵지만 디지털 기술이 발달함에 따라 그 점은 점점 더 분명해질 것이다. 21세기의 영화 관람객이 지난 세기의 특수 효과들을 보면 너무 부자연스럽고 가짜처럼 느껴지는 것처럼 말이다. 하지만 그래픽 기술의 수준만이 유일한 문제는 아니다. 루의 잃어버린 건물들을 혹여 시각적으로 재현할 수 있을지라도, 우리가 그의 건물을 실제로 거닐며 느끼는 감정을 완전히 대체할 수는 없을 것이다. 그의 작품에서 현실감, 존재감은 핵심적인 요소였고, 지금도 마찬가지다.

어떤 사람들은 루이스 칸을 신비주의자라고 말하는데, 어쩌면 그랬을지도 모르겠다. 그는 확실히 신비로운, 가끔 이해할 수 없는 표현으로 말하는 것을 좋아했고, 이미 존재하는 질서를 믿었으며 그것들을 발견하고 폭로하고 싶어 했다. 이 모든 것은 너무 관념적이고 비현실적으로 들린다. 하지만 이런 철학적인 면과 대조되는 확고하고 실용적이며 현실적인 면을 포함하는 다른 측면도 있었다. 그에게는 실체적인 것들, 바로 물질성이 중요했다. 그의 눈에는 이것이 건축가로 사는 의미의 일부였다. 그는 이렇게 말한 적이 있다. 「화가는 사람보다 작은 문을 그릴 수 있고, 조각가는 전쟁의 무용함을 표현하기 위해 마차에 네모 난 바퀴를 달 수 있다. 그러나 건축가는 사람보다 큰 문을 만들고 둥근 바퀴를 사용해야 한다.」[502]

그의 실용적인 특성을 그의 신비주의와 대립되는 것으로 묘사하는 것은 어쩌면 맞지 않을 수도 있다. 그는 한 남자이자 건축가였고 언제나 온전한 자기 자신으로 살았다. 그러나 그 자아는 ─ 델포이의 예언자, 현명한 촌부, 용맹한 기사와 같았던 ─ 다양한 역할에 의해 가려지거나, 심지어 그 모든 것을 포함하는 복잡한 것이었다. 이 역할들은 거의 두 번째 피부가 될 만큼 너무 오랫동안 그의 일부였다.

그러나 피부가, 그것이 감싸고 있는 개인과 가장 가깝고, 타인의 시선에서 그를 정의하는 데 많은 역할을 한다고 해도, 결국은 단순한 표면에 불과하다. 칸의 건물들이 우리에게 반복적으로 말하듯이, 외부에서 보이는 것은 내부에 있는 것들에 대한 진실도 아니며, 완전한 안내가 되어 주지도 못한다. 「트렌턴 배스 하우스」에서부터 「방글라데시 국회 의사당」에 이르는 그의 최고의 작품에서는 그 건물의 비밀을 알아내기 위해 내부로 들어가 탐색해야 한다. 그러나 그런 탐색의 과정에서, 우리는 우리가 알아낼 수 있는 것보다 더 많은 비밀이 영원히 숨겨진 채로 남아 있을 거라는 사실 또한 깨닫게 될 것이다. 그리고 그 사실은 건축가 루이스 칸에 대해서도 마찬가지일 것이다.

주

1. "Lecture at the Pratt Institute" in Robert Twombly (ed.), *Louis Kahn: Essential Texts*, New York: W. W. Norton & Company, 2003, p. 278. [Hereafter cited as *Essential Texts*.]

프롤로그

2. Susan G. Solomon, *Louis I. Kahn's Jewish Architecture*, Waltham: Brandeis University Press, 2009, p. 124.

3. John Lobell, *Between Silence and Light: Spirit in the Architecture of Louis I. Kahn*, Boston: Shambhala Publications, 1979, p. 40.

4. "Marin City Redevelopment" in Louis I. Kahn and Latour Alessandra (ed.), *Louis I. Kahn: Writings, Lectures, Interviews*, New York: Rizzoli, 1991, p. 111. [Hereafter cited as *Writings, Lectures*.]

5. Johann Wolfgang von Goethe from Johann Peter Eckermann's *Conversations with Goethe in the Last Years of His Life*, translated by Margaret Fuller, Boston: Hilliard, Gray and Company, 1839, p. 282.

마지막

6. Esther Kahn quoted in Richard Saul Wurman (ed.), *What Will Be Has Always Been: The Words of Louis I. Kahn*, New York: Rizzoli, 1986, p. 282. [Hereafter cited as *What Will Be*.]

7. Kent Larson and Kahn Louis I., *Louis I. Kahn: Unbuilt Masterworks*, New York: Monacelli Press, 2000, p. 183.

8. Balkrishna V. Doshi quoted in *What Will Be*, pp. 272 – 273.

9. Stanley Tigerman quoted in *What Will Be*, p. 299, and in Carter Wiseman, *Louis I. Kahn: Beyond Time and Style*, New York: W. W. Norton & Company, 2007, p. 261.

10. 루이스 I. 칸의 여행 가방에 붙어 있던 이름표, 수 앤 칸 소장품, 펜실베이니아 대학교 건축 자료 보관소. (이후부터는 건축 자료 보관소)

11. Esther Kahn quoted in *What Will Be*, p. 283.

12. 캐시 콩데가 기록한 1974년 3월 17일~19일의 일지, 에스더 칸 소장품, 건축 자료 보관소.

13. 뉴욕 경찰관 조지프 K. 폴머가 1974년 3월 17일 작성한 경찰 보고서, 「정보 자유법」(요청 번호 2013-PL-3245)에 따라 뉴욕 경찰국 법률 관련 부서에 의해 2013년 6월 6일 저자에게 제공됨.

14. Telegram quoted in *The Philadelphia Inquirer*, March 21, 1974, p. 1.

15. 루이스 I. 칸의 여행 가방 위에 붙인 마스킹 테이프, 수 앤 칸 소장, 건축 자료 보관소.

16. 에스더 칸이 브루노 제비 교수에게 보낸 편지(1974. 10. 15.), 에스더 칸 소장, 건축 자료 보관소.

17. 뉴욕에서 저자와 수 앤 칸이 2013년 4월 4일, 5월 10일, 9월 26일, 12월 13일에 진행한 인터뷰. 여러 번의 전화 통화와 이메일을 통해서도 추가 정보를 제공받음. (이후부터는 수 앤 칸의 인터뷰)

18. 저자와 너새니얼 칸이 필라델피아에서 2013년 4월 14일과 11월 4일, 2013년 6월 13일에는 전화상으로 진행한 인터뷰. 이후 이메일과 전화 통화를 통해 추가 정보를 제공받음. (이후부터는 너새니얼 칸의 인터뷰)

19. 저자가 진행한 2013년 4월 16일, 2013년 11월 4일에 진행한 알렉산드라 팅과의 인터뷰에서 앤 팅이 알렉산드라 팅에게 전해 준 루이스 칸의 말들. 이후 여러 번의 비공식적인 대화, 전화 통화, 그리고 이메일 등을 통해 추가적인 정보가 제공됨. (이후부터는 알렉산드라 팅의 인터뷰)

20. 알렉산드라 팅의 인터뷰.

21. *The New York Times*, March 20, 1974, p. 64.

22. *The Philadelphia Inquirer*, March 21, 1974, p. 1.

23. *The Philadelphia Inquirer*, March 21, 1974, p. 10-A.

24. 리처드 닉슨, 테디 콜렉, 이사무 노구치, 벅민스터 풀러, 그리고 다른 지인들

이 에스더 칸과 루이스 칸 건축 사무소에 보낸 전보들(1974. 3. 20~22.), 에스더 칸 소장품, 건축 자료 보관소.

25. 저자가 2013년 5월 14일에 진행한 에드 리처즈와의 인터뷰. (이후부터는 리처즈의 인터뷰)

26. 저자가 2013년 5월 15일에 진행한 데이비드 슬로빅과의 인터뷰. (이후부터는 슬로빅의 인터뷰)

27. 저자가 2013년 6월 18일에 진행한 잭 매칼리스터와의 인터뷰. (이후부터는 매칼리스터의 인터뷰)

28. Anne Meyers quoted in Carter Wiseman, *Louis I. Kahn: Beyond Time and Style*, New York: W. W. Norton & Company, 2007, p. 266.

29. 너새니얼 칸의 인터뷰.

30. 알렉산드라 팅의 인터뷰.

31. 수 앤 칸의 인터뷰.

32. 너새니얼 칸의 인터뷰.

33. 알렉산드라 팅의 인터뷰.

34. *The Evening Bulletin*, March 22, 1974, p. C-3.

35. 리처즈의 인터뷰.

36. 너새니얼 칸의 인터뷰.

37. *The Evening Bulletin*, March 22, 1974, p. C-3.

38. 알렉산드라 팅의 인터뷰.

39. 너새니얼 칸의 인터뷰.

40. 수 앤 칸의 인터뷰.

41. *Toledo Blade*, December 26, 1993.

42. Dialogue quoted from Nathaniel Kahn's documentary film *My Architect*, 2003.

43. 알렉산드라 팅의 인터뷰.

44. Salk poem quoted in Romaldo Giurgola, *Louis I. Kahn: Works and Projects*, *Barcelona*: Editorial Gustavo Gili, 1993, pp. 9 – 12.

현장에서: 「소크 생물학 연구소」

45. 2013년 8월 6일, 소크 연구소 건축 공개 투어를 맡았던 켄달 마우어의 말.

46. 2013년 8월 6일, 소크 연구소 개인 투어를 하면서 저자에게 팀 볼이 했던 말.

47. 2013년 8월 6일, 소크 연구소 광장에서 만난 여러 연구원과 직원이 했던 말.

48. 2013년 8월 6일 소크 연구소에서 저자와의 인터뷰에서 그레그 렘케가 한 말.

준비

49. Louis Kahn quoted in *What Will Be*, p. 225.

50. 1906년 리버풀에서부터의 베르사와 아이들의 여정에 관한 승객 명단 정보, 워싱턴 디시 국립 기록 보관소, 「기록 제목: 펜실베이니아 필라델피아 도착 선박의 승객 명단」(NAI 번호: 4492386), 「기록 분류 제목: 이민 및 귀화 기관 보관 기록-1787년부터 2004년까지」(기록 분류 번호: 85, 일련번호: T840, 롤: 052).

51. 1904년 레오폴드의 여정에 관한 선박 승객 명단 정보, 워싱턴 디시 국립 기록 보관소, 「기록 제목: 펜실베이니아 필라델피아 도착 선박의 승객 명단」(NAI 번호: 4492386), 「기록 분류 제목: 이민 및 귀화 기관 보관 기록-1787년부터 2004년까지」(기록 분류 번호: 85, 일련번호: T840, 롤: 046).

52. 캘리포니아 버클리 대학의 인격 평가 및 연구 기관이 주관하고 진행한 건축가들의 개인사 및 현장 인터뷰, 우편을 통한 후속 조사 내용 중 루이스 칸에 관한 기록, 1958년 12월 12~14일. (이후부터는 버클리 창의성 연구)

53. Nathaniel Kahn speaking in *My Architect*.

54. Louis Kahn quoted in *What Will Be*, p. 10.

55. Louis Kahn quoted in *What Will Be*, p. 124.

56. Louis Kahn quoted in *What Will Be*, pp. 120-121.

57. Harry Kyriakodis, *Northern Liberties: The Story of a Philadelphia Ward*, Charleston: History Press, 2012, p. 143.

58. Louis Kahn quoted in Alexandra Tyng, *Beginnings: Louis I. Kahn's Philosophy of Architecture*, New York: John Wiley & Sons, 1984, pp. 127 – 128. [Hereafter cited as *Beginnings*.]

59. 수 앤 칸의 인터뷰.

60. Louis Kahn quoted in *What Will Be*, p. 224.

61. Joseph A. Burton, 'The Aesthetic Education of Louis I. Kahn, 1912 – 1924', *Perspecta*, Volume 28 (1977), p. 205. [Hereafter cited as Burton.] 조지프 A. 버튼의 놀라울 정도로 유용한 이 논문은 칸을 가르쳤던 J. 리버티 타드, 윌리엄 그레이, 그리고 폴 크레에 대한 대부분 내용을 참고했다. 특히 이 책에 적힌 타드에 대한 내용은 이 논문 205~210면에 근거한 것이다.

62. 피터 커비가 앤 팅을 인터뷰한 영상 테이프(1922. 5. 26), 건축 자료 보관소.

63. Tadd quoted in Burton, p. 208.

64. 날짜도 페이지 번호도 없는 노트, 루이스 I. 칸 소장품, 펜실베이니아 대학과 펜실베이니아 역사 및 박물관 위원회(목록 번호: 030.VII.4). (이후부터는 루이스 I. 칸 소장품)

65. Tadd quoted in Burton, 'The Aesthetic Education of Louis I. Kahn, 1912 – 1924', p. 208.

66. "Form and Design" in *Essential Texts*, p. 64.

67. Tadd quoted in Burton, 'The Aesthetic Education of Louis I. Kahn, 1912 – 1924', p. 208.

68. National Archives and Records Administration (NARA), Washington, D.C.; Naturalization Petitions for the Eastern District of Pennsylvania, 1795 – 1930; NARA Series: M1522; Reference: (Roll 106) Petition Numbers 13876 – 4100.

69. Louis Kahn quoted in *What Will Be*, p. 226.

70. 버클리 창의성 연구.

71. Norman Rice quoted in *What Will Be*, p. 288.

72. Louis Kahn quoted in *Beginnings*, p. 128.

73. Louis Kahn quoted in *What Will Be*, p. 224.

74. 버클리 창의성 연구.

75. Gray quoted in Burton, p. 211.

76. Louis Kahn quoted in *What Will Be*, p. 224.

77. Louis Kahn quoted in *Beginnings*, p. 127.

78. Louis Kahn quoted in *What Will Be*, p. 121.

79. Esther Kahn quoted in Alessandra Latour, *Louis I. Kahn: l'uomo, il maestro*, Rome: Edizioni Kappa, 1986, p. 19.

80. 버클리 창의성 연구.

81. Norman Rice quoted in *What Will Be*, p. 294.

82. Burton, 'The Aesthetic Education of Louis I. Kahn, 1912 – 1924', p. 214.

83. Latour Alessandra, *Writings, Lectures*, pp. 75, 88, 101, 106.

84. Louis Kahn quoted in Thomas Leslie, *Louis I. Kahn: Building Art, Building Science*, New York: George Braziller, 2005, pp. 18 – 19. [Hereafter cited as Leslie.] 토머스 레슬리의 책은 칸의 기술적인 업적, 그리고 이와 관련된 모든 작업을 살펴보는 연구에서 가장 소중한 자료다. 직접적으로 인용되지 않은 부분에서도 — 예를 들면, 「예일 대학교 아트 갤러리」와 「킴벨 미술관」의 천장 작업에 관한 작업 과정을 묘사할 때 — 레슬리의 이 연구에 많은 도움을 받았다.

85. Arthur Spayd Brooke Memorial Prize, Louis I. Kahn Collection.

86. Norman Rice quoted in *What Will Be*, p. 294.

87. 데이비드 브라운리가 에스더 칸을 인터뷰한 영상 테이프(1990. 4. 27.), 건축 자료 보관소. (이후부터는 브라운리 영상)

88. Esther Kahn quoted in Latour, p. 23, and speaking in Brownlee video.

89. Esther Kahn quoted in Latour, p. 23.

90. 루이스 칸의 1928년 여권, 'displayed in the Vitra exhibition Louis Kahn: The Power of Architecture', London Design Museum, 2014, and other venues.

91. 버클리 창의성 연구.

92. 보내지 않은 엽서들, 수 앤 칸 소장품. 칸의 그랜드 투어에 관한 대부분의 자료, 1928~1929년 이 여행의 상세 일정을 모아 엮은 윌리엄 휘터커로부터 직접 제공받은 것이다. 엽서들에서 발췌한 인용문으로 그 내용을 보완했다. 그리고 건축적인 목적으로 칸이 방문한 현대주의 건물들과 칸이 매력을 느꼈던 고대의 폐허들 간의 차이를 지적해 준 것도 휘터커였다.

93. 2016년 3월 3일, 사레마 박물관의 올라비 페스티로부터 온 이메일로, 저자에게 다음과 같은 정보를 전해 주었다. 〈1920년대 말에는 리가와 쿠레사레 사이를 정기적으로 오가는 선박 승객이 없었습니다. 하지만 여름철에 리가와 패르누 사이를 정기적으로 운행하던 《바사》와 《칼레비포에그》와 같은 증기선은 때때로 많은 승객들이 이곳에서 휴양을 원할 때 루마사레(쿠레사레) 항구를 거치기도 했습니다.〉 헤이에 트레이어에서 온 2016년 3월 2일 자의 또 다른 이메일에서는, 다음과 같이 덧붙였다. 《루이스 칸-에스토니아 재단》 사람들이 리가와 쿠레사레 사이를 운행하던 선박 승객 명단에서 루이스 칸의 이름을 찾아보았습니다. 칸의 이름은 그 명단에는 없었습니다.〉

94. Louis Kahn quoted in *What Will Be*, p. 225.

95. 보내지 않은 엽서들, 수 앤 칸 소장품.

96. 이 소논문은(비록 칸의 스케치는 없지만)『Writings, Lectures, Interviews』 10~12면에서 복제되었다.

97. 베르사 칸이 루이스 칸에게 보낸 편지(1931. 7. 17.), 수 앤 칸 소장품.

98. Esther Kahn quoted in Latour, p. 23, 브라운리 영상에 나온 에스더 칸의 말.

99. 브라운리 영상에 나온 에스더 칸의 말.

100. Esther Kahn quoted in Latour, p. 23.

101. 버클리 창의성 연구.

102. 에스더 칸의 출판되지 않은 일기, 수 앤 칸의 소장품으로 허락을 받고 인용함. (이후부터는 에스더 칸의 일기)

103. 에스더 칸의 일기.

104. 『What Will Be Has Always Been : The Words of Louis I. Kahn』 282면에 인용된 에스더 칸의 말.

105. Esther Kahn quoted in *What Will Be*, p. 282.

106. 에스더 칸의 일기.

107. Esther Kahn quoted in Latour, p. 23.

108. Esther Kahn quoted in *What Will Be*, p. 280.

109. 베르사와 레오폴드 칸이 루이스와 에스더 칸에게 독일어로 쓰고 날짜를 적지 않은 편지(1930~1931년), 마틴, 바버라 바우어 번역, 수 앤 칸 소장품.

110. 베르사 칸이 루이스 칸에게 쓴 편지(1931. 6. 17.), 수 앤 칸 소장품.

111. Zantzinger as quoted in the Chronology compiled by William Whitaker for the Vitra exhibition catalogue, *Louis Kahn: The Power of Architecture, Karlsruhe: Vitra Design Museum*, 2012, p. 23. [Hereafter cited as Vitra Chronology.]

112. 에스더 칸의 일기.

113. 루이스 칸이 에스더 칸에게 보낸 날짜를 적지 않은 편지, 수 앤 칸 소장품. 이 편지들을 보면, 이 책 전반에 걸쳐 나오듯이, 루이스 칸의 기이한 철자와 문법 습관을 그대로 볼 수 있다.

114. 루이스 칸이 에스더 칸에게 손으로 써서 보낸 편지의 편지지 상단에 인쇄된 내용, 수 앤 칸 소장품.

115. Vincent Scully, *Louis I. Kahn*, New York: George Braziller, 1962, p. 14. [Hereafter cited as Scully.]

116. Vitra Chronology, p.24.

117. 레오폴드와 베르사 칸이 루이스 칸에게 보낸 편지(1936. 2. 28.), 수 앤 칸 소장품.

118. 에스더 칸의 일기.

119. 에스더 칸이 루이스 칸에게 보낸 날짜를 적지 않은 편지, 수 앤 칸 소장품.

120. 로스앤젤레스 카운티 자선국(빈곤 구제 부서)에서 루이스 칸에게 보낸 편지(1938. 9. 26.), 수 앤 칸 소장품.

121. 에스더 칸의 일기.

122. 수 앤 칸의 인터뷰.

현장에서: 「킴벨 미술관」

123. 2014년 1월 17일 포트워스에서 저자와 에릭 리와의 인터뷰.

124. 2014년 1월 17일 포트워스에서 저자와 낸시 에드워즈와의 인터뷰.

125. 2014년 1월 17일 포트워스에서 저자와 에릭 리와의 인터뷰.

126. 2014년 1월 17일 포트워스에서 저자와 클레어 배리와의 인터뷰.

127. 칸은 자신의 키를 173센티미터(1928년 여권), 170센티미터(칸이 루멧 밖으로 발이 삐져나온다고 했다고 루이즈 배질리가 말한 일화에서), 172센티미터(버클리 창의성 연구를 위한 개인 신상 기록에서) 등과 같이 다르게 주장하곤 했다.

128. T. J. Clark, *Picasso and Truth, Princeton*, Princeton University Press, 2013, pp. 108 – 109, p. 281.

129. Louis Kahn quoted in *What Will Be*, pp. 177, 27 – 28.

성장

130. Esther Kahn quoted in Latour, p. 25.

131. 2015년 10월 19일, 글래드와인에서 저자와 닉 자노풀로스와의 인터뷰. (이후부터는 자노풀로스 인터뷰)

132. 2013년 11월 4일, 필라델피아에서 저자와 피터 아르파와의 인터뷰.

133. Esther Kahn quoted in Latour, p. 25.

134. 항목별 공제 및 다른 세부 사항 등을 포함하여 이 해와 다른 연도의 모든 수입 및 지출 등은 루이스 I. 칸의 소장품에 보관된 칸의 세금 신고서 — 사업 및 개인 — 에서 나온 것이다.

135. Peter Blake quoted in *What Will Be*, p. 303.

136. Oscar Stonorov and Louis Kahn, *Why City Planning Is Your Responsibility*, New York: Revere Copper and Brass, 1943.

137. Oscar Stonorov and Louis Kahn, *You and Your Neighborhood: A Primer*, New York: Revere Copper and Brass, 1944.

138. "Monumentality" in *Essential Texts*, pp. 21, 27, 30, 23, 22.

139. 수 앤 칸의 인터뷰.

140. 레오폴드와 베르사 칸이 루이스, 에스더와 수 앤 칸에게 보낸 편지(1942. 1. 7.), 수 앤 칸 소장품.

141. 베르사와 레오폴드 칸이 에스더, 루이스, 그리고 수 앤 칸에게 보낸 편지(1942. 1. 20.), 수 앤 칸 소장품.

142. Letter from Louis Kahn to Anne Tyng, December 24, 1953, published in Anne Tyng (ed.), *Louis Kahn to Anne Tyng: The Rome Letters*, 1953 – 1954, New York: Rizzoli, 1997, p. 80. [Hereafter cited as *The Rome Letters*.]

143. 오스카 칸이 루이스 칸에게 보낸, 날짜를 적지 않았으나 1945년 4월 9일 소인이 찍힌 편지, 루이스 I. 칸 소장품(목록 번호: 030.II.A.60.38.) (이 편지와 다른 칸의 가족 편지, 일기, 그리고 노트에 적힌 내용의 철자 오류는 고치지 않고 원본의 형태와 정확히 동일하게 놔두었다.)

144. 2013년 8월 7일 라호이아에서 저자와 오나 러셀과의 인터뷰. (이후부터는 오나 러셀의 인터뷰)

145. 2013년 8월 3일 캘리포니아주 위티어에서 저자와 앨런 칸과의 인터뷰, 2014년 9월 20일 전화 통화로 추가로 대화를 나누었다. (이후부터는 앨런 칸의 인터뷰)

146. 2013년 8월 13일 위티어에서 저자와 로다 캔터와의 인터뷰. 2014년 9월 20일에 전화 통화로 추가로 대화를 나눔. (이후부터는 로다 캔터의 인터뷰)

147. 수 앤 칸의 인터뷰.

148. 루이스 칸의 「건축과 인간 합의」라는 강의 내용으로 던컨 화이트가 영상으로 남겼다. 1971년, 건축 자료 보관소.

149. "I Love Beginnings" in *Writings, Lectures*, pp. 285 – 286.

150. *The Rome Letters*, P. 28.

151. *The Rome Letters*, P. 27.

152. Anne Tyng quoted in Latour, p. 41.

153. *The Rome Letters*, P. 31.

154. *The Rome Letters*, P. 28.

155. Anne Tyng quoted in Latour, p. 41.

156. Galen Schlosser quoted in Latour, p. 111.

157. *The Rome Letters*, PP. 34, 37.

158. Anne Tyng quoted in Latour, p. 43.

159. *Writings, Interviews*, p. 295, Latour, p. 43.

160. Anne Tyng quoted in Latour, p. 43.

161. George H. Marcus and William Whitaker, *The Houses of Louis Kahn*, New Haven: Yale University Press, 2013, pp. 62, 144, 197.

162. 데이비드 B 브라운리, 데이비드 G. 드 롱, 『칸』, 미메시스, 2010.

163. 이 협회에서 칸이 참여했던 활동에 대한 모든 정보는 앤드류 M. 샨켄의 유용한 논문을 참고할 것. 'Between Brotherhood and Bureaucracy: Joseph Hudnut, Louis I. Kahn and the American Society of Planners and Architects', *Planning Perspectives* 20, April, 2005, pp. 147 – 175.

164. Scully, p. 16.

165. 날짜도 페이지 번호도 없는 노트, 루이스 I. 칸 소장품(목록 번호: 030. VII.4).

166. 레오폴드 칸이 루이스 칸에게 보낸 날짜를 적지 않은 편지, 수 앤 칸 소장품.

167. 레오폴드와 베르사 칸이 함께 루이스와 에스더 칸에게 보낸 날짜가 적히지 않은 편지, 수 앤 칸 소장품.

168. 수 앤 칸의 인터뷰.

169. 로다 캔터의 인터뷰.

170. 앨런 칸의 인터뷰.

171. 로다 캔터의 인터뷰.

172. 버클리 창의성 연구.

173. 로다 캔터의 인터뷰.

174. 앨런 칸의 인터뷰.

175. 로다 캔터의 인터뷰.

176. 앨런 칸의 인터뷰.

177. 로다 캔터의 인터뷰.

178. 루이스 칸이 에스더 칸에게 보낸 날짜가 적히지 않은 편지. 편지지의 상단에는 영어와 히브리어로 〈Hotel Ben-Yehuda, 000 Western Carmel〉이라고 인쇄되어 있다. 수 앤 칸 소장품.

179. 수 앤 칸의 인터뷰.

180. 애니 이스라엘리가 에스더 칸에게 보낸 날짜가 적히지 않았으나 1949년 8월 14일 소인이 찍힌 편지, 수 앤 칸 소장품.

181. 수 앤 칸의 인터뷰.

182. Vitra Chronology, p. 25.

183. Frank E. Brown, *Roman Architecture*, New York: George Braziller, 1965, pp. 19-23.

184. 루이스 칸이 에스더 칸 및 가족에게 보낸 엽서, 날짜는 적히지 않았지만 1951년 2월 26일 소인이 찍혀 있다. 수 앤 칸 소장품.

185. *The Rome Letters*, p. 45.

186. Gregory L. Heller, *Ed Bacon: Planning, Politics, and the Building of Modern Philadelphia*, Philadelphia: University of Pennsylvania Press, 2013, p. 99.

187. 자노풀로스의 인터뷰.

188. *The Rome Letters*, p. 47.

189. 자노풀로스의 인터뷰(닉이 전한 바에 의하면 시장을 만났다는 루의 말도 포

함하여).

190. 레슬리의 『*Louis I. Kahn: Building Art, Building Science*』, 65~68면에서 건설 하도급 업자인 조지 매컴버가 「예일 대학교 아트 갤러리」 천장의 설계를 테스트 했던 방법에 대한 상세한 설명 참조.

191. Louis Kahn quoted in *Beginnings*, p. 67.

192. Louis Kahn quoted in *What Will Be*, p. 1.

193. Patricia Loud, *The Art Museums of Louis I. Kahn*, Durham: Duke University Press, 1989, p. 84.

194. Scully, p. 21.

195. *Writings, Lectures*, pp. 75, 88. 버클리 창의성 연구의 개인 신상 정보에 관해 적은 내용을 보면, 《건축이나 설계 분야에서 혁신적이라고 생각되는 것을 한 것들을 나열하시오》라는 항목에 다음 세 가지에 밑줄을 쳐서 응답했다. 《서비스를 제공하는 공간》과 《서비스를 제공받는 공간》을 구분하여 공간을 계획. 건축은 공간을 신중하게 만들어 내는 과정이다. 기계 및 전기 설비를 건물의 형태를 주기 위해 건설과 통합.》

196. Patricia Loud, *The Art Museums of Louis I. Kahn*, Durham: Duke University Press, 1989, p. 84.

197. *The Rome Letters*, p. 58

198. *The Rome Letters*, pp. 66 – 67.

199. *The Rome Letters*, pp. 69 – 70.

200. *The Rome Letters*, p. 84.

201. *The Rome Letters*, p. 120.

202. *The Rome Letters*, p. 121.

203. *The Rome Letters*, p. 72.

204. *The Rome Letters*, p. 107.

205. *The Rome Letters*, p. 138.

206. *The Rome Letters*, p. 188.

207. 매칼리스터의 인터뷰.

208. 2013년 5월 21일 뉴욕에서 저자와 로이스 셔 더빈과의 인터뷰. (이후부터는 더빈 인터뷰)

209. 2014년 9월 28일, 필라델피아에서 저자와 조지프 궈와의 인터뷰.

210. 이 문단은 알렉산드라 팅과의 인터뷰 내용이다.

211. *The Rome Letters*, p. 192.

212. 날짜도 페이지 번호도 적히지 않은 노트, 루이스 I. 칸 소장품(목록 번호:

030.VII4).

213. 리처즈의 인터뷰.

214. 알렉산드라 팅의 인터뷰.

215. Esther Kahn quoted in Latour, p. 25.

216. 2014년 10월 9일 뉴욕에서 저자와 리처드 솔 워먼과의 인터뷰. (이후부터 는 워먼 인터뷰)

217. 수 앤 칸의 인터뷰. 에스더의 불륜에 대한 모든 정보는 수 앤 칸이 에스더의 정인이었던 사람의 딸과 전화 통화를 통해 들은 이야기를 저자에게 전해 준 것 이다.

218. 오나 러셀의 인터뷰.

219. 앨런 칸의 인터뷰.

220. 버클리 창의성 연구.

221. Donald W. MacKinnon, 'Some Critical Issues for Future Research in Creativity' collected in the volume *Frontiers of Creativity Research*, ed. Scott G. Isaksen, Buffalo: Bearly, 1987, pp. 127 – 128, 아래 도서를 참고할 것. Donald W. MacKinnon, 'Architects, Personality Types, and Creativity'collected in *The Creativity Question*, ed. Albert Rothenberg and Carl R. Haussman, Durham: Duke University Press, 1976, pp. 175 – 189.

222. 버클리 창의성 연구.

223. 너새니얼 인터뷰에서 언급한 칸과 함께 일했던 동료의 말.

224. 수 앤 칸의 인터뷰.

225. 루이스 칸이 해리엇 패티슨에게 보낸 날짜가 적히지 않은 편지, 해리엇 패티슨 소장품. 2014년 7월 런던 디자인 박물관에서 있었던 「건축의 힘」이라는 비트라 전시회에서 전시됨.

226. 루이스 칸이 해리엇 패티슨에게 보낸 편지(1959. 9. 15.), 해리엇 패티슨 소장품. quoted in George H. Marcus and William Whitaker, *The Houses of Louis Kahn*, New Haven: Yale University Press, 2013, p. 63.

227. 루이스 칸이 에스더 칸에 보낸 날짜가 적히지 않은 엽서(1959년 소인), 수 앤 칸 소장품. 영어로 번역하면, 〈여러분, 프랑스의 모든 사람들은 아름답고 친절해요. 카르카손은 정말 중요한 건축물이에요.〉

228. *The Rome Letters*, p. 202.

229. 알렉산드라 팅의 인터뷰.

230. 워먼의 인터뷰.

231. 에드워드 에이벨슨과 산드라 에이벨슨으로부터 받은 이메일을 수 앤 칸이

저자에게 이메일로 전달해 줌.

232. 매칼리스터의 인터뷰.

233. 위먼의 인터뷰.

234. 수 앤 칸의 인터뷰.

235. 수 앤 칸의 인터뷰.

236. 2014년 5월 25일부터 2015년까지 저자가 게리 모예와 여러 통의 이메일을 주고받으며 게리 모예와의 진행한 인터뷰. (이후부터는 모예 인터뷰)

237. *Writings, Lectures*, pp. 155 – 156.

238. 위먼의 인터뷰.

239. 버클리 창의성 연구.

240. 자노풀로스의 인터뷰.

241. Susan Solomon, *Louis I. Kahn's Jewish Architecture: Mikveh Israel and the Midcentury American Synagogue*, Waltham: Brandeis University Press, 2009, p. 106. 솔로몬의 저서에서 큰 도움을 받았다. 사실, 미크바 이스라엘에 대한 설명의 대부분은 솔로몬의 놀라울 정도로 상세하고 잘 연구된 이 저서에서 도움을 받았다.

242. 미크바 이스라엘에 대한 사실 중 유일하게 솔로몬의 저서에서 발췌하지 않은 부분이다. 대신 2014년 4월 3일, 케이프 메이 코트 하우스에서 프레드 랭퍼드와 나눴던 인터뷰 내용이다. (이후부터는 랭퍼드 인터뷰)

243. 앤 팅이 딸에게 설명한 부분을 알렉산드라 팅이 인터뷰에서 인용함.

244. Louis Kahn quoted in Robert McCarter, *Louis I. Kahn,* London: Phaidon Press, 2005, p. 122. 앞에 언급한 솔로몬의 저서처럼, 이 매카터의 훌륭한 저서에서 이 책에 소개된 부분보다 더 많은 도움을 받았다.

현장에서: 「필립스 엑서터 도서관」

245. 너새니얼 칸이 「나의 건축가」에서 보여 주었던 것처럼 이 디자인 — 네 개의 비스듬히 깎인 모서리를 가진 벽돌 건물 — 은 루이스 칸이 노던 리버티스 구역에서 어린 시절 보았던 산업용 건물 중 하나를 연상시킨다. 칸에게 미친 영향들을 추적하는 것은 결코 쉽지 않지만, 이 경우에는 「인도 경영 연구소」에서 볼 수 있듯이 아마도 로마와 함께 필라델피아의 영향을 받았을 것이다.

246. 저자가 2013년 10월 24일 익명의 엑서터 학생들과 나눈 대화.

247. Louis Kahn quoted in *What Will Be*, p. 29.

248. Louis Kahn quoted in *What Will Be*, p. 79

249. 매칼리스터의 인터뷰.

250. Louis Kahn quoted in *Beginnings*, pp. 177 – 178.

251. 버클리 창의성 연구.

252. Louis Kahn quoted in Robert McCarter, *Louis I. Kahn*, London: Phaidon Press, 2005, pp. 305 – 306, 318.

253. 데이비드 B 브라운리, 데이비드 G. 드 롱, 『칸』, 미메시스, 2010.

254. 2013년 10월 24일, 엑서터에서 저자가 게일 스캔런과 한 인터뷰.

255. 2013년 10월 24일, 엑서터에서 저자가 드루 가토와 한 인터뷰.

256. Louis Kahn quoted in *What Will Be*, p. 79.

257. "Law and Rule in Architecture" in *Essential Texts*, pp. 130 – 131.

258. 2013년 10월 24일, 엑서터에서 저자가 드루 가토와 한 인터뷰.

성취

259. 1962년 사무실 달력, 루이스 I. 칸 소장품(상자 번호: 121).

260. 알렉산드라 팅의 인터뷰.

261. 랭퍼드의 인터뷰.

262. Jonas Salk quoted in *What Will Be*, p. 296.

263. 조너스 소크가 필라델피아 WCAU-TV에서 제작한 다큐멘터리 영화인 「하늘을 배경으로 한 걸작Signature Against the Sky」(밥 올랜더 감독, 1967년 제작, 건축 자료 보관소 소장)에서 한 말.

264. Louis Kahn quoted in *What Will Be*, p. 131.

265. Leslie, p. 138.

266. Jonas Salk quoted in *What Will Be*, p. 296.

267. 랭퍼드의 인터뷰.

268. 매칼리스터의 인터뷰.

269. 랭퍼드의 인터뷰.

270. 매칼리스터의 인터뷰.

271. 랭퍼드의 인터뷰.

272. 매칼리스터의 인터뷰.

273. 랭퍼드의 인터뷰.

274. 매칼리스터의 인터뷰.

275. 슬로빅의 인터뷰.

276. 「나의 건축가」에서 해리엇 패티슨이 루이스 칸이 한 말을 언급함.

277. 노구치의 놀이터에 대한 세부사항과 그것이 지어지지 않은 이유에 대해서

는 아래 저서를 참고할 것. Hayden Herrera, *Listening to Stone: The Art and Life of Isamu Noguchi*, New York: Farrar, Straus and Giroux, 2015, pp. 378–384.

278. 수 앤 칸의 인터뷰.

279. 1962년 사무실 달력, 루이스 I. 칸 소장품(상자 번호: 121).

280. 위먼의 인터뷰.

281. 슬로빅의 인터뷰.

282. 랭퍼드의 인터뷰.

283. 리처즈의 인터뷰.

284. 더빈의 인터뷰.

285. 매칼리스터의 인터뷰.

286. 랭퍼드의 인터뷰.

287. 리처즈의 인터뷰.

288. Charles Dagit, *Louis I. Kahn Architect*, New Brunswick: Transaction Publishers, 2013, p. 40.

289. 리처즈의 인터뷰.

290. 더빈의 인터뷰.

291. Charles Dagit, p. 40.

292. 리처즈의 인터뷰.

293. 슬로빅의 인터뷰.

294. 리처즈의 인터뷰.

295. 랭퍼드의 인터뷰.

296. 매칼리스터의 인터뷰.

297. 슬로빅의 인터뷰.

298. 리처즈의 인터뷰.

299. 랭퍼드의 인터뷰.

300. 2014년 3월 3일, 아마다바드에서 저자와 발크리슈나 V. 도시와의 인터뷰. (이후부터는 도시 인터뷰)

301. Balkrishna V. Doshi, *Le Corbusier and Louis I. Kahn: The Acrobat and the Yogi of Architecture*, Ahmedabad: Vastu-Shilpa Foundation for Studies and Research in Environmental Design, 2012, p. 38–39.

302. *Writings, Lectures*, pp. 118, 123.

303. Balkrishna V. Doshi, P. 40.

304. 위먼의 인터뷰,

305. Balkrishna V. Doshi, P. 43.

306. 도시의 인터뷰.

307. 필라델피아 타고르 협회의 강령, 루이스 I. 칸 소장품(문서 번호: 030. II.A.64.18).

308. 버클리 창의성 연구.

309. Scully, pp. 10, 43.

310. 도시의 인터뷰.

311. 2014년 4월 25일, 케임브리지에서 저자와 모셰 사프디와의 인터뷰.

312. 도시의 인터뷰.

313. 2014년 3월 5일, 아마다바드에서 저자와 야틴 판디야와의 인터뷰.

314. 도시의 인터뷰.

315. Jules David Prown and Karen E. Denavit, *Louis I. Kahn in Conversation: Interviews with John W. Cook and Heinrich Klotz*, 1969 – 1970, New Haven: Yale University Press, 2014, pp. 225, 233, 234.

316. 도시의 인터뷰,

317. Louis Kahn in *Signature Against the Sky*.

318. 2014년 3월 10일, 다카에서 저자와 누러 라만 칸과의 인터뷰.

319. 2013년 11월 4일, 저자와 헨리 윌콧과의 인터뷰, 그리고 이후 많은 추가적인 이메일을 통해 보완된 내용. (이후부터는 윌콧 인터뷰)

320. 1963년 1월 루이스 칸이 해리엇 패티슨에게 보낸 편지, 해리엇 패티슨 소장품. Vitra Chronology, p. 27. 게재

321. Louis Kahn quoted in *What Will Be*, pp. 24 – 25.

322. 2014년 3월 10일, 다카에서 저자와 샴술 웨어스와의 인터뷰. (이후부터는 웨어스 인터뷰)

323. 위먼의 인터뷰.

324. 2015년 10월 27일, 저자와 레너드 트레인스와의 전화 인터뷰.

325. 로다 캔터의 인터뷰.

326. 앨런 칸의 인터뷰.

327. 오나 러셀의 인터뷰.

328. 앨런 칸의 인터뷰.

329. 랭퍼드의 인터뷰.

330. 오나 러셀의 인터뷰.

331. 2013년 6월 17일, 오클랜드에서 저자와 제프 칸과의 인터뷰.

332. 2013년 6월 17일, 오클랜드에서 저자와 로렌 칸과의 인터뷰.

333. 로다 캔터의 인터뷰.

334. 오나 러셀의 인터뷰.

335. 알렉산드라 팅의 인터뷰.

336. *The Rome Letters*, p. 210.

337. 매칼리스터의 인터뷰.

338. 리처즈의 인터뷰.

339. 2014년 4월 25일 케임브리지에서 저자와 모셰 사프디와의 인터뷰.

340. 리처즈의 인터뷰

341. 알렉산드라 팅의 인터뷰.

342. Alexandra Tyng quoted in Latour, p. 57.

343. 슬로빅의 인터뷰.

344. 「나의 건축가」에서 한 해리엇의 말.

345. 리처즈의 인터뷰.

346. 매칼리스터의 인터뷰.

347. 랭퍼드의 인터뷰.

348. 도시의 인터뷰.

349. 윌콧의 인터뷰.

350. 매칼리스터의 인터뷰.

351. 위먼의 인터뷰.

352. 윌콧의 인터뷰.

353. 모예의 인터뷰.

354. Henry Wilcots quoted in Michael Borowski, "The Ultimate Manager: The Role of Wisdom in Louis Kahn's Office", published in Andrew Pressman, *Professional Practice 101: Business Strategies and Case Studies in Architecture,* New York: Wiley, 2006, p. 164.

355. 윌콧의 인터뷰.

356. 슬로빅의 인터뷰.

357. 리처즈의 인터뷰.

358. 랭퍼드의 인터뷰.

359. 모예의 인터뷰.

360. 랭퍼드의 인터뷰.

361. 윌콧의 인터뷰.

362. David Wisdom quoted in *Louis I. Kahn: Conception and Meaning*, an extra edition of Architecture and Urbanism, Tokyo: A + U Publishing, 1983, p. 222.

363. 윌콧의 인터뷰.

364. Louise Badgley quoted in *What Will Be*, p. 266.

365. Vitra Chronology, p. 27.

366. Vincent Scully quoted in *What Will Be*, p. 297.

367. 월콧의 인터뷰.

368. 리처즈의 인터뷰,

369. 월콧의 인터뷰.

370. 모예의 인터뷰.

371. 슬로빅의 인터뷰.

372. 매칼리스터의 인터뷰.

373. 1965년 1월 20일 루이스 칸이 루이스 바라간에게 보낸 편지. 바라간 재단 소장품(바젤, 스위스), 2014년 7월 비트라 전시회 「건축의 힘」에서 전시됨.

374. 2013년 11월 3일, 필라델피아에서 저자와 라파엘 빌라밀과의 인터뷰 및 2013년 11월 5일 추가 전화 인터뷰.

375. Louis Kahn quoted in *What Will Be*, p. 3.

376. 매칼리스터의 인터뷰.

377. 랭퍼드의 인터뷰.

378. 자노풀로스의 인터뷰.

379. 랭퍼드의 인터뷰.

380. 프레드 랭퍼드의 「콘크리트와 거푸집 공사에 관한 보고서: 국회의사당 제 2수도 프로젝트」, 파키스탄 공공 사업부에 루이스 I. 칸을 대신해서 제출함(1966. 6. 30.), 95면, 건축 자료 보관소.

현장에서: 「방글라데시 국회 의사당」

381. 이 사진들은 그의 책에서 더 확인할 수 있다. Raymond Meier, *Louis Kahn Dhaka*, published in Switzerland by Editions Dino Simonett in 2004.

382. "Law and Rule of Architecture II" in *Essential Texts*, p. 147.

383. 웨어스의 인터뷰.

384. 「나의 건축가」에서 샴술 웨어스의 말.

385. 웨어스의 인터뷰.

386. 2014년 3월 12일 다카에서 저자와 쉬린 샤르민 초두리 박사와의 인터뷰.

387. "The Room, the Street, and Human Agreement" in *Essential Texts*, p. 253.

388. 웨어스의 인터뷰.

도달

389. 설계와 건설 과정에 대한 가장 정확한 설명을 보고 싶으면, 'The Making of Exeter Library', *Harvard Architecture Review*, 1989, pp. 139 – 149면을 참조할 것.

390. 1968년 4월 17일, 루이스 칸이 로드니 암스트롱에게 보낸 편지. 필립스 아카데미 기록 보관소. 기록 보관소 담당 에두아드 L. 데스로셔가 저자에게 복사본으로 제공함.

391. 수 앤 칸의 인터뷰.

392. Robert McCarter, *Louis I. Kahn, London*: Phaidon Press, 2005, p. 340.

393. 위면의 인터뷰.

394. Nell E. Johnson and Eric Lee (eds.), *Light Is the Theme: Louis I. Kahn and the Kimbell Art Museum*, New Haven: Yale University Press, 2011, p. 73.

395. 어찌 됐든 대학 친구인 위면과 로스타인이 일한 칸의 사무실에서 젊은 시절 많은 시간을 보낸 시인 C. K. 윌리엄스에게는 그렇게 보였다. 「킴벨 미술관」의 한 그림에 대한 시를 쓴 체스와프 미워시를 인용하며 윌리엄스는 두 〈거장〉의 병존을 다음과 같이 언급했다. 「체스와프가 루가 만들어 낸 고요하게 우아하며 빛나는 공간들을 따라 지나가는 것을 생각하면 기분이 좋아진다. 미워시는 그 경험에서 받은 영감을 조용히 읊고, 다른 한 명은 그 침묵의 공간 속에 체화되어 있으니 말이다.」, C. K. Williams, "Kahn", in *All at Once*, New York: Farrar, Straus and Giroux, 2014, p. 35.

396. Leslie, p. 181.

397. Leslie, p. 187.

398. 윌콧 인터뷰.

399. Marshall Meyers quoted in Latour, p. 81.

400. Marshall Meyers quoted in *Louis I. Kahn: Conception and Meaning*, an extra edition of *Architecture and Urbanism*. Tokyo: A + U Publishing, 1983, p. 223.

401. Marshall Meyers quoted in Latour, p. 79.

402. Leslie, pp. 192, 189.

403. Louis Kahn quoted in *What Will Be*, p. 27.

404. 윌콧의 인터뷰.

405. 슬로빅의 인터뷰.

406. 너새니얼의 인터뷰.

407. Esther Kahn quoted in Latour, p. 25.

408. 너새니얼의 인터뷰.

409. 「나의 건축가」에 나오는 너새니얼 칸과 해리엇 패티슨의 대화.

410. 너새니얼 칸의 인터뷰.

411. 2014년 9월 28일 필라델피아에서 저자와 모턴 패터슨과의 인터뷰.

412. 수 앤 칸의 인터뷰.

413. 수 앤 칸의 인터뷰.

414. 윌콧의 인터뷰.

415. Louis Kahn quoted in *What Will Be*, p. 19.

416. 알렉산드라 칸의 인터뷰.

417. 너새니얼 칸의 인터뷰.

418. 알렉산드라 칸의 인터뷰.

419. 너새니얼 칸의 인터뷰.

420. 2013년 11월 4일 필라델피아에서 저자와 피터 아르파와의 인터뷰.

421. 슬로빅의 인터뷰.

422. 알렉산드라 팅의 인터뷰.

423. 웨어스의 인터뷰.

424. 랭퍼드의 인터뷰.

425. 위먼의 인터뷰.

426. "The Room, the Street, and Human Agreement" in *Essential Texts*, pp. 253, 254, 255, 257, 256.

427. 런던-텔아비브 간 영국 항공 비행기 영수증 뒤에 루이스 칸이 손으로 적은 내용, 수 앤 칸 소장품.

428. 수 앤 칸의 인터뷰.

429. 브라운리의 영상에서 에스더 칸의 말.

430. "Lecture at Pratt Institute" in *Essential Texts*, pp. 279, 268.

431. 루즈벨트 아일랜드 「포 프리덤스 기념비」 벽에 새겨진 프랭클린 델러노 루스벨트의 말.

432. 2013년 6월 17일, 오클랜드에서 저자와 로렌 칸과의 인터뷰.

433. 루이스 칸이 해리엇 패티슨에게 보낸 날짜가 적히지 않은 편지, 해리엇 패티슨 소장품. 2014년 7월 런던 디자인 박물관에서 진행된 비트라 전시회 「건축의 힘」에서 전시됨.

434. Samuel Hughes, "Constructing a New Kahn" in *The Pennsylvania Gazette*, March/April 2013, pp. 36 – 94.

435. 2013년 11월 3일, 「코먼 주택」에서 저자와 스티브 코먼과의 인터뷰.

436. 2013년 11월 3일, 「셔피로 주택」에서 저자와 노마 셔피로와의 인터뷰.

437. 수 앤 칸의 인터뷰.

438. 2013년 11월 9일 저자와 토비 코먼 다비도브와의 전화 인터뷰.

439. 2013년 11월 9일 저자와 스티브 코먼과의 전화 인터뷰.

현장에서: 아마다바드 「인도 경영 연구소」

440. 도시의 인터뷰.

441. "Form and Design" in *Essential Texts*, p. 64.

442. 루이스 칸이 「건축과 인간 합의Architecture and Human Agreement」라는 강연에서 한 말. 던컨 화이트 촬영 영상, 1971년, 건축 자료 보관소 소장.

443. 로버트 매카터의 『루이스 I. 칸*Louis I. Kahn*』(런던, 파이든 프레스, 2005년 225면)에 실린 루이스 칸의 주석이 포함된 스케치. 윌리스 스티븐스의 작품에는 정확히 이런 구절이 담긴 시는 없지만 그의 작품에는(「건축」이라는 제목의 시를 포함하여) 태양을 암시하는 시가 많다. 하지만 루에게 시를 소리 내어 읽어 주곤 했던 해리엇 패티슨은 시집 『가을의 오로라*The Auroras of Autumn*』의 「부케*The Bouquet*」라는 시에 노란 트레이싱 페이퍼를 끼워 두었다. 루가 감명을 받은 구절이 그 시의 가운데 부분이라고 확신했다.

한 팩의 카드가 바닥으로 떨어진다.

햇빛이 은밀히 벽을 비춘다.

누군가 그런 드레스를 입은 여성을 기억한다.

윌리스 스티븐스의 『시 모음집*The Collected Poems of Wallace Stevens*』(뉴욕, 알프레드 A. 크노프, 1954년, 450면)에서 인용.

444. 도시의 인터뷰.

시작

445. *Writings, Lectures*, p. 329.

446. 라트비아와 에스토니아에서의 멘델로이치 가족에 대한 정보는 라트비아 국립 기록 보관소에서 잉그리드 말드-빌란드에게 보낸 「2006년 고문서 참고 보고서」(2006년 9월, Nr. 3-M-2305)에 근거한다. 레이서-이체 시무일롭스키의 출생과 할례에 관한 정보는 히브리어와 러시아어로 된 실제 출생 기록을 참고했다 (ancestry.com을 통해 www.lvva-raduraksti.lv/en/menu/lv/7/ig/7/ie/3417/book/28766.html에서 찾아볼 수 있다). 아렌스부르크의 주소와 멘델로이치 가족의 생업에 대해서, 그리고 아렌스부르크의 20세기 초에 대한 상세 정보는 올라비

페스티의 자료를 바탕으로 했다. 1세기 전의 쿠레사레 건축 잡지 『에히투쿤스트 *Ehitukunst*』에 2006년에 게재되었고 페테르 타미스토가 영어로 번역했다 (http://ehituskunst.ee/olavi-pesti-kuressaare-of-a-century-ago/?lang=en에서 찾아볼 수 있다).

447. Louis Kahn quoted in *What Will Be*, p. 225.

448. "The Room, the Street, and Human Agreement" in *Essential Texts*, p. 258.

449. 버클리 창의성 연구.

450. 「건축과 인간 합의」라는 강의 후에 질의응답 시간에 루이스 칸과 어떤 학생과의 대화로, 던컨 화이트가 촬영한 영상이 남아 있다. 1971년, 건축 자료 보관소 소장.

451. 이 불꽃에 대해서는 루와 다른 사람들에 의한 여러 가지 설명들이 있는데, 대부분은 그 세부 사항이 동일하다. 다음은 에스더가 화학을 전공한 것을 활용해 설명한 버전이다. 「때때로, 산소에 문제가 생기면, 숯은 초록색으로 타는데, 그날의 석탄이 정말 그랬습니다. 루는 세 살이었고 초록색을 사랑했습니다. 그는 평생 그 초록색을 잊지 못할 것 같다고 여러 번 말했습니다. 그날 그는 작은 앞치마를 입고 있었고, 석탄을 집어 그 색을 앞치마에 담으려고 손을 내밀었고 그것이 확 타오른 것이죠. 그는 즉시 그의 눈을 가렸습니다.」, Esther Kahn quoted in Latour, p. 17.

에필로그

452. Paul Goldberger's obituary of Louis Kahn, *The New York Times*, March 20, 1974, pp. 1, 64.

453. 2013년 11월 4일, 필라델피아에서 저자와 피터 아르파와의 인터뷰.

454. 로다 캔터의 인터뷰.

455. Nathaniel Kahn quoted in Samuel Hughes, 'Journey to Estonia', *The Pennsylvania Gazette*, January/February 2007, pp. 36-43.

456. Alexandra Tyng quoted in Samuel Hughes, 'Journey to Estonia', *The Pennsylvania Gazette*, January/February 2007, pp. 36-43.

457. 위먼의 인터뷰.

458. 매칼리스터의 인터뷰.

459. 웨어스의 인터뷰.

460. 더빈의 인터뷰.

461. Louis Kahn quoted in *What Will Be*, p. 43.

462. Louis Kahn quoted in *Beginnings*, p. 108.

463. Louis Kahn quoted in *Beginnings*, p. 71.

464. 1992년 5월 26일, 피터 커비가 진행 및 촬영한 앤 팅의 인터뷰 비디오테이프, 건축 자료 보관소 소장.

465. Alexandra Tyng quoted in Latour, p. 59.

466. 알렉산드라 팅의 인터뷰.

467. 「나의 건축가」에서 새뮤얼 웨어스의 말.

468. Louis Kahn quoted in *Beginnings*, p. 112.

469. Vincent Scully quoted in Latour, p. 147.

470. 매칼리스터의 인터뷰.

471. 위먼의 인터뷰.

472. 너새니얼의 인터뷰.

473. 수 앤 칸과 알렉산드라 팅의 인터뷰.

474. Alexandra Tyng quoted in Latour, p. 63.

475. Jack MacAllister quoted in *What Will Be*, p. 291.

476. Louis Kahn quoted in *What Will Be*, p. 233

477. 칸의 완성과 미완성 프로젝트에 대한 내용은 윌리엄 휘터커와 비트라 전시회 카탈로그, 『Louis Kahn: The Power of Architecture』(Karlsruhe: Vitra Design Museum, 2012)을 참고 했다.

478. 「나의 건축가」에서 이오 밍 페이가 한 말.

479. 「나의 건축가」에서 프랭크 게리가 한 말.

480. Moshe Safdie quoted in *What Will Be*, p. 295.

481. 「나의 건축가」에서 필립 존슨이 한 말.

482. Renzo Piano quoted in the Vitra catalogue, *Louis Kahn: The Power of Architecture*, Karlsruhe: Vitra Design Museum, 2012, p. 259.

483. 매칼리스터의 인터뷰.

484. 위먼의 인터뷰.

485. 1992년 5월 26일, 피터 커비가 진행 및 촬영한 앤 팅 인터뷰 비디오테이프, 건축 자료 보관소 소장.

486. 2013년 11월 3일 필라델피아에서 저자와 라파엘 빌라밀과의 인터뷰, 2013년 11월 5일 전화로 후속 인터뷰를 진행함.

487. 웨어스의 인터뷰.

488. 윌콧의 인터뷰.

489. Marshall Meyers quoted in Latour, pp. 85–87.

490. 슬로빅의 인터뷰.

491. 매칼리스터의 인터뷰.

492. 워먼의 인터뷰.

493. 2015년 3월 12일 저자와 데이비드 로스타인과의 전화 인터뷰.

494. 모예의 인터뷰.

495. Harriet Pattison quoted in Samuel Hughes, "Constructing a New Kahn" in The *Pennsylvania Gazette*, March/April 2013, pp. 36 – 49.

496. Marshall Meyers quoted in *Louis I. Kahn: Conception and Meaning*, an extra edition of Architecture and Urbanism, Tokyo: A + U Publishing, 1983. p. 227.

497. 이곳에 소개된 설계 과정에 대한 모든 설명은 마이클 메릴의 두 훌륭한 저서를 참고할 것. Louis Kahn: On the Thoughtful Making of Spaces: The Dominican Motherhouse and a Modern Culture of Space and Louis Kahn: Drawing to Find Out: The Dominican Motherhouse and the Patient Search for Architecture, Baden: Lars Müller Publishers, 2010.

498. 데이비드 B 브라운리, 데이비드 G. 드 롱, 『칸』, 미메시스, 2010.

499. Kent Larson, *Louis I. Kahn: Unbuilt Masterworks*, New York: Monacelli Press, 2000, p. 115. 라슨의 저서에서 〈600만 유대인 희생자 추모비〉에 대한 내용을 인용했다.

500. 칸의 설계 모형 전시회를 위한 뉴욕 현대 미술관 보도 자료(번호: 102, 1968. 10. 17.).

501. Kent Larson, *Louis I. Kahn: Unbuilt Masterworks*, New York: Monacelli Press, 2000, p. 119.

502. "Law and Rule in Architecture II" in *Essential Texts*, p. 150.

1. 젊은 시절의 베르사 칸
(사진: 미상 / Sue Ann Kahn 소장)

2. 젊은 시절의 레오폴드 칸
(사진: 미상 / Sue Ann Kahn 소장)

3. 1901년경의 아렌스부르크성
(사진: 미상 / The Kuressaare Archives, Saaremaa, Estonia 소장)

4. 에스토니아에서 어린 시절의 루이스와 세라 칸
(사진: 미상 / Alexandra Tyng 소장)

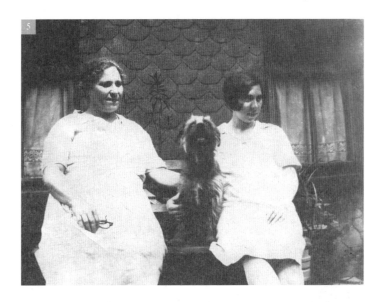

5. 필라델피아에서 베르사와 세라 칸
(사진: 미상 / Alexandra Tyng 소장)

6. 이십 대 후반, 혹은 삼십 대 초반의 오스카 칸
(사진: 미상 / Rhoda Kantor 소장)

7. 삼십 대 초반의 루이스 칸
(사진: 미상 / Esther Kahn, The Architectural Archives, University of Pennsylvania 소장)

8. 애틀랜틱시티에서 에스더와 루 칸, 1933년
(사진: 미상 / Sue Ann Kahn 소장)

9. 브룩우드 노동대학에서 루, 1936년
(사진: 미상 / Sue Ann Kahn 소장)

10.「파이프를 문 자화상」, 1928~1929년
(그림: Louis Kahn / Sue Ann Kahn 소장)

11. 루가 그린 에스더의 초상화, 1931년
(그림: Louis Kahn / Sue Ann Kahn 소장)

12. 루가 그린 레지나의 초상화, 1930~1934년
(그림: Louis Kahn / Regina Soopper, The Architectural Archives, University of Pennsylvania 소장)

13.「포도와 올리비아」, 1939년
(그림: Louis Kahn / Olivia and Milton Abelson 소장)

14. 애틀랜틱시티에서 루와 에스더, 그리고 수 앤 칸, 1947년
(사진: 미상 / Sue Ann Kahn 소장)

15. 베르사, 루, 레오폴드, 에스더, 그리고 수 앤 칸, 1948년
(사진: 미상 / Lauren Kahn 소장)

16. 스물네 살의 앤 팅, 1944년
(사진: Bachrach / Alexandra Tyng 소장)

17. 알렉스와 앤 팅, 1965년
(사진: 미상 / Alexandra Tyng 소장)

18. 「예일 대학교 아트 갤러리」에서 루이스 칸
(사진: Lionel Freedman / Louis I. Kahn, University of Pennsylvania and the Pennsylvania
Historical and Museum Commission 소장)

19. 마리 귀의 모습, 1950년대
(사진: 미상 / Morton Paterson 소장)

20. 마리 귀 패터슨과 제이미 패터슨, 1960년대
(사진: 미상 / Morton Paterson 소장)

21. 벽화가 있는 「트렌턴 배스 하우스」 외관
(사진: John Ebstel / ⓒ Keith De Lellis Gallery)

22. 「트렌턴 배스 하우스」 안뜰
(사진: John Ebstel / ⓒ Keith De Lellis Gallery)

23. 「소크 생물학 연구소」 연구동 전경
(사진: 미상 / Wendy Lesser 소장)

24. 「필립스 엑서터 도서관」 외관
(사진: 미상 / The Phillips Exeter Academy Archives 소장)

25. 펜에서 노먼 라이스, 로베르트 리콜레, 어거스트 커멘던트와 함께 강의하는 루이스 칸(시계 방향으로)
 (사진: John Nicolais / Richard Saul Wurman, The Architectural Archives, University of Pennsylvania 소장)

26. 양손으로 그림을 그리는 루이스 칸
 (사진: Martin Rich / The Architectural Archives, University of Pennsylvania 소장)

27. 「킴벨미술관」외관
(사진: 미상 / Wendy Lesser 소장)

28. 리가의 센트럴 마켓
(사진: 미상 / Wendy Lesser 소장)

29. 루와 너새니얼 칸, 1960년대 후반
(사진: Harriet Pattison / Harriet Pattison, The Architectural Archives, University of Pennsylvania 소장)

30. 알렉스의 고등학교 졸업식에서 루, 알렉스, 그리고 너새니얼 칸
(사진: 미상 / Alexandra Tyng 소장)

31. 조지 패튼 조경 건축회사에서 해리엇 패티슨
(사진: 미상 / George E. Patton, The Architectural Archives, University of Pennsylvania 소장)

32. 「킴벨 미술관」 강당에서 루이스칸
(사진: Bob Wharton / Louis I. Kahn, University of Pennsylvania and the Pennsylvania Historical and Museum Collection)

33. 「인도 경영 연구소」에서 루이스칸과 연구소장 새뮤얼 폴
(사진: 미상 / Louis I. Kahn, University of Pennsylvania and the Pennsylvania Historical and Museum Collection 소장)

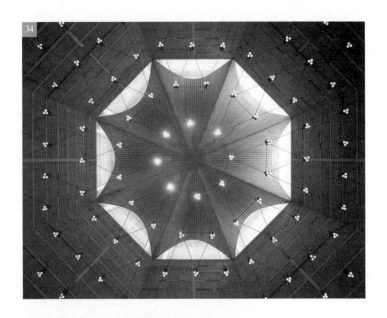

34. 「방글라데시 국회 의사당」의 천장
(사진 및 소장:ⓒRaymond Meier)

35. 「방글라데시 국회 의사당」의 모스크
(사진 및 소장:ⓒRaymond Meier)

감사의 말

이 프로젝트를 위해 아낌없는 재정적 후원을 해준 조앤 K. 데이비드슨과 퍼더모어 그랜츠 인 퍼블리싱, 제이콥 메릴 캐플란 펀드 프로그램, 국립 인문학 지원 재단의 장학 프로그램 덕분에 이 책을 끝낼 수 있었습니다.

에스더 칸과 루이스 이저도어 칸의 출판되지 않은 글과 편지들을 인용할 수 있도록 허용해 준, 수 앤 칸에게 감사의 말을 전합니다. 그 밖에 너새니얼 칸, 알렉산드라 팅, 로다 캔터, 그리고 펜실베이니아 대학교의 건축 자료 보관소*에서도 자료를 사용할 수 있도록 허용해 주었습니다. 루이스 이저도어 칸에 대한 정보와 자료를 소장하고 있는 이 보관소는 칸에 대한 글을 쓰려는 사람들에게는 매우 중요한 자산입니다. 또한 이 책을 만들 때 도움을 주신 큐레이터 빌 휘터커에게도 감사의 말을 전합니

---

* 1978년에 설립되어 루이스 칸의 컬렉션(모든 도면, 모형, 사진, 편지 및 프로젝트 관련 자료 등)을 소장하면서 국제적인 평판을 얻게 되었다. 17세기부터 현재까지 400여 명 이상의 건축가들의 자료를 소장하고 있다.

다. 그는 건축 관련 스케치에서부터 당시의 달력, 소득 신고서, 인터뷰 비디오테이프, 노트와 편지에 이르기까지 제가 요청한 모든 자료를 다 찾아 주었을 뿐 아니라 루이스 칸의 일생에 있었던 일들에 대해 그가 면밀히 조사한 결과물까지 모두 공유해 주었습니다.

사진에 대한 도움은 우선 옛 가족사진을 공유해 준 가족 — 특히 알렉스 팅, 수 앤 칸, 너새니얼 칸, 오나 러셀, 로다 캔터, 그리고 로렌 칸 — 들로부터 시작되었습니다. 저에게 이 사진들을 복제하도록 허용해 준 그분들에게 감사드립니다. 그리고 루이스 칸이 그린 네 점의 초상화를 사용할 수 있도록 허용해 준 수 앤에게도 감사합니다. 레이먼드 마이어는 자신이 찍은 다카 건물 내부의 훌륭한 컬러 사진들을 복제하도록(흑백 사진으로 제공해야 했던 점이 안타까웠습니다만) 관대히 허락해 주었습니다. 레이먼드 마이어에게도 감사한 마음을 전합니다. 도서관의 기록 사진 두 장을 사용할 수 있도록 허락한 필립스 엑서터 아카데미, 갤러리들의 새 사진을 의뢰해 준 「킴벨 미술관」, 존 엡스텔의 「트렌턴 배스 하우스」 사진들을 복제할 수 있게 도움을 준 키이스 렐리스 갤러리, 마리 궈의 사진들을 친절히 제공해 준 모턴 패터슨에게도 감사를 전합니다. 마지막으로, 이 책에 실린 개인적이고 건축적인 사진의 3분의 1에 해당하는 사진의 스캔본을 제공해 준 건축 자료 보관소에 다시 한번 감사를 전합니다.

또한 캘리포니아 대학교 버클리 캠퍼스의 인성 평가 연구소의 지원으로(엘리자베스 필의 친절한 도움을 통해서), 칸이 참여했던 1958년 심리학 연구 결과도 찾아볼 수 있었습니다. 뉴욕 현대 미술관은 「리처즈 의학 연구소」를 기념하는 전시회와 사전 기념 파티에 관한 기록 정보를 공유해 주었습니다. 리가의 라트비아 유대인 박물관에서는 관장 일리야 렌스키를 통해 칸의 출생과 가족의 배경에 관한 유용한 정보를 제공해 주었습니다. 그리고 뉴욕 인문학 연구소는 — 언제나 그랬던 것처럼 — 뉴욕 대학교 도서관 이용 권한과 지식이 풍부한 동료들과 대화할 수 있는 특권을 제공해 주었고, 덕분에 많은 깨달음을 얻을 수 있었습니다.

현재 시점에서 루이스 칸에 대한 글을 쓰려는 사람이라면 누구든, 루이스 칸의 일생과 작업에 대해 그의 사망 직후부터 기록을 남기기 시작한 사람들에게 큰 감사와 은혜의 감정을 느끼지 않을 수 없을 것입니다. 그중에는 리처드 솔 워먼의 1986년 책, 『앞으로 존재할 것은 이미 존재해 왔다: 루이스 칸의 말들 *What Will Be Has Always Been: The Words of Louis I. Kahn*』은 칸의 노트에서 나온 방대한 인용문들과 대화, 그를 아는 사람들과의 다양한 인터뷰를 수록하고 있습니다. 제 목적을 이루는 데 또한 중요한 자료가 되었던 것은, 알렉산드라 라투르의 『루이스 이저도어 칸: 루오모, 일 마에스트로*Louis I. Kahn: l'uomo, il maestro*』로, 저자가 1982년과 1983년에 진행했던 중요한 인터뷰 자료들이 수록되어 있습니다. 그리고 또 다른 책 『루이스 이저도어 칸: 글, 편지, 인터뷰들*Louis I. Kahn: Writings, Lectures,*

Interviews』에서는 칸이 직접 한 말을 통해 칸이란 사람을 드러내고 있습니다. 데이비드 브라운리와 데이비드 드 롱의 1991년 책인 『칸: 침묵과 빛의 건축가 루이스 칸*Louis I. Kahn: In the Realm of Architecture*』(미메시스, 2010)는 중요한 자료로 남아 있으며, 브라운리가 에스더 칸과 길고 상세한 인터뷰를 진행함으로써 훨씬 의미 있는 자료가 보강되었고 지금은 건축 자료 보관소에 비디오테이프로 보관되어 있습니다. 알렉산드라 팅의 『시작들: 루이스 이저도어 칸의 건축 철학』과 앤 그리스월드 팅의 『루이스 칸이 앤에게: 로마에서 보낸 편지, 1953~1954 *Louis Kahn to Anne Tyng: The Rome Letters, 1953-1954*』는 이 프로젝트에 정말 소중한 재료가 되었습니다. 너새니얼 칸의 훌륭한 영상, 「나의 건축가」는 저에게는 시작점이자 끝점이었습니다. 저는 아마도 이 영상이 2003년에 처음 나온 이후에 적어도 여섯 번은 봤을 것입니다. 그리고 저는 계속해서 영상으로부터 제 아이디어를 끌어냈고 또 대조해 보았습니다. 최근 비트라 디자인 박물관에서 발행한 『루이스 칸: 건축의 힘*Louis Kahn: The Power of Architecture*』은 윌리엄 휘터커의 연표와 프로젝트 목록이 주목할 만한데 이 두 가지 모두 제 작업에 아주 중요한 자료가 되었습니다. 카터 와이즈맨과 찰스 다지트를 포함한 여러 전기 연구가들도 제가 직접 이용 불가능한 유용한 정보들을 제공해 주었고, 루이스 칸의 미학 교육에 관한 중요한 논문을 쓴 조지프 버턴에게도 특별한 감사를 전합니다.

　직접적인 대화를 대신할 수 있는 것은 아무것도 없지만, 그래도 루이스 칸에 대한 이야기를 간접적으로나마 전해 준 사람들에게 특히 감사를 표합니다. 엄청난 시간을 할애하여 무한한 애정을 가지고, 가끔씩 마음의 고통을 느끼며 아버지의 성격과 업적을 탐구하기 위해 함께해 준 그의 세 자녀, 너새니얼 칸, 알렉스 팅, 수 앤 칸에게 가장 큰 감사를 전합니다. 칸의 친척인 로다 캔터, 앨런 칸, 마빈 캔터, 제프 칸, 로렌 칸, 오나 러셀, 레너드 트레인스, 그리고 레베카 팅 캔터와의 대화는 정말 많은 도움이 되었습니다. 에드워드 에이벨슨과 산드라 에이벨슨, 에스더 칸의 조카들은 그들의 사촌 수 앤을 통해 그들이 기억하는 추억들을 전해 주었습니다. 해리엇 패티슨은 여러 다정한 이메일을 통해 제게 조언과 정보를 주었습니다.

루이스 칸의 건물들이 함께 일한 사람들의 도움 없이는 건설될 수 없었던 것처럼, 이 책도 도와주신 분들이 없었다면 쓸 수 없었을 것입니다. 루이스 칸의 전 동료와 직원들 — 헨리 윌콧, 프레드 랭퍼드, 데이비드 슬로빅, 닉 자노풀로스, 잭 매칼리스터, 리처드 솔 워먼, 게리 모예, 모셰 사프디, 에드 리처즈, 데이비드 로스타인, 라파엘 빌라밀, 해리 팜바움, 그리고 데이비드 저커캔덜 — 에게도 진심 어린 감사를 전합니다.

저는 특히 콘크리트에 대해 프레드와 대화를 나누었던 멋진 하루를 잊지 못할 것입니다. 그는 엄청나게 풍부한 기억을 통해 건축 프로젝트와 사무실 업무에 대한 자세하고도 정확한 내용을 전해 줌으로써 제 끝도 없는 질문에 답해 주었습니다.

전 세계 어디에서나 제가 방문한 모든 곳에서, 사람들은 기꺼이 제 연구를 도와주려고 노력했습니다. 아마다바드에서는 유명한 건축가 발크리슈나 도시와 그의 동료 야틴 판디야가 소중한 도움을 주었습니다. 다카에서는 제임스 팀버레이크와 제이콥 만스가 친절하게 펜 여행 그룹에 합류하도록 허용해 주었습니다. 샴술 웨어스와 누러 라만 칸은 자신들의 건축 업무 중에 시간을 할애하여 칸에 대해 자세히 이야기해 주었습니다. 방글라데시 국회의장인 쉬린 샤르민 초두리는 바쁜 일정에서 시간을 내어 의회 건물에 대한 대화를 나누어 주었고 뛰어난 저널리스트인 줄피카 알리 마닉은 제 여행이 성공적으로 이루어지도록 며칠을 할애해 주었습니다. 에스토니아에서는 루가 사랑했던 성을 보여 주기 위해 탈린에서 온 하이에 트레이어, 친절한 쿠레사레의 시장 하네스 한소, 쿠레사레의 대표 역사가인 올라비 페스티, 사레마에 대한 역사적 지식이 풍부한 주민인 필리페 하슈의 친절한 도움을 받았습니다. 엑서터에서는 도서관 직원 게일 스캔런과 드루 가토, 기록 보존가인 에두아르 L. 데스로처스와 토머스 휘턴, 그리고 교수인 토드 히어론에게서 많은 도움을 받았습니다. 포트워스에서는 현지 건축가이자 칸 연구가인 마크 건더슨과의 대화가 킴벨 방문 여행에 큰 도움이 되었으며 박물관 관장 에릭 리와 큐레이터 낸시 에드워즈와의 건물에 대한 대화도 많은 도움이 되었습니다. 라호이아에 있는 「소크 생물학 연구소」에서는 팀 볼의 자세하고도 실용적인 지식을 듣고, 친절한 그레그 렘케 덕분에 연구실을 볼 수 있는 행운을 얻기도 했습니다. 로버트 레드포드는 친절하게 「소크 생물학 연구소」

에 관한 영상 ―「문화로서의 대성당들」시리즈 중의 한 편이었습니다 ― 의 사본을 일반 공개 전에 빌려주었습니다. 로체스터의「퍼스트 유니테리언 교회」에서 캐럴 앤 티그는 1일간의 방문시간 내내 후한 대접을 해주었으며 빌 퓨게이트는 제 질문에 답변해 주었습니다. 뉴욕에서는 로이스 셔 더빈과 함께,「루스벨트 포 프리덤스 공원」, 칸이 펜에서 강의하던 초기, 그리고 그외의 다양한 주제에 대해서 이야기를 나누었습니다. 필라델피아 지역에서는 피터 아르파, 모턴 패터슨, 조지프와 마리앤 궈, 래리 코먼, 스티브 코먼, 토비 코먼 다비도브, 존 앤드루 갤러리, 그리고 노마 셔피로가 모두 루의 삶과 작품에 관해 저에게 시간을 아끼지 않고 대화를 나누어 주었습니다. 빌 태스먼 박사는 1962년의 백내장 수술에 대한 이야기를 해주었으며, 데이비드 리브웰은 노던 리버티스 지역의 역사에 대한 해리 키리아코디스의 책을 알려 주었으며,「트렌턴 배스 하우스」를 안내해 준 수전 솔로몬 덕분에 많은 깨달음을 얻을 수 있었습니다.

또한 이 프로젝트에 여러 가지로 크고 작은 도움을 주었던 많은 분들 중에 몇 분을 특별히 언급하고 싶습니다. 마틴과 바버라 바우어는 칸 가족의 편지를 독일어에서 영어로 번역하는 데 도움을 주었을 뿐 아니라 저를 그들의 멋진 카츠바흐 아카데미의 숙소에 머물 수 있도록 해주어서 이 책의 초고를 완성할 수 있었습니다. 캐서린 마이클스, 수전 솔로몬 및 로라 하트먼은 모두 각자 원고를 읽고 세심하고 실질적인 조언을 해주었습니다. 아서 루보의 꾸준한 조언은 책을 만드는 모든 과정에 도움을 주었을 뿐 아니라 최종 원고에 결정적이고 중요한 도움을 주었습니다. 톰 라케르, 진 스트라우스, 스티븐 그린블랫 및 마크 스티븐스는 제게 추천서를 써주었고, 루이스 칸에 대한 저의 끝도 없는 생각들을 모두 들어주었습니다. 반강제로 제 말을 경청해야 했던 사람들 중에는 조 렐리벨드, 재니 스콧, 알리다 베커, 팀 클락, 앤 와그너, 닉 리조, 찰리 하스, BK 모란, 시몬 디 피에로, 토니 마틴, 데이비드 홀랜더, 패티 언터먼, 팀 사비나, 미미 처브, 제임스 라스던, 브렌다 와인애플 등을 비롯하여 누구보다도 현장을 방문할 때 많은 곳에서 나와 함께하고 여러 날카로운 관찰력을 보여 줌으로써 그런 그의 관점을 제가 이 책에 뻔뻔하게 표절할 수 있게 해준, 나의 남편 리처드 리조가 있습니다.

파라, 스트라우스 & 지로 출판사는 작가라는 사실이 행복하다고 느끼게 해주는 출판사입니다. 제 오랜 친구인 조녀선 갈리사와 제프 세로이, 그리고 제 원고를 최종적인 형태와 그 이상의 수준으로 만들어 준 제작, 편집, 홍보 팀 — 타일러 콤리, 브라이언 지티스, 데브라 헬펀드, 존 나이트, 조녀선 리핀콧, 롭 스터니츠키를 비롯한 많은 분들 — 을 포함한 출판사 직원들은 모두 함께 이 책을 더할 나위 없는 최상의 형태로 만들어 주었습니다. 이분들은 이 책의 결점에 대한 책임이 전혀 없고 오직 장점에 대한 칭찬만을 받아야 할 분들입니다. 그리고 누구보다 이런 말에 가장 적합한 사람은 바로, 지금까지 저의 책 세 권을 편집해 주었고, 앞으로도 더 많은 저의 책을 편집해 줬으면 하는, 저의 소중한 편집자, 아일린 스미스입니다.

옮긴이의 말

『루이스 칸: 벽돌에 말을 걸다』의 가장 주된 특징은 주인공을 매우 입체적이고 사실적으로 묘사한 한 편의 소설 같다는 것이다. 그만큼 루이스 칸의 인생은 소설적 흥미를 유발하는 데 필요한 모든 종류의 극적인 요소들을 포함하고 있다. 이러한 극적인 부분은 첫 번째 장에서 그가 생을 마감한 순간으로부터 시작하여, 그리고 어쩌면 모든 것의 시작이었을지 모르는 어린 시절의 비극적인 사건을 가장 마지막 장에 둠으로써 더욱 극대화된다. 그의 사망 당시 있었던 불가해한 일들로 시작된 이야기는, 그가 배를 타고 에스토니아에서 미국으로 처음 건너올 때의 일화, 필라델피아에서의 유년 시절, 교육 환경, 결혼, 사회적 관계, 건축가로서의 그가 어떤 식으로 성장해 나갔는지에 대한 과정들을 밟아 가면서 그의 인생 전반을 돌아본다. 칸의 인생을 각 단계로 나눈 장 사이사이에는 그가 설계한 기념비적인 건축물 중 다섯 곳을 선정하여 저자가 그곳을 직접 답사한 내용을 통찰력 있는 분석과 함께 소개한다.

이 전기는 서술 방식, 연구 및 조사의 정도, 구성 방식에서 저자 웬디 레서의 치밀함이 돋보인다. 독자가 모든 일들을 직접 보고 들은 것처럼 생생하게 전달해 주는 칸의 주변 인물들과의 인터뷰를 비롯하여, 그의 여행 기록, 지인들과 주고받은 편지, 수수께끼 같은 꿈이나 추상적인 대화, 심지어 그의 수입 명세나 금전 관계와 같은 내용들은 자칫 밋밋해질 수 있는 전기라는 장르에 간간한 양념 같은 역할을 한다. 또한 독자들이 궁금해하고 또 흥미를 가졌을 만한 사실들, 즉 비밀스러운 가정사와 흥미롭고 엉뚱한 일화 등을 적절히 배치하고 루이스 칸을 정의할 만한 중요한 특성들을 취합하여 지루할 틈 없이 구성했다.

책 전반에 드러나는 웬디 레서의 필력과 독자에게 신뢰감을 주는 독창적이고 권위 있는 어조는 아버지의 차고에서 오래된 과학 소설 잡지들을 발견했던 여섯 살로부터 일흔셋의 나이인 현재에 이르기까지 장르를 불문하고 독서에 몰입해 온 그녀의 삶과 경력에서 그 근원을 찾을 수 있다. 그녀는 작곡가 드미트리 쇼스타코비치의 삶과 작품을 탐구한 『억눌린 목소리들을 위한 음악: 쇼스타코비치와 현악 4중주 15곡*Music for Silenced Voices: Shostakovich and His Fifteen Quartets*』(2012)과 자신의 문학에 대한 깊이 있는 경험과 애정을 능수능란하게 풀어낸 『나는 왜 읽는가: 책이 주는 진지한 즐거움*Why I Read: The Serious Pleasure of Books*』(2014)을 비롯한 여러 권의 논픽션과 한 권의 소설을 집필한 작가다. 또 스물일곱 살에 픽션, 회고록, 시, 에세이 및 비평을 다루는 문학 매거진 『스리페니 리뷰*The*

Threepenny Review』를 창립한 미국에서 가장 중요한 문화 비평가 중 한 명이다. 따라서 웬디 레서가 루이스 칸의 전기를 쓰게 된 것은 루이스 칸에게도, 그리고 독자들에게도 다행이라는 생각이 든다. 그녀의 훌륭한 스토리텔링 능력을 바탕으로 영리하게 짜인 얼개는 곧 일관된 맥락을 이루고, 그 맥락은 루이스 칸의 난해한 사유와 그 흐름을 이해하는 데 많은 도움이 되기 때문이다.

　루이스 칸은 유대인계 이민자라는 신분, 어린 시절의 상처, 경제 불황과 같은 장애 요인이 있음에도 무엇보다 자신을 찾고 표현하기 위해 열정적인 삶을 살았고, 주변 사람들에게 측정 불가한 범위와 깊이의 영향력을 미쳤다. 건축이라는 필터를 통해 세상을 보고, 건축이라는 언어로 자신을 표현하고자 했던 그는 결국 우리의 마음을 움직이는 기념비적인 건축물들을 세상에 선사했다. 하지만 루이스 칸은 존경받는 건축가로서의 삶과 괴리된 이면을 가졌던(합법적인 가족 외에 두 명의 여성과 각각 한 명의 혼외 자식을 둠으로써), 그리고 그것을 해결하지 않은 채 살았던 결과, 사랑하는 이들에게 깊은 상처를 주었던 인물이기도 했다.

　책에도 언급되었듯이, 「나의 건축가」는 그런 혼외 관계에서 태어난 아들 너새니얼 칸이 아버지의 흔적을 찾아 떠난 여행 기록을 담고 있다. 웬디 레서가 이 책의 시작점이자 끝점이라고 표현했던 것처럼, 그녀에게 큰 영감을 주었던 「나의 건축가」는 루이스 칸의 삶과 건축에 대한 호기심을 불러일으키는 감동적인 영상이다. 특히 너새니얼 칸이 「소크 생물학 연구소」 광장에서 인라인스케이트를 타는 모습은, 그가 혼외자로서 겪어야 했던 오랜 상실감과 그리움을 고스란히 전해 주는 상징적인 장면이다. 루이스 칸의 삶에 대해 더 알고 싶다면 꼭 봐야 할 다큐멘터리라고 생각한다.

『루이스 칸: 벽돌에 말을 걸다』는 루이스 칸의 건축과 인생, 그의 가치관과 철학을 감각적으로 전해 주는 비할 데 없는 훌륭하고 소중한 자료이며 실로 〈진지한 즐거움〉을 선사하는 책이다. 〈머리를 깎고 있을 때도 난 건축가야〉라고 말하던, 한 근본적 건축가의 시선과 애정, 그리고 삶을 이해하려고 노력하다 보면 단순한 감동을 넘어선, 그의 건축물이 전해 주는 것과 같은 시공간을 초월한 유대감을 느끼게 될 것이라 믿는다.

김마림

옮긴이 김마림

영국에 거주하면서 전문 번역가로 일하고 있다. 『이렇게까지 아름다운, 아이들을 위한 세계의 공간』, 『서점 일기』, 『한순간에』, 『바스키아』, 『조각가』, 『제임스 다이슨』 등을 번역했다.

루이스 칸

지은이 웬디 레서 **옮긴이** 김마림 **발행인** 홍예빈

발행처 사람의집(열린책들) **주소** 경기도 파주시 문발로 253 파주출판도시

대표전화 031-955-4000 **팩스** 031-955-4004

홈페이지 www.openbooks.co.kr **email** webmaster@openbooks.co.kr

Copyright (C) 주식회사 열린책들, 2024, *Printed in Korea*.

ISBN 978-89-329-2431-1 03840 **발행일** 2024년 6월 5일 초판 1쇄 2024년 11월 30일 초판 2쇄

사람의집은 독자 여러분의 투고를 기다리고 있습니다. 좋은 기획안이나 원고가 있다면 home@openbooks.co.kr로 보내 주십시오.

사람의집은 열린책들의 브랜드입니다.
시대의 가치는 변해도 사람의 가치는 변하지 않습니다.
사람의집은 우리가 집중해야 할 사람의 가치를 담습니다.